二〇二二年廣東高校古籍整理研究項目
二〇二二年廣東海洋大學人文社會科學後期資助項目

書及成書未刻者，尚不在此數也。』

《八代詩選》選編始于咸豐九年（一八五九），並加評點，時王闓運二十八歲。王代功《湘綺府君年譜》：『是歲，治《詩經》，作《詩演》數卷，又選漢魏六朝諸家詩爲《八代詩選》，與同人分寫而自加評語焉。』《湘綺樓説詩》卷一云：『辛丑四月，重刊《唐詩選》，敘云：「小年讀漢以來五七言詩，輒病選本之陋。爾時求書籍至難，不獨不見善本，且不知名。年二十餘，乃得《古詩紀》《全唐詩》，旅京師，合同人鈔選《八代詩》。還長沙，録選唐詩，皆刻于成都官局。《八代詩選》先成，《唐詩選》未上版，而余送妾喪歸，留二百金令弟子私刻之。主者以意去取，訛誤甚夥。及刻成印來，蓋不可用。《八代詩》則官錢所刻，版固不宜致也。保山劉景韓昔應秋試，在京師見《八代詩選》，便欲剞劂，及蜀刻成，劉權蘇藩，又令官局雕版。同縣胡子夷又別有校本。」』此明言鈔選《八代詩》是在其旅京師時。王闓運于咸豐九年正月由杭州經蘇州、揚州、淮安北上，三月至京師。四月，參加會試，未中，『以京師人文淵藪，定計留京，寓居法源寺』，法源寺一時成爲京城名賢會宴雅集的場所。此間又于京師結識户部尚書肅順。十月，由京師至濟南，寓居山東巡撫文煜公署中。咸豐十年（一八六〇）正月，與何紹基、郭嵩燾遊濟南，同登歷山、探龍洞，泛大明湖，登華不注。至三月返京，仍居法源寺，與蔡與循、郭嵩燾、龍皡臣、鄧彌之、莫友芝、趙元卿、李眉生、劉景韓兄弟、尹杏農、高伯足、許仙屏等『迭爲文酒之會』。八月，離京往祁門（今安徽祁門）見曾國藩，十月返回長沙。自咸豐九年三月至十年八月的一年半時間裏，除中間的近半年在濟南，實際在京時間大概有一年。孫海洋《論王闓運〈八代詩選〉》稱『《八代詩選》編成于咸豐九年王闓運寓居京師和山東時』，將書編成于咸豐九年内，也只是一種推測。或也可表述爲此八代詩之編選始于王闓運咸豐九年旅京時，而至咸豐十年離京時編成。

《八代詩選》鈔選完成後，久久未及刊刻，此後二十餘年裏，《八代詩選》僅以抄本傳布，直至光緒七年

（一八八一）二月二十六日，王闓運于尊經書院中議刻《八代詩》及《唐詩選》事，所謂『皆刻于成都官局』，即指今傳世最早的《八代詩選》刊本——四川尊經書局本。《八代詩選》由成都官局刊成，《唐詩選》版尚未開雕。光緒十一年（一八八五），妾莫六雲跋山涉水來到成都四川尊經書院與王闓運相會，卻于十一月病逝。光緒十二年（一八八六）二月，『先遣莫姬柩登舟，自率諸妹後行』，三月自返長沙。臨行出二百金與弟子私刻《唐詩選》，雖然刻成，卻因訛誤太多而不可爲用。蜀刻本刊成前，保山劉景韓曾于京城見過《八代詩選》流傳之抄本，便有意剞劂，未及付諸實施而尊經書局本已出。及劉景韓履職江蘇，又使官局刊刻，這應就是今傳世之光緒十六年江蘇書局刊本。所謂『同縣胡子夷别有校本』，今不傳，未詳其面目。三個僅有的《八代詩選》清代刊本之最後者，爲光緒二十年（一八九四）善化章氏經濟堂刻本。宣統二年（一九一〇），王闓運以七十九歲高齡對《八代詩選》重校。《湘綺府君年譜》：『五月，還山塘，校《八代詩》及《後漢書》。』然該校本在王闓運有生之年未得刊行，民國十二年（一九二三）之校補本，或爲刊刻者據湘綺本人于宣統間的重校本。民國三十一年（一九四二），程天放任國立四川大學校長時向國民政府財政部提請撥款，整理印刷原存于古學堂的四萬餘塊經史子集書版，《八代詩選》爲其補刻者之一。程氏補刻《八代詩選》序文云：『補刻工作始于（民國三十一年）二月，隨刻隨印，至七月而書成。』該補刻本大約是《八代詩選》刊本中最晚出的一個，一九七〇年臺北廣文書局將程氏補刻本影印出版，並于原書目録後補編入《八代詩選篇目索引》，是今海峽兩岸僅見的單行《八代詩選》影印本。諸本中唯一不明具體時間的是民國掃葉山房石印本。《八代詩選》編成後，起初是以抄本流行的，至成都局刻本刊行後，抄本極有可能繼續傳于民間，只是至今尚未發現有傳世者。舊本有兩類，一是刻本，有五種；二是石印本，一種。六個印本中，光緒十六年江蘇書局本被認爲是最佳的，故《續修四庫全書》一五九三册即收編影印此本。

從文學史和文學批評史的視角看，《八代詩選》是一部斷代詩選，不過不是斷于一代，而是大致斷在自漢至隋八百餘年的中古時期，故又可稱爲一部斷代詩歌通選。從《八代詩選》選詩的朝代分布看，起自漢，終于隋，其間地不分南北，凡符合其詩學觀念者皆可入選，以朝代而論，包括漢、魏、蜀（諸葛亮）、晉、宋、齊、梁、北魏（温子昇）、北齊（邢邵）、北周（庾信）、陳、隋。趙沛霖《關于『八代三朝』詩歌的兩個問題》認爲：關于這一時段的詩歌或集子以『八代』冠名不妥，因爲這一階段包括『八代三朝』，即漢、魏、晉、宋、齊、梁、陳、隋『八代』和北魏、北齊、北周『三朝』，應爲『漢魏晉南北朝隋詩歌』或『漢魏晉南北朝隋詩集（選集）』。如此而論，尚有蜀漢未被列入，當爲『兩漢三國晉南北朝隋』了。實際上，『八代』是漢至隋的歷史時空界定，正如『六朝』的魏晉南北朝意義指向一樣，當然狹義地使用這一稱謂，可以認定『八代』指漢、魏、晉、宋、齊、梁、陳、隋，『六朝』指東吴、東晉、宋、齊、梁、陳。蘇軾《潮州韓文公廟碑》贊韓愈『文起八代之衰，道濟天下之溺』，他認爲八代文之衰起于東漢，延及唐貞觀、開元的興盛時期，依靠房玄齡、杜如晦、姚崇、宋璟等名臣輔佐，仍不能救其弊，只有韓文公振起，一掃頽靡。韓文公振起八代文之衰，在時間上是包含了初盛唐乃至開元時期的，是魏晉六朝江左文風及這種文風對後世影響所及。明人李賓《八代文鈔敘》云：『文起八代之衰，昌黎氏之謂，非是集所爲八代，當時蓋指魏晉六朝江左一派耳。』可見，『八代』之稱，在蘇軾是指自東漢至韓愈之前的歷史時段。蕭統《文選序》提及『七代』，『自姬漢以來，眇焉悠邈，時更七代，數逾千祀』，霍松林《古代文論名篇詳注》釋『七代』爲『周、秦、漢、魏、晉、宋、齊』。吴淇《六朝選詩定論》卷一《六朝選詩定論緣起》云：『《選序》曰世更七代，並梁而八。今節去衰周亡秦，斷自炎漢及蕭梁爲六朝者，明所論者專主漢道。』後世稱『八代』云云，實際上是延用《文選》選録所有詩文所覆蓋的『七代』，再加上他所處的梁代，總爲『八代』。王闓運選詩起于漢，止于隋，亦稱『八代』，也是沿漢道，並以魏、晉、宋、齊、梁、陳、隋爲正統，『八代』之稱是一個歷史時段的泛指，不能以具體八個朝代來對號鎖定。王闓運之前以『八代』題名者，有明代梅鼎祚《八代詩乘》，該書分《漢魏詩乘》《六朝詩乘》二册，合稱《八代詩乘》，按漢、魏（附吴）、晉、宋、齊、梁、陳、北朝、隋各朝分卷。其後，清康熙朝陸奎勳《八代詩揆》（康熙刻本）、雍正朝張守《八代詩淘》（雍正六年素宜堂刻本）、民國丁福保《八代詩精華録箋注》等，均以漢至隋爲選詩時間軸線。明代李賓編選《八代文鈔》，雖亦稱『八代』，其選文範圍上起楚騷，下終明代湯顯祖、鍾惺，可以説是面向其所在時代之前所有時期的選文。由王闓運作序，簡喿、陳崇哲所編《八代文粹》之選文所涉及朝代更是完全與《八代詩選》相合。

《八代詩選》共選漢至隋不同時代之詩三千一百三十二首，按詩體分卷，卷一至卷二爲四言，卷三至卷十一爲五言，卷十二至卷十四爲齊以後新體詩，卷十五至卷十七爲雜言，卷十八爲郊廟樂章及頌德樂詞，卷十九爲歌謡，卷二十爲雜體。每一體又以朝代先後爲序。在衆體中，獨尊五言。共選五言詩十卷一千二百二十七首，占所選詩總數的百分之三十九，加上全爲五言詩的三卷新體詩五百零七首，實際五言詩數量占全部入選詩歌總數的百分之五十五。王氏之重視五言詩體，大約來自三個因素，一是五言詩在中古詩歌發展史的突出地位；二是明清時代古詩選家的選詩傳統；三是本于王氏宣導漢魏六朝的詩學復古主張。就入選詩人而言，共選漢至隋歷代詩人三百六十四位（無名氏不計）。以詩體論，五言詩、新體詩、雜言詩部分收録詩人最多。選録詩人以漢魏以後爲主，晉、梁二代尤爲突出。各時代選録詩人以詩歌大家和文學集團成員爲主，其中入選詩歌數量最多的是陶淵明，共一百一十四首；其次爲梁簡文帝蕭綱，有一百一十二首；排在第三的是鮑照，有九十九首；其餘選詩數量較多的是謝朓、江淹、庾肩吾、阮籍、庾信等。入選詩人詩作數量的這一分布，是符合漢魏以後詩歌發展實際的；也反映了自曹魏九品中正制以來，門閥士族對文學的影響，致使文學乃至文化相對集中到少數世家大族手中，致使文學家族的大量涌現；這一選擇也符合王氏對漢魏以後詩歌的體認態度，符合王闓運指導門人弟子學詩實踐的需要。再從入選詩歌所表現的思想内涵看，《八代詩選》偏重于對詠懷感傷和寄情山水作品的選録。總體而言，自漢至隋，始終貫穿着一條詠懷言情的主線：漢末詩人枚乘的離情别怨，建安詩人的慷慨激昂，魏晉之交詩人阮籍的憂生感傷，西晉詩人陸機的感時歎逝，南北朝詩人陶淵明、謝靈運、謝朓的寄情山水，鮑照的詠史傷懷，蕭綱的寓情聲樂等，他們皆爲選本的重點選録對象。這種對詠懷感傷之作的偏重，與王闓運所處時代的社會背景和自身心態有關，也體現了選家對詩歌本質的認識。對山水詩作的偏重，既體現了王氏本人對山水及山水詩的喜好，也揭示了他對八代山水詩多寓詩人情思的認識。

王闓運編選八代詩時，是陸續加以眉批的。《湘綺府君年譜》咸豐九年：『選漢魏六朝諸家詩爲《八代詩選》，與同人分寫而自加評語焉。』又王氏弟子楊鈞《草堂之靈·記王批》云：『王湘綺先生之門人，每以讀本求先生批點。余所見者惟《詩經》《國策》《楚辭》《莊子》《八代詩選》……《八代詩選》在四川，湘中弟子皆傳抄本。』可知王氏于京師選八代詩時已部分加評語，後來抄本流傳過程中又陸續應弟子之請而批點，這些批點當是不同時期留下的。據王氏弟子顔輯祜《跋湘綺樓説詩》回憶説，四川尊經書局刊刻《八代詩選》時，湘綺門下弟子也曾請求將批語原本照刊，因湘綺本人不願背負『與時人争名』的議論而作罷。評語雖然未曾刊出，但卻在王氏的朋友和門人中輾轉傳抄，直至一九四一年一月，龍榆生主编《同聲月刊》第一卷之二號、三號、五號、六號、七號分五期刊載了署名『冬士』的《八代詩評》，由于《八代詩評》是一篇長文的連載，在每一號所載《八代詩評》的後半部，均附有冬士輯録的《八代詩選》眉批，以『王闓運《八代詩選》眉批摘録如下』領起。『冬士』，即夏敬觀，江西新建人，近代著名詩人兼學者，其父夏獻雲咸豐時曾爲湖南按察使，與王湘綺交往甚密，二人間多詩酒唱和，夏敬觀本人也曾從王湘綺學詩，咸豐後在江寧、北京等地又多次與湘綺相遇，一起討論過詩文，其詩歌理論主張和詩風都深受湘綺影響，其手中當有《八代詩選》眉批抄本。選本和眉批合起來就構成了一個有機的整體，從中即可窺見湘綺的一些詩學思想。將夏氏輯録之眉批與《湘綺樓説詩》相對照，有少部分是一致的，但存在異文，相比之下，夏氏所輯批語舛誤頗多。夏氏所輯眉批所本之《八代詩選》抄本今已不得見，無法將其與原書對勘，明顯的舛誤之處只有本著湘綺原意厘正。

此次《八代詩選》之整理校勘，除對選本文本之整理外，又對號入座補入批語部分，以求其完整。整理之底本采光緒十六年江蘇書局刊本，選取《八代詩選》六個不同時期版本中的光緒七年四川尊經書局刊本、民國三十一年程天放補刻本爲參校本。由於《八代詩選》諸本在刊刻版式及體例，甚至在字體上都非常相似，較少異文，單純的版本系統内互校意義並不大。于是整理校勘時，除了前後版本的互校外，更取王氏編選八代詩所本之《古詩紀》（文淵閣四庫全書本）作爲主要參校本，同時又以《文選》（清嘉慶十四年胡克家刻本）、《玉臺新詠》（明小宛堂覆宋本）、《樂府詩集》（傅增湘藏宋本）、《廣文選》（明嘉靖十六年陳蕙刻本）、《漢魏詩乘》（明萬曆十一年刻本）、《古詩鏡》（文淵閣四庫全書本）、《石倉歷代詩選》（文淵閣四庫全書本）、《廣廣文選》（明崇禎八年周元孚刻本）、《漢魏六朝百三名家集》（清光緒五年彭懋謙信述堂刊本）等文學總集及明清人所輯相關詩歌選本參校。

蔡平二〇二一年九月　湛江

凡例

一、王闓運《八代詩選》有清光緒七年（一八八一）辛巳四川尊經書局刻本，時王闓運爲尊經書院主講，校刻者爲其子代豐與門弟子馮蔚藻、謝質、陳賓、胡元儀等；光緒十六年秋江蘇書局刻本；光緒二十年善化章氏經濟堂刻本；民國十二年秋訂補經濟堂版印本；民國上海掃葉山房石印本；民國三十一年程天放補刻本。本次整理，以光緒十六年江蘇書局刻本爲工作底本，以光緒七年四川尊經書局刻本、民國三十一年程天放補刻本等爲參校本。江蘇書局本爲人們公認的傳世諸本中的善本，參校本選取最早的尊經書局本，以顯其原貌；選取最晚的民國程天放補刻本，以知其不同時期翻刻補正之面目。

二、《八代詩選》總二十卷，光緒十六年江蘇書局刻本卷前目録以四言、五言、新體詩、雜言、郊廟樂章、頌德樂詞、歌謡、雜體爲序，每一詩體又以時代先後爲次，不及詩人及具體篇目。今在原《八代詩選總目》下另編《八代詩選目録》，于總目各卷中分别插入詩人及篇名，以便于讀者檢索。

三、《八代詩選》諸本以光緒十六年江蘇書局刻本爲最佳，與其他各本對校，除極少數異文外，别無他異，體現了不同時期該詩歌選本重刻、翻刻體制、面貌上的相對穩定性。僅以《八代詩選》版本系統内諸本校勘，顯得實質性意義不大。故本次整理，另以《文選》《玉臺新詠》《樂府詩集》《古詩紀》《廣文選》《漢魏詩乘》《古詩鏡》《廣廣文選》《石倉歷代詩選》《漢魏六朝百三名家集》等參校。

四、原則上，光緒十六年江蘇書局刻本，總體上照原刻本采録，首先以《八代詩選》諸本對校，凡有異文者一併以校記出之。《古詩紀》等歷代文學總集或《文選》《古詩鏡》等詩歌選本與其相較則有大量異文，可見王闓運選録時是做了較爲精細校訂的，糾正了前代總集或選本的訛誤。詩題及詩之文本除少數明顯錯誤徑改爲通行文本外，凡異文者一般不予改動。

五、校記以每首詩爲單位，凡有異文且影響理解者則出之。

六、原書各詩題下有多首，仍依原書舊例，以各詩之間空格别之。

七、由于此次整理原意在點校，對于部分詩篇需要特别説明或闡釋之語，一般係于每首詩首條校記中。

八、《八代詩選》原有王闓運選八代詩時之眉批，起自枚乘《西北有高樓》，終于王冑《别周記室》，此次整理將所有眉批一一對應補入相應詩歌文本之後，校勘記之前。補入之批語，本『冬士』（夏敬觀）发表于《同聲月刊》第一卷第二、三、五、六、七號之《八代詩評》所輯录者。對于批語中之訛誤者，徑改之。夏敬觀于所輯王氏批語後，時有其針對批語之評説（『余案』），相應一併采入。仍有部分詩篇之評語，見于《湘綺樓説詩》，相應地亦輯入。

八代詩選

〔清〕王闓運 選評
蔡平 校理

中州古籍出版社
·鄭州·

圖書在版編目（CIP）數據

八代詩選 /（清）王闓運選評；蔡平校理．-- 鄭州：中州古籍出版社，2024．7．-- ISBN 978-7-5738-1409-8

Ⅰ．I222

中國國家版本館 CIP 數據核字第 2024PK7804 號

BADAI SHI XUAN

八代詩選

出 版 人　許紹山
責任編輯　張　雯
責任校對　周　靖
裝幀設計　曾晶晶

出 版 社　中州古籍出版社（地址：鄭州市鄭東新區祥盛街 27 號 6 層　郵編：450016　電話：0371-65723280）
發行單位　河南省新華書店發行集團有限公司
承印單位　鄭州印之星印務有限公司
開　　本　710 mm × 1000 mm　1/16
印　　張　57.25
字　　數　700 千字
版　　次　2024 年 7 月第 1 版
印　　次　2024 年 7 月第 1 次印刷
定　　價　298.00 元

前言

《八代詩選》凡二十卷，晚清王闓運（一八三三—一九一六）編選。王闓運，初名開運，三十五歲時，因與衡陽縣令王春波同名，方改名爲闓運。初字紉秋，取義于《離騷》『紉秋蘭以爲佩』，其友人稱之爲壬秋，五十歲後改壬甫，又作壬父。號湘綺，自題居所爲『湘綺樓』，故世人咸稱其湘綺老人。歷經清道光、咸豐、同治、光緒、宣統五朝及民國初年，其一生與中國近代社會諸多歷史變亂相始終。

籍出太原王氏，其先避兵亂至贛州，越二世，遷衡陽西鄉，明嘉靖間始居湘潭，遂爲湘潭縣人。高祖王朝僑居湘潭七都石泥塘，爲當地巨富。曾祖王中傅不營世事，以詩酒自樂。祖父王之駿弱冠入縣學爲秀才，徙居省城善化（今湖南長沙），以行醫爲業。父王士璠，字奂若，輟學從商，於王闓運六歲時即去世。母蔡氏，通詩謡。妻蔡夢緹，知詩書，城南書院蔡榮森之女。有四子王代功、王代豐、王代輿、王代懿，十一女王無非等。

王闓運生於長沙善化學宫巷内居宅，少孤貧，勤奮力學。年三歲，母蔡夫人教以古歌謡及唐五言諸詩，能識字；七歲從善化李鼎臣讀書，受學《論語》《孟子》；九歲便畢誦五經，能屬文。後又從叔父王步洲遊學，從劉焕藻讀書，學業日益精進。一生三入科場，終身未仕，歸隱衡山，潛心著述。研究範圍涉及經、史、子、集四部之學，編訂成册的學術著述主要有《莊子内篇注》《春秋公羊傳箋》《禮記箋》《墨子注》《尚書箋》《詩經補箋》《桂陽直隸州志》《清泉縣志》《衡陽縣志》《湘軍志》等，同時編訂《杜若集》，並始立日記。其中以經學和史學成就最爲突出。李肖聃《湘學略》云：『湖南學術，盛于近世。明清兩代，乃有四王：船山于《易》尤精，九溪考古最悉，葵園長于史學，湘綺號曰儒宗。』王闓運遍注群經，其經學著作究竟有多少種，歷來説法不一，從現有資料及研究者相關研究看，少則九種，多達十九種。其子王代功《湘綺府君年譜》列十三種。李肖聃《湘學略》同之，又説：『其有目無書及成書未刻者，尚不在此數也。』王闓運尊崇今文經學，主張通經致用，希望從古代聖人的經典中尋繹救世良方，在經學研究中寄託了深刻的國民憂患意識。頗具特色的經學研究方法及成果，在其大半生教育生涯中得到廣泛運用。其經學講授不僅于今文經學具有傳衍之功，而且培養了廖平、宋育仁、馬宗霍等經學研究人才。特别在四川，他的一批弟子熱心經學研究，成果斐然，號稱『蜀學』，推其源亦出自王闓運，他對近代經學發展乃至學術轉型的影響和貢獻是至爲巨大的。王闓運在學術上的另一突出貢獻是史學著述，尤其體現在志書的修纂上。王代功《湘綺府君年譜》列爲七種，包括《湘軍志》十六篇、《桂陽州志》十七篇、《衡陽縣志》十篇、《東安縣志》七篇、《湘潭縣志》十二篇、《王氏族譜》四卷、《史贊》十七卷。李肖聃《湘學略》于前七種外又列《論夷務書》若干卷、《日記》若干卷，總九種。

王闓運一生筆耕不輟，著述宏富，用力之深湛，影響之深遠，爲近代所罕見。朱德裳《三十年聞見録》云：『清人善注書，不善著書。惟湘綺文章經學，合而爲一。以著書、注書，自然大雅。』岑春蓂《前清湖南巡撫岑奏在籍湘潭縣紳士王闓運湛深經術淹貫禮文請特予褒奬折》曰：『跡其生平學力，博通經史，尤覃精《三禮》。綜其著作，不下三十餘種。』除了前述其經學、史學著述外，『于集有《楚辭釋》十篇附《高唐賦注》一篇、《湘綺樓詩集》十八卷、《杜若集》二卷、《夜雪集》一卷《後集》一卷、《七夕詞》一卷、《湘綺樓詩外集》二卷、《湘綺樓文集》二十六卷《外集》二卷、《詞鈔》一卷。其選録者，曰《八代詩選》二十卷、《唐詩選》十三卷、《唐十家詩選》十六卷、《漢魏六朝文選》若干卷。別有《王志》四卷、《箋啓》八卷。其有目無

總目

目録

卷一

漢至晉一

四言第一

卷二

晉至隋一

四言第二

卷三

漢第一

應瑒

阮瑀

繁欽

秦宓

無名人

卷四

魏第一

五言第二

文帝曹丕

卷五

晉第一

五言第三

陸機

卷六

晉第二

五言第四

袁宏

李充

曹毗

習鑿齒

陶淵明

卷七

晉第三

五言第五

陶淵明下

卷八

宋第一

劉義恭

劉鑠

何承天

顏延之

謝莊

卷九

宋第二

五言第七

鮑照

卷十

齊第一

五言第八

謝朓

卷十一上

梁第一

五言第九

沈約

江淹

卷十一下

陳隋一

五言第九

卷十二

齊已後新體詩第一

齊全梁上

元帝繹

沈約

江淹

范雲

邱遲

王僧孺

卷十三

齊已後新體詩第二

梁卷下陳全卷

卷十四

齊已後新體詩第三

北朝全卷隋全卷

卷十五

漢至晉

雜言第一

卷十六

宋至梁

卷十七

陳至隋

雜言第三

卷十八

漢至隋

卷十九

漢至隋

歌謡全卷

卷二十

漢至隋

簡文帝蕭綱

元帝繹

宣帝詧

邵陵王綸

沈約

卷一

漢至晉一

四言第一

韋孟

諷諫詩〔一〕

肅肅我祖，國自豕韋。黼衣朱紱，四牡龍旂。彤弓斯征，撫甯遐荒。總齊羣邦，以翼大商。迭彼大彭，勳績惟光。至於有周，歷世會同。王赧聽譖，實絶我邦。我邦既絶，厥政斯逸。賞罰之行，非繇王室。庶尹羣后，靡扶靡衛。五服崩離，宗周以墜。我祖斯微，遷於彭城。在予小子，勤唉厥生。阨此嫚秦，耒耜斯耕。悠悠嫚秦，上天不甯。乃眷南顧，授漢於京。於赫有漢，四方是征。靡適不懷，萬國攸平。乃命厥弟，建侯於楚。俾我小臣，惟傅是輔。矜矜元王，恭儉静一。惠此黎民，納彼輔弼。享國漸世，垂烈於後。迺及夷王，克奉厥緒。咨命不永，惟王統祀。左右陪臣，斯惟皇士。如何我王，不思守保。不惟履冰，以繼祖考。邦事是廢，逸游是娛。犬馬悠悠，是放是驅。務此鳥獸，忽此稼苗。烝民以匱，我王以媮。所弘匪德，所親匪俊。惟囿是恢，惟諛是信。

睮睮諛夫，諤諤黃髮。如何我王，曾不是察。既藐下臣，追欲縱逸。嫚彼顯祖，輕此削黜。嗟嗟我王，漢之睦親。曾不夙夜，以休令聞。穆穆天子，照臨下土。明明羣司，執憲靡顧。正遐由近，殆其怙兹。嗟嗟我王，曷不斯思。匪思匪監，嗣其罔則。彌彌其逸，岌岌其國。致冰匪霜，致墜匪嫚。瞻惟我王，時靡不練。興國救顛，孰違悔過。追思黃髮，秦穆以霸。歲月其徂，年其逮耇。於赫君子，庶顯於後。我王如何，曾不斯覽。黃髮不近，胡不時鑒。

【校勘記】

〔一〕此詩原有序，《八代詩選》諸本皆無。《文選》卷十九《諷諫》序曰：『孟爲元王傅，傅子夷王及孫王戊。戊荒淫不遵道，作詩諷諫。』

在鄒詩

微微小子，既耇且陋。豈不幸位，穢我王朝。王朝肅肅，惟俊之廷。顧瞻余躬，懼穢此征。我之退征，請於天子。天子我恤，矜我髮齒。赫赫天子，明哲且仁。懸車之義，以洎小臣。嗟我小子，豈不懷土。庶我王寤，越遷於魯。既去禰祖，惟懷惟顧。祁祁我徒，戴負盈路。爰戾於鄒，鬋茅作堂。我徒我環，築室於牆。我既遷逝，心存我舊。夢我瀆上，立於王朝。其夢如何，夢争王室。其争如何，夢王我弼。寤其外邦，歎其喟然。念我祖考，泣涕其漣。微微老夫，咨既遷絶。洋洋仲尼，視我遺烈。濟濟鄒魯，禮義惟恭。誦習絃歌，異於他邦。我雖鄙耇，心其好而。我徒侃爾，樂亦在而。

東方朔

誡子詩〔一〕

明者處世，莫尚於中。優哉游哉，於道相從。首陽爲拙，柳惠爲工。飽食安步，以仕代農。依隱玩世，詭時不逢。才盡身危，好名得華。有羣累生，孤貴失和。遺餘不匱，自盡無多。聖人之道，一龍一蛇。形見神藏，與物變化。隨時之宜，無有常家。

【校勘記】

〔一〕此詩不入逯欽立輯校《先秦漢魏晉南北朝詩》之《漢詩》。

王昭君

怨詩〔一〕

秋木萋萋，其葉萎黄。有鳥處山，集於苞桑。養育毛羽，形容生光。既得升雲，上游曲房。離宫絶曠，身體摧藏。志念抑沈，不得頡頏。雖得委食，心有徊徨。我獨伊何，來往變常。翩翩之燕，遠集西羌。高山峩峩，河水泱泱。父兮母兮，道里悠長。嗚呼哀哉，憂心惻傷。

【校勘記】

〔一〕《樂府詩集》卷五十九《琴曲歌辭三》作《昭君怨》，題作者曰『漢王嬙』。不入《漢詩》。

張衡

怨篇

猗猗秋蘭，植彼中阿。有馥其芳，有黄其葩。雖曰幽深，厥美彌嘉。之子之遠，我勞如何。

朱穆〔一〕

與劉伯宗絶交詩

北山有鴟，不潔其翼。飛不正向，寢不定息。饑則木攬，飽則泥伏。饕餮貪污，臭腐是食。填腸滿膆，嗜欲無極。長鳴呼鳳，謂鳳無德。鳳之所趨，與子異域。永從此訣，各自努力。

【校勘記】

〔一〕民國三十一年程天放本作『宋穆』，誤。光緒七年四川尊經書局本、光緒十六年江蘇書局本皆作『朱穆』。

仲長統

述志詩〔一〕

飛鳥遺迹，蟬蛻亡殼。騰蛇棄鱗，神龍喪角。至人能變，達士拔俗。乘雲無轡，騁風無足。垂露成幃，張霄成幄。沆瀣當餐，九陽代燭。恆星豔珠，朝霞潤玉。六合之内，恣心所欲。人事可遺，何爲局促。大道雖夷，見幾者寡。任意無非，適物無可。古來繚繞，委曲如瑣。百慮何爲，至要在我。寄愁天上，埋憂地下。叛散五經，滅棄風雅。百家雜碎，請用從火。抗志山西，游心海左。元氣爲舟，微風爲柁。翱翔太〔二〕清，縱意容治〔三〕。

【校勘記】

〔一〕《八代詩選》諸本於仲長統《述志詩》皆合爲一首，《廣文選》卷八、《漢魏詩乘》卷七、《古詩紀》卷十三、《采菽堂古詩選》卷四等皆分爲二首，《漢詩》題曰《見志詩二首》。

〔二〕民國三十一年程天放本作『大』。光緒七年四川尊經書局本、光緒十六年江蘇書局本皆作『太』。

〔三〕民國三十一年程天放本作『治』，誤。

秦嘉

贈婦

曖曖白日，引曜西傾。啾啾雞雀，羣飛赴楹。皎皎明月，煌煌列星。嚴霜悽愴，飛雪覆庭。寂寂獨居，寥寥空室。飄飄桂帳，熒熒華燭。爾不是居，帷帳何施。爾不是照，華燭何爲。

無名人

善哉行

來日大難，口燥脣乾。今日相樂，皆當喜歡。經歷名山，芝草飜飜。仙人王喬，奉藥一丸。自惜袖短，内手知寒。慚無靈輙，以報趙宣。月没參横，北斗闌干。親交在門，饑不及餐。歡日尚少，戚日苦多。以何忘憂，彈筝酒歌。淮南八公，要道不煩。參駕六龍，游戲雲端。

曹操

短歌行

對酒當歌，人生幾何？譬如朝露，去日苦多。慨當以慷，憂思難忘。何以解憂？惟有杜康。青青子衿，悠悠我心。但爲君故，沈吟至今。呦呦鹿鳴，食野之苹。我有嘉賓，鼓瑟吹笙。明明如月，何時可掇。憂從中來，不可斷絶。越陌度阡，枉用相存。契闊談讌，心念舊恩。月明星稀，烏鵲南飛。繞樹三匝，何枝可依？山不厭高，海不厭深。周公吐哺，天下歸心。

步出東西門行

雲行雨步，超越九江之皋。臨觀異同，心意懷游豫，不知當復何從。經過至我碣石，心惆悵我東海。

觀滄海

東臨碣石，以觀滄海。水何澹澹，山島竦峙。樹木藂生，百草豐茂。秋風蕭瑟，洪波湧起。日月之行，若出其中。星漢燦爛，若出其裏。幸甚至哉，歌以詠志。

冬十月

孟冬十月，北風徘徊。天氣肅清，繁霜霏霏。鵾雞晨鳴，鴻雁南飛。鷙鳥潛藏，熊羆窟栖。錢鎛停置，農收積場。逆旅整設，以通賈商。幸甚至哉，歌以詠志。

土不同

鄉土不同，河朔隆寒。流澌浮漂，舟船行難。錐不入地，蘴藾深奧。水竭不流，冰堅可蹈。士隱者貧，勇俠輕非。心常歎怨，戚戚多悲。幸甚至哉，歌以詠志。

龜雖壽

神龜雖壽，猶有竟時。騰蛇乘霧，終爲土灰。老驥伏櫪，志在千里。烈士暮年，壯心不已。盈縮之期，不但在天。養怡之福，可得永年。幸甚至哉，歌以詠志。

王粲

贈蔡子篤詩

翼翼飛鸞，載飛載東。我友云徂，言戾舊邦。舫舟翩翩，以泝大江。蔚矣荒塗，時行靡通。慨我懷慕，君子所同。悠悠世路，亂離多阻。濟岱江行，邈焉異處。風流雲散，一別如雨。人生實難，願其弗與。瞻望遐路，允企伊伫〔一〕。烈烈冬日，肅肅凄風。潛鱗在淵，歸雁在軒。苟非鴻鵰，孰能飛飜？雖則追慕，予思罔宣。瞻望東路，慘愴增歎。率彼江流，爰逝靡期。君子信誓，不遷於時。及子同寮，生死固之。何以贈行，言授斯詩。中心孔悼，涕淚漣洏。嗟爾君子，如何勿思。

【校勘記】

〔一〕光緒十六年江蘇書局本作『伫』，光緒七年四川尊經書局本、民國三十一年程天放本均作『佇』，二字同。

贈士孫文始

天降喪亂，靡國不夷。我暨我友，自彼京師。宗守盪失，越用遁違。遷於荆楚，在漳之湄。在漳之湄，亦克宴處。和通篪塤，比德車輔。既度禮義，卒獲笑語。庶茲永日，無斁厥緒。雖曰無斁，時不我已。同心離事，乃有逝止。横此大江，淹彼南汜。我思弗及，載坐載起。惟彼南汜，君子居之。悠悠我心，薄言慕之。人亦有言，靡日不思。矧伊嬿婉，胡不悽而。晨風夕逝，託與之期。瞻仰王室，慨其永歎。良人在外，誰佐天官。四國方阻，俾爾歸藩。爾之歸藩，作式下國。無曰蠻裔，不虔汝德。慎爾所主，率由嘉則。龍雖勿用，志亦靡忒。悠悠澮澧，鬱彼唐林。雖則同域，邈其迴深。白駒遠志，古人所箴。允矣君子，不遐厥心。既往既來，無密爾音。

贈文叔良

翩翩者鴻，率彼江濱。君子於征，爰聘西鄰。臨此洪渚，伊思梁岷。爾行孔邈，如何勿勤。君子敬始，慎爾所主。謀言必賢，錯説申輔。延陵有作，僑肸是與。先民遺迹，來世之矩。既慎爾主，亦迪知幾。探情以華，覩著知微。視明聽聰，靡事不惟。董褐荷名，胡甯不師。衆不可蓋，無尚我言。梧宫致辯，齊楚構患。成功有要，在衆思歡。人之多忌，掩之實難。瞻彼黑水，滔滔其流。江漢有卷，允來厥休。二邦若否，職汝之由。緬彼行人，鮮克弗留。尚哉君子，異於他仇。人誰不勤，無厚我憂。惟詩作贈，敢詠在舟。

應瑒

報趙淑麗

朝雲不歸，夕結成陰。離羣獨宿，永思長吟。有鳥孤棲，哀鳴北林。嗟我懷矣，感物傷心。

魏文帝曹丕

短歌行

仰瞻帷幕，俯察几筵。其物如故，其人不存。神靈倏忽，棄我遐遷。靡瞻靡恃，泣涕連連。呦呦游鹿，銜草鳴麑。翩翩飛鳥，挾子巢棲。我獨孤煢，懷此百離。憂心孔疚，莫我能知。人亦有言，憂令人老。嗟我白髮，生一何早。長吟永歎，懷我聖考。曰仁者壽，胡不是保。

秋胡行二首

堯任舜禹，當復何爲。百獸率舞，鳳凰來儀。得人則安，失人則危。惟賢知賢，人不易知。歌以詠言，誠不易移。鳴條之役，萬舉必全。明德通靈，降福自天。

汎汎緑池，中有浮萍。寄身流波，隨風靡傾。芙蓉含芳，菡萏垂榮。朝采其實，夕佩其英。采之遺誰？所思在庭。雙魚比目，鴛鴦交頸。有美一人，婉如清揚。知音識曲，善爲樂方。

善哉行二首

上山採薇，薄暮苦饑。谿谷多風，霜露沾衣。野雉羣雊，猿猴相追。還望故鄉，鬱何壘壘！高山有崖，林木有枝。憂來無方，人莫之知。人生如寄，多憂何爲？今我不樂，歲月如馳。湯湯川流，中有行舟。隨波轉薄，有似客游。策我良馬，被我輕裘。載馳載驅，聊以忘憂。

有美一人，婉如清揚。妍姿巧笑，和媚心腸。知音識曲，善爲樂方。哀絃微妙，清氣含芳。流鄭激楚，度宮中商。感心動耳，綺麗難忘。離鳥夕宿，在彼中洲。延頸鼓翼，悲鳴相求。眷然顧之，使我心愁。嗟爾昔人，何以忘憂。

煌煌京洛行

夭夭園桃，無子空長。虛美難假，偏輪不行。淮陰五刑，鳥盡弓藏。保身全名，獨有子房。大憤不收，褒衣無帶。多言寡誠，祇令事敗。蘇秦之説，六國以亡。傾側賣主，車裂固當。賢矣陳軫，忠而有謀。楚懷不從，禍卒不救。禍夫吴起，智小謀大。西河何健，伏尸何劣。嗟彼郭生，古之雅人。智矣燕昭，可謂得臣。峩峩仲連，齊之高士。北辭千金，東蹈滄海。

黎陽作二首

朝發鄴城，夕宿韓陵。霖雨載塗，輿人困窮。載馳載驅，沐雨櫛風。舍我高殿，何爲泥中。在昔周武，爰暨公旦。載主南征，救民塗炭。彼此一時，惟天所讚。我獨何人，能不靖亂。

殷殷其雷，濛濛其雨。我徒我車，涉此艱阻。遵彼洹湄，言刈其楚。班之中路，塗潦是御。轔轔大車，載低載昂。嗷嗷僕夫，載仆載僵。蒙塗冒雨，沾衣濡裳。

陳思王植

上責躬詩

於穆顯考，時惟武皇。受命於天，甯濟四方。朱旗所拂，九土披攘。玄化滂流，荒服來王。超商越周，與唐比蹤。篤生我皇，奕世載聰。武則肅烈，文則時雍。受禪於漢，君臨萬邦。萬邦既化，率由舊則。廣命懿親，以藩王國。帝曰爾侯，君兹青土。奄有海濱，方周於魯。車服有輝，旗章有敘。濟濟雋乂，我弼我輔。伊予小子，恃寵驕盈。舉挂時網，動亂國經。作藩作屏，先軌是隳。傲我皇使，犯我朝儀。國有典刑，我削我絀。將寘於理，元凶是率。明明天子，時惟篤類。不忍我刑，暴之朝肆。違彼執憲，哀予小臣。改封兗邑，於河之濱。股肱弗置，有君無臣。荒淫之闕，誰弼予身。煢煢僕夫，於彼冀方。嗟予小子，乃罹斯殃。赫赫天子，恩不遺物。冠我玄冕，要我朱紱。光光大使，我榮我華。剖符授玉，王爵是加。仰齒金璽，俯執聖策。皇恩過隆，祇〔一〕承怵惕。咨我小子，頑凶是嬰。逝慙陵墓，存愧闕庭。匪敢傲德，惟恩是恃。威靈改加，足以没齒。昊天罔極，生命不圖。常懼顛沛，抱罪黄壚。願蒙矢石，建旗東嶽。庶立毫氂，微功自贖。危軀授命，知足免戾。甘赴江湘，奮戈吴越。天啟其衷，得會京畿。遲奉聖顔，如渴如饑。心之云慕，愴矣其悲。天高聽卑，皇肯照微。

【校勘記】

〔一〕光緒十六年江蘇書局本作『祇』，光緒七年四川尊經書局本、民國三十一年程天放本作『祗』。

應詔詩

肅承明詔，應會皇都。星陳夙駕，秣馬脂車。命彼掌徒，肅我征旅。朝發鸞臺，夕宿蘭渚。芒芒原隰，祁祁士女。經彼公田，樂我稷黍。爰有樛木，重陰匪息。雖有餱糧，饑不遑食。望城不過，面邑不游。僕夫警策，平路是由。玄駟藹藹，揚鑣漂沫。流風翼衡，輕雲承蓋。涉澗之濱，緣山之隈。遵彼河滸，黄坂是階。西躋關谷，或降或升。騑驂倦路，載寢載興。將朝聖皇，匪敢宴寧。弭節長騖，指日遄征。前驅舉燧，後乘抗旌。輪不輟運，鑾無廢聲。爰暨帝室，税此西墉。嘉詔未賜，朝覲莫從。仰瞻城閾，俯惟闕庭。長懷永慕，憂心如酲。

朔風詩

仰彼朔風，用懷魏都。願騁代馬，倏忽北徂。凱風永至，思彼蠻方。願隨越鳥，翻飛南翔。四氣代謝，懸景運周。別如俯仰，脱若三秋。昔我初遷，朱華未晞。今我旋止，素雪云飛。俯降千仞，仰登天阻。風飄蓬飛，載離寒暑。千仞易陟，天阻可越。昔我同袍，今永乖別。子好芳草，豈忘爾貽。繁華將茂，秋霜悴之。君不垂眷，豈云其誠。秋蘭可喻，桂樹冬榮。絃歌蕩思，誰與銷憂。臨川慕思，何爲泛舟。豈無和樂，游非我鄰。誰忘汎舟，愧無榜人。

矯志詩

芝桂雖芳，難以餌烹。尸位素餐，難以成名。磁石引鐵，於金不連。大朝舉士，愚不聞焉。抱璧塗乞，無爲貴寶。履仁遘禍，無爲貴道。鴛雛遠害，不羞卑棲。靈虯避難，不耻污泥。都蔗雖甘，杖之必折。巧言雖美，用之必滅。濟濟唐朝，萬邦作孚。逢蒙雖巧，必得良弓。聖主雖知，必得英雄。螳螂見歎，齊士輕戰。越王軾蛙，國以死獻。道遠知驥，世僞知賢。覆之幬之，順天之矩。澤如凱風，惠如時雨。口爲禁闥，舌爲發機。門機之闓，楛矢不追。

嵇康

幽憤詩

嗟余薄祜，少遭不造。哀煢靡識，越在繦緥。母兄鞠育，有慈無威。恃愛肆姐，不訓不師。爰及冠帶，憑寵自放。抗心希古，任其所尚。託好老莊，賤物貴身。志在守樸，養素全真。曰余不敏，好善闇人。子玉之敗，屢增惟塵。大人含弘，藏垢懷恥。民之多僻，政不由己。惟此褊心，顯明臧否。感悟思愆，怛若創痏。欲寡其過，謗議沸騰。性不傷物，頻致怨憎。昔慙柳惠，今愧孫登。內負宿心，外恧良朋。仰慕嚴鄭，樂道閑居。與世無營，神氣晏如。咨予不淑，嬰累多虞。匪降自天，實由頑疎。理弊患結，卒致囹圄。對答鄙訊，縶此幽阻。實耻訟寃，時不我與。雖曰義直，神辱志沮。澡身滄浪，豈云能補。嗈嗈鳴雁，奮翼北游。順時而動，得意忘憂。嗟我憤歎，曾莫能儔。事與願違，遘兹淹留。窮達有命，亦又何求。古人有言，善莫近名。奉時恭默，咎悔不生。萬石周慎，安親保榮。世務紛紜，祇攪予情。安樂必誠〔一〕，乃終利貞。煌煌靈芝，一年三秀。予獨何爲，有志不就。懲難思復，心焉内疚。庶勖將來，無馨無臭。采薇山阿，散髮巖岫。永嘯長吟，頤性養壽。

【校勘記】

〔一〕《八代詩選》諸本皆作『誠』。《古詩紀》《漢魏詩乘》《采菽堂古詩選》《魏詩》等均作『誠』，從之。

贈秀才入軍〔一〕

穆穆惠風，扇彼輕塵。弈弈素波，轉此游鱗。伊我之勞，有懷佳人。寤言永思，實鍾所親。所親安在，舍我遠邁。棄此蓀芷，襲彼蕭艾。雖曰幽深，豈無顛沛。言念君子，不遐有害。

良馬既閑，麗服有暉。左攬繁弱，右接忘歸。風馳電逝，躡景追飛。凌厲中原，顧盼生姿。

輕車迅邁，息彼長林。春木載榮，布葉垂陰。習習谷風，吹我素琴。交交黄鳥，顧儔弄音。感悟馳情，思我所欽。心之憂矣，永嘯長吟。

浩浩洪流，帶我邦畿。萋萋緑林，奮榮揚暉。魚龍瀺灂，山鳥羣飛。駕言出游，日夕忘歸。思我良朋，如渴如饑。願言不獲，愴矣其悲。

息徒蘭圃，秣馬華山。流磻平皋，垂綸長川。目送歸鴻，手揮五絃。俯仰自得，游心太玄。嘉彼釣叟，得魚忘筌。郢人逝矣，誰與盡言。

閒夜肅清，朗月照軒。微風動袿，組帳高褰。旨酒盈樽，莫與交歡。鳴琴在御，誰與鼓彈。仰慕同趣，其馨若蘭。佳人不存，能不永歎。

琴詩自樂，遠游可珍。含道獨往，棄智遺身。寂乎無累，何求於人。長寄靈嶽，怡志養神。

流俗難悟，逐物不還。至人遠鑒，歸之自然。萬物爲一，四海同宅。與彼共之，予何所惜。生若浮寄，暫見忽終。世故紛紜，棄之八成〔二〕。澤雉雖饑，不願園林。安能服御，勞形苦心。身貴名賤，榮辱何在。貴得肆志，縱心無悔。

【校勘記】

〔一〕《古詩紀》、《漢魏詩乘》卷十九題作《贈秀才入軍十九首》，《石倉歷代詩選》卷二入選嵇康《贈秀才入軍十三首》。《魏詩》題曰《贈兄秀才入軍詩十八章》，王闓運選其九，并統題爲《贈秀才入軍》。

〔二〕《八代詩選》諸本皆作『入戎』。《古詩紀》《漢魏詩乘》《采菽堂古詩選》《魏詩》均作『八成』，從之。

荀勖

從武帝華林園宴

習習春陽，帝出乎震。天施地生，以應仲春。思文聖皇，順時秉仁。欽若靈則，飲御嘉賓。洪恩普暢，慶乃衆臣。其慶惟何，錫以帝祉。肆覲羣后，有客戾止。外納要荒，内延卿士。簫管詠德，八音咸理。凱樂飲酒，莫不宴喜。

張華

勵志詩〔一〕

大儀斡運，天迴地游。四氣鱗次，寒暑環周。星火既夕，忽焉素秋。涼風振落，熠燿宵流。吉士思秋，實感物化。日與月與，荏苒代謝。逝者如斯，曾無日夜。嗟爾庶士，胡寧自舍。仁道不遐，德輶如羽。求焉斯至，衆鮮克舉。大猷玄漠，將抽厥緒。先民有作，貽我高矩。雖有淑姿，放心縱逸。出般於游，居多暇日。如彼梓材，弗勤丹漆。雖勞樸斵，終負素質。養由矯矢，獸號於林。蒲蘆縈繳，神感飛禽。末伎之妙，動物應心。研精躭道，安有幽深。安心恬蕩，棲志浮雲。體之以質，彪之以文。如彼南畝，力耒既勤。藨蓘致功，必有豐殷。水積成川，載瀾載清。土積成山，歊蒸鬱冥。山不讓塵，川不辭盈。勉爾含弘，以隆德聲。高以下基，洪由纖起。川廣自源，成人在始。累微以著，乃物之理。纆牽之長，實累千里。復禮終朝，天下歸仁。若金受礪，若泥在鈞。進德修業，輝光日新。隰朋仰慕，予亦何人。

【校勘記】

〔一〕《八代詩選》諸本皆不分章。《張茂先集》、《古詩紀》卷三十一、《采菽堂古詩選》、《晉詩》等皆分此詩爲九章。

太康六年三月三日後園會〔一〕

暮春元日，陽氣清明。祁祁甘雨，膏澤流盈。習習祥風，啟滯導生。禽鳥翔逸，卉木滋榮。纖條被緑，翠華含英。於皇我后，欽若昊乾。順時省物，言觀中園。讌及羣辟，乃命乃延。合樂華池，祓濯清川。汎彼龍舟，泝游洪源。朱幕雲覆，列坐文茵。羽觴波騰，品物備珍。管絃繁會，變用奏新。穆穆我皇，臨下渥仁。訓以慈惠，詢納廣神。好樂無荒，化達無垠。咨予微臣，荷寵明時。忝恩於外，攸攸三期。犬馬惟慕，天實爲之。靈啟其願，遐願〔二〕在兹。於以表情，爰著斯詩。

【校勘記】

〔一〕《八代詩選》諸本皆不分章。《古詩紀》卷三十一、《晉詩》等均分四章。

〔二〕《八代詩選》諸本皆作『邀願』。《張茂先集》、《古詩紀》卷三十一作『邀願』，《晉詩》作『遐願』，從之。

傅玄

短歌行

長安高城，層樓亭亭。干雲四起，上貫天庭。蜉蝣何整，行如軍征。蟋蟀何感，中夜哀鳴。蚍蜉愉樂，粲粲其榮。寤寐念之，誰知我情。昔君視我，如掌中珠。何意一朝，棄我溝渠。昔君與我，如影如形。何意一去，心如流星。昔君與我，兩心相結。何意今日，忽然兩絶。

答程曉詩

奕奕〔一〕兩儀，昭昭太陽。四氣代升，三朝受祥。濟濟羣后，峩峩聖皇。元服肇御，配天垂光。伊周〔二〕作弼，王室惟康。顒顒兆民，蠢蠢戎蠻。率土充庭，萬國奉蕃。皇澤雲行，神化風宣。六合咸熙，遐邇同歡。赫赫明明，天人合和。下罔遺滯，焦朽斯華。矧我良朋，如玉之嘉。穆穆雝雝，興頌作歌。

【校勘記】

〔一〕光緒十六年江蘇書局本作『弈弈』。光緒七年四川尊經書局本、民國三十一年程天放本作『奕奕』，是。

〔二〕《八代詩選》諸本皆作『伊州』。《藝文類聚》卷三十一、《古詩紀》卷三十二、《廣文選》卷十、《傅鶉觚集》均作『伊周』，從之。

傅咸

與尚書同僚詩

非望之寵，謬加於己。猥授非據，奄司萬里。煌煌朱軒，服驥驂騄。曄曄初星，肅肅臣僕。暉光顯赫，衆目所屬。斯之弗稱，匪榮伊辱。質弱尚父，受任鷹揚。德非樊仲，王命是將。百城或違，無能有匡。一州之矜，將馳其綱。得意忘言，言在意後。夫惟神交，可以長久。我心之孚，有盈於缶。與子偕老，豈曰執手。出司萬里，牧彼朔濱。服冕乘軒，六轡既均。威風先邁，百城肅震。

應貞

華林園集詩〔一〕

悠悠太上，民之厥初。皇極肇建，彝倫攸敷。五德更運，膺籙受符。陶唐既謝，天歷在虞。於時上帝，乃顧惟眷。光我晉祚，應期納禪。位以龍飛，文以虎變。玄澤滂流，仁風潛扇。區內宅心，方隅回面。天垂其象，地耀其文。鳳鳴朝陽，龍翔景雲。嘉禾[二]重穎，蓂莢載芬。率土咸序，人胥悦欣。恢恢皇度，穆穆聖容。言思其順，貌思其恭。在視斯明，在聽斯聰。登庸以德，明試以功。其恭惟何，昧旦丕顯。無理不經，無義不踐。行捨其華，言去其辯。游心至虚，同規易簡。六府孔修，九有斯靖。澤靡不被，化罔不加。聲教南暨，西漸流沙。幽人肆險，遠國忘遐。越裳重譯，充我皇家。峩峩列辟，赫赫虎臣。内和五品，外威四賓。修時貢職，入覲天人。備言錫命，羽蓋朱輪。貽宴好會，不常厥數。神心所受，不言而喻。於時肄射，弓矢斯御。發彼五的，有酒斯飫。文武之道，厥猷未墜。在昔先王，射御兹器。示武懼荒，過亦爲失。凡厥羣后，無懈於位。

【校勘記】

〔一〕《古詩紀》卷三十三作《晉武帝華林園集詩九章》。《八代詩選》諸本不分章。

〔二〕光緒十六年江蘇書局本作『禾』，是。光緒七年四川尊經書局本、民國三十一年程天放本作『木』。

束皙

補亡詩六首并序[一]

序曰：晳與同業疇人肄修鄉飲之禮，然所詠之詩，或有義無辭，音樂取節，闕而不備。於是遥想既往，存思在昔，補著其文，以綴舊制。

《南陔》，孝子相戒以養也。

循彼南陔，言采其蘭。眷戀庭闈，心不遑安。彼居之子，罔或游盤。馨爾夕膳，絜爾晨餐。循彼南陔，厥草油油。彼居之子，色思其柔。眷戀庭闈，心不遑留。馨爾夕膳，絜爾晨羞。有獺有獺，在河之涘。凌波赴汨，噬魴捕鯉。嗷嗷林烏，受哺於子。養隆敬薄，惟禽之似。勖臻爾虔，以介丕祉。

《白華》，孝子之絜白也。

白華朱萼，被於幽薄。粲粲門子，如磨如錯。終晨三省，匪惰其恪。白華絳趺，在陵之陬。蒨蒨士子，涅而不渝。竭誠盡敬，亹亹忘劬。白華玄足，在邱之曲。堂堂處子，無營無欲。鮮侔晨葩，莫之點辱。

《華黍》，時和歲豐，宜黍稷也。

黮黮重雲，輯輯和風。黍華陵巔，麥秀邱中。靡田不播，九穀斯豐。奕奕玄霄，濛濛甘霤。黍發稠華，亦[二]挺其秀。靡田不殖，九穀斯茂。無高不播，無下不殖。芒芒其稼，參參其穡。稸我王委，充我民食。玉燭陽明，顯猷翼翼。

《由庚》，萬物得由其道也。

蕩蕩夷庚，物則由之。蠢蠢庶類，王亦柔之。道之既由，化之既柔。木以秋零，草以春抽。獸在於草，魚躍順流。四時遞謝，八風代扇。纖阿案晷，星變其躔。五緯不逆[三]，六氣無易。愔愔我王，紹文之迹。

《崇邱》，萬物極其高大也。

瞻彼崇邱，其林藹藹。植物斯高，動類斯大。周風既洽，王猷允泰。漫漫方輿，回回洪覆。何類不繁，何生不茂。物極其性，人永其壽。恢恢大圜，茫茫九壤。資生仰化，於何不養。人無道夭，物極則長。

《由儀》，萬物之生，各得其儀也。

肅肅君子，由儀率性。明明后辟，仁以爲政。魚游清沼，鳥萃平林。濯鱗鼓翼，振振其音。賓寫爾誠，主竭其心。時之和矣，何思何修。文化內輯，武功外悠。

【校勘記】

〔一〕『并序』爲整理者所加。諸本皆作『補亡詩六首』。

〔二〕《文選》卷十九作『亦』。《古詩紀》卷三十三、《采菽堂古詩選》卷十、《晉詩》均作『禾』。

〔三〕《八代詩選》諸本皆作『逆』。《古詩紀》卷三十三、《采菽堂古詩選》卷十、《晉詩》均作『愆』。

何劭

洛水祖王公應詔

穆穆聖王，體此慈仁。友于之至，通於明神。游宴綢繆，情戀所親。薄云餞之，於洛之濱。嵩崖巘巘，洪流湯湯。春風動衿，歸雁和鳴。我后饗客，鼓瑟吹笙。舉爵惟别，聞樂傷情。嘉宴既終，白日西歸。羣司告旋，鸞輿整綏。我皇重離，頓轡驂騑。臨川永歎，酸涕霑頤。崇恩感物，左右同悲。

陸機

短歌行

置酒高堂，悲歌臨觴。人壽幾何，逝如朝霜。時無重至，華不再揚。蘋以春暉，蘭以秋芳。來日苦短，去日苦長。今我不樂，蟋蟀在房。樂以會興，悲以别章。豈曰無感，憂爲子忘。我酒既旨，我肴既臧。短歌有詠，長夜無荒。

隴西行

我静如鏡，民動如烟。事以形兆，應以象懸。豈曰無才，世鮮興賢。

皇太子宴玄圃宣猷堂有令賦詩一首

三正迭紹，洪聖啟運。自昔哲王，先天而順。羣辟崇替，降及近古。黄暉既渝，素靈承祜。乃眷斯顧，祚之宅土。三后始基，世武丕承。協風旁駭，天晷仰澄。湻曜六合，皇慶攸興。自彼河汾〔一〕，奄齊七政。時文惟晉，世篤其聖。欽翼昊天，對揚成命。九區克咸，讌〔二〕歌以詠。皇上纂隆，經教弘道。於化既豐，在工載考。俯釐庶績，仰荒大造。儀刑祖宗，妥綏天保。篤生我后，克明克秀。體輝重光，承規景數。茂德淵沖，天姿玉裕。蕞爾小臣，邈彼荒遐。弛厥負擔，振纓承華。匪願伊始，惟命之嘉。

【校勘記】

〔一〕以上二句，諸本《八代詩選》缺，此據《文選》卷二十、《古詩紀》卷三十五補。

〔二〕《八代詩選》同《文選》作『讌』。《陸平原集》、《古詩紀》卷三十五、《采菽堂古詩選》卷十、《晉詩》均作『謳』。

答賈謐〔一〕

余昔爲太子洗馬，魯公〔二〕賈長淵以散騎常侍侍東宫〔三〕。積年，余出補吴王郎中令。元康六年，入爲尚書郎。魯公贈詩一篇，作此詩答之云爾。

伊昔有皇，肇濟黎蒸。先天創物，景命是膺。降及羣后，迭毀迭興。邈矣終古，崇替有徵。在漢之季，皇綱幅裂。大辰匿暉，金虎曜質。雄臣馳騖，義夫赴節。釋位揮戈，言謀王室。王室之亂，靡邦不泯。如彼墜景，曾不可振。乃眷三哲，俾乂斯民。啟土唯難，改物承天。爰兹有魏，即宫天邑。吴實龍飛，劉亦岳立。干戈載揚，俎豆載戢。民勞師興，國玩凱入。天厭霸德，黄[四]祚告釁。獄訟違魏，謳歌適晉。陳留歸蕃，我皇登禪。庸岷稽顙，三江改獻。赫矣隆晉，奄宅率土。對揚天人，有秩斯祜。惟公太宰，光翼二祖。誕育洪胄，纂戎於魯。東朝既建，淑問峩峩。我求明德，濟同以和。魯公戾止，衮服委蛇。思媚皇儲，高步承華。昔我逮兹，時惟下僚。及子棲遲，同林異條。年殊志比，服舛義稠。游跨三春，情固二秋。祇[五]承皇命，出納無違。往踐蕃朝，來步紫微。升降祕閣，我服載暉。孰云匪懼，仰肅明威。分索則易，攜手實難。念昔良游，兹焉永歎。公之云感，貽此音翰。蔚彼高藻，如玉如蘭。惟漢有木，曾不踰境。惟南有金，萬邦作詠。民之胥好，狷狂厲聖。儀刑在昔，予聞子命。

【校勘記】

〔一〕《文選》卷二十四作『答賈長淵』，且不分章，《八代詩選》作『答賈謐』，亦不分章。《古詩紀》卷三十五作『答賈謐十一章并序』。

〔二〕《八代詩選》從《文選》卷二十四無『魯公』。《古詩紀》卷三十五有『魯公』，據以補。

〔三〕《八代詩選》諸本皆作『以散騎侍東宫』。《文選》卷二十四作『以散騎常侍東宫』。《古詩紀》卷三十五、《采菽堂古詩選》卷十、《晉詩》等均作『以散騎常侍侍東宫』，從之。

〔四〕《八代詩選》諸本皆作『黄』。《文選》卷二十四、《采菽堂古詩選》卷十、《晉詩》皆作『黄』，《陸平原集》、《古詩紀》卷三十五作『皇』。

〔五〕光緒十六年江蘇書局本作『祇』。光緒七年四川尊經書局本、民國三十一年程天放本作『祗』。

贈馮文羆遷斥邱令[一]

於皇聖世，時文惟晉。受命自天，奄有黎獻。閶闔既闢，承華再建。明明在上，有集惟彥。奕奕馮生，哲問允迪。天保定子，靡德不鑠。萬心玄曠，矯志崇邈。遵彼承華，其容灼灼。嗟我人斯，戢翼江潭。有命集止，翻飛自南。出自幽谷，及爾同林。雙情交映，遺物識心。人亦有言，交道實難。有頍者弁，千載一彈。今我與子，曠世齊歡。利斷金石，氣惠秋蘭。羣黎未綏，帝用勤止。我求明德，肆於百里。僉曰爾諧，俾民是紀。乃眷北徂，對揚帝祉。疇昔之游，好合纏緜。借曰未給，亦既三年。居陪華幄，出從朱輪。方驪齊鑣，比迹同塵。之子既命，四牡項領。遵塗遠蹈，騰軌高騁。慶雲扶質，清風承景。嗟我懷人，其邁惟永。否泰有殊，窮達有違。及子春華，後爾秋暉。逝將去我，陟彼朔陲。非子之念，心孰爲悲。

【校勘記】

〔一〕《八代詩選》同《文選》卷二十四不分章。《古詩紀》卷三十五、《采菽堂古詩選》卷十、《晉詩》均分八章。

贈潘尼

水會於海，雲翔於天。道之所混，孰後孰先。及子雖殊，同升太玄。舍彼玄冕，襲此雲冠。遺情市朝，永志邱園。靜猶幽谷，動若抽蘭。

陸雲

大將軍宴被命作詩〔一〕

皇皇帝祜，誕隆駿命。四祖正家，天禄保定。叡哲惟晉，世有明聖。如彼日月，萬景攸正。巍巍明聖，道隆自天。則明分爽，觀象洞玄。陵風協極，絶輝照淵。肅雍往播，福禄來臻。在昔姦臣，稱亂紫微。神風潛駭，有赫茲威。靈旗樹旆，如電斯揮。致天之屆，於河之沂。有命再集，皇輿凱歸。頽綱既振，品物咸秩。神道見素，遺華反質。辰晷重光，協風應律。函夏無塵，海外有謐。芒芒宇宙，天地交泰。王在華堂，式宴嘉會。玄暉峻朗，翠雲崇靄。冕弁振纓，服藻垂帶。祁祁臣僚，有來雍雍。薄言載考，承顏下風。俯覿嘉客，仰瞻玉容。施己唯約，於禮斯豐。天錫難老，如嶽之崇。

【校勘記】

〔一〕《文選》卷二十題作『大將軍讌會被命作詩』。《古詩紀》卷三十六、《采菽堂古詩選》卷十一、《晉詩》均作『大將軍宴會被命作詩六章』，《八代詩選》諸本作『大將軍宴被命作詩』且不分章。

征西大將軍京陵王公會射堂皇太子見命作此詩〔一〕

芒芒太極，玄化烟熅。穎形成器，凌象垂文。大鈞造物，庶類羣分。先識經始，實綜彝倫。惟岳隆周，生甫及申。天鑒在晉，祚之降神。邈矣遐風，茂德有鄰。永言配命，惟晉之鎮。厥鎮伊何，實幹心膂。文教内輔，武功外禦。淮方未靖，帝曰攸序。公於出征，奄有南浦。南海既賓，爰戢干戈。桃林釋駕，天馬婆娑。象齒南金，來格皇家。絶音協徽，宇宙告和。玄綱峻極，天罔既紘。文武方升，允兹兼弘。峩峩高夏，有肅其凉。公侯戾止，騄驥龍驤。善問如林，在會鏘鏘。祝融御節，火正緝熙。凱風徘徊，萬物欣時。秩秩初筵，薄言在兹。嘉福介祜，萬壽無期。

【校勘記】

〔一〕《八代詩選》諸本不分章，《古詩紀》卷三十六分六章。

大安二年夏四月大將軍出祖王羊二公於城南堂皇被命作此詩〔一〕

時文惟晉，天祚有祥。聖宰作弼，受言既臧。有赫斯庸，勳格昊蒼。景物臺暉，棟隆玉堂。惟常思庸，大興光迪。聖敬遠躋，神道玄邈。思媚三靈，誕膺天篤。嘉命既辱，王人言告。翼翼王人，言告惟慕。公輿駕言，乃眷斯顧。華旂飛藻，鳴鸞振路。騑騑四牡，噓天載步。我有高夏，如雲斯薈。彫軒戾止，薄言嘉會。問誰在宴，惟俊惟乂。豐俎殷薦，獻酬交泰。攸攸昊天，南正興言。朱明有暐，萬葉翠繁。昌雲垂天，凱風熙顏。王臣在此，貽宴於懽。懸象西頹，虞淵納景。嘉樂未晞，嚴駕已整。行矣征人，身乖路永。飛驂顧懷，華蟬引領。遺思北京，結轡臺省。

【校勘記】

〔一〕《八代詩選》諸本不分章，《古詩紀》卷三十六分六章。

贈顧驃騎

有皇，美祈陽也。祈陽秉文之士，駿發其聲，故能明照有吴，入顯乎晉。國人美之，故作是詩焉。

有皇大晉，時文憲章。規天有光，矩地無疆。神篤斯祜，本顯克昌。載生之雋，實惟祈陽。哲問宣猷，考茂其相。於鑠祈陽，誕鍾天篤。清輝龍見，玄猷淵嘿。沈機響駭，幽神廣覿。和以同人，物歸時育。有大惡盈，謙以自牧。思我懿範，萬民來服。吴未喪師，天秩有庸。淵哉若人，弱冠休風。俯翼黄門，以德來忠。端秀蕃后，正色儲宫。徽音鑠潁，邈矣遐蹤。皇維南終，舊邦匪歆。委弁釋位，如龍之潛。考槃窮谷，假樂豐林。子雖藏器，鐘鼓有音。惠風往敬，慶問來尋。濟濟元公，相惟天子。明明辟王，思隆多士。帝曰欽哉，有命集止。我咨四方，令問在爾。以朕大賫，乃膺嘉祉。聿來胥步，觀國之紀。惟皇建極，緝熙清曜。我有畯民，明德來照。大觀在上，王假有廟。顯允顧生，金聲玉振。之子于升，利見大人。龍輝絶迹，有肅清塵。清塵既彰，朝虚好爵。敬子侯度，慎徽百辟。予〔二〕聞有命，德禮不易。嗟我懷人，瞻言永錫。豐祐東法，惟子之績。遵汶涉泗，言告同征。勁風宵烈，湛露朝零。雲垂藹下，泉洌清泠。哀哉行人，感物傷情。從子京邑，言觀厥成。天保祚德，式穀以甯。

【校勘記】

〔一〕《八代詩選》諸本皆作『于』。《古詩紀》卷三十六、《采菽堂古詩選》卷十一、《晉詩》作『予』，從之。

贈鄱陽府君張仲膺〔一〕

神林何有，奇華妙實。皇朝如何，窮文極質。斌斌君子，升堂入室。太上有曜，子誕其輝。知機日難，子達其微。入輔幃幄，出御千里。滔滔江漢，南國之紀。謁帝東堂，剖符南征。天子命我，車服以榮。何以潤之，德被蒼生。何以濟之，威振羣城。卻愚以化，崇賢以仁。鳳舒其翮，龍濯其鱗。憬彼荒藪，莫敢不賓。雖云舊邦，其命維新。卞和南金，終始一色。顯允君子，窮達一德。弘仁厲道，物究其極。古賢受爵，循牆虔恭。今哲居貴，履盈如沖。接新以化，愛舊以豐。隆此嚶鳴，惇彼谷風。忠至寵加，孝至榮集。內崇蘭芬，外清名邑。煒煒棠棣，夐增其華。猗猗桑梓，厥耀孔多。被繡晝行，昔人攸羨。階雲飛藻，孰與同粲。人道伊何，難合易離。會如升峻，別如順淇。嗟我懷人，曷云其來。貢言執手，涕既隕之。

【校勘記】

〔一〕《八代詩選》諸本皆不分章，《古詩紀》卷三十六、《晉詩》分五章。

答兄平原

伊我世族，太極降精。昔在上代，軒虞篤生。厥生伊何，流祚萬齡。南嶽有神，乃降厥靈。誕鍾祖考，徹茲神明。運步玉衡，仰和太清。賓御四門，旁穆紫庭。紫庭既穆，威聲爰振。厥振伊何，播化殊鄰。清風攸被，率土歸仁。彤弧所彎，萬里無塵。功昭王府，帝庸厥勳。黄鉞授征，錫命頻繁。闞如虓虎，肅茲三軍。光若辰跱，亮彼公門。仍世上司，芳流慶純。雲和所產，爰有二昆。誕豐岐嶷，夙邁令聞〔一〕。令聞伊何，休音允臧。先公克搆，乃崇斯堂。耀穎上京，發迹扶桑。戎車出征，時惟鷹揚。鷹揚既昭，勳庸克邁。天子命我，鎮弼于外。往作扞城，以表南裔。降災匪躅，景命顛沛。惟我賢昆，天姿秀生。含奇播殊，明德惟馨。太陽散氣，乃稟厥和。山川垂度，爰則厥遐。厥遐爰何，惟光惟大。惟大伊何，如岱如渭。恢此廣淵，廓彼洪懿。弘道惇德，淵哉爲器。統我先基，弱冠慷慨。將弘祖業，實崇奕世。咨予頑蒙，蕞爾弱才。沈耀玄渚，挹庇雲淇。陶化靡移，固陋於兹。瞻仰洪範，實忝先基。巍巍先基，重規累構。赫赫重光，遐風激鶩。昔我先公，爰造斯猷。今我六蔽，匪崇克扶。悠悠大道，載邈載遐。洋洋淵源，如海如河。昔我先公，斯綱斯紀。今我末嗣，乃傾乃圮。世業之頹，自予小子。仰愧靈邱，銜憂没齒。憂懷惟何，顧景惟塵。峩峩高蹤，眇眇貿辰。明德繼體，莫匪哲人。今我頑鄙，規範靡遵。仍世載德，荒之予身。莫峻匪岳，有峻斯登。莫高匪雲，有高斯凌。矧我成基，匪克階升。玄黄長坂，載寐載興。豈敢憚行，哀此負乘。芒芒高山，自予頹之。濟濟德義，匪予懷之。終銜永負，於其愧而。昔予言曠，汜舟東川。銜憂告辭，揮淚海濱。羲陽趣駕，炎華電征。自我不見，邈哉八齡。悠思迴望，寤言通靈。昔我往矣，辰在東嵎。今我於兹，日薄桑榆。銜艱遘愍，困瘁殷憂。哀矣我世，匪蒙靈休。開元迄兹，震興迭微。弱風隱駭，海水羣飛。王旅南征，闡耀靈威。予昆乃播，爰集朔土。載離永久，其毒太苦。上帝休命，駕言其歸。多我遘愍，振蕩朔垂。羈縶殊俗，初願用違。嚴駕東征，肅邁林野。夕秣乘馬，朝整僕旅。矯矯乘馬，載驅載馳。漫漫長路，或降或陟。晨風夙零，朝不皇饑。傾景儵墜，夕不存罷。雖有豐草，匪釋奔駟。雖有重陰，匪遑遐寐。煢煢僕夫，悠悠遄征。經彼喬木，有鳥嚶鳴。微物識儕，矧伊有情。樂兹棠棣，實歡友生。既至既覯，滯思曠年。曠年殊域，覯未浹辰。恨其永懷，憂心孔艱。天地永久，命也難長。生民忽霍，曷云其常。我之既存，靡績靡紀。乾坤難並，寂焉其已。生若電激，没若川征。存愧松柏，逝慚生靈。匪吝性命，實悼徒生。苟克析薪，豈憚冥冥。瞻企皇極，徼福上天。冀我友生，要期永年。昔我先公，邦國攸興。今我家道，緜緜莫承。昔我昆弟，如鸞如龍。今我友生，凋俊墜雄。家哲永徂，世業長終。華堂傾構，廣宅頹墉。高門降衡，修庭樹蓬。感物悲懷，愴矣其傷。惇仁汜愛，錫予好音。晞光懷寶，焕若南金。披華玩藻，曄若翰林。詠彼清聲，被之瑟琴。味此殊響，慰之予心。弘懿忘鄙，命之反覆。敢投挑李，以報寶玉。冀憑光蓋，編諸末録。

【校勘記】

〔一〕民國三十一年程天放本作『閒』，誤。光緒七年四川尊經書局本、光緒十六年江蘇書局本作『聞』。《古詩紀》等諸本皆作『聞』。

高岡

瞻彼高岡，有猗其桐。允也君子，實寶南江。員規啟俗，沈矩履方。泳此明流，清瀾川通。陟彼衡林，味其回芳。馥馥回芳，綢繆中原。祁祁庶類，薄采其芬。栖遲泌邱，容與衡門。聲播東汜，響溢南雲。穆穆閶闔，南端啟籥。庶明以庸，帝聽式闕。有鳳于潛，在林栖翮。非予之祚，孰與好爵。幽居玩物，顧景自頤。發憤潛惟，彷彿有思。予美忘此，終然胥來。企予與言，惟用作詩。

答孫顯世

邈矣上祖，垂休萬葉。廣問弘被，崇軌峻躡。高山克荒，大川利涉。繁藹惟祜，風連雲接。大人有作，二后利見。九功敷奏，七德殷薦。鼎實重芳，勞烈再扇。奕世弘道，天禄來宴。道弘振古，祚未替今。如彼在川，亦有浮沈。大韶既素，響非我音。豈非荒止，塗弗克尋。昌風改物，豐水易瀾。百川總紀，四海合源。在彼焉取，聿來莫觀。曾是褊心，敢忘邱園。員暉偏照，玄澤謬盈。發彼承華，頓此增城。紀景靈雲，倦游紫庭。匪曰能知，實忝長纓。焕矣金虎，襲我皇猷。孰云匪吝，仰愧蒼流。往蹇來返，弭迹一邱。變〔一〕彼東朝，言即爾謀。振振孫子，洪族之紀。志擬龍潛，德配麟趾。引服朗節，克明峻軌。遵彼中皋，於穆不已。於穆不已，大都是階。之子於命，民應如隤。厚德時邁，協風允諧。惠此海湄，俾也可懷。乃眷邱林，樂哉河曲。解紱披褐，投印懷玉。遺情春臺，託蔭寒木。言念伊人，温其在谷。道侯人行，辭以義輯。和容過表，余未云執。惠音弘播，清風駿集。懷德形憮，臨篇景立。

【校勘記】

〔一〕光緒十六年江蘇書局本作『孌』。光緒七年四川尊經書局本、民國三十一年程天放本作『變』，是。

失題

悠悠縣象，昭回太素。清濁迭興，升降啟度。遺和既爽，季春告暮。朱明來思，青陽受煦。日征月盈，天道變通。太初陶物，造化爲功。四月惟夏，南征觀方。凱風有集，飄飆南窻。思樂萬物，觀異知同。有渰萋萋，甘雨來播。黍稷方華，中田多稼。庭槐振藻，園桃阿那。薄言觀物，在堂知化。蓬户惟情，玩物一室。明發有懷，念昔先哲。通夢幽人，彷佛遺烈。清暉在天，孰與永日。乃啟遺籍，思予大觀。幽居傲物，顧景怡顏。況惟解舞，衡門重關。思媚古人，有懷良盤。沈曦含輝，芳烈如蘭。厥初生民，有物有類。自古有稱，大寶以位。征徒式好，俊奔攸遂。啟予有聞，誨爾達貴。達貴伊何，天爵無榮。渾淪大昧，混其濁清。毁方遯象，遺頑履貞。道實藏器，景以昭形。芒芒陋世，奚兢奚錯。收彼紛華，委之冲漠。漂志垂天，矯心馮閣。道好莊聃，儀刑有作。安得達人，顧予命薄。

失題〔一〕

思樂芳林，言采其菊。衡薄遵塗，中原有菽。登彼脩巒，在林寤宿。彷佛佳人，清顔如玉。予美亡此，誰爲適道。容與俟之，玄髪方皓。躑躅山阿，玩此芳草。願淪其顯，庶以遺老。亹亹嘉時，飄忽棄予。有瞻逝深，永歎〔二〕潛滸。願登〔三〕扶桑，仰結飛晷。伊人匪存，遺芳孰與。精氣爲物，或降或升。徂落攸往，神奇有登。死生爲徒，存亡曷勝。謂予不信，遺籍有徵。閒居外物，静言樂幽。繩樞增結，甕牖綢繆。和神當春，清節爲秋。天地則爾，户庭已悠。嗟我懷人，悠悠其潛。念昔先烈，有懷所欽。駭情玩世，當〔四〕允南金。瓊輝邈矣，誰適爲心。明發興言，慷慨芳林。

【校勘記】

〔一〕《八代詩選》諸本題曰『同前』，此改爲『失題』。

〔二〕光緒十六年江蘇書局本作『歡』，光緒七年四川尊經書局本、民國三十一年程天放本作『歎』。

〔三〕光緒七年四川尊經書局本、民國三十一年程天放本作『登願』，光緒十六年江蘇書局本作『願登』。

〔四〕《八代詩選》諸本皆闕字。《陸清河集》《古詩紀》《石倉歷代詩選》作『堂』。《晉詩》作『當』，從之。

孫拯

贈陸士龍

五龍戢號，雲鳥纂紀。滄化既離，義風肅始。軒冕垂容，文教乃理。奕奕英族，盛德豐祀。於赫皇吴，應天統元。蒸文烈公，光讚懿勳。九命重輝，恭德彌勤。華黼襲藻，金石載振。淵哉陸生，丕顯洪胄。亦崇懿風，邈比弘裕。無競惟德，豐光伊茂。文以義好，施以仁富。山積惟峻，道隆名遐。潛景在淵，龍躍承華。既升爾儀，誰不允嘉。有漼重淵，載清其波。濟濟皇朝，峩峩髦士。序爵以賢，惟俊萃止。翩翩二宫，令問不已。乃遷華閣，皇典斯紀。思文大謨，恢我王猷。清風肆穆，雅憲允休。邁彼江川，邈此北流。微言蘭馥，玉藻雲浮。遭時之險，虎穽滔天。憑德羡重，縶此俊賢。休否既亨，名以德淵。清徽〔一〕伊鑠，鑽之彌堅。明明大象，玄鑒照微。顯允君子，求福不回。善挹引慶，險以德祈。澄濁以静，罔久不暉。釋彼游寄，樂此窈真〔二〕。形以神和，思以道新。青雲方乘，芳

餌可捐。達觀在一，萬物自賓。寂寂重門，誰和子音。瞻彼晨風，思託茂林。闕〔三〕

【校勘記】

〔一〕光緒七年四川尊經書局本、民國三十一年程天放本作『清微』。光緒十六年江蘇書局本作『清徽』，是。

〔二〕《八代詩選》諸本皆作『真』。《古詩紀》卷三十七作『貞』。《晉詩》作『冥』。

〔三〕《八代詩選》諸本同《古詩紀》皆於詩末注曰『闕』。

潘岳

關中詩

於皇時晉，受命既固。三祖在天，聖皇紹祚。德博化光，刑簡枉錯。微火不戒，延我寶庫。蠢爾戎狄，狡焉思肆。虞我國眚，窺我利器。岳牧慮殊，威懷理二。將無專策，兵不素肄。翹翹趙王，請徒三萬。朝議惟疑，未逞斯願。桓桓梁征，高牙乃建。旗蓋相望，偏師作援。虎視耽耽，威彼好時。素甲日耀，玄幕雲起。誰其繼之，夏侯卿士。惟系惟處，列營棊跱。夫豈無謀，戎士承平。守有完郛，戰無全兵。鋒交卒奔，孰免孟明。飛檄秦郊，告敗上京。周殉師令，身膏氏斧。人之云亡，貞節克舉。盧播違命，投畀朔土。爲法受惡，誰爲荼苦。哀此黎元，無罪無辜。肝腦塗地，白骨交衢。夫行妻寡，父出子孤。俾我晉民，化爲狄俘。亂離斯瘼，日月其稔。天子是矜，旰食宴寢。主憂臣勞，孰不祇〔一〕懍。愧無獻納，尸素以甚。皇赫斯怒，爰整精鋭。命彼上谷，指日遄逝。親奉成規，稜威遐厲。首陷中亭，揚聲萬計。兵固詭道，先聲後實。聞之有司，以萬爲一。紂之不善，我未之必。虛皛湳德，謬彰甲吉。雍門不啟，陳汧危逼。觀遂虎奮，感身輸力。重圍克解，危城載色。豈曰無過，功亦不測。情固萬端，于何不有。紛紜齊萬，亦孔之醜。曰納其降，曰梟其首。疇真可掩，孰僞可久。既徵爾辭，既蔽爾訟。當乃明實，否則證空。好爵既靡，顯戮亦從。不見竇林，伏尸漢邦。周人之詩，實曰采薇。北難獫狁，西患昆夷。以古況今，何足曜威。徒愍斯民，我心傷悲。斯民如何，荼毒于秦。師旅既加，饑饉是因。疫癘淫行，荆棘成榛。絳陽之粟，浮於渭濱。明明天子，視民如傷。申命羣司，保爾封疆。靡暴於衆，無陵於强。惴惴寡弱，如熙春陽。

【校勘記】

〔一〕光緒十六年江蘇書局本作『祇』。光緒七年四川尊經書局本、民國三十一年程天放本作『祇』。

潘尼

贈陸機出爲吴王郎中令

東南之美，曩惟延州。顯允陸生，於今尠儔。振鱗南海，濯翼清流。婆娑翰林，容與墳邱。玉以瑜潤，隨以光融。乃漸上京，羽儀儲宫。玩爾清藻，味爾芳風。泳之彌廣，挹之彌冲。崑山何有，有瑶有珉。及爾同僚，具惟近臣。予涉素秋，子登青春。愧無老成，厠彼日新。祁祁大邦，惟桑惟梓。穆穆伊人，南國之紀。帝曰爾諧，惟王卿士。俯僂從命，奚恤奚喜。我車既巾，我馬既秣。星陳夙駕，載脂載轄。婉孌二宫，徘徊殿闥。醪澄莫饗，孰慰饑渴。昔予忝私，貽我蕙蘭。今子征東，何以贈旃。寸晷惟寶，豈無璵璠。彼美陸生，可與晤言。

答陸士衡

顧兹蓬蔚，厠根蘭陂。膏澤雖均，華不足披。逮春不茂，未秋先萎。子濯鱗翼，我挫羽儀。願言難常，載合載離。昔游禁闥，祗畏夕惕。今放邱園，縱心夷易。口詠新詩，目玩文迹。予志耕圃，爾勤王役。慙無琬琰，以訓尺璧。

王讚

三月三日詩

招摇啟運，寒暑代新。亹亹不舍，如彼行雲。猗猗季月，穆穆和春。皇儲降止，宴及嘉賓。嘉賓伊何，具惟姻族。如彼葛藟，衍於樛木。郁郁近侍，巖巖臺嶽。庶寮鱗次，以崇天禄。如彼崑山，列此琚玉。巍巍天階，亦降列宿。右載元首，左光儲副。大祚無窮，天地爲壽。

阮脩

上巳會詩

三春之季，歲惟嘉時。靈雨既零，風以散之。英華扇耀，祥鳥羣嬉。澄澄緑水，澹澹其波。脩岸逶迤，長川相過。聊且逍遥，其樂如何。坐此脩筵，臨彼素流。嘉肴既設，舉爵獻酬。彈筝弄琴，新聲上浮。水有七德，知者所娱。清瀨瀺灂，菱葭芬敷。沈此芳鈞，引彼潛魚。委餌芳美，君子戒諸。

閭邱冲

三月三日應詔詩二首

暮春之月，春服既成。陽昇土潤，冰涣川盈。餘萌達壤，嘉木敷榮。后皇宣游，既宴且寧。光光華輦，詵詵從臣。微風扇穢，朝露翳塵。上蔭丹幄，下藉文茵。臨川挹盥，濯故潔新。俯鏡清流，仰睇天津。藹藹華林，巖巖景陽。業業峻宇，奕奕飛梁。垂蔭倒景，若沈若翔。

浩浩白水，汎汎龍舟。皇在靈沼，百辟同游。擊櫂清歌，鼓枻行酬。聞樂咸和，具醉斯柔。在昔帝虞，德被遐荒。干戚在庭，苗民來王。今我哲后，古聖齊芳。惠此中國，以綏四方。元首既明，股肱惟良。樂酒今日，君子惟康。

左貴嬪

啄木詩

南山有鳥，自名啄木。饑則啄樹，暮則巢宿。無干於人，惟志所欲。性清者榮，性濁者辱。

劉琨

答盧諶

琨頓首：損書及詩，備辛酸之苦言，暢經通之遠旨。執玩反覆，不能釋手。慨然以悲，歡然以喜。昔在少壯，未嘗檢括，遠慕老莊之齊物，近嘉阮生之放曠。怪厚薄何從而生，哀樂何由而至。自頃輈張，困於逆亂，國破家亡，親友彫殘。負杖行吟，則百憂俱至。塊然獨坐，則哀憤兩集。時復相與，舉觴對膝，破涕爲笑，排終身之積慘，求數刻之暫歡。譬由疾疢〔一〕彌年，而欲一丸銷之，其可得乎？夫才生於世，世實須才。和氏之璧，焉得獨曜於郢握？夜光之珠，何得專玩於隋掌？天下之寶，當與天下共之。但分析之日，不能不悵恨耳。然後知聃周之爲虛誕，嗣宗之爲妄作也。昔騄驥倚輈于吴坂，長鳴于良樂，知與不知也。百里奚愚於虞，而知〔二〕於秦，遇與不遇也。今君遇之矣，勗之而已，不復屬意於文二十餘年矣。久廢則無次，想必欲其一反，故稱《指送》一篇，適足以彰來詩之益美耳。琨頓首頓首。

厄運初遘，陽爻在六。乾象棟傾，坤儀舟覆。横厲糾紛，羣妖競逐。火燎神州，洪流華域。彼黍離離，彼稷育育。哀我皇晉，痛心在目。天地無心，萬物同蹙。禍淫莫驗，福善則虛。逆有全邑，義無完都。英蕊夏落，毒卉冬敷。如彼龜玉，韞櫝毁諸。芻狗之談，其最得乎。咨余軟弱，匆克負荷。愆舋〔三〕仍彰，榮寵屢加。威之不建，禍延凶播。忠隕于國，孝愆于家。斯罪之積，如彼山河。斯舋之深，終莫能磨。郁穆舊姻，嬿婉新婚。不慮其敗，惟義是敦。裹糧攜弱，匍匐星奔。未輟爾駕，已隳我門。二族偕覆，三孽竝根。長慙舊孤，永負寃魂。亭亭孤幹，獨生無伴。緑葉繁縟，柔條脩罕。朝採爾實，夕捋爾竿。竿翠豐尋，逸珠盈椀。實消我憂，憂急用緩。逝將去乎，庭虛情滿。虛滿伊何，蘭桂移植。茂彼春林，瘁此秋棘。有鳥翻飛，不遑休息。匪桐不棲，匪竹不食。永戢東羽，翰撫西翼。我之敬之，廢歡輟職。音以賞奏，味以殊珍。文以明言，言以暢神。之子之往，四美不臻。澄醪覆觴，絲竹生塵。素卷莫啟，幄無談賓。既孤我德，又闕我鄰。光光段生，出幽遷喬。資忠履信，武烈文昭。旌弓騂騂，輿馬翹翹。乃奮長縻，是縶是鑣。何以贈子，竭心公朝。何以敘懷，引領長謡。

【校勘記】

〔一〕《八代詩選》諸本皆作『疚』。《古詩紀》卷四十一、《采菽堂古詩選》卷十二、《晉詩》均作『疢』。

〔二〕光緒七年四川尊經書局本、民國三十一年程天放本作『智』。光緒十六年江蘇書局本作『知』。

〔三〕《八代詩選》諸本皆作『舋』。《劉越石集》、《古詩紀》卷四十一等皆作『釁』。

盧諶

贈劉琨

書曰：故吏從事中郎盧諶，死罪死罪。諶稟性短弱，當世罕任。因其自然，用安靜退。在木闕不材之資，處雁乏善鳴之分。卷異蘧子，愚殊甯生。匠者時眄，不免饌賓。嘗自思惟，因緣運會，得蒙接事。自奉清塵，於今五稔。謨明之效不著，俟人之譏已彰。大雅含宏，量包山藪。加以待接彌優，款眷逾昵，與運籌之謀，厠讌私之歡。綢繆之旨，有同骨肉，其爲知己，古人罔喻。昔聶政殉嚴遂之顧，荆軻慕燕丹之義，意氣之間，糜軀不悔。雖微達節，謂之可庶。然苟曰有情，孰能不懷。故委身之日，夷險以之。事與願違，當忝外役。遂去左右，收迹府朝。蓋本同末異，楊朱興哀；始素終玄，墨翟垂涕。分乖之際，咸可歎慨；致感之塗，或迫于兹。亦奚必臨路而後長號，覩絲而後歔欷哉。是以仰惟先情，俯覽今遇，感存念亡，觸物增眷。《易》曰：書不盡言，言不盡意。然則書非盡言之器，言非盡意之具矣。况言有不得至於盡意，書有不得至於盡言耶。不勝猥懣，謹貢詩一篇，抑不足以揄揚弘美，亦以攄其所抱而已。若公肆大惠，遂其厚恩，錫以咳唾之音，慰其違離之意，則所謂《咸池》酬於北里，夜光報於魚目。諶之願也，非所敢望也。諶死罪死罪。

濬哲惟皇，紹熙有晉。振厥弛維，光闡遠韻。有來斯雍，至止伊順。三臺摛朗，四嶽增峻。伊陟佐商，山甫翼周。弘濟艱難，對揚王休。苟非異德，曠世同流。加其忠貞，宣其徽猷。伊諶陋宗，昔遘嘉惠。申以婚姻，著以累世。義等休戚，好同興廢。孰云匪諧，如樂之契。王室喪師，私門播遷。望公歸之，視險忽艱。兹願不遂，中路阻顛。仰悲先意，俯思身愆。大鈞載運，良辰遂往。瞻彼日月，迅過俯仰。感今惟昔，口存心想。借曰如昨，忽爲疇曩。疇曩伊何，逝者彌疎。温温恭人，慎終如初。覽彼遺音，恤此窮孤。譬彼樛木，蔓葛以敷。玅哉蔓葛，得託樛木。葉不雲布，華不星燭。承侔卞和，質非荆璞。眷同尤良，用乏驥騄。承亦既篤，眷亦既親。飾獎駑猥，方駕駿珍。弼諧靡成，良謨莫陳。無覬狐趙，有與五臣。五臣奚與，契闊百罹。身經險阻，足蹈幽遐。義由恩深，分隨昵加。綢繆委心，自同匪他。昔在暇日，玅尋通理。尤彼意氣，狹是節士。情以體生，感以情起。趣舍同要，窮達斯已。由余片言，秦人是憚。日磾效忠，飛身有漢。桓桓撫軍，古賢作冠。來牧幽都，濟厥塗炭。塗炭既濟，寇挫民阜。謬其疲隸，授之朝右。上懼任大，下欣施厚。實祗高明，敢忘所守。相彼反哺，尚在翔禽。孰是人斯，而忍是心。每憑山海，庶覿高深。遐眺存亡，緬成飛沈。長徽已纓，逝將徙舉。收迹西踐，銜哀東顧。曷云塗遼，曾不咫步。豈不夙夜，謂行多露。緜緜女蘿，施于松標。稟澤洪幹，晞陽豐條。根淺難固，莖弱易彫。操彼纖質，承此衝飆。纖質實微，衝飆斯值。誰謂言精，致在賞意。不見得魚，亦忘厥餌。遺其形骸，寄之深識。先民頤意，潛山隱几。仰熙丹崖，俯澡緑水。無求于私，自附衆美。慷慨遐蹤，有愧高旨。爰造異論，肝膽楚越。惟同大觀，萬殊一轍。死生既齊，榮辱奚別。處其玄根，廓焉靡結。福爲禍始，禍作福階。天地盈虚，寒暑周迴。夫差不祀，釁在勝齊。句踐作伯，祚自會稽。邈矣達度，惟道是杖。形有未泰，神無不暢。如川之流，如淵之量。上弘棟隆，下塞民望。

郭璞

贈温嶠

人亦有言，松竹有林。及爾臭味，異苔同岑。言以忘得，交以淡成。同匪伊和，惟我與生。爾神余契，我懷子情。攜手一豁，安知塵冥。

葛洪

洗藥池

洞陰泠泠，風珮清清。仙居永劫，花木長榮。

庾闡

孫登隱居詩

靈崖霞蔚，石室鱗構。青松標空，蘭泉吐牖。藭薈可游，芳津可潄。玄谷蕭寥，鳴琴獨奏。先生體之，寂坐幽岸。凝冰結樸，熙陽靡焕。潛真内全，飛榮外散。凌崖高嘯，希風朗彈。道有冥廢，運有昏消。達隱不崖，玄迹不標。或曰先生，晦德逍遥。稽子秀達，英風朗烈。道雋薰芳，鮮不玉折。兆動初萌，玅鑒奇絶。翹首邱冥，仰想玄哲。

袁宏

從征行方頭山

峩峩太行，凌虚抗勢。天嶺交氣，窈然無際。澄流入神，玄谷應契。四象悟心，幽人來憩。

孫統

蘭亭集詩

茫茫大造，萬化齊軌。罔昧玄同，競異摽旨。平勃運謀，黄綺隱几。凡我仰希，期山期水。

庾友

蘭亭集詩

馳心域表，寥寥遠邁。理感則一，冥然斯會。

王徽之

蘭亭集詩

散懷山水，蕭然忘羈。秀薄粲穎，疏松籠崖。游羽扇霄，鱗躍清池。歸目寄歡，心冥二奇。

無名人

白鳩篇

翩翩白鳩，載飛載鳴。懷我君德，來集君庭。白雀呈瑞，素羽明鮮。翔庭舞翼，以應仁乾。交交鳴鳩，或丹或黃。樂我君惠，振羽來翔。東壁餘光，魚在江湖。惠而不費，敬我微軀。策我良駟，習我驅馳。與君周旋，樂道忘饑。我心虛静，我志霑濡。彈琴鼓瑟，聊以自娱。陵雲登臺，浮游太清。扳龍附鳳，目望身輕。

獨漉篇

獨漉獨漉，水深泥濁。泥濁尚可，水深殺我。雝雝雙雁，游戲田畔。我欲射雁，念子孤散。翩翩浮萍，得風摇輕。我心何合，與之同并。空牀低帷，誰知無人。夜衣錦繡，誰别僞真。刀鳴鞘中，倚牀無施。父冤不報，欲活何爲。猛虎班班，游戲山間。虎欲齧人，不避豪賢。

卷二

晉至隋一

四言第二

陶潛

停雲

《停雲》，思親友也。樽湛新醪，園列初榮，願言不從，歎息彌襟云爾。

靄靄停雲，濛濛時雨。八表同昏，平路伊阻。靜寄東軒，春醪獨撫。良朋悠邈，搔首延佇。停雲靄靄，時雨濛濛。八表同昏，平陸成江。有酒有酒，閒飲東窗。願言懷人，舟車靡從。東園之樹，枝條再榮。競用新好，以招余情。人亦有言，日月於征。安得促席，說彼平生。翩翩飛鳥，息我庭柯。斂翮閒止，好聲相和。豈無他人，念子實多。願言不獲，抱恨如何！

時運

《時運》，游暮春也。春服既成，景物斯和，偶影獨游，欣慨交心。

邁邁時運，穆穆良朝。襲我春服，薄言東郊。山滌餘靄，宇曖微霄。有風自南，翼彼新苗。洋洋平津，乃漱乃濯。邈邈遐景，載欣載矚。稱心而言，人亦易足。揮茲一觴，陶然自樂。延目中流，悠悠清沂。童冠齊業，閒詠以歸。我愛其靜，寤寐交揮。但恨殊世，邈不可追。斯晨斯夕，言息其廬。花藥分列，林竹翳如。清琴横牀，濁酒半壺。黄唐莫逮，慨獨在予。

榮木

《榮木》，念將老也。日月推遷，已復有夏，總角聞道，白首無成。

采采榮木，結根於茲。晨耀其華，夕已喪之。人生若寄，顦顇有時。静言孔念，中心悵而。采采榮木，於茲託根。繁華朝起，慨暮不存。貞脆由人，禍福無門。匪道曷依？匪善奚敦？嗟予小子，稟茲固陋。徂年既流，業不增舊。志彼弗舍，安此日富。我之懷矣，怛焉内疚。先師遺訓，予豈云墜？四十無聞，斯不足畏。脂我名車，策我名驥。千里雖遥，孰敢不至！

勸農

悠悠上古，厥初生人。傲然自足，抱樸含真。智巧既萌，資待靡因。誰其贍之，實賴哲人。哲人伊何？時惟后稷。贍之伊何？實曰播殖。舜既躬耕，禹亦稼穡。遠若周典，八政始食。熙熙令音，猗猗原陸。卉木繁榮，和風清穆。紛紛士女，趣時競逐。桑婦宵征，農夫野宿。氣節易過，和澤難久。冀缺攜儷，沮溺結耦。相彼賢達，猶勤壟畝。矧伊眾庶，曳裾拱手。民生在勤，勤則不匱。宴安自逸，歲暮奚冀。儋石不儲，饑寒交至。顧爾儔列，能不懷愧。孔耽道德，樊須是鄙。董樂琴書，田園不履。若能超然，投迹高軌，敢不斂衽，敬讚德美。

命子

悠悠我祖，爰自陶唐。邈爲虞賓，歷世重光。御龍勤夏，豕韋翼商。穆穆司徒，厥族以昌。紛紛戰國，漠漠衰周。鳳隱於林，幽人在邱。逸虬遶雲，奔鯨駭流。天集有漢，眷予愍侯。於赫愍侯，運當攀龍。撫劍夙邁，顯茲武功。書誓山河，啟土開封。亹亹丞相，允迪前蹤。渾渾長源，蔚蔚洪柯。羣川載導，衆條載羅。時有語默，運因隆窊。在我中晉，業融長沙。桓桓長沙，伊勳伊德。天子疇我，專征南國。功遂辭歸，臨寵不惑。孰謂斯心，而近可得。肅矣我祖，慎終如始。直方二臺，惠和千里。於皇仁考，淡焉虚止。寄迹風雲，寘兹愠喜。嗟予寡陋，瞻望弗及。顧慙華鬢，負影隻立。三千之罪，無後爲急。我誠念哉，呱聞爾泣。卜云嘉日，占亦良時。名汝曰儼，字汝求思。温恭朝夕，念兹在兹。尚想孔伋，庶其企而。厲夜生子，遽而求火。凡百有心，奚特於我。既見其生，實欲其可。人亦有言，斯情無假。日居月諸，漸免於孩。福不虚至，禍亦易來。夙興夜寐，願爾斯才。爾之不才，亦已焉哉。

歸鳥

翼翼歸鳥，晨去於林。遠之八表，近憩雲岑。和風不洽，翻翮求心。顧儔相鳴，景庇清陰。翼翼歸鳥，載翔載飛。雖不懷游，見林情依。遇雲頡頏，相鳴而歸。遐路誠悠，性愛無遺。翼翼歸鳥，馴林徘徊。豈思天路，欣及舊棲。雖無昔侶，衆聲每諧。日夕氣清，悠然其懷。翼翼歸鳥，戢羽寒條。游不曠林，宿則森標。晨風清興，好鳥時交。矰繳奚施，已卷安勞。

趙整

酒德歌

地列酒泉，天垂酒池。杜康妙識，儀狄先知。紂喪殷邦，桀傾夏國。由此言之，前危後則。

王韶之

贈潘綜吴逵舉孝廉詩

東寶惟金，南木有喬。發煇曾崖，竦幹重霄。美哉兹土，世載英髦。育翮幽林，養音九皋。唐后明敭，漢宗蒲輪。我皇降鑒，思樂懷人。羣臣競薦，舊章惟新。余亦奚貢，曰義與仁。仁義伊在，惟吴惟潘。心積純孝，事著艱難。投死如歸，淑問若蘭。吴實履仁，心力偕單。固此苦節，易彼歲寒。霜雪雖厚，松柏丸丸。人亦有言，無善不彰。二子徽猷，彌久彌芳。拔叢出類，景行朝陽。誰謂道遐，弘之則光。咨爾庶事，無然怠荒。江革奉摯，慶禄是荷。姜詩入貢，漢朝咨嗟。勖哉行人，敬爾休嘉。俾是下國，炤煇京華。伊余朽駘，竊服懼盜。無能禮樂，豈暇聲教。順彼康夷，懿德是好。聊綴所懷，以贈二孝。

顔延之

應詔讌曲水作詩

道隱未形，治彰既亂。帝迹懸衡，皇流共貫。惟王創物，永錫洪算。仁固開周，義高登漢。祚融世哲，業光列聖。太上正位，天臨海鏡。制以化裁，樹之形性。惠浸萌生，信及翔泳。崇虚非徵，積實莫尚。豈伊人和，寔靈所貺。日完其朔，月不掩望。航琛越水，輦賮踰嶂。帝體麗明，儀辰作貳。君彼東朝，金昭玉粹。德有潤身，禮不愆器。柔中淵映，芳猷蘭祕。昔在文昭，今惟武穆。於赫王宰，方旦居叔。有睟叡蕃，爰履奠牧。寗極和鈞，屏京維服。朏魄雙交，月氣參變。開榮灑澤，舒虹爍電。化際無間，皇情爰眷。伊思鎬飲，每惟洛宴。郊餞有壇，君舉有禮。幙帷蘭甸，畫流高陛。分庭薦樂，析波浮醴。豫同夏諺，事兼出濟。仰閲豐施，降惟微物。三妨儲隸，五塵朝黻。塗泰命屯，恩充報屈。有悔可悛，滯瑕難拂。

皇太子釋奠會作

國尚師位，家崇儒門。稟道毓德，講藝立言。浚明爽曙，達義茲昏。永瞻先覺，顧惟後昆。大人長物，繼天接聖。時屯必亨，運蒙則正。偃閉武術，闡揚文令。庶士傾風，萬流仰鏡。虞庠飾館，睿圖炳晬。懷仁憬集，抱智麕至。踵門陳書，躡屩獻器。澡身玄淵，宅心道祕。伊昔周儲，聿光往記。思皇世哲，體元作嗣。資此夙知，降從經志。逷彼前文，規周矩值。正殿虛筵，司分簡日。尚席函丈，丞疑奉帙。侍言稱辭，惇史秉筆。妙識幾微，王載有述。肆議芳訊，大教克明。敬躬祀典，告奠聖靈。禮屬觀盥，樂薦歌笙。昭事是肅，俎實非馨。獻終襲吉，即宮廣讌。堂設象筵，庭宿金懸。臺保兼徽，皇戚比彥。肴乾酒澄，端服整弁。六官視命，九賓相儀。纓笏帀序，巾卷充街。都莊雲動，野馗風馳。倫周伍漢，超哉邈猗。清暉在天，容光必照。物任其情，理宣其奧。妄先國胄，側聞邦教。徒愧微冥，終謝智效。

謝靈運

善哉行

陽谷躍升，虞淵引落。景曜東隅，晼晚西薄。三春燠敷，九秋蕭索。涼來温謝，寒往暑卻。居德斯頤，積善嬉謔。陰灌陽叢，凋華墮蕚。歡去易慘，悲至難鑠。擊節當歌，對酒當酌。鄙哉愚人，戚戚懷瘼。善哉達士，滔滔處樂。

隴西行

昔在老子，至理成篇。柱小傾大，綆短絶泉。鳥之栖游，林檀是閑。韶樂牢膳，豈伊攸便。胡爲乖枉，從表方圓。耿耿僚志，慊慊邱〔一〕園。善歌以詠，言理成篇。

【校勘記】

〔一〕清光緒十六年江蘇書局本作『邱』。光緒七年四川尊經書局本、民國三十一年程天放本作『丘』。二字同。

謝惠連

隴西行

運有榮枯，道有舒屈。潛保黄裳，顯服朱黻。誰能守静，棄華辭榮。窮谷是處，考槃是營。千金不迴，百代傳名。厥包者柚，忘憂者萱。何爲有用，自乖中原。實摘柯摧，葉殞條煩。

竟陵王子良

九月侍宴

月殿風轉，層臺氣寒。高雲斂色，遥露已團。式詔司警，言戾秋巒。輕觴時薦，落英可餐。

王儉

侍太子九日〔一〕宴玄圃詩

明明儲后，冲默其量。徘徊禮樂，優游風尚。微言外融，幾神内王。就日齊暉，儀雲等望。本茂條榮，源澄流潔。漢稱間平，周云魯衛。咨我藩華，方軼前軌。秋日在房，鴻雁來翔。寥寥清景，靄靄微霜。草木摇落，幽蘭獨芳。眷言淄苑，尚想濠梁。既暢旨酒，亦飽徽猷。有來斯悦，無遠不柔。

【校勘記】

〔一〕《八代詩選》諸本原皆作『月』。《古詩紀》卷六十六、《齊詩》卷一等皆作『日』，是。

贈徐孝嗣

婉婉游龍，載游載東。靡靡行雲，竝躍齊蹤。無類不感，有來斯雍。之子云邁，嗟我莫從。歲云暮止，述職戒行。崇蘭麗秀，孤松獨貞。悲風宵遠，乘雁晨征。撫物遐想，念别書情。

謝朓

侍宴華光殿曲水奉勑爲皇太子作

旁求邃古，逖聽鴻名。大寶曰位，得一爲貞。朱裧叶祉，緑字擒英。升配同貫，進讓殊聲。大横將屬，會昌已命。國步中徂，宸居膺慶。璽劍先傳，龜玉增映。宗堯有緒，復禹無競。禮行郊社，人神孚職。寶效山川，鱗羽變色。玄塞北靡，丹徼南極。浮毳駕風，飛泳登陟。能官民秀，利建天跗。枵鶉列野，營絳分區。論思帝則，獻納宸樞。麟趾方定，鵷翼誰濡。西京藹藹，東都濟濟。秋祓濯流，春禊浮醴。初吉云獻，上除方啟。昔駕陽潁，今帳雲陛。嘉樂舊矣，芳宴在斯。載留神矚，有睟天儀。龍精已映，威仰未移。葉依黃鳥，花落春池。高殿弘敞，禁林稠密。青磴崛起，丹樓間出。翠葆隨風，金戈動日。惆悵清管，徘徊輕佾。灞滻入筵，河淇流阼。海若來往，觴肴沿泝。歡飫有終，清光欲暮。輕貂回首，華組徐步。登賢博望，獻賦清漳。漢貳稱敏，魏兩垂芳。監撫有則，匕鬯無方。瞻言守器，永愧元良。

三日侍宴曲水代人應詔

神理内寂，機象外融。遺情汾水，垂冕鴻宮。樹以司牧，匪我求蒙。徒勤日用，誰契玄功。往晦必明，來碩資蹇。於皇克聖，時乘御辯。寶歷載暉，瑤光重踐。昭昭舊物，熙熙遷善。當宁日昃，求衣未明。抵璧焚翠，銷劍隳城。九疇式序，三辟載清。《虞箴》罔闕，矇奏傳聲。麗景則春，儀方在震。重聖積厚，金式瓊潤。天爵必諧，王臣咸藎。譬諸華霍，惟邦之鎮。正朔葱瀚，冠冕邛越。爭長明堂，相超魏闕。黿蒙南薦，環裘西發。巢閣易窺，馴庭難翍。上巳惟昔，于彼禊流。祓穢河滸，張樂春疇。既停龍駕，亦泛鳧舟。靈宮備矣，無待茲游。初鷺命曉，朝霞開夜。飾陛道源，迴伊流灞。極望天淵，曲阻亭榭。閒館巖敞，長廊水架。金觴搖蕩，玉俎推移。筵浮水豹，席擾雲螭。寥亮琴瑟，嗷咷塤篪。歡茲廣讌，穆穆天儀。周道如砥，康衢載直。徒愧玄黃，負恩無力。華轓徒駕，長纓未飾。相彼失晨，甯忘鼓翼。

梁武帝蕭衍

逸民

如壟生木，木有異心。如林鳴鳥，鳥有殊音。如江游魚，魚有浮沉。巖巖山高，湛湛水深。事迹易見，理相難尋。

張率

短歌行

君子有酒，小人鼓缶。乃布長筵，式宴親友。盛壯不留，容華易朽。如彼槁葉，有似過牖。往日莫淹，來期無久。秋風悴林，寒蟬鳴柳。悲自別深，懽由會厚。豈云不樂，與子同壽。我酒既盈，我肴伊阜。短歌是唱，孰知身後。

宗欽

贈高允

巍峩恆嶺，滉瀁滄溟。山挺其和，水燿其精。啟兹令族，應期誕生。華冠眾彥，偉邁羣英。於穆吾子，含〔一〕貞藉茂。如彼松竹，陵霜擢秀。味老思冲，翫易體復。戢翼九皋，聲溢宇宙。我皇龍興，重離疊映。剛德外彰，柔明内鏡。乾象奄氣，坤厚山競。風無殊音，俗無異徑。經緯曰文，著述曰史。斟酌九流，錯綜幽旨。帝用訓諮，明發虚擬。廣闢四門，披延髦士。爾應其求，翰飛東觀。口吐瓊音，手揮霄翰。彈毫珠零，落紙錦粲。墳無凝割，典無滯泮。山降則謙，含柔爲信。林崇日漸，明升斯進。有邈夫子，兼兹四慎。弱而難勝，通而不峻。南董邈矣，史功不申。固傾佞賨，雄穢美新。遷以陵腐，邕由卓泯。時無逸勒，路盈摧輪。尹佚謨周，孔明述魯。抑揚羣致，憲章三五。昂昂高生，纂我遐武。勿謂古今，建規易矩。自昔索居，沈淪西藩。風馬既殊，標榜莫緣。開通有運，闇遇當年。披衿暫面，定交一言。諮疑祕省，訪滯京都。水鏡叔度，洗吝田蘇。望儀神婉，即象心虚。悟言禮樂，採研詩書。履霜悼遷，撫節感變。嗟我年邁，迅踰激電。進乏由賜，退非回憲。素髪掩元，枯顔落蒨。文以會友，友由知己。詩以明言，言以通理。盼坎迷流，覿艮闇止。伊爾虬光，肆鱗曲水。

【校勘記】

〔一〕光緒十六年江蘇書局本作「舍」。光緒七年四川尊經書局本、民國三十一年程天放本作「含」，是。《古詩紀》卷一百十八作「含」。

高允

答宗欽

湯湯流漢，藹藹南都。載稱多士，載耀靈珠。邈矣高族，世記丹圖。啟基郢城，振彩凉區。吾生朗到，誕發英風。紹熙前緒，奕世克隆。方圓備體，淑德斯融。望傾羣儁，響駭華戎。響駭伊何，金聲允著。匡贊西藩，拯厥時務。肅志琴書，恬心初素。潛思淵渟，秀藻雲布。上天降命，祚鍾有代。協燿紫宸，與乾作配。仁邁春陽，功隆覆載。招延隱叟，永貽大賚。伊余櫟散，才至庸微。遭緣幸會，忝與樞機。竊名華省，厠足丹墀。愧無螢燭，少益天暉。明外非諭，信漸難兼。體卑處下，豈曰能謙。進不弘道，退失淵潛。既慚朱闕，亦愧閭閻。史班稱達，楊蔡致深。負荷典策，載蹈於心。四轍同軌，覆車相尋。敬承嘉誨，永佩明箴。遠思古賢，内尋諸己。仰謝邱明，長揖南史。遐武雖存，高蹤難擬。夙興夕惕，豈獲恬止。世之圯矣，靈運未通。風馬殊隔，區域異封。有懷西望，路險莫從。王澤遠灑，九服來同。在昔平吴，二陸稱寶。今也剋凉，吾生獨矯。道映儒林，義爲羣表。我思與之，均于紵縞。仁乏田蘇，量非叔度。韓生屬降，林宗仍顧。千載曠游，遘兹一遇。藻泳〔一〕風流，鄙心已悟。年時迅邁，物我俱逝。任之斯通，擁之則滯。結駟貽塵，屢空亦敝。兩間可守，安有回賜。詩以言志，志以表丹。慨哉刎頸，義已中殘。雖曰不敏，請事金蘭。爾其勵之，無忘歲寒。

【校勘記】

〔一〕《八代詩選》諸本皆作『泳』，《高令公集》《古詩紀》《北魏詩》等皆作『詠』。

詠貞婦彭城劉氏

兩儀正位，人倫肇甄。爰制夫婦，統業承先。雖曰異族，氣猶自然。生則同室，終契黄泉。封生令達，卓爲時彦。内協黄中，外兼三變。誰能作配，克應其選。實有華宗，挺生淑媛。京野勢殊，山川乖互。乃奉王命，載馳在路。公務既弘，私義獲著。因媒致幣，遘止一暮。率我初冠，眷彼弱笄。形由禮比，情以趣諧。忻願難常，影迹易乖。悠悠言邁，戚戚長懷。時值險屯，横離塵網。伏鑕就刑，身分土壤。千里雖遐，應如影響。良嬪洞感，發於夢想。仰惟親命，俯尋嘉好。誰謂會淺，義深情到。畢志守窮，誓不二醮。何以驗之，殞身是效。人之處世，孰不厚生。心存於義，所重則輕。結憤鍾心，甘就幽冥。永捐堂宇，長辭母兄。茫茫中野，翳翳孤邱。葛藭冥蒙，荆棘四周。理苟不昧，神必俱游。異哉貞婦，曠世靡儔。

陽固

刺讒詩

巧佞巧佞，讒言興兮。營營習習，似青蠅兮。以白爲黑，在汝口兮。汝非蝮蠆，毒何厚兮。巧佞巧佞，一何工兮〔一〕。伺間伺忿，言必從矣。朋黨噂喈，自相同矣。浸潤之譖，傾人墉矣。成人之美，君子貴焉。攻人之惡，君子愧焉。汝何人斯，譖毀日繁。予實無罪，何騁汝言。番番緝緝，讒言側入。君子好讒，如或弗及。天疾讒説，汝其至矣。無妄之禍，行將及矣。泛泛游凫，弗制弗拘。行藏之徒，或智或愚。維余小子，未明兹理。毁與行俱，言與釁起。我其懲矣，我其悔矣。豈求人兮，思恕在己。

【校勘記】

〔一〕光緒七年四川尊經書局本、民國三十一年程天放本均作『矣』。光緒十六年江蘇書局本作『兮』。

梁無名人

積惡篇

積惡在人，猶酖處腹。酖成形亡，惡積身覆。殷辛再離，温舒五族。責必及嗣，財豈潤屋。斯川既往，逝命不復。鏡兹餘殃，幸脩多福。

卷三

漢第一

五言第一

枚乘

湘綺評：上古之詩，即《喜起》《麥秀》之篇。具有章法，唯見枚、蘇，皆在漢武之世，則學古必學漢也。漢初有詩，即分兩派：枚、蘇寬和，李陵清勁。自後五言莫能外之。（《湘綺樓説詩》卷四）

詩九首〔一〕

西北有高樓，上與浮雲齊。交疏結綺窗，阿閣三重階。上有絃歌聲，音響一何悲！誰能爲此曲，無乃杞梁妻。清商隨風發，中曲正徘徊。一彈再三歎，慷慨有餘哀。不惜歌者苦，但傷知音稀。願爲雙鴻鵠〔二〕，奮翅起高飛。

湘綺批：寬和。枚派，明麗。蓋諫吴王不聽而思遠舉，有三諫而去之意。筆意亦迴換無滯相，又非著意爲之，所以爲高詠。

湘綺評：『「綺窗」「阿閣」，嚴貴之居。而彈杞梁妻且徘徊再三，以俟知音，此何人哉？陸擬之曰：「玉容誰能顧，傾城在一彈。」是《關雎》之義也。（《湘綺樓説詩》卷一）

【校勘記】

〔一〕《玉臺新詠》卷一枚乘名下題曰『雜詩九首』，起《西北有高樓》，止《明月何皎皎》，《八代詩選》各本排序正與此同。可見，《八代詩選》以九首詩爲枚乘所作，當本于《玉臺新詠》。

〔二〕《文選》卷二十九《雜詩上》作『鳴鶴』。《古詩紀》卷二十作『鴻鵠』，并注曰：『善作鳴鶴』。

東城高且長，逶迤自相屬。迴風動地起，秋草萋已緑。四時更變化，歲暮一何速？晨風懷苦心，蟋蟀傷局促。蕩滌放情志，何爲自結束。燕趙多佳人，美者顔如玉。被服羅裳衣，當户理清曲。音響一何悲，絃急〔一〕知柱促。馳情整巾帶，沈吟聊躑躅。思爲雙飛燕，銜泥巢君屋。

湘綺批：清勁。起蕭然而至，雄渾。秦晉燕趙，有擇主之思。容與徘徊。有迹可尋。

湘綺評：秦、晉、燕、趙有擇主之思。陸擬之曰：『曷爲牽世務。』反其義矣。又題曰：『東城一何高』，篇中故有兩一何也。草緑燕巢，詞意輕儁，故難於巧似。（《湘綺樓説詩》卷一）

【校勘記】

〔一〕光緒七年四川尊經書局本、民國三十一年程天放本作『結』，光緒十六年江蘇書局本作『急』。《文選》《玉臺新詠》《古詩紀》《古詩鏡》等俱作『急』。

行行重行行，與君生别離。相去萬餘里，各在天一涯。道路阻且長，會面安可知？胡馬依北風，越鳥巢南枝。相去日已遠，衣帶日已緩。浮雲蔽白日，游子不顧返。思君令人老，歲月忽已晚。棄捐勿復道，努力加餐飯。

湘綺批：清勁。訣去之辭，重沓怨深，去吴適梁，睠懷故國，故有南北之感。急節悲情。

湘綺評：决去之辭，重沓怨深，而擬者但爲傷别。（《湘綺樓説詩》卷一）

涉江采芙蓉，蘭澤多芳草。采之欲遺誰？所思在遠道。還顧望舊鄉，長路漫浩浩。同心而離居，憂傷以終老。

湘綺批：去官游梁之辭，追念故國，藩國多材，則王室遺賢矣。進退有嫌，是以辭不可多。江爲吴地，芳草喻賢，薦賢必將不用，故曰遺誰。

湘綺評：去京游梁之詞，故追念故思。藩國多材，則王室遺賢矣。進退有嫌，是以詞不可多。陸曰：『采采不盈掬』，非也。（《湘綺樓説詩》卷一）

青青河畔草，鬱鬱園中柳。盈盈樓上女，皎皎當窗牖。娥娥紅粉粧，纖纖出素手。昔爲倡家女，今爲蕩子婦。蕩子行不歸，空牀難獨守。

湘綺批：清勁。刺浮薄之大臣。倡家喻己處士，蕩子喻吴王。不歸難守，謂雖不見用，恩倘中還。

湘綺評：本刺浮薄之大臣，而陸返之以貞信。（《湘綺樓説詩》卷一）

蘭若生春陽，涉冬猶盛滋。願言追昔愛，情款感四時。美人在雲端，天路隔無期。夜光照玄陰，長歎念所思。誰謂我無憂，積念發狂癡。

湘綺批：吴王已反，乘説復不見納，時猶可爲，昔愛難追，彼則無憂，我能不諫？

湘綺評：念國之詞。（《湘綺樓説詩》卷一）

庭中有奇樹，緑葉發華滋。攀條折其榮，將以遺所思。馨香盈懷袖，路遠莫致之。此物何足貴，但感別經時。

湘綺批：去吴已久，情更難達。

湘綺評：情在自媒，而陸言傷別。（《湘綺樓説詩》卷一）

迢迢牽牛星，皎皎河漢女。纖纖擢素手，札札弄機杼。終日不成章，泣涕零如雨。河漢清且淺，相去復幾許？盈盈一水間，脈脈不得語。

湘綺批：吴攻大梁，遺書相諫，涕泣無成，等於不語。或曰：牽牛，太液池景，梁王嘗請築道通長安，東朝太后，不許，此指其事。

湘綺評：蓋梁有陰謀，策其必敗，而不可諫焉。（《湘綺樓説詩》卷一）

明月何皎皎，照我羅牀幃。憂愁不能寐，攬衣起徘徊。客行雖云樂，不如早旋歸。出户獨彷徨，愁思當告誰。引領還入房，淚下沾裳衣。

湘綺批：遠處取神，開後來超妙派。阮之『夜中不能寐』，庾之『尋思萬户侯』，皆胎息此四句，然庾更弱矣。始欲去梁，不能還漢，自疑之辭也。史稱梁孝王薨，乘歸淮陰，滄海桑田，故旁皇泣下。

湘綺評：始欲去梁，不能還漢。自疑之詞也。陸云『游宦』，是矣。（《湘綺樓説詩》卷一）

蘇武

詩四首〔一〕

結髮爲夫妻，恩愛兩不疑。歡娱在今夕，燕婉及良時。征夫懷往路，起視夜何其。參辰皆已没，去去從此辭。行役在戰場，相見未有期。握手一長歎，淚爲生別滋。努力愛春華，莫忘歡樂時。生當復來歸，死當長相思。

湘綺批：寬和。淵明有此寬句。予按陳沆以此爲武奉使辭家別妻所作。以下三詩，始爲別李陵。陵答詩亦三首。其言甚是。

【校勘記】

〔一〕《文選》卷二十九《雜詩上》作『蘇子卿《詩四首》』，《古詩紀》卷十二沿之。《文選》録四首詩順序爲：《骨肉緣枝葉》《黄鵠一遠別》《結髮爲夫妻》《燭燭晨明月》。《玉臺新詠》卷一僅録《結髮爲夫妻》一首，題曰《蘇武詩一首》。

骨肉緣枝葉，結交亦相因。四海皆兄弟，誰爲行路人。况我連枝樹，與子同一身。昔爲鴛與鴦，今爲參與辰。昔者長相近，邈若胡與秦。惟念當乖離，恩情日以新。鹿鳴思野草，可以喻嘉賓。我有一樽酒，欲以贈遠人。願子留斟酌，敘此平生親。

湘綺批：寬和。奥婉。相近而悠悠，臨別而相思，寫盡交友情事。

黄鵠一遠別，千里顧徘徊。胡馬失其羣，思心常依依。何况雙飛龍，羽翼臨當乖。幸有絃歌曲，可以喻中懷。請爲游子唫〔二〕，泠泠一何悲。絲竹厲清聲，慷慨有餘哀。長歌正激烈，中心愴以摧。欲展清商曲，念子不得歸。俛仰内傷心，淚下不可揮。願爲雙黄鵠，送子俱遠飛。

湘綺批：又以龍喻，使惝怳積厚。若云『何况我與子』則弱矣。言子不得歸，已足傷感，若展清商，則更傷矣。予按惝怳積厚，乃從騷出。其下『請爲游子吟』一段，乃騷賦中『亂曰』之變體，詩中之詩也。此是變動之章法。

【校勘記】

〔一〕光緒十六年江蘇書局本作『唫』，光緒七年四川尊經書局本、民國三十一年程天放本作『吟』。

燭燭晨明月，馥馥秋蘭芳。芬馨良夜發，隨風聞我堂。征夫懷遠路，游子戀故鄉。寒冬十二月，晨起踐嚴霜。俯觀江漢流，仰視浮雲翔。良友遠別離，各在天一方。山海隔中州，相去悠且長。嘉會難再遇，歡樂殊未央。願君崇令德，隨時愛景光。

湘綺批：寬和。夭婉有態。此首明秀。

李陵

湘綺批：（李陵詩）左陸派之祖。

與蘇武詩三首〔一〕

良時不再至，離別在須臾。屏營衢路側，執手野踟躕。仰視浮雲馳，奄忽互相踰。風波一失所，各在天一隅。長當從此別，且復立斯須。欲因晨風發，送子以賤軀。

湘綺批：清勁。起便氣急於蘇武。子卿詩樸厚，少卿詩激烈，其才大而遇奇也。讀之，有蒼涼無際之感。

【校勘記】

〔一〕《文選》卷二十九作『李少卿《與蘇武》三首』，三首順序依次是《良時不再至》《嘉會難再遇》《攜手上河梁》。

攜手上河梁，游子暮何之。徘徊蹊路側，悢悢不能辭。行人難久留，各言長相思。安知非日月，絃望自有時。努力崇明德，皓首以爲期。

湘綺批：清勁。此别而云絃望有時，是詩人不迫切而愈悲凄處。

嘉會難再遇，三載爲千秋。臨河濯長纓，念子悵悠悠。遠望悲風至，對酒不能酬。行人懷往路，何以慰我愁。獨有盈觴酒，與子結綢繆。

湘綺批：清勁。心事無一語可宣，惟别情可敘，彌淺澹，彌酸咽。此則深婉情真，氣勢乃李陵本色。

班婕妤

怨歌行〔一〕

新裂齊紈素，皎潔如霜雪。裁成合歡扇，團團似明月。出入君懷袖，動摇微風發。常恐秋節至，涼飆奪炎熱。棄捐篋笥中，恩情中道絶。

湘綺批：婉致。此枚正派。

【校勘記】

〔一〕《文選》卷二十七《樂府上》作『班婕妤《怨歌行》一首』。《玉臺新詠》卷一題作『班婕妤《怨詩》一首并序』，其《序》曰：『昔漢成帝班婕妤失寵，供養於長信宫，乃作賦自傷，并爲怨詩一首。』《樂府詩集》卷四十二《相和歌辭十七》班婕妤《怨歌行》，即此。

班固

詠史詩

三王德彌薄，惟後用肉刑。太倉令有罪，就逮長安城。自恨身無子，困急獨煢煢。小女痛父言，死者不可生。上書詣闕下，思古歌《雞鳴》。憂心摧折裂，晨風揚激聲。聖漢孝文帝，惻然感至情。百男何憒憒，不如一緹縈。

湘綺批：蘇派，但無寬和多度處。質直。予按此亦變動之章法。

張衡

同聲歌

邂逅承際會，得充君後房。情好新交接，恐慄若探湯。不才勉自竭，賤妾職所當。綢繆主中饋，奉禮助烝嘗。思爲莞蒻席，在下蔽匡牀。願爲羅衾幬，在上衛風霜。灑掃清枕席，鞮芬以狄香。重户結金扃，高下華鐙光。衣解巾粉御，列圖陳枕張。素女爲我師，儀態盈萬方。衆夫所希見，天老教軒皇。樂莫斯夜樂，没齒焉可忘。

湘綺批：不及枚能高抱。質直。予按此詩爲陶淵明《閒情賦》所師，而亦後世豔體詩所師，惟語過淫褻矣。

傅毅

詩一首〔一〕

冉冉孤生竹，結根泰山阿。與君爲新昏，兔絲附女蘿。兔絲生有時，夫婦會有宜。千里遠結昏，悠悠隔山陂。思君令人老，軒車來何遲。傷彼蘭蕙花，含英揚光輝。過時而不采，將隨秋草萎。君亮執高節，賤妾亦何爲。

湘綺批：寬和。婉轉。情溢於墨。過時而以執節諾之，斯爲温厚。高渾不減枚乘。

【校勘記】

〔一〕《文選》卷二十九《雜詩上》録此詩爲《古詩十九首》之一。《樂府詩集》卷七十四《雜曲歌辭十四》作古辭《冉冉孤生竹》。《古詩紀》卷二十、《漢魏詩乘》卷八、《古詩鏡》卷二、《石倉歷代詩選》卷一《古詩十九首》之第八首。《采菽堂古詩選》亦以此詩爲《古詩十九首》之一。據《先秦漢魏晉南北朝詩》所録，傅毅今存《迪志詩》一首，另《歌》一首。《玉臺新詠》卷一輯爲《古詩八首》之第三首，爲無名氏之作。

無名人

古詩十首

青青陵上栢〔一〕，磊磊澗中石。人生天地間，忽如遠行客。斗酒相娱樂，聊厚不爲薄。驅車策駑馬，游戲宛與洛。洛中何鬱鬱，冠帶自相索。長衢羅夾巷，王侯多第宅。兩宫遥相望，雙闕百餘尺。極宴娱心意，戚戚何所迫。

湘綺批：清勁。衆懽獨感，自蚩之詞。

湘綺評：柏石斗酒，隱居之樂；冠蓋極宴，貴游之方也。駑馬游戲，豈不愧乎？陸生恃其門胄，故爲『方駕飛轡』之詞。（《湘綺樓説詩》卷一）

【校勘記】

〔一〕《八代詩選》諸本皆作『陌』，誤。《文選》《古詩紀》《漢魏詩乘》均作『栢』，是。

今日良宴會，歡樂難具陳。彈箏奮逸響，新聲妙入神。令德唱高言，識曲聽其真。齊心同所願，含意俱未申。人生寄一世，奄忽若飆塵。何不策高足，先據要路津。無爲守窮賤，轗軻長苦辛。

湘綺批：寬和。

湘綺評：齊心高言，欲據要路，黨人謀去宦官之詞也，故以飆塵自誓。而陸但以高談爲綺，宜同敗矣。欲救其敗，輒改其意云。（《湘綺樓説詩》卷一）

明月皎夜光，促織鳴東壁。玉衡指孟冬，衆星何歷歷。白露霑野草，時節忽復易。秋蟬鳴樹間，玄鳥逝安適。昔我同門友，高舉振六翮。不念攜手好，棄我如遺迹。南箕北有斗，牽牛不負軛。良無盤石固，虚名復何益。

湘綺批：清勁。

湘綺評：虚名高舉，處士竊位，東漢之詩也。而云孟冬促織，故託於國初耳。陸亦言歲暮涼風，知其指矣。

（《湘綺樓説詩》卷一）

迴車駕言邁，悠悠涉長道。四顧何茫茫，東風摇百草。所遇無故物，焉得不速老。盛衰各有時，立身苦不早。人生非金石，豈能長壽考？奄忽隨物化，榮名以爲寶。

湘綺批：寬和。

驅車上東門，遥望郭北墓。白楊何蕭蕭，松柏夾廣路。下有陳死人，杳杳即長暮。潛寐黄泉下，千載永不寤。浩浩陰陽移，年命如朝露。人生忽如寄，壽無金石固。萬歲更相送，賢聖莫能度。服食求神仙，多爲藥所誤。不如飲美酒，被服紈與素。

湘綺批：清勁。更相送三字，驚心動魄。

去者日以疏，來者〔一〕日以親。出郭門直視，但見丘與墳。古墓犂爲田，松柏摧爲薪。白楊多悲風，蕭蕭愁殺人。思還故里閭，欲歸道無因。

湘綺批：清勁。

【校勘記】

〔一〕《文選》作『生者』。《八代詩選》諸本同《古詩紀》《采菽古詩選》，俱作『來者』。

生年不滿百，常懷千歲憂。晝短苦夜長，何不秉燭游。爲樂當及時，何能待來茲？愚者愛惜費，但爲後世嗤。仙人王子喬，難可與等期。

湘綺批：清勁。笑盡今古人，託著書以求名者，動謂如千歲憂耳，通人讀書但自樂。

凜凜歲云暮，螻蛄夕鳴悲。涼風率已厲，游子寒無衣。錦衾遺洛浦，同袍與我違。獨宿累長夜，夢想見容輝。良人惟古歡，枉駕惠前綏。願得常巧笑，攜手同車歸。既來不須臾，又不處重闈。亮無晨風翼，焉能淩風飛？眄〔一〕睞以適意，引領遥相睎。徙倚懷感傷，垂涕沾雙扉。

湘綺批：前數首皆蘇派，此則枚派。娟娟欲絶。高華。神光離合，百擬不到。

【校勘記】

〔一〕光緒七年四川尊經書局本、民國三十一年程天放本作『盼』，光緒十六年江蘇書局本同《文選》《古詩紀》等俱作『眄』。

孟冬寒氣至，北風何慘慄。愁多知夜長，仰觀衆星列。三五明月滿，四五蟾兔缺。客從遠方來，遺我一書札。上言長相思，下言久離别。置書懷袖中，三歲字不滅。一心抱區區，懼君不識察。

湘綺批：清勁。

客從遠方來，遺我一端綺。相去萬餘里，故人心尚爾。文采雙鴛鴦，裁爲合歡被。著以長相思，緣以結不解。以膠投漆中，誰能别離此？

湘綺批：清勁。温婉。樸拙。

擬李陵詩八首〔一〕

有鳥西南飛，熠熠似蒼鷹。朝發天北隅，暮聞日南陵。欲寄一言去，託之牋綵繒。因風附輕翼，以遺心蘊蒸。鳥辭路悠長，羽翼不能勝。意欲從鳥逝，駑馬不可乘。

湘綺批：寬和。

【校勘記】

〔一〕此八首承前，仍爲『無名人』之作。《古詩紀》卷二十總題《擬蘇李詩十首》之《李陵録别詩八首》。《漢魏詩乘》卷八《李陵録别詩》，共八首。《廣文選》卷十漢李陵《録别詩六首》。

爍爍三星列，拳拳月初生。寒凉應節至，蟋蟀夜悲鳴。晨風動喬木，枝葉日夜零。游子暮思歸，塞耳不能聽。遠望正蕭條，百里無人聲。豺狼鳴後園，虎豹步前庭。遠處天一隅，苦困獨零丁。親人隨風散，歷歷如流星。三萍離不結，思心獨屏營。願得萱草枝，以解饑渴情。

寂寂君子坐，奕奕合衆芳。温聲何穆穆，因風動馨香。清言振東序，良時著西庠。乃命絲竹音，列席會高唱。悲意何慷慨，清歌正激揚。長哀發華屋，四坐莫不傷。

晨風鳴北林，熠燿東南飛。願言所相思，日暮不垂帷。明月照高樓，想見餘光輝。玄鳥夜過庭，髣髴能復飛。褰裳路踟躕，彷徨不能歸。浮雲日千里，安知我心悲。思得瓊樹枝，以解長渴饑。

湘綺批：深静幻妙，復饒澹遠。

陟彼南山隅，送子淇水陽。爾行西南游，我獨東北翔。轅馬顧悲鳴，五步一旁皇。雙鳧相背飛，相遠日已長。遠望雲中路，想見來圭璋。萬里遥相思，何益心獨傷。隨時愛景曜，願言莫相忘。

鍾子歌南音，仲尼歎歸與。戎馬悲邊鳴，游子戀故廬。陽鳥歸飛雲，蛟龍樂潛居。人生一世間，貴與願同俱。身無四凶罪，何爲天一隅。與其苦筋力，必欲榮薄軀。不如及清時，策名於天衢。

湘綺批：此不可學，學則壞詩體。以天衢况匈奴，頗害詩法。

鳳皇鳴高岡，有翼不好飛。安知鳳皇德，貴其來見稀。闕紅塵蔽天地，白日何冥冥。微陰盛殺氣，凄風從此興。招摇西北指，天漢東南傾。嗟爾窮廬子，獨行如履冰。裋褐中無緒，帶斷續以繩。瀉水置瓶中，焉辨淄與澠。巢父不洗耳，後世有何稱。

擬蘇武答李陵詩二首〔一〕

童童孤生柳，寄根河水泥。連翩游客子，於冬服涼衣。去家千里餘，一身常渴饑。寒夜立清庭，仰瞻天漢湄。寒風吹我骨，嚴霜切我肌。憂心常慘戚，晨風爲我悲。瑶光游何速，行願去何遲。仰視雲間月，忽若割長帷。低頭還自憐，盛年行已衰。依依戀明世，愴愴難久懷。

湘綺批：割帷比月之出雲，似太險。

【校勘記】

〔一〕此即《古詩紀》卷二十《擬蘇李詩十首》中的《蘇武答詩二首》。《漢魏詩乘》卷八作《蘇武答詩二首》。《廣文選》卷十漢蘇武《答别詩二首》。

雙鳧俱北飛，一鳧獨南翔。子當〔一〕留斯館，我當歸故鄉。一别如秦胡，會見何詎央。愴恨切中懷，不覺淚沾裳。願子長努力，言笑莫相忘。

【校勘記】

〔一〕光緒十六年江蘇書局本作『常』。光緒七年四川尊經書局本、民國三十一年程天放本作『當』。以作『當』爲是。

雞鳴

雞鳴高樹顛，狗吠深巷中。蕩子何所之，天下方太平。刑法非有貸，柔協正亂名。黄金爲君門，碧玉爲軒堂。上有雙尊酒，作使邯鄲倡。劉王碧青甓，後出郭門王。舍後有方池，池中雙鴛鴦。鴛鴦七十二，羅列自成行。鳴聲何啾啾，聞我殿東廂。兄弟四五人，皆爲侍中郎。五日一時來，觀者滿路旁。黄金絡馬頭，熲熲何煌煌。桃生露井上，李樹生桃旁。蟲來齧桃根，李樹代桃殭。樹木身相代，兄弟還相忘。

湘綺批：柔協未詳。或曰：雖柔和協德，而必亂正者。黄金以下九韻，蕩子所游之地也。桃生以下，言蕩子務逸而忘根本，其僵宜矣。意深言深，古人不可及處。予按陳沆解爲刺王氏五侯，及莽迫立仁自殺。劉王句，解爲漢制非劉氏不得王，惟宗室王家，得殿砌青甓，而僭效之者，則郭門之王氏。郭門，其所居之地，莽於仁爲諸父，於立爲兄弟，故有『兄弟還相忘』之句。

陌上桑〔一〕

日出東南隅，照我秦氏樓。秦氏有好女，自名爲羅敷。羅敷善蠶桑，採桑城南隅。青絲爲籠係，桂枝爲籠鉤。頭上倭墮髻，耳中明月珠。緗綺爲下裙，紫綺爲上襦。行者見羅敷，下擔捋髭鬚。少年見羅敷，脱帽著帩頭。耕者忘其犂，鋤者忘其鋤。來歸相喜怒，但坐觀羅敷。使君從南來，五馬立踟躕。使君遣吏往，問是誰家姝？秦氏有好女，自名爲羅敷。羅敷年幾何？二十尚不足，十五頗有餘。使君謝羅敷：『寧可共載不？』羅敷前致辭：『使君一何愚！使君自有婦，羅敷自有夫。東方千餘騎，夫壻居上頭。何用識夫壻，白馬從驪駒。青絲繫馬尾，黄金絡馬頭。腰中鹿盧劍，可值千萬餘。十五府小史，二十朝大夫。三十侍中郎，四十專城居。爲人潔白皙，鬑鬑頗有鬚。盈盈公府步，冉冉府中趨。坐中數千人，皆言夫壻殊。』

湘綺批：『照我』使光艷動人。『行者』下，寫出顛倒。『自名』下，此等語氣之妙，惟香山能之。『使君自有婦』二句，不惡而嚴。

【校勘記】

〔一〕《玉臺新詠》卷一題作《日出東南隅行》，爲《古樂府詩六首》之一。《樂府詩集》卷二十八《相和歌辭三》古辭《陌上桑》。《古今樂録》曰：「《陌上桑》歌瑟調。古辭《豔歌羅敷行》《日出東南隅篇》。」《古詩紀》卷十六題下注曰：「《宋書》作大曲，一作《日出東南隅行》。」

長歌行

青青園中葵，朝露待日晞。陽春布德澤，萬物生光輝。常恐秋節至，焜黄華葉衰。百川東到海，何時復西歸。少壯不努力，老大徒傷悲。

湘綺批：清勁。非「陽春」二語，則「百川」二語之妙不顯。

茗茗山上亭，皎皎雲間星。遠望使心思，游子戀所生。驅車出北門，遥觀洛陽城。凱風吹長棘，夭夭枝葉傾。黄鳥飛相追，咬咬弄音聲。竚立望西河，泣下沾羅纓。

湘綺批：游子戀親之詩。此詩觀後六句，似傷其子夭，而云「戀所生」，即戀故鄉之意。黄鳥即「晛晥黄鳥」。

豫章行

白楊初生時，乃在豫章山。上葉摩青雲，下根通黄泉。涼秋八九月，山客持斧斤。我□何皎皎，梯落□□□。根株已斷絶，顛倒巖石間。大匠持斧繩，鋸墨齊兩端。一驅四五里，枝葉自相捐。□□□□□，會爲舟船燔。身在洛陽宫，根在豫章山。多謝枝與葉，何時復相連。吾生百年□，自□□□□。何意萬人巧，使我離根株。

冬士《八代詩評》：無批語。予按此詩闕文甚多，然閲之意明辭顯，亦變動之章法。

相逢行〔一〕

相逢狹路間，道隘不容車。不知何年少，夾轂問君家。君家誠易知，易知復難忘。黄金爲君門，白玉爲君堂。堂上置尊酒，作使邯鄲倡。中庭生桂樹，華鐙何煌煌。兄弟兩三人，中子爲侍郎。五日一來歸，道上自生光。黄金絡馬頭，觀者盈道旁。入門時左顧，但見雙鴛鴦。鴛鴦七十二，羅列自成行。音聲何噰噰，鶴鳴東西廂。大婦織綺羅，中婦織流黄。小婦無所爲，挾瑟上高堂。丈人且安坐，調絲方未央。

湘綺批：不淫不褻。

【校勘記】

〔一〕《樂府詩集》卷三十四《相和歌辭九》，古辭《相逢行》屬清調曲。一曰《相逢狹路間行》，亦曰《長安有狹斜行》。《玉臺新詠》卷一作《相逢狹路間》，爲《古樂府詩六首》之一。《古詩紀》卷十六題下注曰：「《樂府解題》曰：古辭，文意與《雞鳴曲》同。」

隴西行〔一〕

天上何所有，歷歷種白榆。桂樹夾道生，青龍對道隅。鳳皇鳴啾啾，一母將九雛。顧視世間人，爲樂甚獨殊。好婦出迎客，顔色正敷愉。伸腰再拜跪，問客平安不。請客北堂上，坐客氈氍毹。清白各異尊，酒上正華疏。酌酒持與客，客言主人持。卻略再拜跪，然後持一杯。談笑未及竟，左顧敕中厨。促令辦麤飯，慎莫使稽留。廢禮送客出，盈盈府中趨。送客亦不遠，足不過門樞。取婦得如此，齊姜亦不如。健婦持門户，亦勝一丈夫。

湘綺批：此詩講家以爲貴游之樂，履寫交錯，於『廢禮』及『持門户』，均有窒塞。余嘗論之，此貴官避其姻戚，而令其婦隨常應酬，故前恭後率，使客莫能稽留，乃乾笑而去。吾不知『健婦持門户』，其能幹如此也。

冬士《八代詩評》：予按王氏此説近是。然直謂爲貴婦人之能幹，則甚迂。予謂此乃託言貴婦，以刺達官也。《漢書・曹參傳》云：『參日夜飲酒，卿大夫以下吏及賓客，見參不事事，來者皆欲有言，至者參輒飲以醇酒，度之欲有言，復飲酒而後去，終莫得開説，以爲常。』此詩其刺參耶？而文辭不類漢初，其必後之宰相貴人，亦有效參者。

【校勘記】

〔一〕《樂府詩集》卷三十七《相和歌辭十二》作古辭《隴西行》，屬瑟調曲，一曰《步出夏門行》。《玉臺新詠》卷一作《古樂府詩六首》之一。又見《古詩紀》卷十六、《漢魏詩乘》卷四《樂府古辭・瑟調曲》。

步出夏門行

邪徑過空廬，好人常獨居。卒得神仙道，上與天相扶。過謁王父母，乃在太山隅。離天四五里，道逢赤松俱。攬轡爲我御，將吾天上游。天上何所有，歷歷種白榆。桂樹夾道生，青龍對伏趺。

湘綺批：『邪徑』猶僻徑。予按此則開後來游仙詩一派。

豔歌何嘗行〔一〕

飛來雙白鵠，乃從西北來。十十將五五，羅列行不齊。忽然卒疲病，不能飛相隨。五里一反顧，六里一裴回。吾欲銜汝去，口噤不能開。吾欲負汝去，毛羽日摧頹。樂哉新相知，憂來生別離。峙嶋顧羣侶，淚落縱横垂。今日樂相樂，延年萬歲期。

【校勘記】

〔一〕《樂府詩集》卷三十九《相和歌辭十四》，屬瑟調曲，一曰《飛鵠行》。

念與君離別，氣結不能言。各各重自愛，遠道歸還難。妾當守空房，閉門下重關。若生當相見，亡者會黄泉。今日樂相樂，萬歲期延年。

湘綺批：如聞别婦哽咽之聲。予按此詩，郭《樂府》併二首爲一，前首分爲四解，『念與』下爲趨，前首末『今日樂相樂，延年萬歲期』二句，移於『亡者會黄泉』下，而『今日樂相樂，萬歲期延年』二句則删去。蓋凡樂章之末，作吉祥語，皆樂工所增，此詩顯然易見。

豔歌行〔一〕

翩翩堂前燕，冬藏夏來見。兄弟兩三人，流宕在他縣。故衣誰當補，新衣誰當綻。賴得賢主人，攬取爲吾組。夫壻從門來，斜倚西北眄〔二〕。語卿且勿眄，水清石自見。石見何纍纍，遠行不如歸。

湘綺批：『組』字當作『袒』，褻衣也，旦旦著之，故從衣旦，旦亦聲。夫壻以其婦爲客作『袒』，故疑而伺之。

【校勘記】

〔一〕《玉臺新詠》卷一録此詩。亦見《樂府詩集》卷三十九《相和歌辭十四》古辭《豔歌行》第一首，《古詩紀》編入卷十六。《古今樂録》曰：『《豔歌行》非一，有直云「豔歌」，即《豔歌行》也。若《羅敷》《何嘗》《雙鴻》《福鍾》等行，亦皆「豔歌」。』

〔二〕光緒十六年江蘇書局本作『眄』，光緒七年四川尊經書局本、民國三十一年程天放本作『盼』，『語卿且勿眄』句同。

皚如山下雪，皎若雲間月。聞君有兩意，故來相決絶。今日斗酒會，明日溝水頭。躞蹀御溝上，溝水東西流。凄凄復凄凄，嫁娶不須嗁。願得一心人，白頭不相離。竹竿何嫋嫋，魚尾何蓰蓰。男兒重意氣，何用錢刀爲。

湘綺批：志在得君，固非干禄。

南山石嵬嵬，松柏何離離。上枝拂青雲，中心十數圍。洛陽發中梁，松樹竊自悲。斧鋸〔一〕截是松，松樹東西摧。持作四輪車，載至洛陽宫。觀者莫不歎，問是何山材。誰能刻鏤此，公輸與魯班。被之用丹漆，薰用蘇合香。本是南山松，今爲宫殿梁。

湘綺批：有名心，有機心。

【校勘記】

〔一〕光緒十六年江蘇書局本作『鋸』。光緒七年四川尊經書局本、民國三十一年程天放本作『踞』，誤。《樂府詩集》《古詩紀》《漢魏詩乘》皆作『鋸』。

怨詩行〔一〕

天德悠且長，人命一何促。百年未幾時，奄若風吹燭。嘉賓難再遇，人命不可續。齊度游四方，各繫太山録。人間樂未央，忽然歸東嶽。當須盪中情，游心恣所欲。

【校勘記】

〔一〕《樂府詩集》卷四十一《相和歌辭十六》之楚調曲，古辭《怨詩行》。《古詩紀》卷十六《樂府古辭·楚調曲》，題下注曰『一曰《怨詩行歌》。』

傷歌行〔一〕

昭昭素明月，輝光燭我牀。憂人不能寐，耿耿夜何長。微風吹閨闥，羅帷自飄揚。攬衣曳長帶，屣履下高堂。東西安所之，徘徊以旁皇。春鳥翻南飛，翩翩獨翱翔。悲聲命儔匹，哀鳴傷我腸。感物懷所思，泣涕忽沾裳。佇立吐高唫〔二〕，舒憤訴穹蒼。

湘綺批：自然成詠，而情景淒清。

【校勘記】

〔一〕《樂府詩集》卷六十二《雜曲歌辭二》古辭《傷歌行》。其解題曰：『《傷歌行》，側調曲也。古辭傷日月代謝，年命遒盡，絶離知友，傷而作歌也。』《古詩紀》卷十七《樂府古辭·雜曲歌辭》：『《外編》作魏明帝，《文選》《樂府》并作古辭。』《玉臺新詠》卷二作魏明帝《樂府詩二首》之一。

〔二〕光緒十六年江蘇書局本作『唫』，光緒七年四川尊經書局本、民國三十一年程天放本作『吟』。

古詩

上山採蘼蕪，下山逢故夫。長跪問故夫：『新人復何如？』『新人雖言好，未若故人姝。顔色類相似，手爪不相如。』『新人從門入，故人從閣去。』『新人工織縑，故人工織素。織縑日一匹，織素五丈餘。將縑來比素，新人不如故。』

湘綺批：寬和。出語尖刻，而用意温厚。

四坐且莫諠，願聽歌一言。請説銅爐器，崔嵬象南山。上枝似松柏，下根據銅盤。雕文各異類，離婁自相聯。誰能爲此器，公輸與魯班。朱火然其中，青烟颺其間。從風入君懷，四坐莫不歡。香風難久居，空令蕙草殘。

湘綺批：寬和。此漢人體，明遠歌行所祖。『從風』二句，香生紙上。予按此又一變動之章法。

悲與親友别，氣結不能言。贈子以自愛，道遠會見難。人生無幾時，顛沛在其間。念子棄我去，新心有所歡。結志青雲上，何時復來還。

湘綺批：清勁。以自愛爲贈，是子路、顔子别時之義。

穆穆清風至，吹我羅衣裾。青袍似春草，長條隨風舒。朝登津梁山，褰裳望所思。安得抱柱信，皎日以爲期。

湘綺批：寬和。

橘柚垂華實，乃在深山側。聞君好我甘，竊獨自彫飾。委身玉盤中，歷年冀見食。芳菲不相投，青黃忽改色。人儻欲我知，因君爲羽翼。

湘綺批：寬和，此亦别派。

十五從軍征，八十始得歸。道逢鄉里人，家中有阿誰？遥望是君家，松柏冢纍纍。兔從狗竇入，雉從梁上飛。中庭生旅穀，井上生旅葵。烹穀持作飯，采葵持作羹。羹飯一時熟，不知貽阿誰？出門東向望，淚落沾我衣。

湘綺批：樂府體。杜甫《無家别》本此。予案吴兢曰：『此詩晉宋人入樂奏之，首增四句，名《紫騮馬》，「十五從軍征」以下，古詩也。』考郭《樂府》收入梁鼓角横吹辭云：『右六曲，曲四解。』其首加八句云：『野火燒野田，野鴨飛上天。童男娶寡婦，壯女笑殺人。高高山頭樹，風吹葉落去。一去數千里，何當還故處。』據此，則晉宋人增四句，至梁又增四句。郭茂倩云：『右六曲，則四句爲一曲』，而又云『曲四解，則每句爲一解』。

新樹蘭蕙葩，雜用杜蘅草。終朝采其華，日暮不盈抱。采之欲遺誰？所思在遠道。馨香易銷歇，繁華會枯槁。悵望何所言，臨風送懷抱。

湘綺批：清勁。淡語玩味不盡。

步出城東門，遥望江南路。前日風雪中，故人從此去。我欲渡河水，河水深無梁。願爲雙黃鵠，高飛還故鄉。

湘綺批：纖麗。語近唐人，非格卑也，蓋唐人專學此一種空妙之句。

高彪

清誡

天長而地久，人生則不然。又不養以福，使全其壽年。飲酒病我性，思慮害我神。美色伐我命，利欲亂我真。神明無聊賴，愁獨於衆煩。中年棄我逝，忽若風過山。形氣各分離，一往不復還。上士愍其痛，抗志凌雲烟。滌蕩去穢累，飄邈任自然。退修清以净，存吾玄中玄。澄心剪思慮，泰清不受塵。恍惚中有物，希微無形端。智慮赫赫盡，谷神綿綿存。

湘綺批：質直。『智慮』二語有氣勢。

秦嘉

贈婦詩三首并序〔一〕

嘉爲上郡掾〔二〕，其妻徐淑，寢疾還家，不獲面别，贈詩云爾。

人生譬朝露，居世多屯蹇。憂艱常早至，歡會常苦晚。念當奉時役，去爾日遥遠。遣車迎子還，空往復空返。省書情悽愴，臨食不能飯。獨坐空房中，誰與相勸勉？長夜不能眠，伏枕獨展轉。憂來如循環，匪席不可轉。

湘綺批：寬和。

【校勘記】

〔一〕《玉臺新詠》卷一題作《贈婦詩三首并序》。《古詩紀》卷十四《漢第四》、《漢魏詩乘》卷七、《古詩鏡》卷三題作《留郡贈婦詩三首并序》。《廣文選》卷十漢秦嘉《贈婦詩三首》，無序文。

〔二〕光緒十六年江蘇書局本作『掾』。光緒七年四川尊經書局本、民國三十一年程天放本作『椽』，誤。《玉臺新詠》序曰：『秦嘉，字士會，隴西人也，爲郡上掾。』

皇靈無私親，爲善荷天禄。傷我與爾身，少小罹煢獨。既得結大義，歡樂苦不足。念當遠離別，思念敘欵曲。河廣無舟梁，道近隔邱陸。臨路懷惆悵，中駕正躑躅。浮雲起高山，悲風激深谷。良馬不迴鞍，輕車不轉轂。鍼藥可屢進，愁思難爲數。貞士篤終始，恩義不可促〔一〕。

湘綺批：寬和。言皇靈佑善，淑必不死。

【校勘記】

〔一〕光緒七年四川尊經書局本、光緒十六年江蘇書局本作『促』，民國三十一年程天放本闕字。《玉臺新詠》作『屬』。

肅肅僕夫征，鏘鏘揚和鈴。清晨當引邁，束帶待雞鳴。顧看空室中，髣髴想姿形。一別懷萬恨，起坐爲不甯。何用敘我心，遺思致款誠。寶釵好耀首，明鏡可鑒形。芳香去垢穢，素琴有清聲。詩人感木瓜，乃欲答瑤瓊。愧彼贈我厚，慙此往物輕。雖知未足報，貴用敘我情。

湘綺批：寬和。

蔡邕

飲馬長城窟行〔一〕

青青河邊草，綿綿思遠道。遠道不可思，宿昔夢見之。夢見在我旁，忽覺在他鄉。他鄉各異縣，展轉不可見。枯桑知天風，海水知天寒。入門各自媚，誰肯相爲言。客從遠方來，遺我雙鯉魚。呼童烹鯉魚，中有尺素書。長跪讀素書，書中竟何如。上有加餐食，下有長相憶。

湘綺批：樂府。放臣去國之感，託居棄婦，君門萬里，夢寐恍惚，忠愛之至。

【校勘記】

〔一〕《樂府詩集》卷三十八《相和歌辭十三》瑟調曲，古辭《飲馬長城窟行》，一曰《飲馬行》。《文選》卷二十七《樂府三首·古辭》之一。《玉臺新詠》卷一、《古詩紀》卷十三、《漢魏詩乘》卷二、《古詩鏡》卷三、《石倉歷代詩選》卷一等俱作蔡邕。

翠鳥

庭陬有若榴，緑葉含丹榮。翠鳥時來集，振翼修容形。回顧生碧色，動摇揚縹青。幸脱虞人機，得親君子庭。馴心託君素，雌雄保百齡。

湘綺批：寬和。郭景純詩『容色更相鮮』，青出於藍者也。『雌雄』二字意更足。

酈炎

見志詩二首

大道夷且長，窘路狹且促。修翼無卑棲，遠趾不步局。舒吾淩霄羽，奮此千里足。超邁絕塵驅，倏忽誰能逐。賢愚豈常類，稟性在清濁。富貴有人籍，貧賤無天録。通塞苟由己，志士不相卜。陳平敖里社，韓信釣河曲。終居天下宰，食此萬鍾禄。德音流千載，功名重山嶽。

湘綺批：質直。

靈芝生河洲，動摇因洪波。蘭榮一何晚，嚴霜瘁其柯。哀哉二芳草，不植泰山阿。文質道所貴，遭時用有嘉。絳灌臨衡宰，謂誼崇浮華。賢才抑不用，遠投荆南沙。抱玉乘龍驥，不逢樂與和。安得孔仲尼，爲世陳四科。

孔融

雜詩二首

巖巖鍾山首，赫赫炎天路。高明曜雲門，遠景灼寒素。昂昂累世士，結根在所固。吕望老匹夫，苟爲因世故。管仲小囚臣，獨能建功祚。人生有何常，但患年歲暮。幸託不肖軀，且當猛虎步。安能苦一身，與世同舉厝。由不慎小節，庸夫笑我度。吕望尚不希，夷齊何足慕。

湘綺批：樸厚。高華。『炎天』，指漢火德。『結根』，言己爲漢名家也。呂、管皆己所欲希，但患年歲暮耳，而庸夫以小節不謹笑之，吾正以成大事，不拘細行耳。若無志呂望之功，又何必誇夷齊之節哉？欲匡炎漢之天運，無忝寒素之世家，然千歲已暮，成則當與呂望，否則亦學姦雄，功祚豈與同哉？庸論何憑，二老且笑之矣。

遠送新行客，歲暮乃來歸。入門望愛子，妻妾向人悲。聞子不可見，日已潛光輝。孤墳在西北，常念君來遲。褰裳上墟丘，但見蒿與薇。白骨歸黃泉，肌體乘塵飛。生時不識父，死後知我誰。孤魂游窮暮，飄颻安所依。人生圖嗣息，爾死我念追。俛仰内傷心，不覺淚沾衣。人生自有命，但恨生日希。

湘綺批：清勁，開後人無數悼哀詩法門。

臨終詩

言多令事敗，器漏苦不密。河潰蟻孔端，山壞由猨穴。涓涓江漢流，天窗通冥室。讒邪害公正，浮雲翳白日。靡辭無忠誠，華繁竟不實。人有兩三心，安能合爲一。三人成市虎，浸漬解膠漆。生存多所慮，長寢萬事畢。

湘綺批：質直。予按言爲心聲，故詩可以觀人性情。枚乘能全身遠禍，孔融卒殺生成仁，二者所處之勢固不同，所懷之志亦異。蘇子卿終還漢，李少卿則陷身夷狄，其詩之寬和清勁，所以亦異其趣也。孔融尚有六言詩，是爲後世六言所祖。其始屬望於魏武者深切，而終以見憚而被害，圖治於亂，圖存於亡，心困身危，陵於莫測。《詩》曰：『靡不有初，鮮克有終。』予深爲孔融惜也。

辛延年

羽林郎

昔有霍家奴，姓馮名子都。依倚將軍勢，調笑酒家胡。胡姬年十五，春日獨當壚。長裾連理帶，廣袖合歡襦。頭上藍田玉，耳後大秦珠。兩鬟何窈窕，一世良所無。一鬟五百萬，兩鬟千萬餘。不意金吾子，娉婷過我廬。銀鞍何煜爚，翠蓋空踟躕。就我求清酒，絲繩提玉壺。就我求珍肴，金盤膾鯉魚。遺我青銅鏡，結我紅羅襦。不惜紅羅裂，何論輕賤軀。男兒愛後婦，女子重前夫。人生有新故〔一〕，貴賤不相踰。多謝金吾子，私愛徒區區。

湘綺批：樂府。『一鬟五百萬，兩鬟千萬餘』，足二句入妙。四『我』字情意昵昵，忽云『不惜紅羅裂』，紙上如聞霹靂聲，不意豔詩中得此！夫韻譏之，踰韻教之，區韻揶揄之。

【校勘記】

〔一〕光緒十六年江蘇書局本作『故』，光緒七年四川尊經書局本、民國三十一年程天放本作『舊』。《樂府詩集》作『故』。

宋子侯

董妖嬈

洛陽城東路，桃李生路旁。花花自相對，葉葉自相當。春風東北起，花葉正低昂。不知誰家子，提籠行採桑。纖手折其枝，花落何飄颺。請謝彼姝子，何爲見損傷。高秋八九月，白露變爲霜。終年會飄墮，安得久馨香。秋時自零落，春月復芬芳。何時盛年去，懽愛永相忘。吾欲竟此曲，此曲愁人腸。歸來酌美酒，挾瑟上高堂。

湘綺批：樂府。如畫美人折花圖。姝子言花不足惜，當及時行樂而已。

蔡琰

悲憤詩

漢季失權柄，董卓亂天常。志欲圖篡弑，先害諸賢良。逼迫遷舊邦，擁主以自强。海内興義師，欲共討不祥。卓衆來東下，金甲耀日光。平土人脆弱，來兵皆胡羌。獵野圍城邑，所向悉破亡。斬截無孑遺，尸骸相牚拒。馬邊縣男頭，馬後載婦女。長驅西入關，迥路險且阻。還顧邈冥冥，肝脾爲爛腐。所略有萬計，不得令屯聚。或有骨肉俱，欲言不敢語。失意幾微間，輒言斃降虜。要當以亭刃，我曹不活汝。豈復惜性命，不堪其詈罵。或便加棰杖，毒痛參并下。旦則號泣行，夜則悲吟坐。欲死不能得，欲生無一可。彼蒼者何辜，乃遭此戹禍。邊荒與華異，人俗少義理。處所多霜雪，胡風春夏起。翩翩吹我衣，肅肅入我耳。感時念父母，哀歎無窮已。有客從外來，聞之常歡喜。迎問其消息，輒復非鄉里。邂逅徼時願，骨肉來迎已。已得自解免，當復棄兒子。天屬綴人心，念别無會期。存亡永乖隔，不忍與之辭。兒前抱我頸，問母欲何之。人言母當去，豈復有還時。阿母常仁惻，今何更不慈。我尚未成人，奈何不顧思。見此崩五内，恍惚生狂癡。號泣手撫摩，當發復回疑。兼有同時輩，相送告離别。慕我獨得歸，哀叫聲摧裂。馬爲立踟蹰，車爲不轉轍。觀者皆歔欷，行路亦嗚咽。去去割情戀，遄征日遐邁。悠悠三千里，何時復交會。念我出腹子，胸臆爲摧敗。既至家人盡，又復無中外。城廓爲山林，庭宇生荆艾。白骨不知誰，從横莫覆蓋。出門無人聲，豺狼號且吠。煢煢對孤景，怛咤糜肝肺。登高遠眺望，魂神忽飛逝。奄若壽命盡，旁人相寬大。爲復强視息，雖生何聊賴。託命於新人，竭心自勖厲。流離成鄙賤，常恐復捐廢。人生幾何時，懷憂終年歲。

湘綺批：李陵派。長篇必主寬和、清勁二稱，方能意勢軒舉，亦不可以一體概之。此篇杜子美一生祖述，淺人乃疑其僞。試觀杜集《述懷》《北征》二首，方知此篇神力耳。

冬士《八代詩評》：閻若璩《尚書古文疏證》曰：『予嘗謂事有實證，有虚會。虚會者可以曉上智，實證者雖中人以下可也。如東坡謂蔡琰二詩，東京無此格，此虚會也。謂琰流落在董卓既誅父被禍之後，今詩乃云爲董卓所驅掠入胡，尤知非真，此實證也。傳本云：興平中，天下喪亂，文姬爲胡騎所獲，没于胡中者十二年，始贖歸。興平凡二年，甲戌乙亥，距董卓誅於初平三年壬申以後兩三載，坡説是也。但既没胡中十二年而歸，歸當在建安十年乙酉，或十一年丙戌。傳云：後感傷亂離，追懷悲憤，作詩二章。信若范氏言，琰正作於建安中，詩正謂之建安體，豈得謂伯喈女筆，尚高於七子乎？坡析猶未精。常熟馮氏言蘇家論事，少討論一層功夫，亦殆有以也。』予案琰詩爲建安體，閻氏所論甚是。蓋如此長篇，非漢世所有，如《孔雀東南飛》，亦作於建安中也。至琰詩首云『漢季失權柄，董卓亂天常』，乃追原禍始。卓誅之後，亂仍未已，李傕、郭汜，仍卓之餘孽也。琰即於此時被虜，得謂之非遭卓禍耶？閻氏以爲實證，亦泥于成見耳。

諸葛亮

梁甫吟

步出齊城門，遥望蕩陰里。里中有三墳，纍纍正相似。問是誰家墓，田疆古冶子。力能排南山，文能絶地紀。一朝被讒言，二桃殺三士。誰能爲此謀，國相齊晏子。

湘綺批：質直。

曹操

薤露

惟漢二十世，所任誠不良。沐猴而冠帶，知小而謀彊。猶豫不敢斷，因狩執君王。白虹爲貫日，己亦先受殃。賊臣執國柄，殺主滅宇京。蕩覆帝基業，宗廟以燔喪。播越西遷移，號泣而且行。瞻彼洛城郭，微子爲哀傷。

湘綺批：樂府，而似五言體。氣特雄直，無書生氣習。前言董卓，後言何進。冬士《八代詩評》：按此批前後字誤，當云『前言何進，後言董卓』。

蒿里行

關東有義士，興兵討羣凶。初期會〔一〕盟津，乃心在咸陽。軍合力不齊，躊躇而雁行。勢利使人争，嗣還自相戕。淮南弟稱號，刻璽於北方。鎧甲生蟣蝨，萬姓以死亡。白骨露於野，千里無鷄鳴。生民百遺一，念之斷人腸。

湘綺批：『乃心在咸陽』，猶言乃心王室。『刻璽於北方』，謂劉虞在幽州，以其宗子，故比之淮南。弟，劉安也，長乃帝兄。

【校勘記】

〔一〕光緒七年四川尊經書局本、民國三十一年程天放本作『在』，光緒十六年江蘇書局本作『會』。《樂府詩集》《魏武帝集》《古詩紀》《漢魏詩乘》《廣文選》皆作『會』。

苦寒行〔一〕

北上太行山，艱哉何巍巍！羊腸坂詰屈，車輪爲之摧。樹木何蕭瑟，北風聲正悲。熊羆對我蹲，虎豹夾路啼。谿谷少人民，雪落何霏霏！延頸長歎息，遠行多所懷。我心何怫鬱，思欲一東歸。水深橋梁絶，中路正徘徊。迷惑失故路，薄暮無宿棲。行行日已遠，人馬同時饑。擔囊行取薪，斧冰持作糜。悲彼《東山》詩，悠悠使我哀。

湘綺批：高華。此亦子美所祖。

【校勘記】

〔一〕《文選》卷二十七《樂府上》李善注：『歌録曰：苦寒行，古辭。』《樂府詩集》卷三十三《相和歌辭八》以《苦寒行》爲清調曲，題作者魏武帝，有二首，此爲本辭。《古詩紀》卷二十一題下注曰：『《藝文》《樂府》并作魏文帝。』

郤東西門行

鴻雁出塞北，乃在無人鄉。舉翅萬里餘，行止自成行。冬節食南稻，春日復北翔。田中有轉蓬，隨風遠飄揚。長與故根絶，萬歲不相當。奈何此征夫，安得去四方。戎馬不解鞍，鎧甲不離旁。冉冉老將至，何時反故鄉。神龍藏深泉，猛虎步高岡。狐死歸首丘，故鄉安可忘。

湘綺批：高華。何等氣力。

王粲

公讌詩

昊天降豐澤，百卉挺葳蕤。涼風撤蒸暑，清雲卻炎暉。高會君子堂，並坐蔭華榱。嘉肴充圓方，旨酒盈金罍。管絃發徽音，曲度清且悲。合坐同所樂，但愬杯行遲。常聞詩人語，不醉且無歸。今日不極歡，含情欲待誰。見眷良不翅，守分豈能違。古人有遺言，君子福所綏。願我賢主人，與天享巍巍。克符〔一〕周公業，弈〔二〕世不可追。

湘綺批：寬和。氣皆樸厚。詩派太重，故不及曹，然其用意運筆之超妙，亦當時獨步。

冬士《八代詩評》：按曹係指陳思王植。

【校勘記】

〔一〕光緒七年四川尊經書局本、民國三十一年程天放本作『復』，光緒十六年江蘇書局本同《文選》《古詩紀》作『符』。

〔二〕光緒七年四川尊經書局本、民國三十一年程天放本作『奕』，光緒十六年江蘇書局本作『弈』。

從軍詩五首

從軍有苦樂，但問所從誰。所從神且武，焉得久勞師。相公征關右，赫怒震天威。一舉滅獯虜，再舉服羌夷。西收邊地賊，忽若俯拾遺。陳賞越丘山，酒肉踰川坻。軍中多沃饒，人馬皆溢肥。徒行兼乘還，空出有餘資。拓地三千里，往返一如飛。歌舞入鄴城，所願獲無違。晝日處大朝，日暮薄言歸。外參時明政，內不廢家私。禽獸憚爲犧，良苗實已揮。竊慕負鼎翁，願厲朽鈍姿。不能效沮溺，相隨把鋤犂。孰覽夫子詩，信知所言非。

湘綺批：清勁。肇意高遠。言雖憚爲人用，而良苗之實，豈甘棄置耶？

涼風厲秋節，司典告詳刑。我君順時發，桓桓東南征。汎舟蓋長川，陳卒被隰坰。征夫懷親戚，誰能無戀情。拊衿倚舟檣，眷眷思鄴城。哀彼東山人，喟然感鸛鳴。日月不安處，人誰獲恆寧。昔人從公旦，一徂輒三齡。今我神武師，暫往必速平。棄余親睦恩，輸力竭忠貞。懼無一夫用，報我素餐誠。夙夜自恲性，思逝若抽縈。將秉先登羽，豈敢聽金聲。

湘綺批：意險詞平。頓挫。

從軍征遐路，討彼東南夷。方舟順廣川，薄暮未安坻。白日半西山，桑梓有餘暉。蟋蟀夾岸鳴，孤鳥翩翩飛。征夫心多懷，悽愴令吾悲。下船登高防，草露霑我衣。迴身赴牀寢，此愁當告誰。身服干戈事，豈得念所私。即戎有授命，兹理不可違。

朝發鄴都橋，暮濟白馬津。逍遥河堤上，左右望我軍。連舫踰萬艘，帶甲千萬人。率彼東南路，將定一舉勳。籌策運帷幄，一由我聖君。恨我無時謀，譬諸具官臣。鞠躬中堅内，微畫無所陳。許歷爲完士，一言猶敗秦。我有素餐責，誠愧伐檀人。雖無鉛刀用，庶幾奮薄身。

悠悠涉荒路，靡靡我心愁。四望無烟火，但見林與丘。城郭生榛棘，蹊徑無所由。雚蒲竟廣澤，葭葦夾長流。日夕涼風發，翩翩漂吾舟。寒蟬在樹鳴，鸛鵠摩天游。客子多悲哀，淚下不可收。朝入譙郡界，曠然消人憂。雞鳴達四境，黍稷盈原疇。館宅充廛里，士女滿莊馗。自非賢聖國，誰能享斯休。詩人美樂土，雖客猶願留。

詠史詩

自古無殉死，達人所共知。秦穆殺三良，惜哉空爾爲。結髮事明君，受恩良不訾。臨没要之死，焉得不相隨。妻子當門泣，兄弟哭路陲。臨穴呼蒼天，涕下如綆縻。人生各有志，終不爲此移。同知埋身劇，心亦有所施。生爲百夫雄，死爲壯士規。黄鳥作哀詩，至今身不虧。

湘綺批：寬和。

雜詩

日暮游西園，冀寫憂思情。曲池揚素波，列樹敷丹榮。上有特棲鳥，懷春向我鳴。褰衽欲從之，路險不得征。徘徊不能去，佇立望爾形。風飆揚塵起，白日忽已冥。回身入空房，託夢通精誠。人欲天不違，何懼不合并。

湘綺批：清勁。

吉日簡清時，從君出西園。方軌策良馬，並驅厲中原。北臨清漳水，西看柏陽山。回翔游廣囿，逍遥陂〔一〕水間。

【校勘記】

〔一〕光緒十六年江蘇書局本作『陂』，光緒七年四川尊經書局本、民國三十一年程天放本作『彼』。《古詩紀》《廣文選》作『波』。

列車息眾駕，相伴緑水湄。幽蘭吐芳烈，芙蓉發紅暉。百鳥何繽翻，振翼羣相追。投綱引潛魚，强弩下高飛。白日已西邁，歡樂忽忘歸。

聯翻飛鸞鳥，獨游無所因。毛羽照野草，哀鳴入層雲。我尚假羽翼，飛覩爾形身。願及春陽會，交頸遘殷勤。

湘綺批：質直。

鷙鳥化爲鳩，遠竄江漢間。遭遇風雲會，託身鸞鳳間。天姿既否戾，受性又不閑。邂逅見逼迫，俛仰不得言。

七哀詩三首

西京亂無象，豺虎方遘患。復棄中國去，委身適荆蠻。親戚對我悲，朋友相追攀。出門無所見，白骨蔽平原。路有饑婦人，抱子棄草間。顧聞號泣聲，揮涕獨不還。未知身死處，何能兩相完。驅馬棄之去，不忍聽此言。南登霸陵岸，回首望長安。悟彼下泉人，喟然傷心肝。

湘綺批：寬和。以末二句爲轉宕。

荆蠻非我鄉，何爲久滯淫。方舟泝大江，日暮愁我心。山岡有餘映，巖阿增重陰。狐狸馳赴穴，飛鳥翔故林。流波激清響，猴猨臨岸吟。迅風拂裳袂，白露沾衣襟。獨夜不能寐，攝衣起撫琴。絲桐感人情，爲我發悲音。羈旅無終極，憂思壯難任。

湘綺批：寬和。

邊城使心悲，昔吾親更之。冰雪截肌膚，風飄無止期。百里不見人，草木誰當治〔一〕。登城望亭隧，翩翩飛戍旗。行者不顧反，出門與家辭。子弟多俘虜，哭泣無已時。天下盡樂土，何爲久留兹。蓼蟲不知辛，去來勿與諮。

湘綺批：寬和。

【校勘記】

〔一〕光緒十六年江蘇書局本作『治』，光緒七年四川尊經書局本、民國三十一年程天放本作『遲』。《古詩紀》卷二十五作『遲』。

陳琳

游覽二首

高會時不娱，羈客難爲心。殷勤從中發，悲感激清音。投觴罷歡坐，逍遥步長林。肅肅山谷風，默默天路陰。惆悵忘旋反，歔欷涕沾襟。

湘綺批：蕭索。

節運時氣舒，秋風凉且清。閒居心不娱，駕言從友生。翱翔戲長流，逍遥登高城。東望看疇野，迴顧覽園庭。嘉木凋緑葉，芳草殲〔一〕紅榮。騁哉日月逝，年命將西傾。建功不及時，鐘鼎何所銘。收念還房寢，慷慨詠墳經。庶幾及君在，立德垂功名。

【校勘記】

〔一〕光緒十六年江蘇書局本作『殲』，光緒七年四川尊經書局本、民國三十一年程天放本作『纖』。《古詩紀》卷二十六、《廣文選》卷九作『纖』。

徐幹

答劉公幹詩

與子別無幾，所經未一旬。我思一何篤，其愁如三春。雖路在咫尺，難涉如九關。陶陶諸夏別，草木昌且繁。

湘綺批：寬和。不作膚廓，獨饒真情。結句非有本領人不能到。

情詩

高殿鬱崇崇，廣廈凄泠泠。微風起閨闥，落日照階庭。踟躕雲屋下，笑歌倚華楹。君行殊不返，我飾爲誰榮。鑪薰闔不用，鏡匣上塵生。綺羅失常色，金翠暗無精。嘉肴既忘御，旨酒亦常停。顧瞻空寂寂，唯聞燕雀聲。憂思連相屬，中心如宿醒。

湘綺批：寬和。

室思一首

沈陰結愁憂，愁憂爲誰興？念與君相別，各在天一方。良會未有期，中心摧且傷。不聊憂餐食，慊慊常饑空。端坐而無爲，髣髴君容光。其一

峩峩高山首，悠悠萬里道。君去日已遠，鬱結令人老。人生一世間，忽若暮春草。時不可再得，何爲自愁惱？每誦昔鴻恩，賤軀焉足保！其二

浮雲何洋洋，願因通我詞。飄飄不可寄，徙倚徒相思。人離皆復會，君獨無反期。自君之出矣，明鏡暗不

治。思君如流水，何有窮已時。其三

慘慘時節盡，蘭華凋復榮。喟然長歎息，君期慰我情。展轉不能寐，長夜何綿綿。躡履起出户，仰觀三星連。自恨志不遂，泣涕如涌泉。其四

思君見巾櫛，以益我勞勤。安得鴻鸞羽，覯此心中人。誠心亮不遂，搔首立悁悁。何言一不見，復會無因緣。故如比目魚，今隔如參辰。其五

人靡不有初，想君能終之。别來歷年歲，舊恩何可期。重新而忘故，君子所猶譏。寄身雖在遠，豈忘君須臾！既厚不爲薄，想君時見思。其六

湘綺批：寬和。

劉楨

公讌詩

永日行游戲，歡樂猶未央。遺思在玄夜，相與復翱翔。輦車飛素蓋，從者盈路旁。月出照園中，珍木鬱蒼蒼。清川過石渠，流波爲魚防。芙蓉散其華，菡萏溢金塘。靈鳥宿水裔，仁獸游飛梁。華館寄流波，豁達來風凉。生平未始聞，歌之安能詳。投翰長歎息，綺麗不可忘。

湘綺批：學高華，自然清麗華貴。

贈五官中郎將四首

昔我從元后，整駕至南鄉。過彼豐沛都，與君共翱翔。四節相推斥，季冬風且凉。衆賓會廣坐，明鐙熺炎

光。清歌制妙聲，萬舞在中堂。金罍含甘醴，羽觴行無方。長夜忘歸來，聊且爲太康。四牡向路馳，歡悦誠未央。

湘綺批：清勁。

余嬰沈痼疾，竄身清漳濱。自夏涉玄冬，彌曠十餘旬。常恐游岱宗，不復見故人。所親一何篤，步趾慰我身。清談同日夕，情盼敘憂勤。便復爲別辭，游車歸西鄰。素葉隨風起，廣路揚埃塵。逝者如流水，哀此遂離分。追問何時會，要我以陽春。望慕〔一〕結不解，貽爾新詩文。勉哉修令德，北面自寵珍。

湘綺批：清勁。『逝者如流水』四句，甚要本領。寬和尚易，清勁又難，金針盡度矣。

【校勘記】

〔一〕民國三十一年程天放本闕字，光緒七年四川尊經書局本、光緒十六年江蘇書局本同《文選》《古詩紀》《古詩鏡》作『慕』。

秋日多悲懷，感慨以長歎。終夜不遑寐，敘意於濡翰。明鐙曜閨中，清風凄以寒。白露塗前庭，應門重其關。四節相推斥，歲月忽欲殫。壯士遠出征，戎事將獨難。涕泣灑衣裳，能不懷所歡。

湘綺批：清而不冷，骨重故也。『明鐙曜閨中』四句，勁氣流轉，亦他人所不能到。知之猶難，況作之耶？

涼風吹沙礫，霜氣何皚皚。明月照緹幕，華鐙散炎輝。賦詩連篇章，極夜不知歸。君侯多壯思，文雅縱橫飛。小臣信頑鹵，僶俛安能追。

湘綺批：清勁。

贈徐幹

誰謂相去遠，隔此西掖垣。拘限清切禁，中情無由宣。思子沈心曲，長歎不能言。起坐失次第，一日三四遷。步出北寺門，遥望西苑園。細柳夾道生，方塘含清源。輕葉隨風轉，飛鳥何翻翻。乖人易感動，涕下與衿連。仰視白日光，皦皦高且懸。兼燭八紘内，物類無頗偏。我獨抱深感，不得與比焉。

湘綺批：清勁。絶不入寬和一派，宜其跌宕自喜，學者必不能到。二千年來，唯我有是夫。

冬士《八代詩評》：按王氏自謂其詩爲清勁一派也。

贈從弟三首

汎汎東流水，磷磷水中石。蘋藻生其涯，華葉紛擾溺。采之薦宗廟，可以羞嘉客。豈無園中葵，懿此出深澤。

湘綺批：前皆明肇，此則勁急。

冬士《八代詩評》：按王氏前批漢人擬李陵詩云：『自魏以降，乃有仄急一種，漢人固無之。』此言勁急，即仄急也。

亭亭山上松，瑟瑟谷中風。風聲一何盛，松枝一何勁。冰霜正慘悽，終歲常端正。豈不罹凝寒，松柏有本性。

湘綺批：清勁。

鳳皇集南嶽，徘徊孤竹根。於心有不厭，奮翅凌紫氛。豈不常勤苦，羞與黄雀羣。何時當來儀，將須聖明君。

湘綺批：勁急。

雜詩

職事相填委，文墨紛消散。馳翰未暇食，日昃不知晏。沈迷簿〔一〕領書，回回自昏亂。釋此出西城，登高且游觀。方塘含白水，中有鳬與雁。安得肅肅羽，從爾浮波瀾。

湘綺批：清勁。

【校勘記】

〔一〕光緒七年四川尊經書局本、民國三十一年程天放本作『薄』。光緒十六年江蘇書局本同《文選》《古詩紀》等作『簿』。

鬬雞

丹雞被華采，雙距如鋒芒。願一揚炎威，會戰此中唐。利爪探玉除，瞋目含火光。長翹驚風起，勁翮正敷張。輕舉奮句喙，電擊復還翔。

失題二首

昔君錯畦畤，東土有素木。條柯不盈尋，一尺再三曲。隱生寘翳林，倥偬自迫束。得託芳蘭苑，列植高山足。〔一〕

湘綺批：形容小人猥瑣而有城府。

青青女蘿草，上依高松枝。幸蒙庇養恩，分惠不可貲。風雨雖急疾，根株不傾移。〔二〕

【校勘記】

〔一〕光緒七年四川尊經書局本、光緒十六年江蘇書局本、民國三十一年程天放本均於『列植高山足』後出以『□□』。《古詩紀》卷二十六於詩末注謂『闕』，《漢魏詩乘》注謂『後闕』。

〔二〕光緒七年四川尊經書局本、光緒十六年江蘇書局本、民國三十一年程天放本於篇末未有闕文符號，《古詩紀》仍作『闕』，《漢魏詩乘》作『後闕』。

應瑒

侍五官中郎將建章臺集詩

朝雁鳴雲中，音響一何哀！問子游何鄉？戢翼正徘徊。言我塞門來，將就衡陽棲。往春翔北土，今冬客南淮。遠行蒙霜雪，毛羽日摧頹。常恐傷肌骨，身隕沈黄泥。簡珠墮沙石，何能中自諧。欲因雲雨會，濯翼陵高梯。良遇不可值，伸眉路何階。公子敬愛客，樂飲不知疲。和顔既已暢，乃肯顧細微。贈詩見存慰，小子非所宜。且爲極懽情，不醉其無歸。凡百敬爾位，以副饑渴懷。

湘綺批：清勁之下品。全自敘其轗軻，殊非侍宴之體，而何焯等偏亟取之。

別詩二首

朝雲浮四海，日暮歸故山。行役懷舊土，悲思不能言。悠悠涉千里，未知何時旋。

浩浩長河水，九折東北流。晨夜赴滄海，海流亦何抽。遠適萬里道，歸來未有由。臨河累太息，五内懷傷憂。

鬬雞

戚戚懷不樂，無以釋勞勤。兄弟游戲場，命駕迎衆賓。二部分曹伍，羣雞焕以陳。雙距解長絛，飛踊超敵倫。芥羽張金距，連戰何繽紛。從朝至日夕，勝負尚未分。專場驅衆敵，剛捷逸等羣。四坐同休贊，賓主懷悦欣。博弈〔一〕非不樂，此戲世所珍。

【校勘記】

〔一〕光緒七年四川尊經書局本、民國三十一年程天放本作『博奕』。光緒十六年江蘇書局本作『博弈』，是。

阮瑀

駕出北郭門行

駕出北郭門，馬樊不肯馳。下車步踟躕，仰折枯楊枝。顧聞丘林中，噭噭有悲啼。借問啼者出，何爲乃如斯？親母舍我没，後母憎孤兒。饑寒無衣食，舉動鞭捶施。骨消肌肉盡，體若枯樹皮。藏我空室中，父還不能知。上冢察故處，存亡永别離。親母何可見，淚下聲正嘶。棄我於此間，窮厄豈有貲。傳告後代人，以此爲明規。

湘綺批：後母虐前子，只是善藏之，使其父不知耳。然云父不知，仍是爲其父諱。

琴歌

弈弈〔一〕天門開，大會應期運。青蓋巡九州，在東西人怨。士爲知己死，女爲悦者玩。恩義苟潛暢，他人焉能亂。

【校勘記】

〔一〕光緒七年四川尊經書局本、民國三十一年程天放本作『奕奕』，光緒十六年江蘇書局本作『弈弈』。《樂府詩集》作『弈弈』。

詠史詩一首

誤哉秦穆公，身没從三良。忠臣不違命，隨軀就死亡。低頭闚壙户，仰視日月光。誰謂此何處，恩義不可忘。路人爲流涕，黄鳥鳴高桑。

燕丹養勇士，荆軻爲上賓。圖盡擢匕首，長驅西入秦。素車駕白馬，相送易水津。漸離擊筑歌，悲聲感路人。舉坐同咨嗟，歎氣若青雲。

雜詩二首

臨川多悲風，秋日苦清凉。客子易爲戚，感此用哀傷。攬衣起躑躅，上觀心與房。三星守故次，明月未收光。雞鳴當何時，朝晨尚未央。還坐長歎息，憂憂安可忘。

湘綺批：清勁。

我行自凜秋，季冬乃來歸。置酒高堂上，友朋集光輝。念當復離别，涉路險且夷。思慮益惆悵，淚下沾裳衣。

七哀詩

丁年難再遇，富貴不重來。良時忽一過，身體爲土灰。冥冥九泉室，漫漫長夜臺。身盡氣力索，精魂靡所能。嘉殽設不御，旨酒盈觴杯。出壙望故鄉，但見蒿與萊。

隱士

四浩潛南山，老萊竄河濱。顔回樂陋巷，許由安賤貧。伯夷餓首陽，天下歸其仁。何患處貧苦，但當守明真。

苦雨

苦雨滋玄冬，引日彌且長。丹墀自殲殪，深樹猶沾裳。客行易感悴，我心摧已傷。登臺望江沔，陽侯沛洋洋。

繁欽

蕙詠

蕙草生山北，託身失所依。植根陰崖側，夙夜懼危頹。寒泉浸我根，凄風常徘徊。三光照八極，獨不蒙餘暉。葩葉永彫悴，凝露不暇晞。百草皆含榮，已獨失時姿。比我英芳發，鶗鴂鳴已哀。

湘綺批：寬和。

定情詩

我出東門游，邂逅承清塵。思君即幽房，侍寢執衣巾。時無桑中契，迫此路側人。我既媚君姿，君亦悦我顔。何以致拳拳，綰臂雙金環。何以道〔一〕殷勤，約指一雙銀。何以致區區，耳中雙明珠。何以致叩叩，香囊繫肘後。何以致契闊，繞腕雙跳脱。何以結恩情，美玉〔二〕綴羅纓。何以結中心，素縷連雙鍼。何以結相於，金薄畫搔頭。何以慰別離，耳後瑇瑁釵。何以答歡忻，紈素三條裙〔三〕。何以結愁悲，白絹雙中衣。與我期何所，乃期東山隅。日旰兮不來〔四〕，谷風吹我襦。遠望無所見，涕泣起踟躕。與我期何所，乃期山南陽。日中兮不來，飄風吹我裳。逍遥莫誰覿，望君愁我腸。與我期何所，乃期西山側。日夕兮不來，躑躅長歎息。遠望凉風至，俯仰正衣服。與我期何所，乃期山北岑。日暮兮不來，凄風吹我襟。望君不能坐，悲苦愁我心。愛身以何爲，惜我華色時。中情既款款，然後克密期。褰衣躡茂草，謂君不我欺。廁此醜陋質，徙倚無所之。自傷失所欲，淚下如連絲。

湘綺批：樂府體。魏文《與吴質書》，歷數存歿諸人，不及主簿休伯，在魏殆與二丁、德祖，俱擯七子之列，故情辭怨苦。連用十一『何以』字，從《羽林郎》四『我』字生出，遂成刱調。情事真妙。

按魏武《塘上行》連用三『莫以』字，亦是此法。此種聲調，偶一爲之，尚須視行文時是否需要。不合而强效之，乃是畫虎類犬，學者不可不知，且不可多用，多用則爲爛調可厭。又按《三國志》注引《典略》曰：『欽又善爲詩賦，其所與太子書，記喉轉意，率皆巧麗。』

【校勘記】

〔一〕光緒七年四川尊經書局本、光緒十六年江蘇書局本、民國三十一年程天放本作『道』。《玉臺新詠》《樂府詩集》《古詩紀》等均作『致』。

〔二〕光緒七年四川尊經書局本、光緒十六年江蘇書局本、民國三十一年程天放本作『美玉』。《古詩紀》《漢魏詩乘》《古詩鏡》作『美玉』。《玉臺新詠》《樂府詩集》作『珮玉』。

〔三〕光緒七年四川尊經書局本、光緒十六年江蘇書局本、民國三十一年程天放本作『裙』。《玉臺新詠》《樂府詩集》《古詩紀》作『裾』。

〔四〕光緒七年四川尊經書局本、光緒十六年江蘇書局本、民國三十一年程天放本作『來』。《玉臺新詠》《樂府詩集》作『至』。

秦宓

遠游

遠游何所見，所見邈難紀。巖穴非我鄰，林麓無知己。虎則豹之兄，鷹則鷂之弟。困獸走環岡，飛鳥驚巢起。猛氣何咆厲，陰風起千里。遠游長太息，太息遠游子。

湘綺批：質直。

無名人

古詩爲焦仲卿妻作并序〔一〕

漢末建安中，廬江府小吏焦仲卿妻劉氏，爲仲卿母所遣，自誓不嫁。其家逼之，乃没水而死。仲卿聞之，亦自縊於庭樹。時人傷之，爲詩云爾。

孔雀東南飛，五里一裴徊。『十三能織素，十四學裁衣。十五彈箜篌，十六誦詩書。十七爲君婦，心中常苦悲。君既爲府吏，守節情不移。賤妾留空房，相見常日稀。鷄鳴入機織，夜夜不得息。三日斷五疋，大人故嫌遲。非爲織作遲，君家婦難爲。妾不堪驅使，徒留無所施。便可白公姥，及時相遣歸。』府吏得聞之，堂上啟阿母：『兒已薄禄相，幸復得此婦。結髮同枕席，黄泉共爲友。共事二三年，始爾未爲久。女行無偏斜，何意致不厚。』阿母謂府吏：『何乃太區區！此婦無禮節，舉動自專由。吾意久懷忿，汝豈得自由！東家有賢女，自名秦羅敷。可憐體無比，阿母爲汝求。便可速遣之，遣去慎莫留！』府吏長跪告，伏惟啟阿母：『今若遣此婦，終老不復取！』阿母得聞之，槌牀便大怒：『小子無所畏，何敢助婦語！吾已失恩義，會不相從許！』府吏默無聲，再拜還入户。舉言謂新婦，哽咽不能語：『我自不驅卿，逼迫有阿母。卿但暫還家，吾今且報府。不久當歸還，還必相迎取。以此下心意，慎勿違吾語。』新婦謂府吏：『勿復重紛紜！往昔初陽歲，謝家來貴門。奉事循公姥，進止敢自專？晝夜勤作息，伶俜縈苦辛。謂言無罪過，供養卒大恩。仍更被驅遣，何言復來還？妾有繡腰襦，葳蕤自生光。紅羅複斗帳，四角垂香囊。箱簾六七十，緑碧青絲繩。物物各自異，種種在其中。人賤物亦鄙，不足迎後人。留待作遺施，於今無會因。時時爲安慰，久久莫相忘。』

雞鳴外欲曙，新婦起嚴妝。著我繡裌裙，事事四五通。足下躡絲履，頭上玳瑁光。腰若流紈素，耳著明月璫。指如削葱根，口如含朱丹。纖纖作細步，精妙世無雙。上堂拜阿母，阿母怒不止。『昔作女兒時，生小出野里。本自無教訓，兼愧貴家子。受母錢帛多，不堪母驅使。今日還家去，念母勞家裏。』卻與小姑別，淚落連珠子。『新婦初來時，小姑始扶牀。今日被驅遣，小姑如我長。勤心養公姥，好自相扶將。初七及下九，嬉戲莫相忘。』出門登車去，涕落百餘行。府吏馬在前，新婦車在後。隱隱何甸甸，俱會大道口。下馬入車中，低頭共耳語：『誓不相隔卿，且暫還家去。吾今且赴府。不久當還歸，誓天不相負。』新婦謂府吏：『感君區區懷。君既若見録，不久望君來。君當作磐石，妾當作蒲葦。蒲葦紉如絲，磐石無轉移。我有親父兄，性行暴如雷。恐不任我意，逆以煎我懷。』舉手長勞勞，二情同依依。

入門上家堂，進退無顔儀。阿母大拊掌：『不圖子自歸！十三教汝織，十四能裁衣，十五彈箜篌，十六知禮儀，十七遣汝嫁，謂言無誓違。汝今何罪過，不迎而自歸？』蘭芝慙阿母：『兒實無罪過！』阿母大悲摧。還家十餘日，縣令遣媒來。云有第三郎，窈窕世無雙。年始十八九，便言多令才。阿母謂阿女：『汝可去應之。』阿女含淚答：『蘭芝初還時，府吏見丁甯，結誓不别離。今日違情義，恐此事非奇。自可斷來信，徐徐更謂之。』阿母白媒人：『貧賤有此女，始適還家門，不堪吏人婦，豈合令郎君？幸可廣問訊，不得便相許。』媒人去數日，尋遣丞請還。説有蘭家女，承籍有宦官。云有第五郎，嬌逸未有婚。遣丞爲媒人，主簿通語言。直説太守家，有此令郎君。既欲結大義，故遣來貴門。阿母謝媒人：『女子先有誓，老姥豈敢言！』阿兄得聞之，悵然心中煩。舉言謂阿妹：『作計何不量！先嫁得府吏，後嫁得郎君，否泰如天地，足以榮汝身。不嫁義郎體，其住欲何云？』蘭芝仰頭答：『理實如兄言，謝家事夫壻，中道還兄門，處分適兄意，那得自任專！雖與府吏要，渠會永無緣。登即相許和，便可作婚姻。』媒人下牀去，諾諾復爾爾。還部白府君：『下官奉使命，言談大有緣。』府君得聞之，心中大歡喜。視歷復開書，便利此月内，六合正相應。良吉三十日，今已二十七，卿可去成婚。交語速裝束，絡繹如浮雲。青雀白鵠舫，四角龍子幡。婀娜隨風轉，金車玉作輪。躑躅青驄馬，流蘇金縷鞍。齎錢三百萬，皆用青絲穿。雜綵三百疋，交廣市鮭珍。從人四五百，鬱鬱登郡門。阿母謂阿女：『適得府君書，明日來迎汝。何不作衣裳？莫令事不舉！』阿女默無聲，手巾掩口啼，淚落便如瀉。移我琉璃榻，出置前窗下。左手持刀尺，右手執綾羅。朝成繡裌裙，晚成單羅衫。晻晻日欲暝，愁思出門啼。

府吏聞此變，因求假暫歸。未至二三里，摧藏馬悲哀。新婦識馬聲，躡履相逢迎，悵然遥相望，知是故人來。舉手拍馬鞍，嗟歎使心傷。『自君别我後，人事不可量。果不如先願，又非君所詳。我有親父母，逼迫兼弟兄。以我應他人，君還何所望！』府吏謂新婦：『賀卿得高遷！磐石方且厚，可以卒千年。蒲葦一時紉，便作旦夕間。卿當日勝貴，吾獨向黄泉。』新婦謂府吏：『何意出此言！同是被逼迫，君爾妾亦然。黄泉下相見，勿違今日言！』執手分道去，各各還家門。生人作死别，恨恨那可論？念與世間辭，千萬不復全。府吏還家去，上堂拜阿母：『今日大風寒，寒風摧樹木，嚴霜結庭蘭。兒今日冥冥，令母在後單。故作不良計，勿復怨鬼神！命如南山石，四體康且直。』阿母得聞之，零淚應聲落：『汝是大家子，仕宦於臺閣。愼勿爲婦死，貴賤情何薄！東家有賢女，窈窕豔城郭，阿母爲汝求，便復在旦夕。』府吏再拜還，長歎空房中，作計乃爾立，轉頭向户裏，漸見愁煎迫。其日牛馬嘶，新婦入青廬。奄奄黄昏後，寂寂人定初。『我命絶今日，魂去尸長留！』攬裙脱絲履，舉身赴清池。府吏聞此事，心知長别離。徘徊庭樹下，自挂東南枝。兩家求合葬，合葬華山旁。東西植松柏，左右種梧桐。枝枝相覆蓋，葉葉相交通。中有雙飛鳥，自名爲鴛鴦。仰頭相向鳴，夜夜達五更。行人駐足聽，寡婦起彷徨。多謝後世人，戒之愼勿忘。

【校勘記】

〔一〕《玉臺新詠》卷一：『無名人《古詩爲焦仲卿妻作（并序）》。』《樂府詩集》卷七十三《雜曲歌辭十三》題爲古辭《焦仲卿妻》。『《焦仲卿妻》，不知誰氏之所作也。』《古詩紀》卷十七《樂府古辭·雜曲歌辭》題爲《古詩爲焦仲卿妻作》。

上留田行

里中有啼兒，似類親父子。回車問啼兒，慷慨不可止。

折楊柳行

默默施行違，厥罰隨事來。末喜殺龍逢，桀放於鳴條。祖伊言不用，紂頭懸白旄。指鹿用爲馬，胡亥以喪軀。夫差臨命絶，乃云負子胥。戎王納女樂，以亡其由余。璧馬禍及虢，二國俱爲墟。三人成市虎，慈母投杼趨。卞和之刖足，接輿歸草廬。

刺巴郡守詩

孝桓帝時，河南李盛仲和爲巴郡守，貪財重賦，國人刺之曰：

狗吠何諠諠，有吏來在門。披衣出門應，府記欲得錢。語窮乞請期，吏怒反見尤。旋步顧家中，家中無可爲。思往從鄰貸，鄰人言已匱。錢錢何難得，令我獨憔悴。

雜歌

晨行梓道中，梓葉相切磨。與君別交中，繣如新縑維。裂之有餘絲，吐之無還期。

古八變歌

北風初秋至，吹我章華臺。浮雲多暮色，似從崦嵫來。枯桑鳴中林，絡緯〔一〕響空階。翩翩飛蓬征，愴愴游子懷。故鄉不可見，長望始此回。

【校勘記】

〔一〕光緒十六年江蘇書局本作『絡緯』，光緒七年四川尊經書局本、民國三十一年程天放本作『緯絡』。

古咄唶歌〔一〕

棗下何攢攢，榮華各有時。棗欲初赤時，人從四邊來。棗適今日賜，誰當仰視之。

【校勘記】

〔一〕《樂府詩集》卷七十四《雜曲歌辭十四》梁簡文帝《棗下何纂纂》詩題注：『《古咄唶歌》曰：棗下何攢攢，榮華各有時。棗慾初赤時，人從四邊來。棗適今日賜，誰當仰視之。』《古詩紀》卷十七《樂府古辭·雜曲歌辭》題作《古咄唶歌》。

艷歌

今日樂上樂，相從步雲衢。天公出美酒，河伯出鯉魚。青龍前鋪席，白虎持榼壺。南斗工鼓瑟，北斗吹笙竽。妲娥垂明璫，織女奉瑛琚。蒼霞揚東謳，清風流西歈。垂露成帷幄，奔星扶輪輿。

卷四

魏第一

五言第二

文帝曹丕

釣竿行

東越河濟水，遥望大海涯。釣竿何珊珊，魚尾何簁簁。行路之好者，芳餌欲何爲。

湘綺批：亦寬和，亦明麗。

善哉行二首〔一〕

朝日樂相樂，酣飲不知醉。悲絃激新聲，長笛吐清氣。其一

絃歌感人腸，四坐皆歡悦。寥寥高堂上，凉風入我室。其二

持滿如不盈，有德者能卒。君子多苦心，所愁不但一。其三

慊慊下白屋，吐握不可失。衆賓飽滿歸，主人苦不悉。其四

比翼翔雲漢，羅者安所羈。冲静得自然，榮華何足爲。其五

朝游高臺觀，夕宴華池陰。大酋奉甘醪，狩人獻嘉禽。其一
齊倡發東舞，秦箏奏西音。有客從南來，爲我彈清琴。其二
五音紛繁會，拊者激微吟。淫魚乘波聽，踴躍自浮沈。其三
飛鳥翻翔舞，悲鳴集北林。樂極哀情來，寥亮摧肝心。其四
清角豈不妙，德薄所不任。大哉子野言，弭絃且自禁。其五

湘綺批：質直。末是帝王語。

【校勘記】

〔一〕《樂府詩集》卷三十六《相和歌辭十一》古辭《善哉行》四言，魏文帝有二首五言，二首四言。《古詩紀》卷二十二兩首分題。《八代詩選》將其總題爲《善哉行二首》，每首五解。《魏文帝集》樂府《善哉行》二首，每首五解。

折楊柳行

西山亦〔二〕何高，高高殊無極。上有兩仙僮，不飲亦不食。與我一丸藥，光耀有五色。服藥四五日，身體生羽翼。輕舉乘浮雲，倏忽行萬億。流覽觀四海，茫茫非所識。彭祖稱七百，悠悠安可原。老聃適西戎，於今竟不還。王喬假虛辭，赤松垂空言。達人識真僞，愚夫好妄傳。追念往古事，憒憒千萬端。百家多迂怪，聖道我所觀。

湘綺批：説理而有氣勢。

【校勘記】

〔一〕光緒七年四川尊經書局本、光緒十六年江蘇書局本、民國三十一年程天放本作『亦』。《樂府詩集》作『一』。

芙蓉池作

乘輦夜行游，逍遥步西園。雙渠相溉灌，嘉木繞通川。卑枝拂羽蓋，修條摩蒼天。驚風扶輪轂，飛鳥翔我前。丹霞夾明月，華星出雲間。上天垂光彩，五色亦何鮮。壽命非松喬，誰能得神仙。遨游快心意，保己終百年。

湘綺批：自然華麗，自成奇肇。

於玄武陂作

兄弟共行游，驅車出西城。野田廣開闢，川渠互相經。黍稷何鬱鬱，流波激悲聲。菱芡覆緑水，芙蓉發丹榮。柳垂重蔭緑，向我池邊生。乘渚望長洲，羣鳥讙譁鳴。萍藻泛濫浮，澹澹隨風傾。忘憂共容與，暢此千秋情。

湘綺批：寬和。

至廣陵於馬上作

觀兵臨江水，水流何湯湯。戈矛成山林，玄甲耀日光。猛將懷暴怒，膽氣正縱横。誰云江水廣，一葦可以航。不戰屈敵虜，戢兵稱賢良。古公宅岐邑，實始翦殷商。孟獻營虎牢，鄭人懼稽顙。充國務耕殖，先零自破亡。興農淮泗間，築室都徐方。量宜運權略，六軍咸悦康。豈如《東山》詩，悠悠多憂傷。

湘綺批：寬和。

雜詩二首

漫漫秋夜長，烈烈北風涼。展轉不能寐，披衣起彷徨。彷徨忽已久，白露沾我裳。俯視清水波，仰看明月光。天漢回西流，三五正縱横。草蟲鳴何悲，孤雁獨南翔。鬱鬱多悲思，綿綿思故鄉。願飛安得翼，欲濟河無梁。向風長歎息，斷絶我中腸。

湘綺批：高華。

西北有浮雲，亭亭如車蓋。惜哉時不遇，適與飄風會。吹我東南行，行行至吴會。吴會非我鄉，安得久留滯。棄置勿復陳，客子常畏人。

湘綺批：清勁。

於清河見輓船士新婚與妻别一首

與君結新婚，宿昔當别離。凉風動秋草，蟋蟀鳴相隨。冽冽寒蟬吟，蟬吟抱枯枝。枯枝時飛揚，身體忽遷移。不悲身遷移，但惜歲月馳。歲月無窮極，會合安可知。願爲雙黄鵠，比翼戲清池。

湘綺批：寬和。句句轉，不覺其扭，由超妙故也。後人學之，易厭矣。

清河作

方舟戲長水，湛澹自浮沈。絃歌發中流，悲響有餘音。音聲入君懷，悽愴傷人心。心傷安所念，但願恩情深。願爲晨風鳥，雙飛翔北林。

甄皇后 當從《玉臺》改爲魏明帝作〔一〕

樂府塘上行

蒲生我池中，其葉何離離。旁能行仁義，莫若妾自知。衆口鑠黄金，使君生别離。念君去我時，獨愁常苦悲。想見君顔色，感結傷心脾。念君常苦悲，夜夜不能寐。莫以賢豪故，棄捐素所愛。莫以魚肉賤，棄捐葱與薤。莫以麻枲賤，棄捐菅與蒯。出亦復愁苦，入亦復苦愁。邊地多悲風，樹木何脩脩。從君〔二〕致獨樂，延年壽千秋。

湘綺批：《玉臺新詠》作『又詩』，或云『甄氏』。今按子建與甄同時，而有《蒲生行·浮萍篇》，知是擬古篇題，後人以事與甄類而附之。

按此詩當從《宋書·樂志》，定爲武帝詞。

【校勘記】

〔一〕『甄皇后』後小字爲《八代詩選》原注。明小宛堂覆宋本《玉臺新詠》卷二題作《甄皇后樂府塘上行一首》。《樂府詩集》卷三十五《相和歌辭十》魏武帝《塘上行》題解曰：《鄴都故事》曰：『魏文帝甄皇后，中山無極人。袁紹據鄴，與中子熙娶后爲妻。後太祖破紹，文帝時爲太子，遂以后爲夫人。後爲郭皇后所譖，文帝賜死後宫。臨終爲詩。』即此。《八代詩選》所録爲《塘上行》本辭。

〔二〕《八代詩選》諸本皆作『軍』，《古詩紀》《漢魏詩乘》《古詩鏡》《石倉歷代詩選》亦作『軍』。《玉臺新詠》《樂府詩集》均作『君』，從之。

明帝叡

長歌行

静夜不能寐，耳聽衆禽鳴。大城育狐兔，高墉多鳥聲。壞宇何寥廓，宿屋邪草生。中心感時物，撫劍下前庭。翔徉於階際，景星一何明。仰首觀靈宿，北辰奮休榮。哀彼失羣燕，喪偶獨煢煢。單心誰與侶，造房孰與成。徒然喟有和，悲慘傷人情。余情偏易感，懷往增憤盈。吐吟音不徹，泣涕沾羅纓。

湘綺批：不及曹丕自然變化。

苦寒行

悠悠發洛都，𦶇我征東行。征行彌二旬，屯吹隴陂城。顧觀故壘處，皇祖之所營。屋室若平昔，棟宇無邪傾。奈何我皇祖，潛德隱聖形。雖没而不朽，書貴垂伐名。光光我皇祖，軒燿同其榮。遺化布四海，八表以肅清。雖有吴蜀寇，春秋足耀兵。徒悲我皇祖，不永享百齡。賦詩以寫懷，伏軾淚霑纓。

湘綺批：以吴蜀爲耀兵之舉，可謂巧於諂言。

櫂歌行

王者布大化，配乾稽后祇。陽育則陰殺，晷景應度移。文德以時振，武功伐不隨。重華舞干戚，有苗服從嬀。蠢爾吴中虜，憑江棲山阻。哀哉王士民，瞻仰靡依怙。皇上悼愍斯，宿昔奮天怒。發我許昌宫，列舟於長浦。翼日乘波揚，棹歌悲且凉。太常拂白日，旗幟紛設張。將抗旄與鉞，耀威於彼方。伐罪以弔民，清我東南疆。

種瓜篇

種瓜東井上，冉冉自踰垣。與君新爲婚，瓜葛相結連。寄託不肖軀，有如倚太山。兔絲無根株，蔓延自登緣。萍藻託清流，常恐身不全。被蒙邱山惠，賤妾執拳拳。天日照知之，想君亦俱然。

湘綺批：寬和。詞嚴義正。

曹植

薤露行

天地無窮極，陰陽轉相因。人居一世間，忽若風吹塵。願得展功勤，輸力於明君。懷此王佐才，慷慨獨不羣。鱗介尊神龍，走獸宗麒麟。蟲獸猶知德，何况於士人。孔氏刪詩書，王業燦已分。騁我徑寸翰，流藻垂華芬。

惟漢行

太極定二儀，清濁始以形。三光炤八極，天道甚著明。爲人立君長，欲以遂其生。行仁章以瑞，變故誡驕盈。神高而聽卑，報若響應聲。明主敬細微，三季瞢天經。二皇稱至化，盛哉唐虞庭。禹湯繼厥德，周亦致太平。在昔懷帝京，日昃不敢寧。濟濟在公朝，萬載馳其名。

君子行〔一〕

君子防未然，不處嫌疑間。瓜田不納履，李下不正冠。嫂叔不親授，長幼不比肩。勞謙得其柄，和光甚獨難。周公下白屋，吐哺不及餐。一沐三握髮，後世稱聖賢。

【校勘記】

〔一〕《六臣注文選》卷二十七《樂府上》載樂府古辭四首：《飲馬長城窟行》《君子行》《傷歌行》《長歌行》，李善注《文選》卷二十七《樂府上》載樂府古辭三首：《飲馬長城窟行》《傷歌行》《長歌行》，唯缺《君子行》。《樂府詩集》卷三十二《相和歌辭七・平調曲三》有古辭《君子行》，不署作者。《古詩紀》卷十六《樂府古辭・平調曲・君子行》，題下注曰『《曹子建集》亦載此首』。曹植樂府《君子行》載《古詩紀》卷二十三。《漢魏詩乘》卷四作樂府古辭《平調曲》。

鰕䱇篇〔一〕

鰕䱇游橫〔二〕潦，不知江海流。燕雀戲藩柴，安識鴻鵠游。世士此誠明，大德固無儔。駕言登五嶽，然後小陵丘。俯觀上路人，勢利惟是謀。讐高念皇家，遠懷柔九州。撫劍而雷音，猛氣縱橫浮。汎泊徒嗷嗷，誰知壯士憂。

湘綺批：高華。讀此詩，人多稱其壯，抑知其氣仍深折，仍渾然。

【校勘記】

〔一〕《樂府詩集》卷三十《相和歌辭五·平調曲一》：『一曰《鰕䱇篇》。《樂府解題》曰：「曹植擬《長歌行》爲《鰕䱇》。」』

〔二〕《樂府詩集》作『潢』。

吁嗟篇〔一〕

吁嗟此轉蓬，居世何獨然。長與本根逝，宿夜無休閒。東西經七陌，南北越九阡。卒遇回風起，吹我入雲間。自謂終天路，忽然下沈泉。驚飆接我出，故歸彼中田。當南而更北，謂東而反西。宕宕當何依，忽亡而復存。飄颻周八澤，連翩歷五山。流轉無恆處，誰知吾苦艱。願爲中林草，秋隨野火燔。糜滅豈不痛，願與根荄連。

湘綺批：寬和。『自謂終天路』，自以王子帝弟，永富貴也。『沈泉』，有司請殺之，『歸田』，降爲侯。『南北東西』，數移封也。

【校勘記】

〔一〕《樂府詩集》卷三十三《相和歌辭八·平調曲四》：「《樂府解題》曰：曹植擬《苦寒行》爲《吁嗟》。」《古詩紀》卷二十三題下注曰：「《選詩拾遺》作瑟調《飛蓬篇》。」

豫章行

鴛鴦自朋親，不若比翼連。他人雖同盟，骨肉天性然。周公穆康叔，管蔡則流言。子臧讓千乘，季札慕其賢。

蒲生行浮萍篇

浮萍寄清水，隨風東西流。結髮辭嚴親，來爲君子仇。恪勤在朝夕，無端獲罪尤。在昔蒙恩惠，和樂如瑟琴。何意今摧頹，曠若商與參。茱萸自有芳，不若桂與蘭。新人雖可愛，無若故所懽。行雲有反期，君恩儻中還。慊慊仰天歎，愁心將何愬。日月不恆處，人生忽若寓。悲風來入懷，淚下如垂露。發篋造裳衣，裁縫紈與素。

湘綺批：清勁。

箜篌引〔一〕

置酒高殿上，親友從我游。中廚辦豐膳，烹羊宰肥牛。秦筝何慷慨，齊瑟和且柔。陽阿奏奇舞，京洛出名謳。樂飲過三爵，緩帶傾庶羞。主稱千金壽，賓奉萬年酬。久要不可忘，薄終義所尤。謙謙君子德，磬折欲何求。驚風飄白日，光景馳西流。盛時不可再，百年忽我遒。生存華屋處，零落歸山丘。先民誰不死，知命復何憂。

湘綺批：清勁。婉而多諷。

【校勘記】

〔一〕《樂府詩集》卷三十九《相和歌辭十四·瑟調曲四》作《野田黄雀行》。《陳思王集》樂府《箜篌引》。《藝文類聚》卷四十二、《古詩紀》卷二十三、《漢魏詩乘》卷十三、《古詩鏡》卷五、《石倉歷代詩選》卷二、《古詩箋》卷二、《古詩源》卷五、《采菽堂古詩選》卷六均作《箜篌引》。《古詩紀》於詩末注曰：『右一曲，晉樂所奏，分四解。』分四解者，實指《樂府詩集》『晉樂所奏』之曲，《八代詩選》諸本所録之《箜篌引》爲《樂府詩集》所標『本辭』之曲。二者詩句全同，只是在『驚風飄白日，光景馳西流。盛時不可再，百年忽我遒』四句之順序上互爲顛倒。

野田黄雀行〔一〕

高樹多悲風，海水揚其波。利劍不在掌，結友何須多。不見籬間雀，見鷂自投羅。羅家得雀喜，少年見雀悲。拔劍捎羅網，黄雀得飛飛。飛飛摩蒼天，來下謝少年。

湘綺批：寬和。豪氣頗逼人，格似稍褊，賴有結之宕。

【校勘記】

〔一〕《樂府詩集》卷三十九《相和歌辭十四》所録《野田黄雀行》『本辭』後一首。

怨歌行

爲君既不易，爲臣良獨難。忠信事不顯，乃有見疑患。周公佐成王，金縢功不刊。推心輔王室，二叔反流言。待罪居東國，泣涕常流連。皇靈大動變，震雷風且寒。拔樹偃秋稼，天威不可干。素服開金縢，感悟求其端。公旦事既顯，成王乃哀歎。吾欲竟此曲，此曲悲且長。今日樂相樂，别後莫相忘。

升天行

扶桑之所出，乃在朝陽谿。中心陵蒼昊，布葉蓋天涯。日出登東幹，既夕没西枝。願得紆陽轡，迴日使東馳。

五游〔一〕

九州不足步，願得凌雲翔。逍遥八紘外，游目歷遐荒。披我丹霞衣，襲我素霓裳。華蓋芬晻藹，六龍仰天驤。曜靈未移景，倏忽造旻蒼。閶闔啟丹扉，雙闕曜朱光。徘徊文昌殿，登陟太微堂。上帝休西櫺，羣后集東廂。帶我瓊瑶佩，漱我沆瀣漿。踟躕玩靈芝，徙倚弄華芳。王子奉仙藥，羡門進奇方。服食享遐紀，延壽保無疆。

湘綺批：質直。

【校勘記】

〔一〕《樂府詩集》卷六十四《雜曲歌辭四》題爲《五游》，卷六十三《雜曲歌辭三》引《樂府解題》曰：『《升天行》，曹植云：「日月何時留。」鮑照云：「家世宅關輔。」曹植又有《上仙籙》與《神游》《五游》《龍欲升天》等篇，皆傷人世不永，俗情險艱，當求神仙，翱翔六合之外，與《飛龍》《仙人》《遠游篇》《前緩聲歌》同意。』

鬬雞篇

游目極妙伎，清聽厭宫商。主人寂無爲，衆賓進樂方。長筵坐戲客，鬬雞閒觀房〔一〕。羣雄正翕赫，雙翅自飛揚。揮羽激清風，轉目發朱光。觜落輕毛散，嚴距往往傷。長鳴入青雲，扇翼獨翱翔。願蒙狸膏助，常得擅此場〔二〕。

【校勘記】

〔一〕《樂府詩集》作『觀閒房』。

〔二〕光緒十六年江蘇書局本作『場』，是。光緒七年四川尊經書局本、民國三十一年程天放本作『揚』。《樂府詩集》作『場』。

聖皇篇

聖皇應曆〔一〕數，正康帝道休。九州咸賓服，威德洞八幽。三公奏諸公，不得久淹留。蕃位任至重，舊章咸率由。侍臣省文奏，陛下體仁慈。沈吟有愛戀，不忍聽可之。迫有官典憲，不得顧恩私。諸王當就國，璽綬何累縗。便時舍外殿，宮省寂無人。主上增顧念，皇母懷苦辛。何以爲贈賜，傾府竭寶珍。文錢百億萬，采帛若烟雲。乘輿服御物，錦羅與金銀。龍旂垂九旒，羽蓋參班輪。諸王自計念，無功荷厚德。思一効筋力，糜軀以報國。鴻臚擁節衛，副使隨經營。貴戚並出送，夾道交輜軿。車服齊整設，韡曄耀天精。武騎衛前後，鼓吹簫笳聲。祖道魏東門，淚下霑冠纓。扳蓋因内顧，俛仰慕同生。行行將日暮，何時還闕庭。車輪爲徘徊，四馬躊躇鳴。路人尚酸鼻，何況骨肉情。

湘綺批：只是直敘，而令人曲丕直植矣。文人結習，各爲其黨。故千古文人，常爲世惜，文人不得意，尤爲世争護也。

【校勘記】

〔一〕《八代詩選》諸本皆作『歷』。《樂府詩集》作『曆』，是。

靈芝篇

靈芝生玉池，朱草被洛濱。榮華相晃耀，光采曄若神。古時有虞舜，父母頑且嚚。盡孝於田壠，烝烝不違仁。伯瑜年七十，綵衣以娱親。慈母笞不痛，歔欷涕霑巾。丁蘭少失母，自傷早孤煢。刻木當嚴親，朝夕致三牲。暴子見陵侮，犯罪以忘刑。丈人爲泣血，免戾全其名。董永遭家貧，父老財無遺。舉假以供養，傭作致甘肥。責家填門至，不知何用歸。天靈感至德，神女爲秉機。歲月不安居，嗚呼我皇考。生我既已晚，棄我何其早。蓼莪誰所興，念之令人老。退詠《南風》詩，灑淚滿禕抱。亂曰：聖皇君四海，德教朝夕宣。萬國咸禮讓，百姓家肅虔。庠序不失儀，孝悌處中田。户有曾閔子，比屋皆仁賢。髫齓無夭齒，黄髮盡其年。陛下三萬歲，慈母亦復然。

精微篇

精微爛金石，至心動神明。杞妻哭死夫，梁山爲之傾。子丹西質秦，烏白馬角生。鄒衍囚燕市，繁霜爲夏零。關東有賢女，自字蘇來卿。壯年報父仇，身没垂功名。女休逢赦書，白刃幾在頸。俱上列仙籍，去死獨就生。太倉令有罪，遠徵當就拘。自悲居無男，禍至無與俱。緹縈痛父言，荷擔西上書。盤桓北闕下，泣淚何漣如。乞得并姊弟，没身贖父軀。漢文感其義，肉刑法用除。其父得以免，辯義在列圖。多男亦何爲，一女足成居。簡子南渡河，津吏廢舟船。執法將加刑，女娟擁櫂前。妾父聞君來，將涉不測淵。畏懼風波起，禱祝祭名川。備禮饗神祇，爲君求福先。不勝釂祀誠，至令犯罰艱。君必欲加誅，乞使知罪諐。妾願以身代，至誠感蒼天。國君高其義，其父用赦原。河激奏中流，簡子知其賢。歸聘爲夫人，榮寵超後先。辯女解父命，何况健少年。黄初發和氣，明堂德教施。治道致太平，禮樂風俗移。刑措民無枉，怨女復何爲。聖皇長壽考，景福常來儀。

當欲游南山行

東海廣且深，由卑下百川。五嶽雖高大，不逆垢與塵。良木不十圍，洪條無所因。長者能博愛，天下寄其身。大匠無棄材，船車用不均。錐刀各異能，何所獨卻前。嘉善而矜愚，大聖亦同然。仁者各壽考，四坐咸萬年。

湘綺批：博大。

名都篇〔一〕

名都多妖女，京洛出少年。寶劍直千金，被服麗且鮮。鬬雞東郊道，走馬長楸間。馳騁未能半，雙兔過我前。攬弓捷鳴鏑，長驅上南山。左挽因右發，一縱兩禽連。餘巧未及展，仰手接飛鳶。觀者咸稱善，衆工歸我妍。歸來宴平樂，美酒斗十千。膾鯉臇胎鰕，炮鼈炙熊蹯。鳴儔嘯匹侶，列坐竟長筵。連翩擊鞠壤，巧捷惟萬端。白日西南馳，光景不可攀。雲散還城邑，清晨復來還。

湘綺批：捷巧在目。

【校勘記】

〔一〕《文選》卷二十七《樂府上》李善注引《歌録》曰：『《名都篇》，《齊瑟行》也。』《樂府詩集》卷六十三《雜曲歌辭三》題曰《名都篇》，『名都者，邯鄲、臨淄之類也。以刺時人騎射之妙，游騁之樂，而無憂國之心也』。《古詩紀》卷二十三題下注引《歌録》曰：『《名都》《美女》《白馬》，并《齊瑟行》也，皆以首句名篇。』

美女篇〔一〕

美女妖且閑，採桑岐〔二〕路間。柔條紛冉冉，落葉何翩翩。攘袖見素手，皓腕約金環。頭上金爵釵，腰佩翠琅玕。明珠交玉體，珊瑚間木難。羅衣何飄飄，輕車隨風還。顧盼遺光彩，長嘯氣若蘭。行徒用息駕，休者以忘餐。借問女安居，乃在城南端。青樓臨大路，高門結重關。容華耀朝日，誰不希令顏。媒氏何所營，玉帛不時安。佳人慕高義，求賢良獨難。衆人徒嗷嗷，安知彼所觀。盛年處房室，中夜起長歎。

湘綺批：媒氏，臧文仲之類也，遺世獨立之姿。

【校勘記】

〔一〕《文選》卷二十七《樂府上》李善注引《歌録》曰：『《美女篇》，《齊瑟行》也。』《玉臺新詠》卷二作《美女篇》，注曰『美，亦作姜』。《樂府詩集》卷六十三《雜曲歌辭三》題作《美女篇》，題下注曰：『美女者，以喻君子。言君子有美行，願得明君而事之。若不遇時，雖見徵求，終不屈也。』

〔二〕《文選》作『歧』，《玉臺新詠》卷二作『歧』。《八代詩選》諸本皆作『歧』。

白馬篇〔一〕

白馬飾金羈，連翩西北馳。借問誰家子，幽并游俠兒。少小去鄉邑，揚聲沙漠垂。宿昔秉良弓，楛矢何參差。控絃破左的，右發摧月支。仰手接飛猱，俯身散馬蹄。狡捷過猴猿，勇剽若豹螭。邊城多警急，胡虜數遷移。羽檄從北來，厲馬登高隄。長驅蹈匈奴，左顧陵鮮卑。棄身鋒刃端，性命安可懷。父母且不顧，何言子與妻。名編壯士籍，不得中顧私。捐軀赴國難，視死忽如歸。

【校勘記】

〔一〕《文選》卷二十七《樂府上》題名《白馬篇》，李善注引《歌録》曰：『《白馬篇》，《齊瑟行》也。』《樂府詩集》卷六十三《雜曲歌辭三》題下注曰：『白馬者，見乘白馬而爲此曲。言人當立功立事，盡力爲國，不可念私也。』

遠游篇

遠游臨四海，俯仰觀洪波。大魚若曲陵，承浪相經過。靈鼇戴方丈，神嶽儼嵯峨。仙人翔其隅，玉女戲其阿。瓊蕊可療饑，仰首吸朝霞。崑崙本吾宅，中州非我家。將歸謁東父，一舉超流沙。鼓翼舞時風，長嘯激清歌。金石固易敝，日月同光華。齊年與天地，萬乘安足多。

仙人篇

仙人攬六著，對博太山隅。湘娥拊琴瑟，秦女吹笙竽。玉樽盈桂酒，河伯獻神魚。四海一何局，九州安所如。韓終與王喬，要我於天衢。萬里不足步，輕舉凌太虛。飛騰踰景雲，高風吹我軀。迴駕觀紫微，與帝合靈符。閶闔自嵯峨，雙闕萬丈餘。玉樹扶道生，白虎夾門樞。驅風游四海，東過王母廬。俯觀五嶽間，人生如寄居。潛光養羽翼，進趨且徐徐。不見軒轅氏，乘龍出鼎湖。徘徊九天上，與爾長相須。

湘綺批：『高風』句以拙見工。杜甫亦云：『飛走使我高。』

盤石篇

盤盤山顛石，飄颻澗底蓬。我本太山人，何爲客淮東。蒹葭彌斥土，林木無分重。岸巖若崩缺，湖水何洶洶。蚌蛤被濱涯，光彩如錦虹。高波凌雲霄，浮氣象螭龍。鯨脊若丘陵，鬚若山上松。呼吸吞船欐，澎濞戲中鴻。方舟尋高價，珍寶麗以通。一舉必千里，乘颸舉帆幢。經危履險阻，未知命所鍾。常恐沈黃壚，下與黿鼈同。南極蒼梧野，游盼窮九江。中夜指參辰，欲歸當定從。仰天長太息，思想懷故邦。乘桴何所志，吁嗟我孔公。

驅車篇

驅車撣駑馬，東到奉高城。神哉彼泰山，五嶽專其名。隆高貫雲霓，嵯峨出太清。周流二六候，間置十二亭。上有湧醴泉，玉石揚華英。東北望吴野，西眺觀日精。魂神所繫屬，逝者感斯征。王者以歸天，效厥元功成。歷代無不遵，禮記有品程。探策或長短，惟德亨利貞。封者七十帝，軒皇元獨靈。餐霞漱沆瀣，毛羽被身形。發舉蹈[一]虚廓，徑庭升窈冥。同壽東父年，曠代永長生。

【校勘記】

〔一〕《樂府詩集》《陳思王集》《古詩紀》《漢魏詩乘》《廣文選》作『蹈』。

種葛篇

種葛南山下，葛藟自成陰。與君初婚時，結髮恩義深。懽愛在枕席，宿昔同衣衾。竊慕《棠棣》篇，好樂和瑟琴。行年將晚暮，佳人懷異心。恩紀曠不接，我情遂抑沈。出門當何顧，徘徊步北林。下有交頸獸，仰見雙棲禽。攀枝長歎息，淚下沾羅襟。良馬知我悲，延頸代我吟。昔爲同池魚，今爲商與參。往古皆歡遇，我獨困於今。棄置委天命，悠悠安可任。

湘綺批：間用三『我』字，情致頓挫。

棄婦篇

石榴植前庭，緑葉摇縹青。丹華灼烈烈，璀彩有光榮。光榮曄流離，可以處淑靈。有鳥飛來集，拊翼以悲鳴。悲鳴夫何爲，丹華實不成。拊心長歎息，無子當甯甯。有子月經天，無子若流星。天月相終始，流星没無精。棲遲失所宜，下與瓦石并。憂懷從中來，歎息通雞鳴。反側不能寐，逍遥於前庭。踟躕還入房，肅肅帷幕聲。搴幃更攝帶，撫絃彈鳴箏。慷慨有餘音，要妙悲且清。收淚長歎息，何以負神靈。招摇待霜露，何必春夏成。晚穫爲良實，願君且安甯。

湘綺批：寫盡房帷蕭條之意。婉厚而有姿媚。

公宴詩

公子敬愛客，終宴不知疲。清夜游西園，飛蓋相追隨。明月澄清影，列宿正參差。秋蘭被長坂，朱華冒緑池。潛魚躍清波，好鳥鳴高枝。神飈接丹轂，輕輦隨風移。飄颻放志意，千秋長若斯。

湘綺批：高華，畫風手。

侍太子坐

白日曜青春，時雨静飛塵。寒冰辟炎景，涼風飄我身。清醴盈金觴，餚饌縱横陳。齊人進奇樂，歌者出西秦。翩翩我公子，機巧忽若神。

贈徐幹

驚風飄白日，忽然歸西山。圓景光未滿，衆星燦以繁。志士營世業，小人亦不閒。聊且夜行游，游彼雙闕間。文昌鬱雲興，迎風高中天。春鳩鳴飛棟，流猋激櫺軒。顧念蓬室士，貧賤誠足憐。薇藿弗充虚，皮褐猶不全。慷慨有悲心，興文自成篇。寶棄怨何人，和氏有其愆。彈冠俟知己，知己誰不然。良田無晚歲，膏澤多豐年。亮懷璠璵美，積久德愈宣。親交義在敦，申章復何言。

湘綺批：驚心動魄。寬和。慷慨激昂。

贈丁儀

初秋凉氣發，庭樹微銷落。凝霜依玉除，清風飄飛閣。朝雲不歸山，霖雨成川澤。黍稷委疇隴，農夫安所穫。在貴多忘賤，爲恩誰能博。狐白足禦冬，焉念無衣客。思慕延陵子，寶劍非所惜。子其甯爾心，親交義不薄。

湘綺批：清勁。

贈王粲

端坐苦愁思，攬衣起西游。樹木發春華，清池激長流。中有孤鴛鴦，哀鳴求匹儔。我願執此鳥，惜哉無輕舟。欲歸忘故道，顧望但懷愁。悲風鳴我側，羲和逝不留。重陰潤萬物，何懼澤不周。誰令君多念，自使懷百憂。

湘綺批：此首是和仲宣《日暮游西園》。寬和。

又贈丁儀王粲

從軍度函谷，驅馬過西京。山岑高無極，涇渭揚濁清。壯哉帝王居，佳麗殊百城。員闕出浮雲，承露概泰清。皇佐揚天惠，四海無交兵。權家雖愛勝，全國爲令名。君子在末位，不能歌德聲。丁生怨在朝，王子歡自營。歡怨非貞則，中和誠可經。

湘綺批：寬和。忽發正論，祇是爲君子在末位耳。若專學此種，以爲風人之旨，則腐矣。

贈丁翼

嘉賓填城闕，豐膳出中廚。吾與二三子，曲宴此城隅。秦箏發西氣，齊瑟揚東謳。肴來不虛歸，觴至反無餘。我豈狎異人，朋友與我俱。大國多良材，譬海出明珠。君子義休偫，小人德無儲。積善有餘慶，榮枯立可須。滔蕩固大節，時俗多所拘。君子通大道，無願爲世儒。

湘綺批：所謂禮豈爲我輩設。

贈白馬王彪一首〔一〕

序曰：黄初四年正月，白馬王、任城王與余俱朝京師、會節氣。到洛陽，任城王薨。至七月，與白馬王還國。後有司以二王歸蕃，道路宜異宿止，意毒恨之。蓋以大别在數日，是用自剖，與王辭焉，憤而成篇。

謁帝承明廬，逝將歸舊疆。清晨發皇邑，日夕過首陽。伊洛廣且深，欲濟川無梁。汎舟越洪濤，怨彼東路長。顧瞻戀城闕，引領情内傷。（其一）太谷何寥廓，山樹鬱蒼蒼。霖雨泥我塗，流潦浩縱横。中逵絶無軌，改轍登高岡。修坂造雲日，我馬玄以黄。（其二）玄黄猶能進，我思鬱以紆。鬱紆將何念，親愛在離居。本圖相與偕，中更不克俱。鴟梟鳴衡軛，豺狼當路衢。蒼蠅間白黑，讒巧反親疏。欲還絶無蹊，攬轡止踟躕。（其三）踟躕亦何留？相思無終極。秋風發微凉，寒蟬鳴我側。原野何蕭條，白日忽西匿。歸鳥赴喬林，翩翩厲羽翼。孤獸走索羣，銜草不遑食。感物傷我懷，撫心長太息。（其四）太息將何爲，天命與我違。奈何念同生，一往形不歸。孤魂翔故域，靈柩寄京師。存者忽已過，亡没身自衰。人生處一世，去若朝露晞。年在桑榆間，影響不能追。自顧非金石，咄唶令心悲。（其五）心悲動我神，棄置莫復陳。丈夫志四海，萬里猶比鄰。恩愛苟不虧，在遠分日親。何必同衾幬，然後展慇懃。憂思成疾疢，無乃兒女仁。倉卒骨肉情，能不懷苦辛。（其六）苦辛何慮思，天命信可疑。虛無求列仙，松子久吾欺。變故在斯須，百年誰能持。離別永無會，執手將何時。王其愛玉體，俱享黃髮期。收淚即長路，援筆從此辭。（其七）

湘綺批：『玄黃猶能進』，接筆百折不回。『蒼蠅間白黑』，直説悲憤。『原野何蕭條』下，寫景處淒涼欲絶。『忽入天命』一句，即將任城王死，痛發積憤。下二章緊承直下，開闔動蕩，乍陰乍陽，情深百年，調絶千古。蓋後人言轉折者，望洋而歎，自厓而返矣。

【校勘記】

〔一〕《文選》卷二十四《贈答二》作《贈白馬王彪一首》，分七章，每章之末注『其一』『其二』等，《八代詩選》諸本皆從此。《古詩紀》卷二十四、《古詩鏡》卷五題作『《贈白馬王彪》七章』，每章之首另起段落，章末不注『其一』等。《漢魏詩乘》卷十五、《石倉歷代詩選》卷二曹植《贈白馬王彪》有序，分作七首。《陳思王集》作『贈白馬王彪』，有序。

送應氏詩二首

步登北邙阪，遥望洛陽山。洛陽何寂寞，宮室盡燒焚。垣墻皆頓擗，荆棘上參天。不見舊耆老，但覩新少年。側足無行徑，荒疇不復田。游子久不歸，不識陌與阡。中野何蕭條，千里無人烟。念我平常居，氣結不能言。

湘綺批：清勁。

清時難屢得，嘉會不可常。天地無終極，人命若朝霜。願得展嬿婉，我友之朔方。親昵並集送，置酒此河陽。中饋豈獨薄，賓飲不盡觴。愛至望苦深，豈不愧中腸。山川阻且遠，别促會日長。願爲比翼鳥，施翮起高翔。

湘綺批：深厚婉至。

三良詩

功名不可爲，忠義我所安。秦穆先下世，三臣皆自殘。生時等榮樂，既没同憂患。誰言捐軀易，殺身誠獨難。攬涕登君墓，臨穴仰天歎。長夜何冥冥，一往不復還。黄鳥爲悲鳴，哀哉傷肺肝。

雜詩〔一〕

明月照高樓，流光正徘徊。上有愁思婦，悲歎有餘哀。借問歎者誰，言是宕子妻。君行踰十年，孤妾常獨棲。君若清路塵，妾若濁水泥。浮沈各異勢，會合何時諧？願爲西南風，長逝入君懷。君懷良不開，賤妾當何依。

湘綺批：高華。光艷動人。『長逝』字妙，接更縹緲。

【校勘記】

〔一〕《八代詩選》諸本總題《雜詩》，共九首。九首中，其二、其五、其六、其七、其八、其九爲《文選》卷二十九《雜詩上》所選，總題曰《雜詩六首》。《古詩紀》卷二十四總題《雜詩七首》，除《文選》六首外，其第七首爲《攬衣出中閨》。九首之第一首《明月照高樓》，《文選》卷二十三《哀傷》題曰《七哀詩一首》，《古詩紀》卷二十四亦題曰《七哀詩》。九首之第三首《微陰翳陽景》，《文選》卷二十九《雜詩上》題爲《情詩一首》，《古詩紀》卷二十四亦題爲《情詩》。《漢魏詩乘》題《雜詩》僅選六首。《古詩鏡》卷五題曹植《雜詩》，選四首，此詩題作《七哀詩》。《陳思王集》亦題作《七哀詩》。

西北有織婦，綺縞何繽紛。明晨秉機杼，日昃不成文。太息終長夜，悲嘯入青雲。妾身守空閨，良人行從軍。自期三年歸，今已歷九春。飛鳥遶樹翔，噭噭鳴索羣。願爲南流景，馳光見我君。

湘綺批：清勁。開後人無數情語。

微陰翳陽景，清風飄我衣。游魚潛緑水，翔鳥薄天飛。渺渺客行士，遥役不得歸。始出嚴霜結，今來白露晞。游子歎《黍離》，處者歌《式微》。慷慨對嘉賓，悽愴内傷悲。

湘綺批：清勁。此首有禪代之感，故云《黍離》《式微》。『嘉賓』，山陽公也。《魏書》言王聞禪涕泣，蓋不誣之。

攬衣出中閨，逍遥步兩楹。閒房何寂寞，緑草被階庭。空室自生風，百鳥翩南征。春思安可忘，憂戚與我并。佳人在遠道，妾身單且煢。歡會難再遇，芝蘭不重榮。人皆棄舊愛，君豈若平生？寄松爲女蘿，依水如浮萍。齎身奉衿帶，朝夕不墮傾。儻終顧盼恩，永副我中情。

湘綺批：寬和。

南國有佳人，容華若桃李。朝游江北岸，夕宿瀟湘沚。時俗薄朱顔，誰爲發皓齒。俯仰歲將暮，榮耀難久恃。

湘綺批：清勁。世人重色，適所以薄朱顔也。

高臺多悲風，朝日照北林。之子在萬里，江湖迥且深。方舟安可極，離思故難任。孤雁飛南游，過庭長哀吟。翹思慕遠人，願欲託遺音。形影忽不見，翩翩傷我心。

湘綺批：高華。髣髴凄凉。

轉蓬離本根，飄飄隨長風。何意迴飈舉，吹我入雲中。高高上無極，天路安可窮。類此游客子，捐軀遠從戎。毛褐不掩形，薇藿常不充。去去莫復道，沈憂令人老。

湘綺批：清勁。此即子桓《西北有浮雲》一篇句調，殆同時和作也。

僕夫早嚴駕，吾將遠行游。遠游欲何之，吴國爲我仇。將騁萬里塗，東路安足由。江介多悲風，淮泗馳急流。願欲一輕濟，惜哉無方舟。閒居非吾志，甘心赴國憂。

湘綺批：清勁。

飛觀百餘尺，臨牖御櫺軒。遠望周千里，朝夕見平原。烈士多悲心，小人媮自閒。國仇亮不塞，甘心思喪元。拊劍西南望，思欲赴太山。絃急悲風發，聆我慷慨言。

湘綺批：清勁。悲凉曠達。

喜雨詩

天覆何彌廣，苞育此羣生。棄之必憔悴，惠之則滋榮。慶雲從北來，鬱述西南征。時雨中夜降，長雷周我庭。嘉種盈膏壤，登秋畢有成。

湘綺批：千古詠雷奇語。杜甫詩：『卻碾千山過，深蟠絶澗來。』亦功力精絶。

失題

雙鶴俱遨游，相失東海旁。雄飛竄北朔，雌驚赴南湘。棄我交頸歡，離别各異方。不惜萬里道，但恐天網張。

七步詩

煮豆持作羹，漉豉以爲汁。萁在釜中然，豆在釜中泣。本是同根生，相煎何太急。

湘綺批：此首疑贋作。

雜詩

悠悠遠行客，去家千餘里。出亦無所之，入亦無所止。浮雲翳日光，悲風動地起。

湘綺批：清勁。

應璩

百一詩三首

下流不可處，君子慎厥初。名高不宿著，易用受侵誣。前者墮官去，有人適我閭。田家無所有，酌醴焚枯魚。問我何功德，三入承明廬。所占於此土，是謂仁智居。文章不經國，筐篋無尺書。用等稱才學，往往見歎譽。避席跪自陳，賤子實空虛。宋人遇周客，慙愧靡所如。

湘綺批：韓愈屢效之，但覺筆强。此篇佳在結局無多著語。

年命在桑榆，東岳與我期。長短有常會，遲速不得辭。斗酒多爲樂，無爲待來兹。

室廣致凝陰，臺高來積陽。奈何季世人，侈靡在宮牆。飾巧無窮極，土木被朱光。徵求傾四海，雅意猶未康。

雜詩

細微可不慎，隄潰自蟻穴。腠理蚤從事，安復勞鍼石。哲人覩未形，愚夫闇明白。曲突不見賓，燋爛爲上客。思願獻良規，江海倘不逆。狂言雖寡善，猶有如雞跖。雞跖食不已，齊王爲肥澤。

湘綺批：質直。使富貴人無氣。

應璩

雜詩

貧子語窮兒，無錢可把撮。耕自不得粟，采彼北山葛。簞瓢恆自在，無用相呵喝。

湘綺批：清勁。使富貴人失氣。

繆襲

挽歌

生時游國都，死沒棄中野。朝發高堂上，暮宿黄泉下。白日入虞淵，懸車息駟馬。造化雖神明，安能復存我？形容稍歇滅，齒髮行當墮。自古皆有然，誰能離此者。

湘綺批：清勁。

杜摯

贈毌丘儉

騏驥馵不試，婆娑槽櫪間。壯士志未伸，坎坷多辛酸。伊摯爲媵臣，吕望身操竿。夷吾困商販，甯戚對牛歎。食其處監門，淮陰飢不餐。買臣老負薪，妻叛呼不還。釋之宦十年，位不增故官。才非八子倫，而與齊其患。無知不在此，袁盎未有言。被此萬病久，榮衛動不安。聞有韓衆藥，信來給一丸。

湘綺批：質直。起四句遠勢横空，陸鮑多學此。

毌丘儉

答杜摯

鳳鳥翔京邑，哀鳴有所思。才爲聖世出，德音何不怡。八子未際遇，今者遭明時。胡康出壠畝，楊偉無根基。飛騰冲雲天，奮迅協光熙。駿驥骨法異，伯樂觀知之。但當養羽翮，鴻舉必有期。體無纖微疾，安用問良醫。聯翩輕栖集，還爲燕雀嗤。韓衆藥雖良，恐便不能治。悠悠千里情，薄言答嘉詩。信心感諸中，中賞不在辭。

湘綺批：寬和。穆如清風，使人增重。

何晏

擬古

雙鶴比翼游，羣飛戲太清。常恐入網羅，憂禍一旦并。豈若集五湖，順流唼浮萍。逍遥放志意，何爲怵惕驚。

失題

轉蓬去其根，流飄從風移。芒芒四海涂，悠悠焉可彌。願爲浮萍草，託身寄清池。且以樂今日，其後非所知。

左延年

從軍行

從軍何等樂，一驅乘雙駁。鞍馬照人白，龍驤自動作。

程曉

嘲熱客

平生三伏時，道路無行車。閉門避暑卧，出入不須過。今世褦襶子，觸熱到人家。主人聞客來，顰蹙奈此何。謂當起行去，安坐正咨嗟。所説無一急，嗒啥一何多。疲瘠向之久，甫問君極那。摇扇髀中疾，流汗正滂沲。莫謂爲小事，亦是一大瑕。傳戒諸高明，熱行宜見呵。

湘綺批：質直。寫畫太過，便近俗。李白『緩步從直道，未行先起塵』，較此稍渾，誰謂古今定相遠耶？

嵇康

贈秀才入軍〔一〕

雙鸞匿景曜，戢翼太山崖。抗首漱朝露，晞陽振羽儀。長鳴戲雲中，時下息蘭池。自謂絶塵埃，終始永不虧。何意世多艱，虞人來我疑。雲網塞四區，高羅正參差。奮迅勢不便，六翮無所施。隱姿就長纓，卒爲時所羈。單雄翻孤逝，哀吟傷生離。徘徊戀儔侶，慷慨高山陂。鳥盡良弓藏，謀極身心危。吉凶雖在己，世路多嶮巇。安得反初服，抱玉實六奇。逍遥游太清，攜手長相隨。

湘綺批：叔夜詩逸氣天成，頗有才多之態，蓋未經冶鍊者。嵇生如此深心，而未能免禍，故知薄世難處也。

【校勘記】

〔一〕《文選》卷二十四《贈答二》選嵇康《贈秀才入軍五首》，均爲四言，無此詩。《嵇中散集》輯嵇康《贈秀才入軍十九首》，此詩爲第十九首。《古詩紀》卷二十八同。《采菽堂古詩選》題作《五言詩》，題下注曰：『《詩紀》作《贈秀才入軍》之十九章。』《廣文選》卷十作嵇康《贈兄公穆入軍詩八首》之第一首。《廣廣文選》卷三《贈秀才入軍一首》，即此。

酒會詩

樂哉苑中游，周覽無窮已。百卉吐芳華，崇基邈高跱。林木紛交錯，元池戲魴鯉。輕丸斃翔禽，纖綸出鱣鮪。坐中發美讚，異氣同音軌。臨川獻清酤，微歌發皓齒。素琴揮雅操，清聲隨風起。斯會豈不樂，恨無東野子。酒中念幽人，守故彌終始。但當體七絃，寄心在知己。

湘綺批：寬和。

答二郭三首

天下悠悠者，下京趨上京。二郭懷不羣，超然來北征。樂道託萊廬，雅志無所營。良時遘其願，遂結歡愛情。君子義是親，恩好篤平生。寡志自生災，屢使眾釁成。豫子匿梁側，聶政變其形。顧此懷怛惕，慮在苟自寗。今當寄他域，嚴駕不得停。本圖終宴婉，今更不克并。二子贈嘉詩，馥如幽蘭馨。戀土思所親，不知氣憤盈。

湘綺批：寬和。冷眼驚人。至張掖門一望，慨然有萬古同塵之感。

昔蒙父兄祚，少得離負荷。因疏遂成懶，寢蹟北山阿。但願養性命，終己靡有他。良辰不我期，當年值紛華。坎壈趣世務，常恐嬰網羅。義農邈已遠，拊膺獨咨嗟。朔戒貴尚容，漁父好揚波。雖逸亦已難，非余心所嘉。豈若翔區外，餐瓊漱朝霞。遺物棄鄙累，逍遥游太和。結友集靈嶽，彈琴登清歌。有能從此者，古人豈足多。

詳觀凌世務，屯險多憂虞。施報更相市，大道匿不舒。夷路值枳棘，安步將焉如。權知相傾奪，名位不可居。鸞鳳避罻羅，遠託崑崙墟。莊周悼靈龜，越稷嗟王輿。至人存諸己，隱璞樂玄虛。功名何足殉，乃欲列簡書。所好亮若茲，楊氏歎交衢。去去從所志，敢謝道不俱。

湘綺批：道盡世情。

與阮德如

含哀還舊廬，感切傷心肝。良時遘數子，談慰臭如蘭。疇昔恨不早，既面侔舊歡。不悟卒永離，念隔增憂歎。事故無不有，别易會良難。郢人忽已逝，匠石寢不言。澤雉窮野草，靈龜樂泥蟠。榮名穢人身，高位多災患。未若捐外累，肆志養浩然。顔氏希有虞，隰子慕黄軒。涓彭獨何人，唯志在所安。漸漬殉近欲，一往不可攀。生生在豫積，勿以怵自寬。南土旱不凉，衿計宜早完。君其愛德素，行路慎風寒。自力致所懷，臨文情辛酸。

湘綺批：寬和。

游仙詩

遥望山上松，隆谷鬱青葱。自遇一何高，獨立迥無雙。願想游其下，蹊路絶不通。王喬棄我去，乘雲駕六龍。飄颻戲玄圃，黄老路相逢。授我自然道，曠若發童蒙。採藥鍾山隅，服食改姿容。蟬蜕棄穢累，結友家板桐。臨觴奏《九韶》，雅歌何邕邕。長與俗人别，誰能覩其蹤。

述志詩二首

潛龍育神軀，濯鱗戲蘭池。延頸慕大庭，寢足俟皇羲。慶雲未垂景，盤桓朝陽陂。悠悠非吾匹，疇肯應俗宜。殊類難偏周，鄙議紛流離。轗軻丁悔吝，雅志不得施。耕耨感甯越，馬席激張儀。逝將離羣侣，杖策追洪崖。焦明振六翮，羅者安所羈。浮游太清中，更求新相知。比翼翔雲漢，飲露〔一〕餐瓊枝。多念世間人，夙駕咸驅馳。冲静得自然，榮華安足爲。

湘綺批：寬和。

【校勘記】

〔一〕《八代詩選》諸本皆作『路』。《嵇中散集》《古詩紀》《漢魏詩乘》《采菽堂古詩選》等皆作『露』，從之。本句《廣文選》作『飲露飡瓊枝』。

斥鷃擅蒿林，仰笑神鳳飛。坎井蝤蛭宅，神龜安所歸。恨自用身拙，任意多永思。遠實與世殊，義譽非所希。往事既已謬，來者猶可追。何爲人事間，自令心不夷。慷慨思古人，夢想見容輝。願與知己遇，舒憤啟其微。巖穴多隱逸，輕舉求吾師。晨登箕山巔，日夕不知饑。玄居養營魄，千載長自綏。

湘綺批：寬和。此千古不可解之事。

嵇喜〔一〕

答嵇康〔二〕

華堂臨浚沼，靈芝茂清泉。仰瞻青禽翔，俯察緑水濱。逍遥步蘭渚，感物懷古人。李叟寄周朝，莊生游漆園。時至忽蟬蛻，變化無常端。

【校勘記】

〔一〕《八代詩選》諸本均作『稽』。《漢魏詩乘》卷十九作『稽喜』。《古詩紀》卷二十八作『嵇』，從之。以下同。

〔二〕《古詩紀》録嵇喜《答嵇康四首》，《漢魏詩乘》卷十九、《采菽堂古詩選》卷八、《廣廣文選》卷三作《答弟叔夜四首》。《八代詩選》選其後三首。

君子體變通，否泰非常理。當流則義行，時游則鵲起。達者鑒通塞，盛衰爲表裹。列仙狗生命，松喬安足齒。縱軀任世度，至人不私已。

湘綺批：以私己爲求仙之針砭，可謂卓識。

達人與物化，世俗安可論。都邑可優游，何必棲山原。孔父策良駟，不云世路難。出處因時資，潛躍無常端。保心守道居，視變安能遷。

郭遐周

贈嵇康

吾無佐世才，時俗不可量。歸我北山阿，逍遥以倡佯。同氣自相求，虎嘯谷風涼。惟予與嵇生，未面分好彰。古人美傾蓋，方此何不臧。援筝執鳴琴，攜手游空房。棲遲衡門下，何願於姬姜。予心好永年，年永懷樂康。我友不期卒，改計適他方。巖東咸發日，翻然將高翔。離別在旦夕，惆悵以增傷。

湘綺批：寬和。此又以永年爲樂，亦一是非也。

風人重離別，行道猶遲遲。宋玉哀登山，臨水送將歸。伊此往昔事，言之以增悲。歎我與嵇生，倏忽將永違。俯察淵魚游，仰觀雙鳥飛。厲翼太清中，徘徊於丹池。欽哉得其所，令我心獨違。言別在斯須，惄焉如調饑。

湘綺批：寬和。

離別自古有，人非比目魚。君子不懷土，豈更得安居。四海皆兄弟，何患無彼姝。巖穴隱傅説，寒谷納白駒。方各以類聚，物亦以羣殊。所在有智賢，何憂此不如。所貴身名存，功烈在簡書。歲時易過歷，日月忽其除。勖哉乎嵇生，敬德在慎軀。

郭遐叔

贈嵇康

君子交有義，不必常相從。天地有明理，遠近無異同。三仁不齊迹，貴在等賢蹤。衆鳥羣相追，鷙鳥獨無雙。何必相呴濡，江海自可容。願各保遐心，有緣復來東。

湘綺批：清勁。曠達語，使千古傷離者廢然而返。『呴濡』二字，尤令人不敢有兒女氣。

阮侃〔一〕

答嵇康

早發温泉廬，夕宿宣陽城。顧盼懷惆悵，言思我友生。會遇一何幸，及子遘歡情。交際雖未久，思愛發中誠。良玉須切磋，璵璠就其形。隋珠豈不曜，雕瑩啟光榮。與子猶蘭石，堅芳互相成。庶幾行古道，伐檀俟河清。不謂中離别，飄飄然遠征。臨輿執手訣，良誨一何精。佳言盈我耳，援帶以自銘。唐虞曠千載，三代不可并。洙泗久已往，微言誰共聽。曾參易簀斃，仲由結其纓。晉楚安足慕，屢空守以貞。潛龍尚泥蟠，神龜隱其靈。庶保吾子言，養真以全生。東野多所患，暫往不久停。幸子無損思，逍遥以自甯。

湘綺批：寬和。新穎。

【校勘記】

〔一〕《古詩紀》卷二十八作『阮德如』。其名下注曰：『《陳留志》名曰阮侃，字德如，尉氏人，魏衛尉卿阮共之子，有俊才，而飭以名理，風儀雅潤，與嵇康爲友，仕至河南太守。』《漢魏詩乘》卷十九、《廣廣文選》卷三作『阮德如』。

雙美不易居，嘉會故難常。爰處憩斯土，與子遘蘭芳。常願永游集，拊翼同迴翔。不悟卒永離，一别爲異鄉。四牡一何速，征人告路長。顧步懷想像，游目屢太行。撫軨增歎息，念子安能忘。恬和爲道基，老氏惡强梁。患至有身災，榮子知所康。神龜實可樂，明戒在刳腸。新詩何篤穆，申詠增慨慷。舒檢詁良訊，終焉永厭藏。還誓必不食，復與同故房。願子盪憂慮，無以情自傷。俟路忘所以，聊以酬來章。

湘綺批：寬和。

阮籍

詠懷八十二首

湘綺批：（阮籍《詠懷詩》）八十二首，佳處絶于名言，誦之終身，而妙無盡。

夜中不能寐，起坐彈鳴琴。薄帷鑒明月，清風吹我襟。孤鴻號外野，翔鳥鳴北林。徘徊將何見？憂思獨傷心。

湘綺批：高華。賦物清麗，以冠諸篇，詩中之興者也。八句而有長篇之氣。起二句，飄飄仙舉，遂爲千古名作。

湘綺評：阮嗣宗《詠懷詩》『夜中不能寐』一首，八句而有長篇之氣。起二句飄飄仙舉，遂爲千古名作。八十二首佳處，絶於名言，誦之終身，而妙無盡。（《湘綺樓説詩》卷八）

二妃游江濱，逍遥順風翔。交甫懷環珮，婉孌有芬芳。猗靡情歡愛，千載不相忘。傾城迷下蔡，容好結中腸。感激生憂思，萱草樹蘭房。膏沐爲誰施，其雨怨朝陽。如何金石交，一旦更離傷。

湘綺批：阮詩好以香草美人，迷離其旨，有騷之遺音。

湘綺評：『交甫懷環珮，婉孌有芬芳』等語喻賢人不苟合，而守忠貞也。迷人者求寵自固，失職則怨望生變，如司馬太尉是也。『如何金石交，一旦更離傷』，言『如何』者，非獨怨者之罪，君馭之亦失道。（《湘綺樓説詩》卷八）

嘉樹下成蹊，東園桃與李。秋風吹飛藿，零落從此始。繁華有憔悴，堂上生荆杞。驅馬舍之去，去上西山趾。一身不自保，何況戀妻子。凝霜被野草，歲暮亦云已。

湘綺批：言野草不能久存，喻晉室亦不能久，收得突兀。

案陳沆云：『司馬懿盡録魏王公，置於鄴。嘉樹零落，繁華憔悴，皆宗枝翦除之喻。不然，去何必於西山，身何至於不保，豈非周粟之恥，義形於色乎？而不蹈叔夜非薄湯武之禍，則比興殊於指斥也。』此解説尤明瞭。

湘綺評：『嘉樹下成蹊，東園桃與李』，言己爲曹爽所辟。『秋風吹飛藿，零落從此始』，言爽敗亡也。『繁華有憔悴，堂上生荆杞』，譏爽戀棧豆也。『凝霜被野草，歲暮亦云已』，凄然四顧，悲涼無際。（《湘綺樓説詩》卷八）

天馬出西北，由來從東道。春秋非有託，富貴焉常保。清露被皋蘭，凝霜霑野草。朝爲媚少年，夕暮成醜老。自非王子晉，誰能常美好。

湘綺評：『天馬出西北，由來從東道』，求馬喻求士也。『春秋非有託，富貴焉常保』，言當時不求賢。（《湘綺樓説詩》卷八）

平生少年時，輕薄好絃歌。西游咸陽中，趙李相經過。娱樂未終極，白日忽蹉跎。驅馬復來歸，反顧望三河。黄金百鎰盡，資用常苦多。北臨太行道，失路將如何。

湘綺批：首述盛時。『白日』，謂明帝崩也。『三河』，寄懷周室，財盡權移，以己喻國，知窮途之哭，非關感遇矣。

按『趙李相經過』，用《漢書·谷永傳》『小臣趙李，嘗與成帝微行』，以漢成比魏明也。楊升庵之説是。若謂用《漢書·何并傳》：『輕俠趙季李款，多畜賓客，漁食閭里。』并曰：『趙李桀惡，當得其頭，以謝百姓。』則是以《長安游俠行》解此詩，而謂此詩爲籍自道少年事也，籍豈與桀惡之趙李相經過者？望文生義，迂甚。

湘綺評：『平生少年時，輕薄好絃歌』，譏爽賓客也與？己亦與游，故云平生。（《湘綺樓説詩》卷八）

昔聞東陵瓜，近在青門外。連畛距阡陌，子母相鉤帶。五色曜朝日，嘉賓四面會。膏火自煎熬，多財爲患害。布衣可終身，寵禄豈足賴。

湘綺批：此卻與嵇康輩同其理境。

湘綺評：『膏火自煎熬，多財爲患害。布衣可終身，寵禄豈足賴』，喻己不能終隱。（《湘綺樓説詩》卷八）

炎暑惟兹夏，三旬將欲移。芳樹垂緑葉，青雲自逶迤。四時更代謝，日月遞參差。徘徊空堂上，忉怛莫我知。願睹卒歡好，不見悲別離。

冬士《八代詩評》：王氏無批。案陳沆曰：『《魏志》甘露五年六月甲寅，司馬昭立常道鄉公，改元景元，在月三日。故首云「炎暑惟兹夏，三旬將欲移」。又以成功之去，比運祚之移，而曰「願睹卒歡好，不見悲別離」，危其後爲齊王高貴鄉公也。』此說亦是。

灼灼西隤日，餘光照我衣。迴風吹四壁，寒鳥相因依。周周尚銜羽，蛩蛩亦念饑。如何當路子，磬折忘所歸。豈爲夸譽名，憔悴使心悲。甯與燕雀翔，不隨黄鵠飛。黄鵠游四海，中路將安歸。

湘綺批：寫景處皆非常筆所能到。刺顯職之從異姓。

湘綺評：『灼灼西隤日』一首，知爽不久，而辟己之知遇，不得不與周旋，如周、蛩也。乃何晏、夏侯等專務誇名，則已不能從黄鵠飛矣。（《湘綺樓說詩》卷八））

步出上東門，北望首陽岑。下有采薇士，上有嘉樹林。良辰在何許，凝霜霑衣襟。寒風振山岡，玄雲起重陰。鳴鴈飛南征，鶗鴂發哀音。素質游商聲，悽愴傷我心。

北里多奇舞，濮上有微音。輕薄閒游子，俯仰乍浮沈。捷徑從狹路，僶俛趨荒淫。焉見王子喬，乘雲翔鄧林。獨有延年術，可以慰我心。

湛湛長江水，上有楓樹林。皋蘭被徑路，青驪逝駸駸。遠望令人悲，春氣感我心。三楚多秀士，朝雲進荒淫。朱華振芬芳，高蔡相追尋。一爲黄雀哀，淚下誰能禁。

湘綺批：使人神移，刺清言玄、晏之流。

湘綺評：『湛湛長江水，上有楓樹林。皋蘭被徑路，青驪逝駸駸』，全取《離騷》，詞愈麗愈悲，使人神移。（《湘綺樓說詩》卷八）

昔日繁華子，安陵與龍陽。夭夭桃李花，灼灼有輝光。悦懌若九春，磬折似秋霜。流盼發姿媚，言笑吐芬芳。攜手等歡愛，宿昔同衣裳。願爲雙飛鳥，比翼共翱翔。丹青著明誓，永世不相忘。

湘綺評：『丹青著明誓，永世不相忘』，譏明誓不可恃。（《湘綺樓說詩》卷八）

登高臨四野，北望青山阿。松柏翳岡岑，飛鳥鳴相過。感慨懷辛酸，怨毒常苦多。李公悲東門，蘇子狹三河。求仁自得仁，豈復歎咨嗟。

湘綺批：『求仁得仁』，借用語，即是求則得之意，言其自取禍。

湘綺評：『求仁自得仁，豈復歎咨嗟』，即求而得之之意，言爽等無知，以自取禍。（《湘綺樓説詩》卷八）

開秋兆涼氣，蟋蟀鳴牀帷。感物懷殷憂，悄悄令心悲。多言焉所告，繁辭將訴誰。微風吹羅袂，明月耀清暉。晨雞鳴高樹，命駕起旋歸。

湘綺批：響亮悲涼。

湘綺評：『開秋兆涼氣，蟋蟀鳴牀帷。感物懷殷憂，悄悄令心悲』，此引疾告去之辭。『微風吹羅袂，明月耀清暉。晨雞鳴高樹，命駕起旋歸』，凄涼悲壯，音節嘹亮。（《湘綺樓説詩》卷八）

昔年十四五，志尚好詩書。被褐懷珠玉，顔閔相與期。開軒臨四野，登高望所思。丘墓蔽山岡，萬代同一時。千秋萬歲後，榮名安所之。乃悟羨門子，噭噭今自嗤。

湘綺批：説理而異嵇康諸作。一『蔽』字使人氣索。

湘綺評：『開軒臨四野，登高望所思。丘墓蔽山岡，萬代同一時』，一『蔽』字使人氣索。（《湘綺樓説詩》卷八）

徘徊蓬池上，還顧望大梁。緑水揚洪波，曠野莽茫茫。走獸交横馳，飛鳥相隨翔。是時鶉火中，日月正相望。朔風厲嚴寒，陰氣下微霜。羈旅無儔匹，俛仰懷哀傷。小人計其功，君子道其常。豈惜終憔悴，詠言著斯章。

湘綺批：『朔風』二句，亘入盤郁。

按何焯曰：『嘉平六年九月甲戌，廢帝爲齊王，乃十九日。十月庚寅，立高貴鄉公。初齊王芳正始元年，改用夏正，則此詩正指司馬師廢齊王事也。師先定謀而後白太后，正十五日，日月相望之時。』此説亦可取。

湘綺評：『綠水揚洪波，曠野莽茫茫』，寫平原積水，憑眺蒼茫，非幽秀山川之景。『是時鶉火中，日月正相望。朔風厲嚴寒，陰氣下微霜』，『日月正相望』，言君臣争權，朔風寒霜伏於盛暑，見常道之立而知其不終。『朔風』二句直入盤鬱，哀外鎮之無人也。所謂時無英雄，使豎子成名。『小人計其功，君子道其常。豈惜終憔悴，詠言著斯章』，言己爲司馬吏，獨守正自將也。（《湘綺樓説詩》卷八）

獨坐空堂上，誰可與歡者。出門臨永路，不見行車馬。登高望九州，悠悠分曠野。孤鳥西北飛，離獸東南下。日暮思親友，晤言用自寫。

湘綺批：悼國無人，不西之蜀，則東之吴耳。親友晤言，其孫登、叔夜之倫乎？

懸車在西南，羲和將欲傾。流光耀四海，忽忽至夕冥。朝爲咸池暉，蒙汜受其榮。豈知窮達士，一死不再生。視彼桃李花，誰能久熒熒。君子在何許，歎息未合并。瞻仰景山松，可以慰吾情。

湘綺批：『窮達』字并用始妙，達固不久，窮亦何失？

西方有佳人，皎若白日光。被服纖羅衣，左右珮雙璜。修容耀姿美，順風振微芳。登高眺所思，舉袂當朝陽。寄顔雲霄間，揮袖凌虚翔。飄飖恍惚中，流盼顧我旁。悦懌未交接，晤言用感傷。

湘綺批：豔詩有仙氣，所謂神光離合。

楊朱泣岐路，墨子悲染絲。揖讓長離别，飄颻難與期。豈徒燕婉情，存亡誠有之。蕭索人所悲，禍釁不可辭。趙女媚中山，謙柔愈見欺。嗟嗟塗上士，何用自保持。

湘綺批：言歧路染絲，化於不覺，豈徒傷君臣之義，國之存亡，亦以此成釁，蓋深恨司馬氏狐媚取天下也。『謙柔』，謂曲謹也。『塗上士』，即當塗高，指魏室也。

於心懷寸陰，羲陽將欲冥。揮袂撫長劍，仰觀浮雲征。雲間有玄鶴，抗志揚哀聲。一飛冲青天，曠世不再鳴。豈與鶉鷃游，連翩戲中庭。

夏后乘靈輿，夸父爲鄧林。存亡從變化，日月有浮沈。鳳凰鳴參差，伶倫發其音。王子好簫管，世世相追尋。誰言不可見，青鳥明我心。

東南有射山，汾水出其陽。六龍服氣輿，雲蓋切天綱。仙者四五人，逍遥宴蘭房。寢息一純和，呼噏成露霜。沐浴丹淵中，炤燿日月光。豈安通靈臺，游瀁去高翔。

湘綺批：『豈』同『愷』，樂也。曹耀湘曰：『豈安居於靈臺，將去曰高翔矣。』

殷憂令志結，怵惕常若驚。逍遥未終宴，朱華忽西傾。蟋蟀在户牖，蟪蛄鳴中庭。心腸未相好，誰云亮我情。願爲雲間鳥，千里一哀鳴。三芝延瀛洲，遠游可長生。

湘綺批：雲鳥哀鳴訴之天也。

拔劍臨白刃，安能相中傷。但畏工言子，稱我三江旁。飛泉流玉山，懸車棲扶桑。日月徑千里，素風發微霜。勢路有窮達，咨嗟安可長。

湘綺批：蔣師爚曰：阮傳：『籍有濟世志，屬魏晉之際，天下多故，由是不與世事。鍾會時以時事問之，欲因其可否而致之罪。』《鍾傳》：『司馬景王東征，會從，典知密事。』故云：『但謂工言子，稱我三江旁。』

朝登洪坡顛，日夕望西山。荆棘被原野，羣鳥飛翩翩。鸞鷖時棲宿，性命有自然。建木誰能近，射干復嬋娟。不見林中葛，延蔓相勾連。

湘綺批：言己處世，委命全身。

周鄭天下交，街術當三河。妖冶閒都子，焕燿何芬葩。玄髮發朱顔，睇眄有光華。傾城思一顧，遺視來相誇。願爲三春游，朝陽忽蹉跎。盛衰在須臾，離别將如何。

若花燿四海，扶桑翳瀛洲。日月經天塗，明暗不相讎。窮達自有常，得失又何求。豈效路上童，攜手共遨游。陰陽有變化，誰云沈不浮。朱鱉躍飛泉，夜飛過吴洲。俛仰運天地，再撫四海流。繫累名利場，駑駿同一輈。豈若遺耳目，升遐去殷憂。

湘綺批：言代謝亦常，何爲迫奪。

昔余游大梁，登于黄華顛。共工宅玄冥，高臺造青天。幽荒邈悠悠，悽愴懷所憐。所憐者誰子，明察自照妍。應龍沈冀州，妖女不得眠。肆侈陵世俗，豈云永厥年。

驅車出門去，意欲遠征行。征行安所如，背棄夸與名。夸名不在己，但願適中情。單帷蔽皎日，高榭隔微聲。讒邪使交疏，浮雲令晝暝。嬿婉同衣裳，一顧傾人城。從容在一時，繁華不再榮。晨朝奄復暮，不見所歡形。黄鳥東南飛，寄言謝友生。

駕言發魏都，南向望吹臺。簫管有遺音，梁王安在哉。戰士食糟糠，賢者處蒿萊。歌舞曲未終，秦兵已復來。夾林非吾有，朱宫生塵埃。軍敗華陽下，身竟爲土灰。

湘綺批：明帝末路，歌舞荒淫。此借魏都，以古寓今。

朝陽不再盛，白日忽西幽。去此若俯仰，如何似九秋。人生若塵露，天道邈悠悠。齊景升牛山，涕泗紛交流。孔聖臨長川，惜逝忽若浮。去者余不及，來者吾不留。願登太華山，上與松子游。漁父知世患，乘流泛輕舟。

湘綺批：言不爲魏死，恥與晉生。

一日復一夕，一夕復一朝。顔色改平常，精神自損消。胸中懷湯火，變化故相招。萬事無窮極，知謀苦不饒。但恐須臾間，魂氣隨風飄。終身履薄冰，誰知我心焦。

一日復一朝，一昏復一晨。容色改平常，精神自飄淪。臨觴多哀楚，思我故時人。對酒不能言，悽愴懷酸辛。願耕東皋陽，誰與守其真。愁苦在一時，高行傷微身。曲直何所爲，龍蛇爲我鄰。

世務何繽紛，人道苦不遑。壯年以時逝，朝露待太陽。願攬羲和轡，白日不移光。天階路殊絶，雲漢邈無梁。濯髮暘谷濱，遠游崑嶽旁。登彼列仙岨，採此秋蘭芳。時路烏足争，太極可翺翔。

誰言萬事囏，逍遥可終生。臨堂翳華樹，悠悠念無形。彷徨思親友，倏忽復至冥。寄言東飛鳥，可用慰我情。

湘綺批：阮詩發端無不緊峭，接筆無不惝怳。

嘉時在今辰，零雨灑塵埃。臨路望所思，日夕復不來。人情有感慨，蕩漾焉能排。揮涕懷哀傷，辛酸誰語哉。

炎光延萬里，洪川蕩湍瀨。彎弓掛扶桑，長劍倚天外。泰山成砥礪，黄河爲裳帶。視彼莊周子，榮枯何足賴。捐身棄中野，烏鳶作患害。豈若雄傑士，功名從此大。

壯士何慷慨，志欲威八荒。驅車遠行役，受命念自忘。良弓挾烏號，明甲有精光。臨難不顧生，身死魂飛揚。豈爲全軀士，效命争戰場。忠爲百世榮，義使令名彰。垂聲謝後世，氣節故有常。

混元生兩儀，四象運衡璣。曒日布炎精，素月垂景輝。晷度有昭回，哀哉人命微。飄若風塵逝，忽若慶雲晞。修齡適余願，光寵非己威。安期步天路，松子與世違。焉得凌霄翼，飄颻登雲湄。嗟哉尼父志，何爲居九夷。

天網彌四野，六翮掩不舒。隨波紛綸客，汎汎若浮鳧。生命無期度，朝夕有不虞。列仙停修齡，養志在冲虛。飄颻雲日間，邈與世路殊。榮名非己寶，聲色焉足娛。採藥無旋返，神仙志不符。逼此良可惑，令我久躊躇。

王業須良輔，建功俟英雄。元愷康哉美，多士頌聲隆。陰陽有舛錯，日月不常融。天時有否泰，人事多盈冲。園綺遯南嶽，伯陽隱西戎。保身念道真，寵耀焉足崇。人誰不善始，尠能克厥終。休哉上世士，萬載垂清風。

鴻鵠相隨飛，飛飛適荒裔。雙翮臨長風，須臾萬里逝。朝餐琅玕實，夕宿丹山際。抗身青雲中，網羅孰能制。豈與鄉曲士，攜手共言誓。

湘綺批：其恨鄉願甚矣，豈王衍之流耶？

儔物終始殊，修短各異方。琅玕生高山，芝英耀朱堂。熒熒桃李花，成蹊將夭傷。焉敢希千術，三春表微光。自非凌風樹，憔悴烏有常。

湘綺批：美憔悴之有常，蓋亂世以得死爲幸。

幽蘭不可佩，朱草爲誰榮。修竹隱山陰，射干臨增城。葛藟延幽谷，緜緜瓜瓞生。樂極消靈神，哀深傷人情。竟知憂無益，豈若歸太清。

鸒鳩飛桑榆，海鳥運天池。豈不識宏大，羽翼不相宜。扶搖安可翔，不若棲樹枝。下集蓬艾間，上游園圃籬。但爾亦自足，用子爲追隨。

湘綺批：言與復不能，託之隱遁。

生命辰安在，憂戚涕沾襟。高鳥翔山岡，鷰雀棲下林。青雲蔽前庭，素琴悽我心。崇山有鳴鶴，豈可相追尋。

嗚鳩嬉庭樹，焦明游浮雲。焉見孤翔鳥，翩翩無匹羣。死生自然理，消散何繽紛。

步游三衢旁，惆悵念所思。豈爲今朝見，恍惚誠有之。澤中生喬松，萬世未可期。高鳥摩天飛，凌雲共游嬉。豈有孤行士，垂涕悲故時。

湘綺批：仿佛無端，低徊欲絶。

清露爲凝霜，華草成蒿萊。誰云君子賢，明達安可能。乘雲招松喬，呼噏永矣哉。

湘綺批：末二句悲憤之極，託於曠達。

丹心失恩澤，重德喪所宜。善言焉可長，慈惠未易施。不見南飛燕，羽翼正差池。高子怨新詩，三閭悼乖離。何爲混沌氏，倏忽體貌隳。

湘綺批：受恩深重之臣，面孔忽變，此刺司馬。言魏君無失德，但太弱耳。

十日出暘谷，弭節馳萬里。經天耀四海，倏忽潛蒙汜。誰言焱炎久，游没行可俟。逝者豈長生，亦去荆與杞。千歲猶崇朝，一餐聊自已。是非得失間，焉足相譏理。計利知術窮，哀情遽能止。

湘綺批：知晉室之不久，使奸雄喪膽。理境不若嵇康之深永。

自然有成理，生死道無常。智巧萬端出，大要不易方。如何夸毗子，作色懷驕腸。乘軒驅良馬，憑几向膏梁〔一〕。被服纖羅衣，深樹設蘭房。不見日夕華，翩翩飛路旁。

【校勘記】

〔一〕光緒七年四川尊經書局本、民國三十一年程天放本作『膏粱』。光緒十六年江蘇書局本作『膏粱』，是。

夸談快憤懣，情慵發煩心。西北登不周，東南望鄧林。曠野彌九州，崇山抗高岑。一餐度萬世，千歲再浮沈。誰云玉石同，淚下不可禁。

人言願延年，延年欲焉之。黄鵠呼子安，千秋未可期。獨坐山嵓中，惻愴懷所思。王子一何好，猗靡相攜持。悦懌猶今辰，計校在一時。置此明朝事，日夕將見欺。

貴賤在天命，窮達自有時。婉孌佞邪子，隨利來相欺。孤恩損惠施，但爲讒夫蚩。鶺鴒鳴雲中，載飛靡所期。焉知傾側士，一旦不可持。

驚風振四野，迴雲蔭堂隅。牀帷爲誰設，几杖爲誰扶。雖非明君子，豈闇桑與榆。世有此聾聵，芒芒將焉如。翩翩從風飛，悠悠去故居。離靡玉山下，遺棄毁與譽。

湘綺批：言魏之將亡，路人皆知，追怨爽、晏之聾聵耳。

危冠切浮雲，長劍出天外。細故何足慮，高度跨一世。非子爲我御，逍遥游荒裔。顧謝西王母，吾將從此逝。豈與蓬户士，彈琴誦言誓。

河上有丈人，緯蕭棄明珠。甘彼藜藿食，樂是蓬蒿廬。豈效繽紛子，良馬騁輕輿。朝生衢路旁，夕瘞横術隅。歡笑不終宴，俯仰復欷歔。鑒茲二三者，憤懣從此舒。

儒者通六藝，立志不可干。違禮不爲動，非法不肯言。渴飲清泉流，饑食并一簞。歲時無以祀，衣服常苦寒。屣履詠《南風》，緼袍笑華軒。信道守詩書，義不受一餐。烈烈褒貶辭，老氏用長歎。

少年學擊刺，妙伎過曲城。英風截雲霓，超世發奇聲。揮劍臨沙漠，飲馬九野坰。旗幟何翩翩，但聞金鼓鳴。軍旅令人悲，烈烈有哀情。念我平常時，悔恨從此生。

湘綺批：壯采奇情。

平晝整衣冠，思見客與賓。賓客者誰子，倏忽若飛塵。裳衣佩雲氣，言語究靈神。須臾相背棄，何時見斯人。

湘綺批：言舉朝無人。

多慮令志散，寂寞使心憂。翺翔觀陂澤，撫劍登輕舟。但願長閒暇，後歲復來游。

朝出上東門，遥望首陽基。松柏鬱森沈，鸝黄相與嬉。逍遥九曲間，徘徊欲何之。念我平居時，鬱然思妖姬。

王子十五年，游衍伊洛濱。朱顏茂春華，辯慧懷清真。焉見浮邱公，舉手謝時人。輕蕩易恍惚，飄颻棄其身。飛鶴鳴且翔，揮翼且酸辛。

湘綺批：『辯慧』蓋高貴鄉公。

寒門不可出，海水焉可浮。朱明不相見，奄昧獨無侯。持瓜思東陵，黄雀誠獨羞。失勢在須臾，帶劍上吾邱。悼彼桑林子，涕下自交流。假乘汧渭間，鞍馬去行游。

洪生資制度，被服正有常。尊卑設次序，事物齊紀綱。容飾整顏色，磬折執珪璋。堂上置玄酒，室中盛稻粱。外厲貞素談，户内滅芬芳。放口從衷出，復説道義方。委曲周旋儀，姿態愁我腸。

湘綺批：晏、玄清談，以風度自許。

北臨乾昧谿，西行游少任。遥顧望天津，駘蕩樂我心。綺靡存亡門，一游不再尋。倘遇晨風鳥，飛駕出南林。漭瀁瑶光中，忽忽肆荒淫。休息宴清都，超世又誰禁。

人知結交易，交友誠獨難。險路多疑惑，明珠未可干。彼求饗太牢，我欲并一餐。損益生怨毒，咄咄復何言。

湘綺批：明託孤於懿，故云交難。

有悲則有情，無悲亦無思。苟非嬰網罟，何必萬里畿。翔風拂重霄，慶雲招所晞。灰心寄枯宅，曷顧人間姿。始得忘我難，焉知嘿自遺。

木槿榮邱墓，煌煌有光色。白日頹林中，翩翩零路側。蟋蟀吟戶牖，螻蛄鳴荆棘。蜉蝣玩三朝，采采修羽翼。衣裳爲誰施，俯仰自收拭。生命幾何時，慷慨各努力。

湘綺批：言亡國之臣與國俱亡，『木槿』共『白日』俱頹也。國猶未亡，臣各戀祿，『蜉蝣』於三朝修翼也。

修塗馳軒車，長川載輕舟。性命豈自然，勢路有所由。高名令志惑，重利使心憂。親昵懷反側，骨肉還相讎。更希毁珠玉，可用登遨游。

横術有奇士，黄駿服其箱。朝起瀛洲野，日夕宿明光。再撫四海外，羽翼自飛揚。去置世上事，豈足愁我腸。一去長離絶，千歲復相望。

猗歟上世士，恬淡自安貧。季葉道陵遲，馳騖紛垢塵。甯子豈不類，楊歌誰肯殉。栖栖非我偶，徨徨非己倫。咄嗟榮辱事，去來味道真。道真信可娱，清潔存精神。巢由抗高節，從此適河濱。

梁東有芳草，一朝再三榮。色容豔姿美，光華耀傾城。豈爲明哲士，妖蠱諂媚生。輕薄在一時，安知百世名。路端便娟子，但恐日月傾。焉見冥靈木，悠悠竟無形。

湘綺批：言賈充諸人，汲汲禪代，不知己之獨有千秋也。

秋駕安可學，東野窮路旁。綸深魚淵潛，矰設鳥高翔。汎汎乘輕舟，演漾靡所望。吹噓誰以益，江湖相捐忘。都冶難爲顔，修容是我常。兹年在松喬，恍惚誠未央。

咄嗟行至老，僶俛常苦憂。臨川羡洪波，同始異支流。百年何足言，但苦怨與讎。讎怨者誰子，耳目還相羞。聲色爲胡越，人情自逼遒。招彼玄通士，去來歸羨游。

昔有神仙士，乃處射山阿。乘雲御飛龍，噓噏嘰瓊華。可聞不可見，慷慨歎咨嗟。自傷非儔類，愁苦來相加。下學而上達，忽忽將如何。

湘綺批：『下學上達』，是歇後語，言知我者其天也。

林中有奇鳥，自言是鳳皇。清朝飲醴泉，日夕棲山岡。高鳴徹九州，延頸望八荒。適逢商風起，羽翼自摧藏。一去崑崙西，何時復迴翔。但恨處非位，愴悢〔一〕使心傷。

【校勘記】

〔一〕《八代詩選》諸本作『恨』。《阮步兵集》《古詩紀》《廣廣文選》作『悢』。

出門望佳人，佳人豈在玆。三山招松喬，萬世誰與期。存亡有長短，慷慨將焉知。忽忽朝日隤，行行將何之。不見季秋草，摧折在今時。

湘綺批：情語，亦能道破眼前景，令人欲笑欲哭。

昔有神仙者，羨門及松喬。噏習九陽間，升遐嘰雲霄。人生樂長久，百年自言遼。白日隕隅谷，一夕不再朝。豈若遺世物，登明遂飄颻。

墓前熒熒者，木槿耀朱華。榮好未終朝，連飆隕其葩。豈若西山草，琅玕與丹禾。垂影臨增城，餘光照九阿。甯惟少年子，日久難咨嗟。

卷五

晉第一

五言第三

張華

門有車馬客行〔一〕

門有車馬客，問君何鄉士。捷步往相訊，果是舊鄰里。語昔有故悲，論今無新喜。清晨相訪慰，日暮不能已。詞端競未究，忽唱分塗始。前悲尚未弭，後憂方復起。

【校勘記】

〔一〕《樂府詩集》卷四十《相和歌辭十五·瑟調曲五》有《門有車馬客行》。其解題曰：《古今樂録》曰：『王僧虔《技録》云：「《門有車馬客行》歌東阿王置酒一篇。」』《樂府解題》曰：『曹植等《門有車馬客行》皆言問訊其客，或得故舊鄉里，或駕自京師，備敘市朝遷謝，親友凋喪之意也。』《樂府詩集》未録張華此詩。

輕薄篇

末世多輕薄，驕伐〔一〕好浮華。志意既放逸，貲財亦豐奢。被服極纖麗，肴膳盡柔嘉。童僕餘粱肉，婢妾蹈綾羅。文軒樹羽蓋，乘馬鳴玉珂。橫簪刻玳瑁，長鞭錯象牙。足下金鑮履，手中雙莫耶。賓從焕絡繹，侍御何芬葩。朝與金張期，暮宿許史家。甲第面長街，朱門赫嵯峨。蒼梧竹葉清，宜城九醞醝。浮醪隨觴轉，素蟻自跳波。美女興齊趙，妍唱出西巴。一顧城國傾，千金寍足多。北里獻奇舞，大陵奏名歌。新聲踰激楚，妙技絶陽阿。玄鶴降浮雲，鱏魚躍中河。墨翟且停車，展季猶咨嗟。湻于前行酒，雍門坐相和。孟公結重關，賓客不得蹉。三雅來何遲，耳熱眼中花。盤案互交錯，坐席咸諠譁。簪珥咸墮落，冠冕皆傾邪。酣飲終日夜，明燈繼朝霞。絶纓尚不尤，安能復顧他。留連彌信宿，此歡難可過。人生若浮寄，年時忽蹉跎。促促朝露期，榮樂遽幾何。念此腸中悲，涕下自滂沱。但畏執法吏，禮防且切磋。

湘綺批：詩兼敷敘者，蓋如賦中用難字堆飣，自是古法，觀子建諸長篇可知。後來韓愈則拗而失度，李賀等則澀而傷氣，均不可以此例之。『絶嬰尚不尤』二句，亦所謂曲終奏雅。末四句，曲折頓挫。

予案此説未盡然。韓詩長篇正學漢賦，喜以雙聲疊韻助其鏗鏘鼓舞之聲。蓋音節至唐乃一變，非拗也。李賀輩則選辭特新，力避熟徑，非澀也。然長篇敷敘，衹可偶一爲之。篇篇如此，無論學魏晉，學唐人，皆令人生厭。

【校勘記】

〔一〕光緒十六年江蘇書局本作『代』。光緒七年四川尊經書局本、民國三十一年程天放本作『伐』，是。

博陵王宮俠曲二首

俠客樂幽險，築室窮山陰。獠獵野獸稀，施網川無禽。歲暮饑寒至，慷慨頓足吟。窮令壯士激，安能懷苦心。干將坐自□，繁弱控餘音。耕佃窮淵陂，種粟著劍鐔。收秋狹路間，一擊重千金。棲遲熊羆穴，容與虎豹林。身在法令外，縱逸常不禁。

雄兒任氣俠，聲蓋少年場。借友行報怨，殺人租市旁。吴刀鳴手中，利劍嚴秋霜。腰間叉〔一〕素戟，手持白頭鑲。騰超如激電，迴旋如流光。奮擊當手決，交屍自縱横。寍爲殤鬼雄，義不入圜牆。生從命子游，死聞俠骨香。身没心不懲，勇氣加四方。

湘綺批：清勁。漁獵不能自存，故爲盗俠，言其窮而逸法也。才人往往如此。

【校勘記】

〔一〕光緒十六年江蘇書局本作『叉』。光緒七年四川尊經書局本、民國三十一年程天放本作『乂』。《古詩紀》作『乂』。《古詩鏡》《廣廣文選》作『義』。《樂府詩集》等皆作『叉』。《張茂先集》作『義』。

游獵篇

歲暮凝霜結，堅冰沍幽泉。厲風蕩原隰，浮雲蔽昊天。玄雲晻䨴合，素雪紛連翩。鷹隼始擊鷙，虞人獻時鮮。嚴駕鳴儔侶，攬轡過中田。戎車方四牡，文軒馭紫燕。輿徒既整飭，容服麗且妍。武騎列重圍，前驅抗修旃。倏忽似回飈，絡繹若浮烟。鼓噪山淵動，衝塵雲霧連。輕繒拂素電，纖網蔭長川。游魚未暇竄，歸雁不得還。由基控繁弱，公差操黄間。機發應弦倒，一縱連雙肩。僵禽正狼藉，落羽何翩翩。積獲被山阜，流血丹中原。馳騁未及勌，曜靈俄移晷。結罝彌藪澤，囂聲振四鄙。鳥驚觸白刃，獸駭掛流矢。仰手接游鴻，舉足蹴犀兕。如黄批狡兎，青骹撮飛雉。鵠鷺不盡收，鳬鷖安足視。日冥徒御勞，賞勤課能否。野饗會衆賓，玄酒甘且旨。燔炙播遺芳，金觴浮素蟻。珍羞墜歸雲，纖肴出渌水。四氣運不停，年時何亹亹。人生忽如寄，居世遽能幾。至人同禍福，達士等生死。榮辱渾一門，安知惡與美。游放使心狂，覆車難再履。伯陽爲我誡，檢迹投清軌。

湘綺批：樂府作五言體，又有二派，一鋪張，一質直也。此與陳思諸篇，皆鋪張一派，選此存備古式而已。

壯士篇〔一〕

天地相震蕩，回薄不知窮。人物稟常格，有始必有終。年時俛仰過，功名宜速崇。壯士懷憤激，安能守虛沖？乘我大宛馬，撫我繁弱弓。長劍横九野，高冠拂玄穹。慷慨成素霓，嘯吒起清風。震響駭八荒，奮威曜四戎。濯鱗滄海畔，馳騁大漠中。獨步聖明世，四海稱英雄。

湘綺批：『壯士懷憤激』二句，與『窮令壯士激』，同一句調。

【校勘記】

〔一〕《樂府詩集》卷六十七《雜曲歌辭七》晉張華《壯士篇》解題：『《燕荆軻歌曰：「風蕭蕭兮易水寒，壯士一去兮不復還。」《壯士篇》蓋出於此。』

答何劭三首

吏道何其迫，窘然坐自拘。纓緌爲徽纆，文憲焉可踰。恬曠苦不足，煩促每有餘。良朋貽新詩，示我以游娱。穆如灑清風，焕若春華敷。自昔同寮寀，於今比園廬。衰疾近辱殆，庶幾並懸輿。散髮重陰下，抱杖臨清渠。屬耳聽鶯鳴，流目翫鯈魚。從容養餘日，取樂於桑榆。

湘綺批：寬和。

洪鈞陶萬類，大塊稟羣生。明闇信異姿，静躁亦殊形。自予及有識，志不在功名。虛恬竊所好，文學少所經。忝荷既過任，白日已西傾。道長苦智短，責重困才輕。周任有遺規，其言明且清。負乘爲我戒，夕惕坐自驚。是用感嘉貺，寫心出中誠。發篇雖温麗，無乃違其情。

駕言歸外庭，放志永棲遲。相伴步園疇，春草鬱鬱滋。榮觀雖盈目，親友莫與偕。悟物增隆思，結戀慕同儕。援翰屬新詩，永歎有餘懷。

湘綺批：局度自然，屬寄在目。

情詩五首

北方有佳人，端坐鼓鳴琴。終晨撫管絃，日夕不成音。憂來結不解，我思存所欽。君子尋時役，幽妾懷苦心。初爲三載別，於今久滯淫。昔邪生户牖，庭内自成林。翔鳥鳴翠隅〔一〕，草蟲相和吟。心悲易感激，俛仰淚流衿。願託晨風翼，束帶侍衣衾。

湘綺批：寬和。

【校勘記】

〔一〕光緒十六年江蘇書局本作『隅』。光緒七年四川尊經書局本、民國三十一年程天放本作『偶』。《張茂先集》《古詩紀》《廣文選》《石倉歷代詩選》作『偶』。

明月曜清景，曨光照玄墀。幽人守静夜，迴身入空帷。束帶俟將朝，廓落晨星稀。寐假交精爽，覿我佳人姿。巧笑媚權靨，聯娟眸與眉。寤言增長歎，悽然心獨悲。

湘綺批：華而不高，其纖麗之宗歟。

清風動帷簾，晨月照幽房。佳人處遐遠，蘭室無容光。襟懷擁虚景，輕衾覆空牀。居歡惜夜促，在戚怨宵長。撫枕獨嘯歎，感慨心内傷。

湘綺批：『輕衾』句淒凉如畫。

君居北海陽，妾在江南陰。懸邈極修塗，山川阻且深。承懽注隆愛，結分投所欽。銜恩篤守義，萬里託微心。

游目四野外，逍遥獨延佇。蘭蕙緣清渠，繁華蔭緑渚。佳人不在兹，取此欲誰與？巢居知風寒，穴處識陰雨。不曾遠離别，安知慕儔侣？

湘綺批：『巢居』二句，選言不妍，始知『枯桑』二語之妙。結二句則新意苦語也。所謂『昔者常相見，邈若胡與秦』。又俚語云「新昏不如遠别」，皆此意也。

雜詩三首

晷度隨天運，四時互相承。東壁正昏中，涸陰寒節升。繁霜降當夕，悲風中夜興。朱火青無光，蘭膏坐自凝。重衾無暖氣，挾纊如懷冰。伏枕終遥夕，寤言莫予應[一]。永思慮崇昔，慨然獨拊膺。

湘綺批：寬和。司空琢句，往往近唐人，如『死聞俠骨香，朱火青無光』是也。

【校勘記】

〔一〕光緒十六年江蘇書局本作『膺』。光緒七年四川尊經書局本、民國三十一年程天放本作『應』。《文選》《張茂先集》《古詩紀》《古詩鏡》《石倉歷代詩選》作『應』。

逍遥游春空，容與渌池阿。白蘋開素葉，朱草茂丹華。微風摇茝若，增波動芰荷。榮彩曜中林，流馨入綺羅。王孫游不歸，修路邈以遐。誰與翫遺芳，佇立獨咨嗟。

湘綺批：寬和，秀媚絶倫。

荏苒日月運，寒暑忽流易。同好逝不存，迢迢遠離析。房櫳自來風，户庭無行迹。蒹葭生牀下，蛛蝥網四壁。懷思豈不隆，感物重鬱積。游雁比翼翔，歸鴻知接翮。來哉彼君子，無愁徒自隔。

湘綺批：寬和。

擬古

松生壠坂上，百尺下無枝。東南望河尾，西北隱崑崖。剛風振山籟，朋鳥夜驚離。悲涼貫年節，葱緑恆若斯。安得草木心，不怨寒暑移。

成公綏

中宫詩

天地不獨立，造化由陰陽。乾坤垂覆載，日月曜重光。治國先家道，立教起閨房。二妃濟有虞，三母隆周王。塗山興大禹，有莘佐成湯。齊晉伯諸侯，皆賴姬與姜。關雎思賢妃，此言安可忘。

湘綺批：質直。

塗中作〔一〕

洋洋熊耳流，巍巍伊闕山。高岡碣崔嵬，雙阜夾長川。素石何磷磷，水禽何翩翩。遠涉許潁路，顧思邈綿綿。鬱陶懷所親，引領情佪然。

【校勘記】

〔一〕《古詩紀》卷三十一題作《行思》。其注云：『一云《途中作》』。

傅玄

惟漢行

危哉鴻門會，沛公幾不還。輕裝入人軍，投身湯火間。兩雄不俱立，亞父見此權。項莊奮劍起，白刃何翩翩。伯身雖爲蔽，事促不及還。張良慴坐側，高祖變龍顔。賴得樊將軍，虎叱項王前。瞋目駭三軍，磨牙咀豚肩。空卮讓伯主，臨急吐奇言。威凌萬乘主，指顧回泰山。神龍困鼎鑊，非噲豈得全。狗屠登上將，功業信不原。健兒實可慕，腐儒安足歎。

湘綺批：鷄觚詩使氣放言，而老筆足以制之，故無明遠紅紫之誚，蓋鮑勁而傅博也。

豔歌行

日出東南隅，照我秦氏樓。秦氏有好女，自字爲羅敷。首戴金翠飾，耳綴明月珠。白素爲下裙，丹霞爲上襦。一顧傾朝市，再顧國爲虛。問女居安在，當在城南居。青樓臨大巷，幽門結重樞。使君自南來，駟馬立踟躕。遣吏謝賢女：『豈可同行車。』斯女長跪對：『使君言何殊！使君自有婦，賤妾有鄙夫。天地正厥位，願君改其圖。』

湘綺批：質直。末二句迂重出奇趣。

長歌行

利害同根源，賞下有甘鉤。義門近□〔一〕塘，虎口出通侯。撫劍安所趨，蠻方未順流。蜀賊阻石城，吴寇馮龍舟。二軍多壯士，聞賊如見讐。投身効知己，徒生心所羞。鷹隼厲天翼，恥與燕雀游。成敗在縱者，無令鷙鳥憂。

湘綺批：寬和。末言當惜才也。

【校勘記】

〔一〕《八代詩選》諸本闕此字。《傅鶉觚集》闕此字。《廣文選》作『横』。

豫章行苦相篇

苦相身爲女，卑陋難再陳。男兒當門户，墮地自生神。雄心志四海，萬里望風塵。女育無欣愛，不爲家所珍。長大逃深室，藏頭羞見人。垂淚適他鄉，忽如雨絶雲。低頭和顔色，素齒結朱脣。跪拜無復數，婢妾如嚴賓。情合同雲漢，葵藿仰陽春。心乖甚水火，百惡集其身。玉顔隨年變，丈夫多好新。昔爲形與影，今爲胡與秦。胡秦時相見，一絶踰參辰。

湘綺批：樂府。『苦相』，『相』字去聲，今俗語猶然。『跪拜無復數』二句，敘俗事，稍近鄙矣。不嫌者，以其拙也。

和秋胡行〔一〕

秋胡納令室，三日宦他鄉。皎皎潔婦姿，泠泠守空房。燕婉不終夕，别如參與商。憂來猶四海，易感難可防。人言生日短，愁者苦夜長。百草揚春華，攘腕採柔桑。素手尋繁枝，落葉不盈筐。羅衣翳玉體，回目流采章。君子倦仕歸，車馬如龍驤。精誠馳萬里，既至兩相忘。行人悦令顔，借息此樹旁。誘以逢卿喻，遂下黄金裝。烈烈貞女憤，言辭厲秋霜。長驅及居室，奉金升北堂。母立呼婦來，歡情樂未央。秋胡見此婦，惕然懷探湯。負心豈不慙，永誓非所望。清濁必異源，鳧鳳不竝翔。引身赴長流，果哉潔婦腸。彼夫既不淑，此婦亦太剛。

湘綺批：樂府。以『四海』喻憂，言大而奇。『精誠馳萬里』二句，回斡得好，他人不能。

【校勘記】

〔一〕《樂府詩集》卷三十六《相和歌辭十一·清調曲四》録傅玄《秋胡行》二首，此其二。《古詩紀》卷三十二題作《和秋胡行》，注云『一云「和班氏詩」』。《玉臺新詠》卷二作『和班氏詩一首』。

飲馬長城窟行〔一〕

青青河邊草，悠悠萬里道。草生在春時，遠道還有期。春至草不生，期盡歎無聲。感物懷思心，夢想發中情。夢君如鴛鴦，比翼雲間翔。既覺寂無見，曠如參與商。夢君結同心，比翼游北林。既覺寂無見，曠如商與參。河洛自用固，不如中岳安。回流不及返，浮雲往自還。悲風動思心，悠悠誰知者。懸景無停居，忽如馳駟馬。傾耳懷音響，轉目淚雙墮。生存無會期，要君黄泉下。

湘綺批：宛轉妙絶。休弈再仕再已，多家居懷主之思。

【校勘記】

〔一〕《玉臺新詠》卷二題作《青青河邊草篇》。

放歌行

靈龜有枯甲，神龍有腐鱗。人無千歲壽，存質空相因。朝露尚移景，促哉水上塵。邱冢如履綦，不識故與新。高樹來悲風，松柏垂威神。曠野何蕭條，顧望無生人。但見狐狸迹，虎豹自成羣。孤雛攀樹鳴，離鳥何繽紛。愁子多哀心，塞耳不忍聞。長嘯淚雨下，太息氣成雲。

湘綺批：『高樹來悲風』二句，令人悚然。

豔歌行有女篇

有女懷芬芳，媞媞步東廂。蛾眉分翠羽，明目發清揚。丹脣翳皓齒，秀色若珪璋。巧笑露歡〔一〕靨，衆媚不可詳。令儀希世出，無乃古毛嬙。頭安金步摇，耳繫明月璫。珠環約素腕，翠羽垂鮮光。文袍綴藻黼，玉體映羅裳。容華既已豔，志節擬秋霜。徽音冠青雲，聲響流四方。妙哉美〔二〕媛德，宜配侯與王。靈應萬世合，日月時相望。媒氏陳束帛，羔雁鳴前堂。百兩盈中路，起若鸞鳳翔。凡夫徒踴躍，望絶殊參商。

【校勘記】

〔一〕《八代詩選》諸本均作『權』，《樂府詩集》《廣文選》亦作『權』。本集作『歡』，《古詩紀》《古詩鏡》作『懽』。

〔二〕《八代詩選》諸本同《樂府詩集》《廣文選》作『英』，誤。本集、《古詩紀》作『美』，從之。

怨歌行朝時篇

昭昭朝時日，皎皎晨明月。十五入君門，一别終華髮。同心忽異離，曠如胡與越。胡越有會時，參辰遼且闊。形影雖髣髴，音聲寂無達。纖絃感促柱，觸之哀聲發。情思如循環，憂來不可遏。塗山有餘恨，詩人詠《采葛》。蜻蛚吟牀下，回風起幽闥。春榮隨路落，芙蓉生木末。自傷命不遇，良辰永乖别。已爾可奈何，譬如紈素裂。孤雌翔故巢，星流光景絶。魂神馳萬里，甘心要同穴。

湘綺批：清勁。太白多學此音調。

秋蘭篇

秋蘭蔭玉池，池水清且芳。芙蓉隨風發，中有雙鴛鴦。雙魚自踴躍，兩鳥時迴翔。君其歷九秋，與妾同衣裳。

湘綺批：寬和。婉戀揺曳。

明月篇

皎皎明月光，灼灼朝日暉。昔爲春蠶絲，今爲秋女衣。丹唇列素齒，翠彩發蛾眉。嬌子多好言，歡合易爲姿。玉顔盛有時，秀色隨年衰。常恐新間舊，變故興細微。浮萍本無根，非水將何依。憂喜更相接，樂極還自悲。

湘綺批：寬和。首四句不貫，蓋用樂府法。

西長安行

所思兮何在，乃在西長安。何用存問妾，香橙雙珠環。何用重存問，羽爵翠琅玕。今我兮聞君，更有兮異心。香亦不可燒，環亦不可沈。香燒日有歇，環沈日自深。

雜詩三首

志士惜日短，愁人知夜長。攝衣步前庭，仰觀南雁翔。玄景隨形運，流響歸空房。清風何飄飆，微月出西方。繁星依青天，列宿自成行。蟬鳴高樹間，野鳥號東廂。纖雲時髣髴，渥露沾我裳。良時無停景，北斗忽低昂。常恐寒節至，凝氣結爲霜。落葉隨風摧，一絶如流光。

閒夜微風起，明月照高臺。清響呼不應，玄景招不來。廚人進藿茹，有酒不盈杯。安貧福所與，富貴爲禍媒。金玉雖高堂，於我賤蒿萊。

湘綺批：首四句似小派，然語自佳，度亦勝。

鵲巢丘城側，雀乳空井中。居不附龍鳳，常畏蛇與蟲。依賢義不恐，近暴自當窮。

苦雨

徂暑未一旬，重陽翳朝霞。厥初月離畢，積日遂滂沱。屯雲結不解，長溜周四阿。霖雨如到井，黄潦起洪波。湍深激牆隅，門庭若波河。炊爨不復舉，竈中生蛙蝦。

古詩

東方大明星，光景照千里。少年舍家游，思心晝夜起。

傅咸

贈何劭王濟并序

朗陵公何敬祖，咸之從内兄。國子祭酒王武子，咸從姑之外孫也。竝以明德見重於世。咸親之重之，情猶同生，義則師友。何公既登侍中，武子俄而亦作，二賢相得甚歡。咸亦慶之，然自恨闇劣，雖願其繾綣，而從之末由，歷試無效，且有家艱，心存目替，賦詩申懷以貽之云爾。

日月光太清，列宿曜紫微。赫赫大晉朝，明明闢皇闈。吾兄既鳳翔，王子亦龍飛。雙鸞游蘭渚，二離揚清暉。攜手升玉階，竝坐侍丹帷。金璫綴惠文，煌煌發令姿。斯榮非攸庶，繾綣情所希。豈不企高蹤，麟趾邈難追。臨川靡芳餌，何爲守空坻。槁葉待風飄，逝將與君違。違君能無戀，尸素當言歸。歸身蓬蓽廬，樂道以忘饑。進則無云補，退則恤其私。但願隆弘美，王度日清夷。

湘綺批：寬和。少陵别韋左丞詩，全仿此而遠不及。

棗據

雜詩

吴寇未殄滅，亂象侵邊疆。天子命上宰，作蕃於漢陽。開國建元士，玉帛聘賢良。予非荆山璞，謬登和氏場。羊質服虎文，燕翼假鳳翔。既懼非所任，怨彼南路長。千里既悠邈，路次限關梁。僕夫罷遠涉，車馬困山岡。深谷下無底，高巖暨穹蒼。豐草停滋潤，霧露沾衣裳。玄林結陰氣，不風自寒涼。顧瞻情感切，惻愴心哀傷。士生則懸弧，有事在四方。安得恆逍遥，端坐守閨房。引義割外情，内感實難忘。

湘綺批：奉使而怨路長，甚難著詞。「既懼非所任」二句，回互入妙。

失題

有鳳適南中，終日無歡娱。自怨梧桐遠，行飛棲桑榆。奮迅振長翼，俛仰向天衢。簫韶逝無聞，朝陽不可須。

劉伶

北芒客舍詩

泱漭望舒隱，黮黤玄夜陰。寒雞思天曙，擁翅吹長音。蚊蚋歸豐草，枯葉散蕭林。陳醴發悴顔，巴歈暢真心。縕被終不曉，斯歎信難任。何以除斯歎，付之與瑟琴。長笛響中夕，聞此消胸襟。

湘綺批：寬和。錬字亦近唐人。響逸氣豪，有不衫不履之態。

司馬彪

贈山濤

苕苕椅桐樹，寄生於南岳。上凌青雲霓，下臨千仞谷。處身孤且危，於何託余足。昔也植朝陽，傾枝俟鸞鶩。今者絶世用，倥傯見迫束。班匠不我顧，牙曠不我録。焉得成琴瑟，何由揚妙曲。冉冉三光馳，逝者一何速。中夜不能寐，撫劍起躑躅。感彼孔聖歎，哀此年命促。卞和潛幽冥，誰能證奇璞。冀願神龍來，揚光以見燭。

湘綺批：寬和。

雜詩

百草應節生，含氣有深淺。秋蓬獨何辜，飄飖隨風轉。長飈一飛薄，吹我之四遠。搔首望故株，邈然無由返。

湘綺批：清勁。末蕭蕭凄遠。

何劭

贈張華

四時更代謝，懸象迭卷舒。暮春忽復來，和風與節俱。俯臨清泉涌，仰觀嘉木敷。周旋我陋圃，西瞻廣武廬。既貴不忘儉，處有能存無。鎮俗在簡約，樹塞焉足摹。在昔同班司，今者並園墟。私願偕黄髮，逍遥綜琴書。舉爵茂陰下，攜手共躊躇。奚用遺形骸，忘筌在得魚。

湘綺批：寬和。

游仙詩

青青陵上松，亭亭高山柏。光色冬夏茂，根柢無彫落。吉士懷真心，悟物思遠託。揚志玄雲際，流目矚巖石。羡昔王子喬，友道發伊洛。迢遞陵峻岳，連翩御飛鶴。抗迹遺萬里，豈戀生民樂。長懷慕仙類，眇然心綿邈。

湘綺批：寬和。

雜詩

秋風乘夕起，明月照高樹。閒房來清氣，廣庭發暉素。静寂愴然歎，惆悵忽遊顧。仰視垣上草，俯察階下露。心虛體自輕，飄飄若仙步。瞻彼陵上柏，想與神人遇。道深難可期，精微非所慕。勤思終遥夕，永言寫情慮。

湘綺批：寬和。超空而來。

王浚

從幸洛水餞王公歸國詩

聖主應期運，至德敷彝倫。神道垂大教，玄化被無垠。欽若崇古制，建侯屏四鄰。皇輿迴羽蓋，高會洛水濱。臨川講妙藝，縱酒釣潛鱗。八音以迭奏，蘭羞備時珍。古人亦有言，爲國不患貧。與蒙廟庭施，幸得廁大鈞。羣僚荷恩澤，朱顔感獻春。賦詩盡下情，至感暢人神。長流無舍逝，白日入西津。奉辭慕華輦，侍衛路無因。馳情繫帷幄，乃心戀軌塵。

湘綺批：寬和。大題目典重而不滯。

陸機

日出東南隅行〔一〕

扶桑升朝暉，照此高臺端。高臺多妖麗，濬房出清顔。淑貌耀皎日，惠心清且閑。美目揚玉澤，蛾眉象翠翰。鮮膚一何潤，秀色若可餐。窈窕多容儀，婉媚巧笑言。暮春春服成，粲粲綺與紈。金雀垂藻翹，瓊佩結瑶璠。方駕揚清塵，濯足洛水瀾。藹藹風雲會，佳人一何繁。南崖充羅幕，北渚盈軿軒。清川含藻景，高岸被華丹。馥馥芳袖揮，泠泠纖指彈。悲歌吐清響，雅舞播幽蘭。丹脣含九秋，妍迹陵七盤。赴曲迅驚鴻，蹈節如集鸞。綺態隨顔變，沈姿無定源。俯仰紛阿那，顧步咸可懽。遺芳結飛飈，浮景暎清湍。冶容不足詠，春游良可歎。

湘綺批：此蓋爲齊王冏而作。『朝暉』喻王，『妖麗』指八王也。『清顔』以下，喻冏以名王子但美其儀服，矜名自炫。春服既成，指其專政。風雲會遇，王室多故。『七盤』喻高危。『隨顔變』『無定源』，言冏並無定國之才也。良可嘆，知其必敗矣。

【校勘記】

〔一〕《文選》卷二十八《樂府下》題作《日出東南隅行》，或曰《羅敷豔歌》。《玉臺新詠》卷三題作《豔歌行》。《樂府詩集》卷二十八《相和歌辭三》、《古詩紀》卷三十四、《石倉歷代詩選》卷三作《日出東南隅行》。

挽歌三首

卜擇考休貞，嘉命咸在兹。夙駕警徒御，結轡頓重基。龍幌被廣柳，前驅矯輕旗。殯宮何嘈嘈，哀響沸中闈。中闈且勿讙，聽我《薤露》詩。死生各異倫，祖載當有時。舍爵兩楹位，啟殯進靈輀。飲餞觴莫舉，出宿歸無期。帷袵曠遺影，棟宇與子辭。周親咸奔湊，友朋自遠來。翼翼飛輕軒，駸駸策素騏。按轡遵長薄，送子長夜臺。呼子子不聞，泣子子不知。歎息重櫬側，念我疇昔時。三秋猶足收，萬世安可思。殉没身易亡，殺子非所能。含言言哽咽，揮涕涕流離。

流離親友思，惆悵神不泰。素驂佇轜軒，玄駟騖飛蓋。哀鳴興殯宮，迴遲悲野外。魂輿寂無響，但見冠與帶。備物象平生，長旌誰爲旆。悲風徽行軌，傾雲結流靄。振策指靈丘，駕言從此逝。

重阜何崔嵬，玄廬竄其間。磅礴立四極，穹隆放蒼天。側聽陰溝湧，卧觀天井懸。廣宵何寥廓，大暮安可晨。人往有返歲，我行無歸年。昔居四民宅，今託萬鬼鄰。昔爲七尺軀，今成灰與塵。金玉素所佩，鴻毛今不振。豐肌饗螻蟻，妍姿永夷泯。壽堂延魑魅，虛無自相賓。螻蟻爾何怨，魑魅我何親。拊心痛荼毒，永歎莫爲陳。

湘綺批：『側聽陰溝湧』二句，是仰卧壙中光景。此開中唐派。

長歌行

逝矣經天日，悲哉帶地川。寸陰無停晷，尺波豈徒旋。年往信勁矢，時來亮急絃。遠期鮮克及，盈數固希全。容華夙夜零，體澤坐自捐。兹物苟難停，吾壽安得延。俯仰逝將過，倏忽幾何間。慷慨亦焉訴，天道良自然。但恨功名薄，竹帛無所宣。迨及歲未暮，長歌乘我閒。

湘綺批：全以跌宕取致，不使氣直，結乃以超妙出之。

君子行

天道夷且簡，人道險而難。休咎相乘躡，翻覆若波瀾。去疾苦不遠，疑似實生患。近火固宜熱，履冰豈惡寒。掇蜂滅天道，拾塵惑孔顏。逐臣尚何有，棄友焉足歎。福鍾〔一〕恒有兆，禍集非無端。天損未易辭，人益猶可歡。朗鑒豈遠假，取之在傾冠。近情苦自信，君子防未然。

湘綺批：禍福有端兆，故天損之至，非己所招致，安之而未辭，人益之來，非口所求，故受之可爲歡也。語見《莊子》。『近火固宜熱』，出《論衡》。『掇蜂』，孝子伯奇事。『拾塵』，陳蔡事，出《吕覽》。『朗鑒豈遠假』，出《申鑒》。『取之在傾冠』，出《抱樸子》。

【校勘記】

〔一〕光緒七年四川尊經書局本、民國三十一年程天放本作『鐘』。光緒十六年江蘇書局本作『鍾』。

苦寒行

北游幽朔城，涼野多險難。俯入窮谷底，仰涉高山盤。凝冰結重磵，積雪被長巒。陰雲興巖側，悲風鳴樹端。不覩白日景，但聞寒鳥喧。猛虎憑林嘯，玄猿臨岸歎。夕宿喬木下，慘愴恒鮮歡。渴飲堅冰漿，饑待零露餐。離思固已久，寤寐莫與言。劇哉行役人，慊慊恒苦寒。

湘綺批：寬和。

豫章行

汎舟清川渚，遥望高山陰。川陸殊塗軌，懿親將遠尋。三荆歡同株，四鳥悲異林。樂會良自古，悼别豈獨今。寄世將幾何，日昃無停陰。前路既已多，後塗隨年侵。促促薄暮景，亹亹鮮克禁。曷爲復以兹，曾是懷苦心。遠節嬰物淺，近情能不深。行矣保嘉福，景絶繼以音。

湘綺批：寬和。言薄暮已足悲，曷爲復離别乎？曾是當此而不懷苦心耶？人生有遠節者，嬰外物之累，凄然近與親别，情則宜深也。

長安有狹邪行

伊洛有岐路，岐路交朱輪。輕蓋承華景，騰步躡飛塵。鳴玉豈樸儒，憑軾皆俊民。烈心厲勁秋，麗服鮮芳春。余本倦游客，豪彦多舊親。傾蓋承芳訊，欲鳴當及晨。守一不足矜，岐路良可遵。規行無曠迹，矩〔一〕步豈逮人。投足緒已爾，四時不必循。將遂殊塗軌，要子同歸津。

湘綺批：寬和。末言進取殊途，富貴同津也。

【校勘記】

〔一〕光緒十六年江蘇書局本作「短」。光緒七年四川尊經書局本、民國三十一年程天放本作「矩」。《文選》《樂府詩集》《古詩紀》作「矩」。

塘上行

江蘺生幽渚，微芳不足宣。被蒙風雲會，移居華池邊。發藻玉臺下，垂影滄浪泉。霑潤既已渥，結根奥且堅。四節逝不處，繁華難久鮮。淑氣與時殞，餘芳隨風捐。天道有遷易，人理無常全。男歡智傾愚，女愛衰避妍。不惜微軀退，但懼蒼蠅前。願君廣末光，照妾薄暮年。

湘綺批：寬和。末小弁卒章之意也。

折楊柳

邈矣垂天景，壯哉奮地雷。豐隆豈久響，華光但西隤。日落似有竟，時逝恆若催。仰悲朗月運，坐觀旋蓋迴。盛門無再入，衰房莫苦開。人生固已短，出處鮮爲諧。慷慨惟昔人，興此千載懷。升龍悲絶處，《葛藟》變條枚。寤寐豈虚歎，曾是感與摧。弭意無足歡，願言有餘哀。

湘綺批：《詩·葛藟》，「施於條枚」，言子孫因祖父之功。「升龍」，蓋言已興者不再也。然未詳其故實。

飲馬長城窟行

驅馬陟陰山，山高馬不前。往問陰山候，勁虜在燕然。戎車無停軌，旌旆屢徂遷。仰憑積雪巖，俯涉堅冰川。冬來秋未返，去家邈以緜。獫狁亮未夷，征人豈徒旋。末德争先鳴，凶器無兩全。師克溥賞行，軍没微軀捐。將遵甘陳迹，收功單于旃。振旅勞歸士，受爵槀街傳。

湘綺批：首二句是律詩佳起。『先鳴』，言必勝也。用《左氏傳》語。『薄微』二字精峭。

門有車馬客

門有車馬客，駕言發故鄉。念君久不歸，濡迹涉江湘。投袂赴門塗，攬衣不及裳。拊膺攜客泣，掩淚敘温凉。借問邦族間，惻愴論存亡。親友多零落，舊齒皆彫喪。市朝忽遷易，城闕或邱荒。墳壟日月多，松柏鬱芒芒。天道信崇替，人生安得長。慷慨惟平生，俛仰獨悲傷。

湘綺批：寬和。

齊謳行

營丘負海曲，沃野爽且平。洪川控河濟，崇山入高冥。東被姑尤側，南界聊攝城。海物錯萬類，陸産尚千名。孟諸吞楚夢，百二侔秦京。惟師恢東表，桓后定周傾。天道有迭代，人道無久盈。鄙哉牛山歎，未及至人情。爽鳩苟已徂，吾子安得停。行行將復去，長存非所營。

班婕妤〔二〕

婕妤去辭寵，淹留終不見。寄情在玉階，託意唯團扇。春苔暗階除，秋草蕪高殿。黄昏履綦絶，愁來空雨面。

湘綺批：纖肇。

【校勘記】

〔一〕《古詩紀》卷三十四題下注：『一作《婕妤怨》』。《陸平原集》作《婕妤怨》。

駕言出北闕行

駕言出北闕，躑躅遵山陵。長松何鬱鬱，邱墓互相承。念昔徂歿子，悠悠不可勝。安寢重冥廬，天壤莫能興。人生何所促，忽如朝露凝。辛苦百年間，戚戚如履冰。仁知亦何補，遷化有明徵。求仙鮮克仙，太虛不可凌。良會罄美服，對酒宴同聲。

從軍行

苦哉遠征人，飄飄窮四遐。南陟五嶺巔，北戍長城阿。深谷邈無底，崇山鬱嵳峩。奮臂攀喬木，振迹涉流沙。隆暑固已慘，涼風嚴且苛。夏條集鮮藻，寒冰結衝波。胡馬如雲屯，越旗亦星羅。飛鋒無絶影，鳴鏑自相和。朝食不免胄，夕息常負戈。苦哉遠征人，撫心悲如何。

湘綺批：寬和。

梁甫吟

玉衡既已驂，羲和若飛凌。四運循環轉，寒暑自相承。冉冉年時暮，迢迢天路徵。招摇東北指，大火西南昇。悲風無絶響，玄雲互相仍。豐冰憑川結，零露彌天凝。年命時相逝，慶雲鮮克乘。履信多愆期，思順焉足憑。慷慨臨川響，非此孰爲興。哀吟梁甫巔，歎息獨拊膺。

君子有所思行

命駕登北山，延佇望城郭。廛里一何盛，街巷紛漠漠。甲第崇高闥，洞房結阿閣。曲池何湛湛，清川帶華薄。邃宇列綺窗，蘭室接羅幕。淑貌色斯升，哀音承顏作。人生誠〔一〕行邁，容華隨年落。善哉膏粱〔二〕士，營生奥且薄。宴安消靈根，鴆毒不可恪。無以肉食資，取笑葵與藿。

【校勘記】

〔一〕光緒十六年江蘇書局本作『誡』。光緒七年四川尊經書局本、民國三十一年程天放本作『誠』。《樂府詩集》作『盛』。

〔二〕光緒七年四川尊經書局本、民國三十一年程天放本作『粱』。光緒十六年江蘇書局本作『梁』。

悲哉行

游客芳春林，春芳傷客心。和風飛清響，鮮雲垂薄陰。蕙草饒淑氣，時鳥多好音。翩翩鳴鳩羽，喈喈倉庚吟。幽蘭盈通谷，長秀被高岑。女蘿亦有託，蔓葛亦有尋。傷哉客游士，憂思一何深。目感隨氣草，耳悲詠時禽。寤寐多遠念，緬然若飛沈。願託歸風響，寄言遺所欽。

湘綺批：清勁。

前緩聲歌

游仙聚靈族，高會層城阿。長風萬里舉，慶雲鬱嵯峨。宓妃興洛浦，王韓起太華。北徵瑶臺女，南要湘川娥。肅肅宵駕動，翩翩翠蓋羅。羽旗棲瓊鸞，玉衡吐鳴和。太容揮高絃，洪崖發清歌。獻酬既已周，輕舉乘紫霞。總轡扶桑枝，濯足湯谷波。清輝溢天門，垂慶惠皇家。

湘綺批：『舉』字得御風之神。

吴趨行

楚妃且勿歎，齊娥且莫謳。四坐並清聽，聽我歌吴趨。吴趨自有始，請從閶門起。閶門何峩峩，飛閣跨通波。重欒承游極，回軒啟曲阿。藹藹慶雲被，泠泠祥風過。山澤多藏育，土風清且嘉。泰伯導仁風，仲雍揚其波。穆穆延陵子，灼灼光諸華。王迹隤陽九，帝功興四遐。大皇自富春，矯手頓世羅。邦彥應運興，粲若春林葩。屬城咸有士，吳邑最爲多。八族未足侈，四姓實名家。文德熙淯懿，武功侔山河。禮讓何濟濟，流化自滂沱。淑美難窮紀，商摧〔一〕爲此歌。

【校勘記】

〔一〕《八代詩選》諸本皆作「商摧」。《樂府詩集》作「商榷」。

贈馮文羆

昔與二三子，游息承華南。拊翼同枝條，翻飛各異尋。苟無淩風翮，徘徊守故林。慷慨誰爲感，願言懷所欽。發軫清洛汭，驅馬大河陰。佇立望朔塗，悠悠迥且深。分索古所悲，志士多苦心。悲情臨川結，苦言隨風吟。愧無雜佩贈，良訊代兼金。夫子茂遠猷，款誠寄惠音。

湘綺批：寬和。朔塗荒曠，以「迥深」二字寫之，愈覺驚心。

於承明作與弟士龍

牽世嬰時網，駕言遠徂征。飲餞豈異族，親戚弟與兄。婉孌居人思，紆鬱游子情。明發遺安寐，晤言涕交纓。分塗長林側，揮袂萬始亭。佇眄要遐景，傾耳玩餘聲。南歸憩永安，北邁頓承明。永安有昨軌，承明子棄予。俯仰悲林薄，慷慨含辛楚。懷往歡絕端，悼來憂成緒。感別慘舒翮，思歸樂遵渚。

湘綺批：寬和。結似促。

贈弟士龍

行矣怨路長，惄焉傷別促。指塗悲有餘，臨觴歡不足。我若西流水，子爲東峙岳。慷慨逝言感，徘徊居情育。安得攜手俱，契闊成騑服。

贈尚書郎顧彦先二首選一首〔一〕

大火貞朱光，積陽熙自南。望舒離金虎，屏翳吐重陰。凄風迕時序，苦雨遂成霖。朝游忘輕羽，夕息憶重衾。感物百憂生，纏綿自相尋。與子隔蕭墻，蕭墻阻且深。形影曠不接，所託聲與音。音聲日夜闊，何用慰吾心。

【校勘記】

〔一〕陸機此詩本有二首，《八代詩選》諸本均作《贈尚書郎顧彦先二首》，然目下僅選其一。

贈顧交阯公貞

顧侯體明德，清風肅已邁。發迹翼藩后，改授撫南裔。伐鼓五嶺表，揚旌萬里外。遠績不辭小，立德不在大。高山安足凌，巨海猶縈帶。惆悵瞻飛駕，引領望歸旆。

答張士然

潔身躋秘閣，秘閣峻且玄。終朝理文案，薄暮不遑眠。駕言巡明祀，致敬在祈年。逍遥春王圃，躑躅千畝田。迴渠繞曲陌，通波扶直阡。嘉穀垂重穎，芳樹發華顛。余固水鄉士，總轡臨清淵。戚戚多遠念，行行遂成篇。

湘綺批：寬和。「余固水鄉士」二句，横嶺過峯。

贈從兄車騎

孤獸思故藪，離鳥悲舊林。翩翩游宦子，辛苦誰爲心。髣髴谷水陽，婉孌崑山陰。營魂懷兹土，精爽若飛沈。寤寐靡安豫，願言思所欽。感彼歸塗艱，使我怨慕深。安得忘歸〔二〕草，言樹背與襟。斯言豈虚作，思鳥有悲音。

【校勘記】

〔一〕光緒七年四川尊經書局本、光緒十六年江蘇書局本作『歸』。民國三十一年程天放本作『婦』，誤。《陸平原集》《古詩紀》作『憂』。

爲顧彦先贈婦二首

辭家遠行游，悠悠三千里。京洛多風塵，素衣化爲緇。循身悼憂苦，感念同懷子。隆思亂心曲，沈歡滯不起。歡沈難克興，心亂誰爲理。願假歸鴻翼，翻飛游江汜。

東南有思婦，長歎充幽闥。借問歎何爲，佳人眇天末。游宦久不歸，山川修且闊。形影參商乖，音息曠不達。離合非有常，譬彼絃與筈。願保金石軀，慰妾長饑渴。

爲陸思遠婦作

二合兆嘉偶，女子禮有行。潔己入德門，終遠母與兄。如何耽時寵，游宦忘歸甯。雖爲三載婦，顧景媿虚名。歲暮饒悲風，洞房凉且清。拊枕循薄質，非君誰見榮。離君多悲心，寤寐勞人情。敢忘桃李陋，側想瑶與瓊。

湘綺批：寬和。情景畢附。

爲周夫人贈車騎

碎碎織細練，爲君作縛繻。君行豈有顧，憶君是妾夫。昔者得君書，聞君在高平。今時得君書，聞君在京城。京城華麗所，璀璨多異人。男兒多遠志，豈知妾念君。昔者與君别，歲律薄將暮。日月一何速，素秋墜湛露。湛露何冉冉，思君隨歲晚。對食不能餐，臨觴不能飯。

湘綺批：五言作樂府體。士衡詩如此樸者甚少。『男兒多遠志』二句，亦『君亮孰高節，賤妾亦何爲』之意，而出語稍少態。

赴洛二首

希世無高符，營道無烈心。靖端肅有命，假檝越江潭。親友贈予邁，揮淚廣川陰。撫膺解攜手，永歎結遺音。無迹有所匿，寂寞聲必沈。肆目眇不及，緬然若雙潛。南望泣玄渚，北邁涉長林。谷風拂修薄，油雲翳高岑。亹亹孤獸騁，嚶嚶思鳥吟。感物戀堂室，離思一何深。佇立慨我歎，寤寐涕盈衿。惜無懷歸志，辛苦誰爲心。

湘綺批：寬和。緩緩而來，仍無懈處，層層凝鍊，卻饒寬局，是陸詩獨絶處。此篇尤易尋其妙。

羈旅遠游宦，託身承華側。撫劍遵銅輦，振纓盡祗肅。歲月一何易，寒暑忽已革。載離多悲心，感物情悽惻。慷慨遺安豫，永歎廢寢食。思樂樂難誘，曰歸歸未克。憂苦欲何爲，纏綿胸與臆。仰瞻凌霄鳥，羨爾歸飛翼。

湘綺批：寬和。

赴洛道中作二首

總轡登長路，鳴咽辭密親。借問子何之，世網嬰我身。永歎遵北渚，遺思結南津。行行遂已遠，野塗曠無人。山澤紛紆餘，林薄杳阡眠。虎嘯深谷底，雞鳴高樹巔。哀風中夜流，孤獸更我前。悲情觸物感，沈思鬱纏綿。佇立望故鄉，顧影悽自憐。

湘綺批：寬和。

遠游越山川，山川修且廣。振策陟崇丘，安轡遵平莽。夕息抱影寐，朝徂銜思往。頓轡倚高巖，側聽悲風響。清露墜素輝，明月一何朗。撫枕不能寐，振衣獨長想。

湘綺批：清勁。此篇勁急警動。夜中悲風，以爲大雨至矣。及仰望俯視，明月高懸，北中每多此境，南人賦之，始覺淒亮入妙。

擬行行重行行

悠悠行邁遠，戚戚憂思深。此思亦何思，思君徽與音。音徽日夜離，緬邈若飛沈。王鮪懷河岫，晨風思北林。游子眇天末，還期不可尋。驚飇褰反信，歸雲難寄音。佇立想萬里，沈憂萃我心。攬衣有餘帶，循形不盈衿。去去遺情累，安處撫清琴。

湘綺批：寬和。陸擬詩，面貌雖間有研鍊華肇之處，而氣骨直與古作契合，須觀其鋪敘中有回復，整密中有疏宕，每出兩句，皆苦心有得處。

擬今日良宴會

閒夜命懽友，置酒迎風館。齊僮梁甫吟，秦娥張女彈。哀音繞棟宇，遺響入雲漢。四座咸同志，羽觴不可算。高談一何綺，蔚若朝霞爛。人生無幾何，爲樂常苦宴。譬彼司晨鳥，揚聲當及旦。曷爲恆憂苦，守此貧與賤。

湘綺批：似魏文帝。

擬迢迢牽牛星

昭昭清漢輝，粲粲光天步。牽牛西北迴，織女東南顧。華容一何冶，揮手如振素。怨彼河無梁，悲此年歲暮。跂彼無良緣，睆焉不得度。引領望大川，雙涕如霑露。

湘綺批：『華容』二句新語。

擬涉江采芙蓉

上山采瓊蘂，穿谷饒芳蘭。采采不盈掬，悠悠懷所歡。故鄉一何曠，山川阻且難。沈思鍾萬里，躑躅獨吟歎。

擬青青河畔草

靡靡江蘺草，熠熠生河側。皎皎彼姝子，阿那當軒織。粲粲妖容姿，灼灼美顔色。良人游不歸，偏棲獨隻翼。空房來悲風，中夜起歎息。

湘綺批：本刺浮薄之大臣，而陸反之以貞信。結健而婉。

擬明月何皎皎

安寢北堂上，明月入我牖。照之有餘輝，攬之不盈手。凉風繞曲房，寒蟬鳴高柳。踟躕感節物，我行永已久。游宦會無成，離思難常守。

湘綺批：遂爲詠月絶調。

擬蘭若生朝陽

嘉樹生朝陽，凝霜封其條。執心守時信，歲寒終不彫。美人何其曠，灼灼在雲霄。隆想彌年月，長嘯入飛飈。引領望天末，譬彼向陽翹。

擬青青陵上柏

冉冉高陵蘋，習習隨風翰。人生當幾時，譬彼濁水瀾。戚戚多滯念，置酒宴所歡。方駕振飛轡，遠游入長安。名都一何綺，城闕鬱盤桓。飛閣纓虹帶，層臺冒雲冠。高門羅北闕，甲第椒與蘭。俠客控絶景，都人驂玉軒。遨游放情願，慷慨爲誰歎。

湘綺批：士衡恃其門胄，故云『飛轡』『遠游』，非原詩駑馬游戲之意。

擬東城一何高

西山何其峻，層曲鬱崔嵬。零露彌天墜，蕙葉憑林衰。寒暑相因襲，時逝忽如隤。三閒結飛轡，大耋嗟落暉。曷爲牽世務，中心若有違。京洛多妖麗，玉顔侔瓊蕤。閒夜撫鳴琴，惠音清且悲。長歌赴促節，哀響逐高徽。一唱萬夫歎，再唱梁塵飛。思爲河曲鳥，雙游澧水湄。

湘綺批：詠露若此，亦是一奇。古作有擇主之思，此云『曷爲牽世務』，反其義矣。

擬西北有高樓

高樓一何峻，迢迢峻而安。綺窗出塵冥，飛陛躡雲端。佳人撫琴瑟，纖手清且閒。芳氣隨風結，哀響馥若蘭。玉容誰能顧，傾城在一彈。佇立望日昃，躑躅再三歎。不怨佇立久，但願歌者歡。思駕歸鴻羽，比翼雙飛翰。

湘綺批：寬和。

擬庭中有奇樹

歡友蘭時往，迢迢匿音徽。虞淵引絶景，四節逝若飛。芳草久已茂，佳人竟不歸。躑躅遵林渚，惠風入我懷。感物戀所歡，采此欲貽誰。

湘綺批：古詩難擬在澹，此『芳草久已茂』四句，愈澹愈秀，是神來之筆。

擬明月皎夜光

歲暮涼風發，昊天肅明明。招摇西北指，天漢東南傾。朗月照閒房，蟋蟀吟户庭。翻翻歸雁集，嘒嘒寒蟬鳴。疇昔同宴友，翰飛戾高冥。服美改聲聽，居愉遺舊情。織女無機杼，大梁不架楹。

招隱詩

明發心不夷，振衣聊躑躅。躑躅欲安之，幽人在浚谷。朝采南澗藻，夕息西山足。輕條象雲構，密葉承翠幄。激楚佇蘭林，回芳薄秀木。山溜何泠泠，飛泉漱鳴玉。哀音附靈波，頹響赴曾曲。至樂非有假，安事澆淳樸。富貴苟難圖，稅駕從所欲。

湘綺批：高華。『附』『赴』二字，他人百思不能下，足令江山俱響。

園葵詩二首

種葵北園中，葵生鬱萋萋。朝榮東北傾，夕潁西南晞。零露垂鮮澤，朗月耀其輝〔一〕。時逝柔風戢，歲暮商飈飛。曾雲無溫液，嚴霜有凝威。幸蒙高墉德，玄景蔭素蕤。豐條並春盛，落葉後秋衰。慶彼晚彫福，忘此孤生悲。

湘綺批：寬和。

【校勘記】

〔一〕光緒七年四川尊經書局本、光緒十六年江蘇書局本作『朗月耀其輝』，民國三十一年程天放本作『朗月其耀輝』。

翩翩晚彫葵，孤生寄北蕃。被蒙覆露惠，微軀後時殘。庇足周一智，生理各萬端。不苦聞道易，但傷知命難。

尸鄉亭

東游觀鞏洛，逍遥丘墓間。秋草漫長柯，寒水入雲烟。發軫有夙宴〔二〕，息駕無愚賢。

湘綺批：荒寂如見。

【校勘記】

〔一〕光緒七年四川尊經書局本、民國三十一年程天放本作『晏』。光緒十六年江蘇書局本作『宴』。《陸平原集》《古詩紀》作『宴』。

陸雲

答兄平原〔一〕

悠悠塗可極，別促怨會長。銜思戀行邁，興言在臨觴。南津有絶濟，北渚無河梁。神往同逝感，形留悲參商。衡軌若殊迹，牽牛非服箱。

【校勘記】

〔一〕《文選》卷二十五《贈答三》作陸士龍《答兄機一首》。

答張士然

行邁越長川，飄颻冒風塵。通波激枉渚，悲風薄丘榛。修路無窮迹，井邑自相循。百城各異俗，千室非良鄰。歡舊難假合，風土豈虚親。感念桑梓域，髣髴眼中人。靡靡日夜遠，眷眷懷苦辛。

爲顧彦先贈婦往返四首〔一〕

我在三川陽，子居五湖陰。山海一何曠，譬彼飛與沈。目想清慧姿，耳存淑媚音。獨寐多遠念，寤言撫空衿。彼美同懷子，非爾誰爲心。

湘綺批：寬和。

【校勘記】

〔一〕《文選》卷二十五《贈答三》作陸士龍《爲顧彦先贈婦二首》。《玉臺新詠》卷三作《爲顧彦先贈婦往返四首》。

悠悠君行邁，煢煢妾獨止。山河安可踰，永路隔萬里。京師多妖冶，粲粲都人子。雅步擢纖腰，巧言發皓齒。佳麗良可美，衰賤焉足紀。遠蒙眷顧言，銜恩非望始。

湘綺批：寬和。

翩翩飛蓬征，郁郁寒木榮。游止固殊性，浮沈豈一情。隆愛結在昔，信誓貫三靈。秉心金石固，豈從時俗傾。美目逝不顧，纖腰徒盈盈。何用結中欵，仰指北辰星。

浮海難爲水，游林難爲觀。容色貴及時，朝華忌日晏。皎皎彼姝子，灼灼懷春粲。西城善雅舞，總章饒清彈。鳴簧發丹唇，朱絃繞素腕。輕裾猶電揮，雙袂如霧散。華容溢藻幄，哀響入雲漢。知音世所希，非君誰能讚。棄置北辰星，問此玄龍焕。時暮復何言，華落理必賤。

潘岳

金谷集作詩

王生和鼎實，石子鎮海沂。親友各言邁，中心悵有違。何以敘離思，攜手游郊畿。朝發晉京陽，夕次金谷湄。迴谿縈曲阻，峻阪路威夷。緑池泛淡淡，青柳何依依。濫泉龍鱗瀾，激波連珠揮。前庭樹沙棠，後園植烏椑〔一〕。靈囿繁石榴，茂林列芳梨。飲至臨華沼，遷坐登隆坻。玄醴染朱顔，但愬杯行遲。楊桴撫靈鼓，簫管清且悲。春榮誰不暮，歲寒良獨希。投分寄石友，白首同所歸。

湘綺批：寬和。此詩徒作富貴語，了無情致。

【校勘記】

〔一〕光緒七年四川尊經書局本、光緒十六年江蘇書局本作『椑』。民國三十一年程天放本作『槐』。

河陽縣作二首

微身輕蟬翼，弱冠忝嘉招。在疚妨賢路，再升上宰朝。猥荷公叔舉，連陪厠王寮。長嘯歸東山，擁耒耨時苗。幽谷茂纖葛，峻巖敷榮條。落英隕林趾，飛莖秀陵喬。卑高亦何常，升降在一朝。徒恨良時泰，小人道遂消。譬如野田蓬，斡流隨風飄。昔倦都邑游，今掌河朔徭。登城眷南顧，凱風揚微綃。洪流何浩蕩，修芒鬱苕蕘。誰謂晉京遠，室邇身實遼。誰謂邑宰輕，令名患不劭。人生天地間，百年孰能要。潁如槁石火，瞥若截道飈。齊都無遺聲，桐鄉有餘謡。福謙在純約，害盈由矜驕。雖無君人德，視民庶不恌。

湘綺批：寬和。『卑高亦何常』四句，沈鬱頓挫，自居小人，尤爲憤激。『登城眷南顧』以下，局勢寬而氣機道，良由波折入妙。綃韻以韻生色，如云『飄風吹我衿』，便减味矣。飈韻開韓愈一派。『齊都』，即《論語》齊景公有馬千駟，民無稱焉。

日夕陰雲起，登城望洪河。川氣冒山嶺，驚湍激巖阿。歸雁暎蘭時，游魚動圓波。鳴蟬厲寒音，時菊耀秋華。引領望京室，南路在伐柯。大廈緬無覿，崇芒鬱嵯峨。總總都邑人，擾擾俗化訛。依水類浮萍，寄松似懸蘿。朱博糾舒慢，楚風被琊邪。曲蓬何以直，託身依叢麻。黔黎竟何常，政成在民和。位同單父邑，愧無子賤歌。豈敢陋微官，但恐忝所荷。

湘綺批：『曲蓬何以直』四句，亦是以『何』、以『竟何』等字，跌宕出姿。二詩皆押强韻，然有避熟之巧，無矜才之弊。

在懷縣作二首

南陸迎修景，朱明送末垂。初伏啟新節，隆暑方赫曦。朝想慶雲興，夕遲白日移。揮汗辭中宇，登城臨清池。涼飇自遠集，輕襟隨風吹。靈圃耀華果，通衢列高椅。瓜瓞蔓長苞，薑芋紛廣畦。稻栽肅芊芊，黍苗何離離。虛薄乏時用，位微名日卑。驅役宰兩邑，政績竟無施。自我違京輦，四載迄於斯。器非廊廟姿，屢出固其宜。徒懷越鳥志，眷戀想南枝。

湘綺批：寬和。

春秋代遷逝，四運紛可喜。寵辱易不驚，戀本難爲思。我來冰未判，時暑忽隆熾。感此還期淹，歎彼年往駛。登城望郊甸，游目歷朝寺。小國寡民務，終日寂無事。白水過庭激，綠槐夾門植。信美非吾土，祇〔一〕攪懷歸志。眷然顧鞏洛，山川邈離異。願言旋舊鄉，畏此簡書忌。祇奉社稷守，恪居處職司。

湘綺批：『信美非吾土』四句連下，遂覺悠然深遠。

【校勘記】

〔一〕光緒七年四川尊經書局本、民國三十一年程天放本作『祇』。光緒十六年江蘇書局本作『祇』。

內顧詩二首

靜居懷所歡，登城望四澤。春草鬱青青，桑柘何奕奕。芳林振朱榮，渌水激素石。初征冰未泮，忽焉移絺綌。漫漫三千里，迢迢遠行客。馳情戀朱顏，寸陰過盈尺。夜愁極清晨，朝悲終日夕。山川信悠永，願言良弗獲。引領訊歸期，沈思不可釋。

湘綺批：清勁。

獨悲安所慕，人生若朝露。綿邈寄絶域，眷戀想平素。爾情既來追，我心亦還顧。形體隔不達，精爽交中路。不見山下松，隆冬不易故。不見澗邊柏，歲寒守一度。無謂希見疏，在遠分彌固。

湘綺批：以『故』『度』等韻落響生脆，遂使筆有餘妍。

悼亡詩三首

荏苒冬春謝，寒暑忽流易。之子歸窮泉，重壤永幽隔。私懷誰克從，淹留亦何益。僶俛恭朝命，迴心反初役。望廬思其人，入室想所歷。幃屏無髣髴，翰墨有餘迹。流芳未及歇，遺挂猶在壁。悵怳如或存，周遑忡驚惕。如彼翰林鳥，雙棲一朝隻。如彼游川魚，比目中路析。春風緣隟來，晨霤承簷滴。寢息何時忘，沈憂日盈積。庶幾有時衰，莊缶猶可擊。

湘綺批：寬和。此篇言春。『周遑忡驚惕』，正以忡字亘句，以拙見穩。劉勰乃以爲累句，謬矣。『春風緣隟來』二句，寫景以助情，使氣不卑弱。

皎皎窗中月，照我室南端。清商應秋至，溽暑隨節闌。凜凜凉風升，始覺夏衾單。豈曰無重纊，誰與同歲寒。歲寒無與同，朗月何朧朧。展轉眄枕席，長簟竟牀空。牀空委清塵，室虚來悲風。獨無李氏靈，髣髴覩爾容。撫衿長歎息，不覺涕霑胷。霑胷安能已，悲懷從中起。寢興目存形，遺音猶在耳。上慙東門吴，下愧蒙莊子。賦詩欲言志，此志難具紀。命也可奈何，長戚自令鄙。

湘綺批：寬和。近於高華，所以不能高華者，有題目則滯于迹也。此言夏秋。轉愈急，節愈促，情愈長。

曜靈運天機〔一〕，四節代遷逝。凄凄朝露凝，烈烈夕風厲。奈何悼淑儷，儀容永潛翳。念此如昨日，誰知已卒歲。改服從朝政，哀心寄私制。茵幬張故房，朔望臨爾祭。爾祭詎幾時，朔望忽復盡。衾裳一毀撤，千載不復引。亹亹朞月周，戚戚彌相慼。悲懷感物來，泣涕應情隕。駕言涉東阜，望墳思紆軫。徘徊墟墓間，欲去復不忍。徘徊不忍去，徙倚步踟躕。落葉委埏側，枯荄帶墳隅。孤魂獨煢煢，安知靈與無。投心遵朝命，揮涕强就車。誰謂帝宫遠，路極悲有餘。

湘綺批：此言冬。將落葉枯荄，點染不忍去之所見，遂使景皆成情，下即接孤魂靈無，如見徘徊揮涕時也。

【校勘記】

〔一〕《八代詩選》諸本均作『幾』。《潘黄門集》《古詩紀》作『機』，是。

哀詩

灌如葉落樹，邈若雨絶天。雨絶有歸雲，葉落何時連。山氣冒岡嶺，長風鼓松柏。堂虚聞鳥聲，室暗如日夕。晝愁奄逮昏，夜思忽終昔。展轉獨悲窮，泣下沾枕席。人居天地間，飄若遠行客。先後詎能幾，誰能弊金石。

潘尼

贈侍御史王元貺

崑山積瓊玉，廣廈構衆材。游鱗萃靈沼，撫翼希天階。膏蘭孰爲消，濟治由賢能。王侯厭崇禮，迴迹清憲臺。蠖屈固小往，龍翔迺大來。協心毗聖世，畢力讚康哉。

湘綺批：寬和。

贈隴西太守張正治詩

二八由唐顯，周以多士隆。羣靈感韶運，理翮應翔風。張生拔幽華，蘋蘩登二宫。未幾振朱錦，剖符撫西戎。及子仍同僚，贈言貽爾躬。威刑有時用，唯德可令終。

湘綺批：寬和。

送盧景宣詩

楊朱焉所哭，岐路重別離。屈原何傷悲，生離情獨哀。知命雖無憂，倉卒憶低迴。歎氣從中發，灑淚隨襟頹。九重不常鍵，閶闔有時開。愧無紵衣獻，貽言取諸懷。

迎大駕

南山鬱岑崟，洛川迅且急。青松蔭修嶺，綠蘩〔一〕被廣隰。朝日順長塗，夕暮無所集。歸雲乘幰浮，凄風尋帷入。道逢深識士，舉手對吾揖。世故尚未夷，崤函方嶮澀。狐狸夾兩轅，豺狼當路立。翔鳳嬰籠檻，騏驥見維縶。俎豆昔嘗聞，軍旅素未習。且少停君駕，徐待干戈戢。

【校勘記】

〔一〕《八代詩選》諸本皆作『繁』。《文選》《潘太常集》《古詩紀》作『蘩』，是。

卷六

晉第二

五言第四

左思

詠史八首

湘綺批：左、陸大同，寬和以行勁氣，所以異於鮑照，即不必列之清勁。太沖詩亦追險勁，而多託比興，加之頓挫，故無直致之處。

弱冠弄柔翰，卓犖觀羣書。著論準《過秦》，作賦擬《子虛》。邊城苦鳴鏑，羽檄飛京都。雖非甲胄士，疇昔覽《穰苴》。長嘯激清風，志若無東吳。鉛刀貴一割，夢想騁良圖。左眄澄江湘，右盼定羌胡。功成不受爵，長揖歸田廬。

湘綺批：寬和。

鬱鬱澗底松，離離山上苗。以彼徑寸莖，蔭此百尺條。世胄躡高位，英俊沈下僚。地勢使之然，由來非一朝。金張藉舊業，七葉珥漢貂。馮公豈不偉，白首不見招。

湘綺批：寬和。取譬精切，造語新警。

吾希段干木，偃息藩魏君。吾慕魯仲連，談笑卻秦軍。當世貴不羈，遭難能解紛。功成恥受賞，高節卓不羣。臨組不肯緤，對珪甯肯分。連璽耀前庭，比之猶浮雲。

濟濟京城内，赫赫王侯居。冠蓋蔭四術，朱輪竟長衢。朝集金張館，暮宿許史廬。南鄰擊鐘磬，北里吹笙竽。寂寂揚子宅，門無卿相輿。寥寥空宇中，所講在玄虚。言論準宣尼，辭賦擬相如。悠悠百世後，英名擅八區。

湘綺批：寬紆中傲睨不凡。

皓天舒白日，靈景耀神州。列宅紫宫裹，飛宇若雲浮。峨峨高門内，藹藹皆王侯。自非攀龍客，何爲欻來游。被褐出閶闔，高步追許由。振衣千仞岡，濯足萬里流。

荆軻飲燕市，酒酣氣益震。哀歌和漸離，謂若傍無人。雖無壯士節，與世亦殊倫。高眄邈四海，豪右何足陳。貴者雖自貴，視之若埃塵。賤者雖自賤，重之若千鈞。

湘綺批：『雖無壯士節』二句，以抑爲揚。雙結又出一格。

主父宦不達，骨肉還相薄。買臣困樵採〔一〕，伉儷不安宅。陳平無産業，歸來翳負郭。長卿還成都，壁立何寥廓。四賢豈不偉，遺烈光篇籍。當其未遇時，憂在填溝壑。英雄有迍邅，由來自古昔。何世無奇才，遺之在草澤。

湘綺批：寬和。

【校勘記】

〔一〕《文選》作『采樵』。

習習籠中鳥，舉翮觸四隅。落落窮巷士，抱影守空廬。出門無通路，枳棘塞中塗。計策棄不收，塊若枯池魚。外望無寸禄，内顧無斗儲。親戚還相蔑，朋友日夜疎。蘇秦北游説，李斯西上書。俛仰生榮華，咄嗟復彫枯。飲河期滿腹，貴足不願餘。巢林棲一枝，可爲達士模。

湘綺批：寬和。

招隱二首

杖策招隱士，荒塗横古今。巖穴無結構，邱中有鳴琴。白雪〔一〕停陰岡，丹葩曜陽林。石泉漱瓊瑶，纖鱗或浮沈。非必絲與竹，山水有清音。何事待嘯歌，灌木自悲吟。秋菊兼餱糧，幽蘭間重襟。躊躇足力煩，聊欲投吾簪。

湘綺批：高華。太冲每用雙句，安仁亦無此調。

【校勘記】

〔一〕《古詩鏡》《石倉歷代詩選》作「白雲」。

經始東山廬，果下自成榛。前有寒泉井，聊可瑩心神。峭蒨青蔥間，竹柏得其真。弱葉棲霜雪，飛榮流餘津。爵服無常玩，好惡有屈伸。結綬生纏牽，彈冠去埃塵。惠連非吾屈，首陽非吾仁。相與觀所尚，逍遥撰良辰。

湘綺批：發端幽妙。末揺曳生姿。

雜詩

秋風何冽冽，白露爲朝霜。柔條旦夕勁，綠葉日夜黄。明月出雲崖，皦皦流素光。披軒臨前庭，嗷嗷晨雁翔。高志局四海，塊然守空堂。壯齒不恆居，歲暮常慨慷。

嬌女詩

吾家有嬌女，皎皎頗白皙。小字爲織〔一〕素，口齒自清歷。鬢髮覆廣額，雙耳似連璧。明朝弄梳臺，黛眉類掃迹。濃朱衍丹脣，黄吻瀾漫赤。嬌語若連瑣，忿速乃明㦖。握筆利彤管，篆刻未期益。執書愛綈素，誦習矜所獲。其姊字惠芳，面目粲如畫。輕粧〔二〕喜樓邊，臨鏡忘紡績。舉觶擬京兆，立的成復易。玩弄眉頰間，劇兼機杼役。從容好趙舞，延袖像飛翮。上下絃柱際，文史輒卷襞。顧盼屏風畫，如見已指擿。丹青日塵闇，明義爲隱賾。馳騖翔園林，果下皆生摘。紅葩掇紫蔕，萍實驟抵擲。貪華風雨中，倏忽數百適。務躡霜雪戲，重綦常累積。并心注肴饌，端坐理盤槅。翰墨戢閒按，相與數離逖。動爲鑪鉦屈，屣履任之適。止爲荼〔三〕菽據，吹吁對鼎䥶。脂膩漫白袖，烟薰染阿錫。衣被皆重池，難與次水碧。任其孺子意，羞受長者責。瞥聞當與杖，掩淚俱向壁。

湘綺批：此樂府鋪排之妙耳。「明朝弄梳臺」二句，此小派，亦從樂府來，杜甫往往如此。

【校勘記】

〔一〕《八代詩選》諸本皆作「織」。《玉臺新詠》作「紈」。

〔二〕光緒七年四川尊經書局本、光緒十六年江蘇書局本作「粧」，民國三十一年程天放本作「妝」。二字同。《玉臺新詠》作「莊」。

〔三〕《玉臺新詠》《古詩紀》作「荼」。

張翰

雜詩一首

暮春和氣應，白日照園林。青條若總翠，黄華如散金。嘉卉亮有觀，顧此難久耽。延頸無良塗，頓足託幽深。榮與壯俱去，賤與老相尋。歡樂不照顔，慘愴發謳吟。謳吟何嗟及，古人可慰心。

湘綺批：高華。『榮與壯俱去』二句，遲暮傷心，語特精鍊。

東鄰有一樹，三紀裁可拱。無花復無實，亭亭雲中竦。隰禽不爲巢，短翮莫肯任。忽有一飛鳥，五色雜英華。一鳴衆鳥至，再鳴衆鳥羅。長鳴摇羽翼，百鳥互相和〔一〕。

【校勘記】

〔一〕光緒十六年江蘇書局本作『和』，光緒七年四川尊經書局本、民國三十一年程天放本作『咊』，二字同。

張載

登白兎樓〔一〕

重城結曲阿，飛宇起層樓。累棟出雲表，嶢嶭臨太虚。高軒啟朱扉，迴望暢八隅。西瞻岷山領，嵯峨似荆巫。蹲鴟蔽地生，原隰殖嘉蔬。雖遇堯湯世，民食恆有餘。鬱鬱少城中，岌岌百族居。街術紛綺錯，高甍夾長衢。借問楊子宅，想見長卿廬。程卓累千金，驕侈擬五侯。門有連騎客，翠帶要吴鉤。鼎食隨時進，百和妙且殊。披林采秋橘，臨江釣春魚。黑子過龍醢，果饌踰蟹蝑。芳茶冠六清，溢味播九區。人生苟安樂，茲土聊可娱。

湘綺批：寬和。

【校勘記】

〔一〕《張孟陽集》、《古詩紀》卷三十九、《廣文選》卷九題作張載《登成都白菟樓》。

招隱詩

出處雖殊塗，居然有輕易。山林有悔悋，人間實多累。鵷雛翔窮冥，蒲且不能視。鸛鷺遵皋渚，數爲矰所繫。隱顯雖在心，彼我共一地。不見巫山火，芝艾豈相離。去來捐時俗，超然辭世僞。得意在丘中，安事愚與智。

湘綺批：清勁。起飄忽。

七哀詩二首

北芒何壘壘，高陵有四五。借問誰家墳，皆云漢世主。恭文遥相望，原陵鬱膴膴。季世喪亂起，賊盗如豺虎。毁壤過一坯〔一〕，便房啟幽户。珠柙離玉體，珍寶見剽虜。園寢化爲墟，周墉無遺堵。蒙蘢荆棘生，蹊逕登童豎。狐兔窟其中，蕪穢不復掃。頹隴並墾發，萌隸營農圃。昔爲萬乘君，今爲邱中土。感彼雍門言，悽愴哀今古〔二〕。

湘綺批：清勁。未極鑪錘，頗嫌澀滯。

【校勘記】

〔一〕光緒十六年江蘇書局本作『坯』，光緒七年四川尊經書局本、民國三十一年程天放本作『抔』。《文選》《古詩紀》作『抔』。《張孟陽集》《古詩鏡》作『抷』。

〔二〕《文選》作『往古』。

秋風吐商氣，蕭瑟掃前林。陽鳥收和響，寒蟬無餘音。白露中夜結，木落柯條森。朱光馳北陸，浮景忽西沈。顧望無所見，唯覩松柏陰。肅肅高桐枝，翩翩棲孤禽。仰聽離鴻鳴，俯聞蜻蛚吟。哀人易感傷，觸物增悲心。邱隴日已遠，纏綿彌思深。憂來令髮白，誰云愁可任。裴徊向長風，淚下沾衣襟。

湘綺批：清勁。氣韻温婉。

張協

詠史

昔在西京時，朝野多歡娛〔一〕。藹藹東都門，羣公祖二疏。朱軒曜金城，供帳臨長衢。達人知止足，遺榮忽如無。抽簪解朝衣，散髮歸海隅。行人爲隕涕，賢哉此大夫。揮金樂當年，歲暮不留儲。顧謂四座賓，多財爲累愚。清風激萬代，名與天壤俱。咄此蟬冕客，君紳宜見書。

湘綺批：寬和。

【校勘記】

〔一〕光緒十六年江蘇書局本作『娛』。光緒七年四川尊經書局本、民國三十一年程天放本作『誤』，誤。

雜詩十首

秋夜涼風起，清氣蕩暄濁。蜻蛚吟階下，飛蛾拂明燭。君子從遠役，佳人守煢獨。離居幾何時，鑽燧忽改木。房櫳無行迹，庭草萋以緑。青苔依空牆，蜘蛛[一]網四屋。感物多所懷，沈憂結心曲。

湘綺批：清勁。李白全祖此，其寬大而骨秀，設色尤麗，有天生之美。

【校勘記】

〔一〕光緒十六年江蘇書局本作『蜘蛛』。光緒七年四川尊經書局本、民國三十一年程天放本作『踟蹰』，誤。

大火流坤維，白日馳西陸。浮陽映翠林，迴飆扇緑竹。飛雨灑朝蘭，輕露棲叢菊。龍蟄暄氣凝，天高萬物肅。弱條不重結，芳蕤豈再馥。人生瀛海内，忽如鳥過目。川上之歎逝，前修以自勖[一]。

湘綺批：清勁。之以二字，以虚著力。

【校勘記】

〔一〕光緒十六年江蘇書局本作『勛』，光緒七年四川尊經書局本、民國三十一年程天放本作『勗』。《文選》《張景陽集》《古詩紀》《古詩鏡》作『勗』。二字同。

金風扇素節，丹霞啟陰期。騰雲似涌烟，密雨如散絲。寒花發黄采，秋草含緑滋。閒居玩萬物，離羣戀所思。案無蕭氏牘，庭無貢公綦。高尚遺王侯，道積自成基。至人不嬰物，餘風足染時。

湘綺批：寬和。末理語無陳色。

朝霞迎白日，丹氣臨暘谷。翳翳結繁雲，森森散雨足。輕風催勁草，凝霜竦高木。密葉日夜疏，叢林森如束。疇昔歎時遲，晚節悲年促。歲暮懷百憂，將從季主卜。

湘綺批：寬和。『束』字下得警勁，蕭瑟之氣如見。

昔我資章甫，聊以適諸越。行行入幽荒，歐駱從祝髮。窮年非所用，此貨將安設。瓴甋夸璵璠，魚目笑明月。不見郢中歌，能否居然別。《陽春》無和者，《巴人》皆下節。流俗多昏迷，此理誰能察。

湘綺批：寬和。

朝登魯陽關，狹路峭且深。流澗萬餘丈，圍木數千尋。咆虎響窮山，鳴鶴聒空林。淒風爲我嘯，百籟坐自吟。感物多思情，在險易常心。朅來戒不虞，挺轡越飛岑。王陽驅九折，周文走岑崟。經阻貴勿遲，此理著來今。

湘綺批：紙上有風，卻異出力寫景者。

此鄉非吾地，此郭非吾城。羈旅無定心，翩翩如懸旌。出覩軍馬陣，入聞鞞鼓聲。常懼羽檄飛，神武一朝征。長鋏鳴鞘中，烽火列邊亭。捨我衡門衣，更被縵胡纓。疇昔懷微志，帷幕竊所經。何必操十戈，堂上有奇兵。折衝樽俎間，制勝在兩楹。巧遲不足稱，拙速乃垂名。

湘綺批：起句忽然而來，百籟俱集。

述職投邊城，羈束戎旅間。下車如昨日，望舒四五圓。借問此何時，胡蝶飛南園。流波戀舊浦，行雲思故山。閩越衣文虵，胡馬願度燕。風土安所習，由來有固然。

湘綺批：纖麗。『流波』二句，秀絶古今。

結宇窮岡曲，耦耕幽藪陰。荒庭寂以閒，幽岫峭且深。淒風起東谷，有渰興南岑。雖無箕畢期，膚寸自成霖。澤雉登壟雊，寒猿擁條吟。溪壑無人迹，荒楚鬱蕭森。投耒循岸垂，時聞樵採音。重基可擬志，迴淵可比心。養真尚無爲，道勝貴陸沈。游思竹素園，寄辭翰墨林。

墨蜈躍重淵，商羊儛野庭。飛廉應南箕，豐隆迎號屏。雲根臨八極，雨足灑四溟。霖瀝過二旬，散漫亞九齡。階下伏泉涌，堂上水衣生。洪潦浩方割，人懷昏墊情。沈液漱陳根，緑葉腐秋莖。里無曲突烟，路無行輪聲。環堵[一]自頹毁，垣閭不隱形。尺燼重尋桂，紅粒貴瑶瓊。君子守固窮，在約不爽貞。雖榮田方贈，慙爲溝壑名。取志於陵子，比足黔婁生。

【校勘記】

〔一〕光緒七年四川尊經書局本、民國三十一年程天放本作『瑎』，光緒十六年江蘇書局本作『堵』。《文選》《張景陽集》《古詩紀》作『堵』。

王讚

雜詩

朔風動秋草，邊馬有歸心。胡甯久分析，靡靡忽至今。王事離我志，殊隔過商參。昔往鶬鶊鳴，今來蟋蟀吟。人情懷舊鄉，客鳥思故林。師涓久不奏，誰能宣我心。

湘綺批：『朔風』二語，當時傾倒，是以自然爲勝。故與子荊『零雨』並稱。

孫楚

征西官屬送於陟陽侯作詩

晨風飄岐路，零雨被秋草。傾城遠追送，餞我千里道。三命皆有極，咄嗟安可保。莫大於殤子，彭聃猶爲天。吉凶如糾纏，憂喜相紛繞。天地爲我鑪，萬物一何小。達人垂大觀，誡此苦不早。乖離即長衢，惆悵盈懷抱。孰能察其心，鑒之以蒼昊。齊契在今朝，守之與偕老。

湘綺批：寬和。『壽命以保度，隨命以督行，遭命以摘暴』，三語見《左傳》晉范文子使其祝命祈死疏，所引何休之言也。未離别而談道，爲後世開一大法門。

之馮翊祖道詩

舉翩撫三秦，抗我千里目。念當隔山河，執觴懷慘毒。〔一〕

【校勘記】

〔一〕《八代詩選》諸本末句后注一『闕』字，《孫子荆集》《古詩紀》無此字。

石崇

王明君辭並序

王明君者，本是〔一〕王昭君，以觸文帝諱改之〔二〕。匈奴盛，請婚於漢。元帝以後宮良家子昭君〔三〕配焉。昔公主嫁烏孫，令琵琶馬上作樂，以慰其道路之思，其送昭君〔四〕，亦必爾也。其造新曲，多哀怨之聲，故敘之於紙云爾。

我本漢家子，將適單于庭。辭訣未及終，前驅已抗旌。僕御涕流離，轅馬悲且鳴。哀鬱傷五内，泣淚沾朱纓。行行日已遠，遂造匈奴城。延我於穹廬，加我閼氏名。殊類非所安，雖貴非所榮。父子見陵辱，對之慙且驚。殺身良不易，默默以苟生。苟生亦何聊，積思常憤盈。願假飛鴻翼，乘之以遐征。飛鴻不我顧，佇立以屏營。昔爲匣中玉，今爲糞上英。朝華不足歡，甘與秋草并。傳語後世人，遠嫁難爲情。

湘綺批：樂府。層累拉雜，勢遠氣厚，其源出於繁欽，駸駸欲過之。

予按後人作《明妃曲》，務求新意，皆源於此。王荆公有『漢恩自淺胡自深』之句，乃爲當時攻擊之者引爲口實。其實此題至宋，作者不知若干輩，意已盡矣。荆公特出此言，亦文人忍俊不禁而已，非如攻者之謗也。

【校勘記】

〔一〕《八代詩選》諸本皆作『本是』。《玉臺新詠》作『本爲』，一作『本名』。

〔二〕《文選》作『焉』。《玉臺新詠》整句作『以觸文帝諱，故改』。

〔三〕《玉臺新詠》作『良家女子明君』。

〔四〕《文選》《玉臺新詠》作『明君』。

贈棗腆

久官無成績，棲遲於徐方。寂寂守空城，悠悠思故鄉。恂恂二三賢，身遠屈龍光。攜手沂泗間，遂登舞雩堂。文藻譬春華，談話猶蘭芳。消憂以觴醴，娛耳以名倡。博奕逞妙思，弓矢威邊疆。

答曹嘉詩

昔常接羽儀，俱游青雲中。敦道訓胄子，孺〔一〕化涣以融。同聲無異響，故使恩愛隆。豈惟敦初好，款分在令終。孔子〔二〕陋九夷，老氏適西戎。逍遥滄海隅，可以保玉躬。世事非所務，周公不足夢。玄寂令神王，是以守至冲。

【校勘記】

〔一〕光緒十六年江蘇書局本作『孺』，光緒七年四川尊經書局本、民國三十一年程天放本作『儒』。《古詩紀》作

『儒』。

〔二〕光緒十六年江蘇書局本作『孔子』。光緒七年四川尊經書局本、民國三十一年程天放本作『孔不』。《古詩紀》作『孔不』。

石崇婢翔風

怨詩

春華誰不美，卒傷秋落時。突烟還自低，鄙退豈所期。桂芳往自蠹，失愛在蛾眉。坐見芳時歇，憔悴空自嗤。

曹攄

思友人詩

密雲翳陽景，霖潦淹庭除。嚴霜彫翠草，寒風振纖枯。凜凜天氣清，落落卉木疏。感時歌蟋蟀，思賢詠白駒。情隨玄陰滯，心與迴飆俱。思心何所懷，懷我歐陽子。精義測神奥，清機發妙理。自我别旬朔，微言絶於耳。褰裳不足難，清揚未可俟。延首出階檐，佇立增想似。

湘綺批：寬和。爲歐陽建作。『情隨玄陰滯』二句，苦鍊句。

感舊詩〔一〕

富貴他人合，貧賤親戚離。廉藺門易軌，田竇相奪移。晨風集茂林，棲鳥去枯枝。今我唯困蒙，羣士所背馳。鄉人敦懿義，濟濟蔭光儀。對賓頌有客，舉觴詠露斯。臨樂何所歎，素絲與路岐。

湘綺批：寬和。亦常語，而説得悚然。

【校勘記】

〔一〕《八代詩選》選曹攄三首詩分置本卷兩處，今將其合併。

贈石崇

涓涓谷中泉，鬱鬱巖下林。泄泄羣翟飛，咬咬春鳥吟。野次何索寞，薄暮愁人心。三軍望衡蓋，歎息有餘音。臨肴忘肉味，對酒不能斟。人言重離別，斯情效于今。

郭泰機

答傅咸

皦皦白素絲，織爲寒女衣。寒女雖妙巧，不得秉杼機。天寒知運速，況復雁南飛。衣工秉刀尺，棄我忽若遺。人不取諸身，世事焉所希。況復已朝餐，曷由知我饑。

湘綺批：寬和。婉而豔。

劉琨

重贈盧諶

握中有玄璧，本自荆山璆。惟彼太公望，昔在渭濱叟。鄧生何感激，千里來相求。白登幸曲逆，鴻門賴留侯。重耳任五賢，小白相射鉤。苟能隆二伯，安問黨與讎。中夜撫枕歎，想與數子游。吾衰久矣夫，何其不夢周？誰〔一〕云聖達節，知命故不憂。宣尼悲獲麟，西狩涕孔丘。功業未及建，夕陽忽西流。時哉不我與，去乎若雲浮。朱實隕勁風，繁英落素秋。狹路傾華蓋，駭駟摧雙輈。何意百鍊剛，化爲繞指柔。

湘綺批：清勁。大將之言，『誰云聖達節』四句一氣，可謂勁矣，而局度仍雍容也。

予按劉彦和謂琨詩言，『宣尼悲獲麟，西狩泣孔丘』，若斯重出，即對句之駢枝也，此論良是。

【校勘記】

〔一〕光緒七年四川尊經書局本、民國三十一年程天放本作『誰』。光緒十六年江蘇書局本作『雖』。

扶風歌

朝發廣莫門，暮宿丹水山。左手彎繁弱，右手揮龍淵。顧瞻望宫闕，俯仰御飛軒。據鞍長歎息，淚下如流泉。繫馬長松下，發鞍高岳頭。烈烈悲風起，泠泠〔二〕澗水流。揮手長相謝，哽咽不能言。浮雲爲我結，歸鳥爲我旋。去家日已遠，安知存與亡？慷慨窮林中，抱膝獨摧藏。麋鹿遊我前，猨猴戲我側。資糧既乏盡，薇蕨安可食？攬轡命徒侣，吟嘯絶巖中。君子道微矣，夫子故有窮。惟昔李騫期，寄在匈奴庭。忠信反獲罪，漢武不見明。我欲竟此曲，此曲悲且長。棄置勿重陳，重陳令心傷。

湘綺批：清勁。『麋鹿游我前』以下，杜甫所祖。其不及者，爲無『攬轡』以下寬拙之句耳。作詩求峭密，故是一病。

【校勘記】

〔一〕光緒七年四川尊經書局本、民國三十一年程天放本作『泠泠』。光緒十六年江蘇書局本作『冷冷』。

盧諶

贈崔温

逍遥步城隅，暇日聊游豫。北眺沙漠垂，南望舊京路。平陸引長流，岡巒挺茂樹。中原厲迅飆，山阿起雲霧。游子恆悲懷，舉目增永慕。良儔不獲偕，舒情將焉訴。遠念賢士風，近存往古務。朔鄙多俠氣，豈唯地所固。李牧鎮邊城，荒夷懷南懼。趙奢正疆埸，秦人折北慮。羈旅及寬政，委質與時遇。恨以駑蹇姿，徒煩非子御。亦既弛負擔，忝位宰黔庶。苟云免罪戾，何暇收民譽。倪寬以殿黜，終乃最衆賦。何武不赫赫，遺愛常在去。古人非所希，短弱自有素。何以敷斯辭，惟以二子故。

湘綺批：寬和。此詩學潘安仁，而去之遠矣。

答魏子悌

崇臺非一榦，珍裘非一腋。多士成大業，羣賢濟弘績。遇蒙時來會，聊齊朝彦迹。顧此腹背羽，愧彼排虚翮。寄身蔭四嶽，託好憑三益。傾蓋雖終朝，大分邁疇昔。在危每同險，處安不異易。俱涉晉昌艱，共更飛狐厄。恩由契闊生，義隨周旋積。豈謂鄉曲譽，謬充本州役。乖離令我感，悲欣使情惕。理以精神通，匪曰形骸隔。妙詩中篤好，清義貢[一]幽賾。恨無隨侯珠，以酬荆文璧。

【校勘記】

〔一〕《文選》作『貫』。

覽古詩

趙氏有和璧，天下無不傳。秦人來求市，厥價徒空言。與之將見賣，不與恐致患。簡才備行李，圖令國命全。藺生在下位，繆子稱其賢。奉辭馳出境，伏軾徑入關。秦王御殿坐，趙使擁節前。揮袂睨金柱，身玉要俱捐。連城既僞往，荆玉亦真還。爰在澠池會，二主克交歡。昭襄欲負力，相如折其端。眥血下霑襟，怒髮上衝冠。西缶終雙擊，東瑟不隻彈。捨生豈不易，處死誠獨難。稜威章臺顛，彊禦亦不干。屈節邯鄲中，俛首忍回軒。廉公何爲者，負荆謝厥愆。智勇冠當世，弛張使我歎。

湘綺批：鋪排。『爰在』一接，詩中文體也，然效之則必不佳。必用『捨生』八句，重重頓挫，氣方厚，色方濃。

時興詩

亹亹圓象運，悠悠方儀廓。忽忽歲云暮，游原采蕭藿。北踰芒[一]與河，南臨伊與洛。凝霜霑蔓草，悲風振林薄。摵摵芳果[二]零，橤橤芬華落。下泉激洌清，曠野增遼索。登高眺遐荒，極望無崖崿。形變隨時化，神感因物作。澹乎至人心，恬然存玄漠。

湘綺批：寬和。

【校勘記】

〔一〕《古詩紀》作『邙』。

〔二〕《文選》《古詩紀》作『葉』。

歐陽建

臨終詩

伯陽適西戎，孔子欲居蠻。苟懷四方志，所在可游盤。況乃遭屯蹇，顛沛遇災患。古人達機兆，策馬游近關。咨余冲且暗，抱責守微官。潛圖密已搆，成此禍福端。恢恢六合閒，四海一何寬。天網布紘綱，投足不獲安。松柏隆冬悴，然後知歲寒。不涉太行險，誰知斯路難。真僞因事顯，人情難豫觀。窮達有定分，慷慨復何歎。上負慈母恩，痛酷摧心肝。下顧所憐女，惻惻心中酸。二子棄若遺，念皆遘凶殘。不惜一身死，惟此如循環。執紙五情塞，揮筆涕汍瀾。

湘綺批：寬和。堅石以忠節被趙王倫所害，而語多自咎，不肯矜炫，蓋古人立心謙厚，作文委曲如此。乃『有氣作河山』，及『枷鎖滿城香』之句，文既陋，品亦卑矣。急節苦音，而中含寬博，調亦揺曳。堅石將死，猶能作此名篇，宜其孤傳也。

嵇紹

贈石季倫

人生稟五常，中和爲至德。嗜欲雖不同，伐生所不識。仁者安其身，不爲外物惑。事故誠多端，未若酒之賊。内以損性命，煩辭傷軌則。屢飲致疲怠，清和自否塞。陽豎敗楚軍，長夜傾宗國。詩書著明戒，量體節飲食。遠希彭聃壽，虚心處冲默。茹芝味醴泉，何爲昏酒色。

閭丘冲〔一〕

招隱詩

大道曠且夷，蹊路安足尋。經世有險易，隱顯自存心。嗟哉巖岫士，歸來從所欽。静歎亦何念，悲此妙齡逝。在世無千月，命如秋葉蔕。蘭生蓬芭間，榮曜常幽翳。〔二〕

【校勘記】

〔一〕《八代詩選》諸本作『閭邱冲』。《古詩紀》作『閭丘冲』，從之。

〔二〕《郭弘農集》、《古詩紀》卷四十一作郭璞《遊仙詩十四首》之第十三首。《八代詩選》諸本將其誤係閭丘冲《招隱詩》。

楊方

合歡詩二首

虎嘯谷風起，龍躍景雲浮。同聲好相應，同氣自相求。我情與子親，譬如影追軀。食共並根穗，飲共連理杯〔一〕。衣共雙絲絹，寢共無縫綢。居願接膝坐，行願攜手趨。子静我不動，子游我不留。齊彼同心鳥，譬此比目魚。情至斷金石，膠漆未爲牢。但願常無别，合形作一軀。生爲併身物，死爲同棺灰。秦氏自言至，我情不可儔。

湘綺批：方詩近弈，以老拙勝，「子静」句尤妙。

【校勘記】

〔一〕光緒十六年江蘇書局本作「杯」。光緒七年四川尊經書局本、民國三十一年程天放本作「柸」。《玉臺新詠》作「栝」，《樂府詩集》作「杯」。

磁石引長鍼，陽燧下炎烟。宫商聲相和，心同自相親。我情與子合，亦如影追身。寢共織成被，絮共同功綿。暑摇比翼扇，寒坐併肩氊。子笑我必哂，子慼我無歡。來與子共迹，去與子同塵。齊彼蛩蛩獸，舉動不相捐。唯願長無别，合形作一身。生有同室好，死成併棺民。徐氏自言至，我情不可陳。

湘綺批：此開盧派。

雜詩〔一〕

獨坐空室中，愁有數千端。悲響答愁歎，哀涕應苦言。彷徨四顧望，白日入西山。不覩佳人來，但見飛鳥還。飛鳥亦何樂，夕宿自作羣。

【校勘記】

〔一〕《八代詩選》諸本原題曰《雜詩三首》，實僅選此一首。

郭璞

游仙詩十二首〔一〕

湘綺批：郭與阮體大同，即不必斤斤分别。

京華游俠窟，山林隱遯棲。朱門何足榮，未若託蓬萊。臨源挹清波，陵岡掇丹荑。靈谿可潛盤，安事登雲梯。漆園有傲吏，萊氏有逸妻。進則保龍見，退爲觸藩羝。高蹈風塵外，長揖謝夷齊。

湘綺批：高華。棲遲僚佐，卒不引去以罹禍者何哉。「進」「退」二字宜互易。

【校勘記】

〔一〕《八代詩選》諸本原題「游仙詩」，此據所選詩數量題加「十二首」三字。《文選》卷二十一《游仙》作「游仙詩七首」，爲十二首之前七首。《郭弘農集》、《古詩紀》卷四十一作郭璞《游仙詩十四首》。

青溪千餘仞，中有一道士。雲生梁棟間，風出窗户裏。借問此何誰，云是鬼谷子。翹迹企潁陽，臨河思洗耳。閶闔西南來，潛波涣鱗起。靈妃顧我笑，粲然啟玉齒。蹇修時不存，要之將誰使。

湘綺批：如藐姑仙人，自非西施、飛燕所能方比，非豔詩而美麗者也。

翡翠戲蘭苕，容色更相鮮。緑蘿結高林，蒙籠蓋一山。中有冥寂士，静嘯撫清絃。放情淩霄外，嚼蘂挹飛泉。赤松臨上游，駕鴻乘紫烟。左挹浮邱袖，右拍洪崖肩。借問蜉蝣輩，寧知龜鶴年。

湘綺批：高華。首四句以色澹勝，遂覺無窮清新。

六龍安可頓，運流有代謝。時變感人思，已秋復願夏。淮海變微禽，吾生獨不化。雖欲騰丹谿，雲螭非我駕。愧無魯陽德，迴日向三舍。臨川哀年邁，撫心獨悲吒。

湘綺批：高華。發明苦日短之意，爲不遇士寫出無憀，客中尤多此想。想深則求死矣，求死不得，因而求仙也。

逸翮思拂霄，迅足羡遠游。清源無增瀾，安得運吞舟。珪璋雖特達，明月難闇投。潛穎怨青陽，陵苕哀素秋。悲來惻丹心，零淚緣纓流。

湘綺批：高華。『清源無增瀾』，君子無才位者也。以值亂世，明月投暗矣。

雜縣寓魯門，風暖將爲災。吞舟涌海底，高浪駕蓬萊。神仙排雲出，但見金銀臺。陵陽挹丹溜，容成揮玉杯。姮娥揚妙音，洪崖頷其頤。升降隨長烟，飄颻戲九垓。奇齡邁五龍，千歲方嬰孩。燕昭無靈氣，漢武非仙才。

湘綺批：高華。起氣勢，結斗健。

晦朔如循環，月盈已復魄。蓐收清西陸，朱羲將由白。寒露拂陵苕，女蘿辭松柏。蕣榮不終朝，蜉蝣豈見夕。圓邱有奇草，鐘山出靈液。王孫列八珍，安期鍊五石。長揖當塗人，去來山林客。

湘綺批：高華。新鍊。

暘谷吐靈曜，扶桑森千丈。朱霞升東山，朝日何晃朗。迴風流曲櫺，幽室發逸響。悠然心永懷，眇爾自遐想。仰思舉雲翼，延首矯玉掌。嘯傲遺世羅，縱情在獨往。明道雖若昧，其中有妙象。希賢宜勵德，羨魚當結網。

湘綺批：高華。『悠然』二句，雙接以宕局，遂從容不迫矣。

採藥游名山，將以救年頹。呼吸玉滋液，妙氣盈胸懷。登仙撫龍駟，迅駕乘奔雷。鱗裳逐電曜，雲蓋隨風迴。手頓羲和轡，足蹈閶闔開。東海猶蹄涔，崑崙若蟻堆。遐邈冥茫中，俯視令人哀。

湘綺批：『遐邈冥茫』，四字連用見奇，斲句新挺，未有抱常格者。劉彦和不知此妙，乃以『周皇冲警惕』爲纍句矣。

璇臺冠崑嶺，西海濱招摇。瓊林籠藻映，碧樹疏英翹。丹泉漂朱沫，黑水鼓玄濤。尋仙萬餘日，今乃見子喬。振髮晞翠霞，解褐被絳綃。總轡臨少廣，盤虬舞雲軺。永偕帝鄉侶，千齡共逍遥。

湘綺批：高華。

飛黄銜長轡，翼翼回輕輪。俯涉渌水澗，仰過九層山。修塗曲且險，秋草生兩邊。黄華如沓金，白花如散銀。青敷羅翠采，絳葩象赤雲。爰有承露枝，紫雲合素芬。扶疏垂清藻，布翹芳且鮮。目爲艷采回，心爲奇色旋。撫心悼孤客，俯仰還自憐。踟躕向壁歎，攬筆作此文。

南鄰有奇樹，承春挺素華。豐翹被長條，緑葉蔽朱柯。因風吐徽音，芳氣入紫霞。我心羨此木，願徙著予家。夕得游其下，朝得弄其葩。爾根深且堅，予宅淺且洿。移植良無期，歎息將如何。

王鑒

七夕觀織女

牽牛悲殊館，織女悼離家。一稔期一宵，此期良可嘉。赫奕玄門開，飛閣鬱嵯峨。隱隱驅千乘，闐闐越星河。六龍奮瑶轡，文螭負瓊車。火丹秉瑰燭，素女執瓊華。絳旗若吐電，朱蓋如振霞。雲韶何嘈嗷，虚鼓〔一〕鳴相和。停〔二〕軒佇高盼，眷予在岌峩。澤因芳露沾，恩附蘭風加。明發相從游，翩翩鸞鷟羅。同游不同觀，念子憂怨多。敬因三祝末，以爾屬皇娥〔三〕。

【校勘記】

〔一〕《八代詩選》諸本皆作『虚鼓』。《玉臺新詠》《古詩紀》《石倉歷代詩選》《廣廣文選》作『靈鼓』。

〔二〕《八代詩選》諸本皆作『停』。《玉臺新詠》作『亭』。

〔三〕《八代詩選》諸本皆作『星娥』，『星』當爲『皇』之誤。《玉臺新詠》作『皇娥』，從之。

王羲之

蘭亭集詩並序

永和九年，歲在癸丑，暮春之初，會於會稽山陰之蘭亭，修禊事也。羣賢畢至，少長咸集。此地有崇山峻嶺，茂林修竹；又有清流激湍，暎帶左右，引以爲流觴曲水，列坐其次。雖無絲竹絃管之盛，一觴一詠，亦足以暢敘幽情。是日也，天朗氣清，惠風和暢，仰觀宇宙之大，俯察品類之盛，所以游目騁懷，足以極視聽之娱，信可樂也。夫人之相與，俯仰一世，或取諸懷抱，悟言一室之内；或因寄所託，放浪形骸之外。雖趣舍萬殊，静躁不同，當其欣於所遇，蹔得於己，快然自足，不知老之將至。及其所之既倦，情隨事遷，感慨係之矣。向之所欣，俛仰之間，以爲陳迹，猶不能不以之興懷。况修短隨化，終期於盡。古人云：死生亦大矣，豈不痛哉！每攬〔一〕昔人興感之由，若合一契，未嘗不臨文嗟悼，不能喻之於懷。固知一死生爲虚誕，齊彭殤爲妄作。後之視今，亦猶今之視昔。悲夫！故列敘時人，録其所述，雖世殊事異，所以興懷，其致一也。後之攬者，亦將有感於斯文。

仰視碧天際，俯瞰淥水濱。寥閬無涯觀，寓目理自陳。大矣造化工，萬殊莫不均。羣籟雖參差，適我無非新〔二〕。

湘綺批：玄理游致盡矣。

【校勘記】

〔一〕《古詩紀》作『覽』。後句『後之攬者』同。

〔二〕《王右軍集》《古詩紀》《廣文選》《石倉歷代詩選》作『親』。

謝安

蘭亭集詩

相與欣佳節，率爾同褰裳。薄雲羅景物，微風翼輕航。醋醪陶丹府，兀若游羲唐。萬殊混一理，安復覺彭殤。

湘綺批：操觚率爾，居然自勝。

孫統

蘭亭集詩

地主觀山水，仰尋幽人踪。回沼激中逵，疏竹間修桐。因流轉輕觴，冷風飄落松。時禽吟長澗，萬籟吹連峯。

曹茂之

蘭亭集詩

時來誰不懷，寄散山林間。尚想方外賓，迢迢有餘閒。

湘綺批：亦與安石同，而近子夜口角。

桓偉

蘭亭集詩

至人雖無懷，應物貴有尚。宣尼遨沂津，蕭然心神王。數子各言志，曾生發清唱。今我欣斯游，慍情亦蹔暢。

魏滂

蘭亭集詩

三春陶和氣，萬物齊一歡。明后欣時豐，駕言暎清瀾。亹亹德音暢，蕭蕭遺世難。望巖愧脱屣，臨川謝揭竿。

孫綽

蘭亭集詩後序

古人以水喻性，有旨哉，非所以渟之則清，淆之則濁耶。故振轡於朝市，則充屈之心生；閒步於林野，則寥落之意興。仰瞻羲唐，邈然遠矣；近詠臺閣，顧探增懷，聊於曖昧之中，期乎瑩拂之道。暮春之始，禊於南澗之濱，高嶺千尋，長湖萬頃，乃藉芳草，鑑清流，覽卉物，觀魚鳥，具類同榮，資生咸暢。於是和以醑醪，齊以達觀，快然兀矣，焉復覺鵬鷃之二物哉。耀靈縱轡，急景西邁，樂與時去，悲亦系之。往復推移，新故相換，今日之迹，明復陳矣。原詩人之致興，諒歌詠之有由，文多不載，大略如此，所賦詩亦裁而綴之，如前四言、五言焉。

流風拂枉渚，停雲蔭九皋。鶯語吟修竹，游鱗戲瀾濤。攜筆落雲藻，微言剖纖毫。時珍豈不甘，忘味在聞韶。

秋日

蕭瑟仲秋日，飆唳風雲高。山居感時變，遠客興長謠。疏林積涼風，虛岫結凝霄。湛露灑庭林，密葉辭榮條。撫菌悲先落，攀松羨後凋。垂綸在林野，交情遠市朝。澹然古懷心，濠上豈伊遥。

湘綺批：謝康樂所祖，此雙興體也，與專以物託詠者爲厚。

江逌

詠秋

祝融解炎轡，蓐收起涼駕。高風催節變，凝露督物化。長林悲素秋，茂草思朱夏。鳴雁薄雲嶺，蟋蟀吟深榭。寒蟬向夕號，驚飆激中夜。感物增人懷，悽然無欣暇。

庾闡

衡山

北眺衡山首，南睨五嶺末。寂坐挹虛恬，運目情四豁。翔虬凌九霄，陸鱗困濡沫。未體江湖悠，安識南溟闊。

觀石鼓

命駕觀奇逸，經騖造靈山。朝濟清溪岸，夕憩五龍泉。鳴石含潛響，雷駭震九天。妙化非不有，莫知神自然。翔霄拂翠嶺，綠澗漱巖間。手澡春泉潔，目翫陽葩鮮。

採藥詩

採藥靈山標，結駕登九嶷。懸巖溜石髓，芳谷挺丹芝。泠泠雲珠落，漼漼石蜜滋。鮮景染冰顏，紗氣翼冥期。霞光煥藿靡，虹景照參差。椿壽自有極，槿花何用疑。

湘綺批：刺山人之妄議君子者，所謂君子之非，異於小人之是也。

袁宏

詠史二首

周昌梗槩臣，辭達不爲訥。汲黯社稷器，棟梁天表骨。陸賈厭解紛，時與酒檮杌。婉轉將相門，一言和平勃。趨舍各有之，俱令道不没。無名困螻蟻，有名世所疑。中庸難爲體，狂狷不及時。楊惲非忌貴，知及有餘辭。躬耕南山下，蕪穢不遑治。趙瑟奏哀音，秦聲歌新詩。吐音非凡唱，負此欲何之。

湘綺批：寛和。誦此令人欲泣。

李充

嘲友人

同好齊歡愛，纏綿一何深。子既識我情，我亦知子心。燕婉歷年歲，和樂如瑟琴。良辰不我俱，中闊似商參。爾隔北山陽，我分南川陰。嘉會罔克從，積思安可任。目想妍麗姿，耳存清媚音。修晝興永念，遥夜獨悲吟。逝將尋行役，言别涕沾襟。願爾降玉趾，一顧重千金。

曹毗

詠冬

緜邈冬夕永，凜厲寒氣升。離葉向晨落，長風振條興。夜静輕響起，天清月暉澄。寒冰盈渠結，素霜竟檈凝。今載忽已暮，來紀奄復仍。

湘綺批：自然生寒。

夜聽擣衣

寒興御紈素，佳人理衣衾。冬夜清且永，皓月照堂陰。纖手疊輕素，朗杵叩鳴砧。清風流繁節，迴飆灑微吟。嗟此嘉運速，悼彼幽滯心。二物感余懷，豈但聲與音。

湘綺批：『二物』二句，須作一句讀，言砧杵聲固可感，而幽滯心尤可悼也。

習鑿齒

燈

煌煌閒夜燈，脩脩樹間亮。燈隨風煒燁，風與燈升降。

湘綺批：詠燈至此，入妙，然非偈非詩，以下不能再續，又不似可止，所謂名句也。

陶淵明

湘綺批：陶皆寬和，格調卑耳。有乞丐語，非廊廟人也。鄉曲人自命聖賢，便易流入乞丐，不可不知。

冬士《八代詩評》：予按王氏此説，殊未能知陶。陶詩不附和當時格調，正是其格調高處，何卑之云。至陶之處境，本非廊廟，恰是田間人語，身分相合，何乞丐語之有。使廊廟人作陶語，則不合耳。然王氏選陶詩獨多，幾於全録，及觀其逐條評語，則又非不知陶者矣。

游斜川并序

辛丑歲正月五日，天氣澄和，風物閑美，與二三隣曲同游斜川。臨長流，望曾城，魴鯉躍鱗於將夕，水鷗乘和以翻飛。彼南阜者，名實舊矣，不復乃爲嗟歎。若夫曾城，旁無依接，獨秀中皋，遥望靈山，有愛嘉名。欣對不足，率爾賦詩。悲日月之遂往，悼吾年之不留。各疏年紀鄉里，以記其時日。

開歲倏五日，吾生行歸休。念之動中懷，及辰爲兹游。氣和天惟澄，班坐依遠流。弱湍馳文魴，閒谷矯鳴鷗。迥澤散游目，緬然睇曾邱。雖微九重秀，顧瞻無匹儔。提壺接賓侣，引滿更獻酬。未知從今去，當復如此不？中觴縱遥情，忘彼千載憂。且極今朝樂，明日非所求。

湘綺批：有傲然自足，隨遇而安之意。結六句竭。

示周續之祖企謝景夷三郎

負疴頹簷下，終日無一欣。藥石有時閒，念我意中人。相去不尋常，道路邈何因？周生述孔業，祖謝響然臻。道喪向千載，今朝復斯聞。馬隊非講肆，校書亦已勤。老夫有所愛，思與爾爲隣。願言誨諸子，從我潁水濱。

湘綺批：真樸有趣。

答龐參軍并序

三復來貺，欲罷不能。自爾隣曲，冬春再交，款然良對，忽成舊游。俗諺云：數面成親舊，况情過此者乎？人事好乖，便當語離，楊公所歎，豈惟常悲？吾抱疾多年，不復爲文；本既不豐，復老病繼之。輒依周孔往復之義，且爲别後相思之資。

相知何必舊，傾蓋定前言。有客賞我趣，每每顧林園。談諧無俗調，所説聖人篇。或有數斗酒，閒飲自懽然。我實幽居士，無復東西緣。物新人惟舊，弱毫多所宣。情通萬里外，形迹滯江山。君其愛體素，來會在何年。

五月旦作和戴主簿

虛舟縱逸棹，回復遂無窮。發歲始俛仰，星紀奄將中。南窗罕悴物，北林榮且豐。神淵寫時雨，晨色奏景風。既來孰不去，人理固有終。居常待其盡，曲肱豈傷冲。遷化或夷險，肆志無窊隆。即事如已高，何必升華嵩。

湘綺批：常語作起，佳。

和劉柴桑

山澤久見招，胡事乃躊躇。直爲親舊故，未忍言索居。良辰入奇懷，挈杖還西廬。荒塗無歸人，時時見廢墟。茅茨已就治，新疇復應畬。谷風轉凄薄，春醪解饑劬。弱女雖非男，慰情良勝無。栖栖世中事，歲月共相疏。耕織稱其用，過此奚所須。去去百年外，身名同翳如。

湘綺批：有以『弱女』二句喻酒解飢者謬。

酬劉柴桑

窮居寡人用，時忘四運周。櫚庭多落葉，慨然知已秋。新葵鬱北牖，嘉穟養南疇。今我不爲樂，知有來歲不？命室攜童弱，良日登遠游。

和郭主簿二首

藹藹堂前林，中夏貯清陰。凱風因時來，回飆開我襟。息交游閒業，卧起弄書琴。園蔬有餘滋，舊穀猶儲今。榮己良有極，過足非所欽。舂秫作美酒，酒熟吾自斟。弱子戲我側，學語未成音。此事真復樂，聊用忘華簪。遥遥望白雲，懷古一何深。

和澤周三春，清凉素秋節。露凝無游氛，天高肅景澈〔一〕。陵岑聳逸峯，遥瞻皆奇絶。芳菊開林耀，青松冠巖列。懷此貞秀姿，卓爲霜下傑。銜觴念幽人，千載撫爾訣。檢素不獲展，厭厭竟良月。

湘綺批：『懷此貞秀姿』四句清勁，露出悲壯。

【校勘記】

〔一〕光緒十六年江蘇書局本作『激』，光緒七年四川尊經書局本、民國三十一年程天放本作『澈』。此句《陶彭澤集》《古詩紀》《廣文選》作『天高風景澈』。

贈羊長史并序

左軍羊長史，銜使秦川，作此與之。

愚生三季後，慨然念黄虞。得知千載外，正賴古人書。賢聖留餘迹，事事在中都。豈忘游心目，關河不可踰。九域甫已一，逝將理舟輿。聞君當先邁，負痾不獲俱。路若經商山，爲我少躊躇。多謝綺與角，精爽今何如。紫芝誰復採，深谷久應蕪。駟馬無貰患，貧賤有交娱。清謡結心曲，人乖運見疏。擁懷累代下，言盡意不舒。

湘綺批：以九州未同，感懷中原，故以『愚生三季後』作起。言今中原惟於古人書中見之而已，無限悲感。

始作鎮軍參軍經曲阿作

弱齡寄事外，委懷在琴書。被褐欣自得，屢空常宴如。時來苟冥會，婉孌憩通衢。投策命晨裝，暫與田園疏。眇眇孤舟逝，綿綿歸思紆。我行豈不遥，登陟千里餘。目倦川塗異，心念山澤居。望雲慚高鳥，臨水愧游魚。真想初在襟，誰謂形迹拘。聊且憑化遷，終返班生廬。

庚子歲五月中從都還阻風於規林二首

行行循歸路，計日望舊居。一欣侍温顔，再喜見友于。鼓棹路崎曲，指景限西隅。江山豈不險，歸子念前塗。凱風負我心，戢枻守窮湖。高莽眇無界，夏木獨森疏。誰言客舟遠，近瞻百里餘。延目識南嶺，空歎將焉如。

自古歎行役，我今始知之。山川一何曠，巽坎難與期。崩浪聒天響，長風無息時。久游戀所生，如何淹在兹。静念園林好，人間良可辭。當年詎有幾，縱心復何疑。

辛丑歲七月赴假還江陵夜行塗口作

閒居三十載，遂與塵事冥。詩書敦宿好，林園無俗情。如何捨此去，遥遥至南荆。叩枻新秋月，臨流别友生。凉風起將夕，夜景湛虚明。昭昭天宇闊，皛皛川上平。懷役不遑寐，中宵尚孤征。商歌非吾事，依依在耦耕。投冠旋舊墟，不爲好爵縈。養真衡茅下，庶以善自名。

湘綺批：中流自在。

歲暮和張常侍

市朝悽舊人，驟驥感悲泉。明旦非今日，歲暮余何言。素顔斂光潤，白髮一已繁。闊哉秦穆談，旅力豈未愆。向夕長風起，寒雲没西山。厲厲氣遂嚴，紛紛飛鳥還。民生鮮常在，矧伊愁苦纏。屢闕清酤至，無以樂當年。窮通靡攸慮，顦顇由化遷。撫己有深懷，履運增慨然。

和胡西曹示顧賊曹

蕤賓五月中，清朝起南颸。不駛亦不遲，飄飄吹我衣。重雲蔽白日，閒雨紛微微。流目視西園，曄曄榮紫葵。于今甚可愛，如何當復衰。感物願及時，每恨靡所揮。悠悠待秋稼，寥落將賒遲。逸想不可淹，猖狂獨長悲。

癸卯十二月中作與從弟敬遠

寢迹衡門下，邈與世相絶。顧盼莫誰知，荆扉晝常閉。凄凄歲暮風，翳翳經日雪。傾耳無希聲，在目皓已潔。勁氣侵襟袖，簞瓢謝屢設。蕭索空宇中，了無一可悦。歷覽千載書，時時見遺烈。高操非所攀，深得固窮節。平津苟不由，棲遲詎爲拙。寄意一言外，兹契誰能别。

與殷晉安别並序

殷先作晉安南府長史掾，因居潯陽，後作太尉參軍，移家東下，作此以贈。

游好非久長，一遇盡殷勤。信宿酬清話，益復知爲親。去歲家南里，薄作少時鄰。負杖肆游從，淹留忘宵晨。語默自殊勢，亦知當乖分。未謂事已及，興言在兹春。飄飄西來風，悠悠東去雲。山川千里外，言笑難爲因。才華不隱世，江湖多賤貧。脱有經過便，念來存故人。

湘綺批：陶令與人交，皆有一種真摯之意，非真人不能隱，非情摯不能高也。

於王撫軍座送客

秋日凄且厲，百卉具已腓。爰以履霜節，登高餞將歸。寒氣冒山澤，游雲倏無依。洲渚思綿邈，風水互乖違。瞻夕欲良讌，離言聿云悲。晨鳥暮來還，懸車斂餘暉。逝止判殊路，旋駕悵遲遲。目送回舟遠，情隨萬化遺。

湘綺批：結二句高。

乙巳歲三月爲建威參軍使都經錢溪

我不踐斯境，歲月好已積。晨夕看山川，事事悉如昔。微雨洗高林，清飆矯雲翮。眷彼品物存，義風都未隔。伊余何爲者，勉勵從兹役。一形似有制，素襟不可易。園田日夢想，安得久離析。終懷在歸舟，諒哉宜霜柏。

詠二疏

大象轉四時，功成者自去。借問衰周來，幾人得其趣。游目漢庭中，二疏復此舉。高嘯返舊居，長揖儲君傅。餞送傾皇城，華軒盈道路。離別情所悲，餘榮何足顧。事勝感行人，賢哉豈常譽。厭厭閭里歡，所營非近務。促席延故老，揮觴道平素。問金終寄心，清言曉未悟。放意樂餘年，遑恤身後慮。誰云其人亡，久而道彌著。

湘綺批：孤傲。

詠三良

彈冠乘通津，但懼時我遺。服勤盡歲月，常恐功愈微。忠情謬獲露，遂爲君所私。出則陪文輿，入必侍丹帷。箴規向已從，計議初無虧。一朝長逝後，願言同此歸。厚恩固難忘，君命安可違。臨穴罔惟疑，投義志攸希。荆棘籠高墳，黄鳥聲正悲。良人不可贖，泫然沾我衣。

湘綺批：此皆當時死節諸臣也。

詠荆軻

燕丹善養士，志在報强嬴。招集百夫良，歲暮得荆卿。君子死知己，提劍出燕京。素驥鳴廣陌，慷慨送我行。雄髮指危冠，猛氣充長纓。飲餞易水上，四座列羣英。漸離擊悲筑，宋意唱高聲。蕭蕭哀風逝，淡淡寒波生。商音更流涕，羽奏壯士驚。心知去不歸，且有後世名。登車何時顧，飛蓋入秦庭。凌厲越萬里，逶迤過千城。圖窮事自至，豪主正怔營。惜哉劍術疏，奇功遂不成。其人雖已没，千載有餘情。

桃花源詩并記

晉太元中，武陵人捕魚爲業。緣溪行，忘路之遠近。忽逢桃花林，夾岸數百步，中無雜樹，芳草鮮美，落英繽紛。漁人甚異之。復前行，欲窮其林。林盡水源，便得一山，山有小口，髣髴若有光。便捨船，從口入。初極狹，纔通人。復行數十步，豁然開朗。土地平曠，屋舍儼然，有良田美池桑竹之屬。阡陌交通，雞犬相聞。其中往來種作，男女衣著，悉如外人。黃髮垂髫，並怡然自樂。見漁人，乃大驚，問所從來，具答之。便要還家，設酒殺雞作食。村中聞有此人，咸來問訊。自云先世避秦時亂，率妻子邑人來此絕境，不復出焉，遂與外人間隔。問今是何世，乃不知有漢，無論魏晉。此人一一爲具言所聞，皆歎惋。餘人各復延至其家，皆出酒食。停數日，辭去。此中人語云：不足爲外人道也。既出，得其船，便扶向路，處處誌之。及郡下，詣太守，説如此。太守即遣人隨其往，尋向所誌，遂迷，不復得路。南陽劉子驥，高尚士也，聞之，欣然親往，未果。尋病終，後遂無問津者。

嬴氏亂天紀，賢者避其世。黃綺之商山，伊人亦云逝。往迹浸復湮，來逕遂蕪廢。相命肄農耕，日入從所憩。桑竹垂餘蔭，菽稷隨時藝；春蠶收長絲，秋熟靡王稅。荒路曖交通，雞犬互鳴吠。俎豆猶古法，衣裳無新製。童孺縱行歌，斑白歡游詣。草榮識節和，木衰知風厲。雖無紀歷誌，四時自成歲。怡然有餘樂，于何勞智慧。奇蹤隱五百，一朝敞神界。湻薄既異源，旋復還幽蔽。借問游方士，焉測塵囂外。願言躡輕風，高舉尋吾契。

九日閒居並序

余閒居，愛重九之名。秋菊盈園，而持醪靡由，空服九華，寄懷於言。

世短意常多，斯人樂久生。日月依辰至，舉俗愛其名。露凄暄風息，氣澈天象明。往燕無遺影，來雁有餘聲。酒能祛百慮，菊爲制頽齡。如何蓬廬士，空視時運傾。塵爵恥虚罍，寒華徒自榮。斂襟獨閒謡，緬焉起深情。棲遲固多娱，淹留豈無成。

湘綺批：縮『生年不滿百』二句爲一句，而以下句註解之，奇警非常。氣象峥嶸。『恥罍』，言大臣當死也。『寒華』，言末路苟榮也。

卷七

晉第三

五言第五

陶淵明下

歸田園居五首

少無適俗韻，性本愛邱山。誤落塵網中，一去三十年。羈鳥〔一〕戀舊林，池魚思故淵。開荒南野際，守拙歸田園。方宅十餘畝，草屋八九間。榆柳蔭後園，桃李羅堂前。曖曖遠人村，依依墟里烟。狗吠深巷中，雞鳴桑樹顛。户庭無塵雜，虚室有餘閒。久在樊籠裡，復得返自然。

湘綺批：此篇格頗駁雜，少遒鍊之致，復離渾璞之美。

冬士《八代詩評》：予按此詩如『曖曖遠人村』四句，宋人累稱道之，蓋不特開唐派，且開宋派也。王氏不喜宋詩，故有此評。

【校勘記】

〔一〕《古詩紀》作「鳥」。《八代詩選》諸本作「馬」，誤。

野外罕人事，窮巷寡輪鞅。白日掩荆扉，虚室絶塵想。時復墟曲中，披草共來往。相見無雜言，但道桑麻長。桑麻日已長，我土日已廣。常恐霜霰至，零落同草莽。

湘綺批：儲光羲專祖此派。

種豆南山下，草盛豆苗稀。晨興理荒穢，帶月荷鋤歸。道狹草木長，夕露沾我衣。衣沾不足惜，但使願無違。

久去山澤游，浪莽林野娱。試攜子姪輩，披榛步荒墟。徘徊邱壠間，依依昔人居。井竈有遺處，桑竹殘朽株。借問採薪者，此人皆焉如。薪者向我言，死殁無復餘。一世異朝市，此語真不虚。人生似幻化，終當歸空無。

悵恨獨策還，崎嶇歷榛曲。山澗清且淺，遇以濯吾足。漉我新熟酒，隻雞招近屬。日入室中闇，荆薪代明燭。懽來苦夕短，已復至天旭。

乞食

饑來驅我去，不知竟何之。行行至斯里，叩門拙言辭。主人解余意，遺贈豈虚來。談話終日夕，觴至輒傾卮。情欣新知懽，言詠遂賦詩。感子漂母惠，愧我非韓才。銜戢知何謝，冥報以相貽。

湘綺批：一起如翻鶴下雲。

冬士《八代詩評》：予案此題爲《乞食》，乃真作乞丐語矣，果乞丐語耶。而王氏之評，與前矛盾。乃惡爲宋詩者，身分不類，而輒作此類語也。

諸人共游周家墓柏下

今日天氣佳，清吹與鳴彈。感彼柏下人，安得不爲懽。清歌散新聲，緑酒開方顏。未知明日事，余襟良已殫。

連雨獨飲

運生會歸盡，終古謂之然。世間有松喬，於今定何聞。故老贈余酒，乃言飲得仙。試酌百情遠，重觴忽忘天。天豈去此哉，任真無所先。雲鶴有奇翼，八表須臾還。顧我抱兹獨，僶俛四十年。形骸久已化，心在復何言。

湘綺批：横逸。

移居二首

昔欲居南村，非爲卜其宅。聞多素心人，樂與數晨夕。懷此頗有年，今日從兹役。弊廬何必廣，取足蔽牀席。鄰曲時時來，抗言談在昔。奇文共欣賞，疑義相與析。

春秋多佳日，登高賦新詩。過門更相呼，有酒斟酌之。農務各自歸，閒暇輒相思。相思則披衣，言笑無厭時。此理將不勝，無爲忽去兹。衣食當須紀，力耕不吾欺。

湘綺批：村中豈得此素心人哉。淵明蓋專取涫樸，故可與田家往來，然亦賴有酒耳。

癸卯歲始春懷古田舍二首

在昔聞南畝，當年竟未踐。屢空既有人，春興豈自免。夙晨裝吾駕，啟塗情已緬。鳥弄懽新節，泠風送餘善。寒竹被荒蹊，地爲罕人遠。是以植杖翁，悠然不復返。即理愧通識，所保詎乃淺。

湘綺批：直説，意度無窮。然觀此，則所謂夫耕婦耨，仍是虛詞。蓋古今未有當年未踐南畝，而中年能力作者也。

先師有遺訓，憂道不憂貧。瞻望邈難逮，轉欲志常勤。秉耒懽時務，解顔勸農人。平疇交遠風，良苗亦懷新。雖未量歲功，即事多所欣。耕種有時息，行者無問津。日入相與歸，壺漿勞近鄰。長吟掩柴門，聊爲隴畝民。

還舊居

疇昔家上京，六載去還歸。今日始復來，惻愴多所悲。阡陌不移舊，邑屋或時非。履歷周故居，鄰老罕復遺，步步尋往迹，有處特依依。流幻百年中，寒暑日相推。常恐大化盡，氣力不及衰。撥置且莫念，一觴聊可揮。

湘綺批：『步步尋往迹』二句，寫盡桑下之戀。天下傷心處，不在陵谷遷移也。

己酉歲九月九日

靡靡秋已夕，凄凄風露交。蔓草不復榮，園木空自凋。清氣澄餘滓，杳然天界高。哀蟬無歸響，叢雁鳴雲霄。萬化相尋繹，人生豈不勞。從古皆有没，念之中心焦。何以稱我情，濁酒且自陶。千載非所知，聊以永今朝。

湘綺批：渾中見挺特之致。

庚戌歲九月中於西田穫早稻

人生歸有道，衣食固其端。孰是都不營，而以求自安。開春理常業，歲功聊可觀。晨出肆微勤，日入負耒還。山中饒霜露，風氣亦先寒。田家豈不苦，弗獲辭此難。四體誠乃疲，庶無異患干。盥濯息簷下，斗酒散襟顔。遥遥沮溺心，千載乃相關。但願長如此，躬耕非所歎。

湘綺批：『山中饒霜露』以下，陶公此等處，所謂前無古、后無今。

丙辰歲八月中於下潠田舍穫

貧居依稼穡，戮力東林隈。不言春作苦，常恐負所懷。司田眷有秋，寄聲與我諧。饑者懽初飽，束帶候鳴雞。揚檝越平湖，汎隨清壑迴。鬱鬱荒山裹，猿聲閒且哀。悲風愛静夜，林鳥喜晨開。曰余作此來，三四星火頹。姿年逝已老，其事未云乖。遥謝荷篠翁，聊得從君栖。

飲酒二十首并序

湘綺批：此二十首，具見陶公峥嶸壯氣。後人專以陶爲冲凝，失之遠矣。

余閒居寡歡，兼此夜已長，偶有名酒，無夕不飲。顧影獨盡，忽焉復醉。既醉之後，輒題數句自娱，紙墨遂多，辭無詮次，聊命故人書之，以爲歡笑爾。

衰榮無定在，彼此更共之。邵生瓜田中，寧似東陵時。寒暑有代謝，人道每如兹。達人解其會，逝將不復疑。忽與一觴酒，日夕懽相持。

積善云有報，夷叔在西山。善惡苟不應，何事立空言。九十行帶索，饑寒况當年。不頼固窮節，百世當誰傳。

道喪向千載，人人惜其情。有酒不肯飲，但顧世間名。所以貴我身，豈不在一生。一生能復幾，倏如流電驚。鼎鼎百年内，持此欲何成。

湘綺批：大學問，大性情。

栖栖失羣鳥，日暮猶獨飛。徘徊無定止，夜夜聲轉悲。厲響思清遠，去來何依依。自植孤生松，斂翮遥來歸。勁風無榮木，此蔭獨不衰。託身已得所，千載不相違。

結廬在人境，而無車馬喧。問君何能爾，心遠地自偏。採菊東籬下，悠然見南山。山氣日夕佳，飛鳥相與還。此中有真意，欲辨〔一〕已忘言。

湘綺批：手揮目送，宛然在紙，結嫌落筌蹄。

【校勘記】

〔一〕《文選》《陶彭澤集》作『辯』。

行止千萬端，誰知非與是。是非苟相形，雷同共譽毀。三季多此事，達士似不爾。咄咄俗中惡，且當從黄綺。

湘綺批：傲睨。

秋菊有佳色，裛露掇其英。汎此忘憂物，遠我遺世情。一觴雖獨進，杯盡壺自傾。日入羣動息，歸鳥趨林鳴。嘯傲東軒下，聊復得此生。

青松在東園，眾草没其姿。凝霜殄異類，卓然見高枝。連林人不覺，獨樹眾乃奇。提壺挂寒柯，遠望時復爲。吾生夢幻間，何事紲塵羈。

清晨聞叩門，倒裳往自開。問子爲誰歟？田父有好懷。壺漿遠見候，疑我與時乖。繿縷茅簷下，未足爲高栖。一世皆尚同，願君汨其泥。深感父老言，稟氣寡所諧。紆轡誠可學，違己詎非迷。且共歡此飲，吾駕不可回。

在昔曾遠游，直至東海隅。道路迥且長，風波阻中塗。此行誰使然？似爲饑所驅。傾身營一飽，少許便有餘。恐此非名計，息駕歸閒居。

顔生稱爲仁，榮公言有道。屢空不獲年，長饑至於老。雖留身後名，一生亦枯槁。死去何所知，稱心固爲好。客養千金軀，臨化消其寶。裸葬何必惡，人當解意表。

長公曾一仕，壯節忽失時。杜門不復出，終身與世辭。仲理歸大澤，高風始在兹。一往便當已，何爲復狐疑！去去當奚道，世俗久相欺。擺落悠悠談，請從余所之。

有客常同止，趣舍邈異境。一士長獨醉，一夫終年醒。醒醉還相笑，發言各不領。規規一何愚，兀傲差若穎。寄言酣中客，日暮燭當炳。

故人賞我趣，挈壺相與至。班荆坐松下，數斟已復醉。父老雜亂言，觴酌失行次。不覺知有我，安知物爲貴。悠悠迷所留，酒中有深味。

貧居乏人工，灌木荒余宅。班班有翔鳥，寂寂無行迹。宇宙一何悠，人生少至百。歲月相催逼，鬢髮早已白。若不委窮達，素抱深可惜。

湘綺批：覩此則陶之恬退，祇是自負。

少年罕人事，游好在六經。行行向不惑，淹留遂無成。竟抱固窮節，饑寒飽所更。弊廬交悲風，芳草没前庭。披褐守長夜，晨雞不肯鳴。孟公不在兹，終以翳吾情。

幽蘭生前庭，含薰待清風。清風脱然至，見別蕭艾中。行行失故路，任道或能通。覺悟當念還，鳥盡廢良弓。

子雲性嗜酒，家貧無由得。時賴好事人，載醪祛所惑。觴來爲之盡，是諮無不塞。有時不肯言，豈不在伐國。仁者用其心，何嘗失顯默。

疇昔苦長饑，投耒去學仕。將養不得節，凍餒固纏己。是時向立年，志意多所恥。遂盡介然分，終死歸田里，冉冉星氣流，亭亭復一紀。世路廓悠悠，楊朱所以止。雖無揮金事，濁酒聊可恃。

湘綺批：使人不敢輕視。古來真者，未有模棱人。

羲農去我久，舉世少復真。汲汲魯中叟，彌縫使其淳。鳳鳥雖不至，禮樂暫得新。洙泗輟微響，漂流逮狂秦。詩書復何罪，一朝成灰塵。區區諸老翁，爲事誠殷勤。如何絶世下，六籍無一親。終日馳車走，不見所問津。若復不快飲，空負頭上巾。但恨多謬誤，君當恕醉人。

述酒

重離照南陸，鳴鳥聲相聞。秋草雖未黄，融風久已分。素礫皛修渚，南嶽無餘雲。豫章抗高門，重華固靈墳。流淚抱中歎，傾耳聽司晨。神州獻嘉粟，西靈爲我馴。諸梁董師旅，芊勝喪其身。山陽歸下國，成名猶不勤。卜生善斯牧，安樂不爲君。平王去舊京，峽中納遺薰。雙陵甫云育，三趾顯奇文。王子愛清吹，日中翔河汾。朱公練九齒，閒居離世紛。峩峩西嶺内，偃息常所親。天容自永固，彭殤非等倫。

湘綺批：『重離』，即晉史所云涪耀之德。首六句，謂南渡再造，羣彦維持，俄而無餘矣。次言豫章郡公受禪，廢零陵王，有如封禪野死。次言昔周穆王時，曹奴之人，獻穄禾百本，又有天子取嘉禾之事。王母爲馴，似此盛世既不可覩。次言如白公勝謀篡，而葉公諸梁猶能誅之，兩晉之中興，又不可復。次言漢山陽公猶獲壽終，今則求爲牧羊不得矣。始知裕得關中舊都之地，旋棄與熏獯之胡，蓋亟欲謀歸篡也。陝中二陵，既爲異物，而太史駱達，乃陳符瑞數十事，此如漢獻時三足烏見於郡國，魏遂受禪。王子清吹，則願世世勿生天子之家矣。天客天老容成子，皆黄帝時人。

冬士《八代詩評》：予案題名《述酒》，與飲酒、止酒之意遠甚。湯東澗曰，按晉元熙二年六月，劉裕廢恭帝爲零陵王。明年，以毒酒一甖授張偉，使酖王，偉自飲而卒。繼又令兵人喻垣進藥，王不肯飲，遂掩殺之。此詩所爲作，故以述酒名篇，詮題尤確。

有會而作并序

舊穀既没，新穀未登，頗爲老農，而值年災，日月尚悠，爲患未已。登歲之功，既不可希，朝夕所資，烟火裁通。旬日已來，始念饑乏，歲云夕矣，慨然永懷，今我不述，後生何聞哉！

弱年逢家乏，老至更長饑。菽麥實所羨，孰敢慕甘肥。惄如亞九飯，當暑厭寒衣。歲月將欲暮，如何辛苦悲。常善粥者心，深恨蒙袂非。嗟來何足吝，徒没空自遺。斯濫豈彼志，固窮夙所歸。餒也已矣夫，在昔余多師。

湘綺批：『亞』字疑當作『惡』，即三旬九食也。『惡九飯』，與獻寒衣對看自明。

擬古九首

榮榮窗下蘭，密密堂前柳。初與君别時，不謂行當久。出門萬里客，中道逢嘉友。未言心先醉，不在接杯酒。蘭枯柳亦衰，遂令此言負。多謝諸少年，相知不忠厚。意氣傾人命，離隔復何有。

湘綺批：氣勁語寬，亦奇作也，嫌鄉曲未除。何等悲憤。

辭家夙嚴駕，當往至無終。問君今何行？非商復非戎。聞有田子春，節義爲士雄。斯人久已死，鄉里習其風。生有高世名，既没傳無窮。不學狂馳子，直在百年中。

仲春遘時雨，始雷發東隅。衆蟄各潛駭，草木縱横舒。翩翩新來燕，雙雙入我廬。先巢故尚在，相將還舊居。自從分别來，門庭日荒蕪。我心固匪石，君情定何如。

迢迢百尺樓，分明望四荒。暮作歸雲宅，朝爲飛鳥堂。山河滿目中，平原獨茫茫。古時功名士，慷慨争此場。一旦百歲後，相與還北邙。松柏爲人伐，高墳互低昂。頹基無遺主，游魂在何方。榮華誠足貴，亦復可憐傷。

東方有一士，被服常不完。三旬九遇食，十年著一冠。辛苦無此比，常有好容顏。我欲觀其人，晨去越河關。青松夾路生，白雲宿簷端。知我故來意，取琴爲我彈。上絃驚別鶴，下絃操孤鸞。願留就君住，從今至歲寒。

蒼蒼谷中樹，冬夏常如茲。年年見霜雪，誰謂不知時。厭聞世上語，結友到臨淄。稷下多談士，指彼決吾疑。裝束既有日，已與家人辭。行行停出門，還坐更自思。不怨道里長，但畏人我欺。萬一不合意，永爲世笑之。伊懷難具通，爲君作此詩。

湘綺批：言己身目覩易姓，誰謂無禾黍之悲也。

日暮天無雲，春風扇微和。佳人美清夜，達曙酣且歌。歌竟長歎息，持此感人多。皎皎雲間月，灼灼葉中華。豈無一時好，不久當如何。

湘綺批：起則高矣，後八句俗。風華清靡。

冬士《八代詩評》：按王氏此評，前云後八句俗，而又取後八句中之『歌竟長歎息』二句，謂爲風華清靡，蓋非同時所批，故後之所見，與前不同耳。於第一首云，嫌鄉曲未除。予於此九首中，皆不省有鄉曲氣之語。

少時壯且厲，撫劍獨行游。誰言行游近，張掖至幽州。饑食首陽薇，渴飲易水流。不見相知人，惟見古時丘。路邊兩高墳，伯牙與莊周。此士難再得，吾行欲何求。

種桑長江邊，三年望當采。枝條始欲茂，忽值山河改。柯葉自摧折，根株浮滄海。春蠶既無食，寒衣欲誰待。本不值高原，今日復何悔。

湘綺批：末言已一縣令，豈能雪國恥耶。

雜詩十二首

人生無根蔕，飄如陌上塵。分散逐風轉，此已非常身。落地爲兄弟，何必骨肉親。得懽當作樂，斗酒聚比鄰。盛年不重來，一日難再晨。及時當勉勵，歲月不待人。

湘綺批：質直一派。

白日淪西河，素月出東嶺。遥遥萬里輝，蕩蕩空中景。風來入房户，夜中枕席冷。氣變悟時易，不眠知夕永。欲言無予和，揮杯勸孤影。日月擲人去，有志不獲騁。念此懷悲悽，終曉不能静。

湘綺批：杜甫學此，局度聲韻俱似。

榮華難久居，盛衰不可量。昔爲三春蕖，今作秋蓮房。嚴霜結野草，枯悴未遽央。日月有環周，我去不再陽。眷眷往昔時，憶此斷人腸。

丈夫志四海，我願不知老。親戚共一處，子孫還相保。觴絃肆朝日，樽中酒不燥。緩帶盡懽娱，起晚眠常早。孰若當世士，冰炭滿懷抱。百年歸丘壟，用此空名道。

憶我少壯時，無樂自忻豫。猛志逸四海，騫翮思遠翥。荏苒歲月頽，此心稍已去。值歡無復娱，每每多憂慮。氣力漸衰損，轉覺日不如。壑舟無須臾，引我不得住。前塗當幾許，未知止泊處。古人惜寸陰，念此使人懼。

湘綺批：冷語驚人。

昔聞長者言，掩耳每不喜。奈何五十年，忽已親此事。求我盛年歡，一毫無復意。去去復欲遠，此生豈再值。傾家時作樂，竟此歲月駛。有子不留金，何用身後置。

日月不肯遲，四時相催迫。寒風拂枯條，落葉掩長陌。弱質與運頽，玄鬢早已白。素標插人頭，前塗漸就窄。家爲逆旅舍，我如當去客。去去欲何之，南山有舊宅。

代耕本非望，所業在田桑。躬親未曾替，寒餒常糟糠。豈期過滿腹，但願飽粳糧。御冬足大布，麄絺以應陽。正爾不能得，哀哉亦可傷。人皆盡獲宜，拙生失其方。理也可奈何，且爲陶一觴。

遥遥從羈役，一心處兩端。掩淚汎東逝，順流追時遷。日没星與昴，勢翳西山巔。蕭條隔天涯，惆悵念常飡。慷慨思南歸，路遐無由緣。關梁難虧替，絶音寄斯篇。

閑居執蕩志，時駛不可稽。驅役無停息，軒裳逝東崖。沈陰凝薰麝，寒氣激我懷。歲月有常御，我來淹已彌。慷慨憶綢繆，此情久已離。荏苒經十載，暫爲人所羈。庭宇翳餘木，倐忽日月虧。

我行未云遠，回顧慘風涼。春燕應節起，高飛拂塵梁。邊雁悲無所，代謝歸北鄉。離鶤鳴清池，涉暑經秋霜。愁人難爲辭，遥遥春夜長。

嫋嫋松標崖，婉孌柔童子。年始三五間，喬柯何可倚。養色含精氣，粲然有心理。

詠貧士七首

萬族各有託，孤雲獨無依。曖曖空中滅，何時見餘暉。朝霞開宿霧，衆鳥相與飛。遲遲出林翮，未夕復來歸。量力守故轍，豈不寒與饑？知音苟不存，已矣何所悲。

凄厲歲云暮，擁褐曝前軒。南圃無遺秀，枯條盈北園。傾壺絶餘瀝，闚竈不見烟。詩書塞座外，日昃不遑研。閑居非陳厄，竊有愠見言。何以慰吾懷，賴古多此賢。

榮叟老帶索，欣然方彈琴。原生納决履，清歌暢高音。重華去我久，貧士世相尋。弊襟不掩肘，藜羹常乏斟。豈忘襲輕裘，苟非得所欽。賜也徒能辯，乃不見吾心。

安貧守賤者，自古有黔婁。好爵吾不榮，厚饋吾不酬。一旦壽命盡，弊服仍不周。豈不知其極，非道固吾憂。從來將千載，未復見斯儔。朝與仁義生，夕死復何求。

袁安困積雪，邈然不可干。阮公見錢入，即日棄其官。芻藁有常温，采莒足朝飡。豈不實辛苦，所懼非饑寒。貧富當交戰，道勝無戚顔。至德冠邦閭，清節映西關。

仲蔚愛窮居，遶宅生蒿蓬。翳然絶交游，賦詩頗能工。舉世無知者，止有一劉龔。此士胡獨然，實由罕所同。介焉安其業，所樂非窮通。人事固以拙，聊得長相從。

昔在黄子廉，彈冠佐名州。一朝辭吏歸，清貧略難儔。年饑感仁妻，泣涕向我流。丈夫雖有志，固爲兒女憂。惠孫一晤歎，腆贈竟莫酬。誰云固窮難，邈哉此前修。

讀《山海經》十三首

孟夏草木長，遶屋樹扶疏。衆鳥欣有託，吾亦愛吾廬。既耕亦已種，時還讀我書。窮巷隔深轍，頗迴故人車。歡言酌春酒，摘我園中蔬。微雨從東來，好風與之俱。汎覽周王傳，流觀山海圖。俯仰終宇宙，不樂復何如。

玉臺凌霞秀，王母怡妙顔。天地共俱生，不知幾何年。靈化無窮已，館宇非一山。高酣發新謡，寗向俗中言。

湘綺批：以下亦詠史質直一派。

迢遞槐江嶺，是謂玄圃丘。西南望崑墟，光氣誰與儔。亭亭明玕照，落落青瑶流。恨不及周穆，託乘一來游。

丹木生何許，迺在峚山陽。黄花復朱實，食之壽命長。白玉凝素液，瑾瑜發奇光。豈伊君子寶，見重我軒黄。
翩翩三青鳥，毛色奇可憐。朝爲王母使，暮歸三危山。我欲因此鳥，具向王母言。在世無所須，惟酒與長年。
逍遥蕪皋上，杳然望扶木。洪柯百萬尋，森散覆暘谷。靈人侍丹池，朝朝爲日浴。神景一登天，何幽不見燭。
粲粲三珠樹，寄生赤水陰。亭亭凌風桂，八榦共成林。靈鳳撫雲舞，神鸞調玉音。雖非世上寶，爰得王母心。
自古皆有没，何人得靈長？不死復不老，萬歲如平常。赤泉給我飲，員丘足我糧。方與三辰游，壽考豈渠央。
夸父誕宏志，乃與日競走。俱至虞淵下，似若無勝負。神力既殊妙，傾河焉足有。餘迹寄鄧林，功竟在身後。
湘綺批：言賢愚共盡，而烈士終有身後名。
精衛銜微木，將以填滄海。刑天舞干戚，猛志故常在。同物既無慮，化去不復悔。徒設在昔心，良辰詎可待。
巨猾肆威暴，欽駓違帝旨。窫窳强能變，祖江遂獨死。明明上天鑒，爲惡不可履。長枯固已劇，鵕鶚豈足恃。
鵃鵝見城邑，其國有放士。念彼懷王世，當時數來止。青丘有奇鳥，自言獨見爾。本爲迷者生，不以喻君子。

巖巖顯朝市，帝者慎用才。何以廢共鯀，重華爲之來。仲父獻誠言，姜公乃見猜。臨没告饑渴，當復何及哉。

湘綺批：沉痛。

悲從弟仲德

銜哀過舊宅，悲淚應心零。借問爲誰悲？懷人在九冥。禮服名羣從，恩愛若同生。門前執手時，何意爾先傾。在數竟未免，爲山不及成。慈母沈哀疢，二胤纔數齡。雙位委空館，朝夕無哭聲。流塵集虚坐，宿草旅前庭。階除曠游迹，園林獨餘情。翳然乘化去，終天不復形。遲遲將迴步，惻惻悲襟盈。

擬挽歌辭三首

有生必有死，早終非命促。昨暮同爲人，今旦在鬼籙。魂氣散何之，枯形寄空木。嬌兒索父嗁，良友撫我哭。得失不復知，是非安能覺。千秋萬歲後，誰知榮與辱。但恨在世時，飲酒不得足。

在昔無酒飲，今旦湛空觴。春醪生浮蟻，何時更相嘗。肴案盈我前，親舊哭我旁。欲語口無音，欲視眼無光。昔在高堂寢，今宿荒草鄉。荒草無人眠，極視正茫茫〔一〕。一朝出門去，歸來夜未央。

湘綺批：達語悲懷尤有餘趣。

【校勘記】

〔一〕以上兩句《八代詩選》諸本無，《陶彭澤集》《古詩紀》《石倉歷代詩選》亦無，此據《樂府詩集》補。

荒草何茫茫，白楊亦蕭蕭。嚴霜九月中，送我出遠郊。四面無人居，高墳正嶕嶢。馬爲仰天鳴，風爲自蕭條。幽室一已閉，千年不復朝。千年不復朝，賢達將奈何。向來相送人，各已還其家。親戚或餘悲，他人亦已歌。死去何所道，託體同山阿。

湘綺批：『我』字驚絶。

殷仲文

南州桓公九井作

四運雖鱗次，理化各有準。獨有清秋日，能使高興盡。景氣多明遠，風物自凄緊。爽籟驚〔一〕幽律，哀壑叩虚牝。歲寒無早秀，浮榮甘夙隕。何以標貞脆，薄言寄松菌。哲匠感蕭晨，肅此塵外軫。廣筵散泛愛，逸爵紆勝引。伊余樂好仁，惑袪吝亦泯。猥首阿衡朝，將貽匈奴哂。

湘綺批：質直警切。『哀壑』哀字鍊。

【校勘記】

〔一〕光緒十六年江蘇書局本作『驚』，光緒七年四川尊經書局本、民國三十一年程天放本作『警』。《文選》作『警』。

謝混

游西池

悟彼蟋蟀唱，信此勞者歌。有來豈不疾，良游常蹉跎。逍遥越城肆，願言屢經過。迴阡被陵闕，高臺眺飛霞。惠風蕩繁囿，白雲屯曾阿。景昃鳴禽集，水木湛清華。褰裳順蘭沚，徙倚引芳柯。美人愆歲月，遲暮獨如何。無爲牽所思，南榮戒其多。

湘綺批：寬和。起倜儻不落凡調。

誡族子

康樂誕通度，實有名家韻。若加繩染功，剖瑩乃瓊瑾。宣明體遠識，穎達且沈雋。若能去方執，穆穆三才順。阿多標獨解，弱冠纂華胤。質勝誡無文，其尚又能峻。通遠懷清悟，采采標蘭訊。直轡鮮不躓，抑用解偏吝。微子基微尚，無倦由慕藺。勿輕一簣少，進往必千仞。數子勉之哉，風流由爾振。如不犯所知，此外無所慎。

湘綺批：詠史質直一派。

宗炳

登半石山

清晨陟阻崖，氣志洞蕭灑。嶰谷崩地幽，窮石凌天委。長松列竦肅，萬樹巉巖詭。上施神農蘿，下凝堯時髓。

湘綺批：『委』字險絶。

登白鳥山詩

我徂白鳥山，因名感昔擬。仰升數百仞，俯覽眇千里。杲杲羣木分，岌岌衆巒起。闕〔一〕

【校勘記】

〔一〕《八代詩歌》諸本皆於末句注謂『闕』。《古詩紀》同。

王康琚

反招隱詩

小隱隱陵藪，大隱隱朝市。伯夷竄首陽，老聃伏柱史。昔在太平時，亦有巢居子。今雖盛明世，能無中林士。放神青雲外，絶迹窮山裏。鵾雞先晨鳴，哀風迎夜起。凝霜凋朱顔，寒泉傷玉趾。周才信衆人，偏智任諸己。推分得天和，矯性失至理。歸來安所期，與物齊終始。

張駿

東門行

勾芒御春正，衡紀運玉瓊。明庶起祥風，和氣翕來征。慶雲蔭八極，甘雨潤四坰。昊天降靈澤，朝日耀華精。嘉苗布原野，百卉敷時榮。鳩鵲與黎黄，間關相和鳴。菉萍覆靈沼，香花揚芳馨。春游誠可樂，感此白日傾。休否有終極，落葉思本莖。臨川悲逝者，節變動中情。

湘綺批：鋪排。

趙整

諷諫詩二首〔一〕

昔聞孟津河，千里作一曲。此水本自清，是誰攪令濁。

北園有一樹，布葉垂重陰。外雖饒棘刺，内實有赤心。

【校勘記】

〔一〕此即《樂府詩集》卷六十《琴曲歌辭四》趙整《琴歌》二首。

謝道韞

登山

峩峩東嶽起，秀極冲青天。巖中間虚宇，寂寞幽以玄。非工復非匠，雲構發自然。氣象爾何物？遂令我屢遷。逝將宅斯宇，可以盡天年。

湘綺批：『非工復非匠』二句，自然秀錬。

楊苕華

贈竺度

大道自無窮，天地長且久。巨石故叵消，芥子亦難數。人生一世間，飄若風過牖。榮華豈不茂，日夕競彫朽。川上有餘吟，日斜思鼓缶。清音可娛耳，滋味可適口。羅紈可飾軀，華冠可耀首。安事自翦削，躭空以害有。不道妾區區，但令君恤後。

竺僧度

答苕華詩

機運無停住，倏忽歲時過。巨石會當竭，芥子豈云多。良由去不息，故令川上嗟。不聞榮啟期，皓首發清歌。布衣可煖身，誰論飾綾羅。今世雖云樂，當奈後生何。罪福良由己，寧云己恤他。

支遁

四月八日讚佛詩

三春迭云謝，首夏含朱明。祥祥令日泰，朗朗玄夕清。菩薩彩靈和，眇然因化生。四王應期來，矯掌承玉形。飛天鼓弱羅，騰擢散芝英。緑瀾頹龍首，縹蕊翳流泠。芙蕖育神葩，傾柯獻朝榮。芬津霈四境，甘露凝玉瓶。珍祥盈四八，玄黄曜紫庭。感降非情想，恬泊無所榮。玄根泯靈府，神條秀形名。圓光朗東旦，金姿豔春精。含和總八音，吐納流芳馨。迹隨圓溜浪，心與太虛冥。六度啟窮俗，八解濯世纓。慧澤融無外，空同忘化情。

湘綺批：此皆高彪、秦宓一派。支公詩錬極澀，然不傷氣，要是苦吟人，語殊靈慧。

五月長齋詩

炎精育仲氣，朱離吐凝陽。廣漠〔一〕潛京變，凱風乘和翔。令月肇清齋，德澤潤無疆。四部欽嘉期，潔己升雲堂。静晏和春暉，夕惕厲秋霜。蕭條詠林澤，恬愉味城旁。逸容研沖頤，綵綵運宫商。匠者握神摽，乘風吹玄芳。淵汪道行深，婉婉化理長。亹亹維摩虚，德音暢游方。窧窂妙傾玄，絶致由近藏。略略微容簡，八言振道綱。掇煩練陳句，臨危折婉章。浩若驚飆散，囘若揮夜光。寓言豈所託，意得筌自喪。霑濡妙習融，靡靡輕塵亡。蕭索情牖頹，寥朗神軒張。誰謂冥津遐，一悟可以航。願爲海游師，櫂柂入滄浪。騰波濟漂客，玄歸會道場。

【校勘記】

〔一〕光緒十六年江蘇書局本作『漠』，光緒七年四川尊經書局本、民國三十一年程天放本作『漢』。此句《古詩紀》《石倉歷代詩選》《廣廣文選》作『廣漢潛凉變』。

八關齋詩三首并序

間與何驃騎期，當爲合八關齋，以十月二十二日集同意者在吴縣土山墓下，三日清晨爲齋。始道士白衣凡二十四人，清和肅穆，莫不静暢。至四日朝，眾賢各去，余既樂野室之寂，又有掘藥之懷，遂便獨住。於是乃揮手送歸，有望路之想，静拱虚房，悟外身之真，登山採藥，集巖水之娱，遂援筆染翰，以慰二三之情。

三悔啟前朝，雙懺暨中夕。鳴禽戒朗旦，備禮寢玄役。蕭索庭賓離，飄飄隨風適。踟躕岐路隅，揮手謝内析。輕軒馳中田，習習陵電擊。息心投佯步，零零振金策。引領望征人，悵恨孤思積。咄矣形非我，外物固已寂。吟詠歸虚房，守真玩幽賾。雖非一往游，且以閒自釋。

靖一潛蓬廬，愔愔詠初九。廣漠排林篠，流飆灑隙牖。從容遐想逸，採藥登崇阜。崎嶇升千尋，蕭條臨萬畝。望山樂榮松，瞻澤哀素柳。解帶長陵岐，婆娑清川右。泠風解煩懷，寒泉濯温手。寥寥神氣暢，欽若盤春藪。達度冥三才，恍惚喪神偶。游觀同隱丘，愧無運化肘。

詠懷詩五首

傲兀乘尸素，日往復月旋。弱喪困風波，流浪逐物遷。中路高韻益，窈窕欽重玄。重玄在何許，採真游理間。苟簡爲我養，逍遥使我閒。寥亮心神瑩，含虚映自然。亹亹沈情去，彩彩冲懷鮮。踟躕觀象物，未始見牛全。毛鱗有何貴，所貴在忘筌。

端坐鄰孤影，眇罔玄思劬。偃蹇收神轡，領略綜名書。涉老咍雙玄，披莊玩太初。詠發清風集，觸思皆恬愉。俯欣質文蔚，仰悲二匠徂。蕭蕭柱下迴，寂寂蒙邑虚。廓矣千載事，消液歸空無。無矣復何傷，萬殊歸一塗。道會貴冥想，罔象掇玄珠。悵怏濁水際，幾忘映清渠。反鑒歸澄漠，容與含道符。心與理理密，形與物物疏。蕭索人事去，獨與神明居。

晞陽熙春圃，悠緬歎時往。感物思所託，蕭條逸韻上。尚想天臺峻，髣髴巖階仰。泠風灑蘭林，管瀨奏清響。霄崖育靈藹，神蔬含潤長。丹沙暎翠瀨，芳芝曜五爽。苕苕重岫深，寥寥石室朗。中有尋化士，外身解世網。抱樸鎮有心，揮玄拂無想。隗隗形崖頹，冋冋神宇敞。宛轉元造化，縹瞥鄰大象。願投若人蹤，高步振策杖。

間邪託靜室，寂寥虛且真。逸響流巖阿，朦朧望幽人。慨矣玄風濟，皎皎離染純。時無問道睡，行歌將何因。靈溪無驚浪，四岳無埃塵。余將游其嵎，解駕輟飛輪。芳泉代甘醴，山果兼時珍。修林暢輕迹，石宇庇微身。崇虛習本照，損無歸昔神。曖曖煩情故，零零冲氣新。近非域中客，遠非世外臣。澹泊爲無隱，孤哉自有鄰。

坤基葩簡秀，乾光流易穎。神理速不疾，道會無陵騁。超超介石人，握玄攬機領。余生一何散，分不諧天挺。沈無冥到韻，變不揚蔚炳。冉冉年往逡，悠悠化期永。翹首希玄津，想登故未正。生塗雖十三，日已造死境。願得無身道，高栖冲默靖。

述懷詩二首

翔鸞鳴崑崿，逸志騰冥虛。惚怳迴靈翰，息肩棲南嵎。濯足戲流瀾，采練銜神蔬。高吟漱芳醴，頡頏登神梧。藹藹猗明翮，眇眇育清軀。長想玄運夷，傾首俟靈符。河清誠可期，戢翼令人劬。

總角敦大道，弱冠弄雙玄。逡巡釋長羅，高步尋帝先。妙損階玄老，忘懷浪濠川。達觀無不可，吹累皆自然。窮理增靈薪，昭昭神火傳。熙怡安冲漠，優游樂靜閒。膏腴無爽味，婉孌非雅絃。恢心委形度，亹亹隨化遷。

詠大德詩

遐想存玄哉，冲風一何敞。品物緝榮熙，生塗連惚怳。既喪大澄真，物誘則智蕩。昔聞庖丁子，揮戈在神往。苟能嗣冲音，攝生猶指掌。乘彼來物閒，投此默照朗。邁度推卷舒，忘懷附罔象。交樂盈胸襟，神會流俯仰。大同羅萬殊，蔚若充甸網。寄旅海漚鄉，委化同天壤。

詠禪思道人并序

孫長樂作道士坐禪之象，并而讚之，可謂因俯對以寄，誠心求參焉，於衡軛圖巖林之絶勢，想伊人之在兹，余精其制作，美其嘉文，不能默已，聊著詩一首，以繼於左。

雲岑竦太荒，落落英岊布。迴壑佇蘭泉，秀嶺攢嘉樹。蔚薈微游禽，峥嶸絶蹊路。中有冲希子，端坐摹太素。自强敏天行，弱志慾無欲。玉質凌風霜，凄凄厲清趣。指心契寒松，綢繆諒歲暮。會衷兩息間，緜緜進禪務。投一滅官知，攝二由神遇。承蜩纍危丸，累十亦凝注。懸想元氣地，研幾革麤慮。冥懷夷震驚，泊然肆幽度。曾筌攀六净，空同浪七住。逝虚乘有來，永爲有待馭。

詠利城山居

五嶽盤神基，四瀆涌蕩津。動求目方智，默守標静仁。苟不宴出處，託好有常因。尋玄存終古，洞往想逸民。玉潔箕巖下，金聲瀨沂濱。卷華藏紛霧，振褐拂埃塵。迹從尺蠖曲，道與騰龍伸。峻無單豹伐，分非首陽真。長嘯歸林嶺，瀟灑任陶鈞。

廬山諸道人

游石門詩并序

石門在精舍南十餘里，一名障山。基連大嶺，體絶衆阜，闢三泉之會，並立而開流，傾巖玄映其上，蒙形表於自然。故因以爲名。此雖廬山之一隅，實斯地之奇觀。皆傳之於舊俗，而未覩者衆。將由懸瀨險峻，人獸迹絶，逕迴曲阜，路阻行難，故罕經焉。釋法師以隆安四年仲春之月，因詠山水，遂杖錫而游。於時交徒同趣三十餘人，咸拂衣晨征，悵然增興。雖林壑幽邃，而開塗競進，雖乘危履石，並以所悦爲安。既至，則援木尋葛，歷險窮崖，猿臂相引，僅乃造極。於是擁勝倚巖，詳觀其下，始知七嶺之美，藴奇於此。雙闕對峙其前，重巖映帶其後，巒阜周迴以爲嶂，崇巖四營而開宇。其中則有石臺、石池、宫館之象，觸類之形，致可樂也。清泉分流而合注，渌淵鏡凈於天池。文石發彩，焕若披面；檉松芳草，蔚然光目。其爲神麗，亦已備矣。斯日也，衆情奔悦，矚覽無厭，游觀未久，而天氣屢變。霄霧塵集，則萬象隱形；流光迴照，則衆山倒影。開闔之際，狀有靈焉，而不可測也。乃其將登，則翔禽拂翮，鳴猿厲響，歸雲迴駕，想羽人之來儀；哀聲相和，若玄音之有寄。雖髣髴猶聞，而神以之暢。雖樂不期歡，而欣以永日。當其冲豫自得，信有味焉，而未易言也。退而尋之，夫崖谷之間，會物無主，應不以情，而開興引人，致深若此，豈不以虚明朗其照，間邃篤其情耶！並三復斯談，猶昧然未盡；俄而太陽告夕，所存已往；乃悟幽人之玄覽，達恆物之大情，其爲神趣，豈山水而已哉！於是徘徊崇嶺，流目四矚，九江如帶，丘阜成垤。因此而推，形有巨細，智亦宜然。迺喟歎宇宙雖遐，古今一契，靈鷲邈矣，荒塗日隔，不有哲人，風迹誰存！應深悟遠，慨矣長懷。各欣一遇之同歡，感良時之難再，情發於中，遂共詠之云爾。

超興非有本，理感興自生。忽聞石門游，奇唱發幽情。褰裳思雲駕，望崖想曾城。馳步乘長巖，不覺質有輕。矯首登雲闕，眇若凌太清。端坐運虚論，轉彼玄中經。神仙同物化，未若兩俱冥。

帛道猷

陵峯采藥觸興爲詩

連峯數千里，修林帶平津。雲過遠山翳，風至梗荒榛。茅茨隱不見，雞鳴知有人。閒步踐其徑，處處見遺薪。始知百代下，故有上皇民。

湘綺批：詩境頗似唐人。

張奴

題槐樹

濛濛大象内，照耀實顯彰。何事迷昏子，縱惑自招殃。樂所少人往，苦道若翻囊。不有松柏志，何用擬風霜。閒豫紫烟表，長歌出昊蒼。澄虚無色外，應見有緣鄉。歲曜毗漢后，麗辰傅殷王。伊余非二仙，晦迹之九方。亦見流俗子，觸眼致酸傷。略謡觀有念，甯日盡矜章。

卷八

宋第一

五言第六

文帝劉義隆

滑臺詩

元嘉七年，魏主大衆南渡，河北將戰守彌時，滑臺、虎牢並没。司州刺史尹沖、滎陽太守崔模抗節不屈，投塹死，帝歎憤作詩。

逆虜亂疆埸，邊將嬰寇讐。堅城效貞節，攻戰無暫休。覆瀋不可拾，離機難復收。勢謝歸塗單，於焉見幽囚。烈烈制邑守，舍命蹈前修。忠臣表年暮，貞柯見嚴秋。楚莊投袂起，終然報强讐。去病辭高館，卒得舒國憂。戎事諒未殄，民患焉得瘳。撫劒懷感激，志氣若雲浮。願相凌扶揺，弭旆拂中州。爪牙申威靈，帷幄騁良籌。華夷混殊風，率土浹皇猷。惆悵懼遷逝，北顧涕交流。

湘綺批：詠史一派。其病在不能拙。

登景陽樓

崇高臨萬雉，層樓跨九成〔一〕。瑶軒籠翠幌，組幙翳雲屏。階上曉露潔，林下夕風清。蔓藻嬛緑葉，芳蘭媚紫莖。極望周天險，留察浹神京。交渠紛綺錯，列植發華英。

【校勘記】

〔一〕《八代詩選》諸本皆作『成』。《古詩紀》作『城』。

北伐

季文鑒禍先，辛生識機始。崇替非無徵，興廢要有以。自昔淪中畿，倏焉盈百祀。不覩南雲陰，但見胡塵起。亂極治方形，塗泰由積否。方欲除遺氛，矧乃穢邊鄙。眷言悼斯民，納隍良在己。逝將振宏綱，一麾同文軌。

孝武帝劉駿

游覆舟山

束髮好怡衍，弱冠頗流薄。素想終勿傾，聿來果邱壑。層峯亘天維，曠渚縣〔一〕地絡。逢皋列神苑，遭壇樹仙閣。松磴含青暉，荷源煜彤爍。川界泳游鱗，巖庭響鳴鶴。

湘綺批：澀體亦佳。

【校勘記】

〔一〕光緒十六年江蘇書局本作『緜』，光緒七年四川尊經書局本、民國三十一年程天放本均作『綿』。

登作樂山

修路軫孤轡，竦石頓飛轅。遂登千尋首，表裏望丘原。屯烟擾風穴，積水溺雲根。漢潦吐新波，楚山帶舊苑。壤草凌故國，拱木秀頹垣。目極情無留，客思空已繁。

湘綺批：荒蔚。

濟曲阿後湖

宵登毗陵路，旦過雲陽郛。平湖曠津濟，菰渚迭明蕪。和風翼歸采，夕氛晦山隅。驚瀾翻魚藻，赬霞照桑榆。

與廬陵王紹别

連歲矜離心，今兹幸良集。信宿窮晨暮，開顔披所戢。未盡歡娛懷，已傷岐路及。舳艫引江介，飛旌背爾邑。悄擾徒旅戒，團欒流景入。遲遲分手念，泫泫登路泣。

湘綺批：悽然增兄弟之感。

拜衡陽文王義季墓

昧旦憑行軾，濡露及山庭。投步矜履蹈，舉目增凄清。軺路滅歸軫，淪闉負重扃。深松朝已霧，幽隧宴未明。長楊敷晚素，宿草披初青。哀往起沈泉，追愛慟中情。竹帛憑年遠，世範隨代傾。

湘綺批：清勁。

七夕二首

白日傾晚照，弦月升初光。炫炫葉露滿，肅肅庭風揚。瞻言媚天漢，幽期濟河梁。服箱從奔軺，紈綺闕成章。解帶遽迴軫，誰云秋夜長。愛聚雙情款，念離兩心傷。

閒庭鏡天路，餘光不可臨。沿風被弱縷，迎輝貫玄鍼。斯藝成無取，時物聊可尋。

夜聽妓

寒夜起聲管，促席引靈寄。深心屬悲絃，遠情逐流吹。勞襟憑若辰，誰謂忘懷易。

望月

褰幙蕩暄氣，入夜漸流清。微微風始發，曖曖月初生。思因往物深，悲以歸雲盈。

劉義恭

豔歌行

江南游湘妃，窈窕漢濱女。淑問流古今，蘭音媚鄭楚。瑶顔映長川，善問照通滸。求思望襄澨，歎息對衡渚。中情未相感，搔首增企予。悲鴻失良匹，俯仰戀儔侣。徘徊忘寢食，羽翼不能舉。傾首佇東燕，爲我津辭語。

彭城戲馬臺集

騁鶩辭南京，弭節憩東楚。懿蕃重遐望，興言集僚侶。于役未云淹，時遷變溽暑。眷戀江水流，回首獨延佇。

湘綺批：清勁。

劉鑠

擬行行重行行

眇眇陵長道，遥遥行遠之。迴車背京里，揮手從此辭。堂上流塵生，庭中緑草滋。寒螿翔水曲，秋兔依山基。芳年有華月，佳人無還期。日夕凉風起，對酒長相思。悲發江南調，憂委子衿詩。卧覺明鐙晦，坐見輕紈緇。淚容不可飾，幽鏡難復治。願垂薄暮景，照妾桑榆時。

湘綺批：從『臨河濯長纓』二句脱化，沈思撰語。『卧坐』二句，沈思撰語。

擬明月何皎皎

落宿半遥城，浮雲藹層闕。玉宇來清風，羅帳延秋月。結思想伊人，沈憂懷明發。誰爲客行久，屢見流芳歇。河廣川無梁，山高路難越。

湘綺批：纖麗。

擬孟冬寒氣至

白露秋風始，秋風明月初。明月照高樓，露落皎玄除。迨及凉風起，行見寒林疏。客從遠方至，贈我千里書。先敘懷舊愛，末陳久離居。一章意不盡，三復情有餘。願遂平生志，無使甘言虚。

湘綺批：原非清勁，此乃寬和。開初唐人法門。

擬青青河邊草

淒淒含露臺，肅肅迎風館。思女御櫺軒，哀心徹雲漢。端撫悲絃泣，獨對明鐙歎。良人久遥〔二〕役，耿介終昏旦。楚楚秋水歌，依依採菱彈。

【校勘記】

〔一〕《玉臺新詠》作『徭』。

擬收淚就長路

聳轡高陵曲，揮袂廣川濆。黄塵昏白日，悲風起浮雲。蕭條萬里别，契闊三秋分。時往從朝露，年來驚夕氳。徘徊去芳節，依遲從遠軍。

湘綺批：清勁。

過歷山湛長史草堂

兹嶽藴虚詭，憑覽趣亦贍。九峯相接連，五渚逆縈浸。層阿疲且引，絶巘暢方禁。溜衆夏更寒，林交晝常蔭。伊余久淄涅，復得味恬淡。願逐安期生，於焉愜高枕。

何承天

湘綺批：何詩兼張華、左思二派。

湘綺評：何承天詩兼張華、左思二派。（《湘綺樓説詩》卷六）

君馬篇

君馬麗且閑，揚鑣騰逸姿。駿足躡流景，高步追輕飛。冉冉六轡柔，奕奕〔一〕金華暉。輕霄翼羽蓋，長風靡淑旂。願爲范氏驅，雝容步中畿。豈效詭遇子，馳騁趣危機。鉛陵策良駟，造父爲之悲。不怨吴岅〔二〕峻，但恨伯樂稀。赦彼岐山盜，實濟韓原師。奈何漢魏主，縱情營所私。疲民甘藜藿，廄馬患盈肥。人畜胥所養，蒼生將焉歸。

【校勘記】

〔一〕光緒十六年江蘇書局本作『弈弈』，光緒七年四川尊經書局本、民國三十一年程天放本作『奕奕』，此採後者。以下同。

〔二〕《何衡陽集》《古詩紀》《廣廣文選》作『坂』。

雉子游原澤篇

雉子游原澤，幼懷耿介心。飲啄雖勤苦，不願棲園林。古有避世士，抗志青霄岑。浩然寄卜肆，揮棹通川陰。逍遥風塵外，散髮撫鳴琴。卿相非所眄，何况於千金。功名豈不美，寵辱亦相尋。冰炭結六府，憂虞纏胸襟。當世須大度，量己不克任。三復泉流誡，自警良已深。

湘綺批：寬和。『泉流誡』謂淪胥以敗。

顔延之

湘綺批：顔詩大抵寬和。

湘綺評：顔光禄詩大抵仿陸士衡、潘安仁以立局，總取寬厚穩重，不以新豔爲能。其撰字生澀，故是當時風尚。

（《湘綺樓説詩》卷六）

秋胡行

椅梧傾高鳳，寒谷待鳴律。影響豈不懷，自遠每相匹。婉彼幽閒女，作嬪君子室。峻節貫秋霜，明豔侔朝日。嘉運既我從，欣願自此畢。其一

燕居未及好，良人願有違。脱巾千里外，結綬登王畿。戒徒在昧旦，左右來相依。驅車出郊郭，行路正威遲。存爲久離别，没爲長不歸。其二

嗟余怨行役，三陟窮晨暮。嚴駕越風寒，解鞍犯霜露。原隰多悲凉，迴飆卷高樹。離獸起荒蹊，驚鳥縱横去。悲哉游宦子，勞此山川路。其三

迢遥行人遠，婉轉年運徂。良時爲此别，日月方向除。孰知寒暑積，僶俛見榮枯。歲暮臨空房，凉風起坐隅。寢興日已寒，白露生庭蕪。其四

勤役從歸願，反路遵山河。昔辭秋未素，今也歲載華。蠶月觀時暇，桑野多經過。佳人從所務，窈窕援高柯。傾城誰不顧，弭節停中阿。其五

年往誠思勞，路遠闊音形。雖爲五載别，相與昧平生。捨車遵往路，鳧藻馳目成。南金豈不重，聊自意所輕。義心多苦調，密此金玉聲。其六

高節難久淹，朅來空復辭。遲遲前塗盡，依依造門基。上堂拜嘉慶，入室問何之。日暮行采歸，物色桑榆時。美人望昏至，慙歎前相持。其七

有懷誰能已，聊用申苦難。離居殊年歲，一别阻河關。春來無時豫，秋至恆早寒。明發動愁心，閨中起長歎。慘悽歲方晏〔一〕，日落游子顔。其八

高張生絶絃，聲急由調起。自昔枉光塵，結言固終始。如何久爲别，百行愆諸己。君子失明義，誰與偕没

齒。愧彼行露詩，甘之長川汜。其九

湘綺批：樂府。仿《室思》《白馬》而作。《焦仲卿詩》《羅敷行》以外，別開一種。敘次稍文飾，節奏亦齊整，情景妙絶。『勞此山川路』，此字深款似女子閨中口角。『凉風起坐隅』比『衝幃拂闥』，尤爲寂寞。『寢興日已寒』尤妙。駱賓王亦云『別有寒衣在』。六章回斡接攏，情事宛見，局度亦紆。『慙歎前相持』，『慙歎』二字，括盡情事。八章敘述別後語，不獨使事不直致，且文法得此，便濃至婉厚。此篇妙處全在此。不急搶，有排場。九章調急響高，使一篇敷敘，如萬流赴壑，湯湯迅絶，天下奇觀也。

冬士《八代詩評》：余案此長篇謀篇之法，文之所以有章也。

湘綺評：《秋胡行》於《焦仲卿妻詩》《羅敷行》以外，別開一派，敘次稍文飾，節奏亦齊整，情景妙絶，『凉風起坐隅』比『衝闥拂幃』尤爲寂寞，『寢興日寒』尤妙。駱賓王亦云『別在寒長在』。觀《秋胡行》，知顔之秀；觀《五君詠》，知顔之潔。二者皆不類公平日所作，烏知其本領無有邪。（《湘綺樓說詩》卷六）

【校勘記】

〔一〕光緒十六年江蘇書局本作『宴』，光緒七年四川尊經書局本、民國三十一年程天放本作『晏』。《文選》《樂府詩集》作『晏』。

應詔觀北湖田收

周御窮轍迹，夏載歷山川。蓄軫豈明懋，善游皆聖仙。帝暉膺順動，清蹕巡廣廛。樓觀眺豐穎，金駕映松山。飛奔互流綴，緹彀代迴環。神行埒浮景，争光溢中天。開冬眷徂物，殘悴盈化先。陽陸團精氣，陰谷曳寒烟。攢素既森藹，積翠亦葱芊。息饗報嘉歲，通急戒無年。温渥浹輿隸，和惠屬後筵。觀風久有作，陳詩愧未妍。疲弱謝陵遽，取累非纏〔一〕牽。

湘綺批：『團』『曳』二字出色。

【校勘記】

〔一〕光緒十六年江蘇書局本作『纏』。光緒七年四川尊經書局本、民國三十一年程天放本作『纆』。《顔光禄集》作『纏』。

車駕幸京口侍游蒜山作

元天高北列，日觀臨東溟。入河起陽峽，踐華因削成。巖險去漢宇，襟衛徙吴京。流池自化造，山關固神營。園縣極方望，邑社總地靈。宅道炳星緯，誕曜應辰明。睿思纏故里，巡駕帀舊坰。陟峯騰輦路，尋雲抗瑶甍。春江壯風濤，蘭野茂荑英。宣游宏下濟，窮遠凝聖情。嶽濱有和會，祥習在卜征。周南悲昔老，留滯感遺氓。空食疲廊肆，反税事巖耕。

湘綺批：起宏敞，中出壯語，精神倍出。

車駕幸京口三月三日侍游曲阿後湖作

虞風載帝狩，夏諺頌王游。春方動宸駕，望幸傾五州。山祇蹕橋路，水若警滄流。神御出瑶軫，天儀降藻舟。萬軸胤行衛，千翼汎飛浮。雕雲麗璇蓋，祥飆被綵斿。江南進荆豔，河激獻趙謳。金練照海浦，笳鼓震溟洲。藐眄覯青崖，衍漾觀緑疇。人靈騫都野，鱗翰聳淵邱。德禮既普洽，川嶽徧懷柔。

湘綺批：通首造字生新。

冬士《八代詩評》：余案以上三詩，其鍊字全在第三字，而通篇句法皆不變，皆上二下二中一單字也。

贈王太常

玉水記方流，璇源載圓折。蓄寶每希聲，雖秘猶彰澈。聆龍聺九泉，聞鳳窺丹穴。歷聽豈多工，唯然覯世悊。舒文廣國華，敷言遠朝列。德煇灼邦懋，芳風被鄉耋。側同幽人居，郊扉常晝閉。林閭時宴開，亟迴長者轍。庭昏見野陰，山明望松雪。静惟浹羣化，徂生入窮節。豫往誠歡歇，悲來非樂闋。屬美謝繁翰，遥懷具短札。

湘綺批：秀立亭亭。

夏夜呈從兄散騎車長沙

炎天方埃鬱，暑宴〔一〕闋塵紛。獨静闕偶坐，臨堂對星分。側聽風薄木，遥睇月開雲。夜蟬當夏急，陰蟲先秋聞。歲候初過半，荃蕙豈久芬。屏居惻物變，慕類抱情殷。九逝非空思，七襄無成文。

【校勘記】

〔一〕《文選》《顔光禄集》《古詩紀》作「晏」。

直東宮答鄭尚書

皇居體環極，設險祇天工。兩闈阻通軌，對禁限清風。跂予旅東館，徒歌屬南墉。寢興鬱無已，起觀辰漢中。流雲藹青闕，皓月鑒丹宮。踟躕清防密，徙倚恆漏窮。君子吐芳訊，感物惻余衷。惜無邱園秀，景行彼高松。知言有誠貫，美價難克充。何以銘嘉貺，言樹絲與桐。

和謝監靈運

弱植慕端操，窘步懼先迷。寡立非擇方，刻意藉窮棲。伊昔覯多幸，秉筆侍兩閨。雖慙丹雘施，未謂元素睽。徒遭良時詖，王道奄昏霾。人神幽明絶，朋好雲雨乖。弔屈汀洲浦，謁帝蒼山蹊。倚巖聽緒風，攀林結留夷。跂予間衡嶠，曷月瞻秦稽。皇聖昭天德，豐澤振沈泥。惜無爵雉化，何用充海淮。去國還故里，幽門樹蓬藜。采茨葺昔宇，翦棘開舊畦。物謝時既宴，年往志不偕。親仁敷情昵，興玩究辭悽。芬馥歇蘭若，清越奪琳珪。盡言非報章，聊用布所懷。

北使洛

改服飭徒旅，首路跼險艱。振楫發吴洲，秣馬陵楚山。塗出梁宋郊，道由周鄭間。前登陽城路，日夕望三川。在昔輟期運，經始闊聖賢。伊瀔絶津濟，臺館無尺椽。宫陛多巢穴，城闕生雲烟。王猷升八表，嗟行方暮年。陰風振凉野，飛雲晉窮天。臨塗未及引，置酒慘無言。隱憫徒御悲，威遲良馬煩。游役去芳時，歸來屢徂諐。蓬心固已矣，飛薄殊亦然。

還至梁城作

眇默軌路長，憔悴征戍勤。昔邁先徂師，今來後歸軍。振策睠東路，傾側不及羣。息徒顧將夕，極望梁陳分。故國多喬木，空城凝寒雲。丘壟填郛郭，銘誌滅無文。木石扃幽闥，黍苗延高墳。惟彼雍門子，吁嗟孟嘗君。愚賤同堙滅，尊貴誰獨聞。曷爲久游客，憂念坐自殷。

始安郡還都與張湘州登巴陵城樓作

江漢分楚望，衡巫奠南服。三湘淪洞庭，七澤藹荆牧。經塗延舊軌，登闉訪川陸。水國周地險，河山信重複。郤倚雲夢林，前瞻京臺囿。清雰霽岳陽，曾暉薄瀾澳。悽矣自遠風，傷哉千里目。萬古陳往還，百代勞起伏。存没竟何人，炯介在明淑。請從上世人，歸來藝桑竹〔一〕。

湘綺批：此登岳陽樓第一首詩。主地險爲言，蓋城樓與觀臺異也。光禄諸詩，大抵倣士衡、安仁以立局，總取寬厚穩重，不以新豔爲能。其撰字風流，固是當時風尚。

【校勘記】

〔一〕末二句《八代詩選》諸本均無，此據《文選》補。

拜陵廟作一首

周德恭明祀，漢道尊光靈。哀敬隆祖廟，崇樹加園塋。逮事休命始，投迹階王庭。陪廁迴天顧，朝讌流聖情。早服身義重，晚達生戒輕。否來王澤竭，泰往人悔形。敕躬慚積素，復與昌運并。恩合非漸漬，榮會在逢迎。夙御嚴清制，朝駕守禁城。束紳入西寢，伏軫出東坰。衣冠終冥漠，陵邑轉蔥青。松風遵路急，山烟冒隴〔一〕生。皇心憑容物，民思被歌聲。萬紀載絃歌，千載託旒旌。未殊帝世遠，已同淪化萌。幼壯困孤介，末暮謝幽貞。發軔喪夷易，歸軫慎崎傾。

【校勘記】

〔一〕《文選》《顏光禄集》《古詩紀》《古詩鏡》作「壠」。

五君詠五首

阮步兵〔一〕

阮公雖淪迹，識密鑒亦洞。沈醉似埋照，寓詞類託諷。長嘯若懷人，越禮自驚眾。物故不可論，塗窮能無慟。

嵇中散

中散不偶世，本自餐霞人。形解驗默仙，吐論知凝神。立俗迕流議，尋山洽隱淪。鸞翮有時鎩，龍性誰能馴。

劉參軍

劉伶善閉關，懷情滅聞見。鼓鐘不足歡，榮色豈能眩。韜精日沈飲，誰知非荒宴。頌酒雖短章，深衷自此見。

阮始平

仲容青雲器，實稟生民秀。達音何用深，識微在金奏。郭弈〔二〕已心醉，山公非虚覯。屢薦不入官，一麾乃出守。

向常侍

向秀甘淡薄，深心託豪素。探道好淵玄，觀書鄙章句。交吕既鴻軒，攀嵆〔三〕亦鳳舉。流連河裏游，惻〔四〕愴山陽賦。

湘綺批：觀《秋胡行》知顔之秀，觀《五君詠》知顔之潔。二者皆不類顔平日所爲，烏知其本領無不有耶。短章綜括中，坐使語見幽憤勃鬱之氣。

【校勘記】

〔一〕《八代詩選》諸本原詩所稱「五君」之名均置詩之末端，此據《文選》一併將其前置於各首之前。

〔二〕光緒十六年江蘇書局本作「弈」，光緒七年四川尊經書局本、民國三十一年程天放本作「奕」。《文選》作「弈」。

〔三〕光緒十六年江蘇書局本作「嵇」，光緒七年四川尊經書局本、民國三十一年程天放本作「嵇」。《文選》作「嵇」。

〔四〕光緒十六年江蘇書局本、民國三十一年程天放本作「惻」，光緒七年四川尊經書局本作「惻」，《文選》及其他諸本均作「惻」。

謝莊

烝齋應詔

霜露凝宸感，肅僾動天引。西郊滅烟弇，東溟起昭晉。舞風泛龍常，輪霞浮玉軔。紫階協笙鏞，金塗展應悚〔一〕。方見六詩和，永聞九德潤。觀生識幸渥，睇服慙輶恪。

【校勘記】

〔一〕光緒十六年江蘇書局本作『悚』，光緒七年四川尊經書局本、民國三十一年程天放本作『悚』，二字同。《古詩紀》作『悚』。

七夕夜詠牛女應制

輟機起春暮，停箱動秋衿。璇居照漢右，芝駕肅河陰。容裔泛星道，逶迤濟烟潯。陸離迎宵佩，倏爍望昏簪。俱傾環氣怨，共歇浹年心。珠殿釭未沫，瑶庭路已深。夕清豈淹拂，紘暉無久臨。

湘綺批：纖麗。深韻凉寂而豔，如見美人辭去之景。

湘綺評：謝莊《七夕詠牛女》云：『珠殿釭未沫，瑶庭路已深。』凉寂而豔，如見美人辭去之景。（《湘綺樓説詩》卷六）

侍宴蒜山

龍旌拂紆景，鳳蓋起流雲。轉蕙方因委，層華正氛氲。烟竟山郊遠，霧罷江天分。調石飛延露，裁金起承雲。

湘綺批：『竟』字澀而奇，『分』字險而平。

游豫章西觀洪崖井

幽願平生積，野好歲月彌。捨簪神區外，整褐靈鄉垂。林遠炎天隔，山深白日虧。游陰騰鵠嶺，飛清起鳳池。隱暧松霞被，容與澗烟移。將遂丘中性，結駕終在斯。

湘綺批：如見深山晚景，亦幽静，亦冷僻。

北宅祕園

夕天霽晚氣，輕霞澄暮陰。微風清幽幌，餘日照青林。收光漸窅〔一〕歇，窮園自荒深。緑池翻素景，秋槐響寒音。伊人儻同愛，絃酒共棲尋。

湘綺批：清勁。

湘綺評：《北宅秘園詩》，如見深山晚景，亦幽静，亦冷僻。（《湘綺樓説詩》卷六）

【校勘記】

〔一〕光緒十六年江蘇書局本作『窅』。光緒七年四川尊經書局本、民國三十一年程天放本作『窗』。

謝靈運

湘綺批：謝詩託意遥深，神契自然。所謂『出水芙蓉』，只是於其虚處見之。人多賞其工刻而忘其神韻。

湘綺評：謝靈運詩託意遥深，神契自然，所謂『出水芙蓉』，只是於其虚處見之，人多賞其工刻而忘其神韻。（《湘綺樓説詩》卷六）

苦寒行

歲歲層冰合，紛紛霰雪落。浮陽減清暉，寒禽叫〔一〕悲壑。饑爨烟不興，渴汲水枯涸。

【校勘記】

〔一〕光緒十六年江蘇書局本作『叫』。光緒七年四川尊經書局本、民國三十一年程天放本作『叫』。《謝康樂集》《古詩紀》作『叫』。

豫章行

短生旅長世，恆覺白日欹。覽鏡睨積容，華顏豈久期。苟無迴戈術，坐觀落崦嵫〔一〕。

【校勘記】

〔一〕《謝康樂集》《古詩紀》於詩末注謂「闕」，此詩當不完整。

折楊柳行二首

鬱鬱河邊樹，青青野田草。舍我故鄉客，將適萬里道。妻妾牽衣袂，抆淚沾懷抱。還拊幼童子，顧託兄與嫂。辭訣未及終，嚴駕一何早。負笮引文舟，飢渴常不飽。誰令爾貧賤，咨嗟何所道。

騷屑出穴風，揮霍見日雪。飀飀無久搖，皎皎幾時絜。未覺泮春冰，已復謝秋節。空對尺素遷，獨視寸陰滅。否桑未易繫，泰茅難重拔。桑茅迭生運，語默寄前哲。

湘綺批：「否桑」喻晉亡，「泰茅」言己爵已降，恐不復用。

君子有所思行

總駕越鍾陵，還顧望京畿。躑躅周名都，游目倦忘歸。市廛無阨室，世族有高闈。密親麗華苑，軒甍飾通逵。孰是金張樂，諒由燕趙詩。長夜恣酣飲，窮年弄音徽。盛往速露墜，衰來疾風飛。餘生不歡娛，何以竟暮歸。寂寥曲肱子，瓢飲療朝饑。所秉自天性，貧富豈相譏。

悲哉行

萋萋春草生，王孫游有情。差池燕始飛，夭裊桃始榮。灼灼桃悅色，飛飛燕弄聲。檐上雲結陰，澗下風吹清。幽樹雖改觀，終始在初生。松蔦歡蔓延，樛葛欣藟縈。眇然游宦子，晤言時未并。鼻感改朔氣，眼傷變節榮。侘傺豈徒然，澶漫絶音形。風來不可託，鳥去豈爲聽。

湘綺批：寬和。『改觀』言至春而榮也，觀其榮已知其必落，故曰『終始在初生』。

述祖德詩

序曰：大元中，王父大定淮南，負荷世業，專主隆人。逮賢相徂謝，君子道消，拂衣蕃岳，考卜東山，事同樂生之時，志期范蠡之舉。

達人貴自我，高情屬天雲。兼抱濟物性，而不纓垢氛。段生藩魏國，展季救魯人。弦高犒晉師，仲連卻秦軍。臨組乍不緤，對珪甯肯分。惠物辭所賞，厲志故絶人。苕苕歷千載，遥遥播清塵。清塵竟誰嗣，明哲時經綸。委講綴道論，改服康世屯。屯難既云康，尊主隆斯民。

中原昔喪亂，喪亂豈解已。崩騰永嘉末，逼迫太元始。河外無反正，江介有蹶圯。萬邦咸震懾，横流賴君子。拯溺繇道情，龕暴資神理。秦趙欣來蘇，燕魏遲文軌。賢相謝世運，遠圖因事止。高揖七州外，拂衣五湖裏。隨山疏濬潭，旁巖藝枌梓。遺情捨塵物，貞觀邱壑美。

湘綺批：寬和。左思一派。『晉師』，自是誤用，不必曲説。『拯溺』二句，想出學問人功業不凡。

九日從宋公戲馬臺集送孔令

季秋邊朔苦，旅雁違霜雪。凄凄陽卉腓，皎皎寒潭絜。良辰感聖心，雲旗興暮節。鳴葭戾朱宫，蘭卮獻時哲。餞宴光有孚，和樂隆所缺。在宥天下理，吹萬羣方悦。歸客遂海隅，脱冠謝朝列。弭棹薄枉渚，指景待樂闋。河流有急瀾，浮驂無緩轍。豈伊川塗念，宿心愧將别。彼美邱園道，喟焉傷薄劣。

湘綺批：高華。文情俱美，局度超然。首賦九日，便帶離開意。『蘭卮』五字，美宋公優賢。『有孚』，用《未濟》上爻辭，言飲酒也。或云用需卦詞，取君子飲食宴樂之象。『和樂』句，用《鹿鳴》詩序，以美好賢之誠，極之天下皆理。『宿心』三句，傷己不能辭其榮，以深美孔令也。詩明白如此。而何焯等乃有未及，『孔令止乎足』等語，妄淺可憫。

湘綺評：《九日從宋公戲馬臺集送孔令詩》首賦九日，便帶離別意，微嫌衰颯耳。江南公子初至徐州，已不堪荒涼矣。『蘭巵』五句，美宋公優賢。『有孚』，用《未濟》上爻辭，言飲酒也。『和樂』句用《鹿鳴》詩，序以美好賢之誠，極之天下皆理。『宿心』三句傷己不能辭榮，以美孔令也。明白如此，而何焯、孫鑛等乃有未及。『孔令止足』等語，妄淺可閔。（《湘綺樓説詩》卷六）

從游京口北固應詔

玉璽戒誠信，黄屋示崇高。事爲名教用，道以神理超。昔聞汾水游，今見塵外鑣。鳴笳發春渚，税鑾登山椒。張組眺倒景，列筵矚歸潮。遠巖映蘭薄，白日麗江皋。原隰荑緑柳，墟囿散紅桃。皇心美陽澤，萬象咸光昭。顧己枉維縶，撫志慙場苗。工拙各所宜，終以反林巢。曾是縈舊想，覽物奏長謡。

湘綺批：寬和。『皇心』二句軒敞。『曾是』，舊注以爲在位之歇後語，言雖在官，而有舊山之想。

湘綺評：《從游京口北固應詔》云『事爲名教用，道以神理超』，言尊嚴則不宜游，而道因可游。以腐意作名句。『遠巖映蘭薄，白日麗江皋。原隰荑緑柳，墟囿散紅桃』，以春日麗景作闊大語，是大手筆。（《湘綺樓説詩》卷八）

永初三年七月十六日之郡初發都

述職期闌暑，理棹變金素。秋岸澄夕陰，火旻團朝露。辛苦誰爲情，游子值穨暮。愛似莊念昔，久敬曾存故。如何襃土心，持此謝遠度。李牧愧長袖，郤克慙躧步。良時不見遺，醜狀不成惡。曰余亦支離，依方早有慕。生幸休明世，親蒙英達顧。空班趙氏璧，徒乖魏王瓠。從來漸二紀，始得傍歸路。將窮山海迹，永絶賞心悟。

湘綺批：寬和。『遠度』，指之郡。『班璧』，即分珪也，或曰謂連城也。

鄰里相送至方山

祇役出皇邑，相期憩甌越。解纜及流潮，懷舊不能發。析析就衰林，皎皎明秋月。含情易爲盈，遇物難可歇。積疴謝生慮，寡慾罕所闕。資此永幽棲，豈伊年歲別。各勉日新志，音塵慰寂蔑。

湘綺批：高華，潔清精緻。

過始甯墅

束髮懷耿介，逐物遂推遷。違志似如昨，二紀及兹年。緇磷謝清曠，疲薾慙貞堅。拙疾相倚薄，還得靜者便。剖竹守滄海，枉帆過舊山。山行窮登頓，水涉盡洄沿。巖峭嶺稠疊，洲縈渚連緜。白雲抱幽石，緑篠媚清漣。葺宇臨迴江，築觀基曾巔。揮手告鄉曲，三載期歸旋。且爲樹枌檟，無令孤願言。

湘綺批：寬和。

富春渚

宵濟漁浦潭，旦及富春郭。定山緬雲霧，赤亭無淹薄。溯流觸驚急，臨圻阻參錯。亮乏伯昏分，險過呂梁壑。洊至宜便習，兼山貴止託。平生協幽期，淪躓困微弱。久露干禄請，始果遠游諾。宿心漸申寫，萬事俱零落。懷抱既昭曠，外物徒龍蠖。

湘綺批：清勁。

七里瀨

羈心積秋晨，晨積展游眺。孤客傷逝湍，徒旅苦奔峭。石淺水潺湲，日落山照曜。荒林紛沃若，哀禽相叫嘯。遭物悼遷斥，存期得要妙。既秉上皇心，豈屑末代誚。目覩嚴子瀨，想屬任公釣。誰謂古今殊，異代可同調。

湘綺批：高華。奇麗。余過嚴瀨，方知『落日』句寫景之妙。他手必不肯放過嚴光。此只一句了之，又用任公作陪，高潔非常，心目孤曠。

湘綺評：余過嚴瀨，方知靈運『日落山照曜』句寫景奇麗。（《湘綺樓説詩》卷六）

晚出西射堂

步出西掖門，遥望城西岑。連障疊巘崿，青翠杳深沈。曉霜楓葉丹，夕曛嵐氣陰。節往感不淺，感來念已深。羈雌戀舊侣，迷鳥懷故林。含情尚勞愛，如何離賞心。撫鏡華緇鬢，攬帶緩促衿。安排徒空言，幽獨賴鳴琴。

湘綺評：《晚出西射堂》一首，寫秋望山林之景，妙手偶得之。『幽獨賴鳴琴』句比『引領還入房，垂涕沾雙扉』，更增出『鳴琴』又加『賴』字以生姿致。（《湘綺樓説詩》卷八）

登池上樓

潛虬媚幽姿，飛鴻響遠音。薄霄愧雲浮，棲川怍淵沈。進德智所拙，退耕力不任。徇〔一〕禄反窮海，卧痾對空林。衾枕昧節候，褰開暫窺臨〔二〕。傾耳聆波瀾，舉目眺嶇嶔。初景革緒風，新陽改故陰。池塘生春草，園柳變鳴禽。祁祁傷豳歌，萋萋感楚吟。索居易永久，離羣難處心。持操豈獨古，無悶徵在今。

湘綺批：深静高亮，兼而有之。『春草』句，以當時思不屬，忽得目前景，安放得地，故愜意耳，非謂一句工妙自然也。

湘綺評：『潛虬媚幽姿，飛鴻響遠音』二語，深静高亮兼有之。『池塘生春草』句，以當時思不屬，忽得目前景，安放得地，故愜意耳，非謂此五字工妙自然也。（《湘綺樓説詩》卷六）

湘綺評：謝靈運《登池上樓》一首，因病久始起，耳目爲新，思寫景未得，故夢醒而偶然成句，并無奇特，安放恰好耳。（《湘綺樓説詩》卷八）

【校勘記】

〔一〕光緒十六年江蘇書局本作『徇』。光緒七年四川尊經書局本、民國三十一年程天放本作『狗』。《謝康樂集》《古詩鏡》作『狥』。

〔二〕《文選》無以上二句。

游南亭

時竟夕澄霽，雲歸日西馳。密林含餘清，遠峯隱半規。久痗昏墊苦，旅館眺郊岐。澤蘭漸被徑，芙蓉始發池。未厭青春好，已覩朱明移。戚戚感物歎，星星白髮垂。藥餌情所止，衰疾忽在斯。逝將候秋水，息景偃舊崖。我志誰與亮，賞心惟良知。

湘綺批：『情所止』，言甘心服藥。若將終身，故歎衰老也。

游赤石進帆海

首夏猶清和，芳草亦未歇。水宿淹晨暮，陰霞屢興没。周覽倦瀛壖，况乃凌窮髮。川后時安流，天吴静不發。揚帆采石華，挂席拾海月。溟漲無端倪，虚舟有超越。仲連輕齊組，子牟眷魏闕。矜名道不足，適己物可忽。請附任公言，終然謝天伐。

湘綺批：『歇』字脆絶。『况乃』，猶曠如怳然也。若作虚字，便與上下文乖。『海月』作蚌釋者，可笑，『石華』已不必爲海族，况『海月』耶。若如此解，康樂自供爲捕蚌蛤矣。

湘綺評：謝詩以『溟漲無端倪，虚舟有超越』爲警策，爲其詩足狀海，非爲海賦詩也。一丘一壑，則有畫工寫景之法。五岳溟瀆，非神力舉之不足以稱。『虚舟』一句，所謂納須彌於芥子。而所以有力者，乃在『海月』二句，以景運情，即所謂點景也。詩涉情韻議論，空妙超遠，究有神而無色，必得藻采發之，乃有鮮新之光。（《湘綺樓説詩》卷三）

登江中孤嶼

江南倦歷覽，江北曠周旋。褱新道轉迥，尋異景不延。亂流趨正絶，孤嶼媚中川。雲日相暉映，空水共澄鮮。表靈物莫賞，藴真誰爲傳。想像崑山姿，緬邈區中緣。始信安期術，得盡養生年。

湘綺批：明季鮮瑩，『正絶』是實字，以對『中川』。

登永嘉緑嶂山詩

裹糧杖輕策，懷遲上幽室。行源徑轉遠，距陸情未畢。澹瀲結寒姿，團欒潤霜質。澗委水屢迷，林迴巖逾密。眷西謂初月，顧東疑落日。踐夕奄昏曙，蔽翳皆周悉。蠱上貴不事，履二美貞吉。幽人常坦步，高尚邈難匹。頤阿竟何端，寂寂寄抱一。恬如既已交，繕性自此出。

湘綺批：寬和。『踐夕』，言一日游至夕也。故『蔽翳』處皆到。

石室山詩

清旦索幽異，放舟越坰郊。莓莓蘭渚急，藐藐苔嶺高。石室冠林陬，飛泉發山椒。虚泛自千載，峥嶸非一朝。鄉村絶聞見，樵蘇限風霄。微我無遠覽，總笄羡升喬。靈域久韜隱，如與心賞交。合歡不容言，摘芳弄寒條。

湘綺批：靈氣撲人。

郡東山望溟海詩

開春獻初歲，白日出悠悠。蕩志將愉樂，瞰海庶忘憂。策馬步蘭皋，紲控息椒邱。采蕙遵大薄，搴若履長洲。白花皜陽林，紫虆曄春流。非徒不弭忘，覽物情彌遒。萱蘇始無慰，寂寞終可求。

游嶺門山詩

西京誰修政，龔汲稱良吏。君子豈定所，清塵慮不嗣。早莅建德鄉，民懷虞芮意。海岸常寥寥，空館盈清思。協以上冬月，晨游肆所喜。千圻邈不同，萬嶺狀皆異。威摧三山峭，瀄汩兩江駛。漁舟豈安流，樵拾謝西芘。人生誰云樂，貴不屈所志。

湘綺批：寬和。『盈』字佳，以映『空』字。巷中情思滿，亦以滿字映巷中也。

登上戍石鼓山詩

旅人心長久，憂憂自相接。故鄉路遥遠，川陸不可涉。汩汩莫與娱，發春託登躡。歡願既無並，戚慮庶有協。極目睞左闊，迴顧眺右狹。日末澗增波，雲生嶺逾疊。白芷競新苕，緑蘋齊初葉。摘芳芳靡諼，愉樂樂不燮。佳期緬無像，騁望誰云愜。

齋中讀書

昔余游京華，未嘗廢丘壑。矧乃歸山川，心迹雙寂寞。虚館絶諍訟，空庭來鳥雀。卧疾豐暇豫，翰墨時間作。懷抱觀古今，寢食展戲謔。既笑沮溺苦，又哂子雲閣。執戟亦以疲，耕稼豈云樂。萬事難並歡，達生幸可託。

湘綺批：寬和。輕蒨生脆，謝詩中別調。

湘綺評：《命學士講書》與《齋中讀書》二詩，皆謝公治郡之績。觀其胸次，似文循吏，文人固異俗吏。『昔余

游京華，未嘗廢邱壑。矧乃歸山川，心迹雙寂寞』二聯，輕茜生脆，謝詩中別調。（《湘綺樓説詩》卷六）

命學士講書

卧病同淮陽，宰邑曠武城。絃歌愧言子，清浄謝汲生。古人不可攀，何以報恩榮。時往歲易周，聿來政無成。曾是展予心，招學講羣經。鑠金既云刃，凝土亦能型。望爾志尚隆，遠嗣竹箭聲。敢謂荀氏訓，且布蘭陵情。待罪豈久期，禮樂俟賢明。

湘綺批：寬和。兩詩皆謝公治郡之迹。觀其胸次，似亦循吏，固異於俗吏也。

種桑詩

詩人陳條柯，亦有美攘剔。前修爲誰故，後事資紡績。常佩知方誡，愧微富教益。浮陽鶩嘉月，藝桑迨閒隙。疏欄發近郛，長行達廣埸。曠流始毖泉，緬塗猶跬迹。俾此將長成，慰我海外役。

初去郡

彭薛裁知恥，貢公未遺榮。或可優貪競，豈足稱達生。伊余秉微尚，拙訥謝浮名。廬園當棲巖，卑位代躬耕。顧己雖自許，心迹猶未并。無庸方周任，有疾像長卿。畢娶類尚子，薄游似邴生。恭承古人意，促裝返柴荆。牽絲及元興，解龜在景平。負心二十載，於今廢將迎。理棹遄還期，遵渚鶩修坰。遡溪終水涉，登嶺始山行。野曠沙岸浄，天高秋月明。憩石挹飛泉，攀林搴落英。戰勝臞者肥，鑒止流歸停。即是羲唐化，獲我擊壤情。

湘綺批：謝公非恬淡人，而誦其詩令人心迹寂寞，良由筆妙度舒也。『野曠』二句，脱離塵中，天地爲爽，寫得出去郡光景。『憩石』二句，寫得出去郡心事。『臞肥』承上『落英』，『流停』承上『飛泉』，興也。

田南樹園激流植援

樵隱俱在山，繇來事不同。不同非一事，養痾亦園中。中園屏氛雜，清曠招遠風。卜室倚北阜，啟扉面南江。激澗代汲井，插槿當列墉。羣木既羅户，眾山亦當窗。靡迤趨下岫，迢遞瞰高峯。寡欲不期勞，即事『罕人功』。唯開蔣生徑，永懷求羊蹤。賞心不可忘，妙善冀能同。

湘綺批：謝公號山賊，而云『罕人功』，游山治宅，二者渺不相妨也。

石壁精舍還湖中作

昏旦變氣候，山水含清煇。清煇能娛人，游子憺忘歸。出谷日尚早，入舟陽已微。林壑斂暝色，雲霞收夕霏。芰荷迭映蔚，蒲稗相因依。披拂趨南徑，愉悦偃東扉。慮澹物自輕，意愜理無違。寄言攝生客，試用此道推。

湘綺批：澹漾空明。游罷光景更佳，是真得游理者，否則徒勞跋涉耳。

登石門最高頂

晨策尋絶壁，夕息在山棲。疏峯抗高館，對嶺臨迴溪。長林羅户穴，積石擁階基。連巖覺路塞，密竹使徑迷。來人忘新術，去子惑故蹊。活活夕流駛，噭噭夜猿啼〔一〕。沈冥豈別理，守道自不攜。心契九秋榦，目翫三春荑。居常以待終，處順故安排。惜無同懷客，共登青雲梯。

湘綺批：寬和。寄興遥深，有傲世之志。

湘綺評：《登石門最高頂》一首用『新』『故』，皆感宋初新貴之蔽己。『惜無同懷客，共登青雲梯』，言己亦有王佐才，但不遇時耳。（《湘綺樓説詩》卷八）

【校勘記】

〔一〕光緒十六年江蘇書局本作『唬』，《八代詩選》其他諸本皆作『啼』。《文選》作『猨啼』。

石門新營所住四面高山迴溪石瀨茂林修竹

躋險築幽居，披雲卧石門。苔滑誰能步，葛弱豈可捫。嫋嫋秋風過，萋萋春草繁。美人游不還，佳期何繇敦。芳塵凝瑤席，清醑滿金尊。洞庭空波瀾，桂枝徒攀翻。結念屬霄漢，孤景莫與諼。俯濯石下潭，仰看條上猿。早聞夕飆急，晚見朝日暾。崖傾光難留，林深響易奔。感往慮有復，理來情無存。庶持乘日車，得以慰營魂。匪爲衆人説，冀與智者論。

湘綺批：此首稍密。

於南山往北山經湖中瞻眺

朝旦發陽崖，景落憩陰峯。舍舟眺迥渚，停策倚茂松。側逕既窈窕，環洲亦玲瓏。俛視喬木杪，仰聆大壑淙。石横水分流，林密蹊絶蹤。解作竟何感，升長皆丰容。初篁苞緑籜，新蒲含紫茸。海鷗戲春岸，天雞弄和風。撫化心無厭，覽物眷彌重。不惜去人遠，但恨莫與同。孤游非情歎，賞廢理誰通。

湘綺批：寬和。言孤游非吾情所歎，而賞心坐廢，此理難通。

冬士《八代詩評》：余按此爲攻訐其爲山賊者而發。

從斤竹澗越嶺溪行

猿鳴誠知曙，谷幽光未顯。巖下雲方合，花上露猶泫。逶迤傍隈隩，迢遞陟陘峴。過澗既厲急，登棧亦陵緬。川渚屢徑復，乘流翫迴轉。蘋萍泛沈深，菰蒲冒清淺。企石挹飛泉，攀林摘葉卷。想見山阿人，薜蘿若在眼。握蘭勤徒結，折麻心莫展。情用賞爲美，事昧竟誰辨。觀此遺物慮，一悟得所遣。

湘綺批：如畫。言情以賞心爲美，而人事昏昧，不能辨之，此行乃一悟也。

湘綺評：《從斤竹澗越嶺溪行》一首，卓煉有險急意，再過則流仄怪矣。『猿鳴誠知曙，谷幽光未顯』。巖下雲方合，花上露猶泫』，是寫景奇麗之句。『川渚屢逕復，乘流翫迴轉』二句所以紆宕之。（《湘綺樓説詩》卷八）

過白岸亭詩

拂衣遵沙垣，緩步入蓬屋。近澗涓密石，遠山映疎木。空翠難强名，漁釣易爲曲。援蘿聆青崖，春心自相屬。交交止栩黄，呦呦食苹鹿。傷彼人百哀，嘉爾承筐樂。榮悴迭去來，窮通成休慽。未若長疎散，萬事恆抱朴。

湘綺批：『空翠難强名』，與『秀色若可餐』，均是妙語。『緑净不可唾』，則拙矣。『人百哀』，謂盧陵王。『承筐樂』，謂君臣情隔，不如鹿鳴之好我也。黄鳥及鹿，蓋以所見以起興。

夜宿石門詩

朝搴苑中蘭，畏彼霜下歇。暝還雲際宿，弄此石上月。鳥鳴識夜棲，木落知風發。異音同至聽，殊響俱清越。妙物莫爲賞，芳醑誰與伐？美人竟不來，陽阿徒晞髪。

湘綺批：起四句玲瓏秀麗，『異音』二語，靈響滿空。

湘綺評：《夜宿石門詩》，起句玲瓏秀麗。『異音』二語，靈響滿空。謝公非恬澹人，而誦詩令人心迹寂寞，良由筆妙度舒也。（《湘綺樓説詩》卷六）

南樓中望所遲客

杳杳日西頽，漫漫長路迫。登樓爲誰思，臨江遲來客。與我别所期，期在三五夕。圓景早已滿，佳人猶未適。即事怨睽攜，感物方悽慽。孟夏非長夜，晦明如歲隔。瑶華未堪折，蘭苕已屢摘。路阻莫贈問，云何慰離析。搔首訪行人，引領冀良覿。

湘綺批：寬和。

廬陵王墓下作

曉月發雲陽，落日次朱方。含悽泛廣川，灑淚眺連岡。眷言懷君子，沈痛切中腸。道消結憤懣，運開申悲涼。神期恆若存，德音初不忘。徂謝易永久，松柏森已行。延州協心許，楚老惜蘭芳。解劍竟何及，撫墳徒自傷。平生疑若人，通蔽互相妨。理感心情慟，定非識所將。脆促良可哀，夭枉特兼常。一隨往化滅，安用空名揚。舉聲泣已灑，長歎不成章。

湘綺批：『平生』四句，排奡動蕩，沈鬱蒼涼。愈推開，愈沉痛。

還舊園作見顏范二中書

辭〔一〕滿豈多秩，謝病不待年。偶與張邴合，久欲還東山。聖靈昔迴眷，微尚不及宣。何意衝飆激，烈火縱炎烟。焚玉發崑峯，餘燎遂見遷。投沙理既迫，如邛願亦愆。長與歡愛別，永絶平生緣。浮舟千仞壑，總轡萬尋巔。流沫不足險，石林豈爲艱。閩中安可處，日夜念歸旋。事躓兩如直，心愜三避賢。託身青雲上，棲巖挹飛泉。盛明盪氛昏，貞休康屯邅。殊方感成貸，微物豫采甄。感深操不固，質弱易扳纏。曾是反昔園，語往實款然。曩基即先築，故池不更穿。果木有舊行，壤石無遠延。雖非休憩地，聊取永日閒。衛生自有經，息陰謝所牽。夫子照清素，探懷投往篇。

湘綺批：『偶與』字，下得從容大雅。不獨無宦情，亦不矜高蹈也。『如直』，當作『如矢』。『兩』，謂有道無道也。深厚。

【校勘記】

〔一〕光緒七年四川尊經書局本、民國三十一年程天放本作『辝』，光緒十六年江蘇書局本作『辭』。

酬從弟惠連

寢瘵謝人徒，滅迹入雲峯。巖壑寓耳目，歡愛隔音容。永絶賞心望，長懷莫與同。末路值令弟，開顔披心胸〔一〕。其一

心胸既云披，意得咸在斯。陵澗尋我室，散帙問所知。夕慮曉月流，朝忌曛日馳。悟對無厭歇，聚散成分離。其二

分離别西川，迴景歸東山。别時悲已甚，别後情更延。傾想遲嘉音，果枉濟江篇。辛勤風波事，款曲洲渚言。其三

洲渚既淹時，風波子行遲。務協華京想，詎存空谷期。猶復惠來章，祇〔二〕足攪余思。儻若果歸言，共陶暮春時。其四

暮春雖未交，仲春善游遨。山桃發紅蕚，野蕨漸紫苞。嚶鳴已悦豫，幽居猶鬱陶。夢寐佇歸舟，釋我吝與勞。其五

湘綺批：雖仿子建《贈白馬王彪》作，然彼以氣勝，此以情長。大要轉而不著力，對而不同意。

湘綺評：《酬從弟惠連詩》雖仿子建《贈白馬王》作，然彼以氣勝，此以情長，大要轉而不著力，對而不用意。

（《湘綺樓説詩》卷六）

【校勘記】

〔一〕光緒七年四川尊經書局本、民國三十一年程天放本作『胷』。光緒十六年江蘇書局本作『胸』。《文選》《古詩

紀》作『貿』。二字同。

〔二〕光緒十六年江蘇書局本作『祇』。光緒七年四川尊經書局本、民國三十一年程天放本作『祇』。《文選》作『祇』。

登臨海嶠初發疆中作與從弟惠連可見羊何共和之一首

杪秋尋遠山，山遠行不近。與子別山阿，含酸赴脩畛。中流袂就判，欲去情不忍。顧望脰未悁，汀曲舟已隱。其一

隱汀絶望舟，騖棹逐驚流。欲抑一生歡，并奔千里游。日落當棲薄，繫纜臨江樓。豈惟夕情斂，憶爾共淹留。其二

淹留昔時歡，復增今日歎。茲情已分慮，況乃協悲端。秋泉鳴北澗，哀猿響南巒。戚戚新別心，悽悽久念攢。其三

攢念攻別心，旦發清溪陰。暝投剡中宿，明登天姥岑。高高入雲霓，還期那可尋。儻遇浮邱公，長絶子徽音。其四

初發石首城

白圭尚可磨，斯言易爲緇。雖抱中孚爻，猶勞貝錦詩。寸心若不亮，微命察如絲。日月垂光景，成貸遂兼茲。出宿薄京畿，晨裝摶曾颸。重經平生別，再與朋知辭。故山日已遠，風波豈還時。迢迢萬里帆，茫茫終何之。游當羅浮行，息必廬霍期。越海陵三山，游湘歷九疑。欽聖若旦暮，懷賢亦悽其。皎皎明發心，不爲歲寒欺。

入東道路詩

整駕辭金門，命旅惟詰朝。懷居顧歸雲，指塗泝行飆。屬值清明節，榮華感和韶。陵隰繁緑杞，墟囿粲紅桃。鷕鷕翬方雊，纖纖麥垂苗。隱軫邑里密，緬邈江海遼。滿目皆古事，心賞貴所高。魯連謝千金，延州懽去朝。行路既經見，願言寄吟謠。

湘綺批：悲憤語，初看似高曠。

道路憶山中

采菱調易急，江南歌不緩。楚人心昔絶，越客腸今斷。斷絶雖殊念，俱爲歸慮款。在鄉爾思積，憶山我憤懣。追尋棲息時，偃卧任縱誕。得性非外求，自已爲誰纂。不怨秋夕長，恒苦夏日短。濯流激浮湍，息陰倚密竿。懷故叵新歡，含悲忘春暖。悽悽明月吹，惻惻廣陵散。殷勤訴危柱，慷慨命促管。

入彭蠡湖口

客游倦水宿，風潮難具論。洲島驟迴合，圻岸屢崩奔。乘月聽哀狖，浥露馥芳蓀。春晚緑野秀，巖高白雲屯。千念集日夜，萬感盈朝昏。攀崖照石鏡，牽葉入松門。三江事多往，九派理空存。靈物吝珍怪，異人秘精魂。金膏滅明光，水碧輟流温。徒作千里曲，絃絶念彌敦。

湘綺批：是久於舟中人語。

入華子岡是麻源第三谷

南州實炎德，桂樹陵寒山。銅陵映碧澗，石磴瀉紅泉。既枉隱淪客，亦棲肥遁賢。險徑無測度，天路非術阡。遂登羣峯首，邈若升雲烟。羽人絶髣髴，丹丘徒空筌。圖牒復磨滅，碑版誰聞傳。莫辨百代後，安知千載前。且申獨往意，乘月弄潺湲。恒充俄頃用，豈爲古今然。

湘綺批：南城縣荒僻，故『羽人』以下，惜其境勝而地偏。

發歸瀨三瀑布望兩溪

我行乘日垂，放舟候月圓。泳江免風濤，涉清弄漪漣。積石竦兩溪，飛泉倒三山。亦既窮登陟，荒藹橫目前。窺巖不覩景，披林豈見天。陽烏尚傾翰，幽篁未爲邅。退尋平常時，安知巢穴難。風雨非攸悋，擁志誰與宣。儻有同枝條，此日即千年。

湘綺批：『幽篁』未能出林，以屯邅矣。然『陽烏』尚掩，小者何足道，喻己之沈滯，以晉室不振故也。

初往新安桐廬口

絺綌雖淒其，授衣尚未至。感節良已深，懷古亦云思。不有千里棹，孰申百代意。遠協尚子心，遥得許生計。既及泠風善，又即秋水駛。江山共開曠，雲日相照媚。景夕羣物清，對玩咸可憙。

擬魏太子鄴中集詩八首并序

湘綺批：此蓋廬陵亡後，追感當時同游諸人所作。

魏太子

建安末，余時在鄴宫，朝游夕讌，究歡愉之極。天下良辰美景，賞心樂事，四者難并。今昆弟友朋，二三諸彦，共盡之矣。古來此娱，書籍未見，何者？楚襄王時有宋玉、唐景，梁孝王時有鄒、枚、嚴、馬，游者美矣，而其主不文；漢武帝徐、樂諸才，備應對之能，而雄猜多忌，豈獲晤言之適？不誣方將，庶必賢於今日爾。歲月如流，零落將盡，撰文懷人，感往增愴。其辭曰：

百川赴巨海，衆星環北辰。照灼爛霄漢，遥裔起長津。天地中横潰，家王拯生民。區宇既蕩滌，羣英必來臻。忝此欽賢性，繇來常懷仁。況值衆君子，傾心隆日新。論物靡浮説，析理實敷陳。羅縷豈闕辭，窈窕究天人。澄觴滿金罍，連榻設華茵。急絃動飛聽，清歌拂梁塵。何言相遇易，此歡信可珍。

湘綺批：起二句强作帝王語。

王粲

家本秦川，貴公子孫，遭亂流寓，自傷情多。

幽厲昔崩亂，桓靈今板蕩。伊洛既燎烟，函崤没無象。整裝辭秦川，秣馬赴楚壤。沮漳自可美，客心非外奬。常歎詩人言，式微何谿往。上宰奉皇靈，侯伯咸宗長。雲騎亂漢南，宛郢皆掃盪。排霧屬盛明，披雲對清朗。慶泰欲重疊，公子特先賞。不謂息肩願，一旦值明兩。並載游鄴京，方舟汎河廣。綢繆清讌娱，寂寥梁棟響。既作長夜飲，豈顧乘日養。

湘綺批：詞密氣疏。

陳琳

袁本初書記之士，故述喪亂事多。

皇漢逢迍邅，天下遭氛慝。董氏淪關西，袁家擁河北。單民易周章，窘身就羈勒。豈意事乖己，永懷戀故國。相公實勤王，信能定蝥賊。復覩東都輝，重見漢朝則。餘生幸已多，矧迺值明德。愛客不告疲，飲讌遺景刻。夜聽極星爛，朝游窮曛黑。哀哇動梁埃，急觴盪幽默。且盡一日娱，莫知古來惑。

徐幹

少無宦情，有箕潁之心事，故仕世多素辭。

伊昔家臨淄，提攜弄齊瑟。置酒飲膠東，淹留憩高密。此歡謂可終，外物始難畢。摇蕩箕濮情，窮年迫憂慄。末塗幸休明，棲集逮薄質。已免負薪苦，仍游椒蘭室。清論事究萬，美話信非一。行觴奏悲歌，永夜繼白日。華屋非蓬居，時髦豈余匹。中飲顧昔心，悵焉若有失。

湘綺批：此首蓋以自喻。

劉楨

卓犖偏人，而文最有氣，所得頗經奇。

貧居宴里閈，少小長東平。河兖當衝要，淪飄薄許京。廣川無逆流，招納厠羣英。北渡黎陽津，南登宛郢城。既覽古今事，頗識治亂情。歡友相解達，敷奏究平生。矧荷明哲顧，知深覺命輕。朝游牛羊下，暮坐括揭鳴。終歲非一日，傳卮弄清聲。辰事既難諧，歡願如今并。唯羡肅肅翰，繽紛戾高冥。

應瑒

汝潁之士，流離世故，頗有飄薄之歎。

嗷嗷雲中雁，舉翮自委羽。求凉弱水湄，違寒長沙渚。顧我凉川時，緩步集潁許。一旦逢世難，淪薄恆羈旅。天下昔未定，託身早得所。官渡厠一卒，烏林預艱阻。晚節值眾賢，會同庇天宇。列坐廕華榱，金樽盈清醑。始奏延露曲，繼以闌夕語。調笑輒酬答，嘲謔無慙沮。傾軀無遺慮，在心良已敘。

阮瑀

管書記之任，故有優渥之言。

河洲多沙塵，風悲黃雲起。金羈相馳逐，聯翩何窮已。慶雲惠優渥，微薄攀多士。念昔渤海時，南皮戲清沚。今復河曲游，鳴葭汎蘭汜。躧步陵丹梯，並坐侍君子。妍談既愉心，哀弄信睦耳。傾酤係芳醑，酌言豈終始。自從食蓱來，唯見今日美。

平原侯植

公子不及世事，但美遨游，然頗有憂生之嗟。

朝游登鳳閣，日暮集華沼。傾柯引弱枝，攀條摘蕙草。徙倚窮騁望，目極盡所討。西顧太行山，北眺邯鄲道。平衢修且直，白楊信㚖㚖。副君命飲宴，歡娛寫懷抱。良游匪晝夜，豈云晚與早。衆賓悉精妙，清辭灑蘭藻。哀音下迴鵠，餘哇徹清昊。中山不知醉，飲德方覺飽。願以黄髮期，養生念將老。

石室立招提精舍

四城有頓躓，三世無極已。浮歡昧眼前，沈照貫終始。壯齡緩前期，頽年追暮齒。揮霍夢幻頃，飄忽風電起。良緣迨未謝，時逝不可俟。敬擬靈鷲山，尚想祇洹軌。絶溜飛庭前，高林映窗裏。禪室棲空觀，講宇析妙理。

過瞿溪山僧

迎旭凌絶嶝，映泫歸溆浦。鑽燧斷山木，掩岸墐石户。結架非丹甍，藉田資宿莽。同游息心客，曖然若可覩。清霄颺浮烟，空林響法鼓。忘懷狎鷗鰷，攝生馴兕虎。望嶺眷靈鷲，延心念浄土。若乘四等觀，永拔三界苦。

臨終詩

龔勝無餘生，季業有終盡。稽〔一〕公理既迫，霍生命亦殞。悽悽後霜柏，納納衝風菌。邂逅竟無時，修短非所愍。恨我君子志，不得巖下泯。送心正覺前，斯痛久已忍。唯願乘來生，怨親同心朕。

湘綺批：沈痛超凡。

【校勘記】

〔一〕《八代詩選》諸本皆作『稽』，當爲『嵇』。

謝瞻

湘綺批：遠遜康樂。

九日從宋公戲馬臺集送孔令詩

風至授寒服，霜降休百工。繁林收陽彩，密苑解華叢。巢幕無留燕，遵渚有來鴻。輕霞冠秋日，迅商薄清穹。聖心眷嘉節，揚鑾戾行宮。四筵霑芳醴，中堂起絲桐。扶光迫西汜，歡餘宴有窮。逝矣將歸客，養素克有終。臨流怨莫從，歡心歎飛蓬。

答靈運

夕霽風氣凉，閒房有餘清。開軒滅華燭，月露皓已盈。獨夜無物役，寢者亦云甯。忽獲愁霖唱，懷勞奏所誠。歎彼行旅艱，深兹眷言情。伊余雖寡慰，殷憂暫爲輕。牽率酬嘉藻，長揖愧吾生。

湘綺批：寬和。

於安城答靈運一首

條繁林彌蔚，波清源愈濬。華宗誕吾秀，之子紹前胤。綢繆結風徽，烟煴吐芳訊。鴻漸隨事變，雲臺與年峻。其一

華萼相光飾，嚶鳴悦同響。親親子敦余，賢賢吾爾賞。比景後鮮輝，方年一日長。萎葉愛榮條，涸流好河廣。其二

徇業謝成操，復禮愧貧樂。幸會可代耕，符守江南曲。履運傷荏苒，遵塗歎緬邈。布懷存所欽，我勞一何

篤。其三

肇允雖同規，翻飛各異槩。迢遞封畿外，窈窕承明內。尋塗塗既暌，即理理已對。絲路有恆悲，矧迺在吾愛。其四

跬行安步武，鎩翮周數仞。豈不識高遠，違方往有吝。歲寒霜雪嚴，過半路逾峻。量己畏友朋，勇退不敢進。行矣勵令猷，寫誠酬來訊。其五

湘綺批：詠史派。此作比之康樂，遜其轉折，而氣較勁。

王撫軍庾西陽集別時爲豫章太守庾被徵還東

祇召旋北京，守官反南服。方舟析舊知，對筵曠明牧。舉觴矜飲餞，指塗念出宿。來晨無定端，別晷有成速。頹陽照通津，夕陰曖平陸。榜人理行艫，輶軒命歸僕。分手東城闉，發櫂西江隩。離會雖相雜，逝川豈往復。誰謂情可書，盡言非尺牘。

湘綺批：『頹陽』二句畫出斜陽平野之景。

張子房詩

王風哀以思，周道蕩無章。卜洛易隆替，與亂罔不亡。力政吞九鼎，苛慝暴三殤。息肩纏民思，靈鑒集朱光。伊人感代工，聿來扶興王。婉婉幬中畫，輝輝天業昌。鴻門銷薄蝕，垓下隕攙槍。爵仇建蕭宰，定都護儲皇。肇允契幽叟，翻飛指帝鄉。惠心奮千祀，清埃播無疆。神武睦三正，裁成被八荒。明兩燭河陰，慶霄薄汾陽。鑾旍歷頹寢，飾像薦嘉嘗。聖心豈徒甄，惟德在無忘。逝者如可作，揆子慕周行。濟濟屬車士，粲粲翰墨場。瞽夫違盛觀，竦踊企一方。四達雖平直，蹇步愧無良。餐和忘微遠，延首詠太康。

湘綺批：詠史派。

卷九

宋第二

五言第七

謝惠連

湘綺批：小謝詩殊冗弱，但工作聯句。以從兄獎借，故聲名至今耳。

湘綺評：看小謝詩殊冗弱，但工琢聯句，以從兄獎借，故名聲至今耳。（《湘綺樓說詩》卷六）

豫章行

軒帆遡遥路，薄送瞰遐江。舟車理殊緬，密友將遠從。九里樂同潤，二華念分峯。集歡豈今發，離歎自古鍾。促生靡緩期，迅景無遲蹤。緇髪迫多素，憔悴謝華豐。婉娩寡留晷，窈窕閉淹龍。如何阻行止，憤愠結心胸。既微達者度，歡戚誰能封。願子保淑慎，良訊代徽容。

湘綺批：亦押險韻，但覺其無勉强，有意態。

塘上行

芳萱秀陵阿，菲質不足榮。幸有忘憂用，移根託君庭。垂穎臨清池，擢彩仰華甍。霑渥雲雨潤，葳蕤吐芳馨。願君眷傾葉，留景惠餘明。

汎南湖至石帆

軌息陸塗初，枻鼓川路始。漣漪繁波漾，參差層峯峙。蕭疎野趣生，逶迤白雲起。登陟苦跋涉，矌盼樂心耳。即翫翫有竭，在興興無已。

西陵遇風獻康樂一首

我行指孟春，春仲尚未發。趣塗遠有期，念離情無歇。戒裝候良辰，漾舟陶嘉月。瞻塗意少悰，還顧情多闕。其一

哲兄感仳別，相送越坰林。飲餞野亭館，分袂澄湖陰。悽悽留子言，眷眷浮客心。迴塘隱艫栧，遠望絕形音。其二

靡靡即長路，戚戚抱遥悲。悲遥但自弭，路長當語誰。行行道轉遠，去去情彌遲。昨發浦陽汭，今宿浙江湄。其三

屯雲蔽曾嶺，驚風湧飛流。零雨潤墳澤，落雪灑林丘。浮氛晦崖巘，積素盛原疇。曲汜薄停旅，通川絕行舟。其四

臨津不得濟，佇檝阻風波。蕭條洲渚際，氣色少諧和。西瞻興游歎，東睇起悽歌。積憤成疢痗，無萱將如何。其五

代古

客從遠方來，贈我鵠文綾。貯以相思篋，緘以同心繩。裁爲親身服，著以俱寢興。別來經年歲，歡心不可陵。寫酒置井中，誰能辨斗升。合如杯中水，誰能判淄澠。

秋懷

平生無志意，少小嬰憂患。如何乘苦心，矧復值秋晏。皎皎天月明，奕奕河宿爛。蕭瑟含風蟬，寥唳度雲雁。寒商動清閨，孤燈曖幽幔。耿介繁慮積，展轉長宵半。夷險難預謀，倚伏昧前算。雖好相如達，不同長卿慢。頗悅鄭生偃，無取白衣宦。未知古人心，且從性所翫。賓至可命觴，朋來當染翰。高臺數登踐，清波時陵亂。積魄不再圓，傾羲無兩旦。金石終銷毀，丹青暫彫煥。各勉玄髮歡，無貽白首歎。因歌遂成賦，聊用布親串。

湘綺批：起四句無意爲文，所謂因歌成賦。

擣衣

衡紀無淹度，晷運倏如催。白露滋園菊，秋風落庭槐。肅肅莎雞羽，烈烈寒螿啼。夕陰結空幕，宵月皓中閨。美人戒裳服，端飾相招攜。簪玉出北房，鳴金步南階。櫩高砧響發，楹長杵聲哀。微芳起兩袖，輕汗染雙題。紈素既已成，君子行未歸。裁用笥中刀，縫爲萬里衣。盈篋自余手，幽緘候君開。腰帶準疇昔，不知今是非。

湘綺批：非不婉款，而去古遠。

泛湖歸出樓中望月

日落泛澄瀛，星羅游輕橈。憩榭面曲汜，臨川對迴潮。輟策共駢筵，並坐相招要。哀鴻鳴沙渚，悲猨響山椒。亭亭映江月，飂飂出谷飈。斐斐氣羃岫，泫泫露盈條。近矚袪幽藴，遠視蕩諠囂。晤言不知罷，從夕至清朝。

七月七日夜詠牛女

落日隱櫩楹，升月照房櫳。團團滿葉露，析析振條風。蹀足循廣除，瞬目矖曾穹。雲漢有靈匹，彌年闕相從。遐川阻暱愛，修渚曠清容。弄杼不成藻，聳轡騖前蹤。昔離秋已兩，今聚夕無雙。傾河易迴斡，欵顔難久悰。沃若靈駕旋，寂寥雲幄空。留情顧華寢，遥心逐奔龍。沈吟爲爾感，情深意彌重。

鮑照

湘綺批：明遠詩，氣急色濃，務追奇險，其品度卑矣。然自成格調，亦無流騁無歸，無識者乃以爲風韻獨出顔、謝之上，是不知翰林之鷙，而以爲丹山之鳳也。鮑詩只是多琢句，精選詞，工布景，故格不得高，其勁氣纔足除冗弱耳。

湘綺評：鮑明遠詩氣急色濃，務追奇險，其品度卑矣。然自能成格調，亦非流騁無歸者。無識者乃以爲風韻獨高出顔、謝之上，是不知翰林之鷙，而以爲丹山之鳳也。鮑詩只是多琢句，精選詞，工布景。故格不得高，其勁氣才足除冗弱弊耳。（《湘綺樓説詩》卷六）

採桑

季春梅始落，女工事蠶作。采桑淇洧間，還戲上宫閣。早蒲時結陰，晚篁初解籜。藹藹霧滿閨，融融景盈幕。乳燕逐草蟲，巢蜂拾花萼。是節最暄妍，佳服又新爍。綿歎對迴塗，揚歌弄場藿。抽琴試抒思，薦佩果成託。承君郢中美，服義久心諾。衛風古愉豔，鄭俗舊浮薄。靈願悲渡湘，宓賦笑瀍洛。盛明難重來，淵意爲誰涸。君其且調絃，桂酒妾行酌。

代挽歌

獨處重冥下，憶昔登高臺。傲岸平生中，不爲物所裁。埏門已復閉，白蟻相將來。生時芳蘭體，小蟲今爲災。玄鬢無復根，枯髏依青苔。憶昔好飲酒，素盤進青梅。彭韓及廉藺，疇昔已成灰。壯士皆死盡，餘人安在哉。

代東門行

傷禽惡絃驚，倦客惡離聲。離聲斷客情，賓御皆涕零。涕零心斷絶，將去復還訣。一息不相知，何況異鄉別。遥遥征駕遠，杳杳白日晚。居人掩閨卧，行子夜中飯。野風吹草木，行子心腸斷。食梅常苦酸，衣葛常苦寒。絲竹徒滿坐，憂人不解顔。長歌欲自慰，彌起長恨端。

湘綺批：此等則驚心動魄，一字千金也。『食梅』二句，比張司空『巢居』二句勝矣，終不若『枯桑』二句也。

代放歌行

蓼蟲避葵堇，習苦不言非。小人自齷齪，安知曠士懷。雞鳴洛城裏，禁門平旦開。冠蓋縱横至，車騎四方來。素帶曳長飈，華纓結遠埃。日中安能止，鐘鳴猶未歸。夷世不可逢，賢君信愛才。明慮自天斷，不受外嫌猜。一言分圭爵，片善辭草萊。豈伊白璧賜，將起黄金臺。今君有何疾，臨路獨遲迴。

湘綺批：直説。有倜儻雄奇之勢。末無答語竟住，所以妙。

湘綺評：《代放歌行》起四句直説，有倜儻恢奇之勢。（《湘綺樓説詩》卷六）

代陳思王京洛篇

鳳樓十二重，四户八綺窗。繡桷金蓮花，桂柱玉盤龍。珠簾無隔露，羅幌不勝風。寶帳三千所，爲爾一朝容。揚芬紫烟上，垂綵緑雲中。春吹回白日，霜高落塞鴻。但懼秋塵起，盛愛逐衰蓬。坐視青苔滿，卧對錦筵空。琴瑟縱横散，舞衣不復縫。古來共歇薄，君意豈獨濃。唯見雙黄鵠，千里一相從。

湘綺批：『珠簾』二句，律詩佳句。結振起，筆勢如飛。

湘綺評：明遠對句如『珠簾無隔露，羅幌不勝風』，皆是律詩佳聯。（《湘綺樓説詩》卷六）

代白頭吟

直如朱絲繩，清如玉壺冰。何慙宿昔意，猜恨坐相仍。人情賤恩舊，世議逐衰興。豪〔一〕髮一爲瑕，丘山不可勝。食苗實碩鼠，點白信蒼蠅。鳧鵠遠成美，薪芻前見陵。申黜褒女進，班去趙姬升。周王日淪惑，漢帝益嗟稱。心賞猶難恃，貌恭豈易憑。古來共如此，非君獨撫膺。

【校勘記】

〔一〕《八代詩選》諸本皆作『豪』。《玉臺新詠》《樂府詩集》《鮑參軍集》《古詩紀》《古詩鏡》作『毫』。

代東武吟

主人且勿諠，賤子歌一言。僕本寒鄉士，出身蒙漢恩。始隨張校尉，占募到河源。後逐李輕車，追虜窮塞垣。密塗亘萬里，甯歲猶七奔。肌力盡鞍甲，心思歷凉温。將軍既下世，部曲亦罕存。時事一朝異，孤績誰復論。少壯辭家去，窮老還入門。腰鎌刈葵藿，倚杖牧雞豚。昔如韝上鷹，今似檻中猨。徒結千載恨，空負百年怨。棄席思君幄，疲馬戀君軒。願垂晉主惠，不愧田子魂。

湘綺批：刻意悲凉。

代出自薊北門行

羽檄起邊亭，烽火入咸陽。徵騎屯廣武，分兵救朔方。嚴秋筋竿勁，虜陣精且彊。天子按劍怒，使者遥相望。雁行緣石徑，魚貫度飛梁。簫鼓流漢飈，旌甲被胡霜。疾風衝塞起，沙礫自飄揚。馬毛縮如蝟，角弓不可張。時危見臣節，世亂識忠良。投軀報明主，身死爲國殤。

湘綺批：作邊寒詩，用十二分力量，是唐人所祖。結與前首棄席同調。

湘綺評：《代出自薊北門行》用十二分力量作邊塞詩，是唐人所祖。（《湘綺樓説詩》卷六）

代陸平原君子有所思行

西上登雀臺，東下望雲闕。層閣肅天居，馳道直如髮。繡甍結飛霞，璇題納行月。築山擬蓬壺，穿池類溟渤。選色遍齊岱，徵聲帀邛越。陳鐘陪夕燕，笙歌待明發。年貌不可還，身意會盈歇。螘壤漏山河，絲淚毁金骨。器惡含滿欹，物忌厚生没。智哉衆多士，服理辨昭晰。

代陳思王白馬篇

白馬騂角弓，鳴鞭乘北風。要途問邊急，雜虜入雲中。閉壁自往夏，清野徑還冬。僑裝多闕絶，旅服少裁縫。埋身守漢節，沈命對胡封。薄莫塞雲起，飛沙被遠松。含悲望兩都，楚歌登四墉。丈夫設計誤，懷恨逐邊戍。棄别中國愛，邀冀胡馬功。去來今何道，卑賤生所鍾。但令塞上兒，知我獨爲雄。

湘綺批：明遠此等起法，雖漸遠古度，殊有昂藏之氣。頓挫慷慨，所謂幽燕老將，氣韻沈雄。

湘綺評：《代陳思王白馬》篇起法雖漸遠古度，殊有昂藏之氣。『丈夫設計誤，懷恨逐邊戍。棄别中國愛，邀冀胡馬功』，數語頓挫慷慨，所謂幽、燕老將，氣韻沉雄。（《湘綺樓説詩》卷六）

代昇天行

家世宅關輔，勝帶宦王城。備聞十帝事，委曲兩都情。倦見物興衰，驟覩俗屯平。翩翩若回掌，恍惚似朝榮。窮塗悔短計，晚志重長生。從師入遠嶽，結友事仙靈。五圖發金記，九籥隱丹經。風餐委松宿，雲卧恣天行。冠霞登采閣，解玉飲椒庭。暫游越萬里，少別數千齡。鳳臺無還駕，簫管有遺聲。何當與汝曹，啄腐共吞腥。

代堂上歌行

四坐且莫諠，聽我堂上歌。昔仕京洛時，高門臨長河。出入重宮裏，結友曹與何。車馬相馳逐，賓朋好容華。陽春孟韶月，朝光散流霞。輕步逐芳風，言笑弄丹葩。煇煇朱顔酡，紛紛織女梭。滿堂皆美人，目成對湘娥。雕〔一〕謝侍君間，明妝帶綺羅。箏笛更彈吹，高唱好且和。萬曲不關心，一曲動情多。欲知情厚薄，更聽此聲過。

湘綺批：結四句近俚。

【校勘記】

〔一〕光緒七年四川尊經書局本、民國三十一年程天放本作「雖」。光緒十六年江蘇書局本作「雕」。

代結客少年場行

驄馬金絡頭，錦帶佩吴鉤。失意杯酒間，白刃起相讎。追兵一旦至，負劍遠行游。去鄉三十載，復得還舊丘。升高臨四關，表裏望皇州。九衢〔一〕平若水，雙闕似雲浮。扶宫羅將相，夾道列王侯。日中市朝滿，車馬若川流。擊鍾陳鼎食，方駕自相求。今我獨何爲，埳壈懷百憂。

湘綺批：突出奇語，雖蹴持鞅而氣自壯。

【校勘記】

〔一〕光緒七年四川尊經書局本、民國三十一年程天放本作『九衢』。光緒十六年江蘇書局本作『九衝』。

代邊居行

少年遠京陽，遥遥萬里行。陋巷絶人徑，茅屋摧山岡。不覩車馬迹，但見麋鹿場。長松何落落，丘隴無復行。邊地無高木，蕭蕭多白楊。盛年日月盡，一去萬恨長。悠悠世中人，争此錐刀忙。不憶貧賤時，富貴輒相忘。紛紛徒滿目，何關予慨傷。不如一畝中，高會挹清漿。遇樂便作樂，莫使候朝光。

代邽街行

佇立出門衢，遥望轉蓬飛。蓬去舊根在，連翩逝不歸。念我捨鄉俗，親好久乖違。慷慨懷長想，惆悵戀音徽。人生隨事變，遷化焉可祈。百年難必果，千慮易盈虧。

蕭史曲

蕭史愛長年，嬴女吝童顔。火粒願排棄，霞霧好登攀。龍飛逸天路，鳳起出秦關。身夫長不返，簫聲時往還。

侍宴覆舟山二首

息雨清上郊，開雲照中縣。游軒越丹居，煇燭集凉殿。凌高躋飛楹，追焱起流宴。桓苑含靈羣，嵒庭藏物變。明煇爍神都，麗氣冠華甸。目遠幽情周，禮洽深恩遍。

繁霜飛玉闥，暧景麗皇州。清蹕戒馳路，羽蓋佇宣游。神居既崇盛，巖險信環周。禮俗陶德聲，昌會溢民謳。慙無勝化質，謬從雲雨游。

湘綺批：此二首似玄暉。

從拜陵登京峴

孟冬十月交，殺盛陰欲終。風烈無勁草，寒甚有凋松。軍井冰晝結，士馬氊夜重。晨登峴山首，霜雪凝未通。息鞍循隴上，支劍望雲峯。表裏觀地險，昇降究天容。東嶽覆如礪，瀛海安足窮。傷哉良永矣，馳光不再中。衰賤謝遠願，疲老還舊邦。深德竟何報，徒令田陌空。

蒜山被始興王命作

暮冬霜朔嚴，地閉泉不流。元武藏大陰，丹鳥還養羞。勞農澤既周，役車時亦休。高薄符好舊，藻駕及時游。鹿苑豈淹睇，兎園不足留。升嶠眺日軌，臨迥望滄洲。雲生玉堂裏，風靡銀臺陬。陂石類星縣，嶼木似烟浮。形勝信天府，珍寶麗皇州。白日回清景，芳宴洽歡柔。參差出寒吹，飉戾江上謳。王德愛文雅，飛瀚儷鳴球。美哉物會昌，衣道服光猷。

登廬山

縣裝亂水區，薄旅次山楹。千巖盛阻積，萬壑勢回縈。巃嵷高昔貌，紛亂襲前名。洞澗窺地脈，聳樹隱天經。松磴上迷密，雲竇下縱橫。陰冰實夏結，炎樹信冬榮。嘈囋晨鵾思，叫嘯夜蝯清。深崖伏化迹，穹岫閟長靈。乘此樂山性，重以遠游情。方躋羽人塗，永與烟霧并。

湘綺批：（《蒜山被始興王命作》《登廬山》）觀此二篇，方知顔、謝爲不可及。

湘綺評：《登廬山》數首非不刻意學康樂，然但務琢句，不善追神。明遠天才尚如此，無怪明諸子學謝諸作不能驚人也。（《湘綺樓説詩》卷六）

登廬山望石門

訪世失隱淪，從山異靈士。明發振雲冠，升嶠遠棲止。高岑隔半天，長崖斷千里。氛霧承星辰，潭壑洞江汜。嶃絶類虎牙，巑岏象熊耳。埋冰或百年，韜樹必千祀。雞鳴清澗中，蝯歗白雲裏。瑶波逐穴開，霞石觸峯起。迴互非一形，參差悉相似。傾聽鳳管賓，緬望釣龍子。松桂盈郄前，如何穢城市。

從登香鑪峯

辭宗盛荆夢，登歌美鳧繹。徒收杞梓饒，曾非羽人宅。羅景藹雲扃，霑光扈龍策。御風親列涂，乘山窮禹迹。含嘯對霧岑，延蘿倚峯壁。青冥摇烟樹，穹跨負天石。霜崖滅土膏，金澗測泉脈。旋淵抱星漢，乳竇通海碧。谷館駕鴻人，巖棲咀丹客。殊物藏珍怪，奇心隱仙籍。高世伏音華，綿古遯精魄。蕭瑟生哀聽，參差遠驚覿。慚無獻賦才，洗汗奉豪帛。

湘綺批：全以研鍊爲工。

從庾中郎游園山石室

荒塗趣山楹，雲崖隱靈室。岡澗紛重抱，林障沓重密。昏昏磴路深，活活梁水疾。幽隅秉晝燭，地牖窺朝日。怪石似龍章，瑕壁麗錦質。洞庭安可窮，漏井終不溢。沈空絶景聲，崩危坐驚慄。神化豈有方，妙象竟無迹。至哉鍊玉人，處此長自畢。

湘綺批：數首非不刻意學康樂，然但務琢句，不善追神。明遠天才尚如此，無怪明諸子學謝諸作，不能驚人也。

登翻車峴

高山絶雲霓，深谷斷無光。晝夜淪霧雨，冬夏結寒霜。淖阪既馬領，磧路又羊腸。畏塗疑旅人，忌轍覆行箱。升岑望原陸，四眺極川梁。游子思故居，離客遅新鄉。新知有客慰，追故游子傷。

登黄鶴磯

水落江渡寒，雁還風送秋。臨流斷商絃，瞰川悲棹謳。適郢無東轅，還夏有西浮。三崖隱丹磴，九派引滄流。涙竹感湘別，弄珠懷漢游。豈伊藥餌泰，得奪旅人憂。

湘綺批：蒼茫宏敞。

湘綺評：《登黄鶴磯詩》『水落江渡寒，雁還風送秋』二語蒼茫宏敞。（《湘綺樓説詩》卷六）

贈故人馬子喬六首

湘綺批：六首俱常意，而錬響取勢俱佳，遂覺生動濃至。

躑躅城上羊，攀隅食玄草。俱共日月輝，昏明獨何早。夕風飄野籜，飛塵被長道。親愛難重陳，懷憂坐空老。

寒灰滅更然，夕華晨更鮮。春冰雖暫解，冬冰〔一〕復還堅。佳人舍我去，賞愛絶長緣。歡至不留日，感物輒傷年。

【校勘記】

〔一〕《八代詩選》諸本皆作『水』，誤。《玉臺新詠》作『冰』。《鮑參軍集》《古詩紀》作『水』。

松生隴坂上，百尺下無枝。東南望河尾，西北隱崑崖。野風振山籟，朋鳥夜驚離。悲涼貫年節，葱翠恆若斯。安得草木心，不怨寒暑移。

種橘南池上，種杏北池中。池北既少露，池南又多風。早寒逼晚歲，衰恨滿秋容。湘濱有靈鳥，其字曰鳴鴻。一抱繒繳痛，長別遠無雙。

湘綺批：一接便結，尺幅具萬里之規。

皎如川上鵠，赫似握中丹。宿心誰不欺，明白古所難。憑楹觀皓露，灑酒盪憂顔。永念平生意，窮光不忍還。淹留徒攀桂，延佇空結蘭。

雙劍將離別，先在匣中鳴。烟雨交將夕，從此遂分形。雌沈吴江水，雄飛入楚城。吴江深無底，楚關有崇扃。一爲天地别，豈直限幽明。神物終不隔，千祀儻還并。

湘綺批：起鍊氣於無形，便有自然神力。

日落望江贈荀丞

旅人乏愉樂，薄暮增思深。日落嶺雲歸，延頸望江陰。亂流灇大壑，長霧帀高林。林際無窮極，雲邊不可尋。惟見獨飛鳥，千里一揚音。推其感物情，則知游子心。君居帝京内，高會日揮金。豈念慕羣客，咨嗟戀景沈。

秋日示休上人

枯桑葉易零，疲客心易驚。今兹亦何早，已聞絡緯鳴。回風滅且起，卷蓬息復征。愴愴簟上寒，悽悽帳裏清。物色延暮思，霜露逼朝榮。臨堂觀秋草，東西望楚城。百物方蕭瑟，坐歎從此生。

吴興黄浦亭庾中郎别

風起洲渚寒，雲上日無煇。連山眇烟霧，長波迴難依。旅雁方南過，浮客未西歸。已經江海别，復與親眷違。奔景易有窮，離褏安可揮。懽觴爲悲酌，歌服成泣衣。温念終不渝，藻志遠存追。役人多牽滯，顧路慙奮飛。昧心附遠翰，烱言藏佩韋。

送别王宣城

發郢流楚思，涉淇興衛情。既逢青春獻，復值白蘋生。廣望周千里，江郊藹微明。擧爵自惆悵，歌管爲誰清。潁陰騰前藻，淮陽流昔馨。樹道慕高華，屬路佇微馨。

湘綺批：微秀。

送從弟道秀別

參差生密念，躑躅行思悲。悲思戀光景，密念盈歲時。歲時多阻折，光景乏安怡。以此苦風情，日夜驚懸旗。登山臨朝日，揚袂别所思。浸淫旦潮廣，瀾漫宿雲滋。天陰懼先發，路遠常早辭。篇詩後相憶，杯酒今無持。游子苦行役，冀會非遠期。

湘綺批：明遠對句，多是律中佳聯。

湘綺評：明遠對句如『天陰懼先發，路遠常早辭』，皆是律詩佳聯。（《湘綺樓説詩》卷六）

贈傅都曹别

輕鴻戲江潭，孤雁集洲沚。邂逅兩相親，緣念共無已。風雨好東西，一隔頓萬里。追憶棲宿時，聲容滿心耳。落日川渚寒，愁雲繞天起。短翮不能翔，裴回烟霧裏。

湘綺批：苦思其情，非相思真者，不知其佳；非極鍊，亦不能作此五句。

湘綺評：《贈傅都曹别詩》『聲容滿心耳，句苦思真情』，非相思深者不知其佳切，非極煉不能作此五字。（《湘綺樓説詩》卷六）

和傅大農與僚故别

絶節無緩響，傷雁有哀音。非同年歲意，誰共别離心。伊昔謬通塗，冠履預人林。浮江望南嶽，登潮窺海陰。孰謂游居淺，慕美久相深。萋萋春草秀，嚶嚶喜候禽。辰物盡明茂，尊盛獨幽沈。之子安所適，我方棲舊岑。墜歡豈更接，明愛邈〔一〕難尋。

【校勘記】

〔一〕光緒十六年江蘇書局本作『貌』，誤。光緒七年四川尊經書局本、民國三十一年程天放本作『邈』，是。

送盛侍郎餞候亭

霑霜襲冠帶，驅駕越城闉。北臨出塞道，南望入鄉津。高墉宿寒霧，平野起秋塵。君爲坐堂子，我乃負羈人。欣悲豈等志，甘苦誠異身。結涕園中草，憔悴悲此春。

與荀中書別

勞舟厭長浪，疲旆倦行風。連翩感孤志，契闊傷賤躬。親交篤離愛，眷戀置酒終。敷文勉征念，發藻慰愁容。思君吟涉洧，撫己謡渡江。慙無黄鶴翅，安得久相從。願遂宿知意，不使舊山空。

還都道中三首

悦懌遂還心，踴躍貪至勤。鳴雞戒征路，莫息落日分。急流騰飛沫，回風起江濆。孤獸啼夜侣，離鴻噪霜羣。物哀心交横，聲切思紛紜。歎慨訴同旅，美人無相聞。

風急訊灣浦，裝高偃檣舳。夕聽江上波，遠極千里目。寒律驚窮蹊，爽氣起喬木。隱隱日没岫，瑟瑟風發谷。鳥還莫林喧，潮上冰結瀎。夜分霜下凄，悲端出遥陸。愁來攢人懷，羈心苦獨宿。

久宦迷遠川，川廣每多懼。薄止閭邊亭，關歷險程路。霮䨴冥隅岫，濛昧江上霧。時涼籟争吹，流洊浪奔趣。惻焉增愁起，搔首東南顧。茫然荒野中，舉目皆凜素。回風揚江泌，寒禽棲動樹。太息終晨漏，企我歸飈遇。

上潯陽還都道中

昨夜宿南陵，今旦入蘆洲。客行惜日月，崩波不可留。侵星赴早路，畢景逐前儔。鱗鱗夕雲起，獵獵曉風遒。騰沙鬱黄霧，翻浪揚白鷗。登艫眺淮甸，掩泣望荆流。絶目盡平原，時見遠烟浮。倏忽坐還合，俄思甚兼秋。未嘗違户庭，安能千里游。誰令乏古節，貽此越鄉憂。

還都至三山望石頭城

泉源安首流，川末澄遠波。晨光被水族，曉氣歇林阿。兩江皎平迴，三山鬱駢羅。南帆望越嶠，北榜指齊河。關扃繞天邑，襟帶抱尊華。長城非壑嶮，峻阻似荆牙。攢樓貫白日，摛堞隱丹霞。征夫喜觀國，游子遲見家。流連入京引，躑躅望鄉歌。彌前歎景促，逾近勸路多。偕萃猶如兹，弘易將謂何。

還都口號

分壤蕃帝華，列正藹皇宫。禮讌及年暇，朝奏因歲通。維舟歇金景，結棹俟昌風。鉦歌首寒物，歸吹踐開冬。陰沈烟塞合，蕭瑟凉海空。馳霜急歸節，幽雲慘天容。旌鼓貫元塗，羽鷁被長江。君王遲京國，游子思鄉邦。恩世共渝洽，身願兩扳逢。勉哉河濟客，勤爾尺波功。

行京口至竹里

高柯危且竦，鋒石横復仄。複澗隱松聲，重崖伏雲色。冰閉寒方壯，風動鳥傾翼。斯志逢凋嚴，孤游值曛逼。兼塗無憩鞍，半菽不遑食。君子樹令名，細人効命力。不見長河水，清濁俱不息。

湘綺批：藴藉中見氣骨，作結尤佳。

發後渚

江上氣早寒，仲秋始霜雪。從軍乏衣糧，方冬與家别。蕭條背鄉心，悽愴清渚發。凉埃晦平皋，飛潮隱修樾。孤光獨徘徊，空烟視昇滅。塗隨前峯遠，意逐後雲結。華志分馳年，韶顔慘驚節。推琴三起歎，聲爲君斷絶。

岐陽守風

差池玉繩高，晻藹瑶井没。廣岸屯宿陰，縣崖棲歸月。役人喜先馳，軍令申早發。洲迴風正悲，江寒霧未歇。飛雲日東西，别鶴方楚越。塵衣孰揮澣，蓬思亂玄髮。

湘綺批：『歸』字奇。

詠史

五都矜財雄，三川養聲利。百金不市死，明經有高位。京城十二衢，飛甍各鱗次。仕子彯華纓，游客竦輕轡。明星晨未晞，軒蓋已雲至。賓御紛颯沓，鞍馬光照地。寒暑在一時，繁華及春媚。君平獨寂寞，身世兩相棄。

擬古八首

魯客事楚王，懷金襲丹素。既荷主人恩，又蒙令尹顧。日宴罷朝歸，鞍馬塞衢路。宗黨生光煇，賓僕遠傾慕。富貴人所欲，道得亦何懼。南國有儒生，迷方獨淪誤。伐木清江湄，設罝守毚兎。

湘綺批：末，此即『湘濱有歸鳥』一種局度。彼軒昂，此深穩，明遠所創調。

十五諷詩書，篇翰靡不通。弱冠參多士，飛步游秦宫。側覩君子論，預見古人風。兩説窮舌端，五車摧筆鋒。羞當白璧貺，恥受聊城功。晚節從世務，乘障遠和戎。解佩襲犀渠，卷袠奉盧弓。始願力不及，安知今所終。

幽并重騎射，少年好馳逐。氈帶佩雙鞬，象弧插雕服。獸肥春草短，飛鞚越平陸。朝游鴈門上，暮還樓煩宿。石梁有餘勁，驚雀無全目。漢虜方未知，邊城屢翻覆。留我一白羽，將以分虎竹。

湘綺批：末，言外譏用兵冒功之多也。

鑿井北陵隈，百丈不及泉。生事本瀾漫，何用獨精堅。幼壯重寸陰，衰暮及輕年。放駕息朝歌，提爵止中山。日夕登城隅，周回視洛川。街衢積凍草，城郭宿寒烟。繁華悉何在，宫闕久崩填。空謗齊景非，徒稱夷叔賢。

伊昔不治業，倦游觀五都。海岱饒壯士，蒙泗多宿儒。結髮起躍馬，垂白對講書。呼我昇上席，陳觚發瓢壺。管仲死已久，墓在西北隅。後面崔嵬者，桓公舊冢廬。君來誠既晚，不覩崇明初。玉琬徒見傳，交友義漸疎。

湘綺批：微似淵明。

束薪幽篁裏，刈黍寒澗陰。朔風傷我肌，號鳥驚思心。歲暮井賦訖，程課相追尋。田租送函谷，獸稾輸上林。河渭冰未開，關隴雪正深。笞擊官有罰，呵辱吏見侵。不謂乘軒意，伏櫪還至今。

河畔草未黄，胡雁已矯翼。秋蛩扶户吟，寒婦晨夜織。去歲征人還，流傳舊相識。聞君上隴時，東望久歎息。宿昔衣帶改，旦暮異容色。念此憂如何，夜長愁更多。明鏡塵匣中，瑶琴生网羅。

湘綺批：從思婦説，意苦筆曲。

蜀漢多奇山，仰望與雲平。陰崖積夏雪，陽谷散秋榮。朝朝見雲歸，夜夜聞蝯鳴。憂人本自悲，孤客易傷情。臨堂設尊酒，留酌思平生。石以堅爲性，君無輕素誠。

湘綺批：鮑詩亦有寬博摇曳，如此等是。

湘綺評：鮑詩亦有寬博摇曳處，如『臨堂設尊酒，留酌思平生』，『石以堅爲性，君無輕素誠』之類是。（《湘綺樓説詩》卷六）

紹古辭七首

橘生湘水側，菲陋人莫傳。逢君金華宴，得在玉几前。三川窮名利，京洛富妖妍。恩榮難久恃，隆寵易衰偏。觀席妾悽愴，覩翰君泫然。徒抱忠孝志，猶爲葑菲遷。

昔與君別時，蠶妾初獻絲。何言年月駛，寒衣已擣治。緣繡多廢亂，篇帛久塵緇。離心壯爲劇，飛念如懸旗。石席我不爽，德音君勿欺。

瑟瑟涼海風，竦竦寒山木。紛紛羈思盈，慊慊夜絃促。訪言山海路，千里歌別鶴。絃絕空咨嗟，形音誰賞録。辛苦異人狀，美貌改如玉。徒畜巧言鳥，不解心款曲。

孤鴻散江嶼，連翩遵渚飛。含嘶衡桂浦，馳顧河朔畿。攢攢勁秋木，昭昭净冬暉。窗前滌歡爵，帳裏縫舞衣。芳歲猶自可，日夜望君歸。

憑楹翫夜月，迴眺出谷雲。還山路已遠，往海不及羣。徘徊清淮汭，顧慕廣江濆。物情乖喜歇，守操古難聞。三越豐少姿，容態傾動君。

開黛覩朝顔，臨鏡訪遥塗。君子事河源，彌祀闕還書。春風掃地起，飛塵生綺疏。文袿爲誰設，羅帳空卷舒。不怨身苦寂，但念星隱隅。

煖歲節物早，萬萌迎春達。春風夜媔娟，春霧朝晻靄。軟蘭葉可采，柔桑條易捋。怨咽對風景，悶瞀守閨闥。天賦愁民命，含生但契闊。憂來無行伍，歷亂如覃葛。

學劉公幹體五首

欲宦乏王事，結主遠恩私。爲身不爲名，散書徒滿帷。連冰上冬月，披雪拾園葵。聖靈燭區外，小臣良見遺。

曀曀寒野霧，蒼蒼陰山柏。樹迥霧縈集，山寒野風急。歲物盡淪傷，孤貞爲誰立。賴樹自能貞，不計迹幽歰。

胡風吹朔雪，千里度龍山。集君瑤臺上，飛舞兩楹前。茲晨自爲美，當避豔陽天。豔陽桃李節，皎潔不成妍。

湘綺批：亦是律詩，與陸詩『驅馬陟陰山』同調。

荷生淥泉中，碧葉齊如規。迴風蕩流霧，珠水逐條垂。彪炳此金塘，藻耀君王池。不愁世賞絕，但畏盛明移。

白日正中時，天下共明光。北園有細草，當晝正含霜。乖榮頓如此，何用獨芬芳。抽琴爲爾歌，絃斷不成章。

擬阮公夜中不能寐

漏分不能臥，酌酒亂繇憂。惠氣憑夜清，素景緣隙流。鳴鶴時一聞，千里絕無儔。佇立爲誰久，寂寞空自愁。

臨川王服竟還田里

送舊禮有終，事君慙懦薄。稅駕罷朝衣，歸志願巢壑。尋思邈無報，退命愧天爵。舍耨將十齡，還得守場藿。道經盈竹笥，農書滿塵閣。愴愴秋風生，戚戚寒緯作。豐霧粲草華，高月麗雲崿。屏迹勤躬稼，衰疾倚芝藥。願此謝人羣，豈直止商洛。

行樂至城東橋

雞鳴關吏起，伐鼓早通晨。嚴車臨迴陌，延瞰歷城闉。蔓草緣高隅，修楊夾廣津。迅風首旦發，平路塞飛塵。擾擾游宦子，營營市井人。懷金近從利，撫劍遠辭親。争先萬里塗，各事百年身。開芳及稚節，含采吝驚春。尊賢永照灼，孤賤長隱淪。容華坐銷歇，端爲誰苦辛。

湘綺批：四句以排句爲宕，後人效古，先戒對偶。由俗説早有六朝駢儷之禁，使人聰明錮，廢筆研，悲夫！

湘綺評：《行樂至城東橋詩》『懷金近從利，撫劍遠辭親。争先萬里塗，各事百年身』四句，正以排句爲宕。後人仿古，先戒對偶，由俗説久有六朝駢驪之禁，使人錮聰明，廢筆研，悲夫！（《湘綺樓説詩》卷六）

園中秋散

負疾固無豫，晨衿悵已單。氣交蓬門疎，風數園草殘。荒墟半晚色，幽庭鄰夕寒。既悲月户清，復切夜蟲酸。流枕商聲苦，騷殺年志闌。臨歌不知調，發興誰與歡。儻結絃上情，豈孤林下彈。

遇銅山掘黄精

土肪閟中經，水芝韜内策。寶餌緩童年，命藥駐衰歷。矧蓄終古情，重拾烟霧迹。羊角棲斷雲，榼口流隘石。銅溪晝森沈，乳竇夜涓滴。既類風門磴，復像天井壁。蹀蹀寒葉離，灇灇秋水積。松色隨野深，月露依草白。空守江海思，豈懷梁鄭客。得仁古無怨，順道今何惜。

湘綺批：『積』字賦水甚細。

懷遠人

哀樂生有端，離會起無因。去事難重念，恍惚似如神。屬期眇超遠，後遇貌〔一〕無辰。馳風掃遥路，輕蘿含夕塵。思君成首疾，欲息眉不伸。

【校勘記】

〔一〕光緒十六年江蘇書局本作『貌』。光緒七年四川尊經書局本、民國三十一年程天放本作『邈』。

夢還詩

銜淚出郭門，撫劍無人逵。沙風暗塞起，離心眷鄉畿。夜分就孤枕，夢想暫言歸。孀婦當户歎，繅絲復鳴機。慊款論久别，相將還綺闈。歷歷檐下凉，朧朧帳裏煇。刈蘭争芬芳，采菊競葳蕤。開篋奪香蘇，探袖解纓徽。夢中長路近，覺後大江違。驚起空歎息，恍惚神魂飛。白水漫浩浩，高山壯巍巍。波瀾異往復，風霜改榮衰。此土非吾土，慷慨當告誰。

湘綺批：『探袖』句近褻，以鋪敘太詳也。古人但云『既來不須臾』，未肯如此瑣瑣。

湘綺評：《夢還詩》『探袖解纓徽』句近褻，以鋪敘太詳也。古人但云『既來不須臾』，未肯如此瑣瑣。（《湘綺樓説詩》卷六）

翫月城西門廨中

始出西南樓，纖纖如玉鉤。末暎東北墀，娟娟似蛾眉。蛾眉蔽珠櫳，玉鉤隔瑣窗。三五二八時，千里與君同。夜移衡漢落，徘徊帷户中。歸華先委露，别葉早辭風。客游厭苦辛，仕子倦飄塵。休澣自公日，宴慰及私辰。蜀琴抽白雪，郢曲發陽春。肴乾酒未闋，金壺啟夕淪。迴軒駐輕蓋，留酌待情人。

湘綺批：新月初出，光景靈幻，此以實寫傳虚景，後人不能再著語。此首佳在首八句，而元稹乃摘其『歸華』二句，以概晉後之詩，小人之不通如此。

湘綺評：《翫月城西門廨中》詩佳在起八句。寫新月初出，光景靈幻，以實筆傳靈景。後人不能再著語。而元稹乃摘其『歸華』二句以概晉後之詩，小人不通如此。（《湘綺樓説詩》卷六）

苦雨

連陰積澆灌，滂沱下霖亂。沈雲日夕昏，驟雨淫朝旦。蹊濘走獸稀，林寒鳥飛晏。密霧冥下溪，聚雲屯高岸。野雀無所依，羣雞聚空館。川梁日已廣，懷人邈眇漫。徒酌相思酒，空急促明彈。

湘綺批：『羣雞』句苦雨實景，非老筆不能寫。『促明』，猶達旦也。

三日

氣暄動思心，柳青起春懷。時豔憐花藥，服净俛登臺。提觴野中飲，曖心烟未開。露色染春草，泉源潔冰苔。泥泥濡露條，嫋嫋承風栽。凫雛掇苦薺，黄鳥銜櫻梅。解衿欣景豫，臨流競覆杯。美人竟何在，浮心空自摧。

詠秋

秋蘭徒晚緑，流風漸不親。飈我垂罿幕，驚此梁上塵。沈陰安可久，豐景將逐淪。何由忽靈化，暫見别離人。

湘綺批：纖巧，寂然傷人。

秋夕

慮涕擁心用，夜默發思機。幽閨溢凉吹，閒庭滿清煇。紫蘭花已歇，青梧葉方稀。江上凄海戾，漢曲驚朔霏。髮斑悟壯晚，物謝知歲微。臨宵嗟獨對，撫賞怨情違。躊躇空明月，惆悵徒深帷。

秋夜二首

夜久膏既竭，啟明旦未央。環情倦始復，空閨起晨裝。幸承天光轉，曲影入幽堂。徘徊集通隙，宛轉燭迴梁。帷風自卷舒，簾露視成行。歲役急窮宴，生慮備温凉。絲紈夙染濯，綿絡夜裁張。冬雪旦夕至，公子乏衣裳。華心曖零落，非直惜容光。願君翦眾念，且共覆前觴。

遯迹避紛喧，貨農棲寂寞。荒徑馳野鼠，空庭聚山雀。既遠人世歡，還賴泉卉樂。折柳樊場圃，貞緶〔二〕汲潭壑。霽旦見雲峯，風夜聞海鶴。江介早寒來，白露先秋落。麻隴方結葉，瓜田已埽籜。傾煇忽西下，迴景思華幙。攀蘿席中軒，臨觴不能酌。終古自多恨，幽悲共淪鑠。

【校勘記】

〔一〕光緒七年四川尊經書局本、民國三十一年程天放本作『緶』。光緒十六年江蘇書局本作『緶』。

和王護軍秋夕

散漫秋雲遠，蕭蕭霜月寒。驚飈西北起，孤雁夜往還。開軒當戶牖，取琴試一彈。停歌不能和，終曲久辛酸。金氣方勁殺，隆陽微且單。泉涸甘井竭，節徙芳歲殘。生事各多少，誰共知易難。投章心蘊結，千里塗經紈。願託孤老暇，觴思暫開餐。

冬至

舟遷莊甚笑，水流孔亟歎。景移風度改，日至晷迴換。眇眇負霜鴻，皎皎帶雲雁。長河結瓓玕，層冰如玉岸。哀哀古老容，慘顏愁歲宴。催促時節過，逼迫聚離散。美人還未央，鳴筝誰與彈。

冬日

嚴風亂山起，白日欲還次。曛霧蔽窮天，夕陰晦寒地。烟霾有氛氲，精光無明異。風急野田空，饑禽稍相棄。含生共通閉，懷賢敦爲利。天窺苟平圓，甯得已偏媚。瀉海有歸潮，衰容不還穉。君今且安歌，無念老方至。

望孤石

江南多煖谷，雜樹茂寒峯。朱華抱白雪，陽條熙朔風。蚌節流綺藻，煇石亂烟虹。泄雲去無極，馳波往不窮。嘯歌清漏畢，徘徊朝景終。浮生會當幾，歡酌每盈衷。

山行見孤桐

桐生叢石裏，根孤地寒陰。上倚崩岸勢，下帶洞阿深。奔泉冬激射，霧雨夏霖淫。未霜葉已肅，不風條自吟。昏明積苦思，晝夜叫哀禽。棄妾望掩淚，逐臣對撫心。雖以慰單危，悲涼不可任。幸願見彫琢，爲君堂上琴。

詠雙燕二首

雙燕戲雲崖，羽翰始差池。出入南閨裏，絕過北堂陲。意欲巢君幕，層楹不可規。沈吟乃歲晚，徘徊韶景移。悲歌辭舊愛，銜淚覓新知。

可憐雲中燕，旦去暮〔一〕來歸。自知羽翅弱，不與鵠爭飛。寄聲謝飛鵠，往事子毛衣。瑣心誠貧薄，叵吝節榮衰。陰山饒苦霧，危節多勁威。豈但避霜雪，當警野人機。

湘綺批：（《和王護軍秋夕》、《詠雙燕》第二首）杜子美賦物律詩，全學此。此正可爲律祖，不足爲古祖。

湘綺評：《詠雙燕》云『自知羽翅弱，不與鵠爭飛』，杜子美賦物律詩全學此種，正可爲律祖，不足爲古法。

（《湘綺樓説詩》卷六）

【校勘記】

〔一〕光緒七年四川尊經書局本、民國三十一年程天放本作『莫』。光緒十六年江蘇書局本作『暮』。《鮑參軍集》《古詩紀》作『暮』。

傅亮

奉迎大駕道路賦詩

夙櫂發皇邑，有人祖我舟。餞〔一〕離不以幣，贈言重琳球。知止道攸貴，懷禄義所尤。四牡倦長路，君轡可以收。張邴結晨軌，疏董頓夕輈。東隅誠已謝，西景逝不留。性命安可圖，懷此作前修。敷衽銘篤誨，引帶佩嘉謀。迷寵非予志，厚德良未酬。撫躬愧疲朽，三省慙爵浮。重明照蓬艾，萬品同率繇。忠誥豈假知，式微發直謳。

湘綺批：言祖舟之忠告，豈待智者而後知，予懷之情，久廢吟詠矣。

【校勘記】

〔一〕光緒十六年江蘇書局本作『饑』，光緒七年四川尊經書局本、民國三十一年程天放本作『餞』。《傅光禄集》《古詩紀》《廣廣文選》作『餞』。

范曄

樂游應詔詩

崇盛歸朝闕，虛寂在川岑。山梁協孔性，黄屋非堯心。軒駕時未肅，文囿降照臨。流雲起行蓋，晨風引鑾音。原薄信平蔚，臺澗備曾深。蘭池清夏氣，修帳含秋陰。遵渚攀蒙密，隨山上嶇嶔。睇目有極覽，游情無近尋。聞道雖已積，年力互頹侵。探已謝丹黻，感事懷長林。

湘綺批：寬和。『山梁』二句，亦律詩嚴重之句。

臨終詩

禍福本無兆，性命歸有極。必至定前期，誰能延一息。在生已可知，來緣憒無識。好醜共一丘，何足異枉直。豈論東陵上，寧辨首山側。雖無嵇生琴，庶同夏侯色。寄言生存子，此路行復即。

吴邁遠

飛來雙白鵠

可憐雙白鵠，雙雙絶塵氛。連翻弄光景，交頸游青雲。逢羅復逢繳，雄雌一旦分。哀聲流海曲，孤叫出江濆。豈不慕前侣，爲爾不及羣。步步一零淚，千里猶待君。樂哉新相知，悲來生别離。持此百年命，共逐寸陰移。譬如空山草，零落心自知。

湘綺批：吴詩音節，殊不能合宜，沈約因此等而發狂言也。

湘綺評：吴邁遠《飛來雙白鵠》詩音節殊能協宜，沈約因此等二發狂言也。（《湘綺樓説詩》卷六）

陽春歌

百里望咸陽，知是帝京邑。緑樹摇雲光，春城起風色。佳人愛華景，流靡園塘側。妍姿豔月映，羅衣飄蟬翼。宋玉歌《陽春》，《巴人》長歎息。雅鄭不同賞，那令君愴惻。生平重愛惠，私自憐何極。

胡笳曲

輕命重意氣，古來豈但今。緩頰獻一説，揚眉受千金。邊風落寒草，鳴笳墜飛禽。越情結楚思，漢耳聽胡音。既懷離俗傷，復悲朝光侵。日當故鄉没，遥見浮雲陰。

湘綺批：末二句如倒轉，并是常建集中上品，順敘卻不佳。

長相思

晨有行路客，依依造門端。人馬風塵色，知從河塞還。時我有同棲，結宧游邯鄲。將不異客子，分饑復共寒。煩君尺帛書，寸心從此殫。遣妾長憔悴，豈復歌笑顔。簷隱千霜樹，庭枯十載蘭。經春不舉袖，秋落寗復看。一見願道意，君門已九關。虞卿棄相印，擔簦爲同歡。閨陰欲早霜，何事空盤桓。

湘綺批：『人馬』二句佳。庚子山用之云『馬有風塵色，人多關塞衣』，便全無意味。

湘綺評：《長相思》云『人馬風塵色，知從河塞還』，二句倒轉，并是常建集中上品。順敘卻不佳，庚子山用之云『馬有風塵色，人多關塞衣』，便全無意味。（《湘綺樓説詩》卷六）

長別離

生離不可聞，況復長相思。如何與君別，當我盛年時。蕙華每搖蕩，妾心空自持。榮乏草木歡，悴極霜露悲。富貴貌難變，貧賤顔易衰。持此斷君腸，君亦且自疑。淮陰有逸將，折羽謝翻飛。楚有扛鼎士，出門不得歸。正爲隆準公，仗劍入紫微。君才定何如，白日下争暉。

古意贈今人

寒鄉無異服，氈褐代文練。日月望君歸，年年不改綖。荆揚春早和，幽冀猶雪霰。北寒妾已知，南心君不見。誰爲道辛苦，寄情雙飛燕。形迫杼煎絲，顔落風催電。容華一朝改，惟餘心不變。

臨終詩

傷歌入松路，斗酒望青山。誰非一邱土，參差前後間。

袁淑

效子建白馬篇

劒騎何翩翩，長安五陵間。秦地天下樞，八方湊才賢。荆魏多壯士，宛洛富少年。意氣深自負，肯事郡邑權。藉藉關外來，車徒傾國廛。五侯競書幣，羣公亟爲言。義分明於霜，信行直於絃。交歡池陽下，留宴汾陰西。一朝許人諾，何能坐相捐。彯節去函谷，投珮出甘泉。嗟此務遠圖，心爲四海縣。但營身意遂，豈校耳目前。俠烈良有聞，古來共知然。

效古

誶此倦游士，本家自遼東。昔隸李將軍，十載事西戎。結車高闕下，極望見雲中。四面各千里，從横起嚴風。寒燠豈如節，霜雨多異同。夕寐北河陰，夢還甘泉宫。勤役未云已，壯年徒爲空。迺知古時人，所以悲轉蓬。

湘綺批：『誶此』無味。

王微

雜詩二首

桑妾獨何懷，傾筐未盈把。自言悲苦多，排卻不肯捨。妾悲叵陳訴，填憂不銷冶。寒鴈歸所從，半塗失憑假。壯情拚驅馳，猛氣捍朝社。嘗懷雲漢慙，常欲復周雅。重名好銘勒，輕軀願圖寫。萬里度沙漠，懸師蹈朔野。傳聞兵失利，不見來歸者。奚處埋旍麾，何處喪車馬。拊心悼恭人，零淚覆面下。徒謂久別離，不見長孤寡。寂寂掩高門，寥寥空廣廈。待君竟不歸，收顏今就櫝。

思婦臨高臺，長想憑華軒。弄絃不成曲，哀歌送苦言。箕帚留江介，良人處鴈門。詎憶無衣苦，但知狐白温。日暗牛羊下，野雀滿空園。孟冬寒風起，東壁正中昏。朱火獨照人，抱景自愁怨。誰知心曲亂，所思不可論。

詠愁

自予抱羈思，眇與日月長。載離非宋遠，誰謂河難航。憂隨積霖密，慨因朗旭章。負之苦不勝，即之竟無方。如彼引鯤魚，待盡守空梁。天地豈私貧，運至豈固當。既悟非形兆，兹數詎可攘。

湘綺批：『憂隨』二句雖撰而不傷巧。

王僧達

答顔延年

長卿冠華陽，仲連擅海陰。珪璋既文府，精理亦道心。君子聳高駕，塵軌實爲林。崇情符遠迹，清氣溢素襟。結游略年義，篤顧棄浮沈。寒榮共偃暴，春醖時獻斟。聿來歲序暄，輕雲出東岑。麥隴多秀色，楊園流好音。歡此乘日暇，忽忘逝景侵。幽衷何用慰，翰墨久謡吟。棲鳳難爲條，淑貺非所臨。誦以永周旋，匣以代兼金。

和琅邪王依古

少年好馳俠，游宦游關源。既踐終古迹，聊訊興亡言。隆周爲藪澤，皇漢成山樊。久没離宫地，安識壽陵園。仲秋邊風起，孤蓬卷霜根。白日無精景，黄沙千里昏。顯軌莫殊轍，幽涂豈異魂。聖賢良已矣，抱命復何怨。

七夕月下

遠山斂氛祲，廣庭揚月波。氣往風集隟，秋還露泫柯。節氣既已孱，中宵振綺羅。來歡詎終夕，收淚泣分河。

王素

學阮步兵體

沈情發遐慮，紆鬱懷所思。髣髴聞簫管，鳴鳳接嬴姬。聯綿共雲翼，嬿婉相攜持。寄言芳華士，寵利不常期。涇渭分清濁，視彼《谷風》詩。

顔竣

淫思古意

春風飛遠方，紀轉流思堂。貞節寄君子，窮閨妾所藏。裁書露微疑，千里問新知。君行過三稔，故心久當移。

湘綺批：『流』字當是描風，然句殊雜。

何偃

冉冉孤生竹

流萍依清源，孤鳥宿深沚。蔭幹相經營，風波能終始。草生有日月，婚年行及紀。思欲侍衣裳，關山分萬里。徒作春夏期，空望良人軌。芳色宿昔事，誰見過時美。凉鳥臨秋竟，歡願亦云已。豈意倚君恩，坐守零落耳。

湘綺批：賦萍者少言終始，此固新奇。詩家多言盛顏難久，此獨追昔芳而感過時，亦新。

荀昶

擬相逢狹路間

朝發邯鄲邑，暮宿井陘閒。井陘一何狹，車馬不得旋。邂逅相逢值，崎嶇交一言。一言不容多，伏軾問君家。君家誠易知，易知復易博。南面平原居，北趣相如閣。飛樓臨名都，通門枕華郭。入門無所見，但見雙栖鶴。栖鶴數十雙，鴛鴦羣相追。大兄珥金璫，中兄振纓緌。伏臘一來歸，鄰里生光輝。小弟無所爲，鬭雞東陌逵。大婦織紈綺，中婦縫羅衣。小婦無所作，挾瑟弄音徽。丈人且卻坐，梁塵將欲飛。

湘綺批：擬古如此，絶無可法，存一篇以備式。

湯惠休

怨詩行

明月照高樓，含君千里光。巷中情思滿，斷絶孤妾腸。悲風盪帷帳，瑶翠坐自傷。妾心依天末，思與浮雲長。嘯歌視秋草，幽葉豈再揚。暮蘭不待歲，離華能幾芳。願作張女引，流悲繞君堂。君堂嚴且祕，絶調徒飛揚。

湘綺批：纖麗。

江南思

幽客海陰路，留戍淮陽津。垂情向春草，知是故鄉人。

湘綺批：言向春草而含情者，皆有故宅之思，殊不易解，而望之若婉妙。

楊花曲三首

葳蕤華結情，宛轉風含思。掩涕守春心，折蘭還自遺。

江南相思引，多歎不成音。黄鶴西北去，銜我千里心。

深堤下生草，高城上入雲。春人心生思，思心長爲君。

湘綺批：（《楊花曲》第二首）銜心終覺太險。（第三首）此吃語詩。

孔欣

相逢狹路間

相逢狹路間，道狹正踟躕。如何不羣士，行吟戲路衢。輟步相與言，君行欲焉如。涫朴久已凋，榮利迭相驅。流落尚風波，人情多遷渝。勢集堂必滿，運去庭亦虚。競趨甞不暇，誰肯眷桑樞。無爲肆獨往，只將困淪胥。未若及初九，攜手歸田廬。躬耕東山畔，樂道詠玄書。狹路安足游，方外可寄娛。

湘綺批：此反《相逢行》之意而擬，與王康琚《反招隱詩》同，造句略似《百一詩》。

湛茂之

歷山草堂應教

閉户守玄漠，無復車馬迹。衰廢歸邱樊，歲寒見松柏。身慚睢陽老，名忝梁園客。習隱非朝市，追常在山澤。離離插天樹，磊磊間雲石。持此怡一生，傷哉駒度隙。

蕭璟

貧士詩

四時迭來往，苦辛隨事迫。三冬泣牛衣，五月披裘客。遲遲春日永，憂來安所適。季秋授衣節，荷裳竟不易。班超棄筆硯，婁敬脱挽輅。雖云丈夫志，終涉自媒迹。賢哉顏氏子，飲水常怡懌。

湘綺批：理語雖不生厭，究無意致。

鮑令暉

擬客從遠方來

客從遠方來，贈我漆鳴琴。木有相思文，絃有别離音。終身執此調，歲寒不改心。願作《陽春曲》，宫商長相尋。

卷十

齊第一

五言第八

湘綺批：齊以後詩，漸有畫家超逸之意。多取遠神，意淡而色腴。後人便以爲齊梁豔體，蓋徒見其脂粉等字，謂爲薄弱，不知其不及古處，皆是過求新妙，取神遺迹，便入空悟一派。古人所以獨絶者，無心求妙也，後人至并齊梁妙處，亦不能知，何况魏晉。嗟乎，不知其妙，而言其不妙，何其有膽而無目至於此也。

蕭子良

游後園

託性本禽魚，棲情閒物外。蘿徑轉連綿，松軒方杳靄。邱壑每淹留，風雲多賞會。

登山望雷居士精舍同沈右衛過劉先生墓下作

沛國劉子珪學優未仕，迹遍心遐，履信體仁，古之遺德。潛舟迅景，滅賞淪煇，言念芳猷，式懷嗟述。屬舍弟隨郡，有示來篇彌縝，久要之情益深，宿草之歎升望。西山率爾爲答，雖因事需生，實申悲劉子云爾。

漢陵淹館蕪，晉殄洙風缺。五都聲論空，三河文義絶。典禮邁前英，談元踰往哲。明情日夜深，徽音歲時滅。垣井總已平，烟雲從容裔。爾歎牛山悲，我悼驚川逝。

湘綺批：『淹館』，未詳，疑是河館，蓋指獻王也。又案，或是用淹中傳經事，《漢書·藝文志》，古體經，出於魯淹中，多天子諸侯之制。經五十六卷，七十篇，以有師徒故稱館矣。雷次宗與慧遠講喪禮，故以淹中比之。

王融

明王曲

明王日月照，至樂天地和。幸息雲門吹，復歇咸池歌。桂序金匏轉，瑶軒絲石羅。朱騏步躑躅，玄鶴舞蹉跎。露凝嘉草秀，烟度醴泉波。皇基方萬祀，齊民樂如何。

渌水曲

湛露改寒司，交鸎變春旭。瓊樹落晨紅，瑶塘水初緑。日霽沙溆明，風泉動華燭。遵渚泛蘭觴，乘漪弄清曲。斗酒千金輕，寸陰百年促。何用盡歡娱，王度式如玉。

湘綺批：麗色藻辭，令人神移。

采菱曲

炎光消玉殿，凉風吹鳳樓。彫輜傃平隰，朱櫂泊安流。金華妝翠羽，鷁首畫飛舟。荆姬采菱曲，越女江南謳。騰聲翻葉静，散響谷雲浮。良時時一遇，佳人難再求。

清楚曲

平原數千里，飛觀鬱岧岧。清月冋[一]將曙，浩露零中宵。轉葉度沙海，别羽自冰遼。四面通寒色，左右竟嚴飈。崤澠多榛梗，京索久塵苗。逝將憑神武，奮劍盪遺妖。

【校勘記】

〔一〕《八代詩選》諸本作『向』，應爲『冋』之誤。《樂府詩集》作『冏』。

散曲

金枝湛明燎，繡幙烈芳然。層閨横緑綺，曠席緬朱纏。楚調廣陵散，瑟柱秋風絃。輕肴中山麗，長裛邯鄲妍。徐歌駐行景，迅節淪浮烟。言願聖明主，永永萬斯年。

青青河邊草

容容寒烟起，翹翹望行子。行子殊未歸，寤寐君容煇。夜中心愛促，覺後阻河曲。河曲萬里餘，情交襟裛疏。珠露春花返，璿霜秋照晚。入室怨蛾眉，情歸爲誰婉。

湘綺批：婉麗欲絶。

同沈右率諸公賦鼓吹曲巫山高一首

想像巫山高，薄莫陽臺曲。烟霞乍舒卷，蘅芳自斷續。彼美如可期，寤言紛在矚。憮然坐相思，秋風下庭緑。

湘綺批：秀遠冠時。

望城行

金城十二重，雲氣出表裏。萬户如不殊，千門反相似。車馬若飛龍，長衢無極已。簫鼓相逢迎，信哉佳城市。

湘綺批：八句嫌少，此題自應鋪敘。

法樂詞十二首〔一〕

湘綺批：六詩俱是律體，然其佳句，非全入唐派。故仍選爲古體。

冬士《八代詩評》：余案，唐律體從齊梁詩出，齊梁間祇言四聲，尚未成律體詩也。王氏分別古體、新體爲二，以示新體詩爲唐律詩之祖耳，判別甚細。齊梁詩，爲漢魏詩渡入唐宋之階，猶之騷賦，爲《三百篇》渡入漢魏之階，不可不知也。

靈瑞

百神肅以虔，三靈震且越。恆曜晻芳宵，薰風動蘭月。丹榮藻玉墀，翠羽文珠闕。皓氅非虛來，交輪豈徒發。

【校勘記】

〔一〕《樂府詩集》卷七十八《雜曲歌辭十八》題作王融《法壽樂》，共十二首，《八代詩選》實選其六首。

下生

韶年春已仲，明星夜未央。千祀鍾休歷，萬國會嘉祥。金容涵夕景，翠鬢佩晨光。表塵維净覺，泛俗迺輪皇。

出國

飛策辭國門，端儀偃郊樹。慈愛徒相思，閨中空戀慕。夙隸乖往涂，駿足獨歸路。舉袂謝時人，得道且還去。

雙樹

亭亭雙月流，朏朏晨霜結。川上不徘徊，條間亟淪滅。靈知湛常然，符應有盈缺。感運復來儀，且厭人間世。

賢眾

春山玉所府，檀林芳所棲。引火歸炎燧，挹水自清隄。庵〔一〕園無異轍，祇館有同躋。比肩非今古，接武豈燕齊。

【校勘記】

〔一〕光緒十六年江蘇書局本作『庵』，光緒七年四川尊經書局本、民國三十一年程天放本作『菴』。《樂府詩集》《王甯朔集》《古詩紀》作『菴』。二字同。

供具

峻宇臨層穹，苕苕疎遠風。騰芳清漢裏，響梵高雲中。金華紛苒若，瓊樹鬱青葱。貞心延淨境，邃業嗣天宮。

棲元寺聽講畢游邸園七韻應司徒教

道勝業兹遠，心閑地能隙。桂橑鬱初裁，蘭墀坦將闢。虛檐對長嶼，高軒臨廣液。芳草列成行，嘉樹紛如積。流風轉還逕，清烟泛喬石。日汨山照紅，松暎水花碧。暢〔一〕哉人外賞，遲遲眷西夕。

【校勘記】

〔一〕光緒七年四川尊經書局本、民國三十一年程天放本作『暘』。光緒十六年江蘇書局本作『暢』。

雜體報范通直

和璧荆山下，隨珠漢水濱。無雙自昔代，有美今爲鄰。三楚多秀士，江上復才人。緯蕭非善賈，聖德可名臣。追飛且學步，共子奉清塵。紫庭風日好，青槐枝葉新。徘徊吹樓側，欲見心所親。岃君蘭蕙草，何用以書紳。

寒晚敬和何徵君點〔一〕

疏酌候冬序，閒琴改秋律。如何將莫天，復值西歸日。摇落迎軒牖，飛鳴亂繩蓽。烟灌共深陰，風篁兩蕭瑟。虚堂無笑語，懷君首如疾。早輕北山賦，晚愛東臯逸。上德可潤身，下澤有餘轡。

湘綺批：詩中有畫，畫中有聲。

【校勘記】

〔一〕光緒七年四川尊經書局本、民國三十一年程天放本作『寒晚敬和何徵君點』。光緒十六年江蘇書局本作『寒晚敬和徵君點』。

和王友德元古意

霜氣下孟津，秋風度函谷。念君凄以寒，當軒卷羅縠。纖手廢裁縫，曲鬢罷膏沐。千里不相聞，寸心鬱紛緼。況復飛螢夜，木葉亂紛紛。

湘綺批：纖麗。

和南海王殿下詠秋胡妻一首

日月共爲照，松筠俱以貞。佩帉甘自遠，結鏡待君明。且協金蘭好，方愉琴瑟情。佳人忽千里，幽閨積思生。其一

景落中軒坐，悠悠望城闕。高樹升夕烟，層樓滿初月。光陰非或異，山川屢難越。輟泣掩鉛姿，搔首亂雲髮。其二

傾魄屬徂火，摇念待方秋。凉氣承宇結，明熠傃階流。三星亦虛暎，四屋慘多愁。思君如萲草，一見乃忘憂。其三

杼柚鬱不諧，契闊彌新故。朔風檐上發，寒鳥林間度。客遠乏衣裘，歲晏饒霜露。參差興別緒，依遲起離慕。其四

願言如可信，行邁亦云反。睇景不告勞，瞻途甯遽遠。何以淹歸轍，蠶妾事春晚。送目亂前華，馳心迷舊婉。其五

椒佩容有結，振芳岐路隅。黄金徒以賦，白圭終不渝。明心良自皎，安用久峙𡾰。遄車反枌巷，流目下西虞。其六

披帷悵有望，出門遲所欲。彼美復來儀，慙顔變欣矚。蘭艾隔芳蕕，涇渭分清濁。去去夫人子，請殉川之曲。其七

王延

別蕭諮議

霏雲承永夜，皓燭鶩離軒。執酒愴誰與，舉袂默無言。忍茲君爲別，如此歲方暄。年深北岫時，鳥思南國園。江上愁別日，階下樹芳蓀。

湘綺批：有懷賢修己之意。

謝朓

湘綺批：玄暉詩摇曳雍容，有名士美人風度，其運重能輕，尤不易及。

江上曲

易陽春草出，踟躕日已莫。蓮葉尚田田，淇水不可渡。願子淹桂舟，時同千里路。千里既相許，桂舟復容與。江上可采菱，清歌共南楚。

蒲生行

蒲生廣湖邊，託身洪波側。春露惠我澤，秋霜縟我色。根葉從風浪，常恐不永植。攝生各有命，豈云智與力。安得游雲上，與爾同羽翼。

詠邯鄲才人嫁爲厮養卒婦

生平宫閣裏，出入侍丹墀。開笥方羅縠，窺鏡比蛾眉。初别意未解，去久日生悲。憔悴不自識，嬌羞餘故姿。夢中忽彷彿，猶言承燕私。

湘綺批：唐人宫怨，屢襲此意。

游山

託身因支離，乘閒遂疲蹇。語默良未尋，得喪云誰辨。幸沿山水都，復值清冬緬。陵压必千仞，尋壑將萬轉。堅崿既崚嶒，迴流復宛澶。杳杳雲竇深，淵淵石溜淺。旁眺鬱篻簩，還望森柟梗。荒隩被葴莎，崩壁帶苔蘚。鼯狖叫層嵁，鷗皃戲沙衍。觸賞聊自觀，即趣咸已展。經目惜所遇，前路欣方踐。無言蕙草歇，留垣方可搴。尚子時未歸，邴生思自勉。永志昔所欽，勝迹今能選。寄言賞心客，得性良爲善。

湘綺批：傲然自足。

將游湘水尋句溪

既從陵陽釣，挂鱗驂赤螭。方尋桂水原，謁帝蒼山垂。辰哉且未會，乘景弄清漪。瑟汨瀉長淀，潺湲赴兩岐。輕蘋上靡靡，雜石下離離。寒草分花暎，戲鮪乘空移。興以莫秋月，清霜落素枝。魚鳥余方翫，纓緌君自縻。及兹暢懷抱，山川長若斯。

湘綺批：寬和。

游東田

戚戚苦無悰，攜手共行樂。尋雲陟累榭，隨山望菌閣。遠樹曖芊芊，生烟紛漠漠。魚戲新荷動，鳥散餘花落。不對芳春酒，還望青山郭。

湘綺批：或云『生烟』字，當作實用，吾未見有熟烟也。講詩切忌入魔，聊於此發之。『春水縠紋生』，自可作生熟之生，以縠本分生熟。

答張齊興

荊山崇百里，漢廣流無極。北馳星斗正，南望朝雲色。川隰同幽暎，冠冕異今昔。子肅兩岐功，我滯三冬職。誰知京洛念，彷彿昆山側。向夕登城壕，潛沱隱復直。地迥聞遥蟬，天長望歸翼。清文忽景麗，思泉紛寶飾。勿言修路阻，勉子康衢力。曾厓寂且寥，歸軫逝言陟。

湘綺批：得贈言之雅。

暫使下都夜發新林至京邑贈西府同僚

大江流日夜，客心悲未央。徒念關山近，終知返路長。秋河曙耿耿，寒渚夜蒼蒼。引領見京室，宫雉正相望。金波麗鳷鵲，玉繩低建章。驅車鼎門外，思見昭邱陽。馳煇不可接，何況隔兩鄉。風雲有鳥路，江漢限無梁。常恐鷹隼擊，時菊委嚴霜。寄言罻羅者，寥廓已高翔。

湘綺批：結四句悽愴激昂，悲憤交集。

酬王晉安德元

稍稍枝早勁，塗塗露晚晞。南中榮橘柚，甯知鴻雁飛。拂霧朝青閣，日旰坐彤闈。悵望一途阻，參差百慮依。春草秋更緑，公子未西歸。誰能久京洛，緇塵染素衣。

湘綺批：『南中』二句，蓋京洛已秋，晉安未寒，然『橘柚』『鴻雁』四字頗滯，或乃以爲語妙不覺陋矣，豈不知『北寒妾已知，南心君未見』乎？

郡内高齋閒望答吕法曹

結構何迢遰，曠望極高深。窗中列遠岫，庭際俯喬林。日出衆鳥散，山冥孤蝯吟。已有池上酌，復此風中琴。非君美無度，孰爲勞寸心。惠而能好我，問以瑶華音。若遺金門步，見就玉山岑。

湘綺批：寬和。以用經語生姿。

在郡卧病呈沈尚書

淮陽股肱守，高卧猶在兹。況復南山曲，何異幽棲時。連陰盛農節，臺笠聚東菑。高閣常晝掩，荒階少諍詞。珍簟清夏室，輕扇動凉飈。嘉魴聊可薦，緑螘方獨持。夏李沈朱實，秋藕折輕絲。良辰竟何許，夙昔夢佳期。坐歗徒可積，爲邦歲已期。絃歌終莫取，撫枕令自蚩。

湘綺批：寬和。言古人處劇郡猶卧治，况我邊郡耶？全學康樂局度。

別王丞僧孺

首夏實清和，餘春滿郊甸。花樹雜爲錦，月池皎如練。如何當此時，別離言與宴。留襟已鬱紆，行舟亦遥衍。非君不見思，所悲思不見。

同羈夜集

積念隔炎凉，驤言始今夕。已對濁尊酒，復此故鄉客。霜月始流砌，寒蛸早吟隙。幸藉京華游，邊城燕良席。樵采咸共同，荆莎聊可藉。恐君城闕人，安能久松柏。

湘綺批：纖麗，結疏散。

忝役湘州與宣城吏民別

弱齡倦簪履，薄晚忝華陝。閒沃盡地區，山泉諧所好。幸遇昌化穆，淳俗罕驚暴。四時從偃息，三省無侵冒。下車遽暄席，紆服始黔竈。榮辱未遑敷，德禮何由導。汨征奉南岳，兼秩典邦號。罷馬方云驅，鉛刀安可操。遺惠良寂寞，恩靈亦匪報。桂水日悠悠，結言幸相勞。吐納貽爾知，窮通勗所蹈。

懷故人

芳州有杜若，可以贈佳期。望望忽超遠，何由見所思。行行未千里，山川已閒之。離居方歲月，故人不在兹。清風動簾夜，孤月照窗時。安得同攜手，酌酒賦新詩。

湘綺批：寬和。句調雖諧，體格自古，『清風』一句，則弱矣。

始之宣城郡

下帷闞章句，高談媿名理。疏散謝公卿，蕭條依掾史。簪髮逢嘉惠，教義承君子。心迹苦未并，憂歡將十祀。幸雩雲雨慶，方轡參多士。振鷺徒追飛，羣龍難隸齒。烹鮮止貪兢，共治屬廉恥。伊余昧損益，何用祇千里。解劍北宫朝，息駕南川涘。甯希廣平詠，聊慕華陰市。棄置宛洛游，多謝金門裏。招招漾輕楫，行行趨巖趾。江海雖未從，山林於此始。

湘綺批：『依』字甚得外郡官況，『祇千里』言恭朝命也。

之宣城郡出新林浦向板橋

江路西南永，歸流東北騖。天際識歸舟，雲中辨江樹。旅思倦摇摇，孤游昔已屢。既歡懷禄情，復協滄州趣。囂塵自茲隔，賞心於此遇。雖無元豹姿，終隱南山霧。

湘綺批：纖麗。『天際』二句絶高，唐人如王、李、高、岑，皆摹之入律。屢韻寄懷深遠，情致摇曳，不可及也。

休沐重還丹陽道中

薄游第從告，思閒願罷歸。還邛歌賦似，休汝車騎非。灞池不可别，伊川難重違。汀葭稍靡靡，江菼復依依。田鵠遠相叫，沙鴇忽争飛。雲端楚山見，林表吳岫微。試與征徒望，鄉淚盡霑衣。賴此盈尊酌，含景望芳菲。問我勞何事，霑沐仰清徽。志狹輕軒冕，恩甚戀閨闈。歲華春有酒，初服偃郊扉。

京路夜發

擾擾整夜裝，肅肅戒徂兩。曉星正寥落，晨光復澮漭。猶霑餘露團，稍見朝霞上。故鄉邈已敻，山川修且廣。文奏方盈前，懷人去心賞。敕躬每跼蹐，瞻恩惟震蕩。行矣倦路長，無由税歸鞅。

晚登三山還望京邑

灞涘望長安，河陽視京縣。白日麗飛甍，參差皆可見。餘霞散成綺，澄江静如練。喧鳥覆春州，雜英滿芳甸。去矣方滯淫，懷哉罷歡宴。佳期悵何許，淚下如流霰。有情知望鄉，誰能鬒不變。

湘綺批：以綺練相對生色耳，若作單句便不能佳。

始出尚書省

惟昔逢休明，十載朝雲陛。既通金閨籍，復酌瓊筵醴。宸景厭昭臨，昏風淪繼體。紛虹亂朝日，濁河穢清泲〔一〕。防口猶寬政，餐茶更如薺。英衮暢人謀，文明固天啟。青精翼紫軑〔二〕，黄旗映朱邸。還覩司隸章，復見東都禮。中區咸已泰，輕生諒昭灑。趨事辭宫闕，載筆陪旌棨。邑里向疎蕪，寒流自清泚。衰柳尚沈沈，凝露方泥泥。零落悲友朋，歡娱燕兄弟。既秉丹石心，甯流素絲涕。因此得蕭散，垂竿深澗底。

湘綺批：『邑里』二句，亦從康樂『野曠』『天高』二句生出，其佳處更易見。

【校勘記】

〔一〕《八代詩選》諸本皆作『泲』。《文選》《古詩紀》《古詩鏡》作『濟』。

〔二〕光緒十六年江蘇書局本作『軑』，光緒七年四川尊經書局本、民國三十一年程天放本作『軑』。

直中書省

紫殿肅陰陰，彤庭赫宏敞。風動萬年枝，日華承露掌。玲瓏結綺錢，深沈暎朱网。紅藥當階翻，蒼苔依砌上。兹言翔鳳池，鳴佩多清響。信美非吾室，中園思偃仰。朋情以鬱陶，春物方駘蕩。安得陵風翰，聊恣山泉賞。

觀朝雨

朔風吹飛雨，蕭條江上來。既灑百常觀，復集九成臺。空濛如薄霧，散漫似輕埃。平明振衣坐，重門猶未開。耳目暫無擾，懷古信悠哉。戢翼希驤首，乘流畏曝顋。動息無兼遂，岐路多裴回。方同戰勝〔一〕者，去翦北山萊。

湘綺批：寬和。

【校勘記】

〔一〕光緒七年四川尊經書局本、民國三十一年程天放本作『勝』。光緒十六年江蘇書局本作『滕』，誤。

宣城郡内登望

借問下車日，匪直望舒圓。寒城一以眺，平楚正蒼然。山積陵陽阻，谿流春穀泉。威紆距遥甸，巉嵒帶遠天。切切陰風莫，桑柘起寒烟。悵望心已極，惝怳魂屢遷。結髪倦爲旅，平生早事邊。誰規鼎食盛，甯要狐白鮮。方棄汝南諸，言税遼東田。

湘綺批：寬和。

冬日晚郡事隙

案牘時閒暇，偶坐觀卉木。颯颯滿池荷，翛翛蔭窗竹。檐隙自周流，房櫳閒且肅。蒼翠望寒山，峥嶸瞰平陸。已惕慕歸心，復傷千里目。風霜旦夕甚，蕙草無芬馥。云誰美笙簧，孰是厭邁軸。願言税遥駕，臨潭餌秋鞠。

湘綺批：『平陸』下『峥嶸』二字，非遠望不知。

高齋視事

餘雪暎青山，寒霧開白日。曖曖江村見，離離海樹出。披衣就清盥，憑軒方秉筆。列俎歸單味，連駕止容厀。空爲大國憂，紛詭諒非一。安得埽荒逕，鎖吾愁與疾。

冬緒羈懷示蕭諮議虞田曹劉江二常侍

去國懷邱園，入遠滯城闕。寒燈耿宵夢，清鏡悲曉髮。風草不留霜，冰池共如月。寂寞此閒帷，琴尊任所對。客念坐嬋媛，年華稍晻曖。夙慕雲澤游，共奉荆臺績。一聽春鶯喧，再視秋鴻没。疲驂良易返，恩波不可越。誰慕臨淄鼎，常希茂陵渴。依隱幸自從，求心果蕪昧。方軫歸歟願，故山芝未歇。

湘綺批：已近唐，不失其秀，由其筆不流也。

冬士《八代詩評》：余案，謝宣城爲極揚宫商四聲之論者，此詩協韻猶去入不分。其《忝役湘州與宣城吏民別詩》『鉛刀安可操』，操持之操，今義平聲，謝作去聲用，足證齊梁間，尚不似後來韻家之桎梏也。

落日悵望

昧旦多紛喧，日晏未遑舍。落日餘清陰，高枕東窗下。寒槐漸如束，秋鞠行當把。借問此何時，涼風懷朔馬。已傷歸莫客，復思離居者。情嗜幸非多，案牘偏爲寡。既乏琅邪政，方憩雒陽社。

賽敬亭山廟喜雨

夕粻懷椒糈，蠲景絜膋薌。登秋雖未獻，望歲佇年祥。潭淵深可厲，狹邪車未方。矇朧度絶限，出没見林堂。秉玉朝羣帝，尊桂迎東皇。排雲接虯蓋，蔽日下蜺裳。會舞紛瑶席，安歌遶鳳梁。百味芬綺帳，四座霑羽觴。福被延民澤，樂極思故鄉。登山騁歸望，原雨晦茫茫。胡甯昧千里，解佩拂山莊。

湘綺批：突入思故鄉，而强以『樂極』二字紐之，終覺不貫。

賦貧民田

假遇非將迎，靖共延殊慶。中歲歷三臺，旬月典邦政。曾是共治情，敢忘卹貧病。將無富教禮，孰有知方性。敦本抑工商，均業省兼併。察壤見泉脈，覘星視農正。黍稷緣高殖，稻稌即卑盛。舊埒新塍分，青苗白水暎。遥樹帀清陰，連山周遠凈。即此風雲佳，孤觴聊可命。既微三載道，庶藉兩岐詠。俾爾倉廩實，余從谷口鄭。

湘綺批：此結亦入思鄉意，而渾然無痕，對神與對民言體殊也。

治宅

結宇夕陰街，荒幽横九曲。迢遞南川陽，迤邐西山足。闢館臨秋風，敞窗望寒旭。風碎池中荷，霜翦江南緑。既無東都金，且税東皋粟。

秋夜解講

四緣去誰肇，七解習未央。沈沈到營魄，苦蔭蹶愁腸。琴瑟徒瀾漫，姱容空滿堂。春顔遽幾日，秋隴終茫茫。孰云濟沈溺，假願託津梁。惠唱摛泉涌，妙演發金相。空有定無執，賓實固相忘。自來乘首夏，及此申莫霜。雲物清晨景，衣巾引夕凉。風振蕉蓬□〔一〕，露下梧楸傷。六龍且無借，三相甯久長。何時接靈應，及子同舟航。

湘綺批：支遁派。『雲物』二句，是排律中佳句。

【校勘記】

〔一〕《八代詩選》諸本皆作『□』。《謝宣城集》《古詩紀》《廣廣文選》作『裂』。

秋夜〔一〕

秋夜促織鳴，南鄰擣衣急。思君隔九重，夜夜空佇立。北窗輕幔垂，西户月光入。何知白露下，坐視階前濕。誰能長分居，秋盡冬復及。

湘綺批：纖麗，凄静清妙。

【校勘記】

〔一〕光緒十六年江蘇書局本闕詩題，《八代詩選》其他諸本皆作『秋夜』。

奉和竟陵王同沈右率過劉先生墓

嘉樹因枝條，琢玉良可寶。若人陵曲臺，垂帷茂淵道。善誘宗學原，鳴鐘霽幽抱。仁焉宛徂落〔一〕，清徽夜何早。歲晚結松陰，平原亂秋草。不有至言揚，終滯西山老。

【校勘記】

〔一〕《八代詩選》諸本皆作『宛徂落』。《謝宣城集》《古詩紀》《廣廣文選》作『徂宛洛』。

和宋記室省中

落日飛鳥遠，憂來不可極。竹樹澄遠陰，雲霞成異色。懷歸欲乘電，瞻言思解翼。清揚婉禁居，祕此文墨職。無歎阻琴尊，相從伊水側。

和王著作融八公山

二別阻漢坻，雙崤望河澳。兹嶺復巑岏，分區奠淮服。東限琅邪臺，西距孟諸陸。阡眠起雜樹，檀欒蔭修竹。日隱澗疑空，雲聚岫如複。出没眺樓雉，遠近送春目。戎州昔亂華，素景淪伊穀。阽危賴宗衮，微管寄明牧。長蛇固能翦，奔鯨自此暴。道峻芳塵流，業遥年運倏。平生仰令圖，吁嗟命不淑。浩蕩别親知，連翩戒征軸。再遠館娃宫，兩去河陽谷。風烟四時犯，霜雨朝夜沐。春秀良已彫〔一〕，秋場庶能築。

湘綺批：寬和。

【校勘記】

〔一〕光緒十六年江蘇書局本作『彫』，《八代詩選》其他諸本作『凋』。《文選》《謝宣城集》《古詩紀》《古詩鏡》

作『凋』。

和伏武昌登孫權故城

炎靈遺劒璽，當塗駭龍戰。聖期缺中壤，霸功興寓縣。鵲起登吳山，鳳翔陵楚甸。衿帶窮巖險，帷帟盡謀選。北拒溺驂鑣，西龕收組練。江海既無波，俯仰流英眄。裘冕類禋郊，卜揆崇離殿。釣臺臨講閱，樊山開廣讌。文物共葳蕤，聲明且蔥蒨。三光厭分景，書軌欲同薦。參差世祀忽，寂寞市朝變。舞館識餘基，歌梁想遺囀。故林衰木平，荒池秋草徧。雄圖悵若兹，茂宰深遐眷。幽客滯江皋，從賞乖纓弁。清卮阻獻酬，良書限聞見。幸藉芳音多，承風采餘絢。于役儻有期，鄂渚同游衍。

湘綺批：三國皆以霸許之，是史識。然在當時，是通議，至今方爲特見耳。極仿宣遠張子房詩格。

夏始和劉孱陵

威仰弛蒼郊，龍曜表皇隰。春色卷遥甸，炎光麗近邑。白蘋望已騁，緗荷紛可襲。徒願尺波旋，終憐寸景戢。對窗斜日過，洞幌鮮飈入。浮雲去欲遠，莫鳥飛相及。柔翰縝芳塵，清原非易挹。回江難絶濟，云誰暘佇立。良宰朂夜漁，出入事朝汲。積羽余既裳，更賦子盈粒。椅梧何必零，歸來共棲集。

湘綺批：『積羽爲衣』，言隱服也，蓋鶴氅之類。『更賦』，蓋即賦貧民田也。

新治北窗和何從事

國少暇日多，民淯紛務屏。闢牖期清曠，開簾候風景。泱泱日照谿，團團雲去嶺。岧嶤蘭橑峻，駢闐石路整。池北樹如浮，竹外山猶影。自來彌紘望，及君臨箕潁。清文蔚且詠，微言超已領。不見城壕側，思君朝夕頃。回舟方在辰，何以慰延頸。

湘綺批：寬和。

和王主簿季哲怨情

掖庭聘絶國，長門失歡宴。相逢詠蘼蕪，辭寵悲團扇。花叢亂數蝶，風簾入雙燕。徒使春帶賒，坐惜紅妝變。生平一顧重，夙昔千金賤。故人心尚爾，故心人不見。

和劉中書

昔余侍君子，歷此游荆漢。山川隔舊賞，朋僚多雨散。圖南矯風翮，曾非息短翰。移疾覯新篇，披衣起淵翫。惆悵懷昔踐，彷彿得殊觀。頳紫共彬駮，雲錦相陵亂。奔星上未窮，驚雷下將半。回潮潰崩樹，輪囷軋傾岸。巖篠或旁翻，石菌蕪修榦。澄澄明浦媚，衍衍清風瀾。江潭良在目，懷賢累興歎。歲莫不可期，淹留絶巖畔。

贈王主簿

日落窗中坐，紅妝好顔色。舞衣襞未縫，流黄覆不織。蜻蛉草際飛，游蜂花上食。一遇長相思，願寄連翩翼。

和蕭中庶直石頭

九河亙積岨，三嵕鬱旁眺。皇州總地德，回江歎巖徼。井榦艷蒼林，雲甍蔽層嶠。川霞旦上薄，山光晚餘照。翔集亂歸飛，虹蜺紛引曜。君子奉神略，瞰迥憑重峭。彈冠已藉甚，升車益英妙。功存漢册書，榮並周庭燎。汲疾移偃息，董園倚談笑。麾旆一悠悠，謙姿光且劭。讌嘉多暇日，興文起淵調。曰余廁鱗羽，滅景從漁釣。澤渥資投分，逢迎典待詔。詠沼邈含豪，專城空坐嘯。徒慚皇鑒揆，終延曲士誚。方追隱淪訣，偶解金丹要。若偶巫咸招，帝閽良可叫。

和王長史卧病

崥岫歎崇厓，派别朝洪河。兔園文雅盛，章臺冠蓋多。淵衿眷睿岳，夔贊動甿歌。顧影慚騑服，載筆旅江沱。縞衣分可獻，琴言曖已和。青皋向還色，春澗視生波。巖垂變好鳥，松上改陳蘿。日與歲眇邈，歸恨積蹉跎。願緝吴山杜，甯袂楚池荷。清風豈孤劭，功遂懷曾阿。勿藥良有慁，荏苒芳未過。幸留清尊味，言藉故田莎。

湘綺批：『還』字細，後人所謂春歸也。

奉和隨王殿下十六首〔一〕

高秋夜方静，神居肅且清。閒階塗廣露，涼宇澄月陰。嬋娟影池竹，疎蕪散風林。淵情協爽節，詠言興德音。闇道空已積，干直媿蓬心。

【校勘記】

〔一〕《古詩紀》卷七十謝朓《奉和隨王殿下十六首》，《八代詩選》諸本原題《奉和隨王殿下十六首》，實選其八首。

星回夜未艾，洞房凝遠情。雲陰滿池樹，中月懸高城。喬木含風霧，行雁飛且鳴。平臺盛文雅，西園富羣英。芳慶良永矣，君王嗣德聲。眷此伊洛詠，載懷汾水情。顧已非麗則，恭惠奉仁明。觀淄詠已失，憮然愧簪纓。

神心遺魏闕，中想顧汾陽。肅景懷辰豫，捐玦翦山楊。時惟清夏始，雲景曖含芳。月陰洞野色，日華麗池光。草含亭皋遠，霞生川路長。端坐聞鶴引，静瑟愴復傷。懷哉泉石思，歌詠鬱瓊相。春塘多逸駕，言從伊與商。衮職眷英覽，獨善伊何忘。願輟東郊遠，宏道侍云梁。

睿心重離析，岐路清江隈。四面寒飇舉，千里白雲來。川長别管思，地迥翻旗回。還顧昭陽闕，超遠章華臺。置酒巫山日，爲君停玉杯。

桂樓飛絶限，超遠向江岐。輕寒霽廣甸，微風散清漪。連連絶雁舉，渺渺青烟移。嚴城亂芸草，霜塘彫素枝。氣爽深遥矚，豫永聊停曦。即已終可悦，盈尊且若斯。

元冬寂修夜，天圍静且開。亭皋霜氣愴，松宇清風來。高琴時以思，幽人多感懷。幸藉汾陽想，嶺首正裴回。

漣漪暎餘雪，嚴城限深霧。清寒起洞門，東風急池樹。神居望已肅，裴回舉沖趣。棲歸如遲詠，邱山不可屢。

浮雲西北起，飛來下高堂。合散輕帷表，飄舞桂臺陽。遥階收委羽，平地如夜光。眷言金玉照，顧慚蘭蕙芳。

答沈右率諸君餞别

春夜别清尊，江潭復爲客。歎息東流水，如何故鄉陌。重樹日芬薀，芳洲轉如積。望望荆臺下，歸夢相思夕。

湘綺批：巧麗，悠然餘韻。

夜聽妓

瓊閨釧響聞，瑶席芳塵滿。要取洛陽人，共命江南管。情多舞態遲，意傾歌弄緩。知君密見親，寸心傳玉椀。

江奂

綠水曲

塘上蒲欲齊，汀洲杜將歇。春心既易蕩，春流豈難越。桂棹隨晚風，菱江及初月。芳香若可贈，爲君步羅韈。

王秀之

卧疾叙意

貞悔不少期，福極固難豫。疾藥雖一塗，遂以千百慮。景仄念徂齡，帶緩每危曙。循躬既已兹，况復歲將莫。層冰日夜多，飛雲密如霧。歸鴻互斷絶，宿鳥莫能去。輟我邱中琴，良由一嗟故。隱淪迹有違，宰官功未樹。何用攪余情，悢悢此故路。豈言勞者歌，且曰幽人賦。

江孝嗣

北戍琅邪城詩

驅馬一連翩，日下情不息。芳樹似佳人，惆悵余何極。薄莫苦羈愁，終朝傷旅食。丈夫許人世，安得顧心臆。按劒勿復言，誰能耕與織。

湘綺批：『芳樹』二句，所謂不著一字，盡得風流。

劉繪

巫山高

高唐與巫山，參差鬱相望。灼爍在雲間，氛氳出霞上。散雨收夕臺，行雲卷晨障。出没不易期，嬋娟以惆悵。

餞謝文學離夜

汀洲千里芳，朝雲萬里色。悠然在天隅，之子去安極。春潭無與窺，秋臺誰共陟。不見一佳人，徒望西飛翼。

湘綺批：高華。此與江詩，皆開唐人澹遠取神一派。

入琵琶峽望積布磯呈元暉

江山信多美，此地最爲神。以兹峯石麗，重當芳樹春。照爛虹蜺雜，交錯錦繡陳。差池若燕羽，崩岃似龍鱗。卻瞻了非向，前觀已復新。翠微上虧景，青莎下拂津。巉巖如刻削，可望不可親。苜塗首遐路，未獲究清塵。誓將返初服，歲莫請爲鄰。

孔稚珪

白馬篇

驤子踴且鳴，鐵陣與雲平。漢家嫖姚將，馳突匈奴庭。少年鬬猛氣，怒髮爲君征。雄戟摩白日，長劒斷流星。早出飛狐塞，晚泊樓煩城。虜騎四山合，胡塵千里驚。嘶笳振地響，吹角沸天聲。左碎呼韓陣，右破休屠兵。横行絶漠表，飲馬瀚海清。隴樹枯無色，沙草不嘗青。勒石燕然道，凱歸長安亭。縣官知我健，四海誰不傾。但使强胡滅，何須甲第成。當令丈夫志，獨爲上古英。

游太平山

石險天皃分，林交日容缺。陰澗落春榮，寒巖留夏雪。

丘巨源

詠七寶畫團扇

妙縞貴東夏，巧媛出吴闉。裁如白玉璧，縫似明月輪。表裏鏤七寶，中銜駭雞珍。畫作景山樹，圖爲河洛神。來延揮握玩，入與環釧親。生風長襲際，晞華紅粉津。拂盼迎嬌意，隱暎含歌人。時移務忘故，節改競存新。卷情隨象簟，舒心謝錦茵。厭歇何足道，敬哉先後晨。

湘綺批：末數句竟作正論，不厭迂拙，以『卷情』二句細熨也。

聽鄰妓

披衽乏游術，憑軾寡文才。蓬門長自寂，虛席視生埃。貴里臨倡館，東鄰歌吹臺。雲間嬌響徹，風末豔聲來。飛華瑤翠幄，揚芬金碧杯。久絶中州美，從念尸鄉灰。遺情悲近世，中山安在哉。

陸厥

蒲阪行

江南風已春，河間柳堪把。雁反無南書，寸心何由寫。流泊祁連山，飄飄高闕下。

邯鄲行

趙女擫鳴琴，邯鄲紛躧步。長褏曳三街，兼金輕一顧。有美獨臨風，佳人在遐路。相思欲褰衽，叢臺日已暮。

湘綺批：纖麗。豔女淡妝，有此風緻。

中山王孺子妾歌

如姬寢卧內，班婕坐同車。洪波陪飲帳，林光宴秦餘。歲暮寒飆及，秋水落芙蕖。子瑕矯後駕，安陵泣前魚。賤妾終已矣，君子定焉如。

奉答內兄希叔一首

嘉惠承帝子，躧履奉王孫。屬叨金馬署，又點銅龍門。出入平津邸，一見孟嘗尊。歸來翳桑柘，朝夕異涼温。其一

殂落固云是，寂蔑終如斯。杜門清三逕，坐檻臨曲池。梟鴟嘯儔侶，荷芰始參差。雖無田田葉，及爾汎漣漪。其二

春華與秋實，庶子及家臣。王門所以貴，自古多俊民。離宮收杞梓，華屋富徐陳。平旦上林苑，日入伊水濱。其三

書記既翩翩，賦歌能妙絶。相如恧温麗，子雲慙筆札。駿足思長阪，柴車畏危轍。愧兹山陽讌，空此河陽別。其四

平原十日飲，中散千里游。渤海方淫滯，宜城誰獻酬。屏居南山下，臨此歲方秋。惜哉時不與，日莫無輕舟。其五

虞炎

奉和竟陵王經劉巘墓下

下帷聞昔儒，窺園信且逸。聚學叢烟郊，棲遯事環蓽。戢景謝歸年，稅駕空悠日。庭露已霑衣，松門向蕭瑟。憫憫神念周，依依惠言密。闕〔一〕

【校勘記】

〔一〕《古詩紀》未注「闕」字。

顧歡

臨終詩

五塗無恆宅，三清有常舍。精氣因天行，游魂隨物化。鵬鶡適大海，蜩鳩之桑柘。達生任去留，善死均日夜。委命安所乘，何方不可駕。翘心企前覺，融然從此謝。

湘綺批：『善死』，字新妙。人皆有死，獨無如其不善何也。

卷十一上

梁第一

五言第九

武帝蕭衍

芳樹

綠樹始摇芳，芳生非一葉。葉葉度春風，芳芳自相接。雜色亂參差，衆花紛重疊。重疊不可思，思此誰能愜。

湘綺批：香豔摇蕩，其佳處在實力正寫。

有所思

誰言生離久，適意與君别。衣上芳猶在，握裏書未滅。腰間雙綺帶，夢爲同心結。常恐所思露，瑶華未忍折。

湘綺批：詞家所謂惟有别時全不忘也。

臨高臺

高臺半行雲，望望高不極。草樹無參差，山河同一色。髣髴洛陽道，道遠難別識。玉階故情人，情來共相憶。

湘綺批：山河色，是春氣蒸秀之景。『情來』之『來』字妙，同心相知，精神來往。

雍臺

日落登雍臺，佳人殊未來。綺窗蓮花掩，網户琉璃開。葦茸臨紫桂，蔓延交青苔。月没光陰盡，望子獨悠哉。

湘綺批：開唐人神韻一派。

擬青青河邊草

幕幕繡户絲，悠悠懷昔期。昔期久不歸，鄉國曠音徽。音徽空結遲，半寢覺如至。既寤了無形，與君隔平生。月以雲掩光，葉以霜摧老。當途竟自容，莫肯爲妾道。

擬明月照高樓

圓魄當虚闥，清光流思延。延思對孤影，悽怨還自憐。臺鏡早生塵，匣琴又無絃。悲慕屢傷節，離憂亟華年。君如東扶影，妾似西柳烟。相去路既迥，明晦亦殊縣。願爲銅鐵轡，以感長樂前。

湘綺批：所願寄，以用『感長樂』三字，便不滯句下。

直石頭

率土皆王土，安知全高尚。東壠棄黍稷，西游入卿相。屬逢利建始，投分參末將。尺寸功未施，河山賞已諒。攝官因時暇，曳裾聊起望。鬱盤地勢遠，參差百雉壯。翠壁絳霄際，丹樓青霞上。夕池出濠渚，朝雲生壘幛。籠鳥易爲恩，屠羊無飾讓。泰階端且平，海水本無浪。小臣何日歸，頓轡從閒放。

湘綺批：抽簪歸隱，已成熟調。此直言大雅，故是帝王與文士不同處。

答任殿中宗記室王中書別

問我去何節，光風正悠悠。蘭華時未宴〔一〕，舉袂徒離憂。緩客承別酒，鳴琴和好仇。清霄一已曙，藐爾泛長洲。眷言無歇緒，深清附還流。

湘綺批：常意。以造句有遠神。

【校勘記】

〔一〕光緒十六年江蘇書局本作『宴』，光緒七年四川尊經書局本、民國三十一年程天放本作『晏』。《古詩紀》作『晏』。

天安寺疏圃堂

乘和蕩猶豫，此焉聊止息。連山去無限，長洲望不極。參差照光彩，左右皆春色。晻曖矚游絲，出没看飛翼。其樂信難忘，脩然甯有飾。

游仙

水華究靈奥，陽精測神祕。具聞上仙訣，留丹未肯〔二〕餌。潛名游柱史，隱迹居郎位。委曲鳳池日，分明柏寢事。蕭史暫徘徊，待我升龍轡。

湘綺批：此蓋自喻未即受禪之意。

【校勘記】

〔二〕光緒七年四川尊經書局本、民國三十一年程天放本作『肎』，光緒十六年江蘇書局本作『肯』，二字同。

游鍾山大愛敬寺

曰予受塵縛，未得留蓋纏。三有同永夜，六道等長眠。才性乏方便，智力非善權。生住無停相，刹那即徂遷。歎逝比悠稔，交臂乃奢年。從流既難反，弱喪謂不然。二苦常追隨，三毒自燒然。貪癡養憂畏，熱惱坐焦煎。道心理歸終，信首故宜先。駕言追善友，回輿尋勝緣。面勢周大地，縈帶極長川。稜層疊嶂遠，迤邐隥道懸。朝日照花林，光風起香山。飛鳥發差池，出雲去連緜。落英分綺色，墜露散珠圓。當道蘭藿靡，臨堦竹便娟。幽谷響嚶嚶，石瀨鳴濺濺。蘿短未中攬，葛嫩不任牽。攀緣傍玉澗，褰陟度金泉。長塗弘翠微，香樓間紫烟。慧居超七净，梵往踰八禪。始得展身敬，方乃遂心虔。菩提聖種子，十力良福田。正趣果上果，歸依天中天。一道長死生，有無離二邊。何待空同右，豈羨汾陽前。以我初覺意，貽爾後來賢。

代蘇屬國婦

良人如可期，不謂當過時。秋風忽送節，白露凝前基。愴愴獨涼枕，慅慅孤月帷。忽聽西北雁，似從東海湄。果銜萬里書，中有生離詞。惟言長別矣，不復道相思。胡羊久剽奪，漢節故支持。帛上看未終，臉下淚如絲。空懷之死誓，遠勞同穴詩。

古意二首

飛鳥起離離，驚散忽差池。嗷嘈繞樹上，翩翩集寒枝。既悲征役久，偏傷壠上兒。寄言閨中妾，此心詎能知。不見松蘿上，葉落根不移。

當春有一草，綠花復垂枝。云是忘憂物，生在北堂陲。飛飛雙蛺蝶，低低兩差池。差池低復起，此芳性不移。飛蜨雙復隻，此心人莫知。

湘綺批：次首（第二首）雙結調新，結二語尤妙。

擣衣

駕言易水北，送别河之陽。沈思慘行鑣，結夢在空牀。既寤丹緑謬，始知紈素傷。中州木葉下，邊城應早霜。陰蟲日慘裂，庭草復芸黄。金風徂清夜，明月懸洞房。嫋嫋同宫女，助我理衣裳。參差夕杵引，哀怨秋砧揚。輕羅飛玉腕，弱袖低[一]紅妝。朱顔日已興，盼睇色增光。擣以一匪石，文成雙鴛鴦。制握斷金刀，薰用如蘭芳。佳期久不歸，持此寄寒鄉。妾身誰與容，思君苦人腸。

【校勘記】

〔一〕光緒七年四川尊經書局本、民國三十一年程天放本作『佤』，光緒十六年江蘇書局本作『低』，二字同。本句《玉臺新詠》作『弱翠低紅妝』。

織婦

送别出南軒，離思沈幽室。調梭輟寒夜，鳴機罷秋日。良人在萬里，誰與共成匹。願得一回光，照此憂與疾。君情儻未忘，妾心長自畢。

七夕

白露月下團，秋風枝上鮮。瑶臺含碧霧，羅幕生紫烟。妙會非綺節，佳期乃凉年。玉壺承夜急，蘭膏依曉煎。昔悲漢難越，今傷河易旋。怨咽雙念斷，悽悼兩情懸。

紫蘭始萌

種蘭玉臺下，氣煖蘭始萌。芬芳與時發，婉轉迎節生。獨使金翠嬌，偏動紅綺情。二游何足懷，一顧非傾城。羞將苓芝侶，豈畏鶗鴂鳴。

詠燭

堂中綺羅人，席上歌舞兒。待我光泛灩，爲君照參差。

昭明太子統

飲馬長城窟行

亭亭山上柏，悠悠遠行客。行客行路遥，故鄉日迢迢。迢迢不可見，長望涕如霰。如霰獨留連，長路邈緜緜。胡馬愛北風，越燕見日喜。藴此望鄉情，沈憂不能止。有朋西南來，投我用木李。并有一書札，行止風雲起。扣封披書札，書札竟何有。前言節所愛，後言離别久。

長相思

相思無終極，長夜起歎息。徒見貌嬋娟，寧知心有憶。寸心無所因，願附歸飛翼。

湘綺批：美人如畫，是藴藉靈慧人。

開善寺法會

棲鳥猶未翔，命駕出山莊。詰屈登馬嶺，回互入羊腸。稍看原藹藹，漸見岫蒼蒼。落星埋遠樹，新霧起朝陽。陰池宿早雁，寒風催夜霜。兹地信閒寂，清曠惟道場。玉樹琉璃水，羽帳鬱金牀。紫柱珊瑚地，神幢明月璫。牽蘿下石磴，攀桂陟松梁。澗斜日欲隱，烟生樓半藏。千祀終何邁，百代歸我皇。神功照不極，睿鏡湛無方。法輪明暗室，慧海渡慈航。塵根久未洗，希霑垂露光。

鍾山解講

清宵出望園，詰晨屆鍾嶺。輪動文學移，笳鳴賓從静。瞰出巖隱光，月落林餘影。糺紛八桂密，陂陁再城永。伊予愛邱壑，登高至節景。迢遞覩千室，迤邐觀萬頃。即事已如斯，重兹游勝境。精理既已詳，元言亦兼逞。方知蕙帶人，囂虛成易屏。眺瞻情未終，龍鏡忽游騁。非曰樂逸游，意欲識箕潁。

湘綺批：賓游之樂，貴游之樂。

講席將訖賦三十韻詩依次用

法苑稱嘉柰，慈園羨修竹。靈覺相招影，神仙共棲宿。惠義比瑶瓊，薫染等蘭菊。理玄方十算，功深似九築。華水警銀舟，方衢列金軸。微言絶已久，煩勞多累蓄。因兹闡慧雲，欲使心塵伏。八水潤焦芽，三明啟聾目。寶鐸旦參差，名香晚芬郁。暫捨六龍駕，微祛二鼠蹙。意樹發空花，心蓮吐輕馥。喻斯滄海變，譬彼菴羅熟。妙智方縟錦，深詞同霧縠。善學同梵爪，真言異銅腹。逶迤合蓋城，葳蕤布金郁。珠華蔭八溪，玉流通九谷。青禽乍下上，雲雁飛翻覆。高談屬時聽，寡聞終自恧。日麗鴛鴦瓦，風度蜘蟵〔一〕屋。落蘤散遠香，霏雲卷遥族。曠濟同象園，中乘如伫獨。後餤難堅明，初心易驚縮。應當離花水，無令乖漆木。投巖不足貴，棘林安可宿。器月希留影，心灰庶方撲。視愛同采蜂，游善如原菽。八邑仙人山，四寶神龍澳。藥樹永繇稠，禪枝詎凋槭。以兹悦聞道，庶此優馳逐。願追露寶車，脱屣親推轂。

湘綺批：當時此體，已有用典押韻之弊，但尚不鼓努爲力，餖飣見長耳。

冬士《八代詩評》：余案，題云『賦三十韻詩依次用』，未知依誰何之次，其爲後世和詩次韻之祖耶？

【校勘記】

〔一〕《八代詩選》諸本皆作『踟蟵』，《古詩紀》作『蜘蟵』，是。

簡文帝綱

采桑

春色映宮來，先發院邊梅。細萍重疊長，新花歷亂開。連珂往淇上，接幰至叢臺。叢臺可憐妾，當窗望飛蝶。忌跌行衫領，熨斗成裙襵。下牀著珠珮，捉鏡安花鑷。薄晚畏蠶飢，竟採春桑葉。寄語採桑伴，訝今春日短。枝高攀不及，葉細籠難滿。年年將使君，歷亂遣相聞。欲知〔一〕琴裏意，還贈錦中文。何當照梁日，還作入山雲。重門皆已閉，方知留客袂。可憐黃金絡，複以青絲繫。必也爲人時，誰令畏夫壻。

湘綺批：轉節玲瓏，出語清麗，李太白所宗。

【校勘記】

〔一〕光緒十六年江蘇書局本作『知』，光緒七年四川尊經書局本、民國三十一年程天放本作『使』。

東下何纂纂

垂花臨碧澗，結翠依丹巘。非直入游宮，兼期植靈苑。落日芳春暮，游人歌吹晚。弱刺引羅衣，朱實凌還幰。且歡洛浦詞，無羨安期遠。

怨詩

秋風與白團，本自不相安。新人及故愛，意氣豈能寬。黃金肘後鈴，白玉案前盤。誰堪空對此，還成無歲寒。

湘綺批：梁以後詩，難得此警動之句，雄倜之氣。

龍邱引

龍邱一回首，楚路蒼無極。水照弄珠影，雲吐陽臺色。浦狹村烟度，洲長歸鳥息。游蕩逐春心，空憐無羽翼。

湘綺批：謝朓一派。

半路溪

相逢半路溪，隔溪猶不度。望望判知是，翩翩識行步。摘贈蘭澤芳，欲表同心句。先將動舊情，恐君疑妾妒。

湘綺批：出口即摇蕩生姿。

登城

日影半東簷，靖念空杼柚。小堂倦縹書，華池厭修竹。寂寞既寡悰，登城望原陸。遥山半吐雲，嚴飈時響谷。靡靡見虚烟，森森視寒木。落霞乍續斷，晚浪時迴復。遠矚既濡翰，徒自勞心目。短歌雖可裁，緣情非霧縠。

湘綺批：清瘦。

戲作謝惠連體十三韻

雜蕊映南庭，庭中光景媚。可憐枝上花，早得春風意。春風復有情，拂幔且開楹。開楹盈碧烟，拂幔復垂蓮。偏使紅花散，飄揚落眼前。眼前多無況，參差鬱相望。珠繩翡翠帷，綺幕芙蓉帳。香烟出窗裏，落日斜階上。日影去遲遲，節華咸在兹。桃花紅若點，柳葉亂如絲。絲條轉暮光，影落暮陰長。春燕雙雙舞，春心處處揚。酒滿心聊足，萱枝愁不忘。

湘綺批：不似惠連，彼沈著，此輕蒨。

沈約

湘綺批：沈休文自負知音，其才不靈，大概祖陸士衡、鮑明遠、顔延之，而俱得其形貌。乃以宫商中律，妄謂獨得。顧云潘陸顔謝，去之彌遠，亦大膽矣。今其詩具在，烏覩其勝前人乎？彼固不知雙聲疊韻，非文章之宗也。

日出東南隅行

朝日出邯鄲，照我叢臺端。中有傾城豔，顧景織羅紈。延軀似纖約，遺視若回瀾。瑶裝映層綺，金服炫雕欒。幸有同匡好，西仕服秦官。寶劍垂玉貝，汗馬飾金鞍。縈場類轉雪，逸控寫騰鸞。羅衣夕解帶，玉釵暮垂冠。

昭君詞

朝發披香殿，夕濟汾陰河。於兹懷九逝，自此斂雙蛾。霑妝疑湛露，繞臆狀流波。日見奔沙起，稍覺轉蓬多。胡風犯肌骨，非直傷綺羅。銜涕試南望，關山鬱嵯峨。始作陽春曲，終成苦寒歌。唯有三五夜，明月暫經過。

長歌行〔一〕

連連舟壑改，微微市朝變。來功嗣往迹，莫武徂升彦。局塗頓遠策，留懽恨奔箭。拊戚狀驚瀾，循休擬回電。歲去芳願違，年來苦心薦。春皃既移紅，秋林豈停蒨。一倍茂陵道，甯思柏梁宴。長戢兔園情，永别金華殿。聲徽無惑簡，丹青有餘絢。幽篇且未調，無使長歌倦。

【校勘記】

〔一〕《八代詩選》諸本僅題『長歌行』，實有二首。

春隰荑緑柳，寒墀積皓雪。依依往紀盈，霏霏來思結。思結纏歲宴〔一〕，曾是掩初節。初節曾不掩，浮榮逐絃缺。絃缺更圓合，浮榮永沈滅。色隨夏蓮變，態與秋霜耄。通迫無異期，賢愚有同絶。銜恨豈云忘，天道無甄別。功名識所職，竹帛尋摧裂。生外苟難尋，坐爲長歎設。

【校勘記】

〔一〕光緒七年四川尊經書局本、民國三十一年程天放本作『晏』。光緒十六年江蘇書局本作『宴』。《古詩紀》卷八十二作『宴』。

豫章行

燕陵平而遠，易河清且駛。一見塵波阻，臨途引征思。雙劍愛匣同，孤鸞悲影異。宴言誠易纂，清歌信難嗣。卧聞夕鍾急，坐閲朝光亟。往歡墜壯心，來戚滿哀志。徂芳無再馥，淪灰定還熾。憂臺尚可忘，榮辱亦奚事。愧微曠士節，徒感鄙生餌。勞哉納辰和，地遠託聲寄。

江蘺生幽渚

澤蘭被荒徑，孤芳豈自通。幸逢瑶池曠，得與金芝叢。朝承紫臺露，夕潤緑池風。既美修嫮女，復悦繁華童。夙昔玉霜滿，旦暮翠條空。葉飄儲胥右，芳歇露寒東。紀化尚盈昃，俗志信積隆。財殫交易絶，華落愛難終。所惜改驩眄，豈恨逐征蓬。願回昭陽景，持照長門宮。

𨚗出東西門行 一本無出字

驅馬城西阿，遥眺想京闕。望極烟原盡，地遠山河没。摇裝非短晨，還歌豈明發。修服悵邊羈，瞻途渺鄉謁。馳蓋轉徂龍，回星引奔月。樂去哀境滿，悲來壯心歇。歲華委徂皃，年霜移暮髮。晨物久侵尋，征思坐淪越。清氛掩行夢，憂原邊瀛渤。一念起關山，千里顧邱窟。

湘綺批：『地遠山河没』，『没』字奇，結壯。

青青河邊草

漠漠牀上塵，心中憶故人。故人不可憶，中夜長歎息。歎息想容儀，不言長别離。别離稍已久，空牀寄杯酒。

梁甫吟

龍駕有馳策，日御無停陰。星籥亟迴變，氣化坐盈侵。寒光稍眇眇，秋塞日沈沈。高窗仄餘火，傾河駕騰參。飆風折暮草，驚篽賈曾林。時雲靄空遠，淵水結清深。奔樞豈易紐，殊庭不可臨。懷仁每多意，履順孰能禁。露情一唯促，緩志且移心。哀歌步梁甫，歎絶有遺音。

白馬篇

白馬紫金鞍，停鑣過上蘭。寄言狹邪子，詎知隴道難。赤坂途三折，龍堆路九盤。冰生肌裏冷，風起骨中寒。功名志所急，日暮不遑飧。長驅入右地，輕舉出樓蘭。直去已垂涕，寧可望長安。匪期定遠封，無羡輕車官。唯見恩義重，豈覺衣裳單。本持軀命答，幸遇身名完。

鼓吹曲芳樹

發蕚九華隈，開跗寒露側。氤氳非一香，參差多異色。宿昔寒飆舉，摧殘不可識。霜雪交横至，對之長歎息。

湘綺批：亦跌宕。

夜夜曲

河漢縱且横，北斗横復直。星漢空如此，寧知心有憶。孤燈曖不明，寒機曉猶織。零淚向誰道，雞鳴徒歎息。

湘綺批：豔詩而能使横筆。

從齊武帝琅邪城講武應詔

九功播姚禪，七德陳武縣。展事昌國圖，息兵由重戰。皇情咨閲典，出車迨辰選。飾徒映寒隰，翻綏臨廣甸。颯沓珮吴戈，參差腰夏箭。風旆舒復卷，雲霞清以轉。輕舞信徘徊，前歌且遥衍。秋原嘶代馬，朱光浮楚練。虹壑寫飛文，巖阿藻餘絢。發震嶽靈從，揚旌水華變。憑高訓武則，中天起遐眷。鳳蓋揵洪河，珠旗埽長汧。方待翠華舉，遠適瑶池宴。

三日侍林光殿曲水宴應制

宴鎬鏘玉鑾，游汾舉仙軷。榮光泛彩旄，修風動芝蓋。淑氣婉登晨，天行聳雲旆。帳殿臨春籞，帷宫繞芳薈。漸席周羽觴，分墀引迴瀨。穆穆玄化升，濟濟皇階泰。將御遺風軫，遠侍瑶臺會。

侍宴樂游苑餞吕僧珍應詔

丹浦非樂戰，負重切君臨。我皇秉至德，忘己用堯心。愍兹區宇内，魚鳥失飛沈。推轂二崤道，揚旆九河陰。超乘盡三屬，選士皆百金。戎車出細柳，餞席遵上林。命師誅後服，授律綏前禽。函轘方解帶，嶢武稍披襟。伐罪芒山曲，弔民伊水潯。將陪告成禮，待此未抽簪。

湘綺批：此當是極意經營之作，輕重吞吐俱入妙。結自敘并頌揚，三面俱到，出語尤斟酌盡善，筆亦揺曳。

游鍾山詩應西陽王教五首

靈山紀地德，地險資嶽靈。終南表秦觀，少室邇王城。翠鳳翔淮海，衿帶遶神坰。北阜何其峻，林薄杳葱青。其一

發地多奇嶺，干雲非一狀。合沓共隱天，參差互相望。鬱律構丹巘，崚嶒起青嶂。勢隨九疑高，氣與三山壯。其二

即事既多美，臨眺殊復奇。南瞻儲胥觀，西望昆明池。山中咸可悦，賞逐四時移。春光發隴首，秋風生桂枝。其三

多值息心侶，結架山之足。八解鳴澗流，四禪隱巖曲。窈冥終不見，蕭條無可欲。所願從之游，寸心於此足。其四

君王挺逸趣，羽斾臨崇基。白雲隨玉趾，青霞雜桂旗。淹留訪五藥，顧步佇三芝。於焉仰鑣駕，歲暮以爲期。其五

湘綺批：『窈冥』二句，空曠瀟灑。

登高望春

登高眺京洛，街巷紛漠漠。迴首望長安，城闕鬱盤桓。日出照鈿黛，風過動羅紈。齊童躡朱履，趙女揚翠翰。春風揺雜樹，葳蕤緑且丹。寶瑟玫瑰柱，金羈瑇瑁鞍。淹留宿下蔡，置酒過上蘭。解眉還復斂，方知巧笑難。佳期空靡靡，含涕未成歡。嘉客不可見，因君寄長歎。

劉真人東山還

連峯竟無已，積翠遠微微。寥戾野風急，芸黃秋草腓。我來歲云暮，於此悵懷歸。霜雪方共下，寗止露霑衣。待余兩歧秀，去去掩柴扉。

登元暢樓

危峯帶北阜，高頂出南岑。中有陵風榭，迴望川之陰。岸險每增減，湍平互淺深。水流本三派，臺高乃四臨。上有離羣客，客有暮歸心。落暉映長浦，焕景燭中潯。雲生嶺乍黑，日下溪半陰。信美非吾土，何事不抽簪。

酬謝宣城朓卧疾

王喬飛鳧舄，東方金馬門。從宦非宦侶，避世作避喧。揆予發皇鑒，短翮屢飛翻。晨趨朝建禮，晚沐卧郊園。賓至下塵榻，憂來命緑尊。昔賢侔時雨，今守馥蘭蓀。神交疲夢寐，路遠隔思存。牽拙謬東汜，浮情及西崑。顧循良菲薄，何以儷璵璠。將隨渤澥去，刷羽汎清源。

新安江至清淺深見底貽京邑游好

眷言訪舟客，兹川信可珍。洞徹隨清淺，皎鏡無冬春。千仞寫喬樹，百丈見游鱗。滄浪有時濁，清濟涸無津。豈若乘斯去，俯映石磷磷。紛吾隔囂滓，寗假濯衣巾。願以潺湲水，霑君纓上塵。

湘綺批：怨憤語。使京中不敢恨，由筆蘊藉。

循役朱方道路

分繻出帝京，升裝奉皇穆。洞野屬滄溟，聯郊遡河服。日映青邱島，塵起邯鄲陸。江移林岸微，巖深烟岫複。歲嚴摧磴草，午寒散嶠木。縈蔚夕飆卷，蹉跎晚雲伏。霞志非易從，旌驅信難牧。豈慕淄宫梧，方辭兔園竹。羈心亦何言，迷蹤庶能復。

游沈道士館

秦皇御宇宙，漢帝恢武功。歡娱人事盡，情性猶未充。鋭意三山上，託慕九霄中。既表祈年觀，復立望仙宫。寗爲心好道，直由意無窮。曰余知止足，是願不須豐。遇可淹留處，便欲息微躬。山嶂遠重疊，竹樹近蒙籠。開襟濯寒水，解帶臨清風。所累非物外，爲念在玄蹤。朋來握石髓，賓至駕輕鴻。都令人徑絶，惟使雲路通。一舉凌倒景，無事適華嵩。寄言賞心客，歲暮爾來同。

湘綺批：宦游人真有此境，亦苦亦趣。

古意

挾琴叢臺下，徙倚愛容光。伫立日已暮，戚戚苦人腸。露葵已堪摘，淇水未霑裳。錦衾無獨煖，羅衣空自香。明月雖外照，寗知心内傷。

湘綺批：著力出語，實是對月情事。

少年新昏爲之詠

山陰柳家女，薄言出田墅。丰容好姿顔，便僻巧言語。腰肢既軟弱，衣服亦華楚。紅輪映早寒，畫扇迎初暑。錦履並花紋，繡帶同心苣。羅襦金薄厠，雲鬢花釵舉。我情已鬱紆，何用表崎嶇。託意眉間黛，中心口上朱。莫争三春價，坐喪千金軀。盈尺青銅鏡，徑寸合浦珠。無因達往意，欲寄雙飛鳧。裾開見玉趾，蓋薄映凝膚。羞言趙飛燕，笑殺秦羅敷。自顧雖悴薄，冠蓋曜城隅。高門列騶駕，廣路從驪駒。何慚鹿盧劍，詎減府中趨。還家問鄉里，詎堪持作夫。

夢見美人

夜聞長歎息，知君心有憶。果自閶闔來，魂交覩容色。既薦巫山枕，又奉齊眉食。立望復橫陳，忽覺非在側。那知神傷者，潺湲淚霑臆。

直學省愁卧

秋風吹廣陌，蕭瑟入南闈。愁人掩軒卧，高窗時動扉。虛館清陰滿，神宇曖微微。網蟲垂戶織，夕鳥傍欄飛。纓珮空爲忝，江海事多違。山中有桂樹，歲暮可言歸。

休沐寄懷

雖云萬重嶺，所翫終一邱。階墀幸自足，安事遠遨遊。臨池清溽暑，開幌望高秋。園禽與時變，蘭根應節抽。憑軒搴木末，垂堂對水周。紫籜開緑篠，白鳥映青疇。艾葉彌南浦，荷花遶北樓。送日隱曾閣，引月入輕幬。爨熟寒蔬翦，賓來春蟻浮。來往既云勸，光景爲誰留。

宿東園

陳王鬭雞道，安仁採樵路。東郊豈異昔，聊可閑余步。野徑既盤紆，荒阡亦交互。槿籬疎復密，荆扉新且故。樹頂鳴風飆，草根積霜露。驚麏去不息，征鳥時相顧。茅棟歗愁鴟，平岡走寒兔。夕陰帶曾阜，長烟引輕素。飛光忽我遒，豈止歲云暮。若蒙西山藥，頽齡儻能度。

湘綺批：此篇亦極有名。其寫景處，漸細密新巧。『荆扉新故』，是畫村舍者所不能到。

三月三日率爾成章

麗日屬元巳，年芳具在斯。開花已匝樹，流嚶復滿枝。洛陽繁華子，長安輕薄兒。東出千金堰，西臨雁鶩陂。游絲應空轉，高楊拂地垂。緑幘文照曜，紫燕光陸離。清晨戲伊水，薄暮宿蘭池。象筵鳴寶瑟，金瓶泛羽卮。甯憶春蠶起，日暮桑欲萎。長袂屢已拂，彫胡方自炊。愛而不可見，宿昔減容儀。且當忘情去，歎息獨何爲。

織女贈牽牛

紅妝與明鏡，二物本相親。用持施點畫，不照離居人。往秋雖一照，一照復還塵。塵生不復拂，蓬首對河津。冬夜寒如此，甯遽道陽春。初商忽云至，暫得奉衣巾。施衾已成故，每聚忽如新。

應王中丞思遠詠月

月華臨静夜，夜静滅氛埃。方暉竟户入，圓影隙中來。高樓切思婦，西園游上才。網軒映珠綴，應門照緑苔。洞房殊未曉，清光信悠哉。

湘綺批：殊覺清淺。

和王中書德充詠白雲

白雲自帝鄉，氛氳屢迴没。蔽虧崑山樹，含吐瑶臺月。秋風西北起，飄我過城闕。城闕已參差，白雲復離離。皎潔在天漢，倒影入華池。將過丹邱野，時至碧林垂。九重迎飛燕，萬里送翔螭。

詠雪應令

思鳥聚寒蘆，蒼雲軫暮色。夜雪合且離，曉風驚復息。嬋娟入綺窗，徘徊鶩情極。弱桂不勝枝，輕飛屢低翼。玉山聊可望，瑶池豈難即。

湘綺批：亦纖新，非大手筆賦物，遂開後人琢句鍊景之法。

悼亡

去秋三五月，今秋還照梁。今春蘭蕙草，來春復吐芳。悲哉人道異，一謝永銷亡。簾屏既毁撤，帷席更施張。游塵掩虛座，孤帳覆空牀。萬事無不盡，徒令存者傷。

詠山榴

靈園同佳稱，幽山有奇質。停采久彌鮮，含華豈期實。長願微名隱，無使孤株出。

詠杜若

生存窮絕地，豈與世相親。不願逢采擷，本欲芳幽人。

江淹

湘綺批：文通詩固是梁後一大家。然學力深而天才狷，無横絕一世之氣，有守先待後之功，詩家守成之主也。

銅雀妓

武皇去金閣，英威長寂寞。雄劍頓無光，雜佩亦銷鑠。秋至明月圓，風傷白露落。清夜何湛湛，孤燭映蘭幕。撫影愴無從，惟懷憂不薄。瑶色行應罷，紅芳幾爲樂。徒登歌舞臺，終成螻蟻郭。

侍始安王石頭

緒官承盛世，逢恩侍英王。結劍從深景，撫袖逐曾光。暮情鬱無已，流望在川陽。平原忽超遠，參差見南湘。何如塞北陰，雲鴻盡來翔。顰鏡照愁色，徒坐隱憂方。山中如未夕，無使桂葉傷。

湘綺批：『平原』四句一氣，蒼然雄颯。

從征虜始安王道中

乘笏從帷幕，仄身豫休明。君子未獲宴，小人亦自營。結軒首凉野，驅馬傃寒城。容裔還鄉櫂，逶迤去國旌。山氣亘百里，山色與雲平。喬松日夜竦，紅霞旦夕生。徒慙恩厚槩，空抱眷施名。仰願光威遠，歲晏〔一〕返柴荆。

【校勘記】

〔一〕光緒七年四川尊經書局本、民國三十一年程天放本作『晏』，是。光緒十六年江蘇書局本作『宴』。

從冠軍建平王登廬山香爐峯

廣成愛神鼎，淮南好丹經。此山具鸞鶴，往來盡仙靈。瑶草正翕赩，玉樹信葱青。絳氣下縈薄，白雲上杳冥。中坐瞰蜿虹，俛伏視流星。不尋遐怪極，則知耳目驚。日落長沙渚，曾陰萬里生。藉蘭素多意，臨風默含情。方學松柏隱，羞逐市井名。幸承光誦末，伏思託後旌。

湘綺批：蕭秀。

從建平王游紀南城

恭承此嘉惠，末官至南荆。斂衽依光采，端笏奉仁明。再逢緑草合，重見翠雲生。江甸知禮富，漢渚聞教清。君王澹神思，樹羽望楚城。年積衣劒滅，地遠宫館平。錦帳終寂寞，綵瑟祕音英。丹沙信難學，黄金不可成。遷化每如兹，安用貴空名。流巖慘中懷，凝意方自驚。願借若木景，長照憂人情。

望荆山

奉義至江漢，始知楚塞長。南關繞桐柏，西嶽出魯陽。寒郊無留影，秋日縣清光。悲風撓重林，雲霞肅川漲。歲晏〔二〕君如何，零淚霑衣裳。玉柱空掩露，金尊坐含霜。一聞苦寒奏，再使豔歌傷。

湘綺批：『秋日縣清光』，只是一『縣』字奇。清光皎然，方見得是縣光也。若中天縣明月，又是經戰地寫出孤寂，然縣月不如縣光矣。

【校勘記】

〔一〕光緒七年四川尊經書局本、民國三十一年程天放本作『晏』。光緒十六年江蘇書局本作『宴』。

步桐臺

客子畏霜雪，憂至竟悠哉。綺帷生網羅，寶刀積塵埃。思君出漢北，鞍馬登楚臺。歲采合雲光，平原秋色來。寂聽積空意，凝望信長懷。蕙芬自有美，光景詎徘徊。山中忽緩駕，暮雪將盈階。

湘綺批：文通善用『哉』字，他人效之，便成掉書袋。

秋至懷歸

悵然集漢北，還望岨山田。沄沄百重壑，參差萬里山。楚關帶秦隴，荊雲冠吳烟。草色斂窮水，木葉變長川。秋至帝子降，客人傷嬋娟。試訪淮海使，歸路成數千。蓬驅未止極，旌心徒自縣。若華想無慰，憂至定傷年。

湘綺批：以下數首，是學康樂，恐成晦澀，故特作流宕，亦矯弊之善也。但其調節，不如謝響。

赤亭渚

吳江泛邱墟，饒桂復多楓。水夕潮波黑，日暮精氣紅。路長寒光盡，鳥鳴草木窮。瑶水雖未合，珠霜竊過中。坐識物序晏，卧視歲陰空。一傷千里極，獨望淮海風。遠心何所類，雲邊有征鴻。

渡泉嶠出諸山之頂

岑崟蔽日月，左右信艱哉。萬壑共馳騖，百谷争往來。鷹隼既厲翼，蛟魚亦曝鰓。崩壁迭枕卧，嶄石屢盤迴。伏波未能鑿，樓船不敢開。百年積流水，千歲生青苔。行行詎半景，余馬以長懷。南方天炎火，魂兮可歸來。

僊陽亭

擥淚訪亭候，茲地乃閩城。萬古通漢使，千載連吳兵。瑤澗敻嶄崒，銅山鬱縱横。方水埋金雘，圓岸伏丹瓊。下視雄虹照，俯看綵霞明。桂枝空命折，烟氣坐自驚。劒逕羞前檢，岷山慙舊名。伊我從霜露，僕御復孤征。楚客心命絕，一願聞越聲。

游黃蘗山

長望竟何極，閩雲連越邊。南州饒奇怪，赤縣多靈仙。金峯各虧日，銅石共臨天。陽岫照鸞采，陰谿噴龍泉。殘杌千代木，廧崒萬古烟。禽鳴丹壁上，猿嘯青崖間。秦皇慕隱淪，漢武願長年。皆負雄豪威，棄劒爲名山。況我葵藿志，松朮横眼前。所若同遠好，臨風載悠然。

湘綺批：『松木横眼前』，『横』字便有滿目烟霞之意。

還故園

漢臣泣長沙，楚客悲辰陽。古今雖不異，茲理亦宜傷。山中信寂寥，孤景吟空堂。北地三變露，南簷再逢霜。竊值寰海闢，側見圭緯昌。浮雲抱山川，游子御故鄉。遽發桃花渚，適宿春風場。紅草涵電色，緑樹鑠烟光。高歌儀闕國，微歎依笙簧。請學碧靈草，終歲自芬芳。

陸東海譙山集

杳杳長役思，思來使懷濃。恆忌光氛度，藉蕙望春紅。青莎被海月，朱華冒水松。輕風曖長嶽，雄虹赫遠峯。日暮崦嵫谷，參差綵雲重。永願白沙渚，游衍遂相從。丹山有琴瑟，不爲憂傷容。

無錫縣歷山集

愁生白露下，思起秋風年。竊悲杜蘅暮，擥涕弔空山。落葉下楚水，別鶴噪吳田。嵐氣陰不極，日色半虧天。酒至情蕭瑟，憑尊還惆然。一聞清琴奏，歔泣方留連。况乃客子念，直置絲竹閒。

湘綺批：擷《楚辭》之秀。

外兵舅夜集

丹林一葉舊，碧草從此空。烟光拂夜色，華舟盪秋風。斂意悵何已，極望情思中。瑶瀾寂以晏，若采能幾終。暮心亦誰寄，江皋桂有叢。

貽袁常侍

昔我别楚水，秋月麗秋天。今君客吴阪，春色縹春泉。幽蕣生碧草，沅湘含翠烟。鑠鑠霞上景，憒憒雲外山。涉江竟何望，留滯空採蓮。駐情光氣下，凝怨琴瑟前。珠貝性明潤，蘭玉好芳堅。不以宿昔徂，懷愧期暮年。

古意報袁功曹

從軍出隴北，長望陰山雲。涇渭各異流，恩情於此分。故人贈寶劒，鏤以瑶華文。一言鳳獨立，再説鸞無羣。何得晨風起，悠哉淩翠氛。黄鵠去千里，垂涕爲報君。

卧疾怨别劉長史

四時煎日夜，玉露催紫榮。始懷未及歎，春意秋方驚。凉草散螢色，衰樹斂蟬聲。凴景魂且謐，卧堂怨已生。承君客江潭，先愁鴻雁鳴。吴山饒離袂，楚水多别情。金堅碧不滅，桂華蘭有英。無輟代上朝，豈惜鏡中明。但見一葉落，哀恨方未平。

湘綺批：湯顯祖作曲子，偷此『始懷』二句云：『知他一枕秋清怎生還害的是春前病。』所謂無可奈何也。

從蕭驃騎新帝壘

鯢妖毁皇度，虹氣岨王猷。上宰軫靈略，宏威肅廣謀。綿嶮冒戈堞，乘嶠架烽樓。燕兵歌越水，代馬思吴州。金笳夜一遠，明月信悠悠。雲色被江出，烟光帶海浮。開襟夾蒼宇，拓遠局溟洲。折日承丹谷，總駕臨青邱。仄待飈霧晏，方從畎壑游。

惜晚春應劉祕書

烟景抱空意，蘅杜綴幽心。心憂望碧葉，涵影顧青林。風光多樹色，露華翻蕙陰。水苔方下蔓，石蘿日上尋。霞衣已具帶，仙冠不待簪。徒爲多委鬱，精魄還自臨。始獲瓊歌贈，一點重如金。山中有雜桂，玉瀝乃共斟。

秋夕納涼奉和刑獄舅

蕭條晚秋景，旻雲承景斜。虚堂起青靄，崦嵫生暮霞。空居寂以歙，左右自幽歌。騎星謝箕尾，濯髮暫陽阿。年歇玄圃璧，歲減天津波。金簫哀夜長，瑤琴怨暮多。四時通信黯，春風日夜過。楚水徒有蘭，憂至竟如何。

冬盡難離和邱長史

閒居深悵悵，飈寒拂中闈。寶札自千里，縑書果君題。山川吐幽氣，雲景抱長懷。兹別亦爲遠，潮瀾鬱東西。汀皋日慘色，桂閣猿方啼。擥意誰佗傺，屑涕在心乖。杜蘅念無沫，石蘭終不睽。冀總歲暮駕，游衍蒼山蹊。

池上酬劉記室

戚戚憂可結，結憂視春暮。紫荷漸曲池，皋蘭覆徑路。蕙蒨亘華堂，葢菖雜綺樹。爲此久佇立，容易光陰度。水館次文羽，山葉下暝露。懷賞入舊襟，悦物覽新賦。惜我無雕文，報章慙復素。

襍體詩三十首

夫楚謡漢風，既非一骨；魏製晉造，固亦二體。譬猶藍朱成采，雜錯之變靡窮；宫商爲音，靡曼之態不極。故蛾眉詎同皃，而俱動於魄；芳草寧共氣，而皆悅於魂，不其然與？至於世之諸賢，各滯所迷，莫不論甘而忌辛，好丹而非素。豈所謂通方廣恕，好遠兼愛者哉？乃及公幹、仲宣之論，家有曲直；安仁、士衡之評，人立矯抗。况復殊於此者乎？又貴遠賤近，人之常情；重耳輕目，俗之恆蔽。是以邯鄲託曲於李奇，士季假論於嗣宗，斯其效也。然五言之興，諒非敻古。但關西鄴下，既已罕同；河外江南，頗爲異法。故玄黄經緯之辨，金碧浮沈之殊，僕以爲亦各具美兼善而已。今作三十首詩，斆其文體，雖不足品藻淵流，庶亦無乖商搉云爾。

湘綺批：此篇頗仿古人，仍用己長，不嫌襲取，未敢横逸，最得擬古之法。有名一代，多是文通宗派。惜才難秀逸，故後人有優孟之嘲耳。然使優孟不學叔敖，遂稱豪傑耶。

古離別

遠與君别者，乃至雁門關。黄雲蔽千里，游子何時還。送君如昨日，檐前露已團。不惜蕙草晚，所悲道里寒。君在天一涯，妾身長别離。願一見顔色，不異瓊樹枝。兔絲及水萍，所寄終不移。

湘綺批：清麗，是李白所祖。

李都尉陵從軍

尊酒送征人，踟躕在親宴。日暮浮雲滋，握手淚如霰。悠悠清川水，嘉魴得所薦。而我在萬里，結友不相見。袖中有短書，願寄雙飛燕。

湘綺批：後四句似迫促，以有意簡老，甯率不衍，正是苦學之效。

班婕妤詠扇

紈扇如團月，出自機中素。畫作秦王女，乘鸞向烟霧。彩色世所重，雖新不代故。竊悲凉風至，吹我玉階樹。君子恩未畢，零落在中路。

魏文帝曹丕游宴

置酒坐飛閣，逍遥臨華池。神飈自遠至，左右芙蓉披。緑竹夾清水，秋蘭被幽崖。月出照園中，冠佩相追隨。客從南楚來，爲我吹參差。淵魚猶伏浦，聽者未云疲。高文一何綺，小儒安足爲。肅肅廣殿陰，雀聲愁北林。衆賓還城邑，何用慰我心。

陳思王曹植贈友

君王禮英賢，不恡千金璧。雙闕指馳道，朱宫羅第宅。從容冰井臺，清川映華薄。凉風盪芳氣，碧樹先秋落。朝與佳人期，日夕望青閣。褰裳摘明珠，徙倚拾蕙若。眷我二三子，辭義麗金雘。延陵輕寶劍，季布重然諾。處富不忘貧，有道在葵藿。

湘綺批：即襲『庭樹微銷落』意調，字研而反不麗。

劉文學楨感遇

蒼蒼山中桂，團團霜露色。霜露一何緊，桂枝生自直。橘柚在南國，因君爲羽翼。謬蒙聖主私，託身文墨職。丹彩既已過，敢不自雕飾。華月照芳池，列坐金殿側。微臣固受賜，鴻恩良未測。

湘綺批：感恩報知，使人不惜獎借。

王侍中粲懷德

伊昔值世亂，秣馬辭帝京。既傷蔓草别，方知杕杜情。崤函蕩邱墟，冀闕緬縱横。倚棹泛涇渭，日暮山河清。蟋蟀依素野，嚴風吹枯莖。鶗鴂在幽草，客子淚已零。去鄉三十載，幸遭天下平。賢主降嘉賞，金貂服玄纓。侍宴出河曲，飛蓋游鄴城。朝露竟幾何，忽如水上萍。君子篤恩義，柯葉終不傾。福履既所綏，千載垂令名。

嵇中散康言志

曰余不師訓，潛志去世塵。遠想出宏域，高步超常倫。靈鳳振羽儀，戢景西海濱。朝食琅玕實，夕飲玉池津。處順故無累，養德乃入神。曠哉宇宙惠，雲羅更四陳。哲人貴識義，大雅明庇身。莊生悟無爲，老氏守其真。天地皆得一，名實久相賓。咸池饗爰居，鐘鼓或愁辛。柳惠善直道，孫登庶知人。寫懷良未遠，感贈以書紳。

阮步兵籍詠懷

青鳥海上游，鸒斯蒿下飛。沈浮不相宜，羽翼各有歸。飄飖可終極，沆瀁安是非。朝雲乘變化，光曜世所希。精衛銜木石，誰能測幽微。

湘綺批：阮詩大要爲文通所師，故語尤相近。

張司空華離情

秋月映簾櫳，縣光入丹墀。佳人撫鳴琴，清夜守空帷。蘭徑少行迹，玉臺生網絲。庭樹發紅彩，閨草含碧滋。延佇整綾綺，萬里贈所思。願垂湛露惠，信我皎月期。

潘黄門岳述哀

青春速天機，素秋馳白日。美人歸重泉，悽愴無終畢。殯宮已肅清，松柏轉蕭瑟。俯仰未能弭，尋念非但一。撫衿悼寂寞，怳然若有失。明月入綺窗，髣髴想蕙質。銷憂非萱草，永懷寄夢寐。夢寐復冥冥，何由覿爾形。我慙北海術，爾無帝女靈。駕言出遠山，徘徊泣松銘。雨絶無還雲，華落豈留英。日月方代序，寢興何時平。

陸平原機羈宦

儲后降嘉命，恩紀被微身。明發眷桑梓，永歎懷密親。流念辭南澨，銜怨别西津。馳道遵淮泗，旦夕見梁陳。服義追上列，矯迹廁官臣。朱黻咸髦士，長纓皆俊民。契闊承華内，綢繆逾歲年。日暮聊總駕，逍遥觀洛川。徂没多拱木，宿草凌寒烟。游子易感慨，躑躅還自憐。願言寄三鳥，離思非徒然。

左記室思詠史

韓公淪賣藥，梅生隱市門。百年信荏苒，何用苦心魂。當學衛霍將，建功在河源。珪組賢君眄，青紫明主恩。終軍才始達，賈誼位方尊。金張服貂冕，許史乘華軒。王侯貴片議，公卿重一言。太平多歡娱，飛蓋東都門。顧念張仲蔚，蓬蒿滿中園。

張黄門協苦雨

丹霞蔽陽景，緑泉涌陰渚。水鸛巢層甍，山雲潤柱礎。有弇興春節，愁霖貫秋序。燮燮凉葉奪，戾戾飔風舉。高談翫四時，索居慕儔侣。青苔日夜黄，芳蕤成宿楚。歲暮百慮交，無以慰延佇。

劉太尉琨傷亂

皇晉遘陽九，天下横氛霧。秦趙值薄蝕，幽并逢虎據。伊余荷寵靈，感激徇馳騖。雖無六奇術，冀與張韓遇。甯戚扣角歌，桓公遭乃舉。荀息冒險難，實以忠貞故。空令日月逝，愧無古人度。飲馬出城壕，北望沙漠路。千里何蕭條，白日隱寒樹。投袂既憤懣，撫枕懷百慮。功名惜未立，玄髪已改素。時哉苟有會，治亂惟冥數。

盧郎中諶感交

大廈須異材，廊廟非庸器。英俊著世功，多士濟斯位。眷顧成綢繆，乃與時髦匹。婣媾久不虧，契闊豈但一。逢厄既已同，處厄非所恤。常慕先達槩，觀古論得失。馬服爲趙將，疆場得清謐。信陵佩魏印，秦兵不敢出。慨無握中策，徒慙素絲質。羇旅去舊京，感遇踰琴瑟。自顧非杞梓，勉力在無逸。更以畏友朋，濫吹乖名實。

郭弘農璞游仙

崦山多靈草，海濱饒奇石。偃蹇尋青雲，隱淪駐精魄。道人讀丹經，方士鍊玉液。朱霞入窗牖，曜靈照空隙。傲睨摘木芝，陵波採水碧。眇然萬里游，矯掌望烟客。永得安期術，豈愁濛汜迫。

孫廷尉綽雜述

太素既已分，吹萬著形兆。寂動苟有源，因謂殤子夭。道喪涉千載，津梁誰能了。思乘扶搖翰，卓然凌風矯。静觀尺棰義，理足未嘗少。冏冏秋月明，憑軒詠堯老。浪迹無蚩妍，然後君子道。領略歸一致，南山有綺皓。交臂久變化，傳火乃薪草。亹亹玄思清，胸中去機巧。物我俱忘懷，可以狎鷗鳥。

許徵君詢自敘

張子闇内機，單生蔽外像。一時排冥筌，泠然空中賞。遣此弱喪情，資神任獨往。采藥白雲隈，聊以肆所養。丹葩曜芳蕤，緑竹陰閒敞。苕苕寄意勝，不覺凌虚上。曲櫺激鮮飇，石室有幽響。去夫從所欲，得失非外獎。至哉操斤客，重明固已朗。五難既灑落，超迹絶塵網。

殷東陽仲文興矚

晨游任所萃，悠悠蘊真趣。雲天亦遼亮，時與賞心遇。青松挺秀萼，惠色出喬樹。極眺清波深，緬映石壁素。瑩情無餘滓，拂衣釋塵務。求仁既自我，玄風豈外慕。直置忘所宰，蕭散得遺慮。

匠郢。

謝僕射混游覽

信矣勞物化，憂襟未能整。薄言遵郊衢，總轡出臺省。淒淒節序高，寥寥心悟永。時菊曜巖阿，雲霞冠秋嶺。眷然惜良辰，徘徊踐落景。卷舒雖萬緒，動復歸有静。曾是迫桑榆，歲暮從所秉。舟壑不可攀，忘懷寄匠郢。

陶徵君潛田居

種苗在東皋，苗生滿阡陌。雖有荷鉏倦，濁酒聊自適。日暮巾柴車，路闇光已夕。歸人望烟火，稚子候檐隙。問君亦何爲，百年會有役。但願桑麻成，蠶月得紡績。素心正如此，開逕望三益。

湘綺批：陶此種不過如此，其絶處在雄渾悲壯，不在閒適真樸也，如曰不然，試觀此作。

謝臨川靈運遊山

江海經邅迴，山嶠備盈缺。靈境信淹留，賞心非徒設。平明登雲峯，杳與廬霍絶。碧障長周流，金潭恆澄澈。洞林帶晨霞，石壁映初晰。乳竇既滴瀝，丹井復寥泬。嵒崿轉奇秀，岑崟還相蔽。赤玉隱瑶溪，雲錦被沙汭。夜聞猩猩啼，朝見鼯鼠逝。南中氣候煖，朱華凌白雪。幸游建德鄉，觀奇經禹穴。身名竟誰辨，圖史終磨滅。且泛桂水潮，映月游海澨。攝生貴處順，將爲智者説。

湘綺批：此亦云『圖史磨滅』，甚乖謝公之爲。

顔特進延之侍宴

太微凝帝宇，瑶光正神縣。揆日粲書史，相都麗聞見。列漢構仙宫，開天製寶殿。桂棟留夏飈，蘭橑停冬霰。青林結冥濛，丹巘被葱蒨。山雲備卿靄，池卉具靈變。重陽集清氛，下輦降玄宴。鶩望分寰遂，矖矌盡都甸。氣生川岳陰，烟滅淮海見。中坐溢朱組，步櫚簉瓊弁。禮登竚睿情，樂闋延皇眄。測恩躋愉逸，沿牒懵浮賤。榮重餽兼金，巡華過盈瑱。敢飾輿人詠，方慙綠水薦。

湘綺批：見韻，特進不能過也。

謝法曹惠連贈別

昨發赤亭渚，今宿浦陽汭。方作雲峯異，豈伊千里別。芳塵未歇席，涔淚猶在袂。停艫望極浦，弭棹阻風雪。風雪既經時，永夜起懷思。汎濫北湖游，岧亭南樓期。點翰詠新賞，開袠瑩所疑。摘芳愛氣馥，拾蘂憐色滋。色滋畏沃若，人事亦銷鑠。子衿怨勿往，谷風誚輕薄。共秉延州信，無慙仲路諾。靈芝望三秀，孤筠情所託。所託已殷勤，祇〔一〕足攪懷人。今行嶀嵊外，銜思至海濱。覿子杳未僝，款睇在何辰。雜佩雖可贈，疏華竟無陳。無陳心悁勞，旅人豈遊遨。幸及風雪霽，青春滿江皋。解纜候前侶，還望方鬱陶。烟景若流遠，末響寄瓊瑤。

湘綺批：非不似，不能佳耳。

【校勘記】

〔一〕光緒十六年江蘇書局本作『祇』，光緒七年四川尊經書局本、民國三十一年程天放本作『祬』。《文選》《江醴陵集》《古詩紀》作『祇』。

王徵君微養疾

窈藹瀟湘空，翠磵澹無滋。寂歷百草晦，欻吸鵾雞悲。清陰往來遠，月華散前墀。鍊藥矚虛幌，汎瑟卧遥帷。水碧驗未黷，金膏靈詎緇。北渚有帝子，蕩漾不可期。悵然山中暮，懷痾屬此詩。

湘綺批：明漪絶底，有此美秀。

袁太尉淑從駕

宮廟禮哀敬，枌邑道嚴玄。恭潔由明祀，肅駕在祈年。詔徒登季月，戒鳳藻行川。雲旆象漢徙，宸綱擬星縣。朱櫂麗寒渚，金鍐映秋山。羽衛藹流景，綵吹震沈淵。辨詩測京國，履籍鑒都鄽。甿謡響玉律，邑頌被丹絃。文軫薄桂海，聲教燭冰天。和惠頒上笏，恩渥浹下筵。幸侍觀洛後，豈慕巡河前。服義方無沫，展歌殊未宣。

謝光禄莊郊游

肅舲出郊際，徙樂逗江陰。翠山方藹藹，青浦正沈沈。凉葉照沙嶼，秋榮冒水潯。風散松架險，雲鬱石道深。静默鏡綿野，四睇亂曾岑。氣清知雁引，露華識猿音。雲裝信解黻，烟駕可辭金。始整丹泉術，終覿紫芳心。行光自容裔，無使弱思侵。

鮑參軍照戎行

豪士枉尺璧，宵人重恩光。徇義非爲利，執羈輕去鄉。孟冬郊祀月，殺氣起嚴霜。戎馬粟不煖，軍士冰爲漿。晨上城皋陂，磧礫皆羊腸。寒陰籠白日，大谷晦蒼蒼。息徒税征駕，倚劍臨八荒。鷦鵬不能飛，玄武伏川梁。鎩翮由時至，感物聊自傷。豎儒守一經，未足識行藏。

休上人怨别

西北秋風至，楚客心悠哉。日暮碧雲合，佳人殊未來。露彩方泛灔，月華始徘徊。寶書爲君掩，瑶瑟詎能開。相思巫山渚，悵望陽雲臺。膏爐絶沈燎，綺席生塵埃。桂水日千里，因之平生懷。

湘綺批：『日暮』二句，髣髴幽深，遂爲千古名句。

效阮公詩十五首選十四

歲暮懷感傷，中夕弄清琴。戾戾曙風急，團團明月陰。孤雲出北山，宿鳥驚東林。誰謂人道廣，憂慨自相尋。寧知霜雪後，獨見松竹心。

十年學讀書，顔華尚美好。不逐世間人，鬬雞東郊道。富貴如浮雲，金玉不爲寶。一旦鶗鴂鳴，嚴霜被勁草。志氣多感失，淚下霑懷抱。

白露淹庭樹，秋風吹羅衣。忠信主不合，辭意將訴誰。獨坐東軒下，雞鳴夜已晞。總駕命賓僕，遵路起旋歸。天命誰能見，人蹤信可疑。

飄飄恍惚中，是非安所之。大道常不驗，金火每如斯。忼慨少淑皃，便娟多令辭。宿昔秉心誓，靈明將見期。願從丹邱駕，長弄華池滋。

陰陽不可知，鬼神惟杳冥。暫試武帝皃，一見李后靈。同情淪異物，有體入無形。賢聖共草昧，仁智焉足明。變化未有極，恍惚誰能精。

若木出海外，本自丹水陰。羣帝共上下，鸞鳥相追尋。千齡猶旦夕，萬世更浮沈。豈與異鄉士，瑜瑕論淺深。

夏后乘兩龍，高會在帝臺。榮光河雒出，白雲蒼梧來。侍御多賢聖，升降有羣才。四時有變化，盛明不徘徊。高陽邈已遠，竚立誰語哉。

昔余登大梁，西南望洪河。時寒原野曠，風急霜露多。仲冬正慘切，日月少精華。落葉縱横起，飛鳥時相過。搔首廣川陰，懷歸思如何。常願反初服，閒步潁水阿。

宵月暉西極，女圭映東海。佳麗多異色，芬葩有奇采。綺縞非無情，光陰命誰待。不與風雨變，長具山川在。人道則不然，消散隨風改。

少年學擊劍，從師至幽州。燕趙兵馬地，唯見古時邱。登城望山水，平原獨悠悠。寒暑有往來，功名安可留。

擾擾當塗子，毀譽多埃塵。朝生輿馬間，夕死衢路濱。藜藿應見棄，勢位乃爲親。華屋争結綬，朱門競彈巾。徒羨草木利，不愛金碧身。至德所以貴，河上有丈人。

華樹曜北林，芬芳空自宣。秋至白雲起，蟪蛄號庭前。中心有所思，虛堂獨浩然。安坐詠琴瑟，逍遥可永年。

假乘試行游，北望高山岑。翩翩征鳥翼，蕭蕭松柏陰。感時多辛酸，覽物更傷心。性命有定理，禍福不可禁。唯見雲際鶴，江海自追尋。

夕雲映西山，蟋蟀吟桑梓。零露被百草，秋風吹桃李。君子懷苦心，感慨不能止。駕言遠行游，驅馬清河涘。寒暑更進退，金石有終始。光色俯仰間，英豔難久恃。

湘綺批：十五首是刻意極似之作，少欠縱横之氣。江之境，順于阮公多矣，故不能强作憤激也。『中心有所思』二句，徙倚旁皇。

清思詩五首

湘綺批：此效靖節《讀山海經》諸作。

趙后未至麗，陰妃非美極。情理儻可論，形有焉足識。帝女在河洲，晦映西海側。陰陽無定光，雜錯千萬色。終歲如瓊草，紅華長翕赩。

師曠操雅操，延子聆奇音。玄鶴徒翔舞，清角自浮沈。明琯東南逝，精絲西北臨。白雲瑶池曲，止使淚淫淫。

秋夜紫蘭生，湛湛明月光。偃蹇靈芝采，容裔紫華堂。林木不拂蓋，淇水甯漸裳。倏忽南江陰，照曜北海陽。從此長來往，萬世無感傷。

白露滋金瑟，清風蕩玉琴。空閨饒遠念，虚堂生夜陰。茲夕一何哀，明月没西林。世人重時暮，道士情亦深。願乘青鳥翼，徑出玉山岑。

至德不可傳，靈龜不可侣。草木還根蔕，精靈歸妙理。我學杳冥道，誰能測窮已。須待九轉成，終會長沙市。

無錫舅相送銜涕别

心遠路已迴，意滿辭未陳。曾風漂别蓋，北雲竦征人。杯酒憐歲暮，志氣非上春。若無孤鳥還，瀝泣何所因。

傷内弟劉常侍

金璧自蕙質，蘭桂信嘉名。丹綵既騰迹，華萼故揚聲。伊余方罷秀，歎息向君榮。誰疑春光昃，何遽秋露輕。遠心惜近路，促景怨長情。風至衣袖冷，况復蟪蛄鳴。白露沿漢沼，明月空漢生。長悲離短意，惻切吟空庭。注欷東郊外，流涕北山坰。

悼室人十首選七

佳人永暮矣，隱憂遂歷兹。寶燭夜無華，金鏡晝恆微。桐葉生緑水，霧天流碧滋。蕙弱芳未空，蘭深鳥思時。湘醽徒有酌，意塞不能持。

適見葉蕭條，已復花菴鬱。帳裏春風盪，檐前還燕拂。垂涕視去景，摧心向徂物。今悲輒流涕，昔歡常飄忽。幽情一不弭，守歎誰能慰。
駕言出游衍，冀以滌心胸。復值烟雨散，清陰帶山濃。素沙市廣岸，雄虹冠尖峯。山風舞森桂，落日曖圓松。還結生百念，楚客獨無容。
秋至擣羅紈，淚滿未能開。風光肅入户，月華爲誰來。結眉向珠網，瀝思視青苔。鬟局將成葆，帶減不須摧。我心若涵烟，葐蒀滿中懷。
窗塵歲時阻，閨蕪日夜深。流黄夕不織，寗聞梭杼音。凉靄漂虚座，清香盪空琴。蜻引知寂寥，蛾飛測幽陰。乃抱生死悼，豈伊離別心。
神女色姱麗，乃出巫山湄。逶迤羅袂下，障日望所思。佳人獨不然，户牖絶錦綦。感此增嬋娟，屑屑涕自滋。清光澹且減，低意守空帷。
二妃麗瀟湘，一有乍一無。佳人承雲氣，無下此幽都。當追帝女迹，出入泛靈輿。掩映金淵側，游豫碧山隅。曖然時將罷，臨風還故居。

范雲

古意贈王中書

攝官青瑣闥，遥望鳳凰池。誰云相去遠，脈脈阻光儀。岱山饒靈異，沂水富英奇。逸翮凌北海，摶飛出南皮。遭逢聖明后，來棲桐樹枝。竹花何莫莫，桐葉何離離。可栖復可食，此外亦何爲。豈知鷦鷯者，一粒有餘貲。

贈張徐州謖

田家樵採去，薄暮方來歸。還聞稚子説，有客款柴扉。儐從皆珠玳，裘馬悉輕肥。軒蓋照墟落，傳瑞生光輝。疑是徐方牧，既是復疑非。思舊昔言有，此道今已微。物情棄疵賤，何獨顧衡闈。恨不具雞黍，得與故人揮。懷情徒草草，淚下空霏霏。寄書雲間雁，爲我西北飛。

湘綺批：一徐州牧，足令人縈如此耶？然物情棄疵，貴賤判隔，既是疑非，中有憤慨，惜章法轉折，不能曲赴。

贈俊公道人

秋蓬飄秋甸，寒藻泛寒池。風條振風響，霜葉斷霜枝。幸及清江滿，無使明月虧。月虧君不來，相期竟悠哉。

別詩

孤烟起新豐，候雁出雲中。草低金城霧，木下玉門風。別君河初滿，思君月屢空。折桂衡山北，摘蘭沅水東。蘭摘心焉寄，桂折意誰通。

傚古

寒沙四面平，飛雪千里驚。風斷陰山樹，霧失交河城。朝驅左賢陣，夜薄休屠營。昔事前軍幕，今逐嫖姚兵。失道刑既重，遲留法未輕。所賴今天子，漢道日休明。

之零陵郡次新亭

江干遠樹浮，天末孤烟起。江天自如合，烟樹還相似。滄流未可源，高飄去何已。

邱遲

侍宴樂游苑送張徐州應詔詩

詰旦閶闔開，馳道聞鳳吹。輕荑承玉輦，細草藉龍騎。風遲山尚響，雨息雲猶積。巢空初鳥飛，荇亂新魚戲。實爲北門重，匪親孰爲寄。參差念別舉，肅穆恩波被。小臣信多幸，投生豈酬義。

湘綺批：初唐應制所宗。

旦發漁浦潭

漁潭霧未開，赤亭風已颺。櫂歌發中流，鳴鞞響沓障。村童忽相聚，野老時一望。詭怪石異象，嶄絶峯殊狀。森森荒樹齊，析析寒沙漲。藤垂島易陟，崖傾嶼難傍。信是永幽棲，豈徒暫清曠。坐嘯昔有委，卧治今可尚。

湘綺批：『村童』二句，路人覯行客情狀，令人失笑。

題琴朴奉柳吴興

邊山此嘉樹，摇影出雲垂。清心有素體，直幹無曲枝。凡耳非所别，君子特見知。不辭去根本，造膝仰光儀。

任昉

奉和登景陽山

物色感神游，升高悵有閲。南望銅駝街，北走長楸埒。别涧宛滄溟，疏山駕瀛碣。奔鯨吐華浪，司南動輕枻。日下重門照，雲開九華澈。觀閣隆舊恩，奉圖愧前哲。

落日泛舟東溪

黝黝桑柘繁，芃芃麻麥盛。交柯溪易陰，反景澄餘映。吾生雖有待，樂天庶知命。不學梁甫吟，惟識滄浪詠。田荒我有役，秩滿余謝病。

濟浙江

昧旦乘輕風，江潮忽來往。或與歸波送，乍逐翻流上。近岸無暇目，遠峯更興想。緑樹懸宿根，丹崖傾久壤。疑闕〔一〕

湘綺批：飄灑。

【校勘記】

〔一〕《任中丞集》《古詩紀》《古詩鏡》無『疑闕』二字，當爲《八代詩選》編者所注。

贈郭桐廬出谿口見候余既未至郭仍進村維舟久之郭生方至

朝發富春渚，蓄意忍相思。涿令行春返，冠蓋溢川坻。望久方來萃，悲懽不自持。滄江路窮此，湍險方自茲。疊嶂易成響，重以夜蝯悲。客心幸自弭，中道遇心期。親好自斯絶，孤游從此辭。

答何徵君

散誕羈鞫外，拘束名教裏。得性千乘同，山林亦朝市。勿以耕鑿貴，空笑易農士。宿昔仰高山，超然絶塵軌。傾壺已等樂，命管亦齊喜。無爲歎獨游，若終方同止。

贈徐徵君

促生悲永年，早交傷晚別。自我隔容徽，於焉徂歲月。情非山河阻，意似江湖悦。東皋有儒素，杳與榮名絶。曾是違賞心，曷用箴余缺。眇焉追平生，塵書廢不閲。信此伊能已，懷抱豈暫輟。何以表相思，貞松擅巖節。

答劉孝綽

閲水既成瀾，藏舟遂移壑。彼美洛陽子，投我懷秋作。久敬類誠言，吹噓似嘲謔。兼稱夏雲盡，復陳秋樹索。詎慰耋嗟人，徒深老夫託。直史兼褒貶，轄司專疾惡。九折多美疹，匪報庶良藥。子其崇鋒穎，春耕勵秋穫。

別蕭諮議

離燭有窮暉，別念無終緒。歧言未及申，離目已先舉。揆景巫衡阿，臨風長楸浦。浮雲難嗣音，徘徊悵誰與。儻有關外驛，聊訪狎鷗侶。

湘綺批：『舉』韻入情，然稍近俗。

出郡傳舍哭范僕射一首

平生禮數絶，式瞻在國楨。一朝萬化盡，猶我故人情。待時屬興運，王佐俟民英。結歡三十載，生死一交情。攜手遁衰孽，接景事休明。運阻衡言革，時泰玉階平。濬冲得茂彥，夫子值狂生。伊人有涇渭，非余揚濁清。將乖不忍別，欲以遺離情。不忍一辰意，千齡萬恨生。已矣平生事，詠歌盈篋笥。兼復相嘲謔，常與虛舟值。何時見范侯，還敘平生意。與子別幾辰，經塗不盈旬。弗覩朱顏改，徒想平生人。甯知安歌日，非君撤瑟辰。已矣余何歎，輟春哀國均。

湘綺批：首言平生尊貴，禮絶羣僚。然與我相知，白首如昔，故下文言生死一交情也。末痛其撤瑟，而已安歌，悲憤情至。

王僧孺

侍宴詩二首

麗景屬春餘，清陰澄夏首。交林隱修逕，迴流影遥阜。徙帷轢輕筠，移鑾拂高柳。去矣勞茂績，勉哉報嘉誘。小臣良不才，涓塵愧所守。何用勝雕斲，譬木良如朽。

迴輿避暑宮，下輦迎風館。散漫輕烟轉，霏微商雲散。蔓草亘巖垂，高枝起天半。回風稍驚水，落光漸斜岸。妙舞駐行雲，清歌入曾漢。晬顏暢有懌，德音良已粲。

中川長望

長川杳難即，四望四無極。安流甯可值，憤風方未息。危帆渡中縣，孤光巖下昃。岸際樹難辨，雲中鳥易識。莫限東復西，誰知迂且直。故鄉相思者，當春愛顏色。獨寫千行淚，誰同萬里憶。

至牛渚憶魏少英

楓林曖似畫，沙岸浄如埽。空籠望縣石，回斜見危島。緑草間游蜂，青葭集輕鴇。徘徊洞初月，浸淫潰春潦。非願歲物華，徒用風光好。

爲何庫部舊姬擬蘼蕪之句

出户望蘭薰，褰簾正逢君。斂容纔一訪，新知詎可聞。新人含笑近，故人含淚隱。妾意在寒松，君心逐朝槿。

湘綺批：首擬上山下山二句乃成如此輕逸。

何生姬人有怨

寒樹棲羈雌，月映風復吹。逐臣與棄妾，零落心可知。寶琴徒七絃，蘭燈空百枝。顰容不足效，啼妝拭復垂。同衾成楚越，異國非仳離。

月夜詠陳南康新有所納

二八人如花，三五月如鏡。開簾一種色，當户兩相映。重價出秦韓，高名入燕鄭。十城屢請易，千金幾争聘。君意自能專，妾心本無競〔一〕。

【校勘記】

〔一〕光緒七年四川尊經書局本、民國三十一年程天放本作『競』。光緒十六年江蘇書局本作『競』。二字同。《玉臺新詠》《王左丞集》《古詩紀》《古詩鏡》作『競』。

與司馬治書同聞鄰婦夜織

洞房風已激，長廊月復清。藹藹夜庭廣，飄飄曉帳輕。雜聞百蟲思，偏傷一鳥聲。鳥聲長不息，妾心復何極。猶恐君無衣，夜夜當窗織。

落日登高

憑高且一望，目極不能捨。東北指青門，西南見白社。軫軫河梁上，紛紛渭橋下。争利亦争名，驅車復驅馬。寗訪蓬蒿人，誰憐寂寞者。

贈顧倉曹

洛陽十二門，樓闕似西崑。曖曖罘罳下，相望隔畫垣。畫垣向阿閣，棲鳳復棲鴛。五曹均趨奏，六尚等便煩。朝爐何馥馥，夜錦有餘温。日中驅上駟，驤首遍京苑。晨趨魏公子，夕宿韓王孫。夙昔今何在，生平棄不論。譬如萲萉草，心謝葉空存。誰復三承睫，獨念九飛魂。

張率

遠期

遠期終不歸，節物坐將變。白露愴單衣，秋風息團扇。誰能久別離，他鄉且異縣。浮雲蔽重山，相望何時見。寄言遠期者，空閨淚如霰。

柳惲

江南曲

汀洲採白蘋，日暖江南春。洞庭有歸客，瀟湘逢故人。故人何不返，春花復應晚。不道新知樂，祇言行路遠。

湘綺批：輕儁。

度關山

少長倡家女，出入燕南垂。惟持德自美，本以容見知。舊聞關山遠，何事總金羈。妾心日已亂，秋風鳴細枝。

贈吴均三首

湘綺批：柳詩大約有手揮目送之致，文中逸品也。後人所謂神韻，即是此種，以爲得味外味，至欲宗師之，則過矣。

寒雲晦滄洲，奔潮溢南浦。相思白露亭，永望秋風渚。心知别路長，誰謂若燕楚。關候日遼絶，如何附行旅。願作歸飛鳥，飄然自輕舉。

遠游濟伊洛，秣馬度清漳。邯鄲饒美女，豔色含春芳。鼓瑟未成曲，踏屣復翱翔。我本遊客子，情愛在淮陽。新知誰不樂，念舊苦人腸。

夕宿飛狐關，晨登磧礫坂。形爲戎馬倦，思逐征旗遠。邊城秋霰來，寒鄉春風晚。始信隴雪輕，漸覺寒雲卷。徭役命所當，念子加餐飯。

雜詩

雲輕暮色轉，草緑晨芳歸。山墟罷寒晦，園澤閏朝暉。春心多感動，睹物情復悲。自君之出矣，蘭堂罷鳴機。徒知游宦是，不念别離非。

七夕穿針

代馬秋不歸，緇紈無復緒。迎寒理衣縫，映月抽纖縷。的皪愁睇光，連娟思眉聚。清露下羅衣，秋風吹玉柱。流陰稍已多，餘光欲誰與。

擣衣詩五首

孤衾引思緒，獨枕愴憂端。深庭秋草緑，高門白露寒。思君起清夜，促柱奏幽蘭。不怨飛蓬苦，徒傷蕙草殘。

行役滯風波，游人淹不歸。亭皋木葉下，隴首秋雲飛。寒園夕鳥集，思牖草蟲悲。嗟矣當春服，安見御冬衣。

鶴鳴勞永歎，採菉傷時暮。念君方遠遊，望妾理紈素。秋風吹緑潭，明月懸高樹。佳人飭凈容，招攜從所務。

步櫚杳不極，離堂肅已扃。軒高夕杵散，氣爽夜碪鳴。瑶華隨步響，幽蘭逐袂生。踟蹰理金翠，容與納宵清。

泛豔迴烟綵，淵旋龜鶴文。凄凄合歡袖，冉冉蘭麝芬。不怨杼軸苦，所悲千里分。垂泣送行李，傾首遲歸雲。

庾肩吾

賦得横吹曲長安道

桂宫連複道，黄山開廣路。遠聽平陵鐘，遥識新豐樹。合殿生光彩，離宫起烟霧。日落歌吹還，塵飛車馬度。

侍宴餞張孝總應令

層臺臨迴漲，耿耿晴烟上。欲送分符人，翻似河隄望。寒雲暗積水，秋雨蒙重嶂。别念動神襟，華文切離貺。慙無寡和曲，空陪郢中唱。

吴均

雉子班

可憐雉子班，羣飛集野甸。文章始陸離，意氣已驚狷。幽并遊俠子，直心亦如箭。生死報君恩，誰能孤恩眄。

與柳惲相贈答六首

湘綺批：連篇詩既不似一章，又非各具首尾，當是前後唱和，自有别題。後人搜之不得，乃言相贈答耳。

黄鸝飛上苑，綠芷出汀洲。日映昆明水，春生鳷鵲樓。飄颺白花舞，瀾漫紫萍流。書織迴文錦，無因寄隴頭。思君甚瓊樹，不見方離憂。

鳴鞭適大阿，聯翩渡漳河。燕姬及趙女，挾瑟夜驚過。纖腰曳廣袖，半額畫長蛾。客本倦游者，箕帚在江沱。故人不可棄，新知空復何。

離居苦無樂，回慕心悽悽。要途訪趙使，聞君仕執珪。杜蘅色已發，菖蒲葉未齊。幂䍥蠶餌蠒，差池燕吐泥。願逐東風去，飄蕩至遼西。

白日隱城樓，勁風掃寒木。離析隔東西，執手異涼燠。相思咽不言，洞房清且肅。歲去甚流烟，年來如轉軸。別鶴千里飛，孤雌夜未宿。

閒房肅已靖，落月有餘暉。寒蟲隱壁思，秋蛾繞燭飛。絶雲斷更合，離禽去復歸。佳人今何在，迢遞江之沂。一爲別鶴弄，千里淚沾衣。

秋雲静晚天，寒夜方綿綿。聞君吹急管，相思雜采蓮。別離未幾日，高月三成絃。蹀疊黄河浪，嘶喝〔一〕隴頭絃。寄君蘼蕪葉，插著叢臺邊。

【校勘記】

〔一〕光緒十六年江蘇書局本作『喝』，光緒七年四川尊經書局本、民國三十一年程天放本作『唱』。《吴朝請集》《古詩紀》《廣廣文選》作『唱』。

答柳惲

清晨發隴西，日暮飛狐谷。秋月照層嶺，寒風掃高木。霧露夜侵衣，關山曉催軸。君去欲何之？參差間原陸。一見終無緣，懷悲空滿目。

答蕭新浦

僕本二陵徒，英豪多久要。角觗良家兒，期門惡年少。身紆〔二〕丈二組，手擎尺一詔。問子行何去，高帆艤江干。今夜杯酒別，明朝江水邊。莓莓看細雨，漠漠視濃烟。颯灑八銅蒴，低昂五會船。欲知故人者，江南共采蓮。悒然心不樂，跨馬出城壕。觀濠看白鷺，望草見青袍。青袍行中把，蔽草覆平野。公子不垂堂，紛紛故交者。肘懸辟邪印，屋曜鴛鴦瓦。翩翩流水車，蕭蕭曳練馬。是時君別我，青莎没馬蹏。連連文蠶蠒，翳翳伺朝雞。今日予懷友，積恨滿東西。

【校勘記】

〔一〕光緒十六年江蘇書局本作『紆』，光緒七年四川尊經書局本、民國三十一年程天放本作『紓』。

酬周參軍

日暮憂人起，倚户悵無懽。水傳洞庭遠，風送雁門寒。江南霜雪重，相如衣服單。沈雲隱高樹，細雨滅層巒。且當對尊酒，朱絃永夜彈。

贈杜容成

一燕海上來，一燕高堂息。一朝相逢遇，依然舊相識。問余來何遲，山川幾紆〔一〕直。答言海路長，風駛飛無力。昔别縫羅衣，春風初入帷。今來夏欲晚，桑扈薄樹飛。

【校勘記】

〔一〕除光緒十六年江蘇書局本作『紆』外，其他《八代詩選》諸本皆作『紓』。

酬别江主簿屯騎

有客告將離，贈言重蘭蕙。泛舟當泛濟，結交當結桂。濟水有清源，桂樹多芳根。毛公與朱亥，俱在信陵門。趙瑟鳳凰柱，吴醥金罍尊。我有北山志，留連爲報恩。夫君皆逸翮，摶景復凌騫。白雲間海樹，秋日暗平原。寒蟲鳴趯趯，落葉飛翻翻。何用贈分首，自有北堂萱。

贈别新林

僕本幽并兒，抱劍事邊陲。風亂青絲絡，霧染黄金羈。天子既無賞，公卿竟不知。去去歸去來，還傾鸚鵡杯。氣爲故交絶，心爲新知開。但令寸心是，何須銅雀臺。

送柳吴興竹亭集

平原不可望，波瀾千里直。夕魚汀下戲，暮雨檐中息。白雲時去來，青峯復負側。躑躅牛羊下，晦昧崦嵫色。王孫猶未歸，且聽西光匿。

邊城將

聞君報一餐，遠送出平野。玉標丹霞劍，金絡黝光馬。高旗入漢飛，長鞭歷地寫。曙星海中出，曉月山頭下。歲晏坐論功，自有思臣者。

春怨

四時如湍水，飛奔競迴復。夜鳥響嚶嚶，朝花照煜煜。厭見花成子，多看筍成竹。萬里斷音書，十載異棲宿。積愁落芳鬢，長啼壞美目。君去往榆關，妾留住函谷。唯對昔邪房，如愧蜘蛛屋。獨喚響相酬，還持影自逐。象牀易氈簟，羅衣變單複。幾過度風霜，猶能保煢獨。

贈周散騎興嗣

子雲好飲酒，家在成都縣。製賦已百篇，彈琴復千轉。敬通不富豪，相如本貧賤。共作失職人，包山一相見。

湘綺批：意氣不可一世。

贈王桂陽

松生數寸時，遂爲草所没。未見籠雲心，誰知負霜骨。弱幹可摧殘，纖莖易陵忽。何當數千尺，爲君覆明月。

閨怨

春草可攬結，妾心正斷絶。緑鬢愁中改，紅顔啼裏滅。非獨淚成珠，亦見珠成血。願爲飛鵲鏡，翩翩照離別。

何遜

登石頭城

關城乃形勢，地險差非一。馬領逐紆回，犬牙傍隆窣。百雉極衿帶，億庾兼量出。至理歸無爲，善守竟何恤。眺聽窮耳目，遠近備幽悉。擾擾見行人，煇煇視落日。連檣入迴浦，飛蓋交長術。天莫遠山青，潮去遥沙出。薄宦恧師表，屬辭慙愈疾。願乘觳觫牛，還隱蒙蘢室。

望廨前水竹答崔録事

蕭蕭藂竹映，澹澹平湖净。葉倒漣漪文，水漾檀欒影。相思不會面，相望空延頸。遠天去浮雲，長墟斜落景。幽痾與歲積，賞心隨事屏。鄉念一邅迴，白髮生俄頃。

酬范記室雲

林密户稍陰，草滋階欲暗。風光蘂上輕，日色花中亂。相思不獨懽，佇立空爲歎。清談莫共理，繇文徒可玩。高唱子自輕，繼音予可憚。

日夕望江山贈魚司馬

湓城帶湓水，湓水縈如帶。日夕望高城，耿耿青雲外。城中多宴賞，絲竹常繇會。管聲已流悦，絃聲復凄切。歌黛慘如愁，舞腰凝欲絶。仲秋黄葉下，長風正騷屑。早雁出雲歸，故燕辭檐別。晝悲在異縣，夜夢還洛汭。洛汭何悠悠，起望西南樓。的的帆向浦，團團月映洲。誰能一羽化，輕舉逐飛浮。

入西塞示南府同僚

露清曉風冷，天曙江光爽。薄雲巖際出，初月波中上。黯黯連嶂陰，騷騷急沫響。回沓亟凝浪，羣飛争戲廣。伊余本羈客，重暌復心賞。望鄉雖一路，懷歸成二想。在昔愛名山，自知懽獨往。情游乃落魄，得性隨怡養。年事以蹉跎，生平任浩蕩。方還讓夷路，誰知羡魚網。

送韋司馬別

送別臨曲渚，征人慕前侶。離言雖欲緐，離思終無緒。憫憫分手畢，蕭蕭行帆舉。舉帆越中流，望別上高樓。予起南枝怨，子結北風愁。邐邐山蔽日，洶洶浪隱舟。隱舟邈已遠，徘徊落日晚。歸衢並駕奔，別館空筵卷。想子斂眉去，知予銜淚返。銜淚心依依，薄莫行人稀。曖曖入塘港，蓬門已掩扉。簾中看月影，竹裏見螢飛。螢飛飛不息，獨愁空轉側。北窗倒長簟，南鄰夜聞織。棄置勿復陳，重陳長歎息。

湘綺批：常語生情。

別沈助教

可憐玉匣劍，復此飛鳧舄。未覺愛生憎，忽見雙成隻。一朝別笑語，萬事成疇昔。道適若波瀾，人生異金石。願君深自愛，共念悲無益。

與蘇九德別

宿昔夢顏色，咫尺思言偃。何況杳來期，各在天一面。峙𡾊暫舉酒，倏忽不相見。春草似青袍，秋月如團扇。三五出重雲，當知我憶君。萋萋若被逕，懷抱不相聞。

湘綺批：三五二句分承『月』『草』而語有工拙之判。

入東經諸暨縣下浙江作

疲身不自量，温腹無恆擬。未能守封植，何能固廉恥。一經可人言，三冬徒戲爾。虛信蒼蒼色，未究冥冥理。得彼既宜然，失之良有以。常言厭四壁，自覺輕千里。日夕聊望遠，山川空信美。歸飛天際没，雲霧江邊起。安邑乏主人，臨邛多客子。鄉鄉自風俗，處處皆城市。所見無故人，含意終何已。

擬青青河邊草轉韻體爲人作其人識節工歌

春蘭日應好，折花望遠道。秋夜苦復長，抱枕向空牀。吹臺下促節，不言於此別。歌筵掩團扇，何時一相見。絃絶猶依軫，葉落纔下枝。即此雖云別，方我未成離。

學古

鞏洛上東門，薄莫川流側。渾渾車馬道，行人不相識。日夕棲鳥遠，浮雲起新色。寸心空延佇，對面何由即。飛輪儻易去，易去因風力。

臨行公車

擾擾排曙扉，鱗鱗驅早駕。禁門儼猶閉，嚴城方警夜。道勝多增榮，拙薄終難化。以兹畎澮質，重與滄溟舍。纚舟去濁河，揆景辭清灞。平生多意緒，懷抱皆徂謝。念此將如何，撫心獨悲咤。

塘邊見古冢

行路一孤墳，路成墳欲毁。空疑年代積，不知陵谷徙。幾逢秋葉黄，驟見春流瀰。金蠶不可織，玉樹何時縈。陌上驅馳人，笑歌自侈靡。今日非明日，所念誰憐此。

蕭子範

夏夜獨坐

節序值徂炎，兹宵在三伏。憑軒佇凉氣，中筵倦煩燠。寂寞對空窗，清疎臨夜竹。蟲音亂階草，螢光繞庭木。簾月度斜輝，風光起餘馥。一傷年志罷，長嗟逝波速。

王筠

早出巡行矚望山海

王生臨廣隰，潘子望洪河。同軫懷歸思，俱興年逝歌。曰余異二子，承睫淚滂沱。剖符瀛海外，結綬層山阿。因心留惻慨，恕已息煩苛。繕築循時隙，興動藉民和。高門惟壯麗，修雉亦駢羅。層樓亦攀陟，複道亦經過。昧旦清音上，風氣入纖蘿。雲起垂天翼，水動連山波。奔濤延瀾汗，積翠遠嵯峨。鄉關屢迴曲，還顧杳蹉跎。曾微肅肅羽，望路空如何。

北寺寅上人房望遠岫翫前池

安期逐長往，交甫稱高讓。遠迹入滄溟，輕舉馳昆閬。良由心獨善，兼且情由放。豈若尋幽棲，即目窮清曠。激水周堂下，屯雲塞檐向。閒牖聽奔濤，開窗延疊嶂。前階復虛沿，瀰迤成洲漲。雨點散圓文，風生起斜浪。游鱗互瀺灂，羣飛皆哢吭。蓮葉蔓田田，菱花動摇漾。浮光燿庭廡，流芳襲帷帳。匡坐足忘懷，詎思江海上。

秋夜

露華初泥泥，桂枝行㯋㯋。殺氣下重軒，輕陰滿四屋。別寵增修夜，遠征悲獨宿。愁牽翠羽眉，淚滿横波目。長門絶往來，含情空杼柚。

湘綺批：巷中情思滿，猶未若此『滿四屋』。

游望

落日照紅妝，挾瑟當窗牖。甯復歌蘼蕪，惟聞歎楊柳。結好在同心，離別由衆口。徒設露葵羹，誰酌蘭英酒。會日杳無期，舜華安得久。

湘綺批：此從《日出東南隅》化出，因此之工，益悟彼之妙也。

代牽牛答織女

新知與生別，由來儻相值。如何寸心中，一宵懷兩事。歡娱未繾綣，倏忽成離異。終日遥相望，衹益生愁思。猶想今春悲，尚有故年淚。忽遇長河轉，獨喜凉飆至。奔精翊鳳軫，纖阿警龍轡。

劉孝綽

三日侍安成王曲水宴

匯澤良孔殷，分區屏中縣。躡跨兼流采，襟喉邇封甸。吾王奄酆畢，析〔一〕珪承羽傳。不資魯俗移，何待齊風變。東山富游士，北土無遺彦。一言白璧輕，片善黄金賤。餘辰屬上巳，清祓追前諺。持此陽瀨游，復展城隅宴。芳洲亘千里，遠近風光扇。方歡厚德重，誰言薄游倦。

【校勘記】

〔一〕光緒七年四川尊經書局本作『折』，光緒十六年江蘇書局本、民國三十一年程天放本作『析』。《古詩紀》作『析』。

侍宴餞庾於陵應詔

皇心眷將遠，帳餞靈芝側。是日青春獻，林塘多秀色。芳卉疑綸組，嘉樹似雕飾。游絲綴鶯領，光風送綺翼。下輦朝既盈，留宴景將側。高辨競談端，奇文争筆力。伊臣獨無伎，何用奉吹息。

侍宴餞張惠紹應詔

滄池誠自廣，蓬山一何峻。麗景花上鮮，油雲葉裏潤。風度餘芳滿，鳥集新條振。餞言班俊造，光私奬輶吝。徒然謬反隅，何以窺重仞。

太子洑落日望水

川平落日迥，落照滿川漲。復此淪波地，派〔一〕別引沮漳。耿耿流長脈，熠熠動微光。寒烏逐查漾，饑鵜拂浪翔。臨泛自多美，況乃還故鄉。榜人夜理檝，櫂女闇成妝。欲待春江曙，争塗向洛陽。

【校勘記】

〔一〕光緒十六年江蘇書局本作『派』，光緒七年四川尊經書局本、民國三十一年程天放本作『泒』。

還渡浙江

季秋絃望後，輕寒朝夕殊。商人泣紈扇，客子夢羅襦。憂來自難遣，況復阻川隅。日暮愁陰合，繞樹噪寒烏。濛漠江烟上，蒼茫沙嶼蕪。解纜辭東越，接軸鶩西徂。縣帆似馳驥，飛棹若驚鳧。言歸游俠窟，方從冠蓋衢。

江津寄劉之遴

與子如黄鵠，將别復徘徊。經過一柱觀，出入三休臺。共摛雲氣藻，同舉霞紋杯。佳人每曉游，禁門恆晚開。欲寄一言别，高駕何由來。

酬陸長史倕

王粲始一别，猶且歎風雲。況余屢之遠，與子亟離羣。如何持此念，復爲今日分。分悲宛如昨，絃望殊揮霍。行舟雖不見，行程猶可度。度君路應遠，期寄新詩返。相望且相思，勞朝復勞晚。薄暮閽人進，果得承芳信。殷勤覽妙書，留連披雅韻。洌洲財賦總，慈山行旅鎮。已切臨睨情，遽動思歸引。歸與不可即，前途方未極。覽諷欲諼誚，研尋還慨息。來喻勖雕金，比質非所任。虚薄無時用，徘徊守故林。屏居青門外，結宇灞城陰。竹庭已南映，池牖復東臨。喬柯貫檐上，垂條拂户陰。條開風暫入，葉合影還沈。帷屏溽早露，階霤擾昏禽。衡門謝車馬，賓席簡衣簪。雖愧陽陵曲，甯無流水琴。蕭條聊屬和，寂寞少知音。平生竟何託，懷抱共君深。一朝四美廢，方見百憂侵。曰余濫官守，因之泝廬久。水接淺原陰，山帶荆門右。從容少職事，疲病疎僚友。命駕獨尋幽，淹留宿廬阜。廬阜擅高名，岧岧陵太清。舒雲類紫府，標霞同赤城。北上輪難進，東封馬易驚。未若兹山險，車騎息逢迎。山横路似絶，徑側樹如傾。蒙蘢乍一啟，磥硊無暫平。倚巖忽回望，援蘿遂上征。乍觀秦帝石，復憩周王城。交峯隱玉霤，對澗距金楹。風傳鳳臺琯，雲渡洛濱笙。紫書時不至，丹爐且未成。無因追羽翮，及爾宴蓬瀛。蓬瀛不可託，悵然反城郭。時過馬鳴院，偶憩鹿園閣。既異人世勞，聊比化城樂。影塔圖花樹，經臺總香藥。月殿曜朱旛，風輪和寶鐸。園楥即重嶺，階基仍巨壑。朝猿響甍棟，夜水聲帷薄。餘景騖登臨，方宵盡談謔。談謔有名僧，慧義似傳燈。遠師教逾闡，生公道復弘。小乘非汲引，法善報招能。積迷頓已悟，爲懽得未曾。爲懽誠已往，坐卧猶懷想。況復心所積，兹地多諧賞。惜哉無輕軸，更泛輪湖上。可思不可見，離念空盈蕩。賈生傅南國，平子相東阿。優游匡贊罷，縱横辭賦多。方才幸同貫，無令絶詠歌。幽谷雖云阻，煩君計吏過。

湘綺批：此等長篇，看似冗長，然唐人如高、岑、李、杜，皆有此一種鋪敘。初不以警鍊新豔爲長，蓋後來之長篇，又一法門也。

古意

燕趙多佳麗，白日照紅妝。蕩子十年别，羅衣雙帶長。春樓怨難守，玉階空自傷。復此歸飛燕，銜泥繞曲房。差池入綺幙，上下傍雕梁。故居猶可念，故人安可忘。相思昏望絶，宿昔夢容光。魂交忽在御，轉側定他鄉。徒然顧枕席，誰與同衣裳。空使蘭膏夜，炯炯對繁霜。

望月有所思

秋月始纖纖，微光垂步簷。朣朧入牀簟，髣髴鑒窗簾。簾螢隱光息，簾蟲映光織。玉羊東北上，金虎西南昃。長門隔清夜，高堂夢容色。如何當此時，懷情滿胸臆。

湘綺批：此又細碎入妙。

劉孝威

公無渡河

請公無渡河，河廣風威厲。檣偃落金烏，舟傾没犀枻。紺蓋空嚴祠，白馬徒生祭。銜石傷寡心，崩城掩孀袂。劍飛猶共水，魂沈理俱逝。君爲川后臣，妾作江妃娣。

驄馬驅

翩翩驄馬驅，横行復斜趣。先救遼城圍，後拂燕山霧。風傷易水湄，日入隴西樹。未得報君恩，聯翩終不住。

湘綺批：結亦聯翩不住。

箜篌謡

結交在相得，骨肉何必親。甘言無忠實，世薄多蘇秦。從風暫靡草，富貴上昇天。不見山顛樹，摧抓下爲薪。豈甘井中泥，上出作埃塵。

郡縣遇見人織率爾寄婦

夭姬含怨情，織素起秋聲。度梭環玉動，踏躡佩珠鳴。經稀疑杼澀，緯斷恨絲輕。葡萄始欲罷，鴛鴦猶未成。雲棟共徘徊，紗窗相向開。窗疏眉語度，紗輕眼笑來。籠籠隔淺紗，的的見妝華。鏤玉同心藕，雜寶連枝花。紅衫向後結，金簪臨鬢斜。機頂挂流蘇，機旁垂結珠。青絲引伏兔，黄金繞鹿盧。豔彩帬邊出，芳脂口上渝。百城交問遺，五馬共踟躕。直爲閨中人，守故不要新。夢啼漬花枕，覺淚濕羅巾。獨眠真自難，重衾猶覺寒。逾憶凝脂煖，彌想横陳歡。行驅金絡騎，歸就城南端。城南稍有期，想子亦勞思。羅衣久應罷，花釵堪更治。新妝莫點黛，余還自畫眉。

湘綺批：見美人而憶婦，似乎温柔敦厚矣，能不嫌褻其婦乎，不嫌輕此美乎。作詩切忌迂腐，至名教亦不可廢，似正實邪，尤當辨别。

徐勉

采菱曲

相攜及嘉月，采菱渡北渚。微風吹櫂歌，日莫相容與。采采不能歸，望望方延佇。儻逢遺佩人，預以心相許。

湘綺批：盡瀠迂之趣。

徐悱

白馬篇

妍蹄飾鏤鞍，飛鞚度河干。少年本上郡，敖游入露寒。劒琢荆山玉，彈把隨珠丸。聞有邊烽急，飛候至長安。然諸竊自許，捐軀諒不難。占兵出細柳，轉戰向樓蘭。雄名盛李霍，壯氣勇彭韓。能令石飲羽，復使髮衝冠。要功非汗馬，報效乃鋒端。日没塞雲起，風悲胡地寒。西征馘小月，北去腦烏桓。歸報明天子，燕然今復刊。

古意酬到長史溉登琅邪城

甘泉警烽候，上谷抵樓蘭。此江稱豁險，兹山復鬱盤。表裏窮形勝，襟帶盡巖巒。修篁壯下屬，危樓峻上干。登陴起遐望，回首見長安。金溝朝灞滻，甬道入鴛鸞。鮮車騖華轂，汗馬躍銀鞍。少年負壯氣，耿介立衝冠。懷紀燕山石，思開函谷丸。豈如灞上戲，羞取路傍觀。寄言封侯者，數奇良可歎。

劉峻

登郁洲山望海

滄潦聯霄岫，曾嶺鬱巑崱。下盤鼇海底，上轉靈烏翼。滇沔非可辨，鴻溶信難測。輕塵久弭飛，驚浪終不息。雲錦曜石嶼，羅綾文水色。

自江州還入石頭詩

鼓枻浮大川，延睇洛城觀。洛城何鬱鬱，杳與雲霄半。前望蒼龍門，斜瞻白鶴館。槐垂御溝道，柳綴金隄岸。迅馬晨風趨，輕輿流水散。高歌梁塵下，絙瑟荆禽亂。我思江海游，曾無朝市玩。忽寄靈臺宿，空軫及關歎。仲子入南楚，伯鸞出東漢。何能棲樹枝，取斃王孫彈。

始居山營室

自昔厭諠囂，執志好棲息。嘯歌棄城市，歸來事耕織。鑿户闚嶕嶢，開軒望嶄崱。激水檐前溜，修竹堂陰植。香風鳴紫鸞，高梧巢緑翼。泉脈洞杳杳，流波下不極。髣髴玉山隈，想象瑤池側。夜誦神仙記，旦吸雲霞色。將馭六龍輿，行從三島食。誰與金門士，拊心論胸臆。

湘綺批：深泉出山泉脈二語能狀其景。

陸倕

以詩代書別後寄贈京邑寮友

余本水鄉士，閉門江海隅。時逢世道泰，蹇足步高衢。名成宦雖立，效微功日疎。入仕乘肥馬，出守擁高車。關門游昔吏，遷亭有故書。江派資賢牧，宗英出建旟。不勞王布鼓，無賴露田車。弼政非責實，求名已課虛。長卿病猶在，修齡疾未祛。詎知亭長肉，寧挂府丞魚。不能未能止，内訟慚諸已。僶俛從王事，纚舟出淮泗。朋故遠追尋，暝宿清江陰。明旦一分手，翻飛各異林。歸舟隨岸曲，猶聞歌棹音。行者日趨遠，誰見別離心。夕次洌洲岸，明登慈姥岑。水流多迴復，余歸良未尋。江關寒事早，夜露傷秋草。心屬姑蘇臺，目送邯鄲道。葭葦日蒼蒼，親知慎早凉。劉兄消渴病，休攝戒無良。殷弟癲眩疾，行止避風霜。劉侯有餘冷，宜餌陟釐方。伏子多風咳，門冬幸易將。率更愛雅體，體弱思自强。吏曹勉玉潤，諷議最金相。比部多暇日，奚用肆龍章。建德何爲者，無墮無人鄉。記室朋從暇，露蝎附行商。議曹坐朝罷，尺板嗣徽芳。雙棲成獨宿，俱飛忽異翔。眷言思親友，沈思結中腸。追惟疇昔時，朝府多歡暇。薄暮塵埃静，飛蓋遥相迓。李郭或同舟，潘夏時方駕。娱談終美景，敷文永清夜。促膝豈異人，戚戚皆朋婭。今者一乖離，灌然心事差。山川望猶近，便似隔天涯。玉躬子加護，昭質余未虧。八行思自勉，一札望來儀。

湘綺批：陸原詩清澈，劉和詩凝重。二作相較，陸尤迫唐。

荀濟

贈陰梁州

副尉西域返，伏波南海還。坎壈多搆難，鬱怏少騰遷。孰云功未立，甯是契不全。直爲逢迎寡，良由聽受偏。若人本高絶，芬馥邁蘭荃。驅車趨折阪，匡坐酌貪泉。洗幘豈虚唱，席皮良信然。羣醉嫉孤醒，衆媸恐獨妍。龍旗翻委鬱，鵠軸更迴邅。鯤勢終横海，鵬力會翀天。昔余遇知己，一面深千祀。紆人〔一〕重結轖，辱德逾過市。詩酒悦風雲，琴歌賞桃李。淹留漢水曲，契闊渝川涘。結綬惟貢公，推名實鮑子。徒然懷伏劒，終無報國士。高懷不可忘，劒意何能已。已作金蘭契，何言雲雨別。咄嗟改容鬢，俄頃彌年歲。海曲窮地表，江源表天際。雲泥已殊路，暄涼詎同節。柳絮亟如絲，梅花屢成雪。月落桂陰遠，風起萱條結。鶴舞想低昂，鵾絃夢清切。聞君戍靈關，瓜時猶未還。數汎明月沼，頻游向日灣。金碧應髣髴，輪鏡幾登攀。復承西歸後，將兵出湖口。經過道路長，往來日月久。玉體何容歇，金漿故應有。陽臺可燕私，章華堪置酒。既彈趙女瑟，復擊秦人缶。缶瑟多奇調，秦趙饒姝妙。得意在雙眸，傾城猶一笑。伯喈恩實早，十杜〔二〕夭終少。歿等盛姬傷，存同魏車照。君子篤久要，宿昔盛賓僚。依依集鱗羽，眷眷共枝條。一朝限歧路，萬里異波潮。容儀雖眇眇，寐想尚昭昭。新人不相識，故人詎相憶。杳杳閒山川，迢迢阻音息。各附青雲遠，詎假排虚力。風月接歡宴，酒醴承顔色。安知慕儔者，潺湲涕霑軾。僕本不平人，悲愁眉亦顰。年來空自老，歲去不知春。未能全體命，於中欲問津。五噫如適越，十上似游秦。肌膚積霜露，膂力倦風塵。烏裘日日故，白髮朝朝新。人生感意氣，相知無富貴。懷趙實廉頗，思燕唯樂毅。大選咆咻士，廣募嫖姚尉。暎月比刀環，瞻星看劒氣。郢路一迢遠，長楸幾獻欷。渤澥水尚寬，崦嵫日猶未。丈夫志四海，兒女多辭費。待余濟濁河，從君宿清渭。

【校勘記】

〔一〕《八代詩選》諸本原注曰『當作仁』。

〔二〕《八代詩選》諸本於『十杜』下注曰『未詳』。

虞羲

送友人上湘

濡足送征人，褰裳臨水路。共盈一尊酒，對之愁日莫。漢廣雖容舠，風悲未可渡。佳期難再得，但願論心故。沅水日生波，芳洲行墜露。共知邱壑改，同無金石固。

詠霍將軍北伐

擁旄爲漢將，汗馬出長城。長城地勢險，萬里與雲平。涼秋八九月，虜騎入幽并。飛狐白日晚，瀚海愁雲生。羽書時斷絶，刁斗晝夜驚。乘墉揮寶劍，蔽日引高旍。雲屯七萃士，魚麗六郡兵。胡笳關下思，羌笛隴頭鳴。骨都先自讋，日逐次亾精。玉門罷斥堠，甲第始修營。位登萬庾積，功立百行成。天長地自久，人道有虧盈。未窮激楚樂，已見高臺傾。當令麟閣上，千載有雄名。

江洪

詠荷

澤陂有微草，能花復能實。碧葉喜翻風，紅英宜照日。移居玉池上，託根庶非失。如何霜露交，應與飛蓬匹。

高爽

詠鏡

初上鳳凰墀，此鏡照蛾眉。言照長相守，不照長相思。虛心會不采，貞明空自欺。無言故此物，更復對新期。

費昶

有所思

上林烏欲棲，長門日行莫。所思鬱不見，空想丹墀步。簾動意君來，雷聲似車度。北方佳麗子，窈窕能迴顧。夫君自迷惑，非爲妾心妬。

長門怨

向夕千愁起，自悔何嗟及。愁思且歸牀，羅襦方掩泣。絳樹摇風軟，黄鳥弄聲急。金屋貯嬌時，不言君不入。

華觀省中夜聞城外擣衣

閶闔下重關，丹墀吐明月。秋氣城中冷，秋砧城外發。浮聲繞雀臺，飄響度龍闕。宛轉何藏摧，當從上路來。藏摧意未已，定自乘軒裏。乘軒盡世家，佳麗似朝霞。圓璫耳上照，方繡領間斜。衣薰百和屑，鬢插九枝花。昨莫庭槐落，今朝羅綺薄。拂席卷鴛鴦，開縵舒鶢鶴。金波正容與，玉步依砧杵。紅袂往還縈，素腕參差舉。徒聞不得見，獨夜空愁佇。獨夜何窮極，懷之在心惻。階垂玉衡露，庭舞相風翼。瀝滴流星煇，粲爛長河色。三冬誠足用，五日無糧食。楊雲已寂寥，今君復絃直。

朱异

還東田宅贈朋離

應生背芒説，石子河陽文。雖有敖游美，終非沮溺羣。曰余今卜築，兼以隔囂紛。池入東陂水，窗引北巖雲。槿籬集田鷺，茅檐帶野芬。原隰何邐迤，山澤共氛氲。蒼蒼松樹合，耿耿樵路分。朝興候崖晚，莫坐極林曛。憑高眺虹蜺，臨下瞰耕耘。豈直娱衰莫，兼得慰殷勤。懷勞猶未弭，獨有望夫君。

王樞

至烏林村見采桑者因有贈

遥見提筐下，翩妍實端妙。將去復回身，欲語先爲笑。閨中初别離，不許覓新知。空結茱萸帶，厭報木蘭枝。

湘綺批：此亦與孝威同意，然是調采桑者之詞。又云『不許覓新知』，便成善謔。

湯僧濟

渫井得金釵

昔有倡家女，摘花露井邊。摘花還自插，照井還自憐。窺窺終不罷，笑笑自成妍。寶釵于此落，從來非一年。翠羽成泥去，金色尚如鮮。此人今不在，此物今空傳。

徐悱妻劉氏

答外

花庭麗景斜，蘭牖輕風度。落日更新妝，開簾對春樹。鳴鸝葉中舞，戲蝶花間騖。調琴本要歡，心愁不成趣。良會誠非遠，佳期今不遇。欲知幽怨多，春閨深且莫。

卷十一下

陳隋一

五言第九

後主陳叔寶

關山月〔一〕

戍邊歲月久，恆悲望舒耀。城遥接暈高，澗風連影摇。寒光帶岫徙，冷色含山峭。看時使人憶，爲似嬌娥照。

湘綺批：語冷，有鬼氣，結草草。

【校勘記】

〔一〕此詩《八代詩選》諸本原題《關山月二首》，實僅選一首。《古詩紀》卷一百八《關山月二首》，此第二首。

上巳宴麗暉殿各賦一字十韻

芳景滿闢憁，暄光生遠阜。更以登臨趣，還勝祓禊酒。日照源上桃，風摇城外柳。斷雲仍合霧，輕霞時映牖。遠樹帶山高，嬌鶯含響偶。一峯遥落日，數花飛映綬。度鳥或遛檐，飄絲屢薄藪。言志遞爲樂，置觴方薦壽。文學且迺筵，羅綺令陳後。干戈幸勿用，盌須勞馬首。

五言晝堂良夜履長在節歌管賦詩迺筵命酒十韻成篇

季冬初陽始，寒氣尚蕭颯。原葉或委低，岫雲時吐歙。雕樹乍疏迴，遠峯自重沓。雲興四山霾，風動萬籟答。肅肅凝霜下，峩峩層冰合。複殿可以娱，於兹多延納。迢迢百尺觀，杳杳三休閤。前後訓導屏，左右文衛匝。進退簪纓移，縱横壯思襍。幸矣天地泰，當無范雎拉。

湘綺批：『拉』韻强湊，韓愈所喜也。

冬士《八代詩評》：余案，題云十韻成篇，而所押之韻多難字，當是限韻之始。

徐陵

爲羊兖州家人答餉鏡

信來贈寶鏡，亭亭似團月。鏡久自踰明，人久情愈歇。取鏡挂空臺，於今莫復開。不見孤鸞鳥，香魂何處來。

張正見

應龍篇

應龍未起時，乃在淵底藏。非雲足不蹈，舉則冲天翔。譬彼野蘭草，幽居常獨香。清風播四遠，萬里望芬芳。隱居可頤志，自見焉得彰。

湘綺批：張詩極多，殊無名篇，此當時一傖父也。

江總

游攝山栖霞寺并序

禎明元年太歲丁未四月十九日癸亥，入攝山展慧布法師，憶《謝靈運集》還故山，入石壁中，尋曇隆道人，有詩一首十一韻。今此拙作，仍學康樂之體。

霡霂時雨霽，清和孟夏肇。栖宿緑野中，登頓丹霞杪。敬仰高人德，抗志塵物表。三空豁已悟，萬有一何小。始從情所寄，冥期諒不少。荷衣步林泉，麥氣凉昏曉。乘風面泠泠，候月臨皎皎。烟崖憩古石，雲路排征鳥。披逕憐森沈，攀條惜杳裊。平生忘是非，朽謝豈矜矯。五浄自此涉，六塵庶無擾。

釋洪偃

登吴昇平亭

蕭蕭物候晚，肅肅天望清。旅人聊策杖，登高蕩客情。川原多舊迹，墟里或新名。宿烟浮始旦，朝日照初晴。獨游乏徒侣，徐步寡逢迎。信矣非吾託，賞心何易并。

北魏節閔帝拓跋恭

詩一首

朱門久可患，紫極非情翫。顛覆立可待，一年三易換。時運正如此，惟有脩真觀。

湘綺批：當時江南日趨於律，河北尚有古風，然無清才，徒有昔調。至庾信之徒，以詩稱於北，而南北風氣同矣。

孝莊帝拓跋子攸

臨終詩

權去生道促，憂來死路長。懷恨出國門，含悲入鬼鄉。隧門一時閉，幽庭豈復光。思鳥吟青松，哀風吹白楊。昔來聞死苦，何言身自當。

韓延之

贈中尉李彪

賈生謫長沙，董儒詣臨江。愧無若人迹，忽尋兩賢蹤。追音渠閣游，策駑廁羣龍。如何情願奪，飄然獨遠從。痛哭去舊國，銜淚屆新邦。哀哉無援民，嗷然失侶鴻。彼蒼不我聞，千里告志同。

常景

讚四君

長卿有豔才，直致不羣性。鬱若春烟舉，皎如秋月映。游梁雖好仁，仕漢常稱病。清貞非我事，窮達委天命。

右司馬相如〔一〕

王子挺秀質，逸氣干青雲。明珠既絶俗，白鵠信警〔二〕羣。才世苟不合，遇否途自分。空枉碧雞命，徒獻金馬文。

右王襃

嚴君情沈静，立志明霜雪。味道綜微言，端蓍演妙説。才屈羅仲口，位結李强舌。素尚邁金貞，清標陵玉徹。

右嚴君平

蜀江導清流，楊子挹餘休。含光絶後彦，覃思邈前脩。世輕久不賞，玄談物無求。當途謝權寵，置酒得閒游。

右揚雄

【校勘記】

〔一〕《八代詩選》諸本皆從《古詩紀》之體例，於每一讚詩之後出之，以下同。

〔二〕光緒十六年江蘇書局本作『警』，光緒七年四川尊經書局本、民國三十一年程天放本作『驚』。《古詩紀》作『驚』。

温子昇

從駕幸金墉城

兹城實佳麗，飛甍自相竝。膠葛擁行風，岧嶢閟流景。御溝屬清洛，馳道通丹屏。湛淡水成文，參差樹交影。長門久已閉，離宫一何静。細草緣玉階，高枝蔭桐井。微微夕渚暗，肅肅暮風冷。神行揚翠旗，天臨肅清警。伊臣從下列，逢恩信多幸。康衢雖已泰，弱力將安騁。

詠花蝶

素蝶向林飛，紅花逐風散。花蝶俱不息，紅素還相亂。芬芬共襲手，葳蕤從可玩。不慰行客心，遽動離居歎。

北齊邢邵

七夕

盈盈河水側，朝朝長歎息。不悋漸衰苦，波流詎可測。秋期忽云至，停梭理容色。束衿未解帶，迴鑾已沾軾。不見眼中人，誰堪機上織。願逐青鳥去，蹔因希羽翼。

庾信〔一〕

對酒歌

春水望桃花，春洲藉芳杜。琴從緑珠借，酒就文君取。牽馬向渭橋，日曝山頭脯。山簡接羅倒，王戎如意舞。筝鳴金谷園，笛韻平陽塢。人生一百年，歡笑惟三五。何處覓錢刀，求爲洛陽賈。

【校勘記】

〔一〕庾信，隸北周。按本卷北朝五言詩人始於北魏節閔帝拓跋恭，至邢邵則題『北齊邢邵』之例，則庾信名前應加北周。

夜聽擣衣

秋夜擣衣聲，飛度長門城。今夜長門月，應如晝日明。小鬟宜粟瑱，圓腰運織成。秋砧調急節，亂杵變新聲。石燥砧逾響，桐虚杵絶鳴。鳴石出華陰，虚桐採鳳林。北堂細腰杵，南店女郎砧。擊節無勞鼓，調聲不用琴。並結連枝縷，雙穿長命針。倡樓驚别怨，征客動愁心。同心竹葉椀，雙去雙來滿。裙裾不奈長，衫袖偏宜短。龍文鏤翦刀，鳳翼纏篸管。風流響和韻，哀怨聲悽斷。新聲繞夜風，嬌轉滿空中。應聞長樂殿，判徹昭陽宫。花鬟醉眼纈，龍子細文紅。溼摺通夕露，吹衣一夜風。玉階風轉急，長城雪應闇。新綬始欲縫，細錦行須纂。聲煩廣陵散，杵急漁陽摻。新月動金波，秋雲泛濫過。誰憐征戍客，今夜在交河。栩陽離别賦，臨江愁思歌。復令悲此曲，紅顔餘幾多。

湘綺批：庾詩轉韻，又是一種雋永之調。調彌工，亦彌卑矣。

隋煬帝楊廣

飲馬長城窟行示從征羣臣

肅肅秋風起，悠悠行萬里。萬里何所行，横漠築長城。豈台小子智，先聖之所營。樹兹萬世策，安此億兆生。詎敢憚焦思，高枕於上京。北河秉武節，千里捲戎旌。山川互出没，原野窮超忽。摐金止行陣，鳴鼓興士卒。千乘萬騎動，飲馬長城窟。秋昏塞外雲，霧暗關山月。緣巖驛馬上，乘空烽火發。借問長城侯〔一〕，單于入朝謁。濁氣静天山，晨光照高闕。釋兵仍振旅，要荒事方舉。飲至告言旋，功歸清廟前。

【校勘記】

〔一〕光緒七年四川尊經書局本、民國三十一年程天放本作『候』，誤。光緒十六年江蘇書局本作『侯』。《樂府詩集》《古詩紀》《古詩鏡》《石倉歷代詩選》《廣廣文選》亦作『侯』。

白馬篇

白馬金貝裝，横行遼水傍。問是誰家子，宿衛羽林郎。文犀六屬鎧，寶劒七星光。山虚弓響徹，地迥角聲長。宛河推勇氣，隴蜀擅威强。輪臺受降虜，高闕翦名王。射熊入飛觀，校獵下長楊。英名欺衛霍，智策蔑平良。島夷時失禮，卉服犯邊疆。徵兵集薊北，輕騎出漁陽。進軍隨日暈，挑戰逐星芒。陣移龍勢動，營開虎翼張。銜冠入死地，攘臂越金湯。塵飛戰鼓急，風交征旆揚。轉鬬平華地，追奔埽鬼方。本持身許國，况復武功彰。會令千載後，流譽滿旂常。

冬至乾陽殿受朝

北陸玄冬盛，南至晷漏長。端拱朝萬國，守文繼百王。至德慙日用，治道愧時康。新邑建嵩岳，舊京〔一〕臨洛陽。圭景正八表，道路均四方。碧空霜華净，朱庭皎日光。纓珮既濟濟，鐘鼓何鍠鍠。文戟翊高殿，采眊分脩廊。元首乏明哲，股肱貴惟良。舟檝行有寄，庶此王化昌。

【校勘記】

〔一〕光緒七年四川尊經書局本、民國三十一年程天放本作『雙闕』，光緒十六年江蘇書局本作『舊京』。《隋煬帝集》《古詩紀》作『雙闕』。

早渡淮

平淮既淼淼，曉霧復霏霏。淮甸未分色，泱漭共晨暉。晴霞轉孤嶼，錦帆出長圻。潮魚時躍浪，沙禽鳴欲飛。會待高秋晚，愁因逝水歸。

捨舟登陸示慧日道場玉清玄壇德眾一首

天净宿雲卷，日舉長川旦。颯洒林花落，逶迤風柳散。孤鶴近追羣，啼鶯遠相喚。蓮舟水處盡，畫輪途始半。江滙各自遥，東西並興歎。已熏禪慧力，復藉金丹捍。有異三川游，曾非四門觀。於焉履妙道，超然登彼岸。

顏之推

古意二首

十五好詩書，二十彈冠仕。楚王賜顏色，出入章華裏。作賦凌屈原，讀書誇左史。數從明月讌，或侍朝雲祀。登山摘紫芝，泛江採緑芷。歌舞未終曲，風塵暗天起。吴師破九龍，秦兵割千里。狐兎穴宗廟，霜露沾朝市。璧入邯鄲宫，劒去襄城水。未獲狥陵墓，獨生良足恥。憫憫思舊都，惻惻懷君子。白髮闚明鏡，憂傷没余齒。

寳珠出東國，美玉産南荆。隋侯曜我色，卞氏飛吾聲。已加明稱物，復飾夜光名。驪龍旦夕駭，白虹朝暮生。華彩燭兼乘，價值詎連城。常悲黄雀起，每畏靈蛟迎。千仞安可捨，一毀難復營。昔爲時所重，今爲時所輕。願與濁泥會，思將垢石并。歸真川岳下，抱潤潛其榮。

湘綺批：用典敘情，亦爾時長技。

楊素

山齋獨坐贈薛内史二首

居山四望阻，風雲竟朝夕。深溪横古樹，空巖卧幽石。日出遠岫明，鳥散空林寂。蘭庭動幽氣，竹室生虚白。落花入户飛，細草當堦積。桂酒徒盈樽，故人不在席。日暮山之幽，臨風望羽客。

巖壑澄清景，景清巖壑深。白雲飛暮色，緑水激清音。澗户散餘彩，山窗凝宿陰。花草共榮映，樹石相陵臨。獨坐對陳榻，無客有鳴琴。寂寂幽山裏，誰知無悶心。

贈薛内史

耿耿不能寐，京洛久離羣。横琴還獨坐，停杯遂待君。待君春草歇，獨坐秋風發。朝朝唯落花，夜夜空明月。明月徒流光，落花空自芳。别離望南浦，相思在漢陽。漢陽隔隴岑，南浦達桂林。山川雖未遠，無由得寄音。

湘綺批：此等句不對，亦何能佳。

贈薛播州十四首

在昔天地閉，品物屬屯蒙。和平替王道，哀怨結人風。麟傷世已季，龍戰道將窮。亂海飛羣水，貫日引長虹。干戈異革命，揖讓非至公。

兩河定寶鼎，八水域神州。函關絶無路，京洛化爲邱。漳滏爾連沼，涇渭余別流。生郊滿戎馬，涉路起風牛。班荆疑莫遇，贈縞竟無由。

五緯連珠聚，千載濁河清。金亡潛虎質，閏盡自蛙聲。聖期伊旦暮，天禄啟炎精。霧生三日重，星飛五老輕。禋宗答上帝，改物創羣生。

道昏雖已朗，政故猶未新。刳舟洹水濟，結網大川濱。出游迎釣叟，入夢訪幽人。植林雖各樹，開榮豈異春。相逢一時泰，共幸百年身。

有帛賁邱園，生芻自幽谷。塵芳金馬路，瀾清鳳池澳。零露既垂光，清風復流穆。傾蓋如舊知，彈冠豈新沐。利心金各斷，芬言蘭共馥。

自余歷端揆，緝熙忝時彦。及爾陪帷幄，出納先天睠。高調發清音，縟藻流餘絢。或如彼金玉，歲暮無凋變。余松待爾心，爾筠留我箭。

荏苒積歲時，契闊同游處。閶闔既趨朝，承明還宴語。上林陪羽獵，甘泉侍清曙。迎風含暑氣，飛雨凄寒序。相顧惜光陰，留情共延佇。

滔滔彼江漢，實爲南國紀。作牧求明德，若人應斯美。高卧未褰帷，飛聲已千里。還望白雲天，日暮秋風起。峴山君儻游，淚落應無已。

漢陰政已成，嶺表人猶蠹。彈冠比方新，還珠摠如故。楚人結去思，越俗歌來暮。陽烏尚歸飛，別鶴還迴顧。君見南枝巢，應思北風路。

北風吹故林，秋聲不可聽。雁飛窮海寒，鶴唳霜皋净。含毫心未傳，聞音路猶敻。唯有孤城月，裴徊獨臨映。弔影余自憐，安知我疲病。

養病願歸閒，居榮在知足。栖遲茂陵下，優游滄海曲。古人情可見，今人遵路躅。荒居接野窮，心物俱非俗。桂樹芳叢生，山幽竟何欲。

所欲棲一枝，稟分豐諸已。園樹避鳴蟬，山梁遇雌雉。野陰冒叢灌，幽氣含蘭芷。悲哉暮秋別，春草復萋矣。鳴琴久不聞，屬聽空流水。

秋水魚游日，春樹鳥鳴時。濠梁莫共往，幽谷有相思。千里悲無駕，一見杳難期。山河散瓊蘂，庭樹下丹滋。物華不相待，遲暮有餘悲。

銜悲向南浦，寒色黯沈沈。風起洞庭險，烟生雲夢深。獨飛時慕侶，寡和乍孤音。木落悲時暮，時暮感離心。離心多苦調，詎假雍門琴。

何妥

樂部曹觀樂

東海餘風大，陶唐遺思深。何如觀偏舞，奏鼓閒摐金。清管調絲竹，朱絃韻雅琴。八行陳樹羽，六德審知音。至道兼韶濩，充庭總韎任。高天度流火，落日廣城陰。百神諧景福，萬國仰君臨。大樂非鐘鼓，且用戒民心。

薛道衡

昭君辭

我本良家子，充選入椒庭。不蒙女史進，更失畫師情。蛾眉非本質，蟬鬢改真形。專由妾命薄，誤使君恩輕。啼霑渭橋路，歎別長安城。夜依寒草宿，朝逐轉蓬征。卻望關山迥，前瞻沙漠平。胡風帶秋月，嘶馬雜笳聲。毛裘易羅綺，氈帳代金屏。自知蓮臉歇，羞看菱鏡明。釵落終應棄，髻解不須縈。何用單于重，詎假閼氏名。駃騠聊彊食，筒酒未能傾。心隨故鄉斷，愁逐塞雲生。漢宮如有意，爲視旄頭星。

敬酬楊僕射山齋獨坐

相望山河近，相思朝夕勞。龍門竹箭急，華岳蓮花高。岳高嶂重疊，鳥道風烟接。遥原樹若薺〔一〕，遠水舟如葉。葉舟旦旦浮，驚波夜夜流。露寒洲渚白，月冷函關秋。秋夜清風發，彈琴即鑑月。雖非莊舄歌，吟詠常思越。

【校勘記】

〔一〕光緒七年四川尊經書局本、民國三十一年程天放本作『薺』，光緒十六年江蘇書局本作『薺』，是。

虞世基

秋日贈王中舍

秦關望吴苑，渭涘去江濆。天漢星躔絶，山川地角分。百年變朝市，千里異風雲。雙鴛難可贈，別鶴不相聞。忽值從游士，玳簪光素履。歡言悦鄭郊，雪泣悲燕市。契闊論談笑，殷勤訪生死。思君在一方，無由同四美。尺素乃云披，投瓊慰久離。雲開縟錦散，霞照緑緹披。相思歎河廣，相望阻天垂。贈言方杜若，握手代萱枝。伊昔風期早，金蘭信爲寶。去來金馬門，留連鬭雞道。鷲嶺訪三禪，商山追四皓。勝地俱游息，披文遞論討。虚薄忝官聯，喬木遂同遷。濯纓升博望，闊步入崇賢。高軒照流水，長劍聳秋蓮。南風忽不競，東海遂成田。喧喧狹斜路，隱隱平陵樹。鳳闕曖西臨，星橋耿南注。五方多異俗，四海皆行路。士衡嗟苦辛，德璉傷流寓。鞏洛重行行，寓目盡傷情。太行臨北絳，函谷拒西京。雀書圖久滅，龍文鼎遂輕。凌雲餘構盡，濛汜曲池傾。徘徊殊未極，惆悵空雲纓。伊川忽會面，留連展言宴。東西一背飛，翻然成異縣。哀哉人道促，痛矣嗟埋玉。嵇生顧影琴，裴子飄風燭。摧茲激水意，頓此浮雲足。棄置勿重陳，難終唯此曲。漢陽趙元淑，薛縣雍門周。清文甯解病，妙曲反增愁。翳翳神逾伏，懍懍歲方遒。雙崤飛暗雨，八水凍寒流。蘭枯芳草歇，槐古憶前秋。江干不可望，徒此歎離憂。

孫萬壽

遠戍江南寄京邑親友

賈誼長沙國，屈平湘水濱。江南瘴癘地，從來多逐臣。粤余非巧宦，少小拙謀身。欲飛無假翼，思鳴不值晨。如何載筆士，翻作負戈人。飄飄如木偶，棄置同芻狗。失路乃西浮，非狂亦東走。晚歲出函關，方春度京口。石城臨虎據，天津望牛斗。牛斗盛妖氛，梟獍已成羣。郗超初入幕，王粲始從軍。裹糧楚山際，披甲吴江濆。吴江一浩蕩，楚山何糾紛。驚波上濺日，喬木下臨雲。繫越恆資辯，喻蜀幾飛文。魯連唯救患，吾彦不争動。羈游歲月久，歸思常搔首。非關不樹萱，豈爲無杯酒。數載辭鄉縣，三秋別親友。壯志後風雲〔一〕，哀鬢先蒲柳。心緒亂如絲，空懷疇昔時。昔時游帝里，弱歲逢知己。旅食南館中，飛蓋西園裏。河間本好書，東平唯愛士。英辯接天人，清言洞名理。鳳池時寓直，麟閣常游止。勝地盛賓僚，麗景相攜招。舟汎昆明水，騎指渭津橋。祓除臨灞岸，供帳出東郊。宜城醖始熟，陽翟曲新調。繞樹烏啼夜，雊麥雉飛朝。細塵梁下落，長袖掌中嬌。懽娛三樂至，懷抱百憂銷。夢想猶如昨，尋思久寂寥。一朝牽世網，萬里逐波潮。迴輪常自轉，懸旆不堪搖。登高視衿帶，鄉關白雲外。迴首望孤城，愁人益不平。華亭宵鶴唳，幽谷早鶯鳴。斷絕心難續，惝怳魂屢驚。羣紀通家好，鄒魯故鄉情。若值南飛雁，時能訪死生。

【校勘記】

〔一〕光緒七年四川尊經書局本、民國三十一年程天放本作『雪』。光緒十六年江蘇書局本作『雲』。

王胄

酬陸常侍

相知四十年，別離萬餘里。君留五湖曲，余去三河涘。寒松君後凋，溺灰余僅死。何言西北雲，復覩東南美。深交不忘故，飛觴登宴喜。贈藻發中情，奇音邁流徵。追惟中歲日，於斯同憩止。思之宛如昨，倏焉逾二紀。疇昔多朋好，一旦埋蒿里。無人莫已知，有慟傷知己。把臂還相泣，巋然吾與子。霑襟行自念，哀哉亦已矣。吾歸在漆園，著書試詞理。勞息乃殊致，存亡寧異軌。大路不能遵，咄哉情可鄙。

釋曇遷〔一〕

緇素知友祖道新林去留哀感賦詩一首

平生本胡越，閩吴各異津。聯翩一傾蓋，便作法城親。清談解煩累，愁眉始得伸。今朝忽分手，恨失眼中人。子向徑何道，慧業日當新。我住邗江側，終爲松下塵。沈浮從此隔，無復更有因。此別終天別，迸淚忽霑巾。

【校勘記】

〔一〕釋曇遷，南朝宋、齊時人，《八代詩選》將其置於隋代五言詩人行列，疑誤。名下此詩不入《古詩紀》及各中古詩歌選本。

大義公主

書屏風

盛衰等朝露，世道若浮萍。榮華實難守，池臺終自平。富貴今何在，空事寫丹青。杯酒恆無樂，絃歌詎有聲。余本皇家子，飄流入虜廷。一朝覩成敗，懷抱忽縱横。古來共如此，非我獨申名。惟有明君曲，偏傷遠嫁情。

丁六娘

十索六首

裙裁孔雀羅，紅緑相參對。映似蛟龍錦，分明奇可愛。麤細君自知，從郎索衣帶。

爲性愛風光，偏憎良夜促。曼眼腕中嬌，相看無厭足。懽情不耐眠，從郎索花燭。

君言花勝人，人今去花近。寄語落花風，莫吹花落盡。欲作勝花妝，從郎索紅粉。

二八好容顔，非意得相關。逢桑欲採折，尋枝倒懶攀。欲呈纖纖手，從郎索指環。

含嬌不自轉，送眼勞相望。無那關情伴，共入同心帳。欲防人眼多，從郎索錦障。

蘭房下翠帷，蓮房舒鴛錦。懽情宜早暢，密意須同寢。欲共作纏綿，從郎索花枕。

卷十二

齊已後新體詩第一

齊全梁上

王融

臨高臺

游人欲騁望，積步上高臺。井蓮當夏吐，窗桂逐秋開。花飛低不入，鳥散遠時來。還看雲棟影，含月共徘徊。

湘綺批：意超筆妙。

和王友德元古意

游禽暮知返，行人獨未歸。坐銷芳草氣，空度明月煇。顰容入朝鏡，思淚點春衣。巫山彩雲没，淇上綠楊稀。待君竟不至，秋雁雙雙飛。

湘綺批：唐人習調。

餞謝文學離夜

所知共歌笑，誰忍別笑歌。離軒思黄鳥，分渚蔓青莎。翻情結遠旆，灑淚與行波。春江夜明月，還望情如何。

湘綺批：清麗中仍凝重，亦唐人習調。

琵琶

抱月如可明，懷風殊復清。絲中傳意緒，花裏寄春情。掩抑有奇態，凄鏘多好聲。芳袖幸時拂，龍門空自生。

湘綺批：此種初唐家爲擅長。

詠幔

幸得與珠綴，羃䍥君之楹。月暎不辭卷，風來輒自輕。每聚金爐氣，時駐玉琴聲。但願置尊酒，蘭釭當夜明。

湘綺批：微嫌意太質直。

蕭子隆

經劉𤅢墓下

升堂子不謬，問道余未窮。如何辭白日，千載隔音容。山門一已絶，長夜緬難終。初松切暮鳥，新楊催曉風。榛關向蕪密，泉塗轉銷空。

湘綺批：麗極。

王儉

春詩

風光承露照，霧色點蘭暉。青荑結翠藻，黄鳥弄春飛。

湘綺批：麗而不纖。

後園餞從兄豫章

兹夕竟何夕，念别開曾軒。光風轉蘭蕙，流月汎虚園。

湘綺批：直樸處即是其超妙處。

徐孝嗣

白雪歌

風閨晚翻靄，月殿夜凝明。願君早流盼，無令春草生。

謝朓

隋王鼓吹曲十首選五首〔一〕

入朝曲

江南佳麗地，金陵帝王州。逶迆帶緑水，迢遞起朱樓。飛甍夾馳道，垂楊蔭御溝。凝笳翼高蓋，疊鼓送華輈。獻納雲臺表，功名良可收。

湘綺批：新逸俊永，初唐之祖，非晚唐諸人所能拍肩者。

【校勘記】

〔一〕《樂府詩集》卷二十《鼓吹曲辭五》謝朓《齊隋王鼓吹曲》共十首，《八代詩選》諸本原題《隋王鼓吹曲十首》，實選五首。

出藩曲

雲枝紫微側〔一〕，分組承明阿。飛艎遡極浦，旌節去關河。眇眇蒼山色，沈沈寒水波。鐃音巴渝曲，簫鼓盛唐歌。夫君邁惟德，江漢仰清和。

【校勘記】

〔一〕光緒十六年江蘇書局本作『側』，光緒七年四川尊經書局本、民國三十一年程天放本作『内』。首句《樂府詩集》作『雲披紫微内』，《謝宣城集》《古詩紀》《石倉歷代詩選》作『雲枝紫微内』。《廣廣文選》作『雲枝紫薇内』。

登山曲

天明開秀崿，瀾光媚碧隄。風盪飄鶯亂，雲行芳樹低。暮春春服美，游駕陵丹梯。升嶠既小魯，登巒且悵齊。王孫尚游衍，蕙草正萋萋。

湘綺批：『媚』字猶嫌著迹，然不能易。

泛水曲

玉露霑翠葉，金風鳴素枝。罷游平樂苑，泛鷁昆明池。旌旗散容裔，簫管吹參差。日晚厭遵渚，采菱贈清漪。百年如流水，寸心甯共知。

湘綺批：深蘊不盡。

秋竹曲

嫋娟綺窗北，結根未參差。從風既嫋嫋，暎日頗離離。欲求棗下吹，别有江南枝。但能凌白雪，貞心蔭曲池。

曲池之水

緩步遵莓渚，披衿待蕙風。芙蕖舞輕帶，苞筍出芳叢。浮雲自西北，江海思無窮。鳥去能傳響，見我緑琴中。

新亭渚别范零陵雲

洞庭張樂地，瀟湘帝子游。雲去蒼梧野，水還江漢流。停驂我悵望，輟棹子夷猶。廣平聽方藉，茂陵將見求。心事俱已矣，江上徒離憂。

湘綺批：一『還』字驚心動魄。

移病還園示親屬

疲策倦人世，斂性就幽蓬。停琴佇涼月，滅燭聽歸鴻。涼薰乘暮晰，秋華臨夜空。葉低知露密，崖斷識雲重。折荷葺寒袂，開鏡盼衰容。海暮騰清氣，河關祕棲冲。烟衡時未歇，芝蘭去相從。

和劉西曹望海臺

滄波不可望，望極與天平。往往孤山映，處處春雲生。差池遠雁没，颯沓羣鳧驚。囂塵及簿領，棄捨出重城。臨川徒可羨，結罔庶時營。

湘綺批：筆意高遠，不落望遠習調。

送江兵曹檀主簿朱孝廉還上國

方舟汎春渚，攜手趨上京。安知暮歸客，詎憶山中情。香風蘂上發，好鳥葉間鳴。揮袂送君已，獨此夜琴聲。

臨溪送別

悵望南浦時，徙倚北梁步。葉上涼風初，日隱輕霞暮。荒城迥易陰，秋溪廣難渡。珠泣豈徒然，君子行多露。

湘綺批：『初』字最妙。

和何議曹郊游

春心澹容與，挾弋步中林。朝光映紅萼，微風吹好音。江垂得清賞，山際果幽尋。未嘗遠離別，知此惬歸心。流泝終靡已，嗟行方至今。

和徐都曹出新亭渚

宛洛佳𢽾游，春色滿皇州。結軫青郊路，回瞰蒼江流。日華川上動，風光草際浮。桃李成蹊徑，桑榆蔭道周。東都已俶載，言歸望綠疇。

湘綺批：明麗，不及枚乘高渾，所以爲新體。

贈王主簿

清吹要碧玉，調絃命綠珠。輕歌急綺帶，含笑解羅襦。餘曲詎幾許，高駕且踟蹰。裴回韶景暮，惟有洛城隅。

離夜

玉繩隱高樹，斜漢耿層臺。離堂華燭盡，別幌清琴哀。翻潮尚知恨，客思眇難裁。山川不可夢，况乃故人杯。

夜聽妓

上客光四座，佳麗直千金。挂釵報纓絶，墮珥答琴心。蛾眉已共笑，清香復入襟。歡樂夜方静，翠帳垂沈沈。

奉和隨王殿下十六首選三首〔一〕

清房洞已静，閒風依夜來。雲生樹陰遠，軒廣月容開。宴私移燭影，游賞藉琴臺。風猷冠淄鄴，衽舄愧鄒枚。

分悲玉瑟斷，别緒金尊傾。風入芳帷散，釭華蘭殿明。想折中園草，共知千里情。行雲故鄉色，贈此一離聲。

年華豫已滌，夜艾賞方融。新萍時合水，弱草未勝風。閨幽瑟易響，臺迥月難中。春物廣餘照，蘭蕿佩未窮。

湘綺批：『閨幽瑟易響』二句，鍊思本之康樂，入律倍覺遥深。

【校勘記】

〔一〕《八代詩選》諸本題『十六首』，實選其三首。

同謝諮議詠銅雀臺

繐帷飄井幹，尊酒若平生。鬱鬱西陵樹，詎聞歌吹聲。芳襟染淚迹，嬋娟空復情。玉坐猶寂寞，況乃妾身輕。

同王主簿有所思

佳期期未歸，望望下鳴機。徘徊東陌上，月出行人稀。

銅雀悲

落日高城上，餘光入繐帷。寂寂深松晚，甯知琴瑟悲。

湘綺批：王維諸人絶句，皆出於此。或婉或健，或逸或深，盡其妙矣。

玉階怨

夕殿下珠簾，流螢飛復息。長夜縫羅衣，思君此何極。

金谷聚

渠椀送佳人，玉杯邀上客。車馬一東西，别後思今夕。

王孫游

緑草蔓如絲，雜樹紅英發。無論君不歸，君歸芳已歇。

和王中丞聞琴

涼風吹月露，圓景動清陰。蕙風入懷抱，聞君此夜琴。蕭瑟滿林聽，輕鳴響澗音。無爲澹容與，蹉跎江海心。

湘綺批：薰風一接，入律便極斗健超妙。

詠薔薇

低枝詎勝葉，輕香幸自通。發蕚初攢紫，餘采尚霏紅。新花對白日，故縈逐行風。參差不俱燿，誰肯盻微叢。

詠燭

杏梁賓未散，桂宮明欲沈。曖色輕帷裏，低光照寶琴。徘徊雲髻影，的爍綺疏金。恨君秋月夜，遺我洞房陰。

湘綺批：詠物詩。『情』韻不匱，斷推此種，所謂色香味俱足。

張融

別詩一首

白雲山上盡，清風松下歇。欲識離人悲，孤臺見明月。

梁昭明太子蕭統

晚春〔一〕

紫蘭葉初滿，黄鷺弄始稀。石蹲還似獸，蘿長更勝衣。水曲文魚聚，林冥鶏鳥飛。渚蒲變新節，巖桐長舊圍。風花落未已，山齋開夜扉。

湘綺批：麗景清思。

【校勘記】

〔一〕《古詩紀》卷七十八、《古詩鏡》卷十八作梁簡文帝《晚春》。《梁簡文帝集》卷二題《晚春》，《梁昭明太子集》無此詩。

詠彈箏人

故箏猶可惜，應度幾人邊。塵多涩移柱，風燥脆調絃。還信三洲曲，誰念九重泉。

湘綺批：情深於文。

簡文帝綱

湘綺批：簡文詩秀冠八代，開律詩家無數法門。挹其餘潤，足令塵骨欲仙。

上之回

前旆拂回中，後車臨桂宫。輕絲駐雲罕，春色繞川風。桃林方灼灼，柳路日曈曈。笳聲駭胡騎，清磬讋山戎。微臣今拜手，願帝永無窮。

湘綺批：婉媚之極。

蜀國絃歌篇十韻

銅梁指斜谷，劍道望中區。通星上分野，作固下爲都。雅歌因良守，妙舞自巴渝。陽城嬉樂所，劍騎鬱相趨。五婦行難至，百兩好游娱。牲祈望帝祀，酒酹蜀侯姝。江妃納重聘，卓女受將雛。停絃時繫爪，息吹更治朱。脱衫湔錦浪，回扇避陽烏。聞君握節返，賤妾下城隅。

湘綺批：『牲』『酒』二聯，儷事精切，開後李賀温岐一派。

豔歌篇十八韻

陵晨光景麗，倡女鳳樓中。前瞻削成小，旁望卷旌空。分妝開淺靨，繞臉傅斜紅。張琴未調軫，飲吹不全終。自知心所愛，出入仕秦宫。誰言連尹屈，更是莫敖通。輕軺綴皁蓋，飛轡轢雲驄。金鞍隨繫尾，銜璅暎纏鬉。戈鏤荆山玉，劍飾丹陽銅。左把蘇合彈，旁持大屈弓。控絃因鵲血，挽彊用牛螉。弋獵多登隴，酣歌每入豐。煇煇隱落日，冉冉還房櫳。燈生陽燧火，塵散鯉魚風。流蘇時下帳，象簟復韜筒。霧暗窗前柳，寒疎井上桐。女蘿託松際，甘瓜蔓井東。拳拳恃君寵，歲暮望無窮。

湘綺批：儼導温李於先路矣。向來選家，不知此體是别立一派，蓋云齊梁綺麗。而或又私賞李商隱諸君，附會爲學杜學李，亦可笑也。

妾薄命篇十韻

名都多麗質，本自恃容姿。蕩子行未至，秋胡無定期。玉皃歇紅臉，長顰慣翠眉。匳鏡迷朝色，縫鍼脃故絲。本異摇舟咎，何關竊席疑。生離誰拊背，溘死詎來遲。王嬙皃本絶，踉蹌入氊帷。盧姬嫁日晚，非復少年時。轉山猶可遂，烏白望難期。妾心徒自苦，旁人會見嗤。

從軍行

貳師惜善馬，樓蘭貪漢財。前年出右地，今歲討輪臺。魚雲望旗聚，龍沙隨陳開。冰城朝浴鐵，地道夜銜枚。將軍號令密，天子璽書催。何時反舊里，遥見下機來。

汎舟横大江

滄波白日煇，游子出王畿。旁望重山轉，前觀遠帆稀。廣水浮雲吹，江風引夜衣。旅雁同洲宿，寒鳧夾浦飛。行客誰多病，當念早旋歸。

湘綺批：此種不用故典，温李猶未能學。

隴西行二首〔一〕

隴西四戰地，羽檄歲時聞。護羌擁漢節，校尉立元勳。石門留鐵騎，冰城息夜軍。洗兵逢驟雨，送陳出黄雲。沙長無止泊，水脈屢縈分。當思勒彝鼎，無用想羅帬。

悠悠懸旆旌，知向隴西行。減竈驅前馬，銜枚進後兵。沙飛朝似幕，雲起夜凝城。回山時阻路，絶水亟稽程。往年郅支服，今歲單于平。方歡凱樂盛，飛蓋滿西京。

【校勘記】

〔一〕《八代詩選》諸本闕題，此補入。

雁門太守行

輕霜中夜下，黄葉遠辭枝。寒苦春難覺，邊城秋易知。風急旍旗斷，涂長鎧馬疲。少解孫吴法，家本幽并兒。非關買雁肉，徒勞皇甫規。

隴暮風恒急，關寒霜自濃。櫪馬夜方思，邊衣秋未重。潛師夜接戰，略地曉摧鋒。悲笳動胡塞，高旗出漢墉。勤勞謝功業，清白報迎逢。非須主人賞，寧期定遠封。單于如未繫，終夜慕前蹤。

京洛篇

南游偃師縣，斜上灞陵東。回瞻龍首堞，遥望德陽宫。重門遠照燿，天閣復穹窿。城傍疑複道，樹裏識松風。黄河入洛水，丹泉繞射熊。夜輪縣素魄，朝光蕩碧空。秋霜曉驅雁，春雨暮成虹。曲陽造甲第，高安還禁中。劉蒼歸作相，竇憲出臨戎。此時車馬合，兹晨冠蓋通。誰知兩京盛，歡宴遂無窮。

湘綺批：麗采如金。

櫂歌行

妾家住湘川，菱歌本自便。風生解刺浪，水深能捉船。葉亂由牽荇，絲飄爲折蓮。濺妝疑薄汗，霑衣似故湔。浣紗流暫濁，汰錦色還鮮。參同趙飛燕，借問李延年。從來入絃管，誰在櫂歌前。

湘綺批：無深意，有餘態。

怨歌行

十五頗有餘，日照杏梁初。蛾眉本多嫉，掩鼻特成虚。持此傾城兒，翻爲不肖軀。秋風吹海水，寒霜依玉除。月光臨户駛，荷花依浪舒。望檐悲雙翼，窺沼泣前魚。苕生履處没，草合行人疎。裂紈傷不盡，歸骨恨難祛。早知長信别，不避後園輿。

美女篇

佳麗盡關情，風流最有名。約黄能效月，裁金巧作星。粉光勝玉靚，衫薄擬蟬輕。密態隨流臉，嬌歌逐軟聲。朱顏半已醉，微笑隱香屏。

茱萸女

茱萸生狹斜，結子復銜花。遇逢纖手摘，濫得暎鉛華。雜與鬟簪插，偶逐鬢鈿斜。東西争贈玉，縱横來問家。不無夫壻馬，空駐使君車。

有所思

昔未離長信，金翠奉乘輿。何言人事異，夙昔故恩疎。寂寞錦筵静，玲瓏玉殿虚。掩閨泣團扇，羅幌詠蘼蕪。

湘綺批：清勁。又是高、岑所法。

和湘東王横吹曲三首

折楊柳

楊柳亂成絲，攀折上春時。葉密鳥飛礙，風輕花落遲。城高短簫發，林空畫角悲。曲中無别意，併是爲相思。

洛陽道

洛陽佳麗所，大道滿春光。游童初挾彈，蠶妾始提筐。金鞍照龍馬，羅袂拂春桑。玉車争晚入，潘果溢高箱。

紫騮馬

賤妾朝下機，正值良人歸。青絲縣玉鐙，朱汗染香衣。驟急珂彌響，蹄多塵亂飛。彫菰幸可薦，故心君莫違。

長安道

神皋開隴右，陸海實西秦。金槌抵長樂，複道向宜春。落花依度幰，垂柳拂行輪。金張及許史，夜夜尚留賓。

明君詞

玉豔光瑶質，金鈿婉黛紅。一去蒲萄觀，長別披香宫。秋檐照漢月，愁帳入胡風。妙工偏見詆，無由情恨通。

詠中婦織流黄

翻花滿階砌，愁人獨上機。浮雲西北起，孔雀東南飛。調絲時繞捥，易鑷乍牽衣。鳴梭逐動釧，紅妝暎落煇。

豔歌行

雲楣桂成户，飛楝杏爲梁。斜窗通籞氣，細隟引塵光。裁衣魏后尺，汲水淮南牀。青驪暮當返，預使羅裾香。

賦得當壚

十五正團團，流光滿上蘭。當壚設夜酒，宿客解金鞍。迎來挾瑟易，送別但歌難。欲知心恨急，翻令衣帶寬。

擬沈隱侯夜夜曲

靄靄夜中霜，河開向曉光。枕嗁常帶粉，身眠不著牀。蘭膏盡更益，薰鑪滅復香。但問愁多少，便知夜短長。

獨處怨

獨處恆多怨，開幕試臨風。彈棊鏡匳上，傅粉高樓中。自從征馬去，音信不曾通。只恐金屏掩，明年已復空。

楚妃歎

幽閨情脈脈，漏長宵寂寂。草螢飛夜户，絲蟲繞秋壁。薄笑未爲欣，微歎還成戚。金簪鬢下垂，玉筯衣前滴。

侍游新亭應令

神襟愍行邁，岐路愴徘徊。遥瞻十里陌，旁望九城臺。鳳管流虚谷，龍騎藉春荄。曉光浮野暎，朝烟承日迴。沙文浪中積，春陰江上來。柳葉帶風轉，桃花含雨開。聖情藴珠綺，札命表英才。顧憐碔砆質，何以儷瓊環。

登烽火樓

聳樓排樹出，卻堞帶江清。陟峯試遠望，鬱鬱盡郊京。萬邑王畿曠，三條綺陌平。亘原横地險，孤嶼派流生。悠悠歸棹入，渺渺去帆驚。水烟浮岸起，遥禽逐霧征。

翫漢水

雜色崑崙水，泓澄龍首渠。豈若兹川麗，清流疾且徐。離離細磧净，藹藹樹陰疏。石衣隨溜卷，水芝扶浪舒。連翩寫去楫，鏡澈倒遥墟。聊持點纓上，於是察川魚。

經琵琶峽

由來歷山川，此地獨回邅。百嶺相紆蔽，千崖共隱天。横峯時礙水，斷岸或通川。還瞻已迷向，直去復疑前。夕波照孤月，山枝斂夜烟。此時愁緒密，□□魂九遷。

仙客

漆水豈難變，桐刀乍可揮。青書長命籙，紫水芙蓉衣。高翔五岳小，低望九河微。穿池聽龍長，叱石待羊歸。酒闌時節久，桃生歲月稀。

湘綺批：庚子山無此工麗。

望同泰寺浮圖

遥看官佛圖，帶璧復垂珠。燭銀踰漢汝，寶鐸邁昆吾。日起光芒散，風吟宫徵殊。露落盤恆滿，桐生鳳不雛。飛幡雜晚虹，畫鳥狎晨鳧。梵世凌空下，應真蔽景趨。帝馬咸千轡，天衣盡六銖。意樂開長表，多寶見金軀。能令苦海渡，復使慢山踰。願能同四忍，長當出九居。

旦出興業寺講

沐芳肅朝帶，駕言抵净宫。羽旗承去影，鐃吹雜還風。吴戈夏服箭，驥馬緑沈弓。水照柳初碧，烟含桃半紅。由來六塵縛，宿昔五纏朦。見鶴徒知謬，察象理難同。方知悪四辨，奚用語三空。

率爾成詠

借問仙將畫，詎有此佳人。傾城且傾國，如雨復如神。漢后憐名燕，周王重姓申。挾瑟曾游趙，吹簫屢入秦。玉階偏望樹，長廊每逐春。約黄出意巧，纏絃用法新。迎風時引袠，避日暫披巾。疎花暎鬟插，細佩遶衫身。誰知日欲薄，含羞不自陳。

秋閨夜思

非關長信别，詎是良人征。九重忽不見，萬恨滿心生。夕門掩魚鑰，宵牀悲畫屏。迴月臨窗度，吟蟲繞砌鳴。初霜隕細葉，秋風吹亂螢。故妝猶累日，新衣製未成。欲知妾不寐，城外擣砧聲。

湘綺批：末二句，杜甫詩『君聽空外音』，較此有天人之别。

詠内人晝眠

北窗聊就枕，南簷日未斜。攀鉤落綺障，插捩舉琵琶。夢笑開嬌靨，眠鬟壓落花。簟文生玉腕，香汗浸紅紗。夫壻恒相伴，莫誤是倡家。

詠舞

可憐稱二八，逐節似飛鴻。懸勝河陽妓，暗與淮南同。入行看履進，轉面望鬟空。腕動苕華玉，衫隨如意風。上客何須起，啼烏未肯終。

和湘東王首夏

冷風雜細雨，垂雲助麥凉。竹水俱蔥翠，花蝶兩飛翔。燕泥銜復落，鶗吟斂更揚。卧石藤爲纜，山橋樹作梁。欲待華池上，明月吐清光。

納凉

斜日晚駸駸，池塘生半陰。避暑高梧側，輕風時入衿。落花還就影，驚蟬乍失林。游魚吹水沫，神蔡上荷心。翠竹垂秋采，丹棗暎疎砧。無勞夜游曲，寄此託微吟。

湘綺評：豔情之詠，夏景難工，齊、梁所傳，簡文《納凉》一篇而已。（《湘綺樓説詩》卷一）

晚景納凉

日移凉氣散，懷抱信悠哉。珠簾影空卷，桂户向池開。烏棲星欲見，河净月應來。横階入細筍，蔽地濕輕落。草化飛爲火，蟁聲合似雷。於兹静聞見，自此歇氛埃。

初秋

羽翣晨猶動，珠汗晝恆揮。秋風忽嫋嫋，向夕引凉歸。浮陰即染浪，清氣始乘衣。卷幌通河色，開窗引月煇。晚花闌下照，疏螢簞上飛。直置猶如此，何况送將歸。

大同十年十月戊寅

喧塵是時息，静坐對重巒。冬深柳條落，雪後桂枝殘。星明霧色净，天白雁行單。雲飛乍想閣，冰結遠疑紈。晚橘隱重屏，枯藤帶迴竿。荻陰連水氣，山峯添月寒。

賦得隴坻雁初飛

高翔憚闊海，下去怯虞機。霧暗早相失，沙明還共飛。隴狹朝聲聚，風急暮行稀。雖弭輪臺援，未解龍城圍。相思不得返，且寄别書歸。

采蓮曲

晚日照空磯，采蓮承晚煇。風起湖難度，蓮多摘未稀。棹動芙蓉落，船移白鷺飛。荷絲旁繞腕，菱角遠牽衣。

賦樂府得大垂手

垂手忽迢迢，飛燕掌中嬌。羅衣恣風引，輕帶任情揺。詎是長沙地，促舞不回腰。

江南思

桂楫晚應旋，歷岸扣輕舷。紫荷擎釣鯉，銀筐插短蓮。人歸浦口暗，那得久迴船。

餞別

行樂出南皮，讌餞臨華池。籜解篁開節，花暗鳥迷枝。窗陰隨影度，水色帶風移。徒命銜杯酒，終成悵別離。

晚景出行

細樹含殘影，春閨散晚香。輕花鬢邊墮，微汗粉中光。飛鳧初罷曲，嗁烏忽度行。羞令白日暮，車騎鬱相望。

春閨

楊柳葉纖纖，佳人懶織縑。正衣還向鏡，迎春試卷簾。摘梅多繞樹，覓燕好窺檐。只言逐花草，計校應非嫌。

湘綺批：一語百媚，此處唐人多作强語。

詠人棄妾

昔時嬌玉步，含羞花燭邊。豈言心愛斷，銜嗁私自憐。常見歡成怨，非關醜易妍。獨鵠罷中路，孤鸞死鏡前。

湘綺批：唐人此處多滯相。

美人晨妝

北窗向朝鏡，錦帳復斜縈。嬌羞不肯出，猶言妝未成。散黛隨眉廣，燕支逐臉生。試將持出眾，定得可憐名。

和林下妓應令

炎光向夕斂，促宴臨前池。泉將影相得，花與面相宜。管聲長鳥哢，舞袂寫風枝。歡樂不知醉，千秋長若斯。

擬落日窗中坐

杏梁斜日照，餘煇映美人。開函脱寶釧，向鏡理紈巾。游魚動池葉，舞鶴散階塵。空嗟千歲久，願得及陽春。

雪裏覓梅花

絶訝梅花晚，争來雪裏窺。下枝低可見，高處遠難知。俱羞惜摘露，相讓到腰羸。定須還翦綵，學作兩三枝。

晚日後堂

幔陰通碧砌，日影度城隅。岸柳垂長葉，窗桃落細跗。花留蛺蝶粉，竹翳蜻蜓珠。賞心無與共，染翰獨峙躕。

春日

年還樂應滿，春歸思復生。桃含可憐紫，柳發斷腸青。落花隨燕入，游絲帶蝶驚。邯鄲歌管地，見許欲留情。

元圃納凉

登山想劍閣，逗浦憶辰陽。飛流如凍雨，夜月似秋霜。螢翻競晚熱，蟲思引秋凉。鳴波如礙石，暗草別蘭香。

秋夜

高秋度函谷，墜露下芳枝。緑潭倒雲氣，青山銜月規。花心風上轉，葉影樹中危。外游獨千里，夕歎誰共知。

和湘東王陽雲樓檐柳

曖曖陽雲臺，春柳發新梅。柳枝無極輭，春風隨意來。潭沲青帷閉，玲瓏朱扇開。佳人有所望，車聲非是雷。

詠蛺蝶

空園暮烟起，逍遥獨未歸。翠鬣藏高柳，紅蓮拂水衣。復此從風蝶，雙雙花上飛。寄與相知者，同心終莫違。

湘綺批：李商隱《落花》，『高閣客竟去』，一起人驚其超妙，正從此偷得。

詠螢

本將秋草并，今與夕風輕。騰空類星實，拂樹若花生。屏疑神火照，簾似夜珠明。逢君拾光彩，不恡此身傾。

湘綺批：恰如題分，而無意緒。

和湘東王三韻春宵一首

花樹含春叢，羅帳夜長空。風聲隨篠韻，月色與池同。彩牋徒自襞，無信往雲中。

詠晚閨

珠簾向暮下，夭姿不可追。花風暗裏覺，蘭燭帳中飛。何時玉窗裏，夜夜更縫衣。

湘綺批：『飛』字得燭光之神影。

同庾肩吾四詠蓮舟買荷度

采蓮前岸隈，舟子屢徘徊。荷披衣可識，風疏香不來。欲知船度處，當看荷葉開。

詠芙蓉

圓花一蔕卷，交葉半心開。影前光照耀，香裏蝶徘徊。欣隨玉露點，不逐秋風催。

詠梔子花

素華偏可喜，的的半臨池。疑爲霜裏葉，復類雪封枝。日斜光隱見，風還影合離。

愁閨照鏡

別來憔悴久，他人怪容色。只有匣中鏡，還持自相識。

金閨思

游子久不返，妾身當何依。日移孤影動，羞覩燕雙飛。

從頓還城南

暫別兩成疑，開簾生舊憶。都如未有情，更似新相識。

夜遣内人還後舟

錦幔扶船列，蘭橈拂浪浮。去燭猶文水，餘香尚滿舟。

雜詠

被空眠數覺，寒重夜風吹。羅帷非海水，那得度前知。

望月

今夜月光來，正上相思臺。可憐無遠近，光照悉徘徊。

詠疏楓

萎緑暎葭青，疏紅分浪白。花葉灑行舟，仍持送遠客。

蜂

逐風從泛漾，照日乍依微。知君不留盼，銜花空自飛。

詠獨舞

因羞强正釵，顧影時回袂。非關善留客，更是嬌夫壻。

元帝繹

湘綺批：元較簡文，天才當遜，故壯語時出，秀句未溢。

芳樹

芬芳君子樹，交柯御宿園。桂影含秋月，桃花染春源。落英逐風聚，輕香帶蘂翻。叢枝臨北閣，灌木隱南軒。交讓良宜重，成蹊何用言。

湘綺批：是簡文餘腴而稍遜。

巫山高

巫山高不窮，迥出荆門中。灘聲下濺石，蝯鳴上逐風。樹雜山如畫，林暗澗疑空。無因謝神女，一爲出房櫳。

折楊柳

巫山巫峽長，垂柳復垂楊。同心且同折，故人懷故鄉。山似蓮花豔，流如明月光。寒夜蝯聲徹，游子淚霑裳。

湘綺批：此亦不落迹象。

飛來雙白鶴

紫蓋學仙成，能令吴市傾。逐舞隨疎節，聞琴應别聲。集田遥赴影，隔霧近相鳴。時從洛浦渡，飛向遼東城。

赴荆州泊三江口

涉江望行旅，金鉦問綵斿。水際含天色，虹光入浪浮。柳條恒拂岸，花氣盡薰舟。叢林多故社，單戍有危樓。疊鼓隨朱鷺，長簫應紫騮。蓮舟夾羽氅，畫舸覆緹油。榜歌殊未息，於此汎安流。

藩難未静述懷

玉節威雲夢，金鉦韻渚宫。霜戈臨塹白，日羽暎流紅。箽醪結猛將，芳餌引羣雄。箭擁淇園竹，劍聚若溪銅。亟覩周王駿，多逢鮑氏驄。謀出河南賈，威寄隴西馮。溪雲連陳合，卻月半山空。樓前飄密柳，井上落疎桐。差營逢注雨，立壘掛長虹。

和劉尚書侍五明集詩

帝德洽區宇，垂衣彰太平。黃唐懋懋實，子姒恧嘉聲。治定陳五禮，功成奏六英。汲引留宸鑒，舟航動睿情。法王唯一法，無生信不生。因因從此見，果果自斯明。元良仰副后，含一震鴻名。龜藏踰啟筮，魯史冠春卿。日宮佳氣滿，月殿善風清。綺錢蔽西觀，緹幔卷南榮。金門練朝鼓，玉壺休夜更。宮槐留曉合，城烏侵曙鳴。露光枝上宿，霞影水中輕。虛薄今何事，徒知戀法城。

登顏園故閣

高樓三五夜，流影入丹墀。先時留上客，夫壻美容姿。妝成理蟬鬢，笑罷斂蛾眉。衣香知步近，釧動覺行遲。如何舞館樂，翻見歌梁悲。猶縣北窗幌，未卷南軒帷。寂寂空郊暮，非復少年時。

夕出通波閣下觀妓

蛾月漸成光，燕姬戲小堂。胡舞開春閣，鈴盤出步廊。起龍調節奏，卻鳳點笙簧。樹交臨舞席，荷生夾妓航。竹密無分影，花疎有異香。舉杯聊轉笑，歡茲樂未央。

別荊州吏民

玉節居分陝，金貂總上流。麾軍時舉扇，作賦且登樓。年光偏原隰，春色滿汀洲。日華三翼舸，風轉七星斿。向解青絲纜，將移丹桂舟。

望江中月影

澄江涵皓月，水影若浮天。風來如可汎，流急不成圓。秦鉤斷復接，和璧碎還聯。裂紈依岸草，斜桂逐行船。即此春江上，無俟百枝然。

賦得蘭澤多芳草

春蘭本無絶，春澤最葳蕤。燕姬得夢罷，尚書奏事歸。臨池影入浪，從風香拂衣。當門已芬馥，入室更芳菲。蘭生不擇逕，十步豈難稀。

賦得竹

嶰谷管新抽，淇園節復修。作龍還葛水，爲馬向并州。柯亭臨絶澗，桃枝夾細流。冠學芙蓉様，花堪威鳳游。邛王若有獻，張騫應拜侯。

湘綺批：直取『龍』『馬』二事演成對句，派甚小，然後人多效之。

晚棲烏

日暮連翩翼，俱向上林棲。風多前鳥駛，雲暗後羣迷。路遠聲難徹，飛斜行未齊。應從故鄉返，幾過入蘭閨。借問倡樓妾，何如蕩子妻。

登江州百花亭懷荆楚

極目纔千里，何由望楚津。落花灑行路，垂楊拂砌塵。柳絮飄晴雪，荷珠漾水銀。試酌新春酒，遥勸陽臺人。

早發龍巢

征人喜放溜，曉發晨陽隈。初言前浦合，定覺近洲開。不疑行舫動，唯看遠樹來。還瞻起漲岸，稍隱陽雲臺。

夜宿柏齋

燭暗行人静，簾開雲影入。風細雨聲遲，夜短更籌急。能下班姬淚，復使倡樓泣。况此客游人，中宵空佇立。

後園看騎馬

良馬出蘭池，連翩驅桂枝。鳴珂隨踴駛，輕塵逐影移。香來知驟近，汗斂覺風吹。遥望黄金絡，縣識幽并兒。

湘綺批：簡文《紫騮馬》一聯，『朱汗染香衣』，妙趣横生，此即無味。

和劉上黄春日

新鸎隱葉囀，新燕向窗飛。柳絮時依酒，梅花乍入衣。玉珂逐風度，金鞍暎日煇。無令春色晚，獨望行人歸。

戲作豔詩

入堂值小婦，出門逢故夫。含辭未及吐，絞袠且跱躕。摇玆扇似月，掩此淚如珠。今懷故無已，故情今有餘。

和林下作妓應令

日斜下北閣，高宴出南榮。歌清隨澗響，舞影向池生。輕花亂粉色，風篠雜絃聲。獨念陽臺下，願待洛川笙。

祀伍相廟

石城甯足拒，金陳詎能追。楚關開六塞，吴兵入九圍。山水猶縈帶，城池失是非。空餘壽宫在，日暮舞靈衣。

湘綺批：氣韻沈雄。

詠風

樓上試朝妝，風花下砌旁。入鏡先飄粉，翻衫好染香。度舞飛長袠，傳歌共繞梁。欲因吹少女，還持拂大王。

詠陽雲樓檐柳

楊柳非花樹，依樓自覺春。枝邊通粉色，葉裏暎紅巾。帶日交簾影，因吹埽席塵。拂檐應有意，偏宜桃李人。

晚景游後園

高軒聊騁望，焕景入川梁。波横山渡影，雨罷葉生光。日移花色異，風散水紋長。

詠歌

汗輕紅粉溼，坐久翠眉愁。傳聲入鐘磬，餘響雜箜篌。

詠梅

梅含今春樹，還臨先日池。人懷前歲憶，花發故年枝。

詠螢火

著人疑不熱，集草訝無烟。到來燈下暗，翻往雨中然。

幽逼詩四首

南風且絶唱，西陵最可悲。今日還蒿里，終非封禪時。

人生逢百六，天道異貞恆。何言異螻螘，一旦損鯤鵬。

松風侵曉哀，霜雾當夜來。寂寥千載後，誰畏軒轅臺。

夜長無歲月，安知秋與春。原陵五樹杏，空得動耕人。

蕭綸

代秋胡婦閨怨

蕩子從游宦，思妾守房櫳。塵鏡朝朝掩，寒衾夜夜空。若非新有悦，何事久西東。知人相憶否，淚盡夢啼中。

車中見美人

關情出眉眼，軟媚著腰肢。語笑能嬌㛏，行步絶逶迤。空中自迷惑，渠旁會不知。懸念猶如此，得時應若爲。

見姬人

春來不復賒，入苑駐行車。比來妝點異，今世撥鬟斜。却扇承枝影，舒衫受落花。狂夫不妒妾，隨意晚還家。

湘綺批：春花亂飛，無此披倡，然正自摘不得。

蕭紀

和湘東王夜夢應令

昨夜夢君歸，賤妾下鳴機。懸知意氣薄，不著去時衣。故言如夢裏，賴得雁書飛。

湘綺批：細心冷眼。

閨妾寄征人

斂色金星聚，縈悲玉筯流。願君看海氣，憶妾上高樓。

蕭曄

奉和太子秋晚詩

副君乘暇景，臨秋坐北宫。杏梁照初月，蓮池引夕風。清煇洞藻井，流香入綺櫳。鵲聲時徙樹，螢光乍滅空。凉氛散簟席，露色變林叢。

蕭正德

將奔魏詠竹火籠

楨幹屈曲盡，蘭麝氛氳消。欲知懷炭日，正是履霜朝。

劉琨

胡姬年十五

虹梁照曉日，渌水泛香蓮。如何十五少，含笑酒壚前。花將面自許，人共影相憐。回頭堪百萬，價重爲時年。

沈約

洛陽道

洛陽大道中，佳麗實無比。燕帬旁日開，趙帶隨風靡。領上蒲萄繡，腰中合歡綺。佳人殊未來，薄暮空徙倚。

江南曲

櫂歌發江潭，采蓮渡湘南。宵須問隱處，舟浦予自諳。羅衣織成帶，墮馬碧玉簪。但令舟楫渡，宵計路嶄嵌。

攜手曲

捨轡下彫輅，更衣奉玉牀。斜簪暎秋水，開鏡比春妝。所畏紅顏促，君恩不可長。鷄冠且容裔，豈吝桂枝亡。

詠湖中雁

白水滿春塘，旅雁每回翔。唼流牽弱藻，斂翮帶餘霜。羣浮動輕浪，單汎逐孤光。懸飛竟不下，亂起未成行。刷羽同摇漾，一舉還故鄉。

冬節後至丞相第詣世子車中作

廉公失權勢，門館有虚盈。貴賤猶如此，况乃曲池平。高車塵未滅，珠履故餘聲。賓階緑錢滿，客位紫苔生。誰當九原上，鬱鬱望佳城。

湘綺批：開杜派。

汎永康江

長枝萌紫葉，清源泛緑苔。山光浮水至，春色犯寒來。臨睨信永矣，望美曖悠哉。寄言幽閨妾，羅袖勿空裁。

別范安成

生平少年日，分手易前期。及爾同衰暮，非復別離時。勿言一尊酒，明日難重持。夢中不識路，何以慰相思。

湘綺批：往與高心夔論此詩，高以入律爲不合。然古體中無此婉約之筆，反失深款之致。故仍入此卷，以待來哲。

初春

扶道覓陽春，相將共攜手。草色猶自非，林中都未有。無事逐梅花，空教信楊柳。且復共歸來，含情寄杯酒。

春思

楊柳亂如絲，綺羅不自持。春草黄復緑，客心傷此時。青荅已結湆，碧水復盈淇。日華照趙瑟，風色動燕姬。衿前萬行淚，故是一相思。

詠篪

江南箫管地，妙響發孫枝。殷勤寄玉指，含情舉復垂。彫梁再三繞，輕塵四五移。曲中有深意，丹誠君詎知。

詠桃

風來吹葉動，風去畏花傷。紅英已照灼，況復含日光。歌童暗理曲，游女夜縫裳。詎減當春淚，能斷思人腸。

詠青苔

緣階已漠漠，汎水復緜緜。微根如欲斷，輕絲似更聯。長風隱細草，深堂没綺錢。縈鬱無人贈，葳蕤徒可憐。

湘綺批：確是苔，非花草。

爲鄰人有懷不至

影逐斜月來，香隨遠風入。言是定知非，欲笑翻成泣。

石塘瀨聽猨

噭噭夜猨鳴，溶溶晨霧合。不知聲遠近，惟見山重沓。既歡東嶺唱，復佇西巖答。

江淹

征怨

蕩子從征久，鳳樓簫管閒。獨枕凋雲鬢，孤燈損玉顏。何日邊塵凈，庭前征馬還。

范雲

巫山高

巫山高不極，白日隱光煇。靄靄朝雲去，冥冥暮雨歸。巖懸獸無迹，林暗鳥疑飛。枕席竟誰薦，相望空依依。

湘綺批：李商隱『暮雨自歸山悄悄』，從此生。

有所思

如何有所思，而無相見時。宿昔夢顏色，階庭尋履綦。高張更何已，引滿終自持。欲知憂能老，爲視鏡中絲。

閨思

春草醉春烟，深閨人獨眠。積恨顏將老，相思心欲然。幾回明月夜，飛夢到郎邊。

湘綺批：輕秀，已純是唐人。

邱遲

敬酬柳僕射征怨

清歌自信妍，雅舞空仙仙。耳中解明月，頭上落金鈿。雀飛且近遠，暮入綺窗前。魚戲雖南北，終還荷葉邊。惟見君行久，新年非故年。

贈何郎

向夕秋風起，野馬雜塵埃。憂至猶如繞，詎是故人來。檐際落黄葉，階前綱緑落。遥情不入酒，望美信難哉。

題琴朴奉柳吴興

邊山此嘉樹，摇影出雲垂。清心有素體，直幹無曲枝。凡耳非所别，君子特見知。不辭去根本，造郄仰光儀。

芳樹

芳葉已漠漠，嘉實復離離。發景旁雲屋，凝煇覆華池。輕蜂掇浮穎，弱鳥隱深枝。一朝容色茂，千春長不移。

王僧孺

鼓瑟曲有所思

夜風吹熠燿，朝光照昔邪。幾銷蘼蕪葉，空落蒲萄花。不堪長織素，誰能獨浣紗〔一〕。光陰復何極，望促反成賒。知君自蕩子，奈妾亦倡家。

【校勘記】

〔一〕光緒七年四川尊經書局本、民國三十一年程天放本作『沙』。

秋日愁居答孔主簿

首秋雲物善，晝暑旦猶清。日華隨水汎，樹影逐風輕。依簾野馬合，當户昔邪生。物我一無際，人鳥不相驚。儻過北山北，聊訪法高卿。

湘綺批：儲光羲是此派，渾老中仍雋快。

春閨怨

愁來不理鬢，春至更攢眉。悲看蛺蝶粉，泣望蜘蛛絲。月映寒蛩褥，風吹翡翠帷。飛鱗難託意，駃翼不銜詞。

秋閨怨

斜光隱西壁，暮雀上南枝。風來秋扇屏，月出夜燈吹。深心起百際，遥淚非一垂。徒勞妾辛苦，終言君不知。

在王晉安酒席數韻

窈窕宋華容，但歌有清曲。轉盼非無以，斜眉幸相屬。詎减許飛瓊，多勝劉碧玉。何因送款款，半飲杯中緑。

爲姬人自傷

自知心裏恨，還向影中羞。迴持昔慊慊，變作今悠悠。還君與妾扇，歸妾贈君裘。斷絃猶可續，心去最難留。

湘綺批：鍾惺云，小兒氣憤語。

爲人寵姬有怨

可憐獨立樹，枝輕根易摇。已爲露所浥，復爲風所飄。錦衾襞不開，端坐夜及朝。是妾愁成瘦，非君重細腰。

湘綺批：筆有餘妍，嬌多於怨。

爲徐僕射妓作

日晚應歸去，上客强盤桓。稍知玉釵重，漸見羅襦寒。

夜愁示諸賓

檐露滴爲珠，池水合成璧。萬行朝淚寫，千里夜愁積。孤帳閉不開，寒膏盡復益。誰知心眼亂，看朱忽成碧。

柳惲

長門怨

玉壺夜愔愔，應門重且深。秋風動桂樹，流月摇輕陰。綺檐清露溽，罔户思蟲吟。歎息下蘭閣，含愁奏雅琴。何由鳴曉佩，復得抱宵衾。無復金屋念，豈照長門心。

起夜來

城南斷車騎，閣道覆青埃。露華光翠罔，月影入蘭臺。洞房且莫掩，應門或復開。颯颯秋桂響，非君起夜來。

詠薔薇

當户種薔薇，枝葉太葳蕤。不摇香已亂，無風花自飛。春閨不能静，開匣理明妃。曲池浮采采，斜岸列依依。或聞好音度，時見銜泥歸。且對清酤湛，其餘任是非。

湘綺批：深傲，亦王、儲所法。

庾肩吾

賦得有所思

佳期竟不歸，春日坐芳菲。拂匣看離鏡，開箱見别衣。井梧生未合，宫槐卷復稀。不及銜泥燕，從來相逐飛。

九日侍宴樂游苑應令

輶迹光周頌，巡游盛夏功。鉤陳萬騎轉，閶闔九關通。秋煇逐行漏，朔氣繞相風。獻壽重陽節，回鑾上苑中。疏山開輦道，間樹出離宫。玉醴吹巖菊，銀牀落井桐。御梨寒更紫，仙桃秋轉紅。飲羽山西射，浮雲冀北驄。塵飛金埒滿，葉破柳條空。騰蝯疑矯箭，驚雁避虚弓。彫材濫杞梓，花綬接鵷鴻。愧之天庭藻，徒參文雅雄。

從皇太子出元圃應令

春光起麗譙，屜步陟山椒。閣影臨飛蓋，鸎鳴入洞簫。水還登故渚，樹長蔭前橋。緑荷生綺葉，丹藤上細苗。顧循慙振藻，何用擬瓊瑶。

游甑山

平子去已久，餘風今復追。未必游春草，王孫自不歸。路高村反出，林長鳥更稀。寒雲間石起，秋葉下山飛。西河方閱訓，詎得解朝衣。

湘綺批：蕭森有骨力。

蔬圃堂

北宮多暇豫，時駕總鑾鑣。路静緐葭撤，輪移羽蓋飄。臨空坐飛觀，回首望浮橋。風長曙鐘近，地迥洛城遥。疎林不礙日，涸浦暫通潮。徒然等賓從，並作愧羣僚。

尋周處士弘讓

試逐赤松游，披林對一邱。梨紅大谷晚，桂白小山秋。石鏡菱花發，桐門琴曲愁。泉飛疑度雨，雲積似重樓。王孫若不去，山中定可留。

賦得嵇〔一〕叔夜

山林重明滅，風月臨囂塵。著書惟隱士，談元止谷神。雁重翻傷性，鼉寒更養身。廣陵餘故曲，山陽有舊鄰。俗儉甯防患，才多反累身。寄言山吏部，無以助庖人。

【校勘記】

〔一〕《八代詩選》諸本作『稽』。《古詩紀》卷九十題作庾肩吾《賦得嵇叔夜》。

賽漢高廟

昔在唐山曲，今承紫貝壇。甯知臨楚岸，非復望長安。野曠秋先動，林高葉早殘。塵飛遠騎没，日徙半峯寒。徒然仰成誦，終用試才難。

湘綺批：『徙』字冷静。

亂後行經吴御亭

郵亭一回望，風塵千里昏。青袍異春草，白馬即吴門。獯戎髒伊洛，雜種亂轘轅。輦道同關塞，王城似太原。休明鼎尚重，秉禮國猶存。殷牖爻雖賾，堯城吏轉尊。泣血悲東走，横戈念北奔。方憑七廟略，誓雪五陵寃。人事今如此，天道共誰論。

湘綺批：題目自是御亭，詩起句自是郵亭，此不可與考據家道，筆端重。

經陳思王墓

公子獨憂生，邱隴擅餘名。采樵枯樹盡，犂田荒隧平。甯追宴平樂，詎想謁承明。旦余來錫命，兼言事結成。飄飖河朔遠，颱飆颶風鳴。雁與雲俱陳，沙將蓬共驚。枯桑落古社，寒鳥歸孤城。隴水哀葮曲，漁陽慘鼓聲。離家來遠客，安得不傷情。

奉和春夜應令

春牖對芳洲，珠簾新上鉤。燒香知夜漏，刻燭驗更籌。天禽下北閤，織女入西樓。月皎疑非夜，林疎似更秋。水光縣蕩壁，山翠下添流。詎假西園燕，無勞飛蓋游。

湘綺批：無塵氛，有氣韻。

詠美人

絳樹及西施，俱是好容儀。非關能結束，本自細腰支。鏡前難並照，相將映渌池。看妝畏水動，斂褏避風吹。轉手齊裾亂，横簪歷鬢垂。曲中人未取，誰堪白日移。不分他相識，唯聽使君知。

湘綺批：『畏水動』，無限凝思。

南苑看人還

春花競玉顔，俱折復俱攀。細腰宜窄衣，長釵巧挾鬟。洛橋初度燭，青門欲上闗。中人應有望，上客莫前還。

看放市

旗亭出御道，游目暫回車。既非隨舞鶴，聊思索枯魚。縣龜識季主，牓酒見相如。日中人已合，黄昏故未疎。

和望月

桂殿月偏來，留光引上才。圓隨漢東蚌，暈逐淮南灰。渡河光不濕，移輪轍詎開。此夜臨清景，還承終宴杯。

和徐主簿望月

樓上徘徊月，窗中愁思人。照雪光偏冷，臨花色轉春。星流時入暈，桂長欲侵輪。願以重光曲，承君歌扇塵。

春日

桃紅柳絮白，照日復隨風。影出朱城外，香歸青殿中。水暎寄生竹，山横半死桐。湏文知渥重，搦札愧才空。

未央才人歌

從來守未央，轉欲訝春芳。朝風陵日色，夜月奪燈光。相逢儻游豫，暫爲卷衣裳。

奉和湘東王應令二首

春宵

征人别來久，年芳復臨牖。燭下夜縫衣，春寒偏著手。願及歸飛雁，因書寄高柳。

冬曉

鄰雞聲已傳，愁人竟不眠。月光侵曙後，霜明落曉前。縈鬟起照鏡，誰忍插花鈿。

詠舞

飛鳬褭始拂，嘑烏曲未終。聊因斷續唱，試託往還風。

詠長信宫中草

委翠似知節，含芳如有情。全由履迹少，併欲上階生。

卷十三

齊已後新體詩第二

梁卷下陳全卷

吴均

渡易水

雜虜客來齊，時余在角觝。揚鞭渡易水，直至龍城西。日昏笳亂動，天曙馬争嘶。不能通瀚海，無面見三齊。

湘綺批：筆勢反急。

妾安所居

賤妾先有寵，蛾眉進不遲。一從西北麗，無復城南期。何因暫豔逸，豈爲乏妍姿。徒有黄昏望，甯遇青樓時。惟惜應門掩，方餘永巷悲。匡牀終不共，何由横自私。

陌上桑

嫋嫋陌上桑，蔭陌復垂塘。長條映白日，細葉隱鸝黄。蠶飢妾復思，拭淚且提筐。故人甯知此，離恨煎人腸。

湘綺批：頓挫生愁。

秦王卷衣

咸陽春草芳，秦帝卷衣裳。玉檢茱萸匣，金泥蘇合香。初芳薰複帳，餘煇曜玉牀。當須晏朝罷，持此贈華陽。

湘綺批：怨語不覺。王昌齡「簾外春寒賜錦袍」，從此化出。

贈搖郎

星漢正參差，佳人不在斯。宿昔暫乖阻，何異遠分離。霧染蘼蕪葉，日照芃〔一〕蘭枝。風光已飄薄，雲采復逶迤。勞夢無人覺，默默心自知。

【校勘記】

〔一〕光緒十六年江蘇書局本作「芄」，光緒七年四川尊經書局本、民國三十一年程天放本作「芃」。《古詩紀》作「芃」。

發湘州贈親故別三首

相送出江潯，淚下霑衣襟。何用敘離别，臨岐贈好音。敬通才如此，君山學復深。明哲遂無賞，文華空見沈。古來非一日，無事更勞心。

湘綺批：第一首第二聯，律中有此便老到。

雲生曉靄靄，花落夜霏霏。問余何意別，答言倦游歸。徒勞易水布，空負洛陽衣。懷金無人别，抱玉遂成非。安得久留滯，商山饒白薇。君留朱門裏，我至廣江濆。城高望猶見，風多聽不聞。流蘋方繞繞，落葉向紛紛。無由得共賞，山川閒白雲。

同柳吳興何山集送劉餘杭

王孫重離別，置酒峯之畿。逶迤川上草，參差澗裏薇。輕雲紉遠岫，細雨沐山衣。檐端水禽息，窗上野螢飛。君隨緑波遠，我逐清風歸。

登壽陽八公山

遠澗自傾曲，石漱復淺淺。含珠岸恆翠，懷玉浪多圓。疎峯時吐月，密樹不開天。瑶繩盡元祕，金檢上奇篇。是有琴高者，陵波去水仙。

江上酬鮑幾〔一〕

振棹出江湄，依依望九疑。欲歇蒼梧帝，過問沅湘姬。折荷縫作蓋，落羽紡成絲。吾行別有意，不爲君道之。

湘綺批：唐人屢學此種。凡作詩貴探源，正爲發人神智也。冰生於水，觀冰不如觀水之寒。

【校勘記】

〔一〕《古詩紀》卷九十二、《吴朝請集》題《江上酬鮑幾》，《八代詩選》諸本皆作「鮑機」，以《古詩紀》爲是。

酬聞人侍郎別三首

悵然心不樂，萬里向悠悠。凌朝憩枉渚，薄暮遵江洲。君住青門上，我發霸陵頭。相思自有處，春風明月樓。

整棹北川湄，回首望城邑。林疎風至少，山高雲度急。共懷萬里心，各作千行泣。欲見終無緣，思君空佇立。

舉首川之折，離鴻四向飛。子憐三湘薛，我憶五陵薇。但使同嘉遁，何必共輕肥。思君美如玉，不覺淚沾衣〔一〕。

【校勘記】

〔一〕《八代詩選》僅選前二首，此第三首據《吴朝請集》《古詩紀》補入。

贈鮑春陵别

落葉思紛紛，蟬聲猶可聞。水中千丈月，山上萬里雲。海鴻來倏去，林花合復分。所憂别離意，白露下霑帬。

迎柳吴興道中

團團日西靡，客念已蹉跎。長風倒危葉，輕練網寒波。白雲光彩麗，青松意氣多。所言飽恩德，忘我北山蘿。

古意

雜虜寇銅鞮，征役去三齊。扶山翦疏勒，旁海掃沈黎〔一〕。劍光夜揮電，馬汗晝成泥。何當見天子，畫地取關西。

湘綺批：豪氣逼人。

【校勘記】

〔一〕光緒十六年江蘇書局本作『黎』，光緒七年四川尊經書局本、民國三十一年程天放本作『裝』，以作『黎』爲是。《吴朝請集》《古詩紀》《廣廣文選》此句作『傍海掃沈黎』。

匈奴數欲盡，僕在玉門關。蓮花穿劒鍔，秋月掩刀環。春機思窈窕，夏鳥鳴綿蠻。中人坐相望，狂夫終未還。

賤妾思不堪，采桑渭城南。帶減連枝繡，髮亂鳳皇簪。花舞依長薄，蛾飛愛緑潭。無由報君信，流涕向春蠶。

湘綺批：『蛾飛』句明秀。

何處報君書，隴右五岐路。淚研兔枝墨，筆染鵞毛素。碧浮甯渚水，香下洞庭路。應歸遂不歸，芳春空擲度。

湘綺批：左右皆春，使人汕然。

妾家横塘北，發豔小長干。花釵玉宛轉，珠繩金絡丸。羃䍥縣丹鳳，逶迤摇白團。誰能分見此，含恨不能言。

去妾贈前夫

棄妾在河橋，相思復相遼。鳳皇簪落髮，蓮花帶緩腰。腸從别處斷，皃在淚中消。願君憶疇昔，片言時見饒。

春詠

春從何處來，拂水復驚梅。雲障青瑣闥，風吹承露臺。美人隔千里，羅幃閉不開。無由得共語，空對相思杯。

主人池前鶴

本自乘軒者，爲君階下禽。摧藏多好皃，清唳有奇音。稻粱惠既重，華池遇亦深。懷恩未忍去，非無江海心。

湘綺批：感恩中有高節士。

何遜

銅雀伎

秋風木葉落，蕭瑟管絃清。望陵歌對酒，向帳舞空城。寂寂檐宇曠〔一〕，飄飄帷幔輕。曲終相顧起，日暮松柏聲。

【校勘記】

〔一〕光緒十六年江蘇書局本、光緒七年四川尊經書局本作『曠』，民國三十一年程天放本作『鵝』。

九日侍宴樂游苑

皇德無餘讓，重規襲帝勛。垂衣化比屋，睠顧慎爲君。翾飛悅有道，卉木荷平分。宸襟動時豫，歲序屬凉氛。城霞旦晃朗，槐霧曉氤氳。鑾輿和八襲，鳳駕啟千羣。羽觴歡湛露，佾舞奏承雲。禁林終宴晚，華池物色曛。疏樹飜高葉，寒流聚細紋。晴軒連瑞氣，同惹御香芬。日斜迢遞宇，風起嵯峨雲。運偶參侯服，恩洽廁朝聞。於焉藉多幸，歲暮仰游汾。

湘綺批：重而不腐。

秋夕仰贈從兄

宿蕙漸翻葉，池蓮稍罷花。高樹北風響，空庭秋月華。寸心懷是夜，寂寂漏方賖。撫紘乏歡娱，臨觴獨歎嗟。悽愴户凉入，裴回櫚影斜。無爲淹戚里，見就還田家。

南還道中送贈劉諮議別

一官從府役，五稔去京華。遽逐春流去，歸帆得望家。天末静波浪，日際斂烟霞。岸薺生寒葉，村梅落早花。游魚上急水，獨鳥赴行查。目想平陵柏，心憶青門瓜。曲陌背通垣，長墟抵狹斜。善鄰談稼穀，故老述桑麻。寢興從閒逸，視聽絶喧譁。夫君日高興，爲樂坐驕奢。室墮傾城佩，門交接幰車。入塞長雲雨，出國暫泥沙。握手分歧路，臨川何怨嗟。

春夕早泊和劉諮議落日望水

旅人嗟倦游，結纜坐春洲。日暮江風静，中川聞棹謳。草光天際合，霞影水中浮。單艫時向浦，獨楫乍乘流。孌童泣垂釣，夭姬哭蕩舟。客心自有緒，對此空復愁。

湘綺批：首二句盡題中四字之情。

學古贈邱永嘉征還

龍馬魚腸劒，蹀躞起風塵。結客蔥河返，喧喧動四鄰。入墟猶憶舊，覓巷復疑新。窺見應門出，遥識下機人。相悲淚欲下，離別方自陳。

夜夢故人

客心驚夜魂，言與故人同。開簾覺水動，暎竹見牀空。浦口望斜月，洲外聞長風。九秋時未晚，千里路難窮。已如擁腫木，復似飄飖蓬。相思不可寄，直在寸心中。

七夕

仙車駐七襄，鳳駕出天潢。月暎九微火，風吹百和香。來懽暫巧笑，還淚已啼妝。依稀如洛汭，倏忽似高唐。别離未得語，河漢漸湯湯。

詠早梅

兔園標物序，驚時最是梅。銜霜當路發，暎雪擬寒開。枝横卻月觀，花繞陵風臺。朝灑長門泣，夕駐臨邛杯。應知早飄落，故逐上春來。

行經孫氏陵

昔在零陵厭，神器若無依。逐兔争先捷，掎鹿競因機。呼噏開伯道，叱咤掩江畿。豹變分奇略，虎視闢戎威。長蛇衂巴漢，驤馬絶淮淝。交戰無内禦，重門豈外扉。成功舉已棄，凶德愎而違。水龍忽東騖，青蓋乃西歸。朅來已永久，年代曖微微。苔石疑文字，荆墳失是非。山鶯空曙響，隴月自秋煇。銀海終無浪，金鳧會不飛。闃寂今如此，望望霑人衣。

贈王左丞

檻外鶯啼罷，園裏日光斜。游魚亂水葉，輕燕逐風花。長墟上寒靄，曉樹没歸霞。九華暮已隱，抱鬱徒交加。

日夕出富陽浦口和朗公

客心愁日暮，徙倚空望歸。山烟涵樹色，江水暎霞煇。獨鶴凌空逝，雙鳧出浪飛。故鄉幾千里，兹夕歎無衣。

與胡興安夜别

居人行轉軾，客子暫維舟。念此一筵笑，分爲兩地愁。露溼寒塘草，月暎清淮流。方抱新離恨，獨守故園秋。

湘綺批：第三聯，此種句六朝唐人皆以爲極佳，要是别派逸調耳，不足專學。

慈姥磯

暮烟起遥岸，斜日照安流。一同心賞夕，暫解去鄉憂。野岸平沙合，連山遠霧浮。客悲不自已，江上望歸舟。

與虞記室詠扇

如珪信非玷，學月但爲輪。機杼蘼蕪妾，裁縫箧笥人。摇風入素手，占曲掩朱脣。羅襲幸拂拭，微芳聊可因。

詠舞

管清羅薦合，絃驚雪襲遲。逐唱迴纖手，聽曲轉蛾眉。凝情盼墮珥，微睇託含辭。日暮留嘉客，相看愛此時。

蕭子範

春望古意

光景斜漢宫，横梁照采虹。春情寄柳色，鳥語出梅中。氛氲閨裏思，逶迤水上風。落花徒入户，何解妾牀空。

湘綺批：末二句，李白『飛花入户笑牀空』，直襲取之。

夜聽雁

天月廣庭煇，游雁犯霜飛。連翩辭朔氣，嘹唳獨南歸。夜長寒復静，燈光暖欲微。悽悽不可聽，何况觸〔一〕愁機。

【校勘記】

〔一〕光緒十六年江蘇書局本作『獨』。光緒七年四川尊經書局本、民國三十一年程天放本作『觸』。

後堂聽蟬

試逐微風遠，聊隨夏葉繁。輕飛避楚雀，飲露入吴園。流音繞叢藿，餘響切高軒。借問邊城客，傷情寗可言。

入元襄王第

伏軾窺東苑，收淚下玉橋。昔時方轂處，於今共寂寥。夾池猶梟梟，仙榭尚迢迢。一同西靡柏，徒思芳樹蕭。

蕭子顯

奉和昭明太子鍾山講解

嵩岳基舊宇，盤領跨南京。睿心重禪室，游駕陟曾城。金輅徐既動，龍驂躍且鳴。涂方後塵合，地迥前笳清。邐迤因臺樹，參差憩羽旌。高隨閶風極，勢與元天并。氣歇連松遠，雲昇秋野平。裴回臨井邑，表裏見淮瀛。祈果尊常住，渴慧在無生。暫留石山軌，欲知芳杜情。鞠躬荷嘉慶，瞻道聞頌聲。

春閨思

金羈游俠子，綺機離思妾。春度人不歸，望花盡成葉。

蕭子雲

寒夜直坊憶袁二公

滴滴雨鳴階，愔愔茲夜静。風落宣猷樹，寒凋承光屏。高帷曉獨垂，華燭夜空冷。所思不相見，方知寒漏永。

春思

春風蕩羅帳，餘花落鏡匳。池荷正卷葉，庭柳復垂檐。竹柏君自改，團扇妾方嫌。誰能憐故素，終爲泣新縑。

蕭子煇

春宵

夜夜妾偏棲，百花含露低。蟲聲繞春岸，月色思空閨。傳語長安驛，辛苦寄遼西。

冬曉

步闌光欲通，曙鳥向西東。燭滅傳餘氣，帷香開曉風。繁花無處盡，還銷寒鏡中。

蕭鈞

晚景游汎懷友

龍開依御溝，鳳轄轉芳洲。雲峯初辨夏，麥氣早迎秋。山翠餘烟積，川平晚照收。浪隨文鷁轉，渡逐彩鴛浮。風花轉未落，巖泉咽不流。一辭金谷苑，空想竹林游。

蕭琛

餞謝文學

執手無還顧，別渚有西東。荆吴眇何際，烟波千里通。春篁方解籜，弱柳向低風。相思將安寄，悵望南飛鴻。

蕭瑱

春日貽劉孝綽

澗水初流碧，山櫻早發紅。新禽争弄響，落蘂亂從風。拂筵多輭幹，暎户悉花叢。誰云相去遠，垂柳對高桐。

王籍

入若邪溪

艅艎何汎汎，空水共悠悠。陰霞生遠岫，陽景逐回流。蟬噪林逾静，鳥鳴山更幽。此地動歸念，長年悲倦游。

湘綺批：第三聯二句雖静妙，嫌調意俱同。

王訓

獨不見

日晚宜春暮，風輭上林朝。對酒近初節，開樓蕩夜嬌。石橋通小澗，竹路上青霄。持底誰見許，長愁成細腰。

應令詠舞

新妝本絶世，妙舞亦如仙。傾腰逐韻管，斂袵聽張弦。褭輕風易入，釵重步難前。笑態千金動，衣香十里傳。將持比飛燕，定當誰可憐。

王泰

賦得巫山高

迢遞巫山竦，遠天新霽時。樹交涼去遠，草合影開遲。谷深流響咽，峽近蝯聲悲。只言雲雨狀，自有神仙期。

王筠

有所思

丹墀生細草，紫殿納輕陰。曖曖巫山遠，悠悠湘水深。徒歌鹿盧劍，空貽玳瑁簪。望君終不見，屑淚且微吟。

俠客篇

俠客趨名利，劍氣坐相矜。黄金塗鞘尾，白玉飾鉤膺。晨馳逸廣陌，日暮返平陵。舉鞭向趙李，與君方代興。

奉酬從兄臨川桐樹

伊昔擅羽儀，待價龍門垂。優游清露點，徽穆惠風吹。月上陰陽幹，雲覆死生枝。公子存高尚，聊用影華池。棲鸞既不重，舞鶴復何施。方同散木爨，清響竟誰知。

湘綺批：第三聯律中秀句，古體則常語也。

閨情

月出宵將半，星流曉未央。空閨易成響，虚室自生光。嬌羞悦人夢，猶言君在旁。

劉孝綽

銅雀伎

雀臺三五日，絃吹似佳期。况復西陵晚，松風吹繐帷。危絃斷復續，妾心傷此時。誰言留客袂，還掩望陵悲。

春日從駕新亭應制

旭日輿輪動，言追河曲游。紆餘出紫陌，迤邐度青樓。前驅掩蘭徑，後乘歷芳洲。春色江中滿，日華巖上留。江風傳葆吹，巖華暎采斿。臨渦起睿作，駟馬暫停輈。侍從榮前阮，雍容慙昔劉。空然等彈翰，非徒嗟未遒。

陪徐僕射晚宴

夫君追宴喜，十日遞來過。築室華池上，開軒臨芰荷。方塘交密篠，對霤接緐柯。景移林改色，風去水餘波。洛城雖半掩，愛客待驪歌。

夕逗繁昌浦

日入江風静，安波似未流。岸迴知舳轉，纜解覺船浮。暮烟生遠渚，夕鳥赴前洲。隔山聞戍鼓，旁浦喧棹謳。疑此辰陽宿，於此逗孤舟。

湘綺批：『静』字似常實錬。

愛姬贈主人

卧久疑妝脱，鏡中私自看。薄黛銷將盡，凝朱半有殘。垂釵繞落鬢，微汗染輕紈。同羞不相難，對笑更成歡。妾心君自解，挂玉且留冠。

爲人贈美人

巫山薦枕日，洛浦獻珠時。一遇便如此，甯關先有期。幸非使君問，莫作羅敷辭。夜長眠復坐，誰知闇斂眉。欲寄同花燭，爲照遥相思。

賦得照棊燭詩刻五分成

南皮絃吹罷，終奕且留賓。日下房櫳闇，華燭命佳人。側光全照局，迴花半隱身。不辭纖手倦，羞令夜向晨。

劉孝儀

行過康王故第苑

入梁逢故苑，度辟見餘宫。尚識招賢閣，猶懷愛士風。靈光一超遠，衡館亦蒙籠。洞門餘舊色，甘棠留故蘗。送禽悲不去，過客慕難窮。池竹徒如在，林堂暧已空。遠橋隔樹出，迴澗隱岸[一]通。芳流小山桂，塵起大王風。具物咸如此，是地感余衷。空想陵前劍，徒悲隴上童。

【校勘記】

〔一〕光緒十六年江蘇書局本作『崖』。光緒七年四川尊經書局本、民國三十一年程天放本作『岸』。

劉孝威

隴頭水

從軍戍隴頭，隴水帶沙流。時觀胡騎飲，常爲漢國羞。釁妻成兩劒，殺子祀雙鉤。頓取樓蘭頸，就解郅支裘。勿令如李廣，功多遂不酬。

湘綺批：第三聯天成兩事作對語，新豔。

怨詩

退寵辭金屋，見譴斥甘泉。枕席秋風起，房櫳明月縣。燭避窗中影，香迴爐上烟。丹庭斜草徑，素壁點苔錢。歌起蒲生曲，樂奏下山絃。新聲昔廣宴，餘杯今自傳。王嬙向絶漠，宗女入祁連。雁書猶未返，角馬無歸年。昭臺有媵御，曾阪無棄捐。後薪隨復積，前魚誰更憐。

和王竟陵愛妾換馬

驄馬出樓蘭，一步九盤桓。小史贖金絡，良工送玉鞍。龍驂來甚易，烏孫去實難。麟膠妾猶有，請爲急絃彈。

出新林

芒山眂洛邑，函谷望秦京。遥分承露掌，遠見長安城。故鄉已可識，游子必勞情。霧罷前林見，風息涌川平。坐觀暮潮落，漸見夕烟生。無由一羽化，徒想御風輕。

湘綺批：舟望之景，可悲可樂。

行還值雨又爲清道所駐

齊楚磐石貴，韓吴異姓王。俱乘早朝罷，相隨出建章。喧呼驚里閈，叫咷駭康莊。阜騶同隼擊，青橐似鷹揚。掖門南北遠，複道西東長。旛旗争絡繹，官騎鬱相望。微風生棨傳，輕雨潤帷裳。油衣分競道，小蓋列成行。八舍便繁密，五營輿服光。回車避司隸，俄軒揖内郎。况余白屋士，自依卑路旁。日月雖臨照，仄陋難明敭。早榮羞日及，晚知慙豫章。徒抱凌雲志，終愧摩天翔。安能久淪辱，圖南會有方。

苦暑

暮日苦炎溽，遷坐接階廊。月麗嬋娥影，星含織女光。棲禽動夜竹，流螢出闇牆。香盤糅鮮粉，彫壺承玉漿。白羽徒垂握，緑水自周堂。弱紈猶覺重，纖絺尚少凉。弄風思漢朔，戲雨憶吴王。元冰術難驗，赤道漏猶長。誰能更吹律，還令黍谷凉。

奉和湘東王應令冬曉

妾家邊洛城，慣識曉鐘聲。鐘聲猶未盡，漢使報應行。天寒硯冰凍，心悲書不成。

劉孝先

草堂寺尋無名法師

飛鏡點青天，横照滿樓前。深林生夜冷，複閣上宵烟。葉動花中露，湍鳴闇裏泉。竹風聲若雨，山蟲聽似蟬。摘果仍荷藉，酌水用花傳。一卮聊自飲，萬事豈蕭然。

和無名法師秋夜草堂寺禪房月下

幽人住山北，月上照山東。洞户臨松徑，虚窗隱竹叢。出林避炎影，步逕逐涼風。平雲斷高岫，長河隔净空。數螢流暗草，一鳥宿疎桐。興逸烟霄上，神閒宇宙中。還思城闕下，何異處樊籠。

湘綺批：一起常語，有無盡之景，非野望，不知其佳。

詠竹

竹生荒野外，梢雲聳百尋。無人賞高節，徒自抱貞心。耻染湘妃淚，羞入上宫琴。誰能制長笛，當爲吐龍吟。

春宵

夜樓明月絃，露下百花鮮。情多意不設，嘑罷未歸眠。燉煌定若遠，一信動經年。

湘綺批：『露下』句，鮮豔。

劉遵

度關山

隴樹寒色落，塞雲朝欲開。谷深聲易響，路狹幰難回。當知結綬去，非是棄繻來。行人思顧返，道别且裴回。顧度關山鶴，勞歌正可哀。

陶弘景

詔問山中何所有賦詩以答

山中何所有，嶺上多白雲。只可自怡悦，不堪持贈君。

湘綺批：亦高傲，亦恬退。

徐防

賦得觀濤

雲容雜浪起，楚水漫吴流。漸看遥樹没，稍見遠天浮。漁人迷舊浦，海鳥失前洲。不測滄溟曠，輕鱗幸自游。

徐君蒨

初春攜内人行戲

梳飾多今世，衣著一時新。草短猶通屧，梅香漸著人。樹斜牽錦帔，風横入紅綸。滿酌蘭英酒，對此得娱神。

鮑至

山池應令

望園光景莫，林觀歇雰埃。荷疎不礙檝，石淺好縈莕。風光逐榜轉，山望向橋開。樹交樓影没，岸暗水光來。

劉緩

看美人摘薔薇

新花臨曲池，佳麗復相隨。鮮紅同映水，輕香共逐吹。繞架尋多處，窺叢見好枝。矜新猶恨少，將故復嫌萎。釵邊爛漫插，無處不相宜。

湘綺批：末二聯所謂亂頭粗服，有龍章鳳姿。

劉瑗

新月

仙宫雲箔卷，露出玉簾鉤。清光無所贈，相憶鳳皇樓。

陸罩

閨怨

自憐斷帶日，偏恨分釵時。留步惜餘影，含意結愁眉。徒知今異昔，空使怨成思。欲以别離思，獨向蘼蕪悲。

虞羲

春郊

光風轉蕙晦，香霧鬱蘭津。喧遲蝶弄藹，景麗鳥和春。樵歌喧隴暮，漁枻亂江晨。山中芳杜若，依依獨思人。

虞騫

尋沈剡溪夕至嵊亭

命楫尋嘉會，信次歷山原。捫天上雲紇，搴石下雷奔。澄潭寫度鳥，空嶺應鳴蝯。榜歌唱將夕，商子處方昏。

江洪

渌水曲二首

潺湲復皎絜，輕鮮自可悦。横使有情禽，照影遂孤絶。

塵容不忍飾，臨池思客歸。誰能别渌水，無趣浣羅衣。

秋風曲

北牖風摧樹，南籬寒蛩吟。庭中無限月，思婦夜鳴砧。

何思澄

奉和湘東王教班婕妤

寂寂長信晚，雀聲喧洞房。蜘蛛罔高閣，駮蘚被長廊。虚殿簾幃静，閒階花蘂香。悠悠視日暮，還復守空牀。

費昶

春郊見美人

芳郊拾翠人，迴褎卷芳春。金煇起步摇，紅綵發吹綸。陽陽蓋頂日，飄飄馬足塵。薄暮高樓下，當知妾姓秦。

詠照鏡

晨輝照杏梁，飛燕起朝妝。留心散廣黛，輕手約花黄。正釵時念影，拂絮且憐香。方嫌翠色故，乍道玉無光。城中皆半額，非妾畫眉長。

庾丹

夜夢還家

歸飛夢所憶，共子汲寒漿。銅瓶素絲綆，綺井白銀牀。雀出丰茸樹，蟲飛璹琩梁。離人不相見，争忍對春光。

鮑泉

落日看還

妖姬競早春，上苑逐名辰。萿輕變水色，霞濃掩日輪。彫甍斜逐景，畫扇拂游塵。衣香遥已度，衫紅遠更新。誰家蕩舟妾，何處織縑人。

紀少瑜

詠殘燈

殘燈猶未滅，將盡更揚煇。唯餘一兩焰，纔得解羅衣。

湘綺批：殘燈得此麗句，固知筆妙無不可。

朱超

詠同心芙蓉

青山麗朝景，元峯朗夜光。未及清池上，紅蕖並出房。日分雙蔕影，風合兩花香。魚驚畏蓮折，龜上礙荷長。雲雨留輕潤，草木隱嘉祥。徒歌涉江曲，誰見緝爲裳。

奉和登百花亭懷荆楚

亭高登望極，春心遠近同。莫恨荆臺隱，雲行不礙空。柳色浮新翠，蘭心帶淺紅。若因鵬舉便，重上龍門中。

賦得蕩子行未歸

坐樓愁出望，息意不思春。無奈園中柳，寒時已報人。捉梳羞理鬢，挑朱嬾向脣。何當上路晚，風吹還騎塵。

舟中望月

大江闊千里，孤舟無四鄰。唯餘故樓月，遠近必隨人。入風先繞暈，排霧急移輪。若教長似扇，堪拂豔歌塵。

湘綺批：認定是『故樓月』，愈癡愈靈。

戴暠

從軍行

長安夜刺閨，胡騎白銅鞮。詔書發隴右，召募取關西。劍縣三尺鞘，鎧累七重犀。督軍鳴戰鼓，巡夜數更鞞。侵星出柳塞，際晚入榆溪。秦涇含藥鴆，晉火逐飛雞。通泉開地道，望敵竪雲梯。陰山日不暮，長城風自凄。弓寒折錦鞬，馬凍滑斜蹏。燕旗竿上艴，羌笛管中嘶。登山試下趙，憑軾且平齊。當今函谷上，唯用一丸泥。

神仙篇

徒聞石爲火，未見阪停丸。暫數盈虚月，長隨晝夜瀾。辭家試學道，逢師得姓韓。閬山金静室，蓬邱銀露壇。安平醖仙酒，渤海轉神丹。初飛喜退鳳，新學法乘鸞。十芒生月腦，六焰起星肝。流瓊播疑〔一〕俗，信玉類陽官。元都宴晚集，紫府事朝看。謝手今爲别，誰憐此路難。

【校勘記】

〔一〕《八代詩選》諸本『疑』字闕。此句《樂府詩集》闕首字『流』。

詠眠

拂枕薰紅帊，迴燈復解衣。旁邊知夜永，不喚定應歸。

聞人蒨

春日

愁人試出牖，春色定無窮。參差依罔日，澹蕩入簾風。落花還繞樹，輕飛去隱空。徒令玉筯泣，雙垂明鏡中。

王孝禮

詠鏡

可憐不自識，終爾因鏡中。分眉一等翠，對面兩邊紅。轉身先見動，含笑逆相同。猶嫌鏡裏促，看人未好通。

王淑英妻劉氏

暮寒

梅花自瀾漫，百舌早迎春。逾寒衣逾薄，未肯壞腰身。

徐悱妻劉氏

和婕好怨

日落應門閉，愁思百端生。况復昭陽近，風傳歌吹聲。寵移終不恨，讒枉太無情。祇言争分理，非妒舞腰輕。

題甘蕉葉

夕泣已非疎，夢啼真太數。唯當夜枕知，過此無人覺。

摘同心梔子贈謝娘因附此詩

兩葉雖爲贈，交情永未因。同心處何限，梔子最關人。

陳後主陳叔寶

采桑

春樓髻梳罷，南陌競相隨。去後花叢散，風來香處移。廣袤承朝日，長鬟礙聚枝。柯新攀易斷，葉嫩摘前萎。采繁鉤手弱，微汗雜妝垂。不應歸獨早，堪爲使君知。

有所思

蕩子好蘭期，留人獨自思。落花同淚臉，初月似秋眉。階前看草蔓，窗中對罔絲。不言千里別，復是三春時。杳杳與人期，遥遥有所思。山川千里閒，風月兩邊時。相對春郫劇，相望景偏遲。當由分別久，夢來還自疑。

湘綺批：第二句怨媚。

臨高臺

晚景登高臺，迴望春光來。霧濃山後暗，日落雲旁開。烟裏看鴻小，風來望葉回。臨窗已響吹，極眺且傾杯。

洛陽道

諠譁照邑里，遨游出洛京。霜枝嫩柳發，水塹薄菭生。停鞭回去影，駐軸敞前甍。臺上經相識，城下屢逢迎。峙嵎還借問，只重未知名。

百尺瞰金埒，九衢通玉堂。柳花塵裏暗，槐色露中光。游俠幽并客，當壚京兆妝。向夕風烟晚，金羈滿洛陽。

湘綺批：世人喜新厭常。末二句，有調侃，有矜惜。

雨雪曲

長城飛雪下，邊關地籟吟。濛濛九天暗，霏霏千里深。樹冷月恆少，山霧日偏沈。況聽南歸雁，切思胡笳音。

楊叛兒曲

青春上陽月，結伴戲京華。龍媒玉珂馬，鳳軫繡香車。水暎臨橋樹，風吹夾路花。日昏歡宴罷，相將歸狹斜。

同江僕射游攝山棲霞寺

時宰磻溪心，非關狎竹林。鷲嶽青松繞，雞峯白日沈。天迥浮雲細，山空明月深。摧殘枯樹影，零落古藤陰。霜村夜鳥去，風路寒蝯吟。自悲堪出俗，詎是欲抽簪。

三婦豔詞

大婦避秋風，中婦夜牀空。小婦初兩髻，含嬌新臉紅。得意非霰日〔一〕，可憐郮可同。

大婦西北樓，中婦南陌頭。小婦初妝點，回眉對月鉤。可憐還自覺，人看反更羞。

大婦妒蛾眉，中婦逐春時。小婦獨年少，相望卷羅幃。羅幃夜寒卷，相望人來遲。

湘綺批：第二首末二句寫盡情態。

【校勘記】

〔一〕《八代詩選》諸本闕『非霰日』三字，此據《樂府詩集》補。

自君之出矣四首

自君之出矣，霜煇當夜明。思君若風影，來去不曾停。

自君之出矣，塵罔暗羅帷。思君如落日，無有暫還時。

自君之出矣，房空帷帳輕。思君如晝燭，懷心不見明。

自君之出矣，不分道無情。思君若寒草，零落故心生。

入隋侍宴應詔

日月光天德，山河壯帝居。太平無以報，願上東封書。

湘綺批：壯麗，是帝王語，殊不似亡國人。

陰鏗

湘綺批：杜甫云『頗學陰何苦用心』，鏗詩開唐人佳想尤多也。

班婕好怨

柏梁新寵盛，長信昔恩傾。誰謂詩書巧，翻爲歌舞輕。花月分窗進，落草共階生。妾[一]淚衫前滿，單眠夢裏驚。可惜逢秋扇，何用合歡名。

【校勘記】

〔一〕《八代詩選》諸本皆作『接』。《古詩紀》《古詩鏡》《石倉歷代詩選》作『接』。《玉臺新詠》《樂府詩集》作『妾』，從之。

和登百花亭懷荆楚

江陵一柱觀，潯陽千里潮。風烟望似接，川路恨成遥。落花輕未下，飛絲斷易飄。藤[一]長還依格，荷生不避橋。陽臺可憶處，唯有暮將朝。

【校勘記】

〔一〕光緒十六年江蘇書局本作『藤』。光緒七年四川尊經書局本、民國三十一年程天放本作『籐』。

廣陵岸送北使

行人引去節，送客艤歸艫。即是觀濤處，仍爲郊贈衢。汀洲浪已息，邗江路不紆。亭嘶背櫪馬，檣轉向風鳥。海上春雲雜，天際晚帆孤。離舟對零雨，别渚望飛凫。定知能下淚，非但一楊朱。

江津送劉光禄不及

依然臨送渚，長望倚河津。鼓聲隨聽絶，帆勢與雲鄰。泊處空餘鳥，離亭已散人。林寒正下葉，釣晚欲收綸。如何相背遠，江漢與城闉。

和傅郎歲暮還湘洲

蒼茫歲欲晚，辛苦客方行。大江静猶浪，扁舟獨且征。棠枯絳葉盡，蘆凍白花輕。戍人寒不望，沙禽迴未驚。湘波各深淺，空軫念歸情。

湘綺批：雄渾。是杜所極摹者。

渡青草湖

洞庭春溜滿，平湖錦帆張。沅水桃花色，湘流杜若香。穴去茅山近，江連巫峽長。帶天澄迥碧，暎日動浮光。行舟逗遠樹，度鳥息危檣。滔滔不可測，一葦詎能航。

開善寺

鷲嶺春光遍，王城野望通。登臨情不極，蕭散趣無窮。鸎隨入户樹，花逐下山風。棟裏歸雲白，窗外落煇紅。古石何年卧，枯樹幾春空。淹留惜未反，幽桂在芳叢。

湘綺批：第三聯，彭嘉玉詩云『花鳥下春山』，一時傳爲名句，只是將此句换得。

行經古墓

偃松將古墓，年代理當深。表柱應堪燭，碑書欲有金。迴墳由路毁，荒隧受田侵。霏霏野霧合，昏昏隴日沈。縣劒今何在，風楊空自吟。

晚出新亭

大江一浩蕩，離悲足幾重。潮落猶如蓋，雲昏不作峯。遠戍唯聞鼓，寒山但見松。九十方稱半，歸塗詎有蹤。

侯司空宅詠伎

佳人遍綺席，妙曲動鵾絃。樓似陽臺上，池如洛水邊。鸎啼歌扇後，花落舞衫前。翠柳將斜日，俱照晚妝鮮。

雪裏梅花

春近寒雖轉，梅舒雪尚飄。從風還共落，照日不俱消。葉開隨足影，花多助重條。今來漸異昨，向晚判勝朝。

五洲夜發

夜江霧裏闊，新月迥中明。溜船惟識火，驚鳧但聽聲。勞者時歌榜，愁人數問更。

徐陵

關山月

關山三五月，客子憶秦川。思婦高樓上，當窗應未眠。星旗映疎勒，雲陳上祁連。戰氣今如此，從軍復幾年。

湘綺批：杜甫云『今夜鄜州月，閨中只獨看』，猶未若此二聯渾成。

月出柳城東，微雲掩復通。蒼茫縈白暈，蕭瑟帶長風。羌兵燒上郡，胡騎獵雲中。將軍擁節起，戰士夜鳴弓。

走筆戲書應令

此日乍殷勤，相嫌不如春。今宵花燭淚，非是夜迎人。舞席秋來卷，歌筵無數塵。曾經新代故，那惡故迎新。片月窺花簟，輕寒入錦巾。秋來應瘦盡，偏自著腰身。

和簡文帝賽漢高帝廟

山宮類牛首，漢寢若龍川。玉盌無秋酎，金燈滅夜烟。丹帷迫靈獄，紺席下羣仙。堂虚沛筑響，釵低戚舞妍。何殊后廟裹，子建作華篇。

別毛永嘉

願子厲風規，歸來振羽儀。嗟余今老病，此別空長離。白馬君來哭，黄泉我詎知。徒勞脱寶劍，空挂隴頭枝。

湘綺批：別時乃作如此語，亦達亦悲。

秋日別庾正員

征途轉愁旆，連騎慘停鑣。朔氣凌疎木，江風送上潮。青雀離帆遠，朱鳶別路遥。唯有當秋月，夜夜上河橋。

内園逐凉

昔有北山北，今余東海東。納凉高樹下，直坐落花中。狹逕長無迹，茅齋本自空。提琴就竹篠，酌酒勸梧桐。

沈炯

望郢州城

魂兮何處返，非死復非仙。坐柯如昨日，合石未淹年。歷陽頓成浦，東海果爲田。空憶扶風詠，誰見峴山傳。世變才良改，時移民物遷。悲哉孫驃騎，悠悠哭彼天。

長安還至方山愴然自傷

秦軍阬趙卒，遂有一人生。雖還舊鄉里，危心曾未平。淮源比桐柏，方山似削成。猶疑屯虜騎，尚畏值胡兵。空村餘拱木，廢邑有積城。舊識既已盡，新知皆異名。百年三萬日，處處此傷情。

湘綺批：起句出險語，驚魂如見。

張正見

度關山

關山度曉月，劍客遠從征。雲中出迥陣，天外落奇兵。輪摧偃去節，樹倒礙縣旌。沙揚折阪暗，雲積榆谿明。馬倦時銜草，人疲屢看城。寒隴胡笳澀，空林漢鼓鳴。還聽嗚咽水，併切斷腸聲。

湘綺批：第五聯，真景，惟遠行人能見。

釣竿篇

結宇長江側，垂釣廣川潯。竹竿橫翡翠，桂髓擲黃金。人來水鳥没，楫度岸花沈。蓮摇見魚近，綸盡覺潭深。渭水終須卜，滄浪徒自吟。空嗟芳餌下，獨見有貪心。

采桑

春樓曙烏驚，蠶妾候初晴。迎風金珥落，向日玉釵明。徙顧移籠影，攀鉤動釧聲。葉高知手弱，枝軟覺身輕。人多羞借問，年少怯逢迎。恐疑夫壻遠，聊復答專城。

怨詩

新豐妖冶地，游俠競嬌奢。池臺閒羅綺，桃李雜烟霞。蓋影分連騎，衣香合並車。豔粉驚飛蝶，紅妝暎落花。舞衫飄冶裛，歌扇掩團紗。玉牀珠帳卷，金樓鏡月斜。還疑簫史鳳，不及季倫家。

湘綺批：『并車』，謂車相傍而過也。衣香撲人，麗在一『合』字，冶游豔事，盡此句矣。

關山月

巖閒度月華，流彩暎山斜。暈逐連城璧，輪隨出塞車。唐蓂遥合影，秦桂遠分花。欲驗盈虚理，方知道路賒。

長安有狹斜行

少年重游俠，長安有狹斜。路窄時容馬，枝高易度車。檐高同落照，巷小共飛花。相逢夾繡轂，借問是誰家。

湘綺批：白居易詩『緑楊宜作兩家春』，未若此『巷小共飛花』，情景俱麗。

與錢元智汎舟

高門事休沐，朝野恣逢迎。還乘金谷水，俱望洛陽城。舟移津女渡，楫動渭橋横。風高雁已落，雨霽水還清。葉盡桐門凈，花秋菊岸明。欲奏江南曲，聊習棹歌行。

浦狹村烟度

茅藺夾兩岸，野燎燭中川。村長合夜影，水狹度浮烟。收光暗鳥弋，分火照漁船。山人不炊桂，樵華幸共然。

賦新題得蘭生野徑

披襟出蘭畹，命酌動幽心。耡罷還開路，歌喧自動琴。華燈共影落，芳杜雜花深。莫言閒逕裏，遂不斷黃金。

賦新題得寒樹晚蟬疎

寒蟬喿楊柳，朔吹犯梧桐。葉迥飛難住，枝殘影共空。聲疎飲露後，唱絶斷絃中。還因摇落處，寂寞盡秋風。

江總〔一〕

關山月

兎月半輪明，狐關一路平。無期從此別，復欲幾年行。暎光書漢奏，分影照胡兵。流落今如此，長戍受降城。

湘綺批：悽黯欲絶。

【校勘記】

〔一〕江總新體詩編入《八代詩選》卷十四《齊已後新體詩第三》隋卷中。江總，陳代人，其五言詩編在卷十一下陳代詩人序列，位於張正見之後，按此排序，今將江總新體詩置於陳新體詩序列中。

秋日侍宴婁苑湖應詔

翠渚旋鑾路，瑶池命羽觴。千門響雲蹕，四澤動榮光。玉軸昆池浪，金舟太液張。虹旗照島嶼，鳳蓋繞林塘。野静重陰闊，淮秋水氣凉。霧開樓閣近，日迥烟波長。洛宴諒斯在，鎬飲詎能方。朽劣叨榮遇，簪笏奉周行。

秋日登廣州城南樓

秋城韻晚笛，危榭引清風。遠氣疑埋劍，驚禽似避弓。海樹一邊出，山雲四面通。野火初烟細，新月半輪空。塞外離羣客，顔鬢早如蓬。徒懷建業水，復想洛陽宫。不及孤飛雁，獨在上林中。

贈洗馬袁朗别

賈誼登朝日，終軍對奏年。校文升廣内，撫劍入崇賢。奇才殊豔逸，將别更留連。驅車命鐃管，拱坐面林泉。池寒稍下雁，木落久無蟬。露浸山扉月，霜開石路烟。高談無與慰，遲爾報華篇。

遇長安使寄裴尚書

傳聞合浦葉，遠向洛陽飛。北風向嘶馬，南冠獨不歸。去雲目徒送，離琴手自揮。秋蓬失處所，春草屢芳菲。太息關山月，風塵客子衣。

庚寅年二月十二日游虎邱山精舍

縱棹憐迴曲，尋山静見聞。每從芳杜性，須與俗人分。貝塔涵流動，花臺徧嶺芬。蒙蘢出檐柱，散漫繞窗雲。情幽豈徇物，志遠易驚羣。何由狎魚鳥，不願屈元纁。

湘綺批：即所謂『對君俗人眼，真興理當無』也。『分』字蕴藉含諷，使俗人不能笑其閒游，有壁立千仞之勢。

入龍邱巖精舍

法堂猶集雁，仙竹幾成龍。聊承丹桂馥，遠視白雲峯。風窗穿石竇，月牖拂霜松。暗谷留征鳥，空牀徹夜鐘。陰崖未辨色，疊樹豈知重。溘此哀時命，吁嗟世不容。無由訪詹尹，何去復何從。

湘綺批：『徹』字響。

入攝山棲霞寺

壬寅年十月十八日，入攝山棲霞寺。登岸極峭，頗暢懷抱。至德元年癸卯十月二十六日，又再游此寺，布法師施菩提戒。甲辰年十月二十五日，奉送金像還山，限以時務，不得恣情淹留。乙巳年十一月十六日，更獲拜禮，仍停山中宿。永夜留連，悽神悚聽，但交臂不存，薪指俄謝，率製此篇，以記即目。俾後來賞者，知余山志。

净心抱冰雪，暮齒逼桑榆。太息波川迅，悲哉人世拘。歲華皆采穫，冬晚共嚴枯。濯流濟八水，開襟入四衢。兹山靈妙合，當與天地俱。石瀨乍深淺，崖烟遞有無。缺碑横古隧，盤木卧荒塗。行行備履歷，步步憐威紆。高僧迹共遠，勝地心相符。樵隱各有得，丹青獨不渝。遺風佇芳桂，比德喻生芻。寄言長往客，悽然傷鄙夫。

攝山棲霞寺山房夜坐簡徐祭酒周尚書并同游羣彥

澡身事珠戒，非是學金丹。月磴時横枕，雲崖宿解鞍。梵宇調心易，禪庭數息難。石澗水流静，山窗葉去寒。君思北闕駕，我惜東都冠。翻愁夜鐘盡，同志不盤桓。

七夕

漢曲天榆冷，河邊月桂秋。婉孌期今夕，飄颻渡淺流。輪隨列宿動，路逐彩雲浮。横波翻寫淚，束素反緘愁。此時機杼息，獨向紅妝羞。

南還尋草市宅

紅顔辭鞏洛，白首入轘轅。乘春行故里，徐步采芳蓀。逕毁悲求仲，林殘憶巨源。見桐猶識井，看柳尚知門。花落空難遍，鶯嘀静易諠。無人訪語默，何處敘寒温。百年獨如此，傷心豈復論。

湘綺批：『空難遍』，使荒寂如見滿目頹敗。

别袁昌州

河梁望隴頭，分手路悠悠。徂年若驚電，别日欲成秋。黄鵠飛飛遠，青山去去愁。不言雲雨散，更似東西流。

湘綺批：對新巧自然。

經始興廣果寺題愷法師山房

息舟候香阜，悵别在寒林。竹近交枝亂，山長絶逕深。輕飛入定影，落照有疎陰。不見披雲狀，空留折桂心。

奉和東宮經故妃舊殿

故殿看看冷，空階步步悲。猶憶窺窗處，還如解佩時。落生無意早，燕入有言遲。若令歸就月，照見不須疑。

湘綺批：下疊字，情怨畢傳，使人徒唤奈何。

祖孫登

詠水

驪泉紫闕暎，珠浦碧沙沈。岸闊蓮香遠，流清雲影深。風潭如拂鏡，山溜似調琴。請君看皎絜，知有澹然心。

賦得涉江采芙蓉

浮照滿川漲，芙蓉承落光。人來間花影，衣渡得荷香。桂舟輕不定，菱歌引更長。采采嗟離別，無暇緝爲裳。

謝燮

隴頭水

隴阪望咸陽，征人慘思腸。咽流喧斷岸，游沫聚飛梁。鼉分斂冰彩，虹飲照旗光。試聽鐃歌曲，唯吟君馬黄。

早梅

迎春故早發，獨自不疑寒。畏落衆花後，無人別意看。

何胥

哭陳昭

思人適舊館，寂寞非一源。無復酣歌樂，空餘燕雀喧。落煇隱窮巷，秋風生故園。撫孤空對此，零淚欲奚言。

蘇子卿

梅花落

中庭一樹梅，寒多葉未開。祗言花是雪，不悟有香來。上郡春恆晚，高樓年易催。織書偏有意，教逐錦文回。

湘綺批：詠梅詩争求高妙，此第二聯，亦古今佳句。

賀力牧

關山月

重關斂暮烟，明月下秋前。照石疑分鏡，臨弓似引絃。霧暗迷旗影，霜濃溼劍蓮。此處離鄉客，遥心萬里縣。

亂後別蘇州人

裴回睇閶闔，悵望極姑蘇。慨矣嗟荒運，悲哉惜霸圖。子常終覆郢，宰嚭遂亡吴。石隕星方暗，山崩川自枯。周京摧棫樸，漢社落枌榆。宫毁無巢燕，城空餘堞烏。兹邦號端委，多士自相趨。照廡同燕石，光車等魏珠。言離已惆悵，念别更踟躕。若訪任公子，求余東海隅。

伏知道

賦得招隱

招隱訪仙楹，邱中琴正鳴。桂叢侵石路，桃花隔世情。薄暮安車近，林喧山鳥驚。

陸系

有所思

别念限城闉，還思樓上人。淚想離前落，愁聞别後新。月來疑舞扇，花度憶歌塵。只看今夜裏，那似隔河津。

江暉

劉生

五陵多美選，六郡盡良家。劉生代豪蕩，標舉獨榮華。寶劍長三尺，金尊滿百花。唯當重意氣，何處有驕奢。

湘綺批：爲游俠增重。

蕭琳

隔壁聽伎

徒聞絃管切，不見舞腰迴。惟有歌梁共，塵飛一半來。

卷十四

齊已後新體詩第三

北朝全卷隋全卷

魏李騫

贈親友

幽棲多暇日，總駕萃荒垧。南瞻帶宮雉，北睇距畦瀛。流火時將末，懸岸漸云輕。寒風率已厲，秋水寂無聲。層陰蔽長野，凍雨暗窮汀。侶浴浮還没，孤飛息且驚。三褫俄終歲，一丸曾未營。閒居同洛涘，歸身款武城。稍旅原思藋，坐夢尹勤荆。監河愛斗水，蘇子惜餘明。益州達友趣，廷尉辯交情。豈若忻蓬蓽，收志偶沈冥。

湘綺批：第四聯二句渾成，古句今讀，但覺瀟瀟泠泠。

王德

春詞

春花綺繡色，春鳥絃歌聲。春風復蕩漾，春女亦多情。愛將鶯作友，憐傍錦爲屏。回頭語夫壻，莫誤豔陽征。

齊魏收

後園宴樂

東馬輕燕外，獵雉陋秦中。朝車轉夜轂，仁旗指旦風。式宴臨平圃，展衛寫屠穹。積崖疑造化，導水逼神功。樹静歸烟合，簾疎反照通。一逢堯舜日，未假北山叢。

裴讓之

有所思

夢中雖暫見，及覺始知非。展轉不能寐，徙倚獨披衣。悽悽曉風急，晻晻月光微。空室常達旦，所思終不歸。

從北征

沙漠胡塵起，關山烽燧驚。皇威奮武略，上將總神兵。高臺朔風駛，絶野寒雲生。匈奴定遠近，壯士欲横行。

公館燕酬南使徐陵

嵩山表京邑，鍾嶺對江津。方域殊風壤，分野各星辰。出境君圖事，尋盟我恤鄰。有才稱竹箭，無用忝絲綸。列樂歌鐘響，張旃玉帛陳。皇華徒受命，延譽本無因。韓宣將聘楚，申胥欲去秦。方期飲河朔，翻屬卧漳濱。禮酒盈三獻，賓筵盛八珍。歲稔鳴銅雀，兵戢坐金人。雲來朝起蓋，日落晚催輪。異國猶兄弟，相知無舊新。

盧詢

中婦織流黄

别人心已怨，愁空日復斜。然香望韓壽，磨鏡待秦嘉。殘絲愁績爛，餘織恐縑賒。支機一片石，緩轉獨輪車。下簾還憶月，挑燈更惜花。景似天河上，春時織女家。

鄭公超

送庾羽騎抱

舊宅青山遠，歸路白雲深。遲暮難爲别，摇落更傷心。空城落日影，迥地浮雲陰。送君自有淚，不假聽猨吟。

周明帝宇文毓

貽韋居士夐

六爻貞遯世，三辰光少微。潁陽去猶遠，滄州遂不歸。風動秋蘭佩，香飄蓮葉衣。坐石窺仙洞，乘槎下釣磯。嶺松千仞直，巖泉百丈飛。聊登平樂觀，遥想首陽薇。儻能同四隱，來參余萬機。

過舊宫

玉燭調秋氣，金輿歷舊宫。還如過白水，更似入新豐。秋潭漬晚菊，寒井落疎桐。舉杯延故老，今聞歌大風。

宇文昶

陪駕幸終南山

堯蓋臨河潁，漢蹕踐華嵩。日旂迴北鳳，星旆轉南鴻。青雲過宣曲，先驅背射熊。金桴沸泉底，玉琯吹雲中。古轍稱難極，新塗或易窮。烟生山欲盡，潭净水恆空。交松上連霧，修竹下來風。仙才道無別，靈氣法能同。東棗羞朝座，西桃獻夜宫。詔令王子晉，出對浮邱公。

王褒

飲馬長城窟

北走長安道，征騎每經過。戰垣臨八陣，旌門對兩和。屯兵戍隴北，飲馬傍城阿。雪深無復道，冰合不生波。塵飛連陣聚，沙平騎迹多。昏昏隴坻月，耿耿霧中河。羽林猶角觝，將軍尚雅歌。臨戎常拔劍，蒙險屢提戈。秋風鳴馬首，薄暮欲如何。

湘綺批：荒冷，情韻不溢。

關山月

關山夜月明，秋色照孤城。影虧同漢陣，輪滿逐胡兵。天寒光轉白，風多暈欲生。寄言亭上吏，送客解雞鳴。

贈周處士

我行無歲月，征馬屢盤桓。崤曲三危阻，關重九折難。猶持漢使節，尚服楚臣冠。巢禽疑上幕，驚羽畏虚彈。飛蓬去不已，客思漸無端。壯志與時歇，生年隨事闌。百齡悲促命，數刻念餘歡。雲生隴坻黑，桑疎薊北寒。鳥道無蹊徑，清漢有波瀾。思君化羽翮，要我鑄金丹。

送觀甯侯葬

蒙羽高峻極，淮泗導清源。荆茅廣裂地，跗蕚盛開蕃。紛綸彤艧彩，從容瓊玉温。銜飈摇桓幹，烈火壯曾崑。疇昔同羈旅，辛苦涉凉暄。觀風方聽樂，垂淚遽傷魂。造舟虚客禮，高閈掩賓垣。桂樹思公子，芳草惜王孫。今晨向郊郭，猶似背轘轅。丹旐書空位，素帳設虛尊。楚琴南操絶，韓書舊説存。西靡傷新樹，東陵惜故園。自憐悲谷影，彌愴玉關門。餘輝盡天末，夕霧擁山根。平原看獨樹，皋亭望列村。寂寥還盍静，荒茫歸路昏。挽鐸已流唱，歌童行自喧。睠言千載後，誰將游九原。

渡河北

秋風吹木葉，還似洞庭波。常山臨代郡，亭障繞黄河。心悲異方樂，腸斷隴頭歌。薄暮臨征馬，失道北山阿。

庾信

結客少年場行

結客少年場，春風滿路香。歌撩李都尉，果擲潘河陽。隔花遥勸酒，就水更移牀。今年喜夫壻，新拜羽林郎。定知劉碧玉，偷嫁汝南王。

湘綺批：發端名貴。

道士步虛詞十首選五首

渾成空教立，元始正圖開。赤玉靈文下，朱陵真氣來。中天九龍館，倒景八風臺。雲度絃歌響，星移空殿回。青衣上少室，童子向蓬萊。逍遥聞四會，倏忽度三災。

湘綺批：第一首第四聯，明人詩『檄雨古澤暝，禮星寒殿開』，視此，何但仙鬼之分，兼有貴賤之别。

無名萬物始，有道百靈初。寂絶乘丹氣，元明上玉虚。三元隨建節，八景逐回輿。赤鳳來銜璽，青鳥入獻書。壞〔一〕几仍成几，枯魚還作魚。棲心浴日館，行樂止雲墟。

【校勘記】

〔一〕光緒十六年江蘇書局本作『壞』，光緒七年四川尊經書局本、民國三十一年程天放本作『懷』。

凝真天地表，絶想寂寥前。有象猶虛豁，忘形本自然。開經壬子歲，值道甲申年。迴雲隨舞曲，流水逐歌絃。石髓香如飯，芝房脆似蓮。停鸞讌瑶水，歸路上鴻天。

東明九芝蓋，北燭五雲車。飄飖入倒景，出没上烟霞。春泉下玉霤，青鳥向金華。漢帝看桃核，齊侯問棗花。上元應送酒，來向蔡經家。

地境階基遠，天窗影迹深。碧玉成雙樹，空青爲一林。鵠巢堪煉石，蜂房得煮金。漢武多驕慢，淮南不小心。蓬萊入海底，何處可追尋。

奉和山池

樂宫多暇豫，望苑暫迴輿。鳴笳陵絶浪，飛蓋歷通渠。桂亭花未落，桐門葉半疎。荷風驚浴鳥，橋影聚行魚。日落含山氣，雲歸帶雨餘。

湘綺批：鍊字已開唐派。

和宇文内史春日游山

游客值春煇，金鞍上翠微。風逆花迎面，山深雲溼衣。雁持一足倚，蝯將兩臂飛。戍樓侵嶺路，山村落獵圍。道士封君達，仙人丁令威。煮丹於此地，居然未肯歸。

湘綺批：子山山林詩亦工麗，如此詩二聯及『野戍』二句是。

奉報窮秋寄隱士

王倪逢齧缺，桀溺耦長沮。藜牀負日卧，麥隴帶經耡。自然曲木几，無名科斗書。聚花聊飼雀，穿池試養魚。小村治翟路，低田補壞渠。秋水牽沙落，寒藤抱樹疎。空枉平原騎，來過仲蔚廬。

入彭城館

襄君前建國，項氏昔稜威。鶂飛傷楚戰，雞鳴悲漢圍。年代殊氓俗，風雲更盛衰。水流浮磬動，山喧雙翟飛。夏餘花欲盡，秋近燕將稀。槐庭垂緑穗，蓮浦落紅衣。徒知日云暮，不見舞雩歸。

同盧記室從軍

河圖論陳氣，金匱辨星文。地中鳴鼓角，天上下將軍。函犀恆七屬，絡鐵本千羣。飛梯聊度絳，合弩暫陵汾。寇陳先中斷，妖營即兩分。連烽對嶺度，嘶馬隔河聞。箭飛如疾雨，城崩似壞雲。英王於此戰，何用武安君。

至老子廟應詔

虛無推馭辨，寥廓本乘蜺。三門臨苦縣，九井對靈谿。盛丹須竹節，量藥用刀圭。石似臨邛芋，芝如封禪泥。鵕毛新鵠小，盤根枯樹低。野戍孤烟起，春山百鳥嗁。路有三千别，塗經七聖迷。唯當别關吏，直向流沙西。

奉和趙王游仙

藏山還采藥，有道得從師。京兆陳安世，成都李意期。玉京傳相鶴，太乙授飛龜。白石香新芋，青泥美熟芝。山精逢照鏡，樵客值圍棋。石紋如碎錦，藤苗似亂絲。蓬萊在何處，漢后欲遥祠。

詠懷二十七首〔一〕

步兵未飲酒，中散未彈琴。索索無真氣，昏昏有俗心。涸鮒常思水，驚飛每失林。風雲能變色，松竹且悲吟。由來不得意，何必往長岑。

湘綺批：第一首蒼茫而來，咫尺萬里，然是排律神境耳。作古體論之，豈見氣骨耶？

赭衣居傅巖，垂綸在渭川。乘舟能上月，飛幰欲捫天。誰知志不就，空有直如絃。洛陽蘇季子，連衡遂不連。既無六國印，翻思二頃田。

湘綺批：第二首回斡千鈞力。

俎豆非所習，帷幄復無謀。不言班定遠，應爲萬里侯。燕客思遼水，秦人望隴頭。倡家遭强聘，質子值仍留。自憐才智盡，空傷年鬢秋。

楚材稱晉用，秦臣即趙冠。離宫延子産，羈旅接陳完。寓衛非所寓，安齊獨未安。雪泣悲去魯，悽然憶相韓。唯彼窮塗慟，知余行路難。

惟忠且惟孝，爲子復爲臣。一朝人事盡，身名不足親。吴起常辭魏，韓非遂入秦。壯情已消歇，雄圖不復申。移住華陰下，終爲關外人。

疇昔國士遇，生平知己恩。直言珠可吐，甯知炭可吞。一顧重尺璧，千金輕一言。悲傷劉孺子，悽愴史皇孫。無因同武騎，歸守霸陵園。

榆關斷音信，漢使絶經過。胡笳落淚曲，羌笛斷腸歌。纖腰減束素，别淚損横波。恨心終不歇，紅顔無復多。枯木期填海，青山望斷河。

白馬向清波，乘冰始渡河。置兵須近水，移營喜竈多。長阪初垂翼，鴻溝遂倒戈。的顱於此去，虞兮奈若何。空營衛青冢，徒聽田横歌。

摇落秋爲氣，凄凉多怨情。嘑枯湘水竹，哭壞杞梁城。天亡遭憤戰，日蹙值愁兵。直虹朝暎壘，長星夜落營。楚歌饒恨曲，南風多死聲。眼前一杯酒，誰論身後名！

周王逢鄭怒，楚后值秦冤。梯衝已鶴列，冀馬忽雲屯。武安檐瓦振，昆陽猛獸奔。流星夕照鏡，烽火夜燒原。古獄饒冤氣，空亭多枉魂。天道或可問，微兮不忍言。

横石三五片，長松一兩株。對君俗人眼，真興理當無。野老披荷葉，家童掃栗跗。竹林千户封，甘橘萬頭奴。君見愚公谷，真言此谷愚。

湘綺批：第十一首與阮步兵四句同一氣勢，此尤孤傲，真有『韓陵一片石』之感。

日晚荒城上，蒼茫餘落暉。都護樓蘭返，將軍疎勒歸。馬有風塵氣，人多關塞衣。陳雲平不動，秋蓬卷欲飛。聞道樓船戰，今年未解圍。

尋思萬户侯，中夜忽然愁。琴聲遍屋裏，書卷滿牀頭。雖言夢胡蝶，定自非莊周。殘月如初月，新秋似舊秋。露泣連珠下，螢飄碎火流。樂天乃知命，何時能不憂。

湘綺批：第十三首飄忽盤旋，神化所使，『遍』字尤鍊得響，如見無聊之况，情趣絶妙。倘云琴無此彈法，子山其何以自解？

憒憒天公曉，精神殊乏少。一郡催曙雞，數處驚眠鳥。其覺乃于于，其憂惟悄悄。張儀稱行薄，管仲稱器小。天下有情人，居然性靈夭。

倏忽市朝變，蒼茫人事非。避讒應采葛，忘情遂食薇。懷愁正摇落，中心愴有違。獨憐生意盡，空驚槐樹衰。

日色臨平樂，風光滿上蘭。南國美人去，東家棗樹完。抱松傷別鶴，向鏡絶孤鸞。不言登隴首，唯得望長安。

無悶無不悶，有待何可待。昏昏如坐霧，漫漫疑行海。千年水未清，一代人先改。昔日東陵侯，唯見瓜園在。

懷抱獨惛惛，平生何所論。由來千種意，併是桃花源。榖皮兩書帙，壺盧一酒尊。自知費天下，也復何足言。

蕭條亭障遠，悽慘風塵多。關門臨白狄，城影入黃河。秋風別蘇武，寒水送荆軻。誰言氣蓋世，晨起帳中歌。

被甲陽雲臺，重雲久未開。雞鳴楚地盡，鶴唳秦軍來。羅梁猶下礧，揚排久飛灰。出門車軸折，吾王不復回。

【校勘記】

〔二〕《八代詩選》諸本均題爲『詠懷二十七首』，實僅選二十首。

奉和示内人

然香鬱金屋，吹管鳳皇臺。春朝迎雨去，秋夜隔河來。聽歌雲即斷，聞琴鶴倒回。春窗刻鳳下，寒壁畫花開。定取流霞氣，時添承露杯。

湘綺批：妍綺。

奉和趙王美人春日

直將劉碧玉，來過陰麗華。衹言滿屋裏，併作一園花。新藤亂上格，春水漫吹沙。步摇釵梁動，紅輪帔角斜。今年逐春處，先向石崇家。

夢入堂內

彫梁舊刻杏，香壁本泥椒。幔繩金麥穗，簾鉤銀蒜條。畫眉千度拭，梳頭百遍撩。小衫裁裹臂，纏絃搯抱腰。日光釵焰動，窗影鏡花搖。歌曲風吹韻，笙簧火炙調。即今須戲去，誰復待明朝。

和王少保遥傷周處士

冥漠爾游岱，凄凉余向秦。雖言異生死，同是不歸人。昔余仕冠蓋，值子避風塵。望氣求真隱，司關待逸民。忽聞泉石友，芝桂不防身。悵然張仲蔚，悲哉鄭子真。三山猶有鶴，五柳更應春。遂令從渭水，投弔往江濱。

湘綺批：『三山』二語，不似弔詩，正使人悽婉不已。

傷王司徒褒

昔聞王子晉，輕舉逐神仙。謂言君積善，還得嗣前賢。四海皆流寓，非爲獨播遷。豈意中台坼，君當風燭前。自君鐘鼎族，江東三百年。寶刀仍世載，琱戈本舊傳。緑紱紆槐綬，黄金飾侍蟬。地建忠臣國，家開孝子泉。自能枯木潤，足得流水圓。以君承祖武，諸侯無閒然。青衿已對日，童子即論天。潁陰珠玉麗，河陽脂粉妍。名高六國共，價重十城連。辯足觀秋水，文堪題馬鞭。回鸞抱書字，別鶴繞琴絃。擁旄裁甸服，垂帷非被邊。静亭空繫馬，閒燧直起烟。不廢披書案，無妨坐釣船。茂陵忽多病，淮陽實未痊。侍醫逾默默，神理遂緜緜。永別張平子，長埋王仲宣。柏谷移松樹，陽陵買墓田。陝路秋風起，寒堂已颯焉。邱楊一摇落，山火即時然。昔爲人所羨，今爲人所憐。世塗旦復旦，人情元又元。故人傷此別，留恨滿秦川。定名於此定，全德以斯全。唯有山陽笛，悽余思舊篇。

湘綺批：『四海』二語，言王雖流寓，然未必以此夭折，寓己之悲也。『陝路』二語，蕭瑟回旋。

詠畫屏風詩二十五首〔一〕

昨夜鳥聲春，驚鳴動四鄰。今朝梅樹下，定有詠花人。流星浮酒汎，粟瑱繞杯脣。何勞一片雨，喚作陽臺神。

湘綺批：第一首，李白、杜甫皆極力學此等，李爲當家。

逍遥游桂苑，寂絶到桃源。狹石分花逕，長橋映水門。管聲驚百鳥，人衣香一園。定知歡未足，横琴坐石根。

裴回出桂苑，徙倚就花林。下橋先勸酒，跂石始調琴。蒲低猶抱節，竹短未空心。絶愛蝯聲近，唯憐花逕深。

擣衣明月下，静夜秋風飄。錦石平砧面，蓮房接杵腰。急節迎秋韻，新聲入手調。寒衣須及早，將寄霍嫖姚。

出没看樓殿，間關望綺羅。翔禽逐節舞，流水赴絃歌。細管吹藂竹，新杯卷半荷。南宫冠蓋下，日暮風塵多。

玉柙珠簾卷，金鉤翠幔縣。荷香薰水殿，閣影入池蓮。平沙臨浦口，高柳對樓前。上橋還倚望，遥看采菱船。

高閣千尋跨，重檻百丈齊。雲度三分近，花飛一倍低。吹簫迎白鶴，照鏡舞山雞。何勞愁日暮，未有夜烏嗁。

度橋猶徙倚，坐石未傾壺。淺草開長埒，行營繞細廚。沙洲兩鶴迴，石路一松孤。自可尋丹竈，何勞憶酒壚。

三危上鳳翼，九阪度龍鱗。路高山裏樹，雲低馬上人。縣巖泉溜響，深谷鳥聲春。住馬來相問，應知有姓秦。

湘綺批：第九首，此蓋詠山中美人。起二句拙，結二句風緻。然與上六句不然，齊梁人無論何事，必入閨閣語，亦一大病。既作豔語，又好典故，遂使羅敷登三危，上九折，亦可笑也。

聊開鬱金屋，暫對芙蓉池。水光連岸動，花風合樹吹。春杯猶雜汎，細果尚連枝。不畏歌聲盡，先看箏柱欹。

今朝好風日，園苑足芳菲。竹動蟬争散，蓮摇魚暫飛。面紅新著酒，風晚細吹衣。跂石多時望，菱船始復歸。

竟日坐春臺，芙蓉承酒杯。水流平澗下，山花滿谷開。行雲數番過，白鶴一雙來。水影摇叢竹，林香動落梅。直上山頭路，羊腸能幾迴。

【校勘記】

〔一〕《八代詩選》諸本皆題爲『詠畫屏風詩二十五首』，實僅選十二首。

梅花

常年臘月半，已覺梅花闌。不信今春晚，俱來雪裏看。樹動縣冰落，枝高出手寒。早知覓不見，真悔著衣單。

湘綺批：無香色字面，自得梅花品格，故爲千古名句。

晚秋

凄清臨晚景，疎索望寒階。溼庭凝墜露，搏風卷落槐。日氣斜還冷，雲峯晚更霾。可憐數行雁，點點遠空排。

奉和永豐殿下言志十首〔一〕

立德齊今古，資仁一毀譽。無機抱甕汲，有道帶經耡。處下唯名惠，能言本姓蘧。未論驚寵辱，安知係慘舒。

興雲榆莢晚，燒薙杏花初。淲池侵黍稷，谷水播菑畬。六月蟬鳴稻，千金龍骨渠。含風搖古度，防露動林於。

自憐循短綆，方欲問長沮。茂陵體猶瘠，淮陽疾未祛。翻疑承毒水，忽似遇昌菹。漢陽嗟欲盡，咎繇懼忽諸。

弱齡參顧問，疇昔濫吹噓。緑槐垂學市，長楊暎直廬。連盟翻滅鄭，仁義反亡徐。還思建鄴水，終憶武昌魚。

崩隄壓故柳，衰社卧寒樗。野鶴能自獵，江鷗解獨漁。漢陰逢荷蓧，緇林見杖拏。阮籍常思酒，嵇〔二〕康懶著書。

披林求木實，拂雪就園蔬。濁醪非鶴髓，蘭肴異蟹蝑。野情風月曠，山心人事疏。徒知守瓴甓，空欲報璠璵。

【校勘記】

〔一〕《八代詩選》諸本題『十首』，實僅選六首。

〔二〕《八代詩選》諸本皆作「稽」。

率爾成詠

昔日謝安石，求爲淮海人。仿佛新亭岸，猶言洛水濱。南冠今別楚，荆玉遂游秦。儻使如楊僕，甯爲關外人。

別周尚書弘正

扶風石橋北，函谷故關前。此中一分手，相逢知幾年。黄鵠一反顧，裴回應愴然。自知悲不已，徒勞減瑟絃。

和炅法師游昆明池

游客重相懽，連鑣出上蘭。值泉傾蓋飲，逢花駐馬看。平湖汎玉舳，高堰歇金鞍。半道聞荷氣，中流覺水寒。

寒園即事

寒園星散居，摇落小村墟。游仙半壁畫，隱士一牀書。子月泉心動，陽爻地氣舒。雪花深數尺，冰牀厚尺餘。蒼鷹斜望雉，白鷺下看魚。更想東都外，羣公別二疏。

重別周尚書

陽關萬里道，不見一人歸。唯有河邊雁，秋來南向飛。

寄王琳

玉關道路遠，金陵信使疏。獨下千行淚，開君萬里書。

隋煬帝楊廣

步虚詞

洞府凝元液，靈山體自然。俯臨滄海島，回出大羅天。八行分寶樹，十丈散芳蓮。懸居燭日月，天步役風烟。躡記書金簡，乘空誦玉篇。冠法二儀立，佩帶五星連。瓊軒觶甘露，瑜井挹膏泉。南巢息雲馬，東海戲桑田。回旗游八極，飛輪入九元。高蹈虚無外，天地乃齊年。

湘綺批：雖未極凝重精鍊之格，當讀此加工，則宏敞矣。佛家所謂入定，當求出定，此是入定法。

宴東堂

雨罷春光潤，日落暝霞暉。海榴舒欲盡，山櫻開未飛。清音出歌扇，浮香飄舞衣。翠帳全臨户，金屏半隱扉。風花意無極，芳樹曉禽歸。

謁方山靈巖寺

梵宫既隱隱，靈岫亦沈沈。平郊送晚日，高峯落遠陰。迴旛飛曙嶺，疎鐘響晝林。蟬鳴秋氣近，泉吐石溪深。抗迹禪枝地，發念菩提心。

湘綺批：以『送』字寫『平』字之神，以『高』字寫『遠』字之力。

月夜觀星

團團素月净，翛翛夕景清。谷泉驚暗石，松風動夜聲。披衣出荆户，躡履步山楹。欣覩明堂亮，喜見泰階平。觜參猶可識，牛女尚分明。更移斗柄轉，夜久天河横。裴回不能寐，參差幾種情。

湘綺批：『鷲』字險，是石鷲非泉鷲。帝王詩固不嫌荆户山楹，然山居而覩明堂泰階，亦煞風景耳。

晚春

洛陽春稍晚，四望滿春暉。楊葉行將暗，桃花落未稀。窺檐燕争入，穿林鳥亂飛。唯當關塞者，溽露方霑衣。

春江花月夜二首

暮江平不動，春花滿正開。流波將月去，潮水帶星來。

夜露含花氣，春潭瀁月暉。漢水逢游女，湘川值兩妃。

湘綺批：繪水使後人不能再著語。

賜守宫女

我夢江都好，征遼亦偶然。但存顔色在，離别只今年。

湘綺批：鍾惺云，征遼是何等事，而云亦偶然，以顛倒爲妙，但此詩非帝作，唐人託名耳。

蕭慤

上之回

發軔城西時，回輿事北游。山寒石道凍，葉下故宫秋。朔路傳清警，邊風卷畫旒。歲餘巡省畢，擁仗返皇州。

湘綺批：盛唐人全學此等蕭森之句。

屏風

秦皇臨碣石，漢帝幸明庭。非關重游豫，直是愛長齡。讀記知州所，觀圖見岳形。曉識仙人氣，夜辨少微星。服銀有祕術，蒸丹傳舊經。風摇百影樹，花落萬春亭。飛流近更白，叢竹遠彌青。逍遥保清暢，因持悦性情。

奉和詠龍門桃花

舊聞開露井，今見植龍門。樹少知非塞，花高異少〔一〕源。論時應未發，故欲影歸軒。祇言經摘罷，猶勝逐風翻。

湘綺批：欲語瀟灑風流。

【校勘記】

〔一〕《八代詩選》諸本闕「少」字，此據《古詩紀》補。

秋思

清波收潦日，華林鳴籟初。芙蓉露下落，楊柳月中疎。燕帷緗綺被，趙帶流黄裾。相思阻音息，結夢感離居。

湘綺批：亦只鍊一「疎」字耳，十字皆麗，遂成名句，律體詩選言猶吾妍也。

顔之推

從周入齊夜度砥柱

俠客重艱辛，夜出小平津。馬色迷關吏，雞鳴起戍人。露鮮華劍彩，月照寶刀新。問我將何去，北海就孫賓。

李德林

從駕巡游

大夏堯遺俗，汾河漢豫游。今隨龍駕往，還屬雁飛秋。天行肅輦路，日馭翼華輈。朝乘六氣辨，夕動七星旒。谷静禽多思，風高松易愁。遠林才有色，遥水漫無流。京華佳麗所，目極與雲浮。但覩凌霄觀，詎見望仙樓。鏁門皆秀發，鴛池盡學優。待君草封禪，東山觀射牛。

湘綺批：第二聯開後人假對格。

盧思道

日出東南隅行

初月正如鉤，縣光入綺樓。中有可憐妾，如恨亦如羞。深情出豔語，密意滿横眸。楚腰甯且細，孫眉本未愁。青玉勿當取，雙銀詎可留。會待東方騎，遥居最上頭。

湘綺批：靡曼。

櫂歌行

秋江見底清，越女復傾城。方舟共采摘，最得可憐名。落花留寶珥，微吹動香纓。帶垂連理溼，櫂舉木蘭輕。順風傳細語，因波寄遠情。誰能結錦纜，薄暮隱長汀。

采蓮曲

曲浦戲妖姬，輕盈不自持。擎荷愛圓水，折藕弄長絲。珮動帬風入，妝消粉汗滋。菱歌惜不唱，須待暝歸時。

上巳禊飲

山前〔一〕好風日，城市壓囂塵。聊持一尊酒，共尋千里春。餘光下幽柱，夕吹舞青蘋。何言出關後，重有入林人。

【校勘記】

〔一〕光緒十六年江蘇書局本作『前』，光緒七年四川尊經書局本、民國三十一年程天放本作『泉』。《盧武陽集》《古詩紀》《古詩鏡》作『泉』。

薛道衡

昔昔鹽

垂柳覆金隄，蘼蕪葉復齊。水溢芙蓉沼，花飛桃李蹊。采桑秦氏女，織錦竇家妻。關山别蕩子，風月守空閨。恆斂千金笑，長垂雙玉啼。盤龍隨鏡隱，彩鳳逐帷低。飛魂同夜鵲，倦寢聽晨雞。暗牖縣蛛网，空梁落燕泥。前年過代北，今歲往遼西。一去無消息，那能惜馬蹄。

人日思歸

入春纔七日，離家已二年。人歸落雁後，思發在花前。

辛德源

短歌行

馳射罷金溝，戲笑上雲樓。少妻鳴趙瑟，侍妓轉吴謳。杯度浮香滿，扇舉細塵浮。星河耿凉夜，飛月豔新秋。忽念奔駒促，彌欣執燭游。

湘綺批：『豔』字畫出新月。

許善心

於太常寺聽陳國蔡子元所校正聲樂

維揚成禮樂，治定昔君臨。充庭觀樹羽，之帝仰摐金。既因鐘石變，將隨河海沈。湛露廢還序，承風絶復尋。衮章無舊迹，韶夏有餘音。澤竭英莖散，人遺憂思深。悲來未減瑟，淚下正聞琴。詎似文侯睡，聊同微子吟。鍾奏殊南北，商聲異古今。獨有延州聽，應知亡國音。

虞茂

衡陽王齋閣奏妓

金溝低御道，玉管正吟風。拾翠天津上，回鸞鳥路中。鏡前看月近，歌處覺塵空。今宵織女見，言是望仙宫。

孫萬壽

别贈

昔我游雲閣，及爾謬同官。高步參師友，長裾接綺紈。索居方十載，相思勞萬端。不言今夕遇，得盡故人歡。酒隨彭澤至，琴即武城彈。高齋屏餘熱，珍簟宿輕寒。葉落霜威重，蓂疎月色殘。將歸動離恨，彌傷行路難。

和張丞奉詔於江都望京口

回首觀濤處，極望滄海湄。流波去無限，喬木不勝悲。蓬萊雖已變，池塘尚所思。歸飛路窮此，悵望情難持。吾生乃民季，疇日佐藩維。尚想西園夕，猶懷北固時。城邑纔辨處，風烟忽何之。跂予未能已，顧歎空遲遲。

和周記室游舊京

大夫愍周廟，王子泣殷墟。自然心斷絶，何關繫慘舒。僕本漳濱士，舊國亦淪胥。紫陌風塵起，青壇冠蓋疎。臺留子建賦，宫落仲將書。譙周自題柱，商容誰表閭。聞君懷古曲，同病亦漣如。方知周處歎，前後信非虚。

湘綺批：以對佳，留賦尤妙落書，所謂以反爲正。

王眘

七夕

天河横欲曉，鳳駕儼應飛。落月移妝鏡，浮雲動別衣。懽逐今宵盡，愁隨還路歸。猶將宿昔淚，更上去年機。

王冑

西園游上才

西園游上才，清夜可裴回。月桂臨尊上，山雲影蓋來。飛花隨燭度，疎葉向帷開。當軒顧應阮，還覺賤鄒枚。

言反江陽寓目灞涘贈易州陸司馬

游人賣藥罷，徐步反江干。行吟灞陵岸，回首望長安。晨華照城闕，參差復鬱盤。千門含日麗，萬雉暎霞丹。雲開承露掌，吹動相風竿。游童輕薄少，鮮服駿驤冠。花開傅粉晏，塵起副車韓。屢拔雙飛劒，曾操兩色丸。挂玉要游女，彈珠落矯翰。信美非吾樂，何事久盤桓。欲動南登詠，還謡北上難。眷言思舊友，徂遠路漫漫。燕陲望楚服，天際與雲端。棹發吴濤上，荆歌易水寒。十年阻風月，萬里別金蘭。心期竟何許，懷抱日摧殘。容華冉冉謝，衣帶朝朝寬。盛憲甯延壽，劉琨自少歡。宿昔均取捨，同波豈異瀾。贈言不盡意，擲筆起長歎。

別周記室

五里徘徊鶴，三聲斷絶蝯。何言俱失路，相對泣離尊。别意悽無已，當歌寂不喧。貧交欲有贈，掩涕竟無言。

湘綺批：第二聯，此後人流水對語。

庾自直

初發東都應詔

二龍承玉軸，萬騎翊林塘。縱觀此何事，巡駕幸淮揚。伊洛山川轉，江河道路長。照日秋原净，分花曲水香。稻粱叨歲月，羽翮仰恩光。後塵歸舊里，還如仙鶴翔。

尹式

送晉熙公别

太行君失路，扶摇我退飛。無復紅顔在，空將白首歸。色移三代服，塵化兩京衣。道窮方識命，事去乃知非。西候追孫楚，南津送陸機。雲薄鱗逾細，山高翠轉微。氣隨流水咽，淚逐斷絃揮。但令寸心密，隨意尺素稀。

孔德紹

行經太華

紛吾世罔暇，靈岳展幽尋。寥廓風塵遠，杳冥川谷深。山昏五里霧，日落二華陰。疏峯起蓮葉，危塞隱桃林。何必東都外，此處可抽簪。

卷十五

漢至晉

雜言第一

高帝劉邦

大風歌

大風起兮雲飛揚，威加海内兮歸故鄉，安得猛士兮守四方！

鴻鵠歌

鴻鵠高飛，一舉千里。羽翼已就，横絶四海。横絶四海，又可奈何？雖有矰繳，將安所施？

武帝徹

瓠子歌

瓠子決兮將奈何，浩浩洋洋兮慮殫爲河。殫爲河兮地不得寧，功無已時兮吾山平，吾山平兮鉅野溢。魚弗鬱兮柏冬日，正道弛兮離常流。蛟龍騁兮放遠游。歸舊川兮神哉沛，不封禪兮安知外，爲我謂河伯兮何不仁，泛濫不止兮愁吾人。齧桑浮兮淮泗滿，久不返兮水維緩。河湯湯兮激潺湲，北渡回兮迅流難。搴長筊兮湛美玉，河伯許兮薪不屬。薪不屬兮衛人罪，燒蕭條兮噫乎何以禦水。隤林竹兮楗石菑，宣防塞兮萬福來。

秋風辭

秋風起兮白雲飛，草木黃落兮鴈南歸。蘭有秀兮菊有芳，懷佳人兮不能忘。汎樓船兮濟汾河，横中流兮揚素波。簫鼓鳴兮發櫂歌，歡樂極兮哀情多。少壯幾時兮奈老何！

李夫人歌

是邪？非邪？立而望之，翩何姍姍其來遲！

落葉哀蟬曲

羅袂兮無聲，玉墀兮塵生。虚房冷而寂寞，落葉依於重扃。望彼美之女兮，安得感余心之未寧？

昭帝弗陵

黄鵠歌

黄鵠飛兮下建章，羽肅肅兮行蹌蹌，金爲衣兮菊爲裳。唼喋荷荇，出入蒹葭。自顧菲薄，愧爾嘉祥。

淋池歌

秋素景兮泛洪波，揮纖手兮折芰荷。涼風凄凄揚櫂〔一〕歌，雲光開曙月低河，萬歲爲樂豈云多。

【校勘記】

〔一〕光緒十六年江蘇書局本作「櫂」，光緒七年四川尊經書局本、民國三十一年程天放本作「棹」。二字同。《古詩紀》《古詩鏡》《漢魏詩乘》《廣文選》《石倉歷代詩選》作「棹」。

劉友

幽歌

諸吕用事兮劉氏微，迫脅王侯兮彊授我妃。我妃既妬兮誣我以惡，讒女亂國兮上曾不寤。我無忠良兮何故棄國，自決中野兮蒼天與直。于嗟不可悔兮寧早自財，爲王餓死兮誰者憐之？吕氏絶理兮託天報仇。

劉章

耕田歌

深耕概種，立苗欲疏。非其種者，鋤而去之。

劉安

八公操

煌煌上天，照下土兮。知我好道，公來下兮。公將與予，生毛羽兮。超騰青雲，蹈梁甫兮。觀見瑶光，過北斗兮。馳乘風雲，使玉女兮。含精吐氣，嚼芝草兮。悠悠將將，天相保兮。

劉旦

歌一首〔一〕

歸空城兮狗不吠，雞不鳴。横術何廣廣兮，固知國中之無人。

【校勘記】

〔一〕《樂府詩集》卷八十五《雜歌謡辭三》作『燕王歌』。《古詩紀》卷十一作燕剌王旦《歌二首》，此『二首』含本首《王歌》及所附《華容夫人歌》。《八代詩選》諸本蓋本於《古詩紀》，以第二首《華容夫人歌》作爲劉旦之詩。

華容夫人

和歌〔一〕

髮紛紛兮寘渠，骨籍籍兮亡居。母求死子兮妻求死夫，裴回兩渠閒兮君子將安居。

【校勘記】

〔一〕此詩《八代詩選》誤以『華容夫人』爲題，列劉旦題下。《樂府詩集》卷八十五《雜歌謡辭三》題作『華容夫人歌』。《漢魏詩乘》卷一作華陽夫人《歌》。此據陳祚明《采菽堂古詩選》，題作『和歌』。

劉胥

瑟歌

欲久生兮無終，長不樂兮安窮。奉天期兮不得須臾，千里馬兮駐待路。黄泉下兮幽深，人生要死，何爲苦心。何用爲樂心所喜，出入無悰爲樂亟。蒿里召兮郭門閲，死不得取代庸，身自逝。

劉去

爲望卿歌

背尊章，嫖以忽。謀屈奇，起自絶。行周流，自生患。諒非望，今誰怨。

爲修成歌

愁莫愁，生無聊。心重結，意不舒。内茀鬱，憂哀積。上不見天，生何益。日崔隤，時不再。願棄軀，死無悔。

無名人

箜篌引

公無渡河，公竟渡河。墮河而死，當奈公何。

東光

東光平，蒼梧何不平。蒼梧多腐粟，無益諸軍糧。諸軍游蕩子，早行多悲傷。

薤露歌

薤上露，何易晞。露晞明朝更復落，人死一去何時歸。

蒿里曲

蒿里誰家地，聚斂魂魄無賢愚。鬼伯一何相催促，人命不得少踟躕。

烏生

烏生八九子，端坐秦氏桂樹間。秦氏家有游蕩子，工用睢陽彊，蘇合彈。左手持彊彈兩丸，出入烏東西。一丸即發中烏身，烏死魂魄飛揚上天。阿母生烏子時，乃在南山巖石間。人民安知烏子處，蹊徑窈窕安從通。白鹿乃在上林西苑中，射工尚復得白鹿脯。黄鵠摩天極高飛，後宫尚復得烹煮之。鯉魚乃在洛水深淵中，釣鉤尚得鯉魚口。人民生各各有壽命，死生何須復道前後。

董逃行

樂府詞分解及重句如曹公《精列篇》『期居萊邱』四句，皆重《秋胡行》二首。每首二句，皆重魏文《上留田行》，每句下有『上留田』一句。沈休文《四時白紵歌》『翡翠』四句，每首皆同，既無關詞旨，今並省去，讀者自依此重讀耳。凡琴瑟曲終，即解絃更安，今更失其譜調也。〔一〕

吾欲上謁從高山，山頭危險道路難。遥望五嶽端，黄金爲闕，班璘。但見芝草，葉落紛紛。一解

百鳥集，來如烟。山獸紛綸，麟辟邪其端。鵾雞聲鳴，但見山獸援戲相拘攣。二解

小復前行玉堂，未心懷流還。傳教出門來：『門外人何求？』所言：『欲從聖道，求一得命延。』三解『未』下疑有一『開』字原脱〔二〕。

教敕允吏受言，採取神藥若木端。玉兎長跪擣藥蝦蟆丸。奉上陛下一玉柈，服此藥可得神仙。四解

服爾神藥，莫不歡喜。陛下長生老壽，四面肅肅稽首，天神擁護左右，陛下長與天相保守。五解

【校勘記】

〔一〕本段文字爲《八代詩選》原書題下注。

〔二〕此爲《八代詩選》原注語。

西門行

出西門，步念之。今日不作樂，當待何時？夫爲樂，爲樂當及時。何能坐愁怫鬱，當復待來兹。飲醇酒，炙肥牛，請呼心所歡，可用解憂愁。人生不滿百，常懷千歲憂。晝短苦夜長，何不秉燭游？游行去去如雲除，敝車羸馬爲自儲。

東門行

出東門，不顧歸。來入門，悵欲悲。盎中無斗儲，還視桁上無縣衣。拔劍出門去，兒女牽衣嗁。他家但願富貴，賤妾與君共餔糜。共餔糜，上用倉浪天故，下爲黄口小兒。今時清廉，難犯教言，君復自愛莫爲非。今時清廉，難犯教言，君復自愛莫爲非。行，吾去爲遲！平慎行，望君歸。

婦病行

婦病連年累歲，傳呼丈人前一言。當言未及得言，不知淚下一何翩翩。『屬累君兩三孤子，莫我兒饑且寒，有過慎莫笪笞，行當折搖，思復念之！』亂曰：抱時無衣，襦復無裏。閉門塞牖舍，孤兒到市。道逢親交，泣坐不能起。從乞求與孤買餌，對交嗁泣淚不可止。『我欲不傷悲不能已。』探懷中錢持授，交入門，見孤嗁索其母抱。裴回空舍中，行復爾耳，棄置勿復道。

孤兒行

孤兒生，孤兒遇生，命獨當苦。父母在時，乘堅車，駕駟馬。父母已去，兄嫂令我行賈。南到九江，東到齊與魯。臘月來歸，不敢自言苦。頭多蟣蝨，面目多塵。大兄言辦飯，大嫂言視馬。上高堂，行取殿下堂，孤兒淚下如雨。使我朝行汲，莫得水來歸。手爲錯，足下無菲。愴愴履霜，中多蒺藜。拔斷蒺藜腸肉中，愴欲悲。淚下渫渫，清涕纍纍。冬無複襦，夏無單衣。居生不樂，不如早去，下從地下黄泉。春氣動，草萌芽。三月蠶桑，六月收瓜。將是瓜車，來到還家。瓜車反覆，助我者少，啗瓜者多。願還我蔕，兄與嫂嚴獨且急，歸當與校計。亂曰：里中一何譊譊，願欲寄尺書，將與地下父母，兄嫂難與久居。

雁門太守行

孝和帝在時，洛陽令王君，本自益州廣漢蜀民。少行宦學，通五經論。明知法令，歷世衣冠，從温補洛陽令。治行致賢，擁護百姓，子養萬民。外行猛政，内懷慈仁。文武備具，料民富貧。移惡子姓，篇著里端。傷殺人，比伍同皋對門。禁鍪矛八尺，捕輕薄少年，加笞决皋，詣馬市論。無妄發賦，念在理寃。敕吏正獄，不得苛煩。財用錢三十，買繩理竿。賢哉賢哉，我縣王君。臣吏衣冠，奉事皇帝。功曹主簿，皆得其人。臨部居職，不敢行恩。清身苦體，夙夜勞勤。治有能名，遠近所聞。天年不遂，早就奄昏。爲君作祠，安陽亭西。欲令後世，莫不稱傳。

滿歌行一首

爲樂未幾時，遭時嶮巇。逢此百罹，伶丁荼毒，愁苦難爲。遥望極辰，天曉月移。憂來填心，誰當我知？戚戚多思慮，耿耿殊不寧。禍福無形，惟念古人，遜位躬耕。遂我所願，以兹自寧。自鄙棲棲，守此末榮。暮秋烈風，昔蹈滄浪〔一〕，心不能安。攬衣瞻夜，北斗闌干。星漢照我，去自無他。奉事二親，勞心可言。窮達天爲，智者不愁。多爲少憂，安貧樂道，師彼莊周。遺名者貴，子遐同游。往者二賢，名垂千秋。飲酒歌舞，樂復何須。照視日月，日月馳驅。轗軻人間，何有何無。貪財惜費，此一何愚。鑿石見火，居代幾時。爲當懽樂，心得所喜。安神養性，得保遐期。

【校勘記】

〔一〕光緒七年四川尊經書局本、民國三十一年程天放本作『滄海』。光緒十六年江蘇書局本作『滄浪』。

淮南王篇一首

淮南王，自言尊。百尺高樓與天連，後園鑿井銀作牀，金瓶素綆汲寒漿。汲寒漿，飲少年，少年窈窕何能賢，揚聲悲歌音絶天。我欲渡河河無梁，願化雙黄鵠，還故鄉。還故鄉，入故里，裴回故鄉，苦身不已。繇聲寄舞無不泰，裴回桑梓游天外。

悲歌

悲歌可以當泣，遠望可以當歸。思念故鄉，鬱鬱纍纍。欲歸家無人，欲渡河，河無船。心思不能言，腸中車輪轉。

猛虎行

饑不從猛虎食，暮不從野雀棲。野雀安無巢，游子爲誰驕。

古歌二首

上金殿，著玉尊。延貴客，入金門。入金門，上金堂。東廚具肴膳，椎牛烹豬羊。主人前進酒，彈瑟爲清商。投壺對彈棊，博弈並復行。朱火颺烟霧，博山吐微香。清尊發朱顔，四坐樂且康。今日樂相樂，延年壽千霜。

秋風蕭蕭愁殺人，出亦愁，入亦愁。座中何人，誰不懷憂，令我白頭。胡地多飈風，樹木何修修。離家日趨遠，衣帶日趨緩。心思不能言，腸中車輪轉。

鐃歌〔一〕

戰城南〔二〕

戰城南，死城北，野死不葬烏可食。爲我謂烏：且爲客豪，野死諒不葬，腐肉安能去子逃？水深激激，蒲葦冥冥。梟騎戰鬬死，駑馬裴回鳴。梁築室，何以南？何以北？禾黍不穫君何食？願爲忠臣安可得？思子良臣，良臣誠可思！朝行出攻，莫不夜歸！

【校勘記】

〔一〕《古詩紀》卷十五《鼓吹曲辭·漢鐃歌十八曲》，《八代詩選》選其六曲。

〔二〕《八代詩選》諸本詩題『戰城南』置於詩末，後《上陵》等篇同。

上陵

上陵何美美，下津風以寒。問客從何來，言從水中央。桂樹爲君船，青絲爲君笮，木蘭爲君櫂，黄金錯其間。滄海之雀赤翅鴻，白雁隨。山林乍開乍合，曾不知日月明。醴泉之水，光澤何蔚蔚。芝爲車，龍爲馬，覽敖游，四海外。甘露初二年，芝生銅池中，仙人下來飲，延年千萬歲。

君馬黄

君馬黄，臣馬蒼，二馬同逐臣馬良。易之有騩蔡有赭，美人歸以南。駕車馳馬，美人傷我心。佳人歸以北，駕車馳馬，佳人安終極。

有所思

有所思，乃在大海南。何用問遺君，雙珠瑇瑁簪，用玉紹繚之。聞君有他心，拉雜摧燒之。摧燒之，當風揚其灰。從今已往，勿復相思，相思與君絕！雞鳴狗吠，兄嫂當知之。妃呼豨，秋風肅肅晨風颸，東方須臾高知之。

上邪

上邪，我欲與君相知，長命無絶衰。山無陵，江水爲竭。冬雷震震，夏雨雪，天地合，乃敢與君絶。

臨高臺

臨高臺以軒，下有清水清且寒。江有香草目以蘭，黄鵠高飛離哉翻。關弓射鵠，令我主壽萬年。

轅秉　朱暉　崔廓　周述〔一〕

歌一首〔二〕

莫莫高山，深谷逶迤。曄曄紫芝，可以療饑。唐虞世遠，吾將安歸。駟馬高蓋，其憂甚大。富貴之畏人兮，不若貧賤之肆志。

【校勘記】

〔一〕《古詩紀》卷十二《漢第二》題作『四皓』，其下注曰：『東園公姓轅，名秉，字宣明；綺里季姓朱，名暉，字文季；夏黄公姓崔，名廓，字少通，齊人；甪里先生姓周，名述，字元道，河内人。四人俱隱商山。』《漢魏詩乘》卷一亦題作『四皓』。

〔二〕《古詩紀》卷十二、《古詩鏡》卷三十一題作《紫芝歌》，一曰《四皓歌》。《采菽堂古詩選》題爲《紫芝歌》，一曰《四皓歌》，未題作者。《漢魏詩乘》題作《紫芝歌》。

司馬相如

琴歌〔一〕

司馬相如游臨邛，富人卓王孫有女文君新寡，竊於壁間窺之，相如鼓琴，歌以挑之，曰：

鳳兮鳳兮歸故鄉，遨游四海求其皇。時未通遇無所將，何悟今夕升斯堂！有豔淑女在此方，室邇人遐毒我腸，何緣交頸爲鴛鴦，胡頡頏兮共翱翔〔二〕！

皇兮皇兮從我棲，得託字尾永爲妃。交情通體心和諧，中夜相從知者誰？雙興俱起翻高飛，無感我心使余悲。

【校勘記】

〔一〕《八代詩選》諸本原僅題《琴歌》，無序。《玉臺新詠》卷九題『司馬相如琴歌二首并序』，今據之補入『序』。

〔二〕《八代詩選》諸本無最末一句，《玉臺新詠》亦無，此據《樂府詩集》增補，《司馬文園集》《古詩紀》《古詩鏡》《漢魏詩乘》有此句。

李陵

別歌

徑萬里兮度沙漠，爲君將兮奮匈奴。路窮絶兮矢刃摧，士衆滅兮名已隤。老母已死，雖欲報恩將安歸？

李延年

歌一首

北方有佳人，絶世而獨立。一顧傾人城，再顧傾人國。傾城復傾國，佳人難再得。

息夫躬

絶命詞

玄雲泱鬱，將安歸兮。鷹隼横厲，鸞裴回兮。矰若浮猋，動則機兮。叢棘棧棧，曷可棲兮。發忠忘身，自繞罔兮。冤頸折翼，庸得往兮。涕泣流兮萑蘭，心結縎兮傷肝。虹蜺曜兮日微，孽杳冥兮未開。痛入天兮嗚嘑，冤際絶兮誰語。仰天高兮自列，招上帝兮我察。秋風爲我吟，浮雲爲我陰。嗟若是兮欲何留，撫神龍兮攬其須。游曠迥兮反亡期，雄失據兮世我思。

趙飛燕

歸風送遠之操

涼風起兮天隕霜，懷君子兮渺難望，感予心兮多慨慷。

靈帝劉宏

招商曲

涼風起兮日照渠，青荷晝偃葉夜舒，惟日不足樂有餘。清絲流管歌玉鳧，千年萬歲嘉難踰。

梁鴻

五噫歌

陟彼北芒兮，噫！顧瞻帝京兮，噫！宮闕崔巍兮，噫！民之劬勞兮，噫！遼遼未央兮，噫！

適吳詩

逝舊邦兮遐征，將遥集兮東南。心惙怛兮傷悴，志菲菲兮升降。欲乘策兮縱邁，疾吾俗兮作讒。竟舉枉兮措直，咸先佞兮唌唌。固靡慚兮獨建，冀異州兮尚賢。聊逍遥兮遨嬉，纘仲尼兮周流。儻云覩兮我悦，遂舍車兮即桴。過季札兮延陵，求魯連兮海隅。雖不察兮光貌，幸神靈兮與休。惟季春兮華阜，麥含英兮方秀。哀茂時兮逾邁，愍芳香兮日臭。悼我心兮不獲，長委結兮焉究。口囂囂兮余訕，嗟恇恇兮誰留。

張衡

四愁詩

我所思兮在太山，欲往從之梁父艱，側身東望涕霑翰。美人贈我金錯刀，何以報之英瓊瑤。路遠莫致倚逍遥，何爲懷憂心煩勞。
我所思兮在桂林，欲往從之湘水深，側身南望涕霑襟。美人贈我琴琅玕，何以報之雙玉盤。路遠莫致倚惆悵，何爲懷憂心煩傷。
我所思兮在漢陽，欲往從之隴阪長，側身西望涕霑裳。美人贈我貂襜褕，何以報之明月珠。路遠莫致倚峙躕，何爲懷憂心煩紆。
我所思兮在雁門，欲往從之雪雰雰，側身北望涕霑巾。美人贈我錦繡段，何以報之青玉案。路遠莫致倚增歎，何爲懷憂心煩惋。

孔融

六言詩三首

漢家中葉道微，董卓作亂乘衰。僭上虐下專威，萬官惶怖莫違，百姓慘慘心悲。其一
郭李分争爲非，遷都長安思歸。瞻望關東可哀，夢想曹公歸來。其二

從洛到許巍巍，曹公憂國無私。減去廚膳甘肥，羣僚率從祁祁。雖得俸禄常饑，念我苦寒心悲。其三

蔡琰

悲憤詩

嗟薄祜兮遭世患，宗族殄兮門户單。身執略兮入西關，歷險阻兮之羌蠻。山谷眇兮路漫漫，眷東顧兮但悲歎。冥當寢兮不能安，饑當食兮不能餐。常流涕兮眦不乾，薄志節兮念死難。雖苟活兮無形顔，惟彼方兮遠陽精。陰氣凝兮雪夏零，沙漠壅兮塵冥冥。有草木兮春不榮，人似禽兮食臭腥。言兜離兮狀窈停，歲聿莫兮時邁征。夜悠長兮禁門扃，不能寐兮起屏營。登胡殿兮臨廣庭，玄雲合兮翳月星。北風厲兮肅泠泠，胡笳動兮邊馬鳴。孤雁歸兮聲嚶嚶，樂人興兮彈琴箏。音相和兮悲且清，心吐思兮胸憤盈。欲舒氣兮恐彼驚，含哀咽兮涕霑頸。家既迎兮當歸寧，臨長路兮捐所生。兒呼母兮啼失聲，我掩耳兮不忍聽。追持我兮走煢煢，頓復起兮毁顔形。還顧之兮破人情，心怛絶兮死復生。

龐德公

於忽操三章

於忽乎不可以爲，其又奚爲？離婁之精，夜何有於明？師曠之耳，聾者亦有爾。東王良之手兮後車載之。前行險既以覆兮，後逐逐其猶來。雖目盼而心駭兮，顧其能之安施？委繩墨以聽人兮，雖班輸亦奚以爲？

於忽乎不可以爲，其又奚爲？椽櫨桷榱之倚重，顧柱小之奈何？方風雨之晦陰，行者艱而不休，居者坐而笑歌。不知壓之忽然兮，其謂安何？

於忽兮不可以爲，其又奚爲？謂雞斯飛，誰得而羈？謂豕斯突，何取於縛？是皆以食而得之。吾於饑而後。噫！雞兮豕兮，死以是兮！

曹操

氣出唱第三首

游君山，甚爲真。磪磈砟硌，爾自爲神。乃到王母臺，金階玉爲堂，芝草生殿旁。東西廂，客滿堂。主人當行觴，坐者長壽遽何央，長樂甫始宜孫子。常願主人增年，與相守。

度關山

天地間，人爲貴。立君牧民，爲之軌則。車轍馬迹，經緯四極。黜陟幽明，黎庶繁息。於鑠賢聖，總統邦域。封建五爵，井田刑獄。有燔丹書，無普赦贖。皋陶甫侯，何有失職。嗟哉後世，改制易律。勞民爲君，役賦其力。舜漆食器，畔者十國。不及唐堯，采椽不斲。世歎伯夷，欲以厲俗。侈惡之大，儉爲共德。許由推讓，豈有訟曲。兼愛尚同，疏者爲戚。

精列

厥初生，造化之陶物，莫不有終期。聖賢不能免，何爲懷此憂？願螭龍之駕，思想崑崙居。見欺於迂怪，志意在蓬萊。志意在蓬萊〔一〕，周孔聖徂落，會稽以墳邱。會稽以墳丘〔二〕，陶陶誰能度？君子以弗憂。年之暮奈何，時過時來微。

【校勘記】

〔一〕《八代詩選》無此句，據《樂府詩集》《魏武帝集》《古詩紀》補。又據《漢魏詩乘》《廣文選》，以有此句爲是。

〔二〕《八代詩選》同《古詩紀》無此句，據《樂府詩集》補。

對酒

對酒歌，太平時。吏不呼門，王者賢且明。宰相股肱皆忠良，咸禮讓，民無所爭訟，三年耕有九年儲，倉穀滿盈。斑白不負戴，雨澤如期，百穀用成。却走馬，以糞其土田。爵公侯伯子男，咸愛其民，以黜陟幽明，子養有若父與兄。犯禮法，輕重隨其刑。路無拾遺之私，囹圄空虛，冬節不斷人，耄耋皆得以壽終，恩澤廣及草木昆蟲。

陌上桑

駕虹蜺，乘赤雲，登彼九疑歷玉門。濟天漢，至昆侖，見西王母謁東君。交赤松，及羨門，受要祕道愛精神。食芝英，飲醴泉，拄杖桂枝佩秋蘭。絶人事，游渾元，若疾風游欻飄翩。景未移，行數千，壽如南山不忘愆。

秋胡行

晨上散關山，此道當何難。牛頓不起，車墮谷間。坐磐石之上，彈五絃之琴。作爲清角韻，意中迷煩。歌以言志，晨上散關山。有何三老公，卒來在我旁。負揜被裘，似非恆人，謂卿云何困苦以自怨，皇皇所欲，來到此間？歌以言志，有何三老公。我居昆侖山，所謂者真人。道深有可得，名山歷觀，敖游八極，枕石漱流飲泉。沈吟不決，遂上升天，歌以言志，我居昆侖山。去去不可追，長恨相牽攀，夜夜安得寐，惆悵以自憐。正而不譎，乃賦依因。經傳所過，西來所傳。歌以言志，去去不可追。〔一〕

【校勘記】

〔一〕《樂府詩集》卷三十六《相和歌辭十一》魏武帝《秋胡行》四解，即此。然以《八代詩選》所選《秋胡行》第一首相對照，有較多異文：『晨上散關山，此道當何難。晨上散關山，此道當何難。牛頓不起，車墮谷間。坐磐石之上，彈五弦之琴。作爲清角韻，意中迷煩。歌以言志，晨上散關山。（一解）有何三老公，卒來在我傍。有何三老公，卒來在我傍。負揜被裘，似非恒人，謂卿云何困苦以自怨，徨徨所欲，來到此間？歌以言志，有何三老公。（二解）我居崑崙山，所謂者真人。我居崑崙山，所謂者真人。道深有可得，名山歷觀，遨遊八極，枕石漱流飲泉。沈吟不決，遂上升天，歌以言志，我居崑崙山。（三解）去去不可追，長恨相牽攀。去去不可追，長恨相牽攀。夜夜安得寐，惆悵以自憐。正而不譎，乃賦依因。經傳所過，西來所傳。歌以言志，去去不可追。（四解）』

願登太華山，神人共遠游。經歷昆侖山，到蓬萊，飄颻八極，與神人俱。思得神樂，萬歲爲期。歌以言志，願登太華山。天地何長久，人道居之短。世言伯陽，殊不知老。赤松王喬，亦云得道。得之未聞，庶以壽考。歌以言志，天地何長久。明明日月光，何所不光昭。二儀合聖化，貴者獨人不。萬國率土，莫非王臣。仁義爲名，禮樂爲榮。歌以言志，明明日月光。四時更逝去，晝夜以成歲。大人先天，而天弗違。不戚年往，憂世不治。存亡有命，慮之爲蚩。歌以言志，四時更逝去。戚戚欲何念？歡笑意所之。壯盛智慧，殊不再來。愛時進趣，將以惠誰？汎汎放逸，亦同何爲？歌以言志，戚戚欲何念。〔一〕

【校勘記】

〔一〕《樂府詩集》卷三十六《相和歌辭十一》魏武帝《秋胡行》五解：『願登太華山，神人共遠游。願登太華山，神人共遠游。經歷崑崙山，到蓬萊，飄颻八極，與神人俱。思得神樂，萬歲爲期。歌以言志，願登太華山。（一解）天地何長久，人道居之短。天地何長久，人道居之短。世言伯陽，殊不知老。赤松王喬，亦云得道。得之未聞，庶以壽考。歌以言志，天地何長久。（二解）明明日月光，何所不光昭。明明日月光，何所不光昭。二儀合聖化，貴者獨人不。萬國率土，莫非王臣。仁義爲名，禮樂爲榮。歌以言志，明明日月光。（三解）四時更逝去，晝夜以成歲。四時更逝去，晝夜以成歲。大人先天，而天弗違。不戚年往，憂世不治。存亡有命，慮之爲蚩。歌以言志，四時更逝去。（四解）戚戚欲何念？歡笑意所之。戚戚欲何念？歡笑意所之。壯盛智慧，殊不再來。愛時進趣，將以惠誰？汎汎放逸，亦同何爲？歌以言志，戚戚欲何念。（五解）』

陳琳

飲馬長城窟行

飲馬長城窟，水寒傷馬骨。往謂長城吏，慎莫稽留太原卒！官作自有程，舉築諧汝聲！男兒寧當格鬭死，何能怫鬱築長城。長城何連連，連連三千里。邊城多健少，内舍多寡婦。作書與内舍，便嫁莫留住。善事新姑章，時時念我故夫子！報書往邊地，君今出語一何鄙？身在患難中，何爲稽留他家子？生男慎莫舉，生女哺用脯。君獨不見長城下，死人骸骨相撑住。結髮行事君，慊慊心意關。邊地苦，賤妾何能久自全？

徐淑

答秦嘉詩

妾身兮不令，嬰疾兮來歸。沈滯兮家門，歷時兮不差。曠廢兮侍覲，情敬兮有違。君今兮奉命，遠適兮京師。悠悠兮離别，無因兮敘懷。瞻望兮踴躍，佇立兮徘徊。思君兮感結，夢想兮容暉。君發兮引邁，去我兮日乖。恨無兮羽翼，高飛兮相追。長吟兮永歎，淚下兮沾衣。

竇玄妻

古怨歌

煢煢白兔，東走西顧。衣不如新，人不如故。

已上漢

魏文帝曹丕

燕歌行

秋風蕭瑟天氣凉，草木摇落露爲霜。羣燕辭歸雁南翔，念君客游多思腸。慊慊思歸戀故鄉，君爲淹留寄他方。賤妾煢煢守空房，憂來思君不可忘。不覺淚下霑衣裳，援琴鳴絃發清商。短歌微吟不能長，明月皎皎照我牀。星漢西流夜未央，牽牛織女遥相望，爾獨何辜限河梁。别日何易會日難，山川悠遠路漫漫。鬱陶思君未敢言，寄聲浮雲往不還。涕零雨面毁容顔，誰能懷憂心不歎。展詩清歌聊自寬，樂往哀來摧肺肝。耿耿伏枕不能眠，披衣出户步東西。悲風清厲秋氣寒，羅幃徐動經秦軒。仰戴星月觀雲間，飛鶬晨鳴聲可憐，留連顧懷不能存。

陌上桑

棄故鄉，離室宅，遠從軍旅萬里客。披荆棘，求阡陌，側足獨窘步，路局笮。虎豹嘷動，雞驚禽失，羣鳴相索。登南山，奈何蹈磐石，樹木叢生鬱差錯。寢蒿草，蔭松柏，涕泣雨面霑枕席。伴旅單，稍稍日零落，惆悵竊自憐，相痛惜。

秋胡行

朝與佳人期，日夕殊不來。嘉肴不嘗，旨酒停杯。寄言飛鳥，告余不能。俯折蘭英，仰結桂枝。佳人不在，結之何爲？從爾何所之？乃在大海隅。靈若道言，貽爾明珠。企予望之，步立踟躕。佳人不來，何得斯須。

上留田行

居世一何不同，上留田〔一〕。富人食稻與粱，上留田。貧子食糟與糠，上留田。貧賤亦何傷，上留田。禄命縣在蒼天，上留田。今爾歎息，將欲誰怨，上留田。

【校勘記】

〔一〕《八代詩選》諸本無『上留田』一句，以下每句『上留田』同，此據《樂府詩集》《魏文帝集》《古詩紀》補。

大墻上蒿行

陽春無不長成，草木羣類隨。天〔二〕風起，零落若何翩翩。中心獨立一何煢，四時舍我驅馳，今我隱約欲何爲。人生居天壤間，忽如飛鳥寄枯枝，我今隱約欲何爲。適君身體所服，何不恣君口腹所嘗，冬被貂鼲温煖，夏當服綺羅清凉。行力自苦，我將欲何爲？不及君少壯之時，乘堅車，策肥馬良。上有滄浪之天，今我難得久來視。下有蠕蠕之地，今我難得久來履。何不恣意敖游，從君所喜，帶我寶劍，今爾何爲自低卬？悲麗平壯觀，白如積雪，利如秋霜。駮犀標首，玉琢中央。帝王所服，辟除凶殃。御左右，奈何致福祥。吴之辟閭，越之步光，楚之龍泉，韓有墨陽，苗山之鋌，羊頭之鋼，知名前代，咸自謂麗且美。曾不如君劍良，綺難忘。冠青雲之崔嵬，纖羅爲纓，飾以翠翰，既美且輕。表容儀，俯仰垂光榮。宋之章甫，齊之高冠，亦自謂美，蓋何足觀。排金鋪，坐玉堂，風塵不起，天氣清涼。奏桓瑟，舞趙倡，女娥長歌，聲協宮商，感心動耳，盪氣回腸。酌桂酒，鱠鯉魴，與佳人期，爲樂康。前奉玉卮，爲我行觴。今日樂，不可忘，樂未央。爲樂常苦遲，歲月逝，忽若飛，何爲自苦，使我心悲。

【校勘記】

〔一〕光緒十六年江蘇書局本作『天』，光緒七年四川尊經書局本、民國三十一年程天放本作『大』。

豔歌何嘗行

何嘗快，獨無憂，但當飲醇酒，炙肥牛。長兄爲二千石，中兄被貂裘。小弟雖無官爵，鞍馬馺馺，往來王侯長者游。但當在王侯殿上，快獨樗蒲六博，對坐彈棊。男兒居世，各當努力。蹙迫日暮，殊不久留。少小相觸抵，寒苦常相隨，忿恚安足諍。吾中道與卿共別離。約身奉事君，禮節不可虧。上慚滄浪之天，下顧黃口小兒。奈何復老心皇皇，獨悲誰能知。

黎陽作

奉辭討罪遐征，晨過黎山巉崢。東濟黃河金營，北觀故宅頓傾。中有高樓亭亭，荊棘繞藩叢生。南望果園青青，霜露慘悽宵零，彼桑梓兮傷情。

寡婦

友人阮元瑜早亡，傷其妻孤寡，爲作此詩。

霜露紛兮交下，木葉落兮淒淒。候雁叫兮雲中，歸燕翩兮裴回。妾心感兮惆悵，白日急兮西頹。守長夜兮思君，魂一夕兮九乖。悵延佇兮仰視，星月隨兮天迴。徒引領兮入房，竊自憐兮孤棲。願從君兮終沒，愁何可兮久懷。

明帝曹叡

步出夏門行〔一〕

步出夏門，東登首陽山。嗟哉夷叔，仲尼稱賢。君子退讓，小人争先。惟斯二子，于今稱傳。林鍾受謝，節改時遷。日月不居，誰得久存。善哉殊復善，絃歌樂情。商風夕起，悲彼秋蟬。變形易色，隨風東西。乃眷西顧，雲霧相連。丹霞蔽日，彩虹帶天。弱水潺潺，葉落翩翩。孤禽失羣，悲鳴其間。善哉殊復善，悲鳴在其間。朝游清泠，日暮嗟歸。蹙迫日暮，烏鵲南飛。繞樹三帀，何枝可依。卒逢風雨，樹折枝摧。雄來驚雌，雌獨愁棲。夜失羣侶，悲鳴裴回。芃芃荆棘，葛生綿綿。感彼風人，惆悵自憐。月盈則冲，華不再繇。古來之説，嗟哉一言。

【校勘記】

〔一〕光緒七年四川尊經書局本、民國三十一年程天放本作『步行夏門行』，誤。《樂府詩集》卷三十七《相和歌辭十二》、《古詩紀》卷二十二、《漢魏詩乘》卷十二、《廣文選》卷十三皆作魏明帝《步出夏門行》。

燕歌行

白日晼宛忽西傾，霜露慘悽塗階庭。秋草卷葉摧枝莖，翩翩飛蓬常獨征，有似游子不安寧。

曹植

妾薄命

攜玉手，喜同車，北上雲閣飛除。釣臺蹇産清虚，池塘觀沼可娱。仰泛龍舟淥波，俯濯神草枝柯。想彼宓妃洛河，退詠漢女湘娥。

日月既逝西藏，更會蘭室洞房。華燈步障舒光，皎若日出榑桑。促尊合坐行觴，主人起舞盌盤，能者穴觸别端。騰觚飛爵闌干，同量等色齊顔。任意交屬所歡，朱顔發外形蘭。袖隨禮容極情，妙舞仙仙體輕。裳解履遺絶纓，俛仰笑喧無呈。覽持佳人玉顔，齊接金爵翠盤。手形羅袖良難，腕弱不勝珠環，坐者歎息舒顔。御巾裛粉君旁，中有霍納都梁，雞舌五味雜香。進者何人齊姜，恩重愛深難忘。召延親好宴私，但歌杯來何遲。客賦既醉言歸，主人稱露未晞。

平陵東

閶闔開，天衢通，被我羽衣乘飛龍。乘飛龍，與仙期，東上蓬萊采靈芝。靈芝采之可服食，年若王父無終極。

當來日大難

日苦短，樂有餘，乃置玉尊辦東廚。廣情故，心相於。闔門置酒，和樂欣欣。游馬後來，轅車解輪。今日同堂，出門異鄉。别易會難，各盡杯觴。

桂之樹行

桂之樹，桂之樹，桂生一何麗佳。揚朱華而翠葉，流芳布天涯。上有棲鸞，下有盤螭。桂之樹，得道之真人，咸來會講，仙教爾服食日精。要道甚省不煩，淡泊無爲自然。乘蹻萬里之外，去來隨意所欲存。高高上際於衆外，下下乃窮極地天。

當牆欲高行

龍欲升天須浮雲，人之仕進待中人。衆口可以鑠金，讒言三至，慈母不親。憒憒俗閒，不辨僞真。願欲披心自説陳，君門以九重，道遠河無津。

當事君行

人生有所貴尚，出門各異情。朱紫更相奪色，雅鄭異音聲。好惡隨所愛憎，追舉逐聲名。百心可事一君，巧詐寧拙誠。

當車以駕行

歡坐玉殿，會諸貴客。侍者行觴，主人離席。顧視東西廂，絲竹與鞞鐸。不醉無歸來，明燈以繼夕。

苦思行

緑蘿緣玉樹，光曜粲相煇。下有兩真人，舉翅翻高飛。我心何踴躍，思欲攀雲追。鬱鬱西嶽顛，石室青葱與天連。中有耆年一隱士，鬚髮皆浩然。策杖從我游，教我要忘言。

離友詩

鄉人有夏侯威者，少有成人之風。余尚其爲人，與之昵好。王師振旅，送余於魏邦，心有眷然，爲之隕涕，乃作《離友》之詩。其詞曰：

王旅游兮背故鄉，彼君子兮篤人綱。睠余行兮歸朔方，馳原隰兮尋舊疆。車載奔兮馬䌛驤，涉浮濟兮泛輕航。迄魏都兮息蘭房，展宴好兮惟樂康。

凉風肅兮白露滋，木感氣兮條葉辭。臨淥水兮登重基，折秋華兮采靈芝。尋永歸兮贈所思，感離隔兮會無期，伊鬱悒兮情不怡。

左延年

秦女休行

步出上西門，遥望秦氏廬。秦氏有好女，自名爲女休。休年十四五，爲宗行報讎。左執白楊刃，右據宛魯矛。讎家便東南，仆僵秦女休。女休西上山，上山四五里。關吏呵問休，女休前置詞：『平生爲燕王婦，於今爲詔獄囚。平生衣參差，當今無領襦。明知殺人當死，兄言怏怏，弟言無道憂。女休堅詞爲宗報讎，死不疑。』殺人都市中，徼我都巷西。丞卿羅東向坐，女休悽悽曳梏前。兩徒夾我持刀，刀五尺餘。刀未下，朣朧擊鼓赦書下。

嵇康〔一〕

秋胡行七章〔二〕

富貴尊榮，憂患諒獨多。古人所懼，豐屋蔀家。人惡其上，鳥惡罔羅。惟有貧賤，可以無他。歌以言之，富

貴憂患多。一解

貧賤易居，貴盛難爲工。恥佞直言，與禍相逢。變故萬端，俾吉作凶。思牽黄犬，其計莫從。歌以言之，貴盛難爲工。二解

勞謙寡悔，忠信可久安。天道害盈，好勝者殘。彊梁致災，多事招禍患。欲得安樂，獨有無愆。歌以言之，忠信可久安。三解

役神者敝，極欲疾枯。顔回短折，不及童烏。縱體淫恣，莫不早徂。酒色何物，今自不辜。歌以言之，酒色令人枯。四解

絶智棄學，游心於元默。遇過而悔，當不自得。垂釣一壑，所樂一國。被髮行歌，和者四塞。歌以言之，游心於元默。五解

思與王喬，乘雲游八極。陵厲五嶽，忽行萬億。授我神藥，自生羽翼。呼吸太和，鍊形易色。歌以言之，思行游八極。六解

裴回鍾山，息駕于曾城。上蔭華蓋，下采若英。受道王母，遂升紫庭。逍遥天衢，千載長生。歌以言之，裴回於層城。七解

【校勘記】

〔一〕光緒七年四川尊經書局本、民國三十一年程天放本作『稽』。光緒十六年江蘇書局本作『嵇』。

〔二〕《樂府詩集》卷三十六《相和歌辭十一》嵇康《秋胡行》七首：富貴尊榮，憂患諒獨多。富貴尊榮，憂患諒獨多。古人所懼，豐屋蔀家。人害其上，獸惡罔羅。惟有貧賤，可以無它。歌以言之，富貴憂患多。其一 貧賤易居，貴盛難爲工。貧賤易居，貴盛難爲工。恥佞直言，與禍相逢。變故萬端，俾吉作凶。思牽黄犬，其莫之從。歌以言之，貴盛

難爲工。其二　勞謙有悔，忠信可久安。勞謙有悔，忠信可久安。天道害盈，好勝者殘。彊梁致災，多招禍患。欲得安樂，獨有無愆。歌以言之，忠信可久安。其三　役神者弊，極欲疾枯。役神者弊，極欲疾枯。顏回短折，不及童烏。縱體淫恣，莫不早徂。酒色何物，今自不辜。歌以言之，酒色令人枯。其四　絶智棄學，遊心於玄默。絶智棄學，遊心於玄默。過而悔，當不自得。垂釣一壑，樂一國。被髮行歌，和者四塞。歌以言之，遊心於玄默。其五　思與王喬，乘雲遊八極。思與王喬，乘雲遊八極。凌厲五嶽，忽行萬億。授我神藥，自生羽翼。呼吸大和，練形易色。歌以言之，行遊八極。其六　徘徊鍾山，息駕于層城。徘徊鍾山，息駕于層城。上蔭華蓋，下采若英。受道王母，遂升紫庭。逍遥天衢，千載長生。歌以言之，徘徊於層城。其七　《古詩紀》卷二十八、《漢魏詩乘》卷十四、《廣文選》卷十三、《嵇中散集》作嵇康《秋胡行七首》，同《樂府詩集》，彼此有異文。

思親詩

奈何愁兮愁無聊，恆惻惻兮心若抽。愁奈何兮悲思多，情鬱結兮不可化。奄失恃兮孤煢煢，内自悼兮嗁失聲。思報德兮邈已絶，感鞠育兮情剥裂。嗟母兄兮永潛藏，想形容兮内摧傷。感陽春兮思慈親，欲一見兮路無因。望南山兮發哀歎，感几杖兮涕汍瀾。念疇昔兮母兄在，心逸豫兮籌四海。忽已逝兮不可追，心窮約兮但有悲。上空堂兮廓無依，覩遺物兮心崩摧。中夜悲兮當告誰，獨抆淚兮抱哀戚。日遠邁兮思予心，戀所生兮淚不禁。慈母没兮誰與驕，顧自憐兮心忉忉。訴蒼天兮天不聞，淚如雨兮歎青雲。欲棄憂兮尋復來，痛殷殷兮不可裁。

以上魏

晉傅玄

董逃行歷九秋篇一首

歷九秋兮三春，分遣貴客遠賓。顧多君心所親，乃命妙伎才人，炳若日月星辰。其一

序金罍兮玉觴，賓主遞起雁行。杯若飛電絶光，交觴接卮結裳，慷慨歡笑萬方。其二

奏新詩兮夫君，爛然虎變龍文。渾若天地未分，齊謳楚舞紛紛，歌聲上激青雲。其三

窮八音兮異倫，奇聲靡靡每新。微笑素齒丹脣，逸響飛薄梁塵，精爽眇眇入神。其四

坐咸醉兮沾歡，引尊促席臨軒。進爵獻壽翻翻，千秋要君一言，願愛不移若山。其五

君恩愛兮不竭，譬若朝日夕月。此景萬里不絶，長保初醮結髮，何憂坐生胡越。其六

攜弱手兮金環，上游飛閣雲閒。穆若鴛鳳雙鸞，還幸蘭房自安，娱心極樂難原。其七

樂既極兮多懷，盛時忽逝若穨。寒暑革御景回，春榮隨風飄摧，感物動心增哀。其八

妾受命兮孤虛，男兒墮地稱姝。女弱雖存若無，骨肉至親更疏，奉事他人託軀。其九

君如影兮隨形，賤妾如水浮萍。明月不能常盈，誰能無根保榮，良時冉冉代征。其十

顧繡領兮含輝，皎日迴光側微。朱華忽爾漸衰，影欲舍形高飛，誰言往恩可追。其十一

薺與麥兮夏零，蘭桂踐霜逾馨。禄命縣天難明，妾心結意丹青，何憂君心中傾。其十二

吴楚歌

燕人美兮趙女佳，其室則邇兮限層崖。雲爲車兮風爲馬，玉在山兮蘭在野。雲無期兮風有止，思心多端

誰能理？

鴻雁生塞北行

鳳皇遠生海西，及時崑山岡。五德在羽儀，龢鳴定宫商。百鳥立侍左右，鼓翼騰華光。上熙游雲日閒，千歲時來翔。孰若彼龍與龜，曳尾泥中藏。非雲雨則不升，冬伏春乃驤。退哀此秋蘭草，根絶隨化揚。靈氣一何優美，萬里馳芬芳。常恐物微易歇，一朝見棄忘。

秦女休行

龐氏有烈婦，義聲馳雍凉。父母家有重怨，仇人暴且彊。雖有男兄弟，志弱不能當。烈女念此痛，丹心爲寸傷。外若無意者，内潛思無方。白日入都市，怨家如平常。匿劍藏白刃，一奮尋身僵。身首爲之異處，伏尸列肆旁。肉與土合成泥，灑血濺飛梁。猛氣上干雲霓，仇黨失守爲披攘。一市稱烈義，觀者收淚並慨慷。百男何當益，不如一女良。烈女直造縣門，云父不幸遭禍殃。今仇身以分裂，雖死情益揚。殺人當伏法，義不苟活隳舊章。縣令解印綬，令我傷心不忍聽。刑部垂頭塞耳，令我吏舉不能成。烈著希代之績，義立無窮之名。夫家同受其祚，子子孫孫咸享其榮。今我作歌詠高風，激揚壯發悲且清。

雲中白子高行

陵陽子，來明意，欲作天與仙人游。超登元氣攀日月，遂造天門將上謁。閶闔闢，見紫微絳闕。紫宫崔嵬，高殿嵯峨，雙闕萬丈玉樹羅。童女掣電策，童兒挽雷車。雲漢隨天流，浩浩如江河。因王長公謁上皇，鈞天樂作不可詳。龍仙神仙，教我靈祕。八風子儀，與我游翔。我心何戚戚，思故鄉。俯看故鄉，二儀設張。樂哉二儀，日月運移。地東南傾，天西北馳。鶴五氣所補，鼇四足所支。齊駕飛龍驂赤螭，逍遥五岳閒，東西馳。長與天地竝，復何爲。

車遥遥篇

車遥遥兮馬洋洋，追思君兮不可忘。君安游兮西入秦，願爲影兮隨君身。君在陰兮影不見，君依光兮妾所願。

昔思君

昔我與君兮形影潛結，今君與我兮雲飛雨絶。昔君與我兮音響相和，今君與我兮落葉去柯。昔君與我兮金石無虧，今君與我兮星滅光離。

擬四愁詩四首并序

張平子作《四愁詩》，體小而俗，七言類也。聊擬而作之，名曰《擬四愁詩》。其詞曰：

我所思兮在瀛洲，願爲雙鵠戲中流。牽牛織女期在秋，山高水深路無由。愍余不遘嬰殷憂，佳人貽我明月珠。何以要之比目魚，海廣無舟悵勞劬。寄言飛龍天馬駒，風起雲披飛龍逝。驚波滔天馬不厲，何爲多念心憂世。其一

我所思兮在珠崖，願爲比翼浮清池。剛柔合德佩二儀，形影一絶長別離。愍余不遘情無攜，佳人貽我蘭蕙草。何以要之同心鳥，火熱水深憂盈抱。申以琬琰夜光寶，卞和既没玉不察。存若流光徒電滅，何爲多念獨蘊結。其二

我所思兮在崑山，願爲比目闞虞淵。日月回曜景照天，參辰曠隔會無緣。愍予不遘罹百艱，佳人貽我蘇合香。何以要之翠鴛鴦，縣度弱水川無梁。申以錦衣文繡裳，三光騁邁景不留。鮮矣民生忽如浮，何爲多念祇〔一〕自愁。其三

我所思兮在朔方，願爲飛雁俱南翔。焕乎人文著三光，胡越殊心生異鄉。愍余不遘罹百殃，佳人貽我羽葆纓。何以要之影與形，增冰憂結緐華零。申以日月指明星，星辰有翳日月移。駑馬哀鳴慙不馳，何爲多念徒自

虧。其四

【校勘記】

〔一〕光緒七年四川尊經書局本、民國三十一年程天放本作『祇』。光緒十六年江蘇書局本作『祇』。

雷歌

雷隱隱，感妾心。傾耳〔一〕清聽，非車音〔二〕。

【校勘記】

〔一〕光緒七年四川尊經書局本、民國三十一年程天放本作『百』。光緒十六年江蘇書局本作『耳』，是。

〔二〕光緒七年四川尊經書局本、民國三十一年程天放本作『非車音耳』，光緒十六年江蘇書局本無『耳』字。《古詩紀》《古詩鏡》無『耳』字。

雲歌

白雲翩翩翔天庭，流景髣髴非君形。白雲飄飄舍我高翔，青雲裴回爲我愁腸。

蓮歌

渡江南，采蓮花。芙蓉增敷，曄若星羅。綠葉映長波，回風容與動纖柯。

陸機

董逃行

和風習習薄林，柔條布葉垂陰。鳴鳩拂羽相尋，倉庚喈喈弄音，感時悼逝傷心。其一

日月相追周旋，萬里倏忽幾年。人皆冉冉西遷，盛時一往不還，慷慨乖念悽然。其二

昔爲少年無憂，常怯秉燭夜游。翩翩宵征何求，于今知此有由，但爲老去年遒。其三

盛固有衰不疑，長夜冥冥無期。何不驅馳及時，聊樂永日自怡，齎此遺情何之。其四

人生居世爲安，豈若及時爲歡。世道多故萬端，憂慮紛錯交顔，老行及之長歎。其五

上留田行

嗟行人之藹藹，駿馬陟原風馳。輕舟汎川雷邁，寒往暑來相尋。零雪霏霏集宇，悲風裴回入襟。歲華冉冉方除，我思纏綿未紓，感時悼逝凄如。

燕歌行

四時代序逝不追，寒風習習落葉飛。蟋蟀在堂露盈墀，念君客游常苦悲。君何緬然久不歸，賤妾悠悠心無違。白日既没明燈煇，夜禽赴林匹鳥棲。雙鳩關關宿河湄，憂來感物涕不晞。非君之念思爲誰，别日何早會日遲。

鞠歌行

序曰：按漢宫閣有含章鞠室、靈芝鞠室，後漢馬防第宅卜臨道，連閣、通池、鞠城，彌於街路。《鞠歌》將謂此也。又東阿王詩『連騎擊壤』，或謂蹙鞠乎？三言七言，雖奇寶名器，不遇知己，終不見重。願逢知己，以託意焉。

朝雲升，應龍攀，乘風遠游騰雲端。鼓鐘歇，豈自歎，急絃高張思和彈。時希值，年夙愆，循己雖易人知難。王陽登，貢公歡，罕生既没國子歎。嗟千載，豈虚言，邈矣遠念情慨然。

順東西門行

出西門，望天庭，暘谷既虚崦嵫盈。感朝露，悲人生，逝者若斯安得停。桑樞低，蟋蟀鳴，我今不樂歲聿

征。迨未莫，及時平，置酒高堂宴友生。激朗笛，彈哀箏，取樂今日盡歡情。

潘尼

逸民吟

我願傲世自遺，舒志六合，巢由是追，沐浴池洪迅羽衣。陟彼名山，采此芝薇。朝雲靉靆，行露未晞。游魚羣戲，翔鳥雙飛。逍遥博觀，日宴〔一〕忘歸。嗟哉四士，從我者誰。

【校勘記】

〔一〕光緒十六年江蘇書局本作『宴』，光緒七年四川尊經書局本、民國三十一年程天放本作『晏』。

張載

擬四愁詩四首

我所思兮在南巢，欲往從之巫山高。登崖遠望涕泗交，我之懷矣心傷勞。佳人遺我筒中布，何以贈之流黄素。願因飄風超遠路，終然莫致增永慕。

我所思兮在朔湄，欲往從之白雪霏。登崖遠望涕泗頹，我之懷矣心傷悲。佳人遺我雲中翮，何以報之連城璧。願因歸鴻超遐隔，終然莫致增永積。

我所思兮在隴原，欲往從之隔泰山。登崖遠望涕泗連，我之懷矣心傷煩。佳人遺我雙角端，何以贈之彫玉環。願因行雲超重巒，終然莫致增永歎。我所思兮在營州，欲往從之路阻修。登崖遠望涕泗流，我之懷矣心傷憂。佳人遺我緑綺琴，何以贈之雙南金。願因流波超重深，終然莫致增永吟。

夏侯湛

山路吟

夙駕兮待明，陟山路兮遐征。冒晨朝兮入大谷，道逶迤兮嵐氣清。攬轡兮抑馬，踟躕兮曠野。曠野兮遼落，崇岳兮嵬崿。邱陵兮連離，卉木兮交錯。渌水兮長流，驚濤兮拂石。

江上泛歌

悠悠兮遠征，倏倏兮暨南荆。南荆兮臨長江，臨長江兮討不庭。江水兮浩浩，長流兮萬里。洪浪兮雲轉，陽侯兮奔起。鷩翼兮垂天，鯨魚兮岳跱。蘼蕪紛兮被皋陸，修竹鬱兮翳崖趾。望江之南兮敖目桂林，桂林蓊鬱兮鶗雞揚音。凌波兮願濟，舟楫不具兮江水深。沈嗟回盼於北夏，何歸軫之難尋。

離親詠

剖符兮南荆，辭親兮遐征。發軔兮皇京，夕臻兮泉亭。撫首兮内顧，按轡兮安步。仰戀兮後涂，俛歎兮前路。既感物以永思兮，且歸身乎懷抱。苟違親以從利兮，匪曾閔之攸寶。視微榮之瑣瑣兮，知吾志之愈小。獨申愧於一心兮，慚報德之彌少。

長夜謡

日暮兮初晴，天灼灼兮遐清。披雲兮歸山，垂景兮照庭。列宿兮皎皎，星稀兮月明。停檐隅以逍遥兮，盼太虚以仰觀。望閶闔之昭晰兮，麗紫微之煇焕。〔一〕

【校勘記】

〔一〕《八代詩選》諸本末句之后注一『闕』字。《夏侯常侍集》《古詩紀》無此字。

董京

答孫楚詩

周道斁兮頌聲没，夏政衰兮五常汩。便便君子，顧望而逝。洋洋乎滿目，作者七，豈不樂天地之化也。哀乎哉時之不可與，對之以獨處。無娱我以爲歡，清流可飲，至道可餐，何爲棲棲，自使疲單？魚縣獸檻，鄙夫知之。古之至人，藏器如靈。緼袍不能令恥，軒冕不能令榮。動如川之流，静如淵之停。鸚鵡能言，泗濱浮磬，衆人所翫，豈合物情？元鳥紆幕，而不彼害，鳴隼遠巢，咸以欲死。盼彼梁魚，逡巡倒尾，沈吟不决，忽焉失水。嗟乎！魚鳥相與，萬世而不悟，以我觀之，乃明其故。焉知不有達人深穆其度？亦將闚我，顰顣而去。萬物皆賤，惟人爲貴，動以九州爲狹，静以圜堵爲大。

石崇

思歸引 并序

余少有大志，夸邁流俗。弱冠登朝，歷位二十五年。五十以事去官，晚節更樂放逸，篤好林藪，遂肥遯於河陽別業。其制宅也，郤阻長隄，前臨清渠，柏木幾於萬株，流水周于舍下。有觀閣池沼，多養魚鳥。家素習技，頗有秦趙之聲。出則以游目弋釣爲事，入則有琴書之娱。又好服食咽氣，志在不死，傲然有凌雲之操。欻復見牽羈，婆娑于九列，困于人閒煩黷，常思歸而永歎。尋覽樂篇，有《思歸引》，儻古人之心有同于今，故制此曲。此曲有弦無歌，今爲作歌詞以述余懷，恨時無知音者。令造新聲，而播于絲竹也。

思歸引，歸河陽。假余翼，鴻鶴高飛翔。經芒阜，濟河梁，整我舊館心悦康。清渠激，魚彷徨，雁驚泝波羣相將，終日周覽樂無方。登雲閣，列姬姜，拊絲竹，叩宫商。宴華池，酌玉觴。

思歸歎

登城隅兮臨長江，極望無涯兮思填胸。魚瀺灂兮鳥繽翻，澤雉游鳧兮戲中園。秋風厲兮鴻雁征，蟋蟀嘈嘈兮晨夜鳴。落葉飄兮枯枝竦，百草零落兮覆邱隴。時光逝兮年易盡，感彼歲暮兮悵自愍。廓羈旅兮滯野都，願御北風兮忽歸徂。惟金石兮幽且清，林鬱茂兮芳卉盈。玄泉流兮縈邱阜，閣館蕭寥兮蔭叢柳。吹長笛兮彈五絃，高歌陵雲兮樂餘年。舒篇卷兮與聖談，釋冕投紱兮希彭聃。超逍遥兮絕塵埃，福亦不至兮禍亦不來。

庾闡

游仙詩六首

熒熒丹桂紫芝，結根雲山九疑。鮮榮夏馥冬熙，誰與薄采松期。其一

赤松游霞乘烟，封子鍊骨凌仙。晨漱水玉心玄，故能靈化自然。其二

乘彼六氣渺茫，輜駕赤水崑陽。遥望至人玄堂，心與罔象俱忘。其三

朝餐雲英玉蕊，夕挹玉膏石髓。瑶臺藻構霞綺，鱗裳羽蓋袚纚。其四

玉樹標雲翠蔚，靈崖獨拔奇卉。芳津蘭瑩珠隧，碧葉灌清鱗萃。其五

玉房石櫓磊砢，燭龍銜煇吐火。朝采石英澗左，夕翳瓊葩巖下。其六

湛方生

懷歸謡

辭衡門兮至歡，懷生離兮苦辛。豈羈旅兮一慨，亦代謝兮感人。四運兮逎盡，化新兮歲故。氛慘慘兮凝晨，風悽悽兮薄莫。雨雪兮交紛，重雲兮四布。天地兮一色，六合兮同素。山木兮摧披，津壑兮凝沍。感羈旅兮苦心，懷桑梓兮增慕。胡馬兮戀北，越鳥兮依陽。彼禽獸兮尚然，况君子兮去故鄉。望歸涂兮漫漫，盼江流兮洋洋。思涉路兮莫由，欲越津兮無梁。

秋夜詩

悲九秋之爲節，物凋悴而無榮。嶺頽鮮而隕緑，木傾柯而落英。履代謝以惆悵，覩摇落而興情。信皋壤之感人，樂未畢而哀生。秋夜清兮何秋夕之轉長，夜悠悠而難極，月皎皎而停光。播商氣以清温，扇高風以革涼。水激波以成漣，露凝結而爲霜。凡有生而必凋，情何感而不傷。苟靈符之未虚，孰兹戀之可忘。何天縣之難釋，思假暢之冥方。拂塵衿於玄風，散近滯於老莊。攬逍遥之宏維，總齊物之大綱。同天地於一指，等太山於豪芒。萬慮一時頓渫，情累豁焉都忘。物我泯然而同體，豈復壽夭於彭殤。

游園詠

諒兹境之可懷，究川阜之奇勢。水窮清以澈鑒，山鄰天而無際。棄初霽之新景，登北館以悠矚。對荆門之孤阜，旁魚陽之秀岳。乘夕陽而含詠，杖輕策以行游。襲秋蘭之流芬，幙長猗之森修。任緩步以升降，歷邱墟而四周。智無涯而難恬，性有方而易適。差一豪而遽乖，徒理存而事隔。故羈馬思其華林，籠雉想其皋澤。矧流客之歸思，豈可忘於疇昔。

無名人

濟濟篇

暢飛暢舞氣流芳，追念三五大綺黄。去失有，時可行，去來同時此未央。時冉冉，近桑榆，但當飲酒爲歡娱。衰老逝，有何期，多憂耿耿内懷思。淵池廣，魚獨希，願得潢浦衆所依。恩感人，世無比，悲歌且舞無極已。

白紵舞歌詩

輕軀徐起何洋洋，高舉兩手白鵠翔。宛若龍轉乍低昂，凝停善睞容儀光。如推若引留且行，隨勢而變誠無方。舞以盡神安可忘，晉世方昌樂未央。質如輕雲色如銀，愛之遺誰贈佳人。制以爲袍餘作巾，袍以光軀巾拂塵。麗服在御會佳賓，醪醴盈尊美且淯。清歌徐舞降祇神，四坐歡樂胡可陳。雙袂齊舉鸞鳳翔，羅帬飄颻昭儀光。趨步生姿進流芳，鳴絃清歌及三陽。人生世間如電過，樂時每少苦日多。幸及良辰曜春華，齊倡獻舞趙女歌。羲和馳景逝不停，春露未晞嚴霜零。百草凋素花落英，蟋蟀吟牖寒蟬鳴。百年之命忽如傾，早知迅速秉燭行。東造扶桑游紫庭，西至昆侖戲層城。陽春白日風花香，趨步明玉舞瑶璫。聲發金石媚笙簧，羅袿徐轉紅袖揚。清歌流響繞鳳梁，如矜若思凝且翔。轉盼遺精豔輝光，將流將引雙雁行。歡來何晚意何長，明君御世永歌昌。

晉杯槃舞歌詩

晉世寧，四海平。普天安樂永大寧。四海安，天下歡，樂治興隆舞杯槃。舞杯槃，何翩翩，舉坐翻覆壽萬年。天與日，終與一，左回右轉不相失。筝笛悲，酒舞疲，心中慷慨可健兒。尊酒甘，絲竹清，願令諸君醉復醒。醉復醒，時合同，四座歡樂皆言工。絲竹音，可不聽，亦舞此槃左右輕。□□□〔一〕，自相當，合坐歡樂人命長。人命長，當結友，千秋萬歲皆老壽。

【校勘記】

〔一〕《樂府詩集》《張茂先集》《古詩紀》無此闕句。

樂詞

繡幙圍香風，弭節朱絲桐。不知理何事，淺立經營中。愛惜加窮袴，防閑託守宮。今日牛羊上邱隴，當年近前面發紅。

休洗紅

休洗紅，洗多紅色淡。不惜故縫衣，記得初按茜。人壽百年能幾何，後來新婦今爲婆。

休洗紅，洗多紅在水。新紅裁作衣，舊紅翻作裏。回黄轉緑無定期，世事反復君所知。

隴上歌

隴上壯士有陳安，軀幹雖小腹中寬，愛養將士同心肝。驌驄父馬鐵鍛鞍，七尺大刀奮如湍，丈八蛇矛左右盤，十盪十決無當前。戰始三交失蛇矛，棄我驌驄竄巖幽，爲我外援而縣頭。西流之水東流河，一去不還奈子何。

武陵人歌緑蘿山

仰茲山兮迢迢，層石構兮嵯峨。朝日麗兮陽巖，落景涼兮陰阿。障壑兮生音，吟籟兮相和。敷芳兮緑林，恬淡兮潤波。樂茲潭兮安流，緩爾櫂兮詠歌。

符秦趙整

諫歌

秦王堅與慕容垂之夫人段氏同輦游于後庭，宦官趙整歌曰：

不見雀來入燕室，但見浮雲蔽白日。

琴歌

阿得脂，阿得脂，博勞舊父是仇綏，尾長翼短不能飛。遠徙種人留鮮卑，一旦緩急語阿誰。

已上晉

卷十六

宋至梁

雜言第二

宋劉鑠

白紵曲一首

仙仙徐動何盈盈，玉腕俱凝若雲行。佳人舉袖燿青蛾，摻摻擢手映鮮羅。狀似明月汎雲河，體如輕風動流波。

何承天

鼓吹鐃歌四首

上陵〔一〕

上陵者，相追攀，被服纖麗振綺紈。攜童幼，升崇巒，南望城闕鬱盤桓。王公第，通衢端，高甍華屋列朱軒。臨濬谷，掇秋蘭，士女悠奕暎隰原。指營邱，感牛山，爽鳩既没景君歎。嗟歲聿，逝不還，志氣衰沮元鬢班。野莽宿，墳土乾，顧此絫絫中心酸。生必死，亦何怨，取樂今日展情歡。

【校勘記】

〔一〕《八代詩選》諸本題名『上陵』綴於詩之末。《鼓吹鐃歌》其它各首同。

將進酒

將進酒，慶三朝。備繇禮，薦嘉肴。榮枯换，霜露交。緩春帶，命朋僚。車等旗，馬齊鑣。懷温克，樂林濠。士失志，愠情勞。思旨酒，寄游敖。敗德人，日醇醪。耽長夜，惑淫妖。興屢舞，厲哇謡。形傞傞，聲號呶。首既濡，志亦荒。性命夭，國家亡。嗟後生，節酣觴。匪酒辜，孰爲殃？

有所思篇

有所思，思昔人，曾閔二子善養親。和顔色，奉昏晨，至誠烝烝通明神。鄒孟軻，爲齊卿，稱身受禄不貪榮。道不用，獨擁楹，三徙既誶禮義明。飛鳥集，猛獸附，功成事畢乃更娶。哀我生，遘凶閔，幼罹荼酷備艱辛。慈顔絶，見無因，長懷永思託邱墳。

臨高臺篇

臨高臺，望天衢，飄然輕舉凌太虚。攜列子，超帝鄉，雲衣雨帶乘風翔。肅龍駕，會瑶臺，清煇浮景溢蓬萊。濟西海，濯洧盤，佇立雲嶽結幽蘭。馳迅風，游炎洲，願言桑梓思舊游。傾宵蓋，靡電旌，降彼天涂頹窈冥。辭仙族，歸人羣，懷忠抱義奉明君。任窮達，隨所遭，何爲遠想令心勞。

謝莊

懷園引

鴻飛從萬里，飛飛河岱起。辛勤越霜霧，聯翩溯江汜。去舊國，違舊鄉，舊山舊海悠且長。迴首瞻東路，延翩向秋方。登楚都，入楚關，楚地蕭瑟楚山寒。歲去冰未已，春來雁不還。風肅幌兮露濡庭，漢水初緑柳葉青。朱光藹藹雲英英，離禽喈喈又晨鳴。菊有秀兮松有蕤，憂來年去容髮衰。流陰逝景不可追，臨堂危坐悵欲悲。軒鳥池鶴戀階墀，豈忘河渚捐江湄。試託意兮向芳蓀，心綿綿兮屬荒樊。想緑蘋兮既冒沼，念幽蘭兮已盈園。夭桃晨暮發，春鶯旦夕喧。青苔蕪石路，宿草塵蓬門。邅吾游夫鄢郢，路脩遠以縈紆。羌故園之在目，江與漢之不可踰。目還流而附音，候歸烟而託書。還流兮潺湲，歸烟容裔去不旋。念衛風於河廣，懷鄁詩於毖泉。漢女悲而歌飛鵠，楚客傷而奏南絃。或巢陽而望越，亦依陰而慕燕。詠零雨而卒歲，吟秋風以永年。

山夜憂

庭光盡，山明歸。松昏解，渚幰稀。流風桒軒卷，明月緣河飛。迺翰西柮亂幽澨。出藥嶼而淹留，過香潭而一憩。嶼側兮初薰，潭垂兮蕰薀。或傾華而鬭景，亦轉綵而□雲。雲轉兮四岫沈，景閟兮雙路深。草將濡而坰晦，樹未飂風而澗音。澗鳥鳴兮夜蟬清，橘露靡兮蕙烟輕。凌別浦兮值泉躍，經喬林兮遇猨驚。躍泉屢環照，驚猨亟啼嘯。徒芳酒而生傷，友塵琴而自弔。弔琴兮悠悠，影慼兮心妯。逢鏤山之既渥，承潤海之方流。身無厚於蜩毳，恩有重於嵩邱。仰絶炎而締愧，謝淚河而軫憂。夜永憂綿綿，晨寒起長淵。南皋別鶴佇漢，東鄰孤管入青天。沈疴白髮共急日，朝露過隟詎賒年。年既去兮髮不還，金膏玉瀝豈留顏。迴軨拓繩户，收棹掩荆關。

謝靈運

燕歌行

孟冬初寒節氣成，悲風入閨霜依庭。秋蟬噪柳燕辭楹，念君行役怨邊城。君何崎嶇久徂征，豈無膏沐感鸛鳴。對君不樂淚霑纓，闢窗開幌弄秦箏。調絃促柱多哀聲，遥夜明月鑒帷屏。誰知河漢淺且清，展轉思服悲明星。

鞠歌行

德不孤兮必有鄰，唱和之契冥相因。譬如虬虎兮來風雲，亦如形聲影響陳。心歡賞兮歲易淪，隱玉藏彩疇識真。叔牙顯，夷吾親。郢既没，匠輟斤。覽古籍，信伊人，永言知己感良辰。

順東西門行

出西門，眺雲間，揮斤扶木墜虞泉。信道人，鑒徂川，思樂暫舍誓不旋。閔九九，傷牛山，宿心載違徒昔言。競落運，務頹年，招命儕好相追牽。酌芳酤，奏緐絃，惜寸陰，情固然。

謝惠連

燕歌行

四時推遷迅不停，三秋蕭瑟葉解輕。飛霜被野雁南征，念君客游羈思盈。何爲淹留無歸聲，愛而不見傷心情。朝日潛煇華燈明，林鵲同棲渚鴻并。接翮偶羽依蓬瀛，仇依旅類相和鳴。余獨何爲志無成，憂緣物感淚霑纓。

鞠歌行

翔馳騎，千里姿，伯樂不舉誰能知。南荆璧，萬金貲，卞和不斲與石離。年難留，時易頹〔一〕，厲志莫賞徒勞疲。沮齊音，溺趙吹，匠石善運郢不危。古綿眇，理參差，單心慷慨雙淚垂。

【校勘記】

〔一〕光緒十六年江蘇書局本作『頽』，光緒七年四川尊經書局本、民國三十一年程天放本闕此字。《樂府詩集》《謝法曹集》《廣文選》作『隕』。《古詩紀》作『殞』。

前緩聲歌

羲和纖阿去嵯峨，睹物知命，使余轉欲悲歌。憂戚人心胸，處山勿居峯。在行勿爲公，居峯大阻鋭。爲公遇讒蔽，雅琴自疏越，雅韻能揚揚。滑滑相混同，終始福禄豐。

吴邁遠

楚朝曲

白雲縈藹荆山阿，洞庭縱横日生波。幽芳遠客悲如何，繡被掩口越人歌。壯年流□□□河，清貞空情感電過〔一〕。初同末異憂愁多，窮巷惻愴沈汨羅。延思萬里挂長河，翻驚漢陰動湘娥。

【校勘記】

〔一〕以上兩句，光緒十六年江蘇書局本作『壯年流□□□河，清貞空情感電過』，光緒七年四川尊經書局本、民國三十一年程天放本作『壯年流河清貞空情感電過』，未表闕漏。《樂府詩集》《古詩紀》作『壯年流瞻裹成和，清貞空情感電過』。

湯惠休

白紵歌二首

琴瑟未調心已悲，任羅勝綺強自持。忍思一舞望所思，將轉未轉恆如疑。桃花水上春風出，舞袖逶迤鸞照日。裴回鶴轉情豔逸，君爲迎歌心如一。

少年窈窕舞君前，容華豔豔將欲然。爲君嬌凝復遷延，流目送笑不敢言。長袖拂面心自煎，願君流光及盛年。

秋風

秋風嫋嫋入曲房，羅帳含月思心傷。蟋蟀夜鳴斷人腸，長夜思君心飛揚。他人相思君相忘，錦衾瑶席爲誰芳。

秋思引

秋寒依依風過河，白露蕭蕭洞庭波。思君末光光已滅，眇眇悲望如思何！

楚明妃曲

瓊臺彩楹，桂寢彫甍。金閨流燿，玉牖含英。香芬幽藹，珠彩珍榮。文羅秋翠，紈綺春輕。驂駕鸞鶴，往來仙靈。含姿緜視，微笑相迎。結蘭枝，送目成，當年爲君榮。

徐爰〔一〕

華林北澗詩一首

總長潭兮括遠源，下沈溜兮起輕泉。回溪浚兮曲沼沮，衝波激兮瀨淺淺。貫九谷兮積靈芝，飛清濤兮潔澄漣。

【校勘記】

〔一〕《八代詩選》諸本皆作「徐諼」，《古詩紀》卷六十四同。

劉俣

詩一首

城上草，植根非不高，所恨風霜早。

鮑照

代雉朝飛

雉朝飛，振羽翼，專場挾兩恃彊力。媒已驚，翳又逼，蒿間潛彀盧矢直。刎繡頸，碎錦臆，絶命君前無怨色。握君手，執杯酒，意氣相傾死何有。

代淮南王二首

淮南王，好長生，服食鍊氣讀仙經。琉璃作椀牙作盤，金鼎玉匕合神丹。合神丹，戲紫房，紫房綵女弄明璫，鸞歌鳳舞斷君腸。

朱城九門門九閨，願逐明月入君懷。入君懷，結君佩，怨君恨君恃君愛。築城思堅劍思利，同盛同衰莫相棄。

代空城雀

雀乳四鷇，空城之阿。朝食野粟，夕飲冰河。高飛畏鴟鳶，下飛畏罔羅。辛傷伊何言，怵迫良已多。誠不及青鳥，遠食玉山禾。猶勝吴宫燕，無罪得焚窠。賦命有厚薄，長歎欲如何？

代鳴雁行

邕邕鳴雁鳴始旦，齊行命侣入雲漢。中夜相失羣離亂，留連徘徊不忍散。憔悴容儀君不知，辛苦霜風亦何爲？

代夜坐吟

冬夜沈沈夜坐吟，含聲未發已知心。霜入幕，風度林。朱燈滅，朱顔尋。體君歌，逐君音，不貴聲，貴意深。

代北風凉行

北風凉，雨雪雱，京洛女兒多妍妝。遥豔帷中自悲傷，沉吟不語若有忘。問君行，何當歸？苦使妾坐自傷悲。慮年至，慮顔衰，情易遠，恨難追。

代春日行

獻歲發，吾將行。春山茂，春日明。園中鳥，多嘉聲。梅始發，桃始青。汎舟艫，齊櫂驚。奏《采菱》，歌《鹿鳴》。風微起，波微生。絃亦發，酒亦傾。入蓮池，折桂枝。芳袖動，芬葉披。兩相思，兩不知。

代白紵曲二首

朱脣動，素袖舉，洛陽少童邯鄲女。古稱《渌水》今《白紵》，催絃急管爲君舞。窮秋九月荷葉黄，北風驅雁天雨霜。夜長酒多樂未央。

春風澹蕩使思多，天色净渌氣妍和，含桃紅萼蘭紫芽，朝日灼爍發園華。卷幌結帷羅玉筵，齊謳秦吹盧女絃，千金顧笑買芳年。

代白紵舞歌詞四首奉始興王教作并啟

侍郎臣鮑照啟：被教作《白紵舞歌詞》，謹竭庸陋，裁爲四曲，附啟上呈。識方淟悴，思涂猥局。言既無雅，聲未能文，不足以宣贊聖旨，抽拔妙實。謹遣簡餘，慚隨悚盈。謹啟。

吴刀楚製爲佩禕，纖羅霧縠垂羽衣。含商嚼徵歌露晞，珠履颯沓紈袖飛。凄風夏起素雲回，車怠馬煩客忘歸，蘭膏明燭承夜暉。

桂宫柏寢擬天居，朱雀文窗韜碧疏。象牀瑶席鎮犀渠，彫屏合帀組帷舒。秦筝趙瑟挾笙竽，垂璫散佩盈玉除，停觴不御欲誰須？

三星參差露霑溼，絃悲管清月將入。寒光蕭條候蟲急，荆王流歎楚妃泣。紅顔難長時易戢，凝華結綵久延立，非君之故豈安集？

池中赤鯉庖所捐，琴高乘去飛上天。命逢福世丁溢恩，簪金籍綺升曲筵。恩厚德重委如山，絜誠洗志期暮年，烏白馬角寧足言？

夜聽伎

蘭膏銷耗夜轉多，亂筵雜坐更絃歌。傾情逐節甯不苦，特爲盛年惜容華。

梅花落

中庭雜樹多，偏爲梅咨嗟。問君何獨然？念其霜中能作花，露中能作實。摇盪春風媚春日，念爾零落逐寒風，徒有霜華無霜質。

擬行路難十八首

奉君金卮之美酒，瑇瑁玉匣之彫琴。七綵芙蓉之羽帳，九華蒲萄之錦衾。紅顔零落歲將暮，寒光宛轉時欲沈。願君裁悲且減思，聽我抵節行路吟。不見柏梁銅雀上，甯聞古時清吹音。

洛陽名工鑄爲金博山，千斵復萬鏤，上刻秦女攜手仙。承君清夜之歡娱，列置幃裏明燭前。外發龍鱗之丹綵，内含麝芬之紫烟。如今君心一朝異，對此長歎終百年。

璇閨玉墀上椒閣，文窗繡户垂羅幙。中有一人字金蘭，被服纖羅藴芳藿。春燕差池風散梅，開幃對景弄春爵。含歌攬涕恒抱愁，人生幾時得爲樂。甯作野中之雙鳧，不願雲間之别鶴。〔一〕

【校勘記】

〔一〕以上二首，《八代詩選》諸本合爲一首，此分開。

瀉水置平地，各自東西南北流。人生亦有命，安能行歎復坐愁？酌酒以自寬，舉杯斷絶歌路難。心非木石豈無感，吞聲躑躅不敢言。

君不見河邊草，冬時枯死春滿道。君不見城上日，今冥没盡去，明朝復更出。今我何時當得然，一去永滅入黄泉。人生苦多懽樂少，意氣敷腴在盛年。且願得志數相見，牀頭恒有沽酒錢。功名竹帛非我事，存亡貴賤付皇天。

對案不能食，拔劍擊柱長歎息。丈夫生世會幾時，安能蹀躞垂羽翼？棄置罷官去，還家自休息。朝出與親辭，暮還在親側。弄兒牀前戲，看婦機中織。自古聖賢盡貧賤，何況我輩孤且直！

愁思忽而至，跨馬出北門。舉頭四顧望，但見松柏園，荆棘鬱蹲蹲。中有一鳥名杜鵑，言是古時蜀帝魂。聲音哀苦鳴不息，羽毛憔悴似人髡。飛走樹間啄蟲蟻，豈憶往日天子尊。念此死生變化非常理，中心惻愴不能言。

中庭五株桃，一株先作花。陽春夭冶二三月，從風簸蕩落西家。西家思婦見悲惋，零淚霑衣撫心歎。初我送君出户時，何言淹留節迴换。牀席生塵明鏡垢，纖腰瘦削髮蓬亂。人生不得長稱意，惆悵徙倚至夜半。

剉蘗染黄絲，黄絲歷亂不可治。我昔與君始相值，爾時自謂可君意。結帶與我言，生死好惡不相置。今日見我顔色衰，意中索漠與先異。還君金釵玳瑁簪，不忍見之益愁思。

君不見舜華不終朝，須臾奄冉零落銷。盛年夭豔浮華輩，不久亦當詣冢頭。一去無還期，千秋萬歲無音詞。孤魂煢煢空隴間，獨魄裴回遶墳基。但聞風聲野鳥吟，豈憶平生盛年時。爲此令人多悲悒，君當縱意自熙怡。君不見枯籜走階庭，何時復青著故莖。君不見亡靈蒙享祀，何時傾杯竭壺罌。君當見此起憂思，甯及得與時人争。人生倏忽如絶電，華年盛德幾時見。但令縱意存高尚，旨酒嘉肴相胥讌。持此從朝竟夕暮，差得亡憂消愁怖。胡爲惆悵不能已，難盡此曲令君忤。

今年陽初花滿林，明年冬末雪盈岑。推移代謝紛交轉，我君邊戍獨稽沈。執袂分明已三載，邇來淹寂無分[一]音。朝悲慘慘遂成滴，暮思繞繞最傷心。膏沐餘芳久不御，蓬首亂鬢不設簪。徒飛輕埃舞空帷，粉筐黛器靡復遺。自生留世苦不幸，心中惕惕恆懷悲。

【校勘記】

〔一〕《八代詩選》諸本闕『分』字，此據《樂府詩集》補。本句《鮑參軍集》《古詩紀》作『邇來寂淹無分音』。

春禽喈喈旦暮鳴，最傷君子憂思情。我初辭家從軍僑，榮志溢氣干雲霄。流浪漸冉經三齡，忽有白髮素髭生。今暮臨水拔已盡，明日對鏡復已盈。但恐羈死爲鬼客，客思寄滅生空精。每懷舊鄉野，念我故人多悲聲。忽見過客問向我，甯知我家在南城。答云我曾居君鄉，知君游宦在此城。我行離邑已萬里，今方羈役去遠征。來時聞君婦，閨中孀居獨宿有貞名。亦云朝悲泣閒房，又聞莫思淚霑裳。形容憔悴非昔悅，蓬鬢衰顏不復妝。見此令人有餘悲，當願君懷不暫忘。

君不見少壯從軍去，白首流離不得還。故鄉窅窅日夜隔，音塵斷絶阻河關。朔風蕭條白雲飛，胡笳哀極邊氣寒。聽此愁人兮奈何，登山遠望得留顏。將死胡馬迹，能見妻子難。男兒生世轗軻欲何道，綿憂摧抑起長歎。

君不見柏梁臺，今日邱虚生草萊。君不見阿房宫，寒雲澤雉棲其中。歌伎舞女今誰在，高堆纍彖滿山隅。長袠紛紛徒競世，非我昔時千金軀。隨酒逐樂任意去，莫令含歎下黄壚。

君不見冰上霜，表裏陰且寒。雖蒙朝日照，信得幾時安。民生故如此，誰令摧折彊相看。年去年來自如削，白髮零落不勝冠。

君不見春鳥初至時，百草含青俱作花。寒風蕭索一旦至，竟得幾時保光華。日光流邁不相饒，令我愁思怨恨多。

諸君莫歎貧，富貧不由人。丈夫四十彊而仕，余當二十弱冠辰，莫言草木委冬雪，會應蘇息遇陽春。對酒敘

長篇，窮涂運命委皇天，但願尊中九醖滿，莫惜牀頭百箇錢。直須優游卒一歲，何勞辛苦事百年。〔一〕

【校勘記】

〔一〕《八代詩選》諸本皆録十八首之前十七首，闕第十八首，此補入。《樂府詩集》鮑照《行路難》十九首之第十九首。

已上宋

齊高帝蕭道成

塞客吟一首

寶緯紊宗，神經越序。德晦河晉，力宣江楚。雲雷兆壯，天山繇武。直髮指河關，凝精越漢渚。秋風起，塞草衰，雕鴻思，邊馬悲。平原千里顧，但見轉蓬飛。星嚴海浄，月澈河明。清煇映幕，素液凝庭。金笳夜厲，羽轊晨征。斡晴潭而悵泗，枻松洲而悼情。蘭涵風而寫豔，菊籠泉而散英。曲繞首燕之歎，吹軫絶越之聲。欷園琴之孤弄，想飛藿之餘馨。青關望斷，白日西斜。恬源靚霧，隴首飛霞。戒旋鷁，躍還波。情緜緜而方遠，思嫋嫋而遂多。粤擊秦中之筑，因爲塞上之歌。歌曰：

朝發兮江泉，日夕兮陵山。驚飈兮瀄汨，淮流兮潺湲。胡埃兮雲聚，楚沛兮星縣。愁牖兮思宇，惻愴兮何言。定寰中之逸鑒，審雕陵之迷泉。悟樊籠之或累，悵遐心以棲玄。

陸厥

蒲坂行

江南風已春，河間柳已把。雁反無南書，寸心何由寫。流泊祁連山，飄颻高闕下。

京兆歌

兔園夾池水，脩竹復檀欒。不如黃山苑，儲胥與露寒。邐迤旁無界，岑崟鬱上干。上干入翠微，下趾連長薄。芳露浸紫莖，秋風搖素蕚。雁起宵未央，雲間月將落。照梁桂兮影徘徊，承露盤兮光照灼。壽陵之街走狐兔，金卮玉盌會銷鑠。願奉蒲萄花，爲君實羽爵。

李夫人及貴人歌

屬車桂席塵，豹尾香烟滅。彤殿向蘼蕪，青蒲復萎絶。坐萎絶，對蘼蕪。臨丹階，泣椒塗。寡鶴羈雌飛且止，雕梁翠壁網蜘蛛。洞房明月夜，對此淚如珠。

臨江王節士歌

木葉下，江波連，秋月照浦雲歇山。秋思不可裁，復帶秋風來。秋風來已寒，白露驚羅紈。節士慷慨髮衝冠，彎弓挂若木，長劍竦雲端。

釋寶月

行路難一首

君不見孤雁關外發，酸嘶度揚越。空城客子心腸斷，幽閨思婦氣欲絶。凝霜夜下拂羅衣，浮雲中斷開明月。夜夜遥遥徒相思，年年望望情不歇。寄我匣中青銅鏡，倩人爲君除白髮。行路難，行路難，夜聞南城漢使度，使我流淚憶長安。

已上齊

梁武帝蕭衍

白紵詞

朱絲玉柱羅象筵，飛琯促節舞少年。短歌流目未肯前，含笑一轉私自憐。

纖腰嫋嫋不勝衣，嬌怨獨立特爲誰。起曲君前未忍歸，上聲急調中心飛。

江南弄七曲

江南弄〔一〕

衆花雜色滿上林，舒芳曜緑垂輕陰。連手躞蹀舞春心。舞春心，臨歲腴，中人望，獨峙㞰。

【校勘記】

〔一〕《江南弄》《龍笛曲》等，《八代詩選》諸本皆置曲題於詩之末，此一并前置。宋刻本《玉臺新詠》不選此詩，清吴兆宜校注本卷九入選，題作《江南弄》。《梁武帝集》《古詩紀》《古詩鏡》於每曲題下皆有『和云陽春路，娉婷出綺羅』等句，《八代詩選》諸本皆無。

龍笛曲

美人緜眇在雲堂，彫金鏤竹眠玉牀。晼曖寥亮繞虹梁。繞虹梁，流月臺，駐狂風，鬱徘徊。

采蓮曲

游戲五湖采蓮歸，發花田葉芳襲衣。爲君豔歌世所希。世所希，有如玉，江南弄，采蓮曲。

鳳笙曲

緑曜剋碧彫琯笙，朱脣玉指學鳳鳴。流連參差飛且停。飛且停，在鳳樓，弄嬌響，聞清謳。

采菱曲

江南稚女珠捥繩，金翠摇首紅顏興。桂棹容與歌采菱。歌采菱，心未怡，翳羅袖，望所思。

游女曲

氛氳蘭麝體芳滑，容色玉耀眉如月。珠佩婐媠戲金闕。戲金闕，游紫庭，舞飛閣，歌長生。

朝雲曲

張樂陽臺歌上謁，如寢如興芳晻曖，容光既豔復還没。復還没，望不來，巫山高，心裴回。

上雲樂七曲〔一〕

鳳臺曲〔二〕

鳳臺上，兩悠悠。雲之際，神光朝天極，華蓋遏延州。羽衣昱燿，春吹去復留。

【校勘記】

〔一〕《樂府詩集》卷五十一《清商曲辭八》、《梁武帝集》卷二、《古詩紀》卷七十四、《古詩鏡》卷十七梁武帝《上雲樂》七曲，《八代詩選》僅選其前六曲。

〔二〕《八代詩選》諸本六曲名均置於詩末，此據《樂府詩集》前置。《古詩紀》《古詩鏡》每曲題下皆有如『和云，上雲真，樂萬春』等。

桐柏曲

桐柏真，昇帝賓。戲伊谷，游洛濱。參差列鳳管，容與起梁塵。望不可至，裴回謝時人。

方丈曲

方丈上，陵層雲。挹八玉，御三雲。金書發幽會，碧簡吐元門。至道虛凝，寞然共所遵。

方諸曲

方諸上，上雲人，業守仁。摐金集瑤池，步光禮玉晨。霞蓋容長肅，清虛伍列真。

玉龜曲

玉龜山，真長仙。九光曜，五雲生。交帶要分影，太華冠晨纓。壽如玄羅，出入游太清。

金丹曲

紫霜曜，絳雪飛。追以還，轉復飛，九真道方微。千年不傳，一傳裔雲衣。

昭明太子蕭統

示雲麾弟詩一首

白雲飛兮江上阻，北流分兮山風舉。山萬仞兮多高峯，流九派兮饒江渚。山岧嶢兮乃逼天，雲微濛兮復興雨。實覽歷兮此名地，故敖游兮兹勝所。爾登陟兮一長望，理化顧兮忽憶予。想玉顏兮在目中，徒踟躕兮增延伫。

簡文帝蕭綱

烏棲曲四首〔一〕

芙蓉作船絲作絆，北斗横天月將落。采蓮渡頭礙黄河，郎今欲渡畏風波。
浮雲似帳月成鉤，那能夜夜南陌頭。宜城醞酒今行熟，停鞍繫馬暫棲宿。
青牛丹轂七香車，可憐今夜宿倡家。倡家高樹烏〔二〕欲棲，羅帷翠帳向君低。
織成屏風銀屈厀，朱脣玉面燈前出。相看氣息望君憐，誰能含羞不自前。

【校勘記】

〔一〕蕭綱《烏棲曲》總四首，《玉臺新詠》卷九題作『皇太子聖製烏棲曲四首』。
〔二〕光緒七年四川尊經書局本、民國三十一年程天放本作『鳥』。

從軍行雜句

雲中亭障羽檄驚，甘泉烽火通夜明。貳師將軍新築營，驃騎校尉初出征。復有山西將，絶世受雄名。三門應遁甲，五壘學神兵。白雲隨陳色，蒼山答鼓聲。邐迤觀鵞翼，參差覩雁行。先平小月陳，卻滅大宛城。善馬還長樂，黄金付水衡。小婦趙人能鼓瑟，侍婢初笄解鄭聲。庭前桃花飛已合，必應紅妝起見迎。

烏夜啼

緑草庭中望明月，碧玉堂裏對金鋪。鳴絃撥捩發初異，挑琴欲吹衆曲殊。不疑三足朝含影，直言九子夜相呼。羞言獨眠枕下淚，託道單棲城上烏。

采菊篇

日精麗草散秋株，洛陽少婦絶妍姝。相呼提筐采菊珠，朝起露溼霑羅襦。東方千騎從驪駒，更不下山逢故夫。

東飛伯勞歌二首

翻階蛺蝶戀花情，容華飛燕相逢迎。誰家總角岐路陰，裁紅點翠愁人心。天窗綺井曖裴回，珠簾玉篋明鏡臺。可憐年幾十三四，工歌巧舞入人意。白日西落楊柳垂，含情弄態兩相知。

西飛迷雀東羈雌，倡樓秦女乍相值。誰家妖麗鄰中止，輕妝薄粉光閭里。網户珠綴曲瓊鉤，芳茵翠被香氣流。少年年幾方三六，含嬌聚態傾人目。餘香落蘂坐相催，可憐絶世爲誰媒。

度關山

關山遠可度，遠度復難思。直指遮歸道，都護總前期。力農争地利，轉戰逐天時。材官蹶張皆命中，弘農越騎盡搴旗。搴旗遠不息，驅虜何窮極。狼居一封難再覩，閼氏永去無容色。鋭氣且横行，朱旍亂日精。先屠光禄塞，卻破夫人城。凱歌還舊里，非是衒功名。

隴西行

邊秋胡馬肥，雲中驚寇入。勇氣特無侶，輕兵救邊急。沙平不見虜，嶂險還相及。出塞豈成歌，經川未遑汲。烏孫塗更阻，康居路猶澀。月暈抱龍城，星流照馬邑。長安路遠書不還，寗知征人獨佇立。

江南弄三首〔一〕

江南曲〔二〕

枝中水上春併歸，長楊埽地桃花飛。清風吹人光照衣。光照衣，景將夕。擲黃金，留上客。

龍笛曲

金門玉堂臨水居，一顰一笑千萬餘。游子去還願莫疏。願莫疏，意何極。雙鴛鴦，兩相憶。

采蓮曲

桂檝蘭橈浮碧水，江花玉面兩相似。蓮疏藕折香風起。香風起，白日低。采蓮曲，使君迷。

【校勘記】

〔一〕明小宛堂覆宋本《玉臺新詠》卷九、傅增湘藏宋本《樂府詩集》卷五十《清商曲辭七·江南弄上》作昭明太子蕭統詩。《古詩紀》卷七十七作梁簡文帝詩，題《江南弄三首》。《八代詩選》諸本作梁簡文帝蕭綱詩。

〔二〕《八代詩選》諸本三曲題名皆置詩尾，此據《樂府詩集》卷五十前置。

和蕭侍中子顯春別四首

別觀蒲萄帶實垂，江南荳蔻生連枝。無情無意猶如此，有心有恨徒別離。

蜘蛛作絲滿帳中，芳草結葉當行路。紅臉脈脈一生嗁，黃鳥飛飛有時度。故人雖故昔經新，新人雖新復應故。

可憐淮水去來潮，春隄楊柳覆河橋。淚迹未燥詎終朝，行聞玉佩已相要。

桃紅李白若朝妝，羞持憔悴比新楊。不惜暫住君前死，愁無西國更生香。

夜望單飛雁

天霜河北夜星稀，一雁聲嘶何處歸。早知半路應相失，不如從來本獨飛。

應令

蠡浦急兮川路長，白雲重兮出帝鄉。平原忽兮遠極目，江甸阻兮轉心傷。對廬岳兮高且峻，瞻派水兮去泱泱。遠烟生兮含山勢，風散花兮傳馨香。臨清波兮望石鏡，瞻鶴嶺兮睇仙莊。望邦畿兮千里曠，悲遥夜兮九迴腸。顧龍樓兮不可見，徒送目兮淚霑裳。

擬古

窺紅對鏡斂雙眉，含愁拭淚坐相思。念人一去許多時，眼語笑靨迎來情，心懷心想甚分明。憶人不忍語，含恨獨吞聲。

春情

蝶黄花紫燕相追，楊低柳合路塵飛。已見垂鉤挂緑樹，誠知淇水霑羅衣。兩童挾車問不已，五馬城南猶未歸。鶯啼春欲駛，無爲空掩扉。

倡樓怨節

朝日斜來照户，春鳥争飛出林。片光片影皆麗，一聲一轉煎心。上林紛紛花落，淇水漠漠萿浮。年馳節流易盡，何爲忍憶含羞。

傷離新體

傷離復傷離，別後情鬱紆。悽悽隱去棹，惘惘愴還涂。戚戚意不申，轉顧獨霑巾。前驅經御宿，後騎歷河湑。胡香翼還轖，清笳送後塵。落日斜飛蓋，餘煇承畫輪。柳影長橫路，槐枝深隱人。桂宮夕掩銅龍扉，甲館宵垂雲母幃。朧朧月色上，的的夜螢飛。草香襲余袂，露灑霑人衣。帶堞陵城雲亂聚，排枝度葉鳥争歸。盌中浮蟻不能酌，琴間玉徽調別鶴。別鶴千里別離聲，絃調軫急心自驚。試起登南樓，還向華池游。前時篠生今欲合，近日栽荷尚不抽。猶是銜杯共賞處，今兹對此獨生愁。登樓望曖曖，山川自分態。偃師雖北連，轘轅已南背。遠聽寂無聞，遥瞻目有閡。含豪意不迷，長歎意無賴。

元帝蕭繹

燕歌行

燕趙佳人本自多，遼東少婦學春歌。黄龍戍北花如錦，玄兎城南月似蛾。如何此時別夫壻，金羈翠眊往交河。還聞去漢入燕營，怨妾愁心百恨生。漫漫悠悠天未晚，遥遥夜夜聽寒更。自從異縣同心別，偏恨同時成異節。横波滿臉萬行啼，翠眉暫斂千重結。並海連天合不開，那堪春日上春臺。乍見遠舟如落葉，復看遥舸似行杯。沙汀夜鶴嘯羈雌，妾心無趣坐傷離。翻嗟漢使音塵斷，空傷賤妾燕南垂。

烏棲曲

沙棠作船桂爲楫，夜渡江南采蓮葉。復值西施新浣紗，共向江干眺月華。月華似璧星如佩，流影澄明玉堂内。邯鄲九枝朝始成，金卮玉盌共君傾。

交龍成錦鬬鳳文，芙蓉爲帶石榴帬。日下城南兩相望，月没參横掩羅帳。七彩隨珠九華玉，蛺蝶爲歌明星曲。蘭房椒閣夜方開，那知步步香風逐。

春别應令四首

昆明夜月光如練，上林朝花色如霰。花朝月夜動春心，誰忍相思不相見。

試看機上交龍錦，還瞻庭裏合歡枝。暎日通風影珠幔，飄花拂葉度金池。不聞離人當重合，惟愁合罷會成離。

門前楊柳亂如絲，直置佳人不自持。適言新作裂紈詩，誰悟今成織素詞。

日暮徙倚渭橋西，正見流月與雲齊。若使月光無遠近，應照離人今夜啼。

古意詠燭

花中燭，焰焰動簾風。不見來人影，迴光持向空。

賦得登山馬〔一〕

登山馬遥小，遥小馬纔通〔二〕。汗赭疑霑勒，衣香不逐風。何殊隴頭望，遥識祁連東。

【校勘記】

〔一〕《文苑英華》卷三三〇題作《賦詠登山馬》，署名阮文帝。今按：史無阮文帝，《文苑英華》卷三三〇誤署。《古詩類苑》卷一二七、《六朝詩集》題作『賦得登山馬』。《古詩紀》卷八十一作梁元帝詩，題下小注：『簡文同賦。』《古詩紀》此詩作『登山馬，遥小馬纔通，汗赭疑沾勒，衣香不逐風。何殊隴頭望，遥識祁連東。』《八代詩選》諸本此詩作：『登山馬遥小，馬纔通汗赭疑霑勒，衣香不逐風，何殊隴頭望，遥識祁連東。』有錯亂。

〔二〕首兩句《梁元帝集》作『登山馬遥遥，小小馬纔通』。

別詩二首選一

三月桃花合面脂，五月新油好煎澤。莫復臨時不寄人，謾道江中無估客。

沈約

江南弄四首

趙瑟曲〔一〕

邯鄲奇弄出文梓，縈絃急調切流徵。玄鶴裴回白雲起。白雲起，鬱披香。離復合，曲未央。

秦箏曲

羅袖飄纚拂彫桐，促柱高張散輕宮。迎歌度舞遏歸風。遏歸風，止流月。壽萬春，歡無歇。

陽春曲

楊柳垂地燕差池，緘情忍思落容儀。絃傷曲怨心自知。心自知，人不見。動羅帬，拂珠殿。

朝雲曲

陽臺氤氳多異色，巫山高高上無極，雲來雲去常不息。常不息，夢來游。極萬世，度千秋。

【校勘記】

〔一〕依《樂府詩集》，曲名《趙瑟曲》等由詩之尾置前。

樂未央〔一〕

億舜日，萬堯年。詠湛露，歌采蓮。願雜百和氣，宛轉金爐前。

【校勘記】

〔一〕《樂府詩集》卷七十四《雜曲歌辭十四》、《沈隱侯集》卷二、《古詩紀》卷八十二沈約《樂未央》。此詩又見《張散騎集》，作張正見詩，題《神仙篇》，題下注曰：『見《文苑英華》《樂府》，作沈約，題云《樂未央》。』

四時白紵歌五首并序〔一〕

敕臣約造聖製後兩句。

春

蘭葉參差桃半紅，飛芳舞縠戲春風。如嬌如怨狀不同，含笑流盼滿堂中。翡翠羣飛飛不息，願在雲間長比翼。佩服瑶草駐容色，舜日堯年歡無極。

夏

朱光灼爍照佳人，含情送意遥相親。嫣然一轉亂心神，非子之故欲誰因。

秋

白露欲凝草已黄，金瑱玉柱響洞房。雙心一意俱回翔，吐情寄君君莫忘。

冬

寒閨晝密羅幌垂，婉容麗色心相知。雙去雙還誓不移，長袖拂面爲君施。

夜

秦箏齊瑟燕趙女，一朝得意心相許。明月如規方襲予，夜長未央歌白紵。

【校勘記】

〔一〕五首詩題『春』『夏』等均由詩尾置前。

上巳華光殿

於維盛世即軒嫣，朝酆宴鎬復在斯。朝光灼爍映蘭池，春風宛轉入細枝。時鷽顧慕聲合離，輕波微動漾羽卮。河宗海若生蛟螭，浮梁徑度跨回漪。朱顔始洽景將移，安得壯士駐奔曦。

六憶詩四首

憶來時，的的上階墀。勤勤敘離别，慊慊道相思。相看常不足，相見乃忘饑。

憶坐時，點點羅帳前。或歌四五曲，或弄兩三絃。笑時應無比，嗔時更可憐。

憶食時，臨盤動顔色。欲坐復羞坐，欲食復羞食。含哺如不饑，擎甌似無力。

憶眠時，人眠彊未眠。解羅不待勸，就枕更須牽。復恐旁人見，嬌羞在燭前。

湘綺評：沈休文舊有《六憶詩》，亦宫體也。詩軼二憶，以意補之。凡聚會作詩，苦無寄託，老、莊既嫌數見，山水又必身經，聊引閨房，以敷詞藻，既無實指，焉有邪淫？世之訾者未知詞理耳。（《湘綺樓説詩》卷一）

八詠八首

望秋月〔一〕

望秋月，秋月光如練。照曜三爵臺，裴回九華殿。九華瑇瑁梁，華榱與壁璫。以茲彫麗色，持照明月光。凝華入黼帳，清煇縣洞房。先過飛燕户，卻照班姬牀。桂宫嫋嫋折桂枝，露室淒淒凝白露。上林晚葉颯颯鳴，雁門早鴻離離度。湛秀質兮似規，委清光兮如素。照愁軒之蓬影，映金階之輕步。居人臨此笑以歌，别客對之傷且慕。經衰圃，暎寒叢。凝清夜，帶秋風。隨庭雪以偕素，與池荷而共紅。臨玉墀之皎皎，含霜靄之濛濛。轔天衢而徙步，轢長漢而飛空。隱巖崖而半出，隔帷幌而纔通。散朱庭之奕奕，入青瑣而玲瓏。閒階悲寡鵠，沙洲怨别鴻。昭姬泣胡殿，明君思漢宫。余亦何爲者，淹留此山東。

【校勘記】

〔一〕《八代詩選》諸本八首詩題皆置詩末，此前置。

臨春風

臨春風，春風起春樹。游絲曖如網，落花雰侣〔一〕霧，先泛天淵池，還過細柳枝。蜨逢飛摇颺，燕值羽參差。揚桂旆，動芝蓋。開燕裾，吹趙帶。趙帶飛參差，燕裾合且離。回簪復轉黛，顧步惜容儀。容儀已炤灼，春風復回薄。氛氲桃李花，青柎含素萼。既爲風所開，復爲風所落。摇綠蔕，抗紫莖。舞春雪，雜流鶯。曲房開兮金鋪響，金鋪響兮妾思驚。梧桐未陰，淇川如碧。迎行雨於高唐，送歸鴻於碣石。經洞房，響紈素。感幽閨，思帷帟。想芳園兮可以游，念蘭翹兮漸堪摘。拂明鏡之冬塵，解羅衣之秋襞。既鏗鏘以動佩，又氛氲而流麝。始摇盪以入閨，終裴回而緣隙。鳴珠簾於繡户，散芳塵於綺席。是時悵思婦，安能久行役。佳人不在兹，春風爲誰惜。

【校勘記】

〔一〕光緒七年四川尊經書局本、民國三十一年程天放本作『侣』。光緒十六年江蘇書局本作『侣』，誤。『侣』與『似』同。

歲暮愍衰草

愍衰草，衰草無容色。憔悴荒徑中，寒荄不可識。昔時兮春日，昔日兮春風。含華兮佩實，垂綠兮散紅。氛氲鳷鵲右，照燿望仙東。送歸顧慕泣淇水，嘉客淹留懷上宫。巖陬兮海岸，冰多兮雪積。爛漫兮容根，攢幽兮寓隙。布綿密於寒皋，吐纖疏於危石。既惆悵於君子，倍傷心於行役。露縞枝於初旦，霜紅天於始夕。彫〔一〕芳卉之九衢，霣靈茅之三脊。風急崤道難，秋至客衣單。既傷檐下菊，復悲池上蘭。飄落逐風盡，方知歲早寒。流螢暗明燭，雁聲斷續。萎絶長信宫，蕪穢丹墀曲。霜奪莖上紫，風銷葉中綠。山變兮青薇，水折兮平葦。秋鴻兮疏引，寒鳥兮聚飛。逕荒寒草合，桐長舊巖圍。夜漸蘼蕪没，霜露日霑衣。願逐晨征鳥，薄暮共西歸。

【校勘記】

〔一〕光緒十六年江蘇書局本作『彫』，光緒七年四川尊經書局本、民國三十一年程天放本作『凋』。

霜來悲落桐

悲落桐，落桐早霜露。燕至葉未擢，鴻來枝已素。本出龍門山，長枝仰刺天。上峯百丈絶，下趾萬尋縣。幽根已盤絶，孤株復危結。初不照光景，終年負霜雪。自顧無羽儀，不願生曲池。芬芳本自正，華實無可施。匠者特留盼，王孫少見知。分取生孤枘，徙置北堂垂。宿莖抽晚榦，新葉生故枝。故枝雖遼遠，新葉頗離離。春風一朝至，榮啟坐如斯。自惟良菲薄，君恩徒照灼。顧已非嘉樹，空用憑阿閣。願作清廟琴，爲舞雙元鶴。薜荔可爲裳，文杏堪作梁。勿言草木賤，徒照君末光。末光不徒照，爲君含噭咷。陽柯淥水絃，陰枝苦寒調。厚德非所任，敢不虚其心。若逢陽春至，吐緑照清潯。

夕行聞夜鶴

聞夜鶴，夜鶴叫南池。對此孤明月，臨風振羽儀。伊吾人之菲薄，無賦命之天爵。抱局促之長懷，隨春冬而哀樂。愍海水之驚鳧，傷雲間之離鶴。離鶴昔未離，近發天北垂。忽值疾風起，暫下昆明池。復值冬冰合，水宿非所宜。欲留不可住，欲去飛已疲。勢逐疾風舉，求温向衡楚。復值南飛鴻，參差共成侣。海上多雲霧，蒼茫失州嶼。自此别故羣，獨向瀟湘渚。故羣不離散，相依滄海畔。夜止羽相切，晝飛影相亂。刷羽共浮沉，湛澹泛清潯。既不得離别，安知慕侣心。九冬霜雪苦，六翮飛不任。且養凌雲翅，俛仰弄清音。所望浮邱子，旦夕來見尋。

晨征聽曉鴻

聽曉鴻，曉鴻度將旦。跨弱水之微瀾，發成山之遠岸。怵春歸之未幾，驚此歲之云半。出海漲之蒼茫，入雲塗之杳漫。無東西之可辨，孰遐邇之能算。微昔見於州渚，赴秋期於江漢。集勁風於弱軀，負重雪於輕翰。寒谿可以飲，荒皋可以竄。谿水徒自清，微容豈足翫。秋蓬飛兮未極，寒草萎兮無色。楚山高兮杳難度，越水深兮不可測。羨明月之馳光，願征禽之騁翼。伊余馬之屢懷，知吾行之未極。夜綿綿而難曉，愁參差而盈臆。望山川以悉無，惟星河猶可識。聞雁夜南飛，客淚夜霑衣。春鴻旦暮返，客子方未歸。歲去驩娛盡，年來容貌〔一〕非。擘衽形雖是，撫臆事多違。青緺雖長復易解，白雲誠遠詎難依。

【校勘記】

〔一〕光緒七年四川尊經書局本、民國三十一年程天放本作「皃」，光緒十六年江蘇書局本作「貌」，二字同。

解佩去朝市

去朝市，朝市深歸慕。辭北闕而南征，浮東川而西顧。逢天地之降祥，值日月之重光。伊當仁之匪讓，非余情之信芳。充待詔於金馬，奉高宴於柏梁。觀鬬獸於虎圈，望窅窕于披香。游西園兮登銅爵，攀青瑣兮眺重陽。講金華兮議宣室，晝武帳兮夕文昌。佩甘泉兮履五柞，簪枌栺兮黻承光。託後車兮侍華幄，游渤海兮泛清漳。天道有盈缺，寒暑遞炎涼。一朝賣玉琬，眷眷惜餘香。曲池無復處，桂枝亦銷亡。清廟徒肅肅，西陵久茫茫。薄暮余多幸，嘉運重來昌。忝稽郡之南尉，典千里之光貴。別北芒于濁河，戀橫橋於清渭。望前軒之早桐，對南階之初卉。非余情之屢傷，寄茲焉兮能慰。眷昔日兮懷哉，日將暮兮歸去來。

被褐守山東

守山東，山東萬嶺鬱青蔥。兩漢共一寫，水潔望如空。岸側青莎被，巖間丹桂叢。上瞻既隱軫，下睇亦溟濛。遠林響咆獸，近樹聒鳴蟲。路帶若谿右，澗吐金華東。萬丈到危石，百丈注懸淙。掣曳寫流電，奔飛似白虹。洞井含清氣，漏穴吐飛風。玉竇膏滴瀝，石乳室空籠。峭崿途彌險，崖岨步纔通。余舍平生之所愛，欻莫年而逢此。願一去而不還，恨鄒衣之未褫。揖林壑之清曠，事氓俗之紛詭。幸帝德之方升，值天綱之未毀。既除舊而布新，故化民而俗徙。播趙俗以南徂，扇齊風以東靡。乳雉方可馴，流蝗庶能弭。清心矯世濁，儉政革民侈。秩滿撫白雲，淹留事芝髓。

張率

白紵歌九首

歌兒流唱聲欲清，舞女趁節體自輕，歌舞並妙會人情。依絃度曲婉盈盈，揚蛾爲態誰目成。

妙聲屢唱輕體飛，流津染面散芳菲，俱動齊息不相違。令彼嘉客憺忘歸，時久翫夜明星稀。

日暮搴門望所思，風吹庭樹月入帷。凉陰既滿草蟲悲，誰能離別長夜時。流歎不寢淚如絲，與君之別終何知。

秋風鳴條露垂葉，空閨光盡坐愁妾。獨向長夜淚承睫，山高水深路難涉，望君光景何時接。

遥夜方遠時既寒，秋風蕭瑟白露團，佳期不待歲欲闌。念此遲暮獨無歡，鳴絃流管增長歎。

夜寒湛湛夜未央，華燈空爛月縣光。從風衣起發芬香，爲君起舞幸不忘。

列坐華筵紛羽爵，清曲未終月將落。歌舞及時酒常酌，無令朝露坐銷鑠。

愁來夜遲猶歎息，撫枕思君終反側。金翠釵環稍不飾，霧縠流黃不能織。但坐空閨思何極，欲以短書寄飛翼。

遥夜忘寐起長歎，但望雲中雙飛翰。明月入牖風入幔，終夜悠悠坐申旦。誰能知我心中亂，終然有懷歲方晏。

長相思二首

長相思，久離別，美人之遠如雨絶。獨延佇，心中結。望雲雲去遠，望鳥鳥飛滅。空望終若斯，珠淚不能雪。

長相思，久別離。所思何在若天垂，鬱陶相望不得知。玉階月夕映，羅帷風夜吹。長思不能寢，坐望天河移。

柳惲

芳林篇一首

芳林曄兮發朱榮，時既晚兮隨風零。隨風零兮返無期，安得陽華遺所思。

吴均

行路難四首

洞庭水上一株桐，經霜觸浪困嚴風。昔時抽心耀白日，今旦卧死黄沙中。洛陽名工見咨嗟，一翦一刻作琵琶。白璧規心學明月，珊瑚暎面作風花。帝王見賞不見忘，提攜把握登建章。掩抑摧藏張女彈，殷勤促柱楚明光。年年月月對君子，遥遥夜夜宿未央。未央采女棄鳴篪，争先拂拭生光儀。茱萸錦衣玉作匣，安念昔日枯樹枝。不學衡山南嶺桂，至今千年猶未知。

青瑣門外安石榴，連枝接葉夾御溝。金墉城西合歡樹，垂條照采拂鳳樓。游俠少年游上路，傾心傾倒想戀慕。摩頂至足買片言，開胸瀝膽取一顧。自言家在趙邯鄲，翩翩舌杪復劍端。青驪白駮的盧馬，金羈緑鞚紫絲鞍。躞蹀横行不肯進，夜夜汗血至長安。長安城中諸貴臣，争貴儒者席上珍。復聞梁王好學問，輕棄劍客如埃塵。吾邱壽王始得意，司馬相如適被申。大才大辯尚如此，何况我輩輕薄人。

君不見西陵田，縱横十字成陌阡。君不見東郊道，荒凉蕪没起寒烟。盡是昔日帝王處，歌姬舞女連天曙。今日翩妍少年子，不知華盛落前去。吐心吐氣許他人，今旦回惑生猶豫。山中桂樹自有枝，心中方寸自君知。何言歲月忽若馳，君之情意與我離。還君瑇瑁金爵釵，不忍見此使心危。

君不見上林苑中客，冰羅霧縠象牙席。盡是得意忘言者，探腸見膽無所惜。白酒甜鹽甘如乳，緑觴皎鏡華如碧。少年持名不肯嘗，安知白駒應過隙。博山鑪中百和香，鬱香蘇合及都梁。逶迤好氣佳容皃，經過青瑣歷紫房。已入中山馮后帳，復上皇帝班姬牀。班姬失寵顔不開，奉帚供養長信臺。日暮耿耿不能寐，秋風切切四面來。玉階行路生秋草，金鑪香炭變成灰。得意失意須臾頃，非君方寸逆所裁。

王筠

行路難

千門皆閉夜何央，百憂俱集斷人腸。探揣箱中取刀尺，拂拭機上斷流黄。情人逐情雖可恨，復畏邊遠乏衣裳。已繰一繭〔一〕催衣縷，復擣百和薫衣香。猶憶去時腰大小，不知今日身短長。裲襠雙心共一袜，袓複兩邊作八撮。襻帶雖安不忍縫，開孔裁穿猶未達。胸前卻月兩相連，本照君心不照天。願君分明得此意，勿復流蕩不如先。含悲含怨判不死，封情忍思待明年。

【校勘記】

〔一〕光緒七年四川尊經書局本、民國三十一年程天放本作『蠒』，光緒十六年江蘇書局本作『繭』。《玉臺新詠》作『繭』。

楚妃吟

花早飛，林中明，鳥早歸。庭前日，煖春閨，香氣亦霏霏。香氣漂，當軒清唱調。獨顧慕，含怨復含嬌。蝶飛蘭復嫋嫋，輕風入帬春可游，歌聲梁上浮。春游方可樂，沈沈下羅幙。

劉孝綽

元廣州景仲坐見故姬一首

留故夫，不峙屠。別待春山上，相看採蘼蕪。

劉孝威

擬古應教一首

雙棲翡翠兩鴛鴦，巫山落月坐相望。誰家妖冶折花枝，蛾眉曼睇使情移。青蒲緑瑱琉璃扉，瓊筵玉笥金縷衣。美人年幾可十餘，含羞轉笑斂風裾。珠丸出彈不可追，空留可憐持與誰。

烏生八九子

城上烏，一年生九雛。枝輕巢本狹，風多葉早枯。氄毛不自煖，張翼强相呼。金柝〔二〕嚴兮翠樓肅，靨壁光兮椒泥馥。虞機衡網不得施，猜鷹鷙隼無由逐。永願共棲曾氏冠，同瑞周王屋。莫啼城上寒，猶賢野中宿。羽成翮備各西東，丁年賦命有窮通。不見高飛帝輦側，遠託日輪中。尚逢王吉箭，猶嬰後羿弓。豈如變彩救鄰質，入夢祚昭公。流聲表師退，集幕示營空。靈臺已鑄像，流蘇時候風。

【校勘記】

〔一〕光緒十六年江蘇書局本作『柝』。光緒七年四川尊經書局本、民國三十一年程天放本作『柝』，誤。《廣文選》卷十四作『析』。

蜀道難

玉壘高無極，銅梁不可攀。雙流逆巇道，九坂㴚陽關。鄧侯策馬度，王生斂轡還。斂轡懼身尤，叱馭奉王猷。若悋千金重，誰爲萬里侯。戲馬呑珠界，揚舲濯錦流。沈犀厭怪水，握鏡表靈邱。禺山金碧有光煇，遷亭車馬尚輕肥。彌想王褒擁節反，更憶相如乘傳歸。君平子雲閴不嗣，江漢英靈信已衰。

賦得香出衣

香出衣，步近氣逾飛。博山登高用鄴錦，含情動靨比洛妃。香纓麝帶縫金縷，瓊花玉勝綴珠徽。蘇合故年微恨歇，都梁路遠恐非新。猶賢漢君芳千里，尚笑荀令止三旬。

陶弘景

寒夜怨一首

夜雲生，夜鴻驚，悽切嘹唳傷夜情。空山霜滿高烟平，鉛華沈照帳孤明。寒月微，寒風緊。愁心絶，愁淚盡。情人不勝怨，思來誰能忍。

費昶

行路難二首

君不見長安客舍門，倡家少女名桃根。貧窮夜紡無燈燭，何言一朝奉至尊。至尊離宫百餘處，千門萬户不知曙。惟聞啞啞城上烏，玉闌金井牽鹿盧。丹梁翠柱飛屠蘇，香薪桂火炊彫胡。當年反覆無常定，薄命爲女何必麤。

君不見人生百年如流電，心中㷀壈君不見。我昔初入椒房時，詎減班姬與飛燕。朝踰金梯上鳳樓，莫上瓊鉤息鸞殿。柏臺晝夜香，錦帳自飄颺。笙歌嶅上吹，琵琶陌上桑。過蒙恩所賜，餘光曲霑被。既逢陰后不自專，復值程姬有所避。黄河千年始一清，微軀再逢永無議。蛾眉偃月徒自妍，傅粉施朱欲誰爲。不如天淵水中鳥，雙去雙飛常比翅。

蕭子顯

春别四首

翻鷖度燕雙比翼，楊柳千條共一色。但看陌上攜手歸，誰能對此空中憶。

幽宫積草自芳菲，黄鳥芳樹情相依。争風競日常聞響，重花疊葉不通飛。當知此時動妾思，慙使羅袂拂君衣。

江東大道日華春，垂楊挂柳拂清塵。淇水昨送淚霑巾，紅妝宿昔已應新。

銜悲𢯲涕别心知，桃花李色任風吹。本知人心不似樹，可意人别似花離。

烏棲曲應令三首〔一〕

握中酒杯馬腦鐘，裾邊雜佩虎魄龍。欲持寄君心不惜，共指三星今何夕。

淚黛紅輕染花色，還欲令人不相識。金壺夜水詎能多，莫持賒用比縣河。

芳樹歸飛聚儔匹，猶有殘光半山日。莫憚褰裳不相求，漢皋游女習飛流。

【校勘記】

〔一〕《玉臺新詠》卷九選三首之前二，題作『樂府《烏棲曲應令》二首』。《樂府詩集》卷四十八《清商曲辭五·西曲歌中》梁元帝《烏棲曲》六首之第一、第二首爲《八代詩選》前二首，《八代詩選》之第三首才題作者爲蕭子顯。《古詩紀》卷九十五、《古詩鏡》卷二十三題蕭子顯《烏棲曲應令三首》，與《八代詩選》所録相較，有較多異文。

燕歌行

風光遲舞出青蘋，蘭條翠鳥鳴發春。洛陽梨花落如雪，河邊細草細如茵。桐生井底葉交枝，今看無端雙燕離。五重飛樓入河漢，九華閣道暗清池。遥看白馬津上吏，傳道黄龍征戍兒。明月金波徒照妾，浮雲玉葉君不知。思君昔去柳依依，至今八月避暑歸。明珠蠶繭勉登機，鬱金香花特香衣。洛陽城頭雞欲曙，丞相府中烏未飛。夜夢征人縫狐貉，私憐織婦裁錦緋。吴刀鄭綿絡，寒閨夜被薄。芳年海上水中鳧，日莫寒夜空城雀。

徐君蒨

别義陽郡二首

翔鳳樓，遥望與雲浮。歌聲臨樹出，舞影入江流。葉落看村近，天高應向秋。

飾面亭，妝成更點星。頰上紅疑淺，眉心黛不青。故留殘粉絮，挂著箔簾釘。

王叔英

婦贈答一首

妝鉛點黛拂輕紅，鳴環動佩出房櫳。看梅復看柳，淚滿春衫中。

朱超

詠獨棲烏一首

河水聞寒已成凍，塞草愁霜縣自衰。可念無端失林鳥，此夜逆風何處歸。列罔遮山不聽度，縣冰繞樹滑難依。細石似燕能隨雨，片木作鳶猶解機。但令積風多少便，何患有翼不能飛。寄語故林無數鳥，會入羣裏解毛衣。

沈君攸

薄暮動絃歌

柳谷向夕沈餘日，蕙樓臨砌徙斜光。金户半入叢林影，蘭徑時移落蘂香。絲繩玉壺傳綺席，秦筝趙瑟響高堂。舞帬拂履喧珠佩，歌響出扇繞塵梁。雲邊雪飛弦柱促，留賓但須羅褎長。日暮歌鐘恒不斷，處處行樂爲時康。

羽觴飛上苑

上路薄晚風塵合，禁苑初春氣色華。石徑斷絲闌蔓草，山流細沫擁浮花。魚文熠爚含餘日，鶴蓋低昂照落霞。隔樹銀鞍喧寶馬，分衢玉軸動香車。車馬處處盡成陰，班荆促席對芳林。藤杯屢動情仍暢，翠尊引滿趣彌深。山陽倒載非難得，宜城醇醞促須斟。半醉驪歌應可奏，上客莫慮擲黃金。

桂檝泛河中

黃河曲注通千里，濁水分流引八川。仙查逐源終未極，蘇亭遺迹上難還。眇眇雲根侵遠樹，蒼蒼水氣合遥天。波影雜霞無定色，湍文觸岸不成圓。赤馬青龍交出浦，飛雲蓋海遠陵烟。蓮舟度沙轉不礙，桂楫距浪弱難前。風急金烏翅自轉，汀長錦纜影微縣。榜人欲歌先扣枻，津吏猶醉彊持船。河隄極望今如此，行杯落葉詎虛傳。

雙燕離

雙燕雙飛，雙情相思。容色已改，故心不衰。雙入幙，雙出幃。秋風去，春風歸。幙上危，雙燕離。銜羽一別涕泗垂，夜夜孤飛誰相知。左回右顧還相慕，翩翩桂水不忍渡，縣目挂心思越路。縈鬱摧折意不泄，願作鏡鸞相對絶。

范静妻沈氏

晨風行一首

理檝令舟人，停艫息旅薄河津。念君劬勞冒風塵，臨路揮袂淚霑巾。飇流勁瀾逝若飛，山高帆急絶音徽。留子句句獨言歸，中心煢煢將依誰。風彌葉落永離索，神往形返情錯莫。循帶易緩愁難卻，心之憂矣頗銷鑠。

無名人

木蘭詩一首

唧唧復唧唧，木蘭當户織。不聞機杼聲，惟聞女歎息。問女何所思，問女何所憶。女亦無所思，女亦無所憶。昨夜見軍帖，可汗大點兵。軍書十二卷，卷卷有耶名。阿耶無大兒，木蘭無長兄。願爲市鞍馬，從此替耶征。東市買駿馬，西市買鞍韉，南市買轡頭，北市買長鞭。朝辭耶娘去，莫宿黄河邊。不聞耶娘唤女聲，但聞黄河流水鳴濺濺。旦辭黄河去，莫至黑山頭。不聞耶娘唤女聲，但聞燕山胡騎聲啾啾。萬里赴戎機，關山度若飛。朔氣傳金柝，寒光照鐵衣。將軍百戰死，壯士十年歸。歸來見天子，天子坐明堂。策勛十二轉，賞賜百千繦。可汗問所欲，木蘭不用尚書郎，願馳千里足，送兒還故鄉。耶娘聞女來，出郭相扶將；阿姊聞妹來，當户理紅妝；小弟聞姊來，磨刀霍霍向豬羊。開我東閣門，坐我西間牀，脱我戰時衣，著我舊時裳。當窗理雲鬢，對鏡帖花黄。出門看火伴，火伴始驚惶：同行十二年，不知木蘭是女郎。雄兔脚撲朔，雌兔眼迷離；兩兔旁地走，安能辨我是雄雌？

戴暠

度關山

昔聽隴頭吟，平居已流涕。今上關山望，長安樹如薺。千里非鄉邑，四海皆兄弟。軍中大體自相褒，其間得意各分曹。博陵輕俠皆無位，幽州重氣本多豪。馬銜苜蓿葉，劍瑩鸊鵜膏。初征心未習，復值雁飛入。山頭看月近，草上知風急。笛喝曲難成，笳繁響還澀。武帝初承平，東伐復西征。薊門海作塹，榆塞冰爲城。催令四校出，倚望三邊平。箭服朝來動，刀環臨陣鳴。將軍一百戰，都護五千兵。且決雄雌眼前利，誰道功名身後事。丈夫意氣本自然，來時辭第已聞天。但令此身與命在，不持烽火照甘泉。

卷十七

陳至隋

雜言第三

陳後主陳叔寶

玉樹後庭花

麗宇芳林對高閣，新妝艷質本傾城。映户凝嬌乍不進，出帷含態笑相迎。夭姬臉似花含露，玉樹流光照後庭。

烏棲曲三首

陌頭新花歷亂生，葉裏喥鳥送春情。長安游俠無數伴，白馬驪珂中路滿。
金鞍向冥欲相連，玉面俱要來帳前。含態眼語縣相解，翠帶羅帬入爲解。
合歡襦薰百和香，牀中被織兩鴛鴦。烏喥漢没天應曙，只持懷抱送郎去。

東飛伯勞歌

池側鴛鴦春日鶯，綠珠絳樹相逢迎。誰家佳麗過淇上，翠釵綺袖波中漾。彫軒繡戶花恆發，珠簾玉砌移明月。年時二七猶未笄，轉顧流盼鬟鬢低。風飛紫落將何故，可惜可憐空擲度。

長相思二首

長相思，久相憶，關山征戍何時極。望風雲，絕音息。上林書不歸，回文徒自織。羞將別後面，還似初相識。

長相思，怨成悲。蝶縈草，樹連絲。庭花飄散飛入帷。帷中看隻影，對鏡斂雙眉。兩見同明月，兩別共春時。

聽箏

文窗疇瑁影嬋娟，香帷翡翠出神仙。促柱點脣鶯欲語，調絃繫爪雁相連。秦聲本自楊家解，吳歈那知謝傅憐。祗愁芳夜促，蘭膏無那煎。

徐陵

烏棲曲

繡帳羅帷隱燈燭，一夜千年猶不足。惟憎無賴汝南雞，天河未落猶爭嘯。

雜詩

傾城得意已無儔，洞房連閣未銷愁。宮中本造鴛鴦殿，爲誰新起鳳皇樓。綠黛紅顏兩相發，千嬌百念情無歇。舞衫回袖勝春風，歌扇當窗似秋月。碧玉宮技自翩妍，絳樹新聲最可憐。張星舊在天河上，從來張姓本連天。二八年時不憂度，旁邊得寵誰相妒。立春歷日自當新，正月春幡底須故。流蘇錦帳挂香囊，織成羅幌隱燈光。只應私將琥珀枕，冥冥來上珊瑚牀。

長相思二首

長相思，望歸難，傳聞奉詔戍皋蘭。龍城遠，雁門寒。愁來瘦轉劇，衣帶自然寬。念君今不見，誰爲抱腰看。

長相思，好春節，夢裏恆啼悲不洩。帳中起，窗前髻。柳絮飛還聚，游絲斷復結。欲見洛陽花，如君隴頭雪。

陸瓊

還臺樂

蒲萄四時方醇，琉璃千鐘舊賓。夜飲舞遲銷燭，朝醒絃促催人。春風秋月恆好，歡醉日日言新。

長相思

長相思，久離別，一罷鴛文綺薦絶。鴻已去，柳堪結。室冷鏡疑冰，庭幽花似雪。容貌朝朝改，書字看看滅。

陸瑜

東飛伯勞歌

西王青鳥秦女鸞，姮娥婺女慣相看。誰家玉顔窺上路，粉色衣香雜風度。九重樓檻芙蓉華，四鄰照鏡菱茭花。新妝年幾纔三五，隱幔藏羞臨罔户。然香氣歇不飛烟，空留可憐年一年。

張正見

賦得佳期竟不歸

良人萬里向河源，倡婦三秋思柳園。路遠寄詩空織錦，宵長夢返欲驚魂。飛蛾屢繞帷前燭，衰草還侵階上玉。銜嚬拂鏡不成妝，促柱繇絃還亂曲。特忿年移竟不歸，偏憎寒急夜縫衣。流螢映月明空帳，疏葉從風入斷機。自對孤鸞向影絶，終無一雁帶書回。

前有一尊酒行

前有一尊酒，主人行壽，今日合來。坐者當令，皆富且壽。欲令主人三萬歲，終歲不知老。爲吏當高遷，賈市得萬倍。桑蠶當大得，主人宜孫子。

神仙篇

瀛洲分渤澥，閬苑隔虹蜺。欲識三山路，須尋千仞谿。石梁雲外立，蓬邱霧裏迷。年深毀丹竈，學久棄青泥。葛水留還杖，天衢鳴去雞。六龍驤首起雲閣，萬里一别何寥廓。元都府内駕青牛，紫蓋山中乘白鶴。潯陽杏花終難朽，武陵桃花未曾落。已見玉女笑投壺，復覩仙童欣六博。同甘玉文棗，俱飲流霞藥。鸞歌鳳舞集天臺，金闕銀宫相向開。西王已令青鳥去，東海還駁赤虬來。魏武還車逢漢女，荆王因夢識陽臺。鳳蓋隨雲聊蔽日，霓裳雜雨復乘雷。神嶽吹笙遥謝手，當知福地有仙才。

江總〔一〕

東飛伯勞歌

南飛烏鵲北飛鴻，弄玉蘭香時會同。誰家可憐出窗牖，春心百媚勝楊柳。銀牀金屋挂流蘇，寶鏡玉釵横珊瑚。年時二八新紅臉，宜笑宜歌羞更斂。風花一去杳不歸，祇爲無雙惜舞衣。

【校勘記】

〔一〕江總雜言詩，《八代詩選》編入卷十七隋代序列，與其新體詩編入隋代相同，與其五言詩編入陳代前後不一致。雖然江總晚年入隋，但其文學活動及詩作主要在陳代，故此將江總雜言詩由隋代移至陳代序列，仍同江總新體詩序列位置，置於張正見之後。

怨詩二首

采桑歸路河流深，憶昔相期柏樹林。奈許新縑傷妾意，無由故劒動君心。

新梅嫩柳未障羞，情去恩移那可留。團扇篋中言不分，纖腰掌上詎勝愁。

雜曲

行行春逕蘼蕪緑，織素那復解琴心。乍愜南階悲緑草，誰堪東陌怨黃金。紅顔素月俱三五，夫壻何在今追虜。關山隴月春雪冰，誰見人嗁花照户。

殿内一處起金房，併勝餘人白玉堂。珊瑚挂鏡臨罔户，芙蓉作帳照彫梁。房櫳宛轉垂翠幕，佳麗逶迤隱珠箔。風前花管颺難留，舞處花鈿低不落。陽臺通夢太非真，洛浦淩波復不新。曲中唯聞張女調，定有同姓可憐人。但願私情賜斜領，不願旁人相比並。妾門逢春自可榮，君面未秋何意冷。

泰山言應可轉移，新寵不信更參差。合歡錦帶鴛鴦鳥，同心綺袖連理枝。皎皎新秋明月開，早露飛螢暗裏來。鯨燈落花殊未盡，虯水銀箭莫相催。非是神女期河漢，別有仙姬入吹臺。未眠解著同心結，欲醉那堪連理杯。後宮不愜茱萸芳，夜夜争開蘇合房。寶釵翠鬢還相似，朱脣玉面非一行。新人未語言如澀，新寵無前拚不藏。願奉更衣蘭麝氣，恐君馬到自驚香。

梅花落

臘月正月早驚春，衆花未發梅花新。可憐芬芳臨玉臺，朝攀晚折還復開。長安少年多輕薄，兩兩共唱梅花落。滿酌金卮催玉柱，落梅樹下宜歌舞。金谷萬株連綺甍，梅花密處藏嬌鶯。桃李佳人欲相照，摘葉牽花來並笑。楊柳條青樓上輕，梅花色白雪中明。横笛短簫淒復切，誰知柏梁聲不絶。

宛轉歌

七夕天河白露明，八月濤水秋風驚。樓中恆聞哀響曲，塘上復有苦辛行。不解何意悲秋氣，直置無秋悲自生。不怨前階促織鳴，偏愁別路擣衣聲。別燕差池自有返，離蟬寂寞詎含情。雲聚懷清四望臺，月冷相思九重觀。欲題芍藥詩不成，來采芙蓉花已散。金尊送曲韓娥起，玉柱調絃楚妃歎。翠眉結恨不復開，寶鬢迎秋度前亂。湘妃拭淚灑貞筠，筴籜浣衣何處人。步步香飛金薄履，盈盈扇掩珊瑚脣。已言采桑期陌上，復能解佩就江濱。競入華堂要花枕，争開羽帳奉華茵。不惜獨眠前下鉤，欲許便作後來薪。後來瞑瞑同玉牀，可憐顔色無比方。誰能巧笑持窺井，乍取新聲學繞梁。宿處留嬌墮黄珥，鏡前含笑弄明璫。卷施摘心心不盡，茱萸折葉葉更芳。已聞能歌洞簫賦，詎是故愛邯鄲倡。

長相思

長相思，久離别，征夫去遠芳音滅。湘水深，隴頭咽，紅羅斗帳裏，緑綺清絃絶。逶迤百尺樓，愁思三秋結。

長相思，久别離。春風送燕入檐窺，暗開脂粉弄花枝。紅樓千愁絶，玉筯兩行垂。心心不相照，望望何由知。

秋日新寵美人應令

後宫唯聞莫瓊樹，絶世復有宋容華。皆自争名進女弟，定覺雙飛勝蕩家。願並迎春比翼燕，常作照日同心花。聞道豔歌時易調，恃許新恩邮久要。翠眉未畫自生愁，玉臉含啼還似笑。幽蘭度曲不可終，陽臺夢裏自應通。秋樹相思一枝緑，爲插賤妾兩鬟中。

新入姬人應令

洛浦流風漾淇水，秦樓初日度陽臺。玉軑輕輪五香散，金燈夜火百花開。非是妖姬渡江日，定言神女隔河來。來時向月别嬋娥，别時清吹悲簫史。數錢拾翠争佳麗，拂紅點黛何相似。本持纖腰惑楚宫，暫回舞袖驚吴市。新人羽帳挂流蘇，故人網户織蜘蹰。梅花柳色春難遍，情來情去在須臾。不用庭中賦緑草，但願思著弄明珠。

内殿賦新詩

兔影脈脈照金鋪，虬水滴滴寫玉壺。綺翼彫甍邇清漢，虹梁紫柱麗黄圖。風高暗緑彫殘柳，雨駛紅芳溼晚芙。三五二八佳年少，百萬千金買歌笑。偏著故人織素詩，願奏秦聲采蓮調。織女今夕度銀河，當見新秋停玉梭。

姬人怨

天寒海水慣相知，空牀明月不相宜。庭中芳桂憔悴葉，井上疏桐零落枝。寒燈作花羞夜短，霜雁多情恆結伴。非爲隴水望秦川，直置思君腸自斷。

姬人怨服散篇

薄命夫壻好神仙，逆愁高飛向紫烟。金丹欲成猶百鍊，玉酒新熟幾千年。妾家邯鄲好輕薄，特忿仙童一丸藥。自悲行處緑苔生，何悟噘多紅粉落。莫輕小婦狎春風，羅韈也得步河宫。雲車欲駕應相待，羽衣未去幸須同。不學簫史還樓上，會逐嬋娥戲月中。

顧野王

豔歌行二首

齊倡趙女盡妖妍，珠簾玉砌併神仙。莫笑人來最落後，能使君恩得度前。豈知洛渚羅塵步，詎減天河秋夕渡。妖姿巧笑能傾城，那思他人不憎妒。蓮花藻井推芰荷，采菱妙曲勝陽阿。

燕姬妍，趙女麗，出入王宫公主第。倚鳴瑟，歌未央。調絃八九弄，度曲兩三章。唯欣春日永，詎愁秋夜長。歌未央，倚鳴瑟。輕風飄落蘂，乳燕巢蘭室。結羅帷，翫朝日。窗開翠幔卷，妝罷金星出。争攀四照花，競戲三條術。

傅縡

雜曲

新人新寵在蘭堂，翠帳金屏玳瑁牀。叢星不似珠簾色，度月還如粉壁光。從來著名推趙子，復有丹脣發皓齒。一嬌一態本難逢，如畫如花定相似。樓臺宛轉曲皆通，絃歌逶迤徹下風。此殿笑語長相共，旁省歡娛不復同。訝許人情太厚薄，分恩賦念能斟酌。多作繡被爲鴛鴦，長弄綺琴憎別鶴。人今投寵要須堅，會使歲寒恆度前。共取辰星作心抱，無轉無移千萬年。

岑之敬

烏棲曲

驄馬直去没浮雲，河渡冰開兩岸分。烏藏日暗行人息，空棲隻影長相憶。明月二八照花新，當壚十五晚留賓。

徐伯陽

日出東南隅行

珠城璧日啟朱扉，青樓含照本暉暉。遠暎陌上春桑葉，斜入秦家緗綺衣。羅敷妝粉能佳麗，鏡前新梳倭墮髻。圓籠嫋嫋挂青絲，鐵鉤冉冉勝丹桂。蠶饑日晚暫生愁，忽逢使君南陌頭。五馬停珂遣借問，雙臉含嬌特好羞。妾壻府中輕小吏，即今來往專城裏。欲識東方千騎歸，藹藹日暮紅塵起。

阮卓

賦得黃鵠一遠別〔一〕

霜風秋月映樓明，寡鵠偏棲中夜驚。月下裴回顧別影，風前悽斷送離聲。離聲一去斷還續，別響時來疎復促。聊看遠客贈綾紋，彌怨閒宵雅琴曲。恆思昔日稻粱恩，理翮整翰上君軒。獨舞輕飛向吴市，孤鳴清唳出雷門。王子吹笙忽相值，自覺飄飄雲裏駛。一舉千里未能歸，惟有田饒解深意。

【校勘記】

〔一〕阮卓雜言詩，《八代詩選》編入卷十七隋朝序列。阮卓晚年亦入隋，然其一生主要活動於陳代，故將其前移至此。

蕭詮

賦得婀娜當軒織

東南初日照秦樓，西北織婦正嬌羞。綺窗猶垂翡翠罔，珠簾半上珊瑚鉤。新妝入機暎春牖，弄杼鳴梭挑纖手。何曾織素讓新人，不掩流蘇推中婦。三日五匹未言遲，衫長腕弱繞輕絲。綾中轉鑷成離鵠，錦上回文作別詩。不惜紈素同霜雪，更傷秋扇篋中辭。

賀循

賦得庭中有奇樹

三春節物始芳菲，游絲細草動春暉。香風飄舞花間度，好鳥和鳴枝上飛。臨池間竹偏增緑，依階暎雪紛如玉。温室庭前竟不言，鼓吹樓中能作曲。曾聞遠别舊難思，攀折會取贈佳期。長條本自堪爲帶，密葉由來好作帷。星稀漢轉月輪明，徘徊夜鵲屢相驚。欲識幽人蘭杜逕，山窗芳桂復叢生。

蕭湑

長相思

長相思，久離别，新燕參差條可結。壺關遠，雁書絶。對雲恆憶陣，看花復愁雪。猶有望歸心，流黄未翦截。

北魏蕭綜以下北詩

聽鐘鳴

歷歷聽鐘鳴，當知在帝城。西樹隱落月，東窗見曉星。霧露朏朏未分明，鳥啼啞啞已流聲。驚客思，動客情，客情客思鬱縱横。翩翩孤雁何所棲，依依别鶴半夜啼。今歲行已暮，雨雪向凄凄。飛蓬旦夕起，楊柳尚翻低。氣鬱結，涕滂沱。愁思無所託，强作聽鐘歌。

悲落葉

悲落葉，聯翩下重疊。重疊落且飛，縱横去不歸。長枝交蔭昔何密，黄鳥關關動相失。夕鷰雜凝露，朝花翻亂日。亂春日，起春風。春風春日此時同，一霜兩霜猶可當，五晨六旦已颯黄。乍逐驚風舉，高下任飄颺。悲落葉，落葉何時還。夙昔共根本，無復一相關。各隨灰土去，高枝難重攀。

高允

王子喬詩

王少卿，王少卿，超升飛龍翔天庭。遺儀景，雲漢酬，光鶩電逝忽若浮。騎日月，從列星，跨騰八廓踰杳冥。尋元氣，出天門，窮覽有無究道根。

太后胡氏

楊白花歌

陽春二三月，楊柳齊作花。春風一夜入閨闥，楊花飄蕩落南家。含情出户脚無力，拾得楊花淚霑臆。秋去春還雙燕子，願含楊花入窠裏。

北周王褒

燕歌行

初春麗景鶯欲嬌，桃花流水没河橋。薔薇花開百重葉，楊柳拂地數千條。隴西將軍號都護，樓蘭校尉稱嫖姚。自從昔別春燕分，經年一去不相聞。無復漢地關山月，唯有漠北薊城雲。淮南桂中明月影，流黄機上織成文。充國行軍屢築營，陽史討虜陷平城。城下風多能卻陣，沙中雪淺詎停兵。屬國小婦猶年少，羽林輕騎數征行。遥聞陌頭采桑曲，猶勝邊地胡笳聲。胡笳向暮使人泣，長望閨中空佇立。桃花落地杏花舒〔一〕，桐生井底寒葉疏。試爲來看上林雁，應有遥寄隴頭書。

【校勘記】

〔一〕此句《樂府詩集》作『桃花落，杏花舒』二句，《八代詩選》諸本皆於兩句間加一『地』字。

庾信

舞媚娘

朝來户前照鏡，含笑盈盈自看。眉心濃黛直點，額角輕黄細安。祇疑落花漫去，復道春風不還。少年唯有歡笑，飲酒那得留殘。

烏夜啼

促柱繁絃非子夜，歌聲舞態異前溪。御史府中何處宿，洛陽城頭那得棲。彈琴蜀郡卓家女，織錦秦川竇氏妻。詎不自驚長淚落，到頭啼烏恆夜啼。

燕歌行

代北雲氣晝昏昏，千里飛蓬無復根。寒雁嗈嗈渡遼水，桑葉紛紛落薊門。晉陽山頭無箭竹，疏勒城中乏水源。屬國征戍久離居，陽關音信絶能疏。願得魯連飛一箭，持寄思歸燕將書。渡遼本自有將軍，寒風蕭蕭生水紋。妾驚甘泉足烽火，君訝漁陽少陳雲。自從將軍出細柳，蕩子空牀難獨守。盤龍明鏡餉秦嘉，辟惡生香寄韓壽。春分燕來能幾日，二月蠶眠不復久。洛陽游絲百丈連，黄河春冰千片穿。桃花顏色好如馬，榆莢新開巧似錢。蒲桃一杯千日醉，無事九轉學神仙。定取金丹作幾服，能令華表得千年。

楊柳歌

河邊楊柳百丈枝，别有長條踠地垂。河水衝激根株危，倏忽河中風浪吹。可憐巢裏鳳皇兒，無故當年生别離。流查一去上天池，織女支機當見隨。誰言從來蔭數國，直用東南一小枝。昔日公子出南皮，何處相尋元武陂。駿馬翩翩西北馳，左右彎弧仰月支。連錢障泥渡水騎，白玉手版落盤螭。君言丈夫無意氣，試問燕山那得碑。鳳皇新管蕭史吹，朱鳥春窗玉女窺。銜雲酒杯赤馬腦[一]，照日食螺紫琉璃。百年霜露奄離披，一旦功名不可爲。定是懷王作計誤，無事翻覆用張儀。不如飲酒高陽池，日暮歸時倒接離。武昌城下誰見移，官渡營前那可知。獨憶飛絮鵝毛下，非復青絲馬尾垂。欲與梅花留一曲，共將長笛管中吹。

【校勘記】

〔一〕《八代詩選》諸本皆作『銜雲酒杯赤馬腦』。《庚開府集》《古詩紀》此句作『銜雲酒盃赤瑪瑙』。《古詩鏡》『馬瑙』作『瑪瑙』。

秋夜望單飛雁

失羣寒雁聲可憐，夜半單飛在月邊。無奈人心復有憶，今暝將渠俱不眠。

代人傷往

青田松上一黄鶴，相思樹下兩鴛鴦。無事教渠更相失，不及從來莫作雙。

已上北詩

隋煬帝楊廣

汎龍舟

舳艫千里汎龍舟，言旋舊鎮下揚州。借問揚州在何處，淮南江北海西頭。六轡聊停御百丈，暫罷開山歌棹謳。詎似江東掌間地，獨自稱言鑑裏游。

四時白紵歌

東宮春

洛陽城邊朝日暉，天淵池前春燕歸。含露桃花開未飛，臨風楊柳自依依。小苑花紅洛水緑，清歌宛轉繇絃促。長褏逶迤動珠玉，千年萬歲陽春曲。

江都夏

黄梅雨細麥秋輕，楓樹蕭蕭江水平。飛樓綺觀軒若驚，花簟羅幃當夜清。菱潭落日雙鳧舫，緑水紅妝兩摇漾。還似扶桑碧海上，誰肯空歌采蓮唱。

效劉孝綽雜詩二首

憶睡時，待來剛不來。卸妝仍索伴，解佩更相催。博山思結夢，沈水未成灰。

憶起時，投籤初報曉。被匿香黛殘，枕隱金釵嫋。笑勸上林中，除卻司晨鳥。

紀遼東

遼東海北翦長鯨，風雲萬里清。方當銷鋒散馬牛，旋師宴鎬京。前歌後舞振軍威，飲至解戎衣。判不徒行萬里去，空道五原歸。

蕭慤

春日曲水

落花無限數，飛鳥排花度。禁苑至饒風，吹花春滿路。巖前片石迥如樓，水裏連沙聚作洲。二月鶯聲纔欲斷，三月春風已復流。分流繞小渡，塹水還相注。山頭望水雲，水底看山樹。舞餘香尚存，歌盡聲猶駐。麥隴一驚翬，菱潭兩飛鷺。飛鷺復驚翬，傾曦帶掩暉。芳飈翼還幰，藻露挹行衣。

顏之推

和陽納言聽鳴蟬篇

聽秋蟬，秋蟬非一處。細柳高飛夕，長楊明月曙。歷亂起秋聲，參差攪人慮。單吟如轉簫，羣噪學調笙。風飄流曼響，多含繼絶聲。垂陰自有樂，飲露獨爲清。短緌何足貴，薄羽不羞輕。螳螂翳下偏難見，翡翠竿頭絶易驚。容止由來桂林苑，無事淹留南斗城。城中帝皇里，金張及許史。權勢熱如湯，意氣諠城市。劒影奔星落，馬色浮雲起。鼎俎陳龍鳳，金石諧宮徵。關中滿季心，關西饒孔子。詎用虞公立國臣，誰愛韓王游説士。

盧思道

聽鳴蟬篇

聽鳴蟬，此聽悲無極。羣嘶玉樹裏，迴噪金門側。長風送晚聲，清露供朝食。晚風朝露實多宜，秋日高鳴獨見知。輕身蔽數葉，哀鳴抱一枝。流亂罷還續，酸傷合更離。暫聽別人心即斷，纔聞客子淚先垂。故鄉已超忽，空庭正蕪没。一夕復一朝，坐見凉秋月。河流帶地從來險，峭路干天不可越。紅塵早敝陸生衣，明鏡空悲潘掾髮。長安城裏帝王州，鳴鐘列鼎自相求。西望漸臺臨太液，東瞻甲觀距龍樓。説客恆持小冠出，越使常懷寶劒游。學仙未成便尚主，尋原不見已封侯。富貴功名本多豫，繁華輕薄盡無憂。詎念嫖姚嗟木梗，誰憶田單倦土牛。歸去來，青山下。秋菊離離日盈把，獨焚枯魚宴林野。終成獨校子雲書，何如還驅少游馬。

後園宴

常聞崑閬有神仙，雲冠羽佩得長年。秋夕風動三珠樹，春朝露溼九芝田。不如鄴城佳麗所，玉樓金閣與天連。太液回波千丈映，上林花樹百枝然。流風續洛渚，行雲在南楚。可憐白水神，可念青樓女。便妍不羞澀，妖豔工言語。池苑正芳菲，得戲不知歸。媚眼臨歌扇，嬌香出舞衣。纖腰如欲斷，側髻似能飛。南樓日已暮，長檐鳥應度。竹殿遥聞鳳管聲，虹橋別有羊車路。攜手旁花叢，徐步入房櫳。欲眠衣先解，半醉臉逾紅。日日相看轉難厭，千嬌萬態不知窮。欲知妾心無劇已，明月流光滿帳中。

從軍行

朔方烽火照甘泉，長安飛將出祁連。犀渠玉劍良家子，白馬金羈俠少年。平明偃月屯右地，薄暮魚麗逐左賢。谷中石虎經銜箭，山上金人曾祭天。天涯一去無窮已，薊門迢遞三千里。朝見馬領黄沙合，夕望龍城陳雲起。庭中奇樹已堪攀，塞外征人殊未還。白雪初下天山外，浮雲直上五原間。關山萬里不可越，誰能坐對芳菲月。流水本自斷人腸，堅冰舊來傷馬骨。邊庭節物與華異，冬霰秋霜春不歇。長風蕭蕭渡水來，歸雁連連映天没。從軍行，軍行萬里出龍庭。單于渭橋今已拜，將軍何處覓功名。

薛道衡

豫章行

江南地遠接閩甌，山東英妙屢經游。前瞻疊障千重阻，卻帶驚湍萬里流。楓葉朝飛向京洛，文魚夜過歷吴洲。君行遠度茱萸嶺，妾住長依明月樓。樓中愁思不開顰，始復臨窻望早春。鴛鴦水上萍初合，鳴鶴園中花併新。空憶常時角枕處，無復前日畫眉人。照骨金環誰用許，見膽明鏡自生塵。蕩子從來好留滯，況復關山遠迢遞。當學織女嫁牽牛，莫作嬋娥叛夫壻。偏訝思君無限極，欲罷欲忘還復憶。願作王母三青鳥，飛去飛來傳消息。豐城雙劒昔曾離，經年累月復相隨。不畏將軍成久別，只恐封侯心更移。

辛德源

東飛伯勞歌

合歡芳樹連理枝，荊王神女乍相隨。誰家妖豔蕩輕舟，含嬌轉盼騁風流。犀枻蘭橈翠羽蓋，雲羅霧縠蓮花帶。女兒年幾十六七，玉面新妝映朝日。落花從風俄度春，空留可憐何處新。

柳䛒

陽春歌

春鳥一轉有千聲，春花一叢千種名。旅人無語坐檐楹，思鄉懷土志難平。唯當文共酒，暫與興相迎。

虞茂

四時白紵歌二首

江都夏

長洲茂苑朝夕池，暎日含風結細漪。坐當伏檻紅蓮披，彫軒洞户青蘋吹。輕橫芳烟鬱金馥，綺檐花簟桃李枝。蘭苕翡翠但相逐，桂樹鴛鴦恆並宿。

長安秋

露寒臺前曉露清，昆明池水秋色明。搖環動佩出曾城，鵾絃鳳管奏新聲。上林蒲桃合縹緲，甘泉玉樹上蔥青。玉人當歌理清曲，婕妤恩情斷還續。

已上隋

附不知時代詩

東飛伯勞歌

東飛伯勞西飛燕，黃姑織女時相見。誰家女兒對門居，開華發色照里閭。南窗北牖挂明光，羅帷綺箔脂粉香。女兒年幾十五六，窈窕無雙顔如玉。三春已暮花從風，空留可憐與誰同。

河中之水歌

河中之水向東流，洛陽女兒名莫愁。莫愁十三能織綺，十四采桑南陌頭。十五嫁爲盧家婦，十六生兒字阿侯。盧家蘭室桂爲梁，中有鬱金蘇合香。頭上金釵十二行，足下絲履五文章。珊瑚挂鏡爛生光，平頭奴子提履箱。人生富貴何所望，恨不嫁與東家王。

雞鳴歌

東方欲明星爛爛，汝南晨雞登壇喚。曲中漏盡嚴具陳，月没星稀天下旦。千門萬户遞魚鑰，宫中城上飛烏鵲。

卷十八

漢至隋

郊廟樂章及頌德樂詞一卷

漢司馬相如等

郊祀歌十九首〔一〕

練時日

練時日，候有望。焫膋蕭，延四方。九重開，靈之斿。垂惠恩，鴻祐休。靈之車，結元雲。駕飛龍，羽旄紛。靈之下，若風馬。左蒼龍，右白虎。靈之來，神哉沛。先以雨，般裔裔。靈之至，慶陰陰。相放怫，震澹心。靈已坐，五音飭。虞至旦，承靈億。牲繭栗，粢盛香。尊桂酒，賓八鄉。靈安留，吟青黄。徧觀此，眺瑶堂。眾嫭竝，綽奇麗。顏如荼，兆逐靡。被華文，厠霧縠。曳阿錫，佩珠玉。俠嘉夜，茝蘭芳。澹容與，獻嘉觴。

【校勘記】

〔一〕十九首詩題，《八代詩選》諸本皆綴詩末，此前置。《古詩紀》卷十五《漢第五》樂府古辭《郊廟歌辭・漢郊祀歌十九首》。《漢魏詩乘》卷三作無名氏《郊祀歌》，有十九首。《廣文選》卷十一、《古詩鏡》卷三十三作無名氏《漢郊祀歌十九首》。

帝臨

帝臨中壇，四方承宇。繩繩意變，備得其所。清和六合，制數以五。海内安寧，興文偃武。后土富媼，昭明三光。穆穆優游，嘉服上黄。

青陽

青陽開動，根荄以遂。膏潤并愛，跂行畢逮。霆聲發榮，壛處頃聽。枯槀復産，迺成厥命。衆庶熙熙，施及夭胎。羣生嗟嗟，惟春之祺。

朱明

朱明盛長，旉與萬物。桐生茂豫，靡有所詘。敷華就實，既阜既昌。登成甫田，百鬼迪嘗。廣大建祀，肅雝不忘。神若宥之，傳世無疆。

西顥

西顥沆碭，秋氣肅殺。含秀垂穎，續舊不廢。姦僞不萌，祅孽伏息。隅辟越遠，四貉咸服。既畏兹威，惟慕純德。附而不驕，正心翊翊。

元冥

元冥陵陰，蟄蟲蓋藏。草木零落，抵冬降霜。易亂除邪，革正異俗。兆民反本，抱素懷樸。條理信義，望禮五岳。藉斂之時，掩收嘉穀。

惟泰元

惟泰元尊，媪神蕃釐。經緯天地，作成四時。精建日月，星辰度理。陰陽五行，周而復始。雲風雷電，降甘露雨。百姓蕃滋，咸循厥緒。繼統共勤，順皇之德。鸞路龍鱗，罔不肸飾。嘉籩列陳，庶幾宴享。滅除凶災，烈騰八荒。鐘鼓竽笙，雲舞翔翔。招摇靈旗，九夷賓將。

天地

天地竝況，惟予有慕。爰熙紫壇，思求厥路。恭承禋祀，縕豫爲紛。黼繡周張，承神至尊。千童羅舞成八溢，合好效歡虞泰一。九歌畢奏斐然殊，鳴琴竽瑟會軒朱。璆磬金鼓，靈其有喜。百官濟濟，各敬厥事。盛牲實俎進聞膏，神奄留，臨須摇。長麗前掞光燿明，寒暑不忒況皇章。展詩應律鋗玉鳴，函宮吐角激徵清。發梁揚羽申以商，造茲新音永久長。聲氣遠條鳳鳥翔，神夕奄虞蓋孔享。

元狩三年天馬歌〔一〕

太一況，天馬下，霑赤汗，沬流赭。志俶儻，精權奇，籋浮雲，晻上馳。體容與，迣萬里，今安匹，龍爲友。

【校勘記】

〔一〕《樂府詩集》卷一『漢郊祀歌』之第十首，題作『天馬』。《古詩紀》卷十五、《廣文選》卷十一《漢郊祀歌十九首》之第十首，題《天馬》。《天地》《天馬》之間，《樂府詩集》《古詩紀》《漢魏詩乘》《廣文選》等有《日出入》，《八代詩選》諸本未選。

太初四年天馬歌〔一〕

天馬徠，從西極。涉流沙，九夷服。天馬徠，出泉水。虎脊兩，化若鬼。天馬徠，歷無草，徑千里，循東道。

天馬徠，執徐時，將摇舉，誰與期？天馬徠，開遠門，竦予身，逝昆侖。天馬徠，龍之媒，游閶闔，觀玉臺。

【校勘記】

〔一〕《樂府詩集》卷一『漢郊祀歌』之第十一首，與前首共題爲『天馬』。《古詩紀》卷十五《漢郊祀歌十九首》《漢魏詩乘》卷三、《廣文選》卷十一《郊祀歌》之第十首，與前首共題《天馬》。

天門

天門開，詄蕩蕩，穆竝騁，以臨饗。光夜燭，德信著，靈浸平而鴻，長生豫。大朱涂廣，夷石爲堂，飾玉梢以舞歌，體招摇若永望。星留俞，塞隕光，照紫幄，珠熉黄。幡比翅回集，貳雙飛常羊。月穆穆以金波，日華燿以宣明。假清風軋忽，激長至重觴。神裴回若留放，殣冀親以肆章。函蒙祉福常若期，寂謬上天知厥時。泛泛滇滇從高斿，殷勤此路臚所求。佻正嘉吉宏以昌，休嘉砰隱溢四方。專精厲意逝九閡，紛紜〔一〕六幕浮大海。

【校勘記】

〔一〕《八代詩選》諸本皆作『云』。《廣文選》作『云』。《古詩紀》作『紜』，是。

景星

景星顯見，信星彪列。象載昭庭，日親以察。參侔開闔，爰推本紀，汾脽出鼎，皇祐元始。五音六律，依韋饗昭，襍變竝會，雅聲遠姚。空桑琴瑟結信成，四興遞代八風生。殷殷鐘石羽籥鳴，河龍供鯉醇犧牲。百末旨酒布蘭生，泰尊柘漿析朝酲。微感心攸通修名，周流常羊思所并。穰穰復正直往甯，馮蠵切和疏寫平。上天布施后土成，穰穰豐年四時榮。

齋房

齋房產草，九莖連葉。宮童効異，披圖案諜。元氣之精，回復此都。蔓蔓日茂，芝成靈華。

后皇

后皇嘉壇，立元黄服。物發冀州，兆蒙祉福。沇沇四塞，假狄合處。經營萬億，咸遂厥宇。

華爗爗

華爗爗，固靈根。神之斿，過天門。車千乘，敦昆侖。神之出，排玉房。周流雜，拔蘭堂。神之行，旌容容。騎沓沓，般從從。神之徠，泛翊翊。甘露降，慶雲集。神之揄，臨壇宇。九疑賓，夔龍舞。神安坐，鴹吉時。共翊翊，合所思。神嘉虞，申貳觴。福滂洋，邁延長。沛施祐，汾之阿。揚金光，横泰河。莽若雲，增陽[一]波。徧臚歡，騰天歌。

【校勘記】

〔一〕光緒七年四川尊經書局本、民國三十一年程天放本作『揚』。光緒十六年江蘇書局本作『陽』。

五神

五神相，包四鄰。土地廣，揚浮雲。扢嘉壇，椒蘭芳。璧玉精，垂華光。益億年，美始興。交于神，若有承。廣宣延，咸畢觴。靈輿位，偃蹇驤。卉汩臚，析奚遺。淫渌澤，汪然歸。

朝隴首

朝隴首，覽西垠。雷電尞，獲白麟。爰五止，顯黄德。圖匈虐，熏鬻殛。闢流離，抑不詳。賓百僚，山河饗。掩回轅，鬗長馳。騰雨師，灑路陂。流星隕，感惟風。籋歸雲，撫還心。

象載瑜

象載瑜，白集西。食甘露，飲榮泉。赤雁集，六紛員。殊翁雜，五采文。神所見，施祉福。登蓬萊，結無極。

赤蛟

赤蛟綏，黄華蓋。露夜零，晝晻濭。百君禮，六龍位。勺椒漿，靈已醉。靈既享，錫吉祥。芒芒極，降嘉觴。靈殷殷，爛揚光。延壽命，永未央。杳冥冥，塞六合。澤汪濊，輯萬國。靈禗禗，象輿轙。票然逝，旗逶迤。禮樂成，靈將歸。託元德，長無衰。

高祖夫人唐山氏

安世房中歌十七章〔一〕

大孝備矣，休德昭清。高張四縣，樂充宫庭。芬樹羽林，雲景杳冥。金支秀華，庶旄翠旌。

七始華始，肅倡和聲。神來晏娭，庶幾是聽。粥粥音送，細齊人情。忽乘青元，熙事備成。清思眑眑，經緯冥冥。

我定歷數，人告其心。敕身齊戒，施教申申。乃立祖廟，敬明尊親。大矣孝熙，四極爰轃。

王侯秉德，其鄰翼翼。顯明昭式，清明鬯矣。皇帝孝德，竟全大功，撫安四極。

海内有姦，紛亂東北。詔撫成師，武臣承德。行樂交逆，簫勺羣慝。肅爲濟哉，蓋定燕國。

大海蕩蕩水所歸，高賢愉愉民所懷。大山崔，百卉殖。民何貴，貴有德。

安其所，樂終産。樂終産，世繼緒。飛龍秋，游上天。高賢愉，樂民人。

豐草葽，女蘿施。善何如，誰能回。大莫大，成教德。長莫長，被無極。

雷震震，電燿燿。明德鄉，治本約。治本約，澤宏大。加被寵，咸相保。德施大，世曼壽。

都荔遂芳，窅窊桂華。孝奏天儀，若日月光。乘元四龍，回馳北行。羽旄殷盛，芬哉芒芒。孝道隨世，我署文章。

馮馮翼翼，承天之則。吾易久遠，燭明四極。慈惠所愛，美若休德。杳杳冥冥，克綽厥福。

磑磑即即，師象山則。烏呼孝哉，案撫戎國。蠻夷竭歡，象來致福。兼臨是愛，終無兵革。

嘉薦芳矣，告靈饗矣。告靈既饗，德音孔臧。惟德之臧，建侯之常。承保天休，令問不忘。

皇皇鴻明，蕩侯休德。嘉承天和，伊樂厥福。在樂不荒，惟民之則。浚則師德，下民咸殖。令問在舊，孔容翼翼〔二〕。

孔容之常，承帝之明。下民之樂，子孫保光。承順温良，受帝之光。嘉薦令芳，壽考不忘。

承帝明德，師象山則。雲施稱民，永受厥福。承容之常，承帝之明。下民安樂，受福無疆。

【校勘記】

〔一〕《樂府詩集》卷八《郊廟歌辭·漢安世房中歌》總十七首，《八代詩選》諸本同《古詩紀》卷十二《安世房中歌》題下只有十六章。

〔二〕《八代詩選》諸本均於本章末注曰：『《漢書》自「浚則」以下別爲一章。』《廣文選》自『浚則師德』至此爲第十五章。

班固

郊祀靈芝之歌〔一〕

因靈寢兮産靈芝，象三德兮瑞應圖。延壽命兮光此都，配上帝兮象太微，參日月兮揚光輝。

【校勘記】

〔一〕《樂府詩集》卷一作「古辭」，不署作者，題作《靈芝歌》。《漢魏詩乘》卷二作班固《郊祀靈芝歌》。《廣文選》卷十一作古辭《靈芝歌》。

王粲

俞兒舞歌四首

矛俞新福〔一〕

漢初建國家，匡九州。蠻荊震服，五刃三革。休安不忘，備武樂修。宴我賓師，敬用御天，永樂無憂。子孫受百福，常與松喬游。烝庶德，莫不咸歡柔。

弩俞新福

材官選士，劍弩錯陳。應桴蹈節，俯仰若神。綏我武烈，篤我湻仁。自東自西，莫不來賓。

安臺新福

武功既定，庶士咸綏。樂陳我廣庭，式宴賓與師。昭文德，宣武威。平九有，撫民黎。荷天寵，延壽尸，千載莫我違。

行辭新福

神武用師士素厲，仁恩廣被，猛節橫逝。自古立功，莫我宏大。桓桓征四國，爰及海裔。漢國保長慶，垂祚延萬世。

【校勘記】

〔一〕《八代詩選》諸本四曲之題皆置詩之末。《樂府詩集》亦置題於末，題作『矛俞新福歌』。《古詩紀》置題《矛俞新福歌》於前。以下《古詩紀》四詩之題均有『歌』字。

魏繆襲

鼓吹曲十二首〔一〕

初之平〔二〕

初之平，義兵征。神武奮，金鼓鳴。邁武德，揚洪名。漢室微，社稷傾。皇道失，桓與靈。奄宦熾，羣雄争。邊韓起，亂金城。中國擾，無紀經。赫武皇，起旗旌。麾天下，天下平。濟九州，九州寧。刱武功，武功成。越五帝，邈三王。興禮樂，定紀綱。普日月，齊煇光。

【校勘記】

〔一〕《樂府詩集》卷十八《鼓吹曲辭三》繆襲《魏鼓吹曲》共十二首，《八代詩選》諸本題『鼓吹曲十二首』，實只有十一首，未選末首『太和』。

〔二〕《樂府詩集》《古詩紀》《漢魏詩乘》《廣文選》《古詩鏡》題作『楚之平』，首句『楚之平』同。《八代詩選》諸本皆作『初之平』。

戰滎陽

戰滎陽，汳水陂。戎士憤怒，貫甲馳。陳未成，退徐滎。二萬騎，塹壘平。戎馬傷，六軍驚。勢不集，衆幾傾。白日没，時晦冥。顧中牟，心屏營。同盟疑，計無成，賴我武皇萬國甯。

獲呂布

獲呂布，戮陳宮。芟夷鯨鯢，驅騁羣雄，囊括天下運掌中。

克官渡

克紹官渡由白馬，彊尸流血被原野。賊眾如犬羊，王師尚寡沙塠旁。風飛揚，轉戰不利士卒傷。今日不勝後何望，土山地道不可當，卒勝大捷震冀方。屠城破邑，神武遂章。

舊邦

舊邦蕭條心傷悲，孤魂翩翩當何依。游士戀故涕如摧，兵起事大令願違。傳求親戚在者誰，立廟置後魂來歸。

定武功

定武功，濟黄河。河水湯湯，旦莫有横流波。袁氏欲衰，兄弟尋干戈。决漳水，水流滂沱。嗟城中如流魚，誰能復顧室家。計窮慮盡來求連和，和不時心中憂戚。賊眾内潰，君臣奔北。拔鄴城，奄有魏國。王業艱難，覽觀古今，可爲長歎。

屠柳城

屠柳城，功誠難，越度隴塞路漫漫。北踰岡平，但聞悲風正酸。蹋頓授首，遂登白狼山。神武慹海外，永無北顧患。

平南荆

南荆何遼遼，江漢濁不清。菁茅久不貢，王師赫南征。劉琮據襄陽，賊備屯樊城。六軍廬新野，金鼓震天庭。劉子面縛至，武皇許其成，許與其成撫其民。陶陶江漢間，永〔二〕普爲大魏臣。大魏臣，向風思自新。思自新，齊功古人，在昔虞與唐。大魏得與均，多選忠義士，爲喉脣。天下一定，萬世無風塵。

【校勘記】

〔一〕《樂府詩集》《古詩紀》《漢魏詩乘》《古詩鏡》無『永』字，《八代詩選》諸本此字疑爲衍文。

平關中

平關中，路向潼。濟濁水，立高墉。鬬韓馬，離羣凶。選驍騎，縱兩翼。虜崩潰，級萬億。

應帝期

應帝期，於昭我文皇。歷數承天序，龍飛自許昌。聰明昭四表，恩德動遐方。星辰爲垂燿，日月爲重光。河洛吐符瑞，草木挺嘉祥。麒麟步郊野，黄龍游津梁。白虎依山林，鳳皇鳴高岡。考圖定篇籍，功配上古羲皇。羲皇無遺文，仁聖相因循。期運三千歲，一生聖明君。堯授舜萬國，萬國皆附親。四門爲穆穆，教化常如神。大魏興聖，與之爲鄰。

邕熙

邕熙，君臣念德，天下治。登帝道，獲瑞寶。頌聲竝作，洋洋浩浩。吉日臨高堂，置酒列名倡，歌聲一何紆餘。襍笙簧，八音諧，有紀綱。子孫永建萬國，壽考樂無央。

曹植

鞞舞歌

序曰：漢靈帝西園鼓吹有李堅者，能鞞舞，遭亂，西隨段熲。先帝聞其舊有技，召之。堅既中廢，兼古曲多謬誤，故改作新歌五篇。

大魏篇

大魏應靈符，天禄方甫始。聖德致泰和，神明爲驅使。左右宜供養，中殿宜皇子。陛下長壽考，羣臣拜賀咸悦喜。積善有餘慶，寵禄固天常。衆喜填門至，臣子蒙福祥。無患及陽遂，輔翼我聖皇。衆吉咸集會，凶邪姦惡並滅亡。黄鵠游殿歬，神鼎周四阿。玉馬充乘輿，芝蓋樹九華。白虎戲西除，舍利從辟邪。騏驥躡足舞，鳳皇拊翼歌。豐年大置酒，玉尊列廣庭。樂飲過三爵，朱顔暴己形。式宴不違禮，君臣歌《鹿鳴》。樂人舞鼙舞，百官雷抃讚若驚。儲禮如江海，積善若邱山。皇嗣繁且熾，孫子列曾元。羣臣咸稱萬歲，陛下長壽樂萬年。御酒停未飲，貴戚跪東廂。侍人承顔色，奉進金玉觴。此酒亦真酒，福禄當聖皇。陛下臨軒笑，左右咸歡康。栢來一何遲，羣僚以次行。賞賜屢千億，百官竝富昌。

精微篇

精微爛金石，至心動神明。杞妻哭死夫，梁山爲之傾。子丹西質秦，烏白馬角生。鄒衍囚燕市，繁霜爲夏零。關東有賢女，自字蘇來卿。壯年報父仇，身没垂功名。女休逢赦書，白刃幾在頸。俱上列仙籍，去死獨就生。太倉令有罪，遠徵當就拘。自悲居無男，禍至無與俱。緹縈痛父言，荷擔西上書。盤桓北闕下，泣淚何漣洳。乞得并姊弟，没身贖父軀。漢文感其誼，肉刑法用除。其父得以免，辯義在列圖。多男亦何爲，一女足成居。簡子南渡河，津吏廢舟船。執法將加刑，女娟擁櫂歬。妾父聞君來，將涉不測淵。畏懼風波起，禱祝祭名山。備禮饗神祇，爲君求福先。不勝釂祀誠，至令犯罰艱。君必欲加誅，乞使知罪諐。妾願以身代，至誠感蒼天。國君高其義，其父用赦原。河激奏中流，簡子知其賢。歸聘爲夫人，榮寵超後先。辯女解父命，何况健少年。黄初發和氣，明堂德教施。治道致太平，禮樂風俗移。刑錯民無枉，怨女復何爲。聖皇長壽考，景福常來儀。

孟冬篇

孟冬十月，陰氣厲清。武官誡田，講旅統兵。元龜襲吉，元光著明。蚩尤蹕路，風弭雨停。乘輿啟行，鸞鳴幽軋。虎賁采騎，飛象珥鶡。鐘鼓鏗鏘，簫管嘈喝。萬騎齊鑣，千乘等蓋。夷山填谷，平林滌藪。張羅萬里，盡其飛走。趯趯狡兔，揚白跳翰。獵以青骹，掩以修竿。韓盧宋鵲，呈才騁足。噬不盡緤，牽麋掎鹿。魏氏發機，養基撫絃。都盧尋高，搜索猴蝯。慶忌孟賁，蹈谷超巒。張目決眥，髮怒穿冠。頓熊扼虎，蹴豹搏貙。氣有餘勢，負象而趨。獲車既盈，日側樂終。罷役解徒，大饗離宮。亂曰：

聖皇臨飛軒，論功校獵徒。死禽積如京，流血成溝渠。明詔大勞賜，大官供有無。走馬行酒醴，驅車布肉魚。鳴鼓舉觴爵，擊鐘釂無餘。絶網縱麟麑，弛罩出鳳雛。收功在羽校，威靈振鬼區。陛下長懽樂，永世合天符。

吴韋昭

鼓吹曲十二首〔一〕

炎精缺

炎精缺，漢道微。皇綱弛，政德違。衆姦熾，民罔依。赫武烈，越龍飛。陟天衢，燿靈威。鳴雷鼓，抗電麾。撫乾衡，鎮地機。厲虎旅，騁熊羆。發神聽，吐英奇。張角破，邊韓羈。宛潁平，南土綏。神武章，渥澤施。金聲震，仁風馳。顯高門，啟皇基。統罔極，垂將來。

【校勘記】

〔一〕《樂府詩集》卷十八《鼓吹曲辭三》韋昭《吳鼓吹曲》共十二首。《古詩紀》卷三十、《漢魏詩乘》卷二十題作『吳鼓吹曲十二曲』。《八代詩選》雖題『鼓吹曲十二首』，實僅選其七首。

伐烏林

曹操北伐拔柳城，乘勝席卷遂南征。劉氏不睦，八郡震驚。衆既降，操屠荆。舟車十萬揚風聲，議者狐疑慮無成。賴我大皇發聖明，虎臣雄烈周與程。破操烏林，顯章功名。

秋風

秋風揚沙塵，寒露霑衣裳。角弓持絃急，鳩鳥化爲鷹。邊垂飛羽檄，寇賊侵界疆。跨馬披介胄，慷慨懷悲傷。辭親向長路，安知存與亡。窮達固有分，志士思立功。思立功，要之戰場，身逸獲高賞，身没有遺封。

關背德

關背德，作鴟張。割我邑城圖不祥，稱兵北伐圍樊襄。陽嗟臂大於股，將受其殃。巍巍夫聖主，睿德與元通。與元通，親任呂蒙，汎舟洪汜池。溯涉長江，神武一何桓桓，聲烈正與風翔。歷撫江安城，大據郢邦。虜羽授首，百蠻咸來同，盛哉三五比隆。

通荆門

荆門限巫山，高峻與雲連。蠻夷阻其險，歷世懷不賓。漢王據蜀郡，崇好結和親。乖微中情疑，讒夫亂其間。大皇赫斯怒，虎臣勇氣震。蕩滌幽藪討不恭，觀兵揚炎燿，厲鋒整封疆。整封疆，闡揚威武容。功赫戲，洪烈炳章，邈矣帝皇世。聖吳同厥風，荒裔望清化。化恢宏，煌煌大吳，延祚永未央。

章洪德

章洪德，邁威神。感殊風，懷遠鄰。平南裔，齊海濱。越裳貢，扶南臣。珍貨充庭，所見日新。

承天命

承天命，於昭聖德。三精垂象，符靈表德。巨石立，九穗植。龍金其鱗，烏赤其色。輿人歌，億夫歎息。超龍升，襲帝服。窮淯懿，體元默。夙興臨朝，勞謙日昃。易簡以崇仁，放遠讒與慝。舉賢才，親近有德。均田疇，茂稼穡。審法令，定品式。考功能，明黜陟。人思自盡，唯心與力。家國治，王道直。思我帝皇，壽萬億。長保天禄，祚無極。

晉傅玄

天地郊明堂歌二首

天郊饗神歌

整泰壇，禮皇神。精氣感，百靈賓。藴朱火，燎芳薪。紫烟游，冠青雲。神之體，靡象形。曠無方，幽以清。神之來，光景照。聽無聞，視無兆。神之至，舉歆歆。靈爽協，動余心。神之坐，同歡娱。澤雲翔，化風舒。嘉樂奏，文中聲。八音諧，神是聽。咸絜齊，竝芬芳。烹〔一〕牷牲，享玉觴。神悦饗，歆禋祀。佑大晉，降繁祉。祚京邑，行四海。保天年，窮地紀。

【校勘記】

〔一〕光緒七年四川尊經書局本、民國三十一年程天放本作『享』。光緒十六年江蘇書局本作『烹』。《樂府詩集》

《傅鶉觚集》《古詩紀》《廣文選》《古詩鏡》作『烹』。

地壇饗神歌

整泰邱，竢皇祇。衆神感，羣靈儀。陰祀設，吉禮施。夜將極，時未移。祇之體，無形象。潛泰幽，洞忽荒。祇之出，薆若有。靈無遠，天下母。祇之來，遺光景。昭若存，終冥冥。祇之至，舉欣欣。舞象德，歌成文。祇之坐，同歡豫。澤雨施，化雲布。樂八變，聲教敷。物咸亨，祇是娛。齊既絜，侍者肅。玉觴進，咸穆穆。饗嘉豢，歆德馨。祚有晉，既羣生。溢九壤，格天庭。保萬壽，延億齡。

四廂樂歌〔一〕

食舉東西廂歌〔二〕

天命大晉，載育羣生。於穆上德，隨時化成。自祖配命，皇皇后辟。繼天刱業，宣文之績。丕顯宣文，先知稼穡。克恭克儉，足教足食。既教食之，宏濟艱難。上帝是祐，下民所安。天祐聖皇，萬邦來賀。雖安勿安，乾乾匪暇。乃正邱郊，乃定冢社。廙廙作宗，光宅天下。惟敬朝饗，爰奏食舉。盡禮供御，嘉樂有序。樹羽設業，笙鏞以間。琴瑟齊列，亦有篪塤。喤喤鼓鐘，鎗鎗磬管。八音克諧，載夷載簡。既夷既簡，其大不禦。風化潛興，如雲如雨。如雲之覆，如雨之潤。聲教所暨，無思不順。教以化之，樂以和之。和而養之，時惟邕熙。禮慎其儀，樂節其聲。於鑠皇繇，既和且平。

【校勘記】

〔一〕《樂府詩集》卷十三傅玄《燕射歌辭·晉四廂樂歌》三首，《八代詩選》選一首。

〔二〕《樂府詩集》卷十三《晉四廂樂歌》之第三首，題『食舉東西廂歌』。《傅鶉觚集》《古詩紀》傅玄《晉四廂樂歌三首》之第三首，題爲《食舉東西廂歌十三章》，每四句爲一章。《八代詩選》諸本不分章。

鼓吹曲二十二首〔一〕

宣受命

宣受命，應天機。風雲時動，神龍飛。禦諸葛，鎮雝梁。邊境安，夷夏康。務節事，勤定傾。攬英雄，保持盈。淵穆穆，赫明明。冲而泰，天之經。養威重，運神兵。亮乃震斃，天下甯。

【校勘記】

〔一〕《樂府詩集》卷十九《鼓吹曲辭四》、《傅鶉觚集》、《古詩紀》卷五十《鼓吹曲辭》題作傅玄《晉鼓吹曲》。共二十二首，《八代詩選》選其八首。

文皇統百揆

文皇統百揆，繼天理萬方。武將鎮四隅，英佐盈朝堂。謀言協秋蘭，清風發其芳。洪澤所溥潤，礫石爲圭璋。大道侔五帝，盛德踰三王。咸光大，上參天與地，至化無内外。無内外，六合並康乂。並康乂，遘茲嘉會，在昔羲與農。大晉德斯邁，鎮征及諸州。爲蕃衛，元功濟四海，洪烈流萬世。

惟庸蜀

惟庸蜀，僭號天一隅。劉備逆帝命，禪亮承其餘。擁衆數十萬，闚隙承我虚。驛騎進羽檄，天下不遑居。姜維屢寇邊，隴上爲荒蕪。文皇愍斯民，歷世受罪辜。外謨藩屏臣，内謀衆士夫。爪牙應指授，腹心獻良圖。良圖協成文，大興百萬軍。雷鼓震地起，猛勢陵浮雲。逋虜畏天誅，面縛造壘門。萬里同風教，逆命稱妾臣。光建五等，綱紀天人。

於穆我皇

於穆我皇，盛德聖且明。受禪君世，光濟羣生。普天率土，莫不來庭。顒顒六合内，望風仰泰清。萬國雝雝，興頌聲。大化洽，地平而天成。七政齊，玉衡惟平。峨峨佐命，濟濟羣英。夙夜乾乾，萬機〔一〕是經。雖治興，匪荒寧。謙道光，冲不盈。天地合德，日月同榮。赫赫煌煌，燿幽冥。三光克從，於顯天。垂景星，龍鳳臻，甘露宵零。肅神祇，祇上靈。萬物欣戴，自天效其成。

【校勘記】

〔一〕《樂府詩集》《傅鶉觚集》《古詩紀》作『機』，是。

唐堯

唐堯諮務成，謙謙德所興。積漸終光大，履霜致堅冰。神明道自然，河海猶可凝。舜禹統百揆，元凱以次升。禪讓應天曆〔一〕，睿聖世相承。我皇陟帝位，平衡正準繩。德化飛四表，祥氣見其徵。興王坐俟旦，亡主恬自矜。致遠由近始，覆簣成山陵。披圖按先籍，有其證靈液。

【校勘記】

〔一〕光緒十六年江蘇書局本作『歷』，光緒七年四川尊經書局本、民國三十一年程天放本作『曆』，實應作『曆』。《傅鶉觚集》《古詩紀》作『歷』。

元雲

元雲起邱山，祥氣萬里會。龍飛何蜿蜿，鳳翔何翽翽。昔在唐虞朝，時見青雲際。今親游萬國，流光溢天外。鶴鳴在後園，清音隨風邁。成湯隆顯命，伊摯來如飛。周文獵渭濱，遂載吕望歸。符合如影響，先天天弗違。輟耕綜時綱，解褐衿天維。元功配二王，芬馨世所稀。我皇敘羣才，洪烈何巍巍。桓桓征四表，濟濟理萬機。神化感無方，髦才盈帝畿。丕顯惟昧旦，日新孔所咨。茂哉明聖德，日月同光煇。

伯益

伯益佐舜禹，職掌山與川。德侔十六相，思心入無間。智理周萬物，下知眾鳥言。黃雀應清化，翔集何翩翩。和鳴棲庭樹，裴回雲日間。夏桀爲無道，密罔[一]施山河。酷祝振纖罔，當奈黃雀何。殷湯崇天德，去其三面羅。逍遥羣飛來，鳴聲乃復和。朱雀作南宿，鳳皇統羽羣。赤烏銜書至，天命瑞周文。神雀今來游，爲我受命君。嘉祥致天和，膏澤隆青雲。蘭風發芳氣，闔世同其芬。

【校勘記】

〔一〕光緒十六年江蘇書局本作『罔』，光緒七年四川尊經書局本、民國三十一年程天放本作『网』。下『酷祝振纖罔』句此字同。《樂府詩集》《傅鶉觚集》《古詩紀》作『網』，下句同。

釣竿

釣竿何冉冉，甘餌芳且鮮。臨川運思心，微綸沈九淵。太公寶此術，乃在靈祕篇。機變隨物移，精妙貫未然。游魚驚著釣，潛龍飛戾天。戾天安所至，撫翼翔太清。太清一何異，兩儀出渾成。玉衡正三辰，造化賦羣形。退願輔聖君，與神合其靈。我君宏遠略，天人不足并。天人初并時，昧昧何芒芒。日月有徵兆，文象興三皇。蚩尤亂生民，黃帝用兵征萬方。逮夏禹，而德衰，三代不及虞與唐。我皇聖德配堯舜，受禪即祚享天祥，率土蒙祜靡不肅。庶事康，庶事康，穆穆明明荷百禄。保無極，永泰平。

宣武舞歌四首[一]

惟聖皇篇矛俞第一[二]

惟聖皇，德巍巍，光四海。禮樂爲形影，文武爲表裏。乃作巴渝肆舞士，劒弩齊列。戈矛爲之始，進退疾鷹鷂。龍戰而豹起，如亂不可亂。動作順其理，離合有統紀。

短兵篇劍俞第二

劍爲短兵，其勢險危。疾踰飛電，回旋應規。武節齊聲，或合或離。電發星騖，若景若差。兵法攸象，軍容是儀。

軍鎮篇弩俞第三

弩爲遠兵軍之鎮，其發有機。體難動，往必速。重而不遲，鋭精分鏄。射遠中微，弩俞之樂一何奇。變多姿，退若激，進若飛。五聲協，八音諧。宣舞象，讚天威。

窮武篇安臺行亂第四

窮武者喪，何但敗北。柔弱亡戰，國家亦廢。秦始徐偃，既已作戒，前[三]世先王鑒其機。修文整武藝，文武足相濟，然後德光大。亂曰：高則亢，滿則盈。亢必危，盈必傾。去危傾，守以平。冲則久，濁能清。混文武，順天經。

【校勘記】

[一]《樂府詩集》卷五十三《舞曲歌辭二》題作傅玄《晉宣武舞歌》四曲。《古詩紀》卷五十、《傅鶉觚集》題作傅玄《晉宣武舞歌四首》。

[二]《宣武舞歌》四曲之題原在詩末，此據《樂府詩集》均置於前，《樂府詩集》作《惟聖皇篇・矛俞第一》。

[三]光緒十六年江蘇書局本作『前』，光緒七年四川尊經書局本、民國三十一年程天放本作『肯』。《樂府詩集》作『前』。

宣文舞歌二首[一]

羽籥舞歌

羲皇之初，天地開元。罔罟禽獸，羣黎以安。神農教耕，剏業誠難。民得粒食，澹然無所患。黃帝始征伐，萬品造其端。軍駕無常居，是曰軒轅。軒轅既勤止，堯舜匪荒甯。夏禹治水，湯武又用兵。孰能保安逸，坐致太平。聖皇邁乾乾，天下興頌聲，穆穆且明明。惟聖皇，道化彰。澂四海，清三光。萬幾理，庶事康。潛龍升，儀鳳翔。風雨時，物繁昌。卻走馬，降瑞祥。揚側陋，簡忠良。百禄是荷，眉壽無疆。

羽鐸舞歌

昔在渾成時，兩儀尚未分。陽升垂清景，陰降興浮雲。中和合氛氲，萬物各異羣。人倫得其序，衆生樂聖君。三統繼五行，然後有質文。皇王殊運代，治亂亦繽紛。伊大晉，德兼往古。越羲農，邈舜禹。參天地，陵三五。禮唐周，樂韶武。豈惟簫韶，六代具舉。澤霑地境，化充天寓。聖明臨朝，元凱作輔，普天同樂胥。浩浩元氣，遐哉太清。五行流邁，日月代征。隨時變化，庶物乃成。聖皇繼天，光濟羣生。化之以道，萬國咸甯。受兹介福，延于億齡。

【校勘記】

〔一〕《樂府詩集》卷五十三《舞曲歌辭二》、《古詩紀》卷五十、《傅鶉觚集》題作傅玄《晉宣文舞歌》二首。《八代詩選》諸本題作《宣文武歌》。

鞞舞歌五首〔一〕

洪業篇

宣文刱洪業，盛德在泰始。聖皇應靈符，受命君四海。萬國何所樂，上有明天子。唐堯禪帝位，虞舜惟恭己。恭己正南面，道化與時移。大赦盪萌漸，文教被黄支。象天則地，體無爲。聰明配日月，神聖參兩儀。雖有三凶類，静言無所施。象天則地，體無爲。稷契竝佐命，伊吕升王臣。蘭芷登朝肆，下無失宿民。聲發響自應，表立景來附。虓虎從羈制，潛龍飛天路。備物立成器，變通極其數。百事以時敘，萬幾有常度。訓之以克讓，納之以忠恕。羣下仰清風，海外同懽慕。象天則地，化雲布。昔日貴彫飾，今尚儉與素。昔日多纖介，今去情與故。象天則地，化雲布。濟濟大朝士，夙夜綜萬機。萬機無廢理，明明降疇咨。臣譬列星景，君配朝日煇。事業竝通濟，功烈何巍巍。五帝繼三皇，三王世所歸。聖德應期運，天地不能違。仰之彌已高，猶天不可階。將復御龍氏，鳳皇在庭棲。

【校勘記】

〔一〕《樂府詩集》卷五十三《舞曲歌辭二》、《古詩紀》卷五十、《傅鶉觚集》題作傅玄《晉鼙舞歌》五首，《八代詩選》選其第一、第二、第五首。

天命篇

聖祖受天命，應期輔魏皇。入則綜萬幾，出則征四方。朝廷無遺理，萬表甯且康。道隆舜臣堯，積德踰大王。孟度阻窮險，造亂天一隅。神兵出不意，奉命致天誅。赦善戮有罪，元惡宗爲虛。威風震勁蜀，武烈慴強吳。諸葛不知命，肆逆亂天常。擁徒十余萬，數來寇邊疆。我皇邁神武，秉鉞鎮雝梁。亮乃畏天威，未戰先仆僵。盈虛自然運，時變故多艱。東征陵海表，萬里梟賊淵。受遺齊七政，曹爽又滔天。羣凶受誅殛，百祿咸來臻。黃華應福始，王凌爲禍先。

明君篇

明君御四海，聽鑒盡物情。顧望有讒罰，竭忠身必榮。蘭茝出荒野，萬里升紫庭。茨草穢堂階，埽截不得生。能否莫相蒙，百官正其名。恭己慎有爲，有爲無不成。闇君不自信，羣下執異端。正直罹浸潤，姦臣奪其權。雖欲盡忠誠，結舌不敢言。結舌亦何憚，盡忠爲身患。清流豈不潔，飛塵濁其源。岐路令人迷，未遠勝不還。忠臣立君朝，正色不顧身。邪正不竝存，譬若胡與秦。胡秦有合時，邪正各異津。忠臣遇明君，乾乾惟日新。羣目統在綱，衆星拱北辰。設令遭闇主，斥退爲凡民。雖薄供時用，白茅猶可珍。冰霜晝夜結，蘭桂摧爲薪。邪臣多端變，用心何委曲。便辟順情旨，動隨君所欲。偷安樂目苒，不問清與濁。積僞罔時主，養交以持禄。言行恆相違，難厭甚谿谷。昧死射乾没，覺露則滅族。

荀勖

食舉東西廂歌十二首〔一〕

翼翼

翼翼大君，民之攸暨。信理天工，惠康不匱。將遠不仁，訓以滔粹。幽明有倫，俊乂在位。九族既睦，庶邦順比。開元布憲，四海鱗萃。協時正統，殊塗同致。厚德載物，靈心隆貴。敷奏讜言，納以無諱。樹之典象，誨之義類。上教如風，下應如卉。一人有慶，羣萌以遂。我后宴喜，令聞不墜。

嘉會

愔愔嘉會，有聞無聲。清酤既奠，籩豆既馨。禮充樂備，簫韶九成。豈樂飲酒，酣而不盈。率土歡豫，邦國以甯。王猶允塞，萬載無傾。

【校勘記】

〔一〕《樂府詩集》卷十三荀勖《燕射歌辭一·晉四廂樂歌》之《食舉樂東西廂歌》共十二首，《古詩紀》卷四十九題作《食舉樂東西廂歌十二首》。《八代詩選》選第九、十二首。

張華

四廂樂歌十六首〔一〕

聖明統世篤皇仁，廣大配天地，順動若陶鈞。元化參自然，至德通明神。清風鬯八極，流澤被無垠。

【校勘記】

〔一〕《樂府詩集》卷十三、《古詩紀》卷四十九張華《燕射歌辭一·晉四廂樂歌》共十六首，《八代詩選》諸本題謂『十六首』，實僅選録二首。張華《晉四廂樂歌十六首》含《王公上壽詩》一首、《食舉東西廂樂詩》十一首、《正旦大會行禮詩》四首，總十六首。

於皇時晉，奕世齊聖。惟天降嘏，神祇保定。宏濟區夏，允集大命。有命既集，光帝猷，大明重燿。鑒六幽，聲教洋溢，惠滂流。惠滂流，移風俗。多士盈朝，賢俊比屋。敦世心，斲彫反素樸。反素樸，懷庶方。干戚舞階庭，疏狄悦遐荒。扶南假重譯，肅慎襲衣裳。雲覆雨施，德洽無疆。旁作穆穆，仁化翔。

曹毗

江右宗廟歌

歌康皇帝

康皇穆穆，仰嗣洪德。爲而不宰，雅音四塞。閑邪以誠，鎮物以默。威静區宇，道宣邦國。

王珣

江左宗廟歌

歌太宗簡文皇帝

皇矣簡文，於昭于天。靈明若神，周淡如淵。冲應其來，實與其遷。亹亹心化，日用不言。易而有親，簡而可傳。觀流彌遠，求本逾元。

歌烈宗孝武皇帝

天鑒有晉，欽哉烈宗。同規文考，元默允龔。威而能猛，約而能通。神鉦一震，九域來同。道積淮海，雅頌自東。氣陶淯露，化協時雝。

宋顏延之

南郊登歌〔一〕

迎送神歌

維聖饗帝，維孝饗親。皇乎備矣，有事上春。禮行宗祀，敬達郊禋。金枝中樹，廣樂四陳。陟配在京，降德在民。奔精照夜，高燎煬晨。陰明浮爍，沈禜深淪。告成大報，受釐元神。月御按節，星驅扶輪。遥興遠駕，燿燿振振。

【校勘記】

〔一〕《樂府詩集》卷一作顔延之『宋南郊登歌』，有『夕牲歌』『迎送神歌』『饗神歌』。《顔光禄集》、《古詩紀》卷六十五作顔延之《宋南郊登歌三首》，《八代詩選》選其后兩首。

饗神歌

營泰畤，定天衷。思心睿，謀筮從。建表蕝，設郊宫。田燭置，爟火通。曆元旬，律首吉。飾紫壇，坎列室。中星兆，六宗秩。乾宇晏，地區謐。大孝昭，祭禮供。牲日展，盛自躬。具陳器，備禮容。形舞綴，被歌鐘。望帝闇，聳神蹕。靈之來，辰光溢。絜粢酌，娱太一。明燀夜，華晢日。祼既始，獻又終。烟燎𢀖，報清穹。饗宋德，祚王功。休命永，福履充。

謝莊

明堂歌

歌白帝九言依金數〔一〕

百川如鏡，天地爽且明。雲冲氣舉，德盛在素精。木葉初下，洞庭始揚波。夜光徹地，翻霜照懸河。庶類收成，歲功行欲甯。浹地奉渥，罄宇承秋靈。

【校勘記】

〔一〕『九言依金數』，爲《八代詩選》編者自注，當依《古詩紀》。

送神歌

藴禮容，餘樂度。靈方留，景欲莫。開九重，肅五達。鳳參差，龍已沫。雲既動，河既梁。萬里照，四空香。神之車，歸清都。璇庭寂，玉殿虚。濬化凝，孝風熾。顧靈心，結皇思。

殷淡

章廟樂舞歌十五首〔一〕

永至樂皇帝入廟北門奏

皇朝⿱囟巳矣，孝容以昭。鑾華羽迥，拂漢涵濆。申申嘉夜，翊翊休朝。行金景從，步玉風韶。帥承祀則，肅對禋祧。

章德凱容樂章太后室

幽端浚靈，表彰嬪聖。翊戴徽文，敷光崇慶。上緯纏祥，中維飾詠。永屬煇猷，聯昌景命。

【校勘記】

〔一〕《樂府詩集》卷八《郊廟歌辭八·宋章廟樂舞歌》、《古詩紀》卷六十五殷淡《宋章廟樂舞歌》共十五首，《八代詩選》選殷淡詩二首。

王韶之

食舉歌〔一〕

晨曦載燿，萬物咸覩。嘉慶三朝，禮樂備舉。元正肇始，典章徽明。萬方畢來賀，華裔充皇庭。多士盈九德，俯仰觀玉聲。恂恂俯仰，載爛其煇。鼓鐘震天區，禮容塞皇闈。思樂窮休慶，福履同所歸。

【校勘記】

〔一〕《古詩紀》卷六十五王韶之《食舉歌》十曲，此第一曲。

明帝劉昱及虞和同造

泰始歌舞曲十二首〔一〕

通國風

開寶業，資賢昌。謨明盛，弼諧光。烈武惟略，景王勳。南康華容，變政文。猛績爰著，有左軍。三王到氏，文武贊。丞相作輔，屬伊旦。沈柳宗侯，皆殄亂。泰始開運，超百王。司徒驃騎，勳德康。江安謨效，殷誠彰。劉沈承規，功名揚。慶歸我后，祚無疆。

白紵篇大雅

在心曰志發言詩，聲成于文被管絲。手舞足蹈欣泰時，移風易俗王化基。琴角揮韻白雲舒，簫韶協音神鳳來。拊擊和節詠在初，章曲乍畢情有餘。文同軌一道德行，國靖民和禮樂成。四縣庭響美勳英，八列陛唱貴人聲。舞飾麗華樂容工，羅裳暎日袂隨風。金翠列煇蕙麝豐，淑姿秀體允帝衷。

【校勘記】

〔一〕《樂府詩集》卷五十六《舞曲歌辭五》録《宋泰始歌舞曲辭》共十二首，其中僅兩首題爲虞龢所作，五首題爲宋明帝所作，五首未題作者。《八代詩選》選二首，其一題『明帝《通國風》』，其二題《白紵篇大雅》，不題作者。《八代詩選》所選《通國風》《白紵篇大雅》二首，無所謂『明帝劉昱及虞和同造』。

何承天

私造鼓吹鐃歌十五首〔一〕

朱路篇

朱路揚和鸞，翠蓋燿金華。元牡飾樊纓，流旌拂飛霞。雄戟闢曠塗，班劍翼高車。三軍且莫諠，聽我奏鐃歌。清鼙驚短簫，朗鼓節鳴笳〔二〕。人心惟愷豫，兹音亮且和。輕風起紅塵，渟瀾發微波。逸韻騰天路，穨響結城阿。仁聲被八表，威震振九遐。嗟嗟介胄士，勖哉念皇家。

【校勘記】

〔一〕《樂府詩集》卷十九《鼓吹曲辭四》何承天《宋鼓吹鐃歌》共十五首。《八代詩選》選其六首。

〔二〕光緒十六年江蘇書局本作『笳』，光緒七年四川尊經書局本、民國三十一年程天放本作『篗』。

思悲公篇

思悲公，懷袞衣，東國何悲公西歸。公西歸，流二叔，幼主既悟偃禾復。偃禾復，聖志申，營都新邑從斯民。從斯民，德惟明，制禮作樂興頌聲。興頌聲，致嘉祥，鳴鳳爰集萬國康。萬國康，猶弗已，握髮吐餐下羣士。惟我君，繼伊周，親覩盛世復何求。

雝離篇

雝士多離心，荆民懷怨情。二凶不量德，搆難稱其兵。王人銜朝命，正辭糾不庭。上宰宣九伐，萬里舉長旌。樓船掩江瀆，駟介飛重英。歸德戒後夫，賈勇尚先鳴。逆徒既不濟，愚智亦相傾。霜鋒未及染，鄢郢忽已清。西川無潛鱗，北渚有奔鯨。陵威致天府，一戰夷三城。江漢被美化，宇宙歌太平。惟我東郡民，曾是深推誠。

戰城南篇

戰城南，衝黃塵，丹旂電烻鼓雷震。勍敵猛，戎馬殷，橫陳亙野若屯雲。仗大順，應三靈，義之所感士忘生。長劍擊，繁弱鳴，飛鏑炫晃亂奔星。虎騎躍，華毦旋，朱火延起騰飛烟。驍雄斬，高旗搴，長角浮叫響清天。夷羣寇，殪逆徒，餘黎霑惠詠來蘇。奏愷樂，歸皇都，班爵獻俘邦國娛。

巫山高篇

巫山高，三峽峻。青壁千尋，深谷萬仞，崇巖冠靈林冥冥。山禽夜響，晨猨相和鳴。洪波迅澓，載逝載停。悽悽商旅之客，懷苦情，在昔陽九皇綱微。李氏竊命，宣武燿靈威。蠢爾逆蹤，復踐亂機。王旅薄伐，傳首來至京師。古之爲國，惟德是貴。力戰而虐民，鮮不顛墜。矧[一]乃叛戾，伊胡能遂，咨爾巴子無放肆。

【校勘記】

〔一〕光緒十六年江蘇書局本作『矧』，光緒七年四川尊經書局本、民國三十一年程天放本作『别』。

上邪篇

上邪下難正，衆枉不可矯。音和響必清，端景緣直表。大化揚仁風，齊民猶偃草。聖王既已没，誰能宏至道。開春湛柔露，代終肅嚴霜。承平貴孔孟，政敝侯申商。孝公明賞罰，六世猶克昌。李斯肆濫刑，秦氏所以亡。漢宣隆中興，魏祖甯三方。譬彼鍼與石，效疾而稱良。行葦非不厚，悠悠何詎央。琴瑟時未調，改絃當更張。矧乃治天下，此要安可忘。

齊謝超宗

北郊樂歌六首〔一〕

昭夏樂

詔禮崇營，敬饗元畤。靈正丹帷，月肅紫墀。展薦登華，風縣凝鏘。神惟戾止，鬱葆遥莊。昭望歲芬，環游辰太。穆哉尚禮，横光秉藹。

【校勘記】

〔一〕《樂府詩集》卷二謝超宗『齊北郊樂歌』六首：《昭夏樂》《登歌》《地德凱容歌》《昭德凱容樂》《昭夏樂》《隸幽樂》。《八代詩選》諸本皆題作『北郊樂歌六首』，實只選其中第一首《昭夏樂》。

太廟樂歌十六首〔一〕

引牲樂

肇祀嚴靈，恭禮尊國。達敬敷典，結孝陳則。芬滌既肅，犧牷既整。聳誠流思，端儀選景。肆禮伫夜，緜樂望晨。崇席皇鑒，用饗明神。

嘉薦樂

清思窈窈，閟寢微微。恭言載感，肅若有希。芬俎具陳，嘉薦兼列。凝馨烟飃，分炤星哲。睿靈式降，協我帝道。上澄五緯，下陶八表。

【校勘記】

〔一〕《樂府詩集》卷九《郊廟歌辭九・齊太廟樂歌》總十六首，謝超宗作。《古詩紀》卷七十三題作謝超宗《齊太廟樂歌十六首》，《八代詩選》選其第二、第三首。

謝朓

雩祭歌八首〔一〕

迎神

清明暢，禮樂新。候龍景，練貞辰。陽律亢，陰晷伏。秏下土，薦穜稑。宸儀警，王度乾。嗟雲漢，望昊天。張盛樂，奏雲舞。集五精，延帝祖。雩有諷，禜有秩。膋鬯芬，圭瓚瑟。靈之來，帝閽開。車煜燿，吹裴回。停龍轙，偏觀此。凍雨飛，祥雲靡。壇可臨，奠可歆。對甿社，鑒皇心。

【校勘記】

〔一〕《樂府詩集》卷三《郊廟歌辭三・齊雩祭樂歌》總八首，謝朓作第一首，題作《迎神歌八解》。《古詩紀》卷七十三題作謝朓《齊雩祭歌八首》，《迎神》爲第一首，分爲八章，《八代詩選》諸本不分章。

黑帝六言依水數〔一〕

白日短，元夜深。招搖轉，移太陰。霜鐘鳴，冥陵起。星迴天，月窮紀。聽嚴風，來不息。望元雲，黝無色。曾冰裂，積羽幽。飛雲至，天山側。關梁閉，方不巡。合國吹，饗蜡賓。統微陽，究終始。百禮洽，萬祚臻。

【校勘記】

〔一〕《八代詩選》諸本『六言依水數』爲編者自注。《樂府詩集》卷三題作『歌黑帝』。《古詩紀》卷七十三謝朓《齊雩祭歌八首》之第七首《黑帝》分爲三章。《八代詩選》諸本不分章。

送神〔一〕

敬如在，禮將周。神之駕，不少留。躍龍鑣，轉金蓋。紛上馳，雲之外。警七曜，詔八神。排閶闔，渡天津。有渰興，膚寸積。雨冥冥，又終夕。俾棲糧，維萬箱。皇情暢，景命昌。

【校勘記】

〔一〕《樂府詩集》卷三題作『送神歌』。《古詩紀》謝朓《齊雩祭歌八首》之第八首《送神》分爲五章。《八代詩選》諸本不分章。

梁沈約　蕭子雲

三朝雅樂歌

需雅八曲之四食舉奏 沈約造〔一〕

實體平心待和味，庶羞百品多爲貴。或鼎或鼒宣九沸，楚桂胡鹽芼芳卉，加籩列俎彫且蔚。

五味九變兼六和，令芳甘旨庶且多。三危之露九真禾，圓案方丈粲星羅，皇舉斯樂同山河。

九州上腴非一族，元芝碧樹壽華木。終朝采之不盈掬，用拂腥羶和九穀，既甘且飫致遐福。

人欲所大味爲先，興和盡敬咸在旃。碧鱗朱尾獻嘉鮮，紅毛緑翼墜輕翾，臣拜稽首萬斯年。

【校勘記】

〔一〕《樂府詩集》卷十四《燕射歌辭二・梁三朝雅樂歌》題作沈約『需雅八首』，《八代詩選》選其前四首。

寅雅王公出入奏普通中蕭子雲改造〔一〕

車同軌，行同倫。來萬國，相九賓。延羣后，朝藎臣。禮時行，樂日新。摐夷則，奏雅寅。衮衣燿，玉帛陳。儀抑抑，皇恂恂。

【校勘記】

〔一〕《樂府詩集》卷十四《燕射歌辭二・梁三朝雅樂歌》，題作蕭子雲『寅雅』。『普通中蕭子雲改造』，爲《八代詩選》編者所注。《古詩紀》卷一百五蕭子雲《梁三朝雅樂歌六首》之第三首。本首及後《需雅》三首均爲蕭子雲改造，《八代詩選》將其與沈約合併同題，目録中將其獨立題爲蕭子雲《三朝雅樂歌四首》，此處仍依《八代詩選》原樣。

需雅蕭子雲改造〔一〕

始諸飲食物之初，設卦觀象受以需。烝民乃粒有牲芻，自衛反魯修《春秋》，弋不射宿殺已祛。

在昔哲王觀民志，庶羞百品因時備。爲善不同同歸治，蔬膳菲食化始至，率物以躬行尊位。

《雅》有《泂酌》《風》《采蘋》，藴藻之菜非八珍。澗谿沼沚貴先民，明信之德感人神，譬諸瀹祭在西鄰。

【校勘記】

〔一〕《樂府詩集》卷十四《燕射歌辭二・梁三朝雅樂歌》題作蕭子雲『需雅八首』，《八代詩選》選其三首。《古詩紀》卷一百五蕭子雲《梁三朝雅樂歌六首》之第五首，《八代詩選》選八曲中之三、四、五曲。

沈約

鼓吹曲十首〔一〕

木紀謝

木紀謝，火運昌。炳南陸，燿炎光。民去癸，鼎歸梁。鮫魚出，慶雲翔。韡五帝，軼三王。德無外，化溥將。仁蕩蕩，義湯湯。浸金石，達旻蒼。橫四海，被八荒。舞干戚，垂衣裳。對天眷，坐巖廊。胤有錫，祚無疆。風教遠，禮容盛。感人神，宣舞詠。降繁祉，延嘉慶。

【校勘記】

〔一〕《樂府詩集》卷二十《鼓吹曲辭五》沈約《梁鼓吹曲》共十二首，《八代詩選》選其二首。題稱『鼓吹曲十首』，應作『鼓吹曲十二首』。《沈隱侯集》卷二、《古詩紀》卷一百六題作沈約《梁鼓吹曲十二首》。

桐柏山

桐柏山，淮之首。肇基帝迹，遂光區有。大震邊關，殪獯醜。農既勸，民惟阜。穗充庭，稼盈畝。迨嘉辰，薦芳糗。納寒場，爲春酒。昭景福，介眉壽。天斯長，地斯久。化無極，功無朽。

江淹

迎籍田樂歌〔一〕

迎送神升歌

羽鑾從動，金駕時游。教騰義鏡，樂綴禮修。率先丹耦，躬耕遵緑疇〔二〕。靈之聖之，歲殷澤柔。

【校勘記】

〔一〕《樂府詩集》卷三《郊廟歌辭三·齊藉田樂歌》，題作『迎送神升歌』。《江醴陵集》卷二、《古詩紀》卷七十三江淹《齊籍田樂歌二首》之第一首。江淹此詩《八代詩選》卷十八置於南齊序列，此將其移至梁代。

〔二〕此句《樂府詩集》《江醴陵集》《古詩紀》作『躬遵緑疇』，《八代詩選》諸本多一『耕』字。

陳無名人〔一〕

太廟舞詞〔二〕

凱容舞皇祖步兵府君室

於赫皇祖，宮牆高嶷。邁彼厥初，成兹峻極。縵樂簡簡，閟寢翼翼。裸饗若存，惟靈靡測。

【校勘記】

〔一〕《八代詩選》諸本原只作『陳』，爲朝代所指，與前後所系詩人名不協，故整理時於『陳』后加『無名人』。

〔二〕《樂府詩集》卷九、《古詩紀》卷一百十七《郊廟歌辭·陳太廟舞辭》，共七首，《八代詩選》選其第一首。

北齊陸卬等

大禘圜丘及北郊歌詞十三首〔一〕

昭夏樂牲出入奏〔二〕

剛柔設位，惟皇配之。言肅其禮，念暢在兹。餝牲舉獸，載歌且舞。既設伊腯，致精靈府。物色惟典，齋〔三〕沐加恭。宗族咸暨，罔不率從。

【校勘記】

〔一〕《樂府詩集》卷三《郊廟歌辭三·北齊南郊樂歌》共十三首，不署作者。《古詩紀》卷一百二十一題作『北齊郊廟歌辭《大禘圜丘及北郊歌辭十三首》，陸卬等奉詔作』。《八代詩選》僅選其第三首《昭夏樂》。

〔二〕《樂府詩集》題作《昭夏樂》，『牲出入奏』爲《八代詩選》編者沿《古詩紀》題下所注。

〔三〕《八代詩選》諸本皆作『齋』，誤。《樂府詩集》作『齋』，是。

享廟樂詞十八首〔一〕

皇夏皇帝詣便殿奏〔二〕

禮行斯畢，樂奏以終。受嘏先退，載暢其衷。鑾軒循轍，麾旌復路。光景裴回，絃歌顧慕。靈之相矣，有錫無疆。國圖日鏡，家曆天長。

【校勘記】

〔一〕《樂府詩集》卷九《郊廟歌辭九·北齊享廟樂辭》共十八首，《古詩紀》卷一百二十一題作《享廟樂辭十八首》，《八代詩選》選其第十八首《皇夏》。

〔三〕《樂府詩集》卷九『北齊享廟樂辭』之第十八首，題『皇夏樂』，無『皇帝詣便殿奏』。

元會大饗歌食舉樂十曲録二〔一〕

天壤和，國家穆。悠悠萬類，咸孕育。契冥化，侔大造。靈效珍，神歸寶。興雲氣，飛龍蒼。麟一角，鳳五光。朱雀降，黄玉表。九尾馴，三足擾。化之定，至矣哉。瑞感德，四方來。

囹圄空，水火菽粟，求賢振滯。棄珠玉，衣不靡，宫以卑。當陽端默，垂拱無爲。云云萬有，其樂不訾。

【校勘記】

〔一〕《樂府詩集》卷十四《燕射歌辭二・北齊元會大饗歌・食舉樂》共十首，《古詩紀》卷一百二十一《北齊燕射歌辭・元會大饗歌》共二十一首，其中《食舉樂》十首。《八代詩選》選《食舉樂》十曲之第三、第四曲。

北周庾信

祀圜丘歌十二首〔一〕

昭夏降神

重陽禋祀大報天，丙午封壇肅且圜。孤竹之管雲和絃，神光來下風肅然。王城七里通天臺，紫微斜照影裴回。連珠合璧重光來，天策暫轉鉤陳開。

【校勘記】

〔一〕《樂府詩集》卷四庾信《郊廟歌辭四・周祀圜丘歌》共十二首。《庾開府集》卷七、《古詩紀》卷一百二十九、

《古詩鏡》卷三十五庾信《周祀圓丘歌》十二首，《八代詩選》僅選其三首。

登歌初獻及獻配帝畢奏

歲之祥，國之陽。蒼靈敬，翠雲長。象爲飾，龍爲章。乘長日，坯蟄户。列雲漢，迎風雨。六吕歌，雲門舞。省滌濯，奠牲牷。鬱金酒，鳳皇尊。回天睠，顧中原。

皇夏飲福酒奏

國命在禮，君命在天。陳誠惟肅，飲福唯虔。洽斯百禮，福以千年。鉤陳掩映，天駟裴回。彫禾飾斝，翠羽承罍。受斯茂祉，從天之來。

祀方澤歌四首〔一〕

昭夏奠玉帛

曰若厚載，欽明方澤。敢以敬恭，陳之玉帛。德包含養，功藏靈迹。斯箱既千，子孫則百。

【校勘記】

〔一〕《樂府詩集》卷四、《庾開府集》卷七、《古詩紀》卷一百二十九、《古詩鏡》卷三十五、《廣文選》卷十一庾信《郊廟歌辭·周祀方澤歌》總四首，《八代詩選》選其一首。

燕射歌詞五聲調曲二十四首〔二〕

商調曲

百川俱會，大海所以深。羣材既聚，故能成鄧林。猛虎在山，百獸莫敢侵。忠臣處國，天下無異心。昔我文祖，執心且危慮。驅翦豺狼，經營此天步。今我受命，又無敢逸豫。惟爾弼諧，各可知競懼。

【校勘記】

〔一〕《樂府詩集》卷十五、《庾開府集》卷七、《古詩紀》卷一百二十九《燕射歌辭·周五聲調曲》含《宮調曲》五首、《變宮調曲》二首、《商調曲》四首、《角調曲》二首、《徵調曲》六首、《羽調曲》五首，共二十四首。《八代詩選》選《商調曲》四首之第二首。

隋牛弘等

圜丘歌〔一〕

昭夏降神

肅祭典，協良辰。具嘉薦，竢皇臻。禮方成，樂已變。感靈心，回天眷。闢華闕，下乾宮。乘精氣，御祥風。望爟火，通田燭。膺介圭，受瑄玉。神之臨，慶陰陰。烟衢洞，宸路深。善既福，德斯輔。流鴻祚，遍區宇。

【校勘記】

〔一〕《樂府詩集》卷四《郊廟歌辭四·隋圜丘歌》總七首，未署作者。《古詩紀》卷一百三十九《隋郊廟歌辭·圜丘歌》總八首，此第一首《昭夏》。

卷十九

漢至隋

歌謠全卷

漢文帝時民歌〔一〕

一尺布，尚可縫。一斗粟，尚可舂。兄弟二人不相容。

【校勘記】

〔一〕《樂府詩集》卷八十四《雜歌謠辭二》題作《淮南王歌》，即此。《古詩紀》卷十八、《古詩鏡》卷三十一、《漢魏詩乘》卷九、《石倉歷代詩選》卷十三題作《淮南民歌》。

元帝時民歌〔一〕

牢邪石邪，五鹿客邪。印何纍纍，綬若若邪。

【校勘記】

〔一〕《樂府詩集》卷八十四《雜歌謠辭二》、《古詩紀》卷十八《樂府古辭·雜歌謠辭》、《漢魏詩乘》卷九題作《牢石歌》。

隴頭歌二首〔一〕

隴頭流水，流離四下。念我行役，飄然曠野。登高望遠，涕零雙墮。

隴頭流水，鳴聲幽咽。遥望秦川，肝腸斷絶。

【校勘記】

〔一〕《樂府詩集》卷二十五《横吹曲辭五·隴頭歌辭》作三曲。《古詩紀》卷十八、《古詩鏡》卷三十一、《漢魏詩乘》卷九題作《隴頭歌二首》，即《八代詩選》所選二首。

匈奴歌

失我焉支山，令我婦女無顏色。失我祁連山，使我六畜不蕃息。

成帝時童謡〔一〕

漢成帝趙皇后名飛燕，寵幸冠於後宫，常從帝出入。時富平侯張放亦稱佞幸，爲期門之游。故歌云『張公子時相見』也。飛燕嬌妬，成帝無子，故云『啄皇孫』『華而不實』。王莽自云代漢者德土，色尚黄，故云『黄雀』。飛燕竟以廢死，故『爲人所憐』者也。

燕燕尾涎涎〔二〕，張公子時相見。木門倉琅根，燕飛來，啄皇孫〔三〕。皇孫死，燕啄矢。

邪徑敗良田〔四〕，讒口亂善人〔五〕。桂樹華不實，黄雀巢其顛。昔爲人所羨，今爲人所憐。

【校勘記】

〔一〕《八代詩選》諸本皆作『成帝時童謡』，無序。《玉臺新詠》卷九題作『漢成帝時童謡歌二首并序』，此從之，補入『序』。

〔二〕《樂府詩集》卷八十八《雜歌謡辭六》題此首作『漢成帝燕燕童謡』。《古詩紀》卷十八、《漢魏詩乘》卷九作

《成帝時燕燕童謡》。

〔三〕《玉臺新詠》此詩至此。《八代詩選》同《樂府詩集》有末兩句『皇孫死，燕啄矢』。《漢魏詩乘》亦有此兩句。

〔四〕《樂府詩集》卷八十八《雜歌謡辭六》作『漢成帝時歌謡』。《古詩紀》卷十八、《古詩鏡》卷三十一、《漢魏詩乘》卷九、《石倉歷代詩選》卷十三作《成帝時歌謡》。

〔五〕以上二句《玉臺新詠》無。

王莽時童謡〔一〕

汝南鴻隙陂謡

壞陂誰，翟子威，飯我豆食羹芋魁。反乎覆，陂〔二〕當復，誰云者，兩黄鵠。

【校勘記】

〔一〕《樂府詩集》卷八十八《雜歌謡辭六》題作『王莽時汝南童謡』。

〔二〕光緒十六年江蘇書局本作『阪』，光緒七年四川尊經書局本、民國三十一年程天放本作『陂』。《樂府詩集》《古詩紀》《石倉歷代詩選》作『陂』。

天水謡〔一〕

出吴門，望緹羣，見一蹇人言欲上天。令天可上，地上安得民。

【校勘記】

〔一〕《古詩紀》卷十八《樂府古辭·雜歌謡辭》、《漢魏詩乘》卷九題作《王莽末天水童謡》。

會稽民謡〔一〕

城上烏鳴哺父母，府中諸吏皆孝友。

【校勘記】

〔一〕《古詩紀》卷十八《樂府古辭・雜歌謡辭》題作『會稽童謡』。

順帝時謡〔一〕

直如絃，死道邊。曲如鉤，反封侯。

【校勘記】

〔一〕《樂府詩集》卷八十八《雜歌謡辭六》題作『後漢順帝末京都童謡』。

桓帝時謡〔一〕

小麥青青大麥枯〔二〕，誰當穫者婦與姑，丈夫何在西擊胡。吏買馬，君具車，請爲諸君鼓嚨胡。城上烏，尾畢逋〔三〕。公爲吏，子爲徒。一徒死，百乘車。車班班，至河間。河間姹女工數錢，以錢爲室金爲堂。石上慊慊舂黄粱，梁下有縣鼓，我欲擊之丞卿怒。

【校勘記】

〔一〕《玉臺新詠》卷九題作『漢桓帝時童謡二首』。

〔二〕《樂府詩集》卷八十八《雜歌謡辭六》此首題作『後漢桓帝初小麥童謡』。

〔三〕《樂府詩集》卷八十八《雜歌謡辭六》此首題作『後漢桓帝初城上烏童謡』。

靈帝末謡〔一〕

侯非侯，王非王，千乘萬騎上北芒。

【校勘記】

〔一〕《樂府詩集》卷八十八《雜歌謡辭六》題作『後漢靈帝末京都童謡』。

歌八首

采葵莫傷根，傷根葵不生。結交莫羞貧，羞貧交不成。
甘瓜抱苦蔕，美棗生荆棘。利旁有倚刀，貪人還自賊。
藁砧今何在？山上復有山。何當大刀頭，破鏡飛上天。
日莫秋雲陰，江水清且深。何用通音信？蓮花瑇瑁簪。
兔絲從長風，根莖無斷絶。無情尚不離，有情安可别。
南山一桂樹，上有雙鴛鴦。千年長交頸，歡愛不相忘。
高田種小麥，終久不成穗。男兒在他鄉，焉得不憔悴。
蘭草自然香，生於大道旁。要鐮八九月，俱在束薪中。

歌鮑司隸〔一〕

鮑氏驄，三入司隸再入公。馬雖瘦，行步工。

【校勘記】

〔一〕《樂府詩集》卷八十五《雜歌謡辭三》題作『鮑司隸歌』。

枯魚過河泣

枯魚過河泣，何時悔復及。作書與魴鱮，相教慎出入。

箜篌引

公無渡河，公竟渡河。墮河而死，當奈公何！

焦先歌〔一〕

祝衂祝衂，非魚非肉，更相追逐。本爲殺牂羊，更殺羖羅邪。

【校勘記】

〔一〕《古詩紀》卷二十七、《漢魏詩乘》卷十八、《廣廣文選》卷五作焦先《祝衂歌》。焦先，字孝然，河東人。

魏文帝時謡〔一〕

青槐夾道多塵埃，龍樓鳳闕望崔嵬。清風細雨襍香來，土上出金火照臺。

【校勘記】

〔一〕《古詩紀》卷二十九、《古詩鏡》卷三十一、《漢魏詩乘》卷二十、《石倉歷代詩選》卷十三題作《行者歌》。

明帝時謡〔一〕

阿公阿公駕馬車，不意阿公東渡河，阿公東還當奈何。

【校勘記】

〔一〕《樂府詩集》卷八十八《雜歌謡辭六》題作『魏明帝景初中童謡』。

晉緑珠懊儂歌〔一〕

絲布澀難縫，令儂十指穿。黄牛細犢車，游戲出孟津。

【校勘記】

〔一〕《樂府詩集》卷四十六《清商曲辭三·吴聲歌曲》有《懊儂歌》十四首，不署作者，此其第一首。

謝尚大道曲

青陽二三月，柳青桃復紅。車馬不相識，音落黄埃中。

孫綽情人碧玉歌〔一〕

碧玉小家女，不敢攀貴德。感郎千金意，慙無傾城色。

碧玉破瓜時，相爲情顛倒。感郎不羞難，回身就郎抱。

【校勘記】

〔一〕《玉臺新詠》卷十題作『情人碧玉歌二首』。《樂府詩集》卷四十五《清商曲辭二》有《碧玉歌》八首，不署作者，此其第二、第四首。

王獻之桃葉歌〔一〕

桃葉復桃葉，渡江不用楫。但渡無所苦，我自迎接汝。

桃葉復桃葉，桃樹連桃根。相憐兩樂事，獨使我殷勤。

【校勘記】

〔一〕《玉臺新詠》卷十題作『情人桃葉歌二首』。《樂府詩集》卷四十五《清商曲辭二》有《桃葉歌》三首，不署作者，《八代詩選》選其第三、第二首。

子夜歌〔一〕

落日出前門，瞻矚見子度。冶容多姿鬢，芳香已盈路。

芳是香所爲，冶容不敢當。天不奪人願，故使儂見郎。

宿昔不梳頭，絲髮被兩肩。婉伸郎膝下，何處不可憐。

自從別歡來，匳器了不開。頭亂不敢理，粉拂生黄衣。

崎嶇相怨慕，始獲風雲通。玉牀語石闕，悲思兩心同。

見娘善容媚，願得結金蘭。空織無經緯，求匹理自難。
始欲識郎時，兩心望如一。理絲入殘機，何悟不成匹。
前絲斷纏緜，意欲結交情。春蠶易感化，絲子已復生。
今日與歡別，合會在何時。明燈照空局，悠然未有期。
自從別郎來，何日不咨嗟。黃蘗鬱成林，當奈苦心多。
高山種芙蓉，復經黃蘗隖。果得一蓮時，流離嬰辛苦。
春林花多媚，春鳥意多哀。春風復多情，吹我羅裳開。
新燕弄初調，杜鵑競晨鳴。畫眉忘注口，游步散春情。
昔別雁集渚，今還燕巢梁。敢辭歲月久，但使逢春陽。
朝日照北林，初花錦繡色。誰能不相思，獨在機中織。
崎嶇與時競，不復自顧慮。春風振榮林，常恐華落去。
思見春花月，含笑當道路。逢儂多欲摘，可憐持自誤。
自從別歡後，歎息不絕響。黃蘗向春生，苦心隨日長。
高堂不作壁，招取四面風。吹歡羅裳開，動儂含笑容。
反覆華簟上，屏幃了不施。郎君未可前，待我整容儀。
疊扇放牀上，企想遠風來。輕襃拂華妝，窈窕登高臺。
朝登涼臺上，夕宿蘭池裏。乘月采芙蓉，夜夜得蓮子。
鬱蒸仲暑月，長嘯北湖邊。芙蓉始結葉，抛豔未成蓮。

春桃初發紅，惜色恐儂摘。朱夏花落去，誰復相尋覓。

昔別春風起，今還夏雲浮。路遥日月促，非是我淹留。

春傾桑葉盡，夏開蠶務畢。晝夜理機絲，知欲早成匹。

輕衣不重綵，飇風故不凉。三伏何時過，許儂紅粉妝。

盛暑非游節，百慮相纏綿。汎舟芙蓉湖，散思蓮子間。

開窗秋月光，滅燭解羅裳。含笑帷幌裏，舉體蘭蕙香。

凉風開窗寢，斜月垂光照。中宵無人語，羅幌有雙笑。

初寒八九月，獨纏自絡絲。寒衣尚未了，郎唤儂底爲。

仰頭看桐樹，桐花特可憐。願天無霜雪，梧子解千年。

秋風入窗裏，羅帳起飄颺。仰頭看明月，寄情千里光。

涂澀無人行，冒寒往相覓。若不信儂時，但看雪上迹。

夜半冒霜來，見我輒怨唱。懷冰闇中倚，已寒不蒙亮。

天寒歲欲莫，朔風舞飛雪。懷人重衾寢，故有三夏熱。

朔風灑霰雨，緑池蓮水結。願歡攘皓腕，共弄初落雪。

未嘗經辛苦，無故强相矜。欲知千里寒，但看井水冰。

果欲結金蘭，但看松柏林。經霜不墮地，歲寒無異心。

【校勘記】

〔一〕《樂府詩集》卷四十四《清商曲辭一》晉宋齊辭《子夜歌》四十二首，《古詩紀》卷五十一《清商曲辭》古辭

《子夜歌》四十二首。《八代詩選》入選三十九首。

子夜變歌

人傳歡負情，我自未嘗見。三更開門去，始知子夜變。

歡聞歌

遥遥天無柱，流漂萍無根。單身如螢火，持底報郎恩。

歡聞變歌

鍥臂飲清血，牛羊持祭天。没命成灰土，終不罷相憐。

前溪歌〔一〕

憂思出門倚，逢郎前溪度。莫作流水心，引新都捨故。

黄葛生爛漫，誰能斷葛根。甯斷嬌兒乳，不斷郎殷勤。

黄葛結蒙蘢，生在洛溪邊。花落逐水去，何當順流還，還亦不復鮮。

【校勘記】

〔一〕《樂府詩集》卷四十五《清商曲辭二》有《前溪歌》七首，《八代詩選》選其中三首。

團扇郎

團扇薄不摇，窈窕摇蒲葵。相憐中道罷，定是阿誰非。

白練薄不著，趣欲著錦衣。異色都言好，清白爲誰施。

桃葉歌

桃葉暎紅花，無風自婀娜。春花暎何限，感郎獨采我。

歡好曲

淑女總角時，喚作小姑子。容豔初春花，人見誰不喜。

窈窕上頭歡，那得及破瓜。但看脱葉蓮，何如芙蓉花。

懊儂歌

江陵去揚州，三千三百里。已行一千三，所有二千在。

我與歡相憐，約誓底言者。常歎負情人，歡今果成詐。

我有一所歡，安在深閤裏。桐樹不結花，何由得梧子。

髮亂誰料理，託儂言相思。還君華豔去，催送實情來。

山頭草，歡少四面風，趨使儂顛倒。

懊惱奈何許，夜聞家中論，不得儂與汝。

聖郎曲

左亦不佯佯，右亦不翼翼。仙人在郎旁，玉女在郎側。酒無沙𩜶味，爲他通顔色。

嬌女詩

蹀躞越橋上，河水東西流。上有神仙居，下有西流魚。魚行不獨自，三三兩兩俱。

白石郎曲

白石郎，臨江〔二〕居前導，江伯後從魚。

積石如玉，列松如翠。郎豔獨絶，世無其二。

【校勘記】

〔一〕光緒七年四川尊經書局本、民國三十一年程天放本無『江』字，此據光緒十六年江蘇書局本。

明下童

走馬上前陂〔一〕，石子彈馬蹏。不惜彈馬蹏，但惜馬上兒。

陳孔驕赭白，陸郎乘斑騅〔二〕。徘徊射堂頭，望門不欲歸。

【校勘記】

〔一〕光緒十六年江蘇書局本作『陂』，光緒七年四川尊經書局本、民國三十一年程天放本作『阪』。《樂府詩集》《古詩紀》《古詩鏡》作『阪』。

〔二〕光緒十六年江蘇書局本作『騅』，光緒七年四川尊經書局本、民國三十一年程天放本作『雔』。《樂府詩集》《古詩紀》作『騅』。

安東平

凄凄烈烈，北風爲雪。船道不通，步道斷絶。

吴中細布，闊幅長度。我有一端，與郎作袴。

微物雖輕，拙手所作。餘有三丈，爲郎別厝。

制爲輕巾，以奉故人。不持作好，與郎拭塵。

東平劉生，復感人情。與郎相知，當解千齡。

那阿灘

我去只如還，終不在道邊。我若在道邊，良信寄書還。

聞歡下揚州，相送江津灣。願得篙櫓折，交郎到頭還。
篙折當更覓，櫓折當更安。各自是官人，那得到頭還。

孟珠

陽春二三月，草與水同色。攀條摘香花，言是歡氣息。
揚州石榴花，摘插雙襟中。葳蕤當憶我，莫持豔他儂。

翳樂

人生歡愛時，少年新得意。一日不相見，輒作煩寃思。

夜度娘

夜來冒霜雪，晨去履風波。雖得敘微情，奈儂身苦何。

雙行纏

朱絲繫腕繩，真如白雪凝。非但我言好，衆情共所稱。
新羅繡行纏，足趺如春妍。他人不言好，獨我知可憐。

潯陽樂

雞亭故儂去，九里新儂還。送一卻迎兩，無有暫時閒。

作蠶絲

柔桑感陽風，阿娜嬰蘭婦。垂條付緑葉，委體看女手。
春蠶不應老，晝夜常懷絲。何惜微軀盡，纏緜自有時。

月節折楊柳歌

正月

春風尚蕭條，去故來如新，苦心非一朝。折楊柳，愁思滿腹中，歷亂不可數。

二月

翩翩鳥入鄉，道逢雙燕飛，勞君看三陽。折楊柳，寄言語儂歡，尋還不復久。

三月

汎舟臨曲池，仰頭看春花，杜鵑緯林啼。折楊柳，雙下俱裴回，我與歡共取。

四月

芙蓉始懷蓮，何處覓同心，俱生世尊前。折楊柳，捻香散名花，志得長相取。

五月

菰生四五尺，素身爲誰珍，盛年將可惜。折楊柳，作得九子粽，思想勞歡手。

六月

三伏熱如火，籠窗開北牖，與郎對蹋坐。折楊柳，同堰貯蜜漿〔一〕，不用水洗溴。

七月

織女游河邊，牽牛顧自歎，一會復周年。折楊柳，攀結長命草，同心不相負。

八月

迎歡裁衣裳，日月如流水，白露凝庭霜。折楊柳，夜聞擣衣聲，窈窕誰家婦。

九月

甘菊吐黃花，非無杯觴用，當奈許寒何。折楊柳，授歡羅衣裳，含笑言不取。

十月

大樹轉蕭索，天陰不作雨，嚴霜半夜落。折楊柳，林中與松柏，歲寒不相負。

十一月

素雪任風流，樹木轉枯悴，松柏無所憂。折楊柳，寒衣履薄冰，歡詎知儂否。

十二月

天寒歲欲暮，春秋及冬夏，苦心停欲度。折楊柳，沈亂枕席間，纏緜不覺久。

閏月

成閏暑與寒，春秋補小月，念子時無閒。折楊柳，陰陽推我去，那得有定主。

【校勘記】

〔一〕光緒十六年江蘇書局本作『蜜』。光緒七年四川尊經書局本，民國三十一年程天放本作『密』，誤。此句《樂府詩集》作『銅墟貯蜜漿』。

長干曲

逆浪故相邀，菱舟不怕摇。妾家楊子住，便弄廣陵潮。

朝思出前門，暮思還後渚。含笑向誰道，腹中陰憶汝。

擎枕北窗卧，郎來就儂嬉。小喜多唐突，相憐能幾時。

郎爲旁人取，負儂非一事。攡門不安橫，無復相關意。

年少當及時，蹉跎日就老。若不信儂語，但看霜下草。
常慮有二意，歡今果不齊。枯魚就濁水，長與清流乖。
感歡初殷勤，歎子後遼落。打金側瑇瑁，外豔裏懷薄。
誰能思不歌，誰能飢不食。日冥當户倚，惆悵底不憶。
擥帬未結帶，約眉出前窗。羅裳易飄颺，小開罵春風。
舉酒持相勸，酒還杯亦空。願因微觴會，心感色亦同。
夜長不得眠，轉側聽更鼓。無故歡相逢，使儂肝腸苦。
歡從何處來，端然有憂色。三喚不一應，有何比松柏。
驚風急素柯，白日漸微濛。郎懷幽閨性，儂亦恃春容。
夜長不得眠，明月何灼灼。想聞散喚聲，虚應空中諾。
我念歡的的，子行由豫情。霧露隱芙蓉，見蓮不分明。
儂作北辰星，千年無轉移。歡行白日心，朝東暮還西。
憐歡好情懷，移居作鄉里。桐樹生門前，出入見梧子。
遣信歡不來，自往復不出。金桐作芙蓉，蓮子何能實。

子夜四時歌

碧樓冥初月，羅綺垂新風。含春未及歌，桂酒發清容。
羅裳迮紅袠，玉釵明月璫。冶游步春路，豔覓同心郎。

湘綺評：《子夜四時》，體小而俗。（《湘綺樓説詩》卷一）

并州歌汲桑〔一〕

士爲將軍何可羞，六月重裀被狐裘。不識寒暑斷人頭，雄兒田蘭爲報讎，中夜斬首謝并州。

【校勘記】

〔一〕《樂府詩集》卷八十五《雜歌謡辭三》、《古詩紀》卷五十三題作「并州歌」。

襄陽兒童歌山簡

山公出何許，往至高陽池。日夕到載歸，酩酊無所知。時時能騎馬，到著白接離。舉鞭向葛彊，何如并州兒。

海西公太和時民歌〔一〕

青青御路楊，白馬紫游韁。汝非皇太子，那得甘露漿。

鳳皇生一雛，天下莫不喜。本言是馬駒，今定成龍子。

【校勘記】

〔一〕《樂府詩集》卷八十七《雜歌謡辭五》將二詩分别題爲「御路楊歌」「鳳皇歌」。

西州歌麴游

麴與游，牛羊不數頭。南開朱門，北望青樓。

三峽漁人歌〔一〕

巴東三峽巫峽長，蝯鳴三聲淚霑裳。

巴東三峽蝯鳴悲，蝯鳴三聲淚霑衣。

【校勘記】

〔一〕《樂府詩集》卷四十九《清商曲辭六·西曲歌下》有《女兒子》二曲，其第一首接近《八代詩選》之《三峽漁人歌》第一首。《古詩紀》卷五十二《女兒子》二曲之第一曲，接近《八代詩選》所選《三峽漁人歌》之第二首。又《古詩紀》卷五十三、《古詩鏡》卷三十二作《巴東三峽歌二首》，《八代詩選》所選《三峽漁人歌》，即此。又《樂府詩集》卷八十六《雜歌謠辭四》題作『巴東三峽歌二首』，《八代詩選》所選當即此。

武帝末童謠〔一〕

局縮肉，數横目，中國當敗吴當復。
宫門柱，且莫朽，吴當復在三十年後。
雞鳴不拊翼，吴復不用力。

【校勘記】

〔一〕《樂府詩集》卷八十八《雜歌謠辭六》題作『晉武帝太康後童謠三首』。《古詩紀》卷五十四題作『武帝太康後童謠三首』。

安帝時謡〔一〕

官家養蘆化成荻，蘆生不止自成積。

【校勘記】

〔一〕《樂府詩集》卷八十九《雜歌謠辭七》題作『晉安帝義熙初童謡』。

宋孝武帝劉駿

丁都護歌

督護北征去，相送落星墟。帆檣如芒檉，督護今何渠。

聞歡去北征，相送直瀆浦。只有淚可出，無復情可吐。
督護初征時，儂亦惡聞許。願作石尤風，四面斷行旅。

謝靈運

東陽溪中贈答

可憐誰家婦，緣流洒素足。明月在雲間，苕苕不可得。
可憐誰家郎，緣流乘素舸。但問情若爲，月就雲中墮。

鮑照

吴歌

夏口樊城岸，曹公卻月樓。觀見流水還，識是儂淚流。
夏口樊城岸，曹公卻月戍。但見流水還，識是儂淚下。
人言荆江狹，荆江定自闊。五兩了無聞，風聲那得達。

王歆之

效孫皓爾汝歌答劉邕〔一〕

昔爲汝作臣，今與汝比肩。既不勸汝酒，亦不願汝年。

【校勘記】

〔一〕《古詩紀》卷六十四題作『效孫皓爾汝歌』。光緒十六年江蘇書局本無此詩，光緒七年四川尊經書局本、民國三十一年程天放本均有此詩。

無名人

華山畿

華山畿，君既爲儂死，獨活爲誰施？歡若見憐時，棺木爲儂開。

聞歡大養蠶，定得幾許絲。所得何足言，奈何黑瘦爲。

夜相思，投壺不得箭，憶歡作嬌時。

開門枕水渚，三刀治一魚，歷亂傷殺汝。

啼著曙，淚落枕將浮，身沈被流去。

將懊惱石闕，晝夜題碑，淚常不燥。

別後常相思，頓書千丈闕，題碑無罷時。

唬相憶，淚如漏刻水，晝夜流不息。

無故相然我，路絶行人斷，夜夜故望汝。

不能長久離，中夜憶歡時，抱被空中唬。

相送勞勞渚，長江不應滿，是儂淚成許。

奈何許，天下人何限，慊慊只爲汝。

夜相思，風吹窗簾動，言是所歡來。

長鳴雞，誰知儂念汝，獨向空中唬。

讀曲歌〔二〕

紅藍與芙蓉，我色與歡敵。暮案石榴花，歷亂聽儂摘。

千葉紅芙蓉，照灼緑水邊。餘花任郎摘，慎莫罷儂蓮。

思歡久，不愛獨枝蓮，只惜同心藕。

打壞木棲牀，誰能坐相思。三更書石闕，憶子夜唬悲。

奈何不可言，朝看莫牛迹，知是宿蹏痕。

柳樹得春風，一低復一昂。誰能空相憶，獨眠度三陽。

折楊柳，百鳥園林唬，道歡不離口。

坐起歎汝好，願他甘藁香，傾筐入懷抱。

逋髮不可料，顦顇爲誰覩。欲知相憶時，但看幂帶緩幾許。

憶歡不能食，裴回三路間，因風覓消息。

芳萱初生時，知是忘憂草。雙眉畫未成，那能就郎抱。

聞歡得新儂，四支懊如垂。烏散放行路，井中百翅不能飛。

憐歡敢喚名，念歡不呼字。連喚歡復歡，兩誓不相棄。

奈何許，石闕生口中，銜碑不得語。

白門前，烏帽白帽來。白帽郎是儂，不知烏帽郎是誰。

自從別郎來，卧宿頭不舉。飛龍落藥店，骨出只爲汝。

百度不一回，千書信不歸。春風吹楊柳，華豔空裴回。

音信闊絃朔，方悟千里遥。朝霜語白日，知我爲歡消。

合冥過藩來，向曉開門去。歡取身上好，不爲儂作慮。

思歡不得來，抱被空中語。月没星不亮，持底明儂緒。

君行負情事，那得厚相於。麻紙語三葛，我薄汝粗疏。

打殺長鳴雞，彈去烏臼鳥。願得連冥不復曙，一年都一曉。

空中人，住在高牆深閣裏。書信了不通，故使風往爾。

非歡獨慊慊，儂意亦驅驅。雙燈俱時盡，奈許兩無由。

相憐兩樂意，横作無趣怒。合散無黄連，此事復何苦。

執手與歡別，合會在何時。明燈照空局，悠然未有期。

含笑來向儂，一抱不能置。領後千里帶，那頓誰多媚。

歡心不相憐，慊苦竟何已。芙蓉腹裏萎，蓮汝從心起。
下帷掩燈燭，明月照帳中。無油何所苦，但使天明儂。
一夕就郎宿，通夜語不息。黃蘗萬里路，道苦真無極。
詐我不出門，冥就他儂宿。鹿轉方相頭，顛倒欺人目。
登店賣三葛，郎來買丈餘。合匹與郎去，誰解斷粗疏。

【校勘記】

〔一〕《樂府詩集》卷四十六《清商曲辭三·吴聲歌曲》、《古詩紀》卷六十五題作《讀曲歌八十九首》，《八代詩選》選其三十二首。

石城樂〔一〕

生長石城下，開窗對城樓。城中諸少年，出入見依投。
聞歡遠行去，相送方山亭。風吹黃蘗藩，惡聞苦籬聲。

【校勘記】

〔一〕《玉臺新詠》卷十『近代西曲歌五首』之第一首，題名『石城樂』。《樂府詩集》卷四十七《清商曲辭四·西曲歌上》有《石城樂》五曲，《八代詩選》選其第一、第五曲。《古詩紀》卷六十五亦有《石城樂》五曲。

莫愁樂

莫愁在何處，莫愁石城西。艇子打兩槳，催送莫愁來。
聞歡下揚州，相送楚山頭。探手抱腰看，江水斷不流。

烏夜啼〔一〕

歌舞諸少年，娉婷無種迹。菖蒲花可憐，聞名不曾識。
可憐烏臼鳥，强言知天曙。無故三更啼，歡子冒闇去。
遠望千里烟，隱當在歡家。欲飛無兩翅，當奈獨思何。

【校勘記】

〔一〕《樂府詩集》卷四十七《清商曲辭四·西曲歌上》有《烏夜啼》八曲，《八代詩選》選其三曲。

襄陽樂〔一〕

朝發襄陽城，暮至大隄宿。大隄諸女兒，花豔驚郎目。
揚州蒲鍛環，百錢兩三叢。不能買將還，空手攬抱儂。

【校勘記】

〔一〕《樂府詩集》卷四十八《清商曲辭五·西曲歌中》有《襄陽樂》九曲，《八代詩選》選其兩曲。

石城謠

可憐石頭城，寧爲袁粲死，不作褚淵生。

齊王融

擬古

花蒂今何在，亦是林下生。何當垂雙髻，團扇雲間明。

釋寶月

估客樂〔一〕

郎作十里行，儂作九里送。拔儂頭上釵，與郎資路用。
有信數寄書，無信心相憶。莫作瓶落井，一去無消息。
大艑珂峩頭，何處發揚州。借問艑上郎，見儂所歡不？
初發揚州時，船出平津泊。五兩如竹林，何處相尋博。

【校勘記】

〔一〕《玉臺新詠》卷十有『近代西曲歌五首』，不題『釋寶月』，其第二首題爲『估客樂』。《樂府詩集》卷四十八《清商曲辭五·西曲歌中》有釋寶月《估客樂》二首，《八代詩選》前二首即是。《樂府詩集》録釋寶月二首《估客樂》后又有二首不題作者，即《八代詩選》后兩首。《古詩紀》卷七十二釋寶月《估客樂》有四首，即此。

無名人

楊叛兒〔一〕

暫出白門前，楊柳可藏烏。歡作沈水香，儂作博山鑪。
歡欲見蓮時，移湖安屋裏。芙蓉繞牀生，眠卧抱蓮子。

聞歡遠行去，送歡至新亭，津邏無儂名。

【校勘記】

〔一〕《樂府詩集》卷四十九《清商曲辭六・西曲歌下》有《楊叛兒》八曲，《八代詩選》選其三曲。

蘇小小歌

妾乘油壁車，郎騎青驄馬。何處結同心，西陵松柏下。

永元中童謡

野豬雖嗃嗃，馬子空閭渠。不知龍與虎，飲食江南墟。七九六十三，廣莫人無餘。烏集傳舍頭，今汝得寬休。但看三八後，摧折景陽樓。

梁武帝蕭衍

子夜歌

恃愛如欲進，含羞未肯前。朱口發豔歌，玉指弄嬌絃。

階上香入懷，庭中花照眼。春心一如此，情來不可限。

江南蓮花開，紅光照碧水。色同心復同，藕異心無異。

玉盤著朱李，玉杯盛白酒。雖欲持自親，復恐不甘口。

含桃落花日，黄鳥營飛時。君住馬已疲，妾去蠶欲飢。

歡聞歌

豔豔金樓女，心如玉池蓮。持底報郎恩，俱期游梵天。
南有相思木，合影復同心。游女不可求，誰能息空陰。

碧玉歌

杳梁日始照，蕙席歡未極。碧玉奉金杯，緑酒助花色。

襄陽白銅鞮歌

龍馬紫金鞍，翠毦白玉羈。照耀雙闕下，知是襄陽兒。

詠燭

堂中綺羅人，席上歌舞兒。待我光泛灩，爲君照參差。

簡文帝蕭綱

春江曲

客行祇念路，相争度京口。誰知隄上人，拭淚空摇手。

沈約

夜夜曲〔一〕

北斗闌干去，夜夜心獨傷。月輝横射枕，燈光半隱牀。

【校勘記】

〔一〕《玉臺新詠》卷十蕭綱《皇太子雜題二十一首》之第五首，題作『夜夜曲』。《樂府詩集》卷七十六《雜曲歌辭十六》作沈約《夜夜曲二首》。《沈隱侯集》卷二《夜夜曲》二曲之第二曲。《古詩紀》卷七十七作梁簡文帝《夜夜曲二首》，此第一首。《梁簡文帝集》卷二有此詩。《八代詩選》諸本皆作沈約詩。

劉孝威

襄陽蹋銅鞮歌二首

分手桃林岸，送別峴山頭。若欲寄音信，漢水向東流。

蹀鞚飛塵起，左右自生光。男兒得富貴，何必在歸鄉。

古體

朝日大風霜，寄事足交傷。葉落枝柯浄，常自起綦張。

陶弘景〔一〕

胡笳曲

自戾飛天曆，與奪徒紛紜。百年三五代，終是甲辰君。

【校勘記】

〔一〕此處《八代詩選》諸本作『陶宏景』，此據《樂府詩集》《古詩紀》等作『陶弘景』。

題所居壁

夷甫任散誕，平叔坐談空。不言昭陽殿，化作單于宫。

和約法師臨友人

我有數行淚，不落十餘年。今日爲君盡，併灑秋風前。

曹景宗〔一〕

光華殿侍宴賦競病韻

去時兒女悲，歸來笳鼓競。借問行路人，何如霍去病。

【校勘記】

〔一〕光緒十六年江蘇書局本作『曹景宗』，光緒七年四川尊經書局本、民國三十一年程天放本無『曹』字。《古詩紀》卷九十九、《古詩鏡》卷二十三、《石倉歷代詩選》卷九作曹景宗《光華殿侍宴賦競病韻》。

包明月

前溪歌

當曙與未曙，百鳥啼前窗。獨眠抱被歎，憶我懷中儂，單情何時雙。

梁武帝時童謠二首〔一〕

鹿子開城門，城門鹿子開。當開復未開，使我心裴回。城中諸少年，逐歡歸去來。

可憐巴馬子，一日行千里。不見馬上郎，但見黃塵起。黃塵汚人衣，皁莢相料理。

【校勘記】

〔一〕《八代詩選》諸本以『梁武帝時童謠』爲二首詩總題，《樂府詩集》卷八十九將二詩分題。此詩《八代詩選》原本置於北歌《高陽王樂人歌》之後，因北歌後注謂『附梁後』，故將《梁武帝時童謠》前移至此。

北朝無名人

企喻歌

男兒欲作健，結伴不須多。鷂子經天飛，羣雀兩向波。

放馬大澤中，草好馬著臕。牌子鐵裲襠，鉅鉾鸐尾條。

前行看後行，齊著鐵裲襠。前頭看後頭，齊著鐵鉅鉾。

男兒可憐蟲，出門懷死憂。尸喪狹谷中，白骨無人收。

瑯邪王歌辭〔一〕

新買五尺刀，縣著中梁柱。一日三摩娑，劇於十五女。

瑯邪復瑯邪，瑯邪大道王。陽春二三月，單衫繡裲襠。

東山看西水，水流盤石間。公死姥更嫁，孤兒甚可憐。

瑯邪復瑯邪，瑯邪大道王。鹿鳴思長草，愁人思故鄉。
客行依主人，願得主人彊。猛虎依深山，願得松柏長。
快馬纏高鬉，遥知身是龍。誰能騎此馬，唯有廣平公。

【校勘記】

〔一〕《樂府詩集》卷二十五《横吹曲辭五·琅琊王歌辭》共八曲，《八代詩選》選其六曲。

紫騮馬歌辭

燒火燒野田，野鴨飛上天。童男娶寡婦，壯女笑殺人。
獨柯不成樹，獨樹不成林。念郎錦裲襠，恒長不忘心。

地驅樂歌〔一〕

青青黄黄，雀石頽唐。槌殺野牛，押殺野羊。
驅羊入谷，白羊在前。老女不嫁，蹋地唤天。
側側力力，念君無極。枕郎左臂，隨郎轉側。
摩捋郎須，看郎顔色。郎不念女，不可與力。
月明光光星欲墮，欲來不來早語我〔二〕。

【校勘記】

〔一〕《樂府詩集》卷二十五《横吹曲辭五·地驅歌樂辭》共四曲，《八代詩選》入編四曲即此。

〔二〕此末一曲，《樂府詩集》卷二十五作《横吹曲辭五·地驅樂歌》。《古詩紀》卷一百六、《古詩鏡》卷二十四作《地驅樂歌》。

慕容垂歌

慕容攀牆視，吴軍無邊岸。我身分自當，枉殺牆外漢。

隴頭流水歌

西上隴阪，羊腸九回。山高谷深，不覺腳酸。手攀弱枝，足踰弱泥。

捉搦歌

粟穀難舂付石臼，弊衣難護付巧婦。男兒千凶飽人手，老女不嫁只生口。

誰家女子能行步，反著裌禪後幘露。天生男女共一處，願得兩箇成翁嫗。

華陰山頭百丈井，下有流水徹骨冷。可憐女子能照影，不見其餘見斜領。

黄桑柘屐蒲子履，中央有絲兩頭繫。小時憐母大憐壻，何不早嫁論家計。

折楊柳歌辭〔一〕

上馬不捉鞭，反折楊柳枝。蹀座吹長笛，愁殺行客兒。

腹中愁不樂，願作郎馬鞭。出入擐郎臂，蹀座郎膝邊。

放馬兩泉澤，忘不著連羈。擔鞍逐馬走，何見得馬騎。

遥看孟津河，楊柳鬱婆娑。我是虜家兒，不解漢兒歌。

健兒須快馬，快馬須健兒。䟴跋黄塵下，然後别雄雌。

門前一株棗，歲歲不知老。阿婆不嫁女，那得孫兒抱。

敕敕何力力，女子臨窗織。不聞機杼聲，唯聞女歎息。

問女何所思，問女何所憶。阿婆許嫁女，今年無消息。

【校勘記】

〔一〕《樂府詩集》卷二十五、《古詩紀》卷一百六《横吹曲辭五・折楊柳歌辭》總五曲，即《八代詩選》所選前五曲。《八代詩選》中『折楊柳歌辭』之后三曲，《樂府詩集》卷二十五、《古詩紀》卷一百零六作『折楊柳枝歌』。《折楊柳枝歌》共四曲，第一曲『上馬不捉鞭，反拗楊柳枝』，《八代詩選》不選。

幽州馬客吟

快馬常苦瘦，勦兒常苦貧。黄禾起羸馬，有錢始作人。
熒熒帳中燭，燭滅不久停。盛時不作樂，春花不重生。
南山自言好，只與北山齊。女兒自言好，故入郎君懷。
郎著紫袴褶，女著采裌帬。男女共燕游，黄花生後園。
黄花鬱金色，緑蛇銜珠丹。辭謝牀上女，還我十指環。

慕容家歌

郎在十里樓，女在九重閣。郎非黄鷂子，那得雲中雀。

高陽王樂人歌

可憐白鼻騧，相將入酒家。無錢但共飲，畫地作交賒。
何處蹀觴來，兩頰色如火。自有桃花容，莫言人勸我。

已上自《企喻詞》三十六首皆北歌，附梁後〔一〕。

【校勘記】

〔一〕此句爲《八代詩選》原注。自《企喻詞》至此，實爲三十九首。

陳伏知道從軍五更轉五首

一更刁斗鳴，校尉逴連城。遥聞射雕騎，縣憚將軍名。

二更愁未央，高城寒夜長。試將弓學月，聊持劒比霜。

三更夜警新，横吹獨吟春。彊聽梅花落，誤憶柳園人。

四更星漢低，落月與雲齊。依稀北風裏，胡笳雜馬嘶。

五更催送籌，曉色暎山頭。城烏初起堞，更人悄下樓。

陳初童謡

日西夜烏飛，拔劒倚梁柱。歸去來，歸山下。

北魏王肅妻謝氏贈王肅

本爲箔上蠶，今作機上絲。得絡逐勝去，頗憶纏緜時。

陳留長公主代肅答詩

鍼是貫綅物，目中常紝絲。得帛縫新去，何能納故時。

李波小妹歌

李波小妹字雍容，褰帬逐馬如卷蓬。左射右射必疊雙。婦女尚如此，男子安可逢。

咸陽王元禧宫人歌

可憐咸陽王，奈何作事誤。金牀玉肌不得眠。夜踏霜與露，洛水湛湛彌岸長，行人那得渡。

齊斛律金敕勒歌

敕勒川，陰山下。天似穹廬，籠蓋四野。天蒼蒼，野茫茫，風吹草低見牛羊。

魏静帝時鄴都謠〔一〕

可憐青雀子，飛入鄴城裏。作窠猶未成，舉頭失鄉里。寄言與婦母，好看新婦子。

【校勘記】

〔一〕《樂府詩集》卷八十九《雜歌謠辭七》題作『北齊鄴都童謠』。《古詩紀》卷一百二十一題作『東魏鄴都謠』。

齊昭帝時童謠〔一〕

中興寺内白鳧翁，四方側聽聲雍雍，道人聞之夜打鐘。

【校勘記】

〔一〕《古詩紀》卷一百二十一題作《白鳧謠》。

隋李月素贈情人

感郎千金意，含嬌抱郎宿。試作帷中音，羞開燈前目。

蘇蟬翼因故人歸作

郎去何太速，郎來何太遲。欲借一尊酒，共敘十年悲。

張碧蘭寄阮郎

郎如洛陽花，妾似武昌柳。兩地惜春風，何時一攜手。

王獻之妻桃葉團扇歌〔一〕

白團扇，辛苦五流連，是郎眼所見。

白團扇，憔悴非昔容，羞與郎相見。

七寶畫團扇，燦爛明月光。餉郎卻暄暑，相憶莫相忘。

青青林中竹，可作白團扇。動摇郎玉手，因風託方便。
團扇復團扇，持許自障面。憔悴無復理，羞與郎相見。

【校勘記】

〔一〕后三首，《玉臺新詠》卷十題作桃葉『答王團扇歌三首』。《樂府詩集》卷四十五《清商曲辭二》有《團扇郎》八首。《古詩紀》卷四十七題作『王獻之妻桃葉《答團扇歌三首》』。《團扇歌》既然爲王獻之妻桃葉所作，便應置於晉代序列，《八代詩選》將其編在卷十九之末，隋代歌謡之後，失次。

卷二十

漢至隋

裸體全卷

漢武帝劉徹

柏梁詩

漢武帝元封三年，作柏梁臺，詔羣臣二千石有能爲七言詩，乃得上坐。

日月星辰和四時。帝

驂駕駟馬從梁來。梁王

郡國士馬羽林材。大司馬

總領天下誠難治。丞相石慶

和撫四夷不易哉。大將軍衛青

刀筆之吏臣執之。御史大夫倪寬

撞鐘伐鼓聲中詩。太常周建德
宗室廣大日益滋。宗正劉安國
周衛交戟禁不時。衛尉路博德
總領從宗柏梁臺。光禄勳徐自爲
平理清讞決嫌疑。廷尉杜周
修飾輿馬待駕來。太僕公孫賀
郡國吏功差次之。大鴻臚壺充國
乘輿御物主治之。少府王温舒
陳粟萬石揚以箕。大司農張成
徼道宫下隨討治。執金吾中尉豹
三輔盜賊天下危。左馮翊盛宣
盜阻南山爲民災。右扶風李成信
外家公主不可治。京兆尹
椒房率更領其材。詹事陳掌
蠻夷朝賀常舍其。典屬國
柱枅欂櫨相枝持。大匠
枇杷橘栗桃李梅。大官令
走狗逐兔張罘罳。上林令

齧妃女脣甘如飴。郭舍人

迫窘詰屈幾窮哉。東方朔

孔融

離合作郡姓名字詩

漁父屈節，水潛匿方。與時進止，出行施張。呂公磯釣，闔口渭傍。九域有聖，無土不王。好是正直，女回于匡。海外有截，隼逝鷹揚。六翮將奮，羽儀未彰。蛇龍之蟄，俾也可忘。玟璇隱曜，美玉韜光。無名無譽，放言深藏。按轡安行，誰謂路長？魯国孔融文舉〔一〕

【校勘記】

〔一〕此爲《八代詩選》王氏所注。

無名人

古五褋組

五褋組，岡頭草。往復還，車馬道。不獲已，人將老。

古兩頭纖纖

兩頭纖纖月初生，半白半黑眼中睛。腷腷膞膞雞初鳴，磊磊落落向曙星。

兩頭纖纖青玉玦，半白半黑頭上髮。腷腷膊膊春冰裂，磊磊落落桃初結。

吴孫皓

爾汝歌

晉武帝問孫皓：『聞南人好作《爾汝歌》，頗能爲否？』皓正飲酒，因舉觴勸帝歌云：

昔與汝爲鄰，今與汝爲臣。上汝一杯酒，令汝壽萬春。

晉蘇伯玉妻

盤中詩〔一〕

山樹高，鳥鳴悲。泉水深，鯉魚肥。空倉雀，常苦飢。吏人婦，會夫希。出門望，見白衣。謂當是，而更非。還入門，心中悲。北上堂，西歷階。急機絞，杼聲催。長歎息，當語誰？君有行，妾念之。出有日，還無期。結巾帶，長相思。君忘妾，天知之。妾忘君，罪當治。妾有行，宜知之。黄者金，白者玉。高者山，下者谷。姓爲蘇，字伯玉。作人材，多智謀足〔二〕。家居長安身在蜀，何惜馬蹏歸不速？羊肉千斤酒百斛，令君馬肥麥與粟。今時人，智不足。與其書，不能讀。當從中央周四角。

【校勘記】

〔一〕傅玄此詩惟光緒十六年江蘇書局本有之，其題下注曰：『各本選入漢詩，今從《玉臺新詠》。』光緒七年四川尊經書局本、民國三十一年程天放本均不録。《玉臺新詠》卷九作蘇伯玉妻詩，詩題爲『盤中詩』。《古詩紀》卷十四《漢第四》《漢魏詩乘》卷七、《古詩鏡》卷三、《石倉歷代詩選》卷一、《廣廣文選》卷五亦作蘇伯玉妻詩，題《盤中詩》。今據以改『晉蘇伯玉妻《盤中詩》』。

〔二〕《玉臺新詠》《石倉歷代詩選》作『人才多，智謀足』，《古詩紀》《漢魏詩乘》《古詩鏡》《廣廣文選》作『人才多，知謀足』。

傅咸〔一〕

《孝經》詩

立身行道，始於事親。上下無怨，不惡於人。孝無終始，不離其身。三者備矣，以臨其民。以孝事君，不離令名。進思盡忠，義則不争。匡救其惡，災害不生。孝悌之至，通於神明。

【校勘記】

〔一〕光緒七年四川尊經書局本、民國三十一年程天放本作『晉傅咸』。

《論語》詩

守死善道，磨而不磷。直哉史魚，可謂大臣。見危授命，能致其身。克己復禮，學優則仕。富貴在天，爲仁由己。以道事君，死而後已。

《毛詩》詩

無將大車，維塵冥冥。濟濟多士，文王以寧。顯允君子，大猷是經。

聿修厥德，令終有俶。勉爾遯思，我言維服。盗言孔甘，其何能淑。讒人罔極，有靦面目。

《周易》詩

卑以自牧，謙尊而光。進德修業，既有典常。暉光日新，照于四方，小人勿用，君子道長。

《周官》詩

維王建國，設官分職。進賢興功，取諸易直。除其不蠲，無敢反側。以德詔爵，允臻其極。辨其可任，以告于正。掌其戒禁，治其政令。各修乃職，以聽王命。

《左傳》詩

事君之體，敢不盡情。敬奉德義，樹之風聲。昭德塞違，不殞其名。死而利國，以爲己榮。兹心不爽，忠而能力。不爲利陷[一]，古之遺直。威黜不端，勿使能植。

【校勘記】

〔一〕光緒十六年江蘇書局本作『陥』，光緒七年四川尊經書局本、民國三十一年程天放本作『啗』。《傅中丞集》《古詩紀》作『啗』。

賈充

與妻李夫人聯句

室中是阿誰？歎息聲正悲。賈
歎息亦何爲？但恐大義虧。李

大義同膠漆，匪石心不移。賈
人誰不慮終？日月有合離。李
我心子所達，子心我所知。賈
若能不食言，與君同所宜。李

陸機

百年歌

一十時，顏如蕣華曄有暉，體如飄風行如飛。孌彼孺子相追隨，終朝出游薄暮歸。六情逸豫心無違，清酒漿炙奈樂何，清酒漿炙奈樂何。

二十時，膚體彩澤人理成，美目淑貌灼有榮。被服冠帶麗且清，光車駿馬游都城。高談雅步何盈盈，清酒漿炙奈樂何，清酒漿炙奈樂何。

三十時，行成名立有令聞，力可扛鼎志干雲。食如漏卮氣如熏，辭家觀國綜典文。高冠素帶煥翩紛，清酒漿炙奈樂何，清酒漿炙奈樂何。

四十時，體力充壯志方剛，跨州越郡還帝鄉。出入承明擁大璫，清酒漿炙奈樂何，清酒漿炙奈樂何。

五十時，荷旄仗節鎮邦家，鼓鐘嘈囋趙女歌。羅衣綷粲金翠華，言笑雅舞相經過。清酒漿炙奈樂何，清酒漿炙奈樂何。

六十時，年亦耆艾業亦隆，驂駕四牡入紫宫。軒冕婀那翠雲中，子孫昌盛家道豐。清酒漿炙奈樂何，清酒漿炙奈樂何。

七十時，精爽頗損膂力愆，清水明鏡不欲觀。臨樂對酒轉無歡，攬行羞髮獨長歎。

八十時，明已損目聰去耳，前言往行不復紀。辭官致祿歸桑梓，安車駟馬入舊里，樂事告終憂事始。

九十時，日告耽瘁月告衰，形體雖是志意非。言多謬誤心多悲，子孫朝拜或問誰。指景玩日慮安危，感念平生淚交揮。

百歲時，盈數已登肌肉單，四支百節還相患。目苦濁鏡口垂涎，呼吸嚬蹙反側難，茵褥滋味不復安。

潘岳

離合

佃漁始化，人民穴處。意守醇樸，音應律呂。桑梓被源，卉木在野。錫鸞未設，金石拂舉。害咎蠲消，吉德流普。谿谷可安，奚作棟宇。嫣然以憙，焉懼外侮。熙神委命，已求多祜。歎彼〔一〕季末，口出擇語。誰能默識，言喪厥所。壟畝之彥，龍潛巖阻。搆義崇亂，少長失敘。思楊容姬難堪〔二〕

【校勘記】

〔一〕光緒十六年江蘇書局本作『彼』。光緒七年四川尊經書局本、民國三十一年程天放本等作『波』，誤。

〔二〕此爲《八代詩選》原注。

顧愷之

神情詩〔一〕

春水滿四澤，夏雲多奇峯。秋月揚明煇，冬嶺秀孤松。

【校勘記】

〔一〕《陶彭澤集》題作《四時》。《古詩紀》卷四十二題顧愷之《神情詩》，實此詩爲陶淵明所作。

蘇蕙

璇璣圖〔一〕

仁智懷德聖虞唐真妙顯華重雲章臣賢惟聖配英皇倫匹離飄浮江湘津
傷嗟情家明葩榮志庭闈亂作人讒佞奸凶害我忠貞桑凶慈雍思恭基河
慘歎中無鏡紛爲篤明難受膚原禍因所恃恣〔二〕極驕盈榆頑孝和淑自爲隔
懷懷傷君朗光誰終榮苟不義姬斑女婕妤辭輦〔三〕漢成薄浸休家貞記孝塞
慕所路房容珠感誓城傾在戒后孽嬖趙氏飛燕實生景讒退遠敦貞敬殊
增離曠幃飾曜思穹熒猶炎盛興漸至大伐用昭丹〔四〕青昭愚謙危節所是山
憂經遐清華英多蒼形未在謹深慮微〔五〕察遠禍在防萌西滋蒙疑容持從梁

心荒淫忘〔六〕想感所欽岑幽巖峻嵯峨深淵重涯經網羅林光流電逝推生民
堂妃闈飛衣誰追何思情時形寒歲識凋松徵居歎如陽移陂施爲祇差生
空后中奮衮爲相如感傷在勞貞物知終始咎獨懷何潛西不何誰神無感
惟自節能我容聲將自〔七〕孜君想顏衰改〔八〕華容是與女賤曜日日激與通者曠
思興厲不歌冶同情甯孜側夢人賢别行士念誰賤鄙翳白無憒將上采悲
詠風樊歎發觀羽纏龍旂容衣詩情明顯怨衰情時傾英殊衰殊身節菲路
和周楚長雙華宫憂虎彫飾繡始璇璣圖義年勞歎奇〔九〕華年有志飭志葑長
音南鄭歌商流徵殷繁華觀曜終始心詩興感遠殊浮沈時盛意麗哀遺身
藏召衛詠齊曜情多文曜壯顏無平蘇氏理往憂歲異浮惟必心華惟下微
摧伯女志興榮傷患藻榮麗光端此作麗詞日思暮世異逝倏〔十〕違榮感體閔
悲窈河遐碩翠感生嬰漫丁冤詩風興鹿鳴懷悲哀誰游倏無一俯憂作已
聲窕廣路人粲我艱是漫是何桑翳感孟宣傷感情者頹然盈體仰情者處
發淑思逶其威情惟憂何艱生時盛昭業傾思永戚我流若不忠〔十一〕容何成幽
曲姿歸迤頎蕤悲苦懷思苦我章徽恨微〔十二〕玄悼歎戚知沙馳虧離儀貲辭房
秦王懷土眷舊鄉身加兼愁悴少精神遐幽曠遠離鳳麟龍昭德懷聖皇人
商游桑鳩揚仇傷榮身我乎集殃徵辜何因備嘗苦辛當神飛文遺分歸賤
絃西翳雙激好摧君深日潤浸徵思罪積怨其根難尋所明輕殊孤乖雁爲
激階陰巢水悲容仁均物品育施生〔十三〕天地德貴平均匀專通身粲妾殊翔女

楚步林燕清思發離濱漢之步飄飄離微隔喬木誰陰一感寄飾散聲應有
流東桃飛泉君歎殊心改者惑曜親間遠離殊我同衾志精浮光離哀傷柔
清廂休翔流長愁方禽伯在誠故遺舊廢故君子惟新貞微雲輝羣悲春剛
琴芳蘭凋茂熙陽春牆面殊意感故新霜冰齊潔志清純望誰思想懷所親

【校勘記】

〔一〕光緒十六年江蘇書局本『右璇璣圖』題作者爲蘇蕙，《八代詩選》其他各本均將此小字部分直接綴於顧愷之《神情詩》之後，未有題領，而於其末署曰『右璇璣圖』。《古詩紀》卷四十八作『蘇若蘭《璇璣圖詩》并序』，序文置《璇璣圖》之前，此仍按《八代詩選》諸本之順序，將序文置後。

〔二〕光緒十六年江蘇書局本作『恣』，光緒七年四川尊經書局本、民國三十一年程天放本作『滋』。《古詩紀》作『滋』。

〔三〕江蘇書局本作『輂』，四川尊經書局本、民國程天放本作『輩』。《古詩紀》作『輂』。

〔四〕江蘇書局本作『丹』，四川尊經書局本、民國程天放本作『青』。《古詩紀》作『青』。

〔五〕江蘇書局本作『微』，四川尊經書局本、民國程天放本作『深』。《古詩紀》作『微』。

〔六〕江蘇書局本作『忘』，四川尊經書局本、民國程天放本作『志』。《古詩紀》作『忘』。

〔七〕江蘇書局本作『自』，四川尊經書局本、民國程天放本作『顔』。《古詩紀》作『顔』。

〔八〕江蘇書局本作『改』，四川尊經書局本、民國程天放本作『感』。《古詩紀》作『改』。

〔九〕江蘇書局本作『奇』，四川尊經書局本、民國程天放本作『寄』。《古詩紀》作『寄』。

〔十〕江蘇書局本作『倏』，四川尊經書局本、民國程天放本作『衰』。《古詩紀》作『衰』。

〔十一〕江蘇書局本作『忠』，四川尊經書局本、民國程天放本作『中』。《古詩紀》作『中』。

〔十二〕江蘇書局本作『微』，四川尊經書局本、民國程天放本作『表』。《古詩紀》作『微』。

〔十三〕江蘇書局本作『施生』，四川尊經書局本、民國程天放本作『生施』。《古詩紀》作『生施』。

前秦苻堅時，秦州刺史扶風竇滔妻蘇氏，陳留令武功蘇道質〔一〕第三女也，名蕙，字若蘭。智識精明，儀容妙麗，謙默自守，不求顯揚。年十六歸於竇氏，滔甚敬之。然蘇氏性近於急，頗傷嫉妬。滔字連波，右將軍于真〔二〕之孫，朗之第二子也。神風偉秀，該通經史，允文允武，時論高之。苻堅委以心膂之任，備歷顯職，皆有政聞。遷秦州刺史，以忤旨謫戍燉煌。會堅克晉襄陽，慮有危偪，藉滔才略，詔拜安南將軍，留鎮襄陽。初，滔有寵姬趙陽臺，歌舞之妙，無出其右。滔置之别所，蘇氏知之，求而獲焉，苦加捶辱。滔深以爲憾。陽臺又專伺蘇氏之短，讒毁交至，滔深忿蘇氏。蘇氏時年二十一〔三〕。及滔將鎮襄陽，邀蘇氏同往，蘇氏忿之，不與偕行。迺攜陽臺之任，絶蘇氏音問。蘇氏悔恨自傷，因織錦爲迴文，五采相宣，瑩心輝目，縱廣八寸，題詩二百餘首，計八百餘言。縱横反覆，皆爲文章。其文點畫無缺，才情之妙，超今邁古，名曰《璇璣圖》。然讀者不能悉通，蘇氏笑曰：『裴回宛轉，自爲語言，非我家人，莫能解之。』遂發蒼頭齎至襄陽。滔覽之，感其妙絶，因送陽臺之關中。而具車從盛禮，迎蘇氏歸于漢南，恩好愈重。蘇氏所著文詞，五千餘言，屬隋季喪亂，文字散落而追求弗獲。而錦字回文，盛傳於世。朕聽政之暇，留心墳典，散帙之次，偶見斯圖，因述若蘭之多才，復美連波之悔過，遂製此文，聊示將來。如意元年五月一日，大周天册金輪皇帝製。

【校勘記】

〔一〕光緒十六年江蘇書局本作『質』，光緒七年四川尊經書局本、民國三十一年程天放本作『賢』。《古詩紀》作

『賢』。

〔二〕江蘇書局本作『真』，四川尊經書局本作『爽』。《古詩紀》作『爽』。

〔三〕江蘇書局本作『二十一』。四川尊經書局本、民國程天放本作『二十三』。

謝道韞

詠雪聯句

白雪紛紛何所似。謝公

撒鹽空中差可擬。胡兒

未若柳絮因風起。道韞

陶潛〔一〕

止酒

居止次城邑，逍遥自閑止。坐止高蔭下，步止蓽門裏。好味止園葵，大懽止稚子。平生不止酒，止酒情無喜。暮止不安寢，晨止不能起。日日欲止之，營衛止不理。徒知止不樂，未知止利己。始覺止爲善，今朝真止矣。從此一止去，將止扶桑涘。清顔止宿容，奚止千萬祀。

【校勘記】

〔一〕陶潛此詩《八代詩選》卷二十本置於劉宋詩人序列，按前卷陶潛五言詩編入晉代序列，此將其前移至此。

宋孝武帝劉駿

四時

堇茹供春膳，粟漿充夏餐。爮醬調秋菜，白醝解冬寒。

離合

霏雲起兮汎濫，雨靄昏而不消。意氣悄以無樂，音塵寂而莫交。守邊境以臨敵，寸心厲於戎昭。閤盈圖滿門絶〔一〕，賓僚仲秋始戒。中園初凋，池育秋蓮。水滅寒漂，旨歸塗以易感。日月逝而難要，分中心而誰寄，人懷念而必謠。悲客他方字。〔二〕

【校勘記】

〔一〕光緒十六年江蘇書局本作『滿門絶』，光緒七年四川尊經書局本、民國三十一年程天放本作『門滿記』。《古詩紀》此句作『閤盈圖記門滿』。

〔二〕文字乃《八代詩選》依《古詩紀》所録。

華林都亭曲水聯句

九宮盛事予旒纊。帝

三輔務根誠難亮。揚州刺史江夏王義恭

策拙枌鄉塹恩望。南徐州刺史竟陵王誕
折衝莫效興民謗。領軍將軍元景
侍禁衛儲恩踰量。太子右率暢
臣謬叨寵九流曠。吏部尚書莊
喉脣廢職方思讓。侍中偃
明筆直繩天威諒。御史中丞顏師伯

王韶之

詠雪離合

霰先集兮雪乃零，散輝素兮被簷庭。曲室寒兮朔風厲，川〔一〕陸涸兮羣籟鳴。

【校勘記】

〔一〕光緒十六年江蘇書局本作『川』，光緒七年四川尊經書局本、民國三十一年程天放本作『州』。《古詩紀》作『州』。

謝靈運

作離合

古人怨信次，十日眇未央。加我懷繾綣，口脈情亦傷。劇哉歸游客，處子忽相忘。別字。〔一〕

【校勘記】

〔二〕『别字』爲《八代詩選》原注，依《謝康樂集》《古詩紀》。

鮑照

數名詩

一身仕關西，家族滿山東。二年從車駕，齋祭甘泉宫。三朝國慶畢，休沐還舊邦。四牡曜長路，輕蓋若飛鴻。五侯相餞送，高會集新豐。六樂陳廣坐，組帳揚春風。七盤起長袖，庭下列歌鐘。八珍盈彫俎，綺肴紛錯重。九族共瞻遲，賓友仰徽容。十載學無就，善宦一朝通。

建除詩

建旗出燉煌，西討屬國羌。除去徒與騎，戰車羅萬箱。滿山又填谷，投鞍合營牆。平原亘千里，旗鼓轉相望。定舍後未休，候騎敕前裝。執戈無暫頓，彎弧不解張。破滅西零國，生虜郅支王。危亂悉平蕩，萬里置關梁。成軍入玉門，士女獻壺漿。收功在一時，歷世荷餘光。開壤襲朱紱，左右佩金章。閉帷草太元，兹事殆愚狂。

與謝尚書莊三聯句

霞輝兮澗朗，日静兮川澄。風輕桃欲開，露重蘭未勝。水光溢兮松霧動，山烟疊兮石露凝。掩映晨物綵，連綿夕羽興。

月下登樓聯句

髴髣蘿月光，繽紛篁霧陰。樂來亂憂念，酒至歇憂心。鮑博士

露入覺牖高，雲蜚測苑深。清氣澄永夜，流吹不可臨。王延秀
密峯集浮碧，疎瀾道瀛尋。嗽玉延幽性，攀桂藉知音。荀原之
辰意事淪晦，良歡戒勿寖。昭景有遺駟，疏賈無留金。荀中書萬秋

謝世基

連句詩

偉哉橫海鯨，壯矣垂天翼。一旦失風水，翻爲螻蟻食。世基
功遂侔昔人，保退無智力。既涉太行險，斯路信難陟。晦〔一〕

【校勘記】

〔一〕光緒十六年江蘇書局本作『晦』。光緒七年四川尊經書局本、民國三十一年程天放本作『海』，誤。第二首《古詩紀》作『謝晦續之曰』。

何長瑜

離合詩

宜然悦今會，且怨明晨别。肴蔌不能甘，有難不可雪。

賀道慶

離合詩

促席宴閒夜，足歡不覺疲。詠歌無餘願，永言終在斯。信字

王微

四氣

蘅若首春華，梧楸當夏翳。鳴笙起秋風，置酒飛冬雪。

王歆之

效孫皓爾汝歌

昔爲汝作臣，今與汝比肩。既不勸汝酒，亦不願汝年。

齊王融

奉和竟陵王郡縣名

追芳承荔浦，揖道訊虛邱。升裾臨廣牧，從望盡平洲。曾山臨翠坂，方渠緬清流。陽臺翻早茂，陰館懷名秋。歲宴東光弭，景仄西華收。端溪慙昔彥，測水謝前修。往食曲阜盛，今屬平臺游。燕棠缺初雅，鄭衮息遺謳。久傾信都美，乃結茂陵儔。河間誠可詠，南海果難游。

春游迴文詩

枝分柳塞外，葉暗榆關東。垂條逐絮轉，落蕊散花叢。池蓮照曉月，幔錦拂朝風。低吹襍綸羽，薄粉豔妝紅。離情隔遠道，歎結深閨中。

藥名

重臺信嚴敞，陵澤乃閒荒。石蠶終未繭，垣衣不可裳。秦芎留近詠，楚蘅揞遠翔。韓原結神草，隨庭銜夜光。

星名

眇歎屬辰移，端憂臨歲永。久慚入漢客，每愧遵河影。仙羽誠不退，蓬襟良未整。誰謂無正心，大陵有霜穎。

四色詠

赤如城霞起，青如松霧澈。黑如幽都雲，白如瑤池雪。

離合賦物爲詠

冰容慙遠鑒，水質謝明暉。是照相思夕，早望行人歸。火〔一〕

【校勘記】

〔一〕此字《八代詩選》襲《王甯朔集》原注，《古詩紀》無。

雙聲詩

園蘅眩紅蘤，湖荇燡黄華。迴鶴横淮翰，遠越合雲霞。

代五襍組

五襍組，慶雲發。往復還，經天月。不獲已，生胡越。

奉和纖纖

兩頭纖纖綺上紋，半白半黑鴟翔羣。腷腷膊膊烏迷曛，磊磊落落玉石分。

謝朓

阻雪連句遥贈和

積雪皓陰池，北風鳴細枝。九逵密如繡，何異遠別離。謝朓

風庭舞流霰，冰沼結文澌。飲春雖以燠，欽賢紛若馳。江秀才革

珠霙條間響，玉溜簷下垂。杯酒不相接，寸心良共知。王丞融

飛雲亂無緒，結冰明曲池。雖乖促席讌，白首信勿虧。王蘭陵僧孺

飄素瑩簷溜，巖結噎通岐。尊罍如未澣，况乃限音儀。謝洗馬昊
原隰望從倚，松筠竟不移。隱憂恧萱樹，忘懷待山卮。劉中書繪
初昕逸翮舉，日昃駑馬疲。幽山有桂樹，歲暮方參差。沈右率約

還塗臨渚

緑水縝清波，青山繡芳質。落景皎晚陰，殘花綺餘日。何從事
白沙澹無際，青山眇如一。傷此物運移，惆悵望還律。吴郎
白水田外明，孤嶺松上出。即趣佳可淹，淹留非下秩。謝

紀功曹中園

蘭亭仰遠風，芳林接雲崿。傾葉順清飆，修莖佇高鶴。何從事
連綿夕雲歸，晻曖日將落。寸陰不可留，蘭墀豈停酌。吴郎
丹纓猶照樹，緑筠方解籜。永志能兩忘，即賞謝丘壑。謝

閒坐

雨洗花葉鮮，泉漫芳塘溢。藉此閒賦詩，聊用蕩覊疾。陳郎
霡霂微雨散，葳蕤蕙草密。預藉芳筵賞，霑生信昭悉。紀功曹晏
紫葵窻外舒，青荷池上出。既闔潁川扉，且卧淮南秩。謝
流風蕩晚陰，行雲掩朝日。念此蘭蕙客，徒有芳菲質。何從事

侍筵西堂落日望鄉

沈病已綿緒，負官別鄉憂。高城凄夕吹，時見國烟浮。曹丞

漠漠輕雲晚，颯颯高樹秋。鄉山不可望，蘭巵且獻酬。謝
旻高識氣迴，泉渟知潦收。幸遇慶筵渥，方且沐恩猷。紀功曹晏
芸黄先露早，騷瑟驚暮秋。舊城望已肅，况乃客悠悠。何從事

往敬亭路中

山中芳杜緑，江南蓮葉紫。芳年不共游，淹留空若是。謝
緑水豐漣漪，青山多繡綺。新條日向抽，落花紛已委。何從事
弱蔓既青翠，輕莎方靃靡。鷺鷗没而游，麏麚騰復倚。齊舉郎
春岸望沈沈，清流見瀰瀰。幸藉人外游，盤桓未能徙。陳郎
鶩枻把瓊芳，隨山訪靈詭。榮楯每嶙峋，林堂多碕礒。謝

祀敬亭山春雨

水府衆靈出，石室寶圖開。白雲帝鄉下，行雨巫山來。謝
歌風讚靈德，舞蹈起輕埃。高軒乍留吹，玄羽或徘徊。何從事
福降羣仙下，識逸百神該。青鳥飛曾隙，赤鯉泳瀾隈。齊舉郎

石道慧

離合詩

好仇華良夜，子歡我亦欣。昊穹出明月，一坐感良晨。娱

梁武帝蕭衍

清暑殿效柏梁體

居中負扆寄纓紱。帝
言慙輻輳政無術。新安太守任昉
至德無垠愧違弼。侍中徐勉
燮贊京河豈微物。丹陽城〔一〕劉汎
竊侍兩宫慚樞密。黄門侍郎柳憕
清通簡要臣豈汨。吏部郎中謝覽
出入帷扆濫榮秩。侍中張卷
複道龍樓歌楙實。太子中庶子王峻
空班獨坐慚羊質。御史中丞陸杲
嗣以書記臣敢匹。右軍主簿陸倕
謬參和鼎講畫一。司徒主簿劉治〔二〕
鼎味參和臣多匱。司徒左曹屬江曹

【校勘記】

〔一〕《八代詩選》諸本皆作「丹陽城」，疑當作「丹陽丞」。

〔二〕光緒七年四川尊經書局本、民國三十一年程天放本作『劉治』。光緒十六年江蘇書局本作『劉浴』。

昭明太子蕭統

大言

觀修鵾其若轍鮒，視滄海之如濫觴。經二儀而跼蹐，跨六合而翱翔。

細言

坐卧鄰空塵，憑附蟭螟翼。越咫尺而三秋，度毫釐而九息。

簡文帝蕭綱

藥名詩

朝風動春草，落日照横塘。重臺蕩子妾，黄昏獨自傷。燭映合歡被，帷飄蘇合香。石墨聊書賦，鉛華試作妝〔一〕。徒令惜萱草，蔓延滿空房。

【校勘記】

〔一〕光緒十六年江蘇書局本作『妝』，光緒七年四川尊經書局本、民國三十一年程天放本作『粧』。《梁簡文帝集》《古詩紀》作『粧』。

卦名詩

櫛比園花滿，徑復水流新。離禽時入袖，旅谷乍依蘋。豐壺要上客，鵲鼎命嘉賓。車由泰夏闥，馬散咸陽塵。蓮舟雖未濟，分密已同人。

和湘東王後園迴文詩

枝雲間石峯，脈水浸山岸。池清戲鵠聚，樹秋飛葉散。

詠雪顛倒使韻

䗶飛亂蝶舞，花落飄粉奩。奩粉飄落花，舞蝶亂飛䗶。

元帝繹

宮殿名詩

林間花欲然，竹逕露初圓。鬬雞東道上，走馬北場邊。合歡依暝卷，蔔萄向日鮮。旗亭覓張放，香車迎董賢。定隔天淵水，相思夜不眠。

縣名詩

長陵新市北，鄭衛好容儀。先過上蘭苑，還牽高柳枝。薄妝宜入鏡，舒花堪照池。蒲洲涵水色，椒壁襍風吹。此時方夜飲，平臺傳羽巵。

姓名詩

征人習水戰，辛苦配戈船。夜城隨偃月，朝軍逐避年。龍吟澈水渡，虹光入夜圓。濤來如陣起，星上似烽然。經時事南越，還復討朝鮮。

將軍名詩

虎旅皆成陳，龍騎盡能蹛。鳴鞭俱破虜，决勝往長榆。細柳浮輕岸，大樹繞栖烏。樓船寫退鷁，檣烏狎飛鳬。渡河還自許，偏與功名俱。

屋名詩

梁園氣色和，斗酒共相過。玉柱調新曲，畫扇掩餘歌。深潭影菱菜，絶壁掛青蘿。木蓮恨花晚，薔薇嫌刺多。含情戲芳節，徐步待金波。

車名詩

長墟帶江轉，連甍映日分。佳人坐椒屋，接席對蘭薰。繞砌縈流水，邊梁圖畫雲。錦色縣殊眾，衣香遥出羣。日暮輕帷下，黄金妾贈君。

船名詩

天際浮雲飛，三翼自相追。池模白鵠舞，簷知青雀歸。華淵通轉塹，伏檻跨相磯。松潤流星影，桂窗斜月暉。思君此無極，高樓淚染衣。

歌曲名詩〔一〕

嘑烏怨别偶，曙烏憶離家。石闕題書字，金鐙飄落花。東方曉星没，西山晚日斜。縠衫迴廣袖，團扇掩輕紗。暫借青驄馬，來送黄牛車。

【校勘記】

〔一〕《玉臺新詠》卷七作梁簡文帝蕭綱詩，題作『金樂歌』。《樂府詩集》卷七十四《雜曲歌辭》作梁元帝詩，題

《金樂歌》。《古詩紀》卷八十題作梁元帝《歌曲名詩》。《八代詩選》諸本皆作梁元帝詩。

藥名詩

戍客恆山下，常思衣錦歸。況看春草歇，還見雁南飛。蠟燭凝花影，重臺閉綺扉。風吹竹葉袖，網綴流黃機。詎信金城裏，繁露曉霑衣。

針穴名詩

金推五百里，日晚唱歸來。車轉承光殿，步上通天臺。釵臨曲池影，扇拂玉堂梅。先取中庭入，罷逐步廊迴。下關那早閉，入迎已復開。

龜兆名詩

土膏春氣生，倡女協春情。魚游蓮北水，鵠作遼東鳴。折梅還插鬢，盪柱更移聲。銀燭含朱火，金鑪對寶笙。百枝凝夕焰，卻月隱高城。

獸名詩

豹韜求祕術，虎略選良臣。水涉黄牛浦，山過白馬津。摧鋒上狐塞，畫象入麒麟。果下新花落，桃枝芳樹春。王孫及公子，熊席復橫陳。

鳥名詩

方舟去鳷鵲，鵠引欲相要。晨鳧移去舸，飛燕動歸橈。雞人憐夜刻，鳳女念吹簫。雀釵照輕幌，翠的繞纖腰。復聞朱鷺曲，鉦管襍迴潮。

樹名詩

趙李競追隨，輕衫露弱枝。杏梁始東照，柘火未西馳。香因玉釧動，佩〔二〕逐金衣移。柳葉生眉上，珠璫搖鬢垂。逢君桂枝馬，車下覓新知。

【校勘記】

〔一〕光緒十六年江蘇書局本作『佩』。光緒七年四川尊經書局本、民國三十一年程天放本作『珮』。

草名詩

胡王迎娉主，塗經蔽〔一〕北游。金錢買含笑，銀缸影梳頭。初控游龍馬，仍移卷柏舟。中江離思切，蓬鬢不堪秋。況度菖蒲海，落月似縣鉤。

【校勘記】

〔一〕《八代詩選》諸本均作『蔽』，同『蔛』。《梁元帝集》《古詩紀》作『蔛』。

相名詩

仙人買玉杖，乘鹿去山林。浮杯度池曲，摩鏡往河陰。井内書銅版，竈裏化黄金。妻搖五明扇，妾弄一絃琴。暫游忽千里，中天那可尋。

離合

沉寥雲初净，水木備春光。龕定方無遠，合浦不難航。寵〔一〕

【校勘記】

〔一〕《梁元帝集》《古詩紀》詩末無此注。

後園作迴文詩〔一〕

斜峯繞徑曲，聳石帶山連。花餘拂戲鳥，樹密隱鳴蟬。

邵陵王綸

和湘東王後園迴文詩

燭華臨静夜，香氣入重幃。曲度聞歌遠，繁絃覺舞遲。

沈約

奉和竟陵王郡縣名

西都富軒冕，南宮溢才彥。高闕連朱雉，方渠漸游殿。廣川肆河濟，長岑繞淆汧。曲梁濟危渚，平皋騁悠眄。清淵皎澄徹，曾山鬱蒽蒨。陽泉濯春藻，陰邱聚寒霰。西華不可留，東光促奔箭。望都游子懷，臨戎征馬倦。既豫平章集，復齒南皮宴。一窺長安城，羞言杜陵掾。

奉和竟陵王藥名

丹草秀朱翹，重臺架危岊。木蘭露易飲，射干枝可結。陽隰采辛夷，寒山望積雪。玉泉亟周流，雲華乍明滅。合歡葉暮卷，爵林聲夜切。垂景迫連桑，思仙慕雲埒。荊實剖丹瓶，龍芻汗奔血。照握乃夜光，盈車非玉屑。細柳空葳蕤，水萍終委絕。黃符若可挹，長生永昭晢。

和陸慧曉百姓名

建都望淮海，樹闕表衡稽。井榦風雲出，柏梁星漢齊。皇王臨萬宇，惠化覃黔黎。吉士服仁義，宿昔秉華

【校勘記】

〔一〕《古詩紀》卷六十七作王融詩，題下注曰：『此當爲梁元帝詩，觀簡文諸人和詩，可見《藝文》逸名，俟再考證。』又《古詩紀》卷八十一作梁元帝《後園作迴文詩》。

宴清言殿作柏梁體

玉衡七政轉璇璣。帝

升降端揆而才非。侍中尚書僕射臣裒

澄鏡朱紫眇難追。吏部尚書臣瑴

宣帝督

建除詩

建國惟神業，十世本靈長。除苛逾漢祖，徯后類殷湯。滿盈既虧度，否運理還康。平階今復覩，德星行見祥。定寇資雄略，静亂屬賢良。執訊窮郢魯，弔伐徧徐揚。破敵勳庸盛，佩紫且懷黄。危苗既已竄，妖沴亦云亡。成功勒雲社，治定理要荒。收戟歸農器，牧馬恣蒭場。開山接梯路，架海擬山梁。閉欲同彭老，延壽等東皇。

圭。唐賢起幽谷，欽言非象犀。端委康國步，偃息召邦擕。舉政方分策，易紀粲金泥。伊余沐嘉幸，由是別園畦。曾微涓露答，光景遂雲西。方隨煉丹子，薄暮矯行迷。

大言應令

隘此大汎庭，方知九垓局。窮天豈彌指，盡地不容足。

細言應令

開館尺捶餘，築榭微塵裏。蝸角列州縣，毫端建朝市。

王錫

大言應令

欲游五嶽，迫不得申。杖千里之木，鱠横海之鱗。

細言應令

冥冥藹藹，離朱不辨其實。步蝸角而三伏，經鍼孔而千日。

王規

大言應令

俯身望日入，下視見星羅。噓八氣而爲風，吹四海而揚波。

細言應令

鍼鋒于焉止息，髮杪可以翺翔。蚊眉深而易阻，蟻目曠而難航。

張纘

大言應令

河流既竭，日月俱騰。罝羅微物，動落雲鵬。

細言應令

敖游蟻目辨輕塵，蚊睫成宇蝨如輪。

殷鈞

大言應令

噫氣爲風，揮汗成雨。聊灼戴山鼇，欲持探邃古。

細言應令

汎舟毛滴海，爲政蝸牛國。消摇輕塵上，指塵問南北。

范雲

建除詩

建國負東海，衣冠成營邱。除道梁淄水，結駟登之罘。滿座咸嘉友，蘋藻絶時羞。平望極聊攝，直視盡姑尤。定交無恆所，同志互相求。執手歡高宴，舉白窮獻酬。破琴豈重賞，臨濠甯再儔。危生一朝露，螻蟻將見謀。成功退不處，爲名自此收。收名棄車馬，單步反蝸牛。開渠納秋水，相土播春疇。閉門謝世人，何欲復何求。

數名詩

一鼓有餘氣，趫勇正紛紜。二廣無遺略，雄虎自爲羣。三河尚擾攘，楯櫓起楨榅。四巡駐青蹕，瘞玉曠亭云。五十又舒旆，旗幟日繽紛。六郡良家子，慕義輕從軍。七獲美前載，克俊嘉昔聞。八音佇繁律，將以安司動。九命既斯復，金璧固宜紛。十難康有道，延首望卿雲。

州名詩

司春命初鐸，青耦肆中樊。逸豫誠何事，稻粱復宜敦。徐步遵廣隰，冀以寫憂源。楊柳垂場圃，荆棘生庭門。交情久所見，益友能孰存。

奉和齊竟陵王郡縣名詩

撫戈金城外，解佩玉門中。白馬騰遠雪，蒼松壯寒風。臨涇方辨渭，安夷始和戎。取禾廣出北，驅獸飛狐東。新城多雉堞，故市絶商工。海西舟楫斷，雲南烟霧通。罄節疇盛德，宣力照武功。還飲漁陽水，歸轉杜陵蓬。

擬古五襍組詩

五襍組，會塗山。往復還，兩崤關。不得已，孀與鰥。

擬古四色詩

丹如桓公廟，青如夕郎門。黑如南巖礵，白如東山蝯。

四色詩

折柳青門外，握蘭翠疏中。綠蘋騁春日，碧渚澹時風。

差池朱鷰去，繽翻赤雁歸。瀺灂丹魚聚，聯翻血鳥飛。

素鱗颺北渚，白水杜南宛。獻環潤玉塞，歸珠照瓊軷。

烏林葉將賁，墨池水就乾。玄豹藏暮雨，黑蝯淩夜寒。

庾肩吾

奉和藥名詩

英玉牧荊楚，聽訟出池臺。督郵稱蝗去，亭長説烏來。行塘朱鷺響，當道赤帷開。馬鞭聊寫賦，竹葉暫傾杯。

曲水聯句

春色明上巳，桃花落繞溝。波迴卮不進，綸下鉤時留。臣導

絳水時迴岸，花觴轉更周。陳肴渡玉俎，垂餌下銀鉤。王臺卿

迴川入帳殿，列俎間芳洲。漢艾凌波出，江楓拂岸游。庾肩吾

王生迴水碓，蔡媼蕩輕舟。岸燭斜臨水，波光上映樓。簡文

八關齋夜賦四城門更作四首

第一賦韻東城門病

伏枕愛危光，痾纏生易折。無因雪岸草，慮反矻山穴。（徐防）

消渴腠腸腑，疼蹇嬰肢節。如何促齡内，憂苦無暫缺。孔燾

南城門老

虛蕉誠易犯，危藤復將嚙。一隨柯已微，當年信長訣。諸葛愷

已同白駒去，復類紅花熱。妍容一旦罷，孤鐙行自設。庾〔一〕

西城門死

綏心雖殊用，滅景甯優劣。一隨業風盡，終歸虛妄設。王臺卿

五陰誠爲假，六趣甯有截。零落竟同歸，憂思空相結。李鏡遠

北城門沙門

俗幻生影空，憂繞心塵曀。於兹排四纏，去矣求三湼。簡文

下學輩留心，方從窈冥別。已悲境相空，復作泡雲滅。庾〔二〕

【校勘記】

〔一〕《庾度支集》《古詩紀》作『君』。

〔二〕《庾度支集》《古詩紀》作『中庶府君』。

第二賦韻東城門病

空疴誠易愈，有病故難痊。徒知餌五色，終當悲九泉。王臺卿

已無雲山草，沈痾竟誰憐。復悲淪苦海，何由果净天。諸葛嵦

南城門老

昔類紅蓮草，自玩緑池邊。今如白華樹，還悲明鏡前。簡文

壯心欲何在，餘日乃西遷。清尊不復樂，蓬鬢豈還妍。徐防

西城門死

高堂信逆旅，懷業理常牽。玉匣方委櫬，金臺不復延。庾〔一〕

挽聲隨逕遠，薤影帶松懸。詎能留十念，唯應逐四緣。王臺卿

北城門沙門

經行林樹下，求道志能堅。既有神通力，振錫遠乘烟。李鏡遠

一登四弘誓，至道莫能先。不貪曠劫壽，無論延促年。孔燾

【校勘記】

〔一〕《庾度支集》《古詩紀》作『中庶府君』。

第三賦韻東城門病

纏痾緬百年，自傷無五福。長縈畫篋蛇，不值仙人鹿。簡文

習染迷畫瓶，卧起求棲宿。羅襦豈再歡，臨岐方土木。庾肩吾

南城門老

少年愛紈綺，衰暮慙羅縠。徒傷歲冉冉，陳詩非郁郁。王臺卿

鶴髮辭軒冕，鮐背烹葵菽。松柏稍相依，懽愛時睦睦。李鏡遠

西城門死

追念平生時，遨游上苑囿。一没松柏下，春光徒儵昱。孔燾

結根素因假，枝葉緣骨肉。自應螻蟻驅，值此風刀逐。諸葛嵦

北城門沙門

俗藺厭纏絲，因由抽善縠。長披忍辱鎧，去此纖羅服。徐防

願引三塗眾，俱令十使伏。珠月猶沈首，金錍未挑目。庾肩吾

第四賦韻東城門病

紫紈未可得，漳濱徒再離。一逢犬馬病，賁育罷驅馳。李鏡遠

已無九轉術，復闕萬金奇。不看授疆掌，唯夢蓮花池。庾

南城門老

盛年歌吹日，顧步惜容儀。一朝衰朽至，星星白髮垂。孔燾

已傷萬事盡，復念九門枝。垂軒意何在，獨坐鏡如斯。庾

西城門死

一息於今罷，平生詎可規。天長曉露促，千齡誰復知。簡文

華堂一相捨，松帳杳難窺。萬祀藏珠廕，千年罷玉羈。徐防

北城門沙門

深心不可染，正道亦難歆。方除五欲累，長辭三雅卮。王臺卿
依空慮難静，習善路猶弛。没身竟靡託，單盂詎待貲。諸葛塏

何遜

送褚都曹聯句

君隨結客去，我乃倦游歸。本願同棲息，今成相背飛。

送司馬□入五城聯句

隨風飄岸葉，行雨暗江流。居人會應返，空欲送行舟。

擬古三首聯句

家本青山下，好上青山上。青山不可上，一上一惆悵。遜
匳中一明鏡，好鑑明鏡光。明鏡不可鑑，一鑑一情傷。范雲
少知雅琴曲，好聽雅琴聲。雅琴不可聽，一聽一霑纓。劉孝綽

往晉陵聯句

臨别我傷悲，送歸子自適。劉金不可散，卜蓋何由惜。遜
從來重分陰，未曾輕尺璧。故任情一異，於是望三益。高爽
爾自高樓寢，予返東皋陌。寄語落毛人，非復平原客。遜

問舍且求田，音亂無可擇。勝門成好事，盤紆欲何索。爽

范廣州宅聯句

洛陽城東西，卻作經年别。昔去雪如花，今來花似雪。雲

濛濛夕烟起，奄奄殘暉滅。非君愛滿堂，甯我安車轍。遜

相送聯句

寸陰常可惜，别至倍傷神。子瞻天際水，予望路中塵。韋黯

憫憫岐路側，去去平生親。一朝事千里，流涕向三春。遜〔一〕

昔共入門笑，今成送别悲。君還舊聚處，爲我一嚬眉。王江乘

於今還促膝，自此客江湄。願子俱停駕，看我獨解維。遜〔二〕

【校勘記】

〔一〕以上韋黯、何遜聯句，《古詩紀》作一則。

〔二〕王江乘、何遜聯句，《古詩紀》作二則。《古詩紀》又有三則，僅何遜一人之詩，詩曰『高軒雖駐軫，餘日久無輝。以我辭鄉淚，霑君送别衣。』

至大雷聯句

高談會良夕，滿酒對羈情。閔閔風烟動，蕭蕭江雨聲。遜

密雲窮浦暗，飛電遠洲明。若非今宴適，詎使客愁輕。劉孺

遥舟似連雁，遠火若迴星。江潭望如此，銜卮共君傾。桓季珪

賦詠聯句

潎履常決踵，眉高起半額。曼倩爾何爲，獨歎長安索。遜
工商既慚巧，農士聊相易。蝘腹有餘資，鴻眉方可拍。江革
攝職媿握蘭，濫官悲執戟。連章既不敏，高談豈能劇。孺
逸翮任奮飛，窘步事羈勒。還鳥余能繫，流言爾無惑。革
憂懷乃千載，永懽常數刻。直是悲別離，非關念通塞。遜
日照沙汀素，山影波浪黑。爾恨大江南，余歸茂陵北。孺

臨別聯句

臨別情多緒，送歸涕如霰。君望長安城，予悲獨不見。遜
爾來同去國，予歸方異縣。懷別心獨憂，手淚方濺濺。孺

增新曲相對聯句

酒闌日隱樹，上客請調絃。嬌人挾瑟至，逶迤未肯前。劉孝勝
舊愛今何在，新聲徒自憐。有曲無人聽，徙倚高樓前。何澄
徘徊映日照，轉側被風吹。徒爲相思響，傷春君不知。劉綺
月昏樓上坐，含悲望別離。已切空牀怨，復看花柳枝。遜

照水聯句

插花行理鬢，遷延去復歸。雖憐水上影，復恐溼羅衣。遜
臨橋看黛色，映渚媚鉛暉。不顧春荷動，彌畏小禽飛。綺

折花聯句

笑出春園裏，望花聯褰纈。欲以間珠鈿，非爲相思折。遜

日照爛成綺，風來聚疑雪。試采一枝歸，願持因遠別。綺

摇扇聯句

紈扇已新製，蕩婦復新妝。欲掩羞中笑，還飄袖裏香。遜

在握時摇動，當歌掩抑揚。誰云減羅袂，影日聯自障。綺

正釵聯句

竹臺歸欲礙，花林出未通。度簪先分影，轉珥忽瞻風。遜

雙橋耀寶鈿，闐闐密復叢。羞令挂纓闕，整插補餘空。綺

蕭巡

離合詩贈尚書令何敬容

伎能本無取，支葉復單貧。柯條謬承日，木石豈知晨。狗馬誠難盡，犬羊非易馴。敦嗔既不似，學步孰能真。寔由紊朝典，是曰蠹彝倫。俗化於兹鄙，人塗自此分。

虞羲

數名詩

一去濠水陽，連翩遠爲客。二毛颯已垂，家貧無所擇。三徑日荒疏，遥人心不懌。四豪不降意，何事黄金百。五日來歸者，朱輪竟長陌。六[一]郡輕薄兒，追隨窮日夕。七發動音容，賓從紛弈弈。八表服英嚴，光光滿墳籍。九流意何以，守元遂成白。十載職不移，來歸落松柏。

【校勘記】

〔一〕光緒十六年江蘇書局本作『六』，光緒七年四川尊經書局本、民國三十一年程天放本作『大』。《古詩紀》作『六』。

劉溉

儀賢堂監策秀才聯句

雄州試異等，揚庭乃專對。顧學類括羽，奇文若錦繢。溉

滋蘭成秀畹，照車光赤琲。攝官惡簪帶，疲痾謝名輩。盧蕣

乙奏飲餘列，甲[二]科光往載。深奇無絶蹤，孫董有遺槩。伏挺

春風涵宛轉，遲光乍明昧。列秀總中筵，羣才盛皇代。王瑩

如綸疾影響，裁蒲啟蒙昧。雕龍既已彰，青紫行當佩。王顒
哀然既玉響，高粲亦蘭綷。廣川良易追，淄水非難配。
貢士光相門，搜賢盡幽塞。善説理無窮，借書心靡誨。
來彥各東西，翼亮更出内。康哉信在今，伊余事耕耒〔二〕。

【校勘記】

〔一〕光緒十六年江蘇書局本作『甲』，光緒七年四川尊經書局本、民國三十一年程天放本作『申』。

〔二〕《八代詩選》諸本於此注曰『後三首闕名』。同《古詩紀》。

陳沈炯

離合詩贈江藻

開門枕芳野，井上發紅桃。林中藤蔦秀，木末風雲高。屋室何寥廓，至士隱蓬蒿。故知人外賞，文酒易陶陶。友朋足諧晤，又此盛詩騷。朗月同攜手，良景共含毫。欒巴有妙術，言是神仙曹。百年事偃仰，一理詎相勞。閑居有樂。〔一〕

【校勘記】

〔一〕『閑居有樂』四字爲《八代詩選》原注，當本于《古詩紀》。

建除詩

建章連鳳闕，藹藹入雲烟。除庭發槐柳，冠劍似神仙。滿衢飛玉軑，夾道躍金鞭。平明塵霧合，薄暮風雲

騫。定交太學裏，射策雲臺邊。執事一朝謬，朝市忽崩遷。破家徒殉國，力弱不扶顛。危機空履虎，繫〔一〕惡豈如鷂。成師鑿門去，敗績裏尸旋。收魂不入斗，抱景問穹玄。開顔何所説，空憶平生前。閉門窮巷里，静埽詠歸田。

【校勘記】

〔一〕光緒十六年江蘇書局本作『繫』，光緒七年四川尊經書局本、民國三十一年程天放本作『擊』。《沈侍中集》《古詩紀》作『擊』。

六府詩

水廣南山暗，杖策出蓬門。火炬村前發，林烟樹下昏。金花散黄蘂，蕙草襍芳蓀。木蘭露漸落，山芝風屢翻。土膏〔一〕行已冒，抱甕憶中園。穀城定若近，當終黄石言。

【校勘記】

〔一〕光緒十六年江蘇書局本作『膏』，光緒七年四川尊經書局本、民國三十一年程天放本作『高』。《沈侍中集》《古詩紀》作『高』。

八音詩

金屋貯阿嬌，樓閣起迢迢。石頭足年少，大道跨河橋。絲桐無緩節，羅綺自飄飄。竹烟生薄晚，花色亂春朝。匏瓜詎無匹，神女嫁蘇韶。土地多妍冶，鄉里足塵囂。革年未相識，聲論動風飆。木桃堪底用，寄以答瓊瑶。

六甲詩

甲拆開眾果，萬物具敷榮。乙飛上危幕，雀乳出空城。丙魏舊勳業，申韓事刑名。丁翼陳詩罷，公綏作賦成。戊巢花已秀，滿塘草自生。已乃忘懷客，榮樂尚關情。庚庚聞鳥轉，肅肅望凫征。辛酸多憫惻，寂寞少逢迎。壬蒸懷太古，覆妙仁無名。癸巳空施位，詎以召幽貞。

十二屬詩

鼠迹生塵案，牛羊暮下來。虎嘯生空谷，兔月向窗開。龍隰遠青翠，蛇柳近徘徊。馬蘭方遠摘，羊負始春栽。猴栗羞芳果，雞跖引清杯。狗其懷物外，豬蠡窅悠哉。

張正見

星名從軍詩

將軍定朔邊，刁斗出祁連。高柳横遥塞，長榆接遠天。井泉含凍竭，烽火照山然。欲知客心斷，危旌萬里縣。

賦得山卦名

蓬萊邇羽客，巖穴轉蒙籠。雲歸仙井暗，霧解石橋通。影帶臨峯鶴，形隨襍雨風。尋師不識路，咸欲馭飛鴻。

祖孫登

宫殿名登高臺詩

獨有相思意，聊敞鳳皇臺。蓮披香稍上，月明光正來。離鵠將雲散，飛花似雪迴。遥思竹林友，前窗夜夜開。

北魏孝文帝拓跋宏

縣瓠方丈竹堂饗侍臣聯句

白日光天兮無不曜，江左一隅獨未照。帝
願從聖明兮登衡會，萬國馳誠混内外。彭城王勰
雲雷大振兮天門闢，率土來賓一正歷。鄭懿
舜舞干戚兮天下歸，文德遠被莫不思。鄭道昭
皇風一鼓兮九地匝，戴日依天清六合。邢巒
遵彼汝墳兮昔化貞，未若今日道風明。帝
文王政教兮暉江沼，寗如大化光四表。宋弁

節閔帝恭

聯句詩

帝使薛孝通等相嘲，以酒爲韻。

既逢堯舜君，願上萬年壽。孝通
平生好元默，慚爲萬國首。帝

帝曰：卿所謂壽，豈得徒然？便命酌酒，仍命更嘲孝通，以忠爲韻。

聖主臨萬機，享世永無窮。元翽

豈唯被豐草，方亦及昆蟲。孝通

賢朝既濟濟，野苗又芃芃。元翌

君臣體魚水，書軌一華戎。帝

微臣信慶渥，何以答華嵩。孝通

北齊蕭祇

和迴文詩

危臺出岫迴，曲澗上橋斜。池蓮隱弱芰，徑篠落藤花。

北周庾信

春日離合

秦青初變曲，未有逐琴心。明年花樹下，月月來相尋。

田家足閒暇，士友暫流連。三春竹葉酒，一曲鵾雞絃。

和迴文〔一〕

旱蓮生竭鑊，嫩菊養秋隣。滿池留浴鳥，分橋上戲人。

【校勘記】

〔一〕光緒十六年江蘇書局本作『和迴文』，光緒七年四川尊經書局本、民國三十一年程天放本作『和回文』。《庾開府集》卷二題作《和湘東王后園迴文》。《古詩紀》卷一百二十八作『和迴文』。

問疾封中録雙聲

形骸違學宧，狹巷幸爲閆。虹迴或有雨，雲合又含寒。横湖韻鶴下，迴溪狹蝯還。懷賢爲榮衛，和緩惠綺紈。

隋辛德源

星名

邊祲昏高柳，爟火照離宫。明堂發三令，句陳集五戎。素扇麾全月，朱旗引半虹。虎落驚氛斂，龍城宿霧通。擊鐘張大樂，置酒宴羣公。關山無復阻，車書方大同。

釋曇延

戲題方圓動静四字

方如方等城，圓如智慧日。動則識波浪，静類涅槃室。

民國三十一年程天放刊本序

蜀之刊人以善刻書著清季，王湘綺先生主講尊經書院，伍□齡先生主講錦江書院，先後擇國學書籍若干種付之剞劂，以惠學子。及存古學堂成立，兩書院及官書局之書版均歸焉，並加鐫若干種精印，行世一時，稱盛其後。存古學堂遞嬗而爲國學院國學專門學校，公立四川大學復與成都大學、成都師範大學合併而爲國立四川大學。此項書版遂爲川大校産。民國二十七年冬，余奉命長川大，公餘檢視，見書版凡四萬餘塊，經史子集均有，惜庋置一室，多年未加整理，或就殘缺，或遭蟲蛀，愁焉傷之。擬招工補刻重印，以廣流傳，因校款支絀，有志未逮，僅移置舊皇城門樓下，以防空襲，施行煮曬，以去蟲害而已。抗戰既歷數載，海岸線悉遭敵寇封鎖，西洋科學書籍幾不復能輸入，東南各都會淪陷敵手，官書局及印書業均受摧殘，故雖國學書籍亦感缺乏。川大有此版本而棄置不加利用，實至爲可惜，余乃就集會中樞之便言於總裁兼行政院院長蔣公、副院長兼財政部部長孔庸之先生、教育部部長陳立夫先生，請撥款整理印刷，以救坊間書籍之窮。蔣公及孔、陳二先生慨然允諾，遂於民國三十年冬撥十六萬元以辦理此事，惟以工價物價之高昂未能悉行整理，爰擇學子需用最切之書，若《五經》《四史》之類，凡二十五種先行付印，其餘則稍緩時日，期能一一重印也。補刻工作始於二月，隨刻隨印，至七月而書成，余乃誌其經過於簡端，世之學子流覽諸書時對蔣公及孔、陳二先生闡揚國學、提倡文化之至意，當永矢勿忘也。中華民國三十一年七月。程天放。